心圣
王阳明

许葆云◎著

国际文化出版公司
·北京·

图书在版编目（CIP）数据

心圣·王阳明 / 许葆云著．—北京：国际文化出版公司，2015.12
　　ISBN 978-7-5125-0820-0

　　I. ①心… II. ①许… III. ①王守仁（1472～1528）—传记 IV. ① B248.2

中国版本图书馆 CIP 数据核字（2015）第 266631 号

心圣·王阳明

作　　者	许葆云
责任编辑	潘建农
统筹监制	葛宏峰　兰　青
策划编辑	兰　青　雷　娜
美术编辑	秦　宇
出版发行	国际文化出版公司
经　　销	国文润华文化传媒（北京）有限责任公司
印　　刷	阳谷毕升印务有限公司
开　　本	710 毫米 ×1000 毫米　16 开 23.5 印张　　　　　　　　419 千字
版　　次	2015 年 12 月第 1 版 2020 年 1 月第 2 次印刷
书　　号	ISBN 978-7-5125-0820-0
定　　价	65.00 元

国际文化出版公司
北京朝阳区东土城路乙 9 号　邮编：100013
总编室：（010）64271551　　传真：（010）64271578
销售热线：（010）64271187
传真：（010）64271187-800
E-mail: icpc@95777.sina.net
http://www.sinoread.com

目 录
Contents

第一章　灵魂出逃

皇帝发动政变 / 002

囚笼里的小算盘 / 007

落荒而逃 / 018

无尽的苦难 / 026

第二章　绝境中悟道

龙场悟道 / 036

克己复礼，两劝土司 / 044

知而不行，只是未知 / 054

像孔子一样碰壁 / 063

第三章　提炼万镒纯金

知行合一，正本清源 / 076

志不立，天下无可成之事 / 087

提炼万镒纯金 / 097

第四章　南赣剿匪

一败再败 / 108

相信良知，相信百姓 / 117

破山中贼易 / 122

诚意击败奸诈 / 130

猛虎出笼是谁之过 / 140

第五章　江西平叛

宁王起兵 / 150

逆境出奇谋 / 159

一鼓克南昌 / 166

决战黄家渡 / 176

圣人之学，重功夫不重效验 / 187

第六章　对抗"妖魔"

邪恶出笼 / 200

三次抗旨 / 208

南昌百姓的噩梦 / 221

一个良知克倒奸贼 / 229

疯狂的迫害 / 238

正德之死 / 249

第七章　致良知的大学问

过不去的杭州城 / 258

皇帝老子能成圣人吗 / 264

人人有恒产，个个有恒心 / 273

嘉靖皇帝争大礼 / 282

狂者，狷者，乡愿 / 288

悔过自新 / 296

不得不出山 / 306

大学问和四句教 / 315

第八章　阳明成圣

阳明成圣 / 326

一语消去十万兵 / 331

弹指破尽百年贼 / 342

朝廷里的暗战 / 351

我心光明，亦复何言 / 361

后记 / 367

第一章 灵魂出逃

皇帝发动政变

大明正德元年（公元1506年）是个阴冷的年份，春天的冰雪比平时化冻得晚，夏天多雨，入冬以后，天气又是异样的寒冷，到了十一月，北京城里早已朔风瑟瑟，冰冻三尺，锦衣卫下属北镇抚司诏狱一间终年见不到阳光的囚室里，一个刚刚获罪挨了暴打的囚徒从昏迷中醒来，在痛彻骨髓的刑伤和吹透肌肤的寒意折磨下苦苦挣扎，尽力求生。

这个倒霉的囚徒名叫王守仁，入狱前担任兵部武选清吏司的六品主事，原本是个只拿俸禄不办事的闲官儿，从来不招灾惹祸。这一次却不知发了什么疯，竟在朝廷发生政变的时候冒着杀头的危险上了一道奏章——请求皇帝停止对官员的迫害，结束已经持续数月之久的恐怖镇压，因此被狠狠打了五十廷杖，关进了诏狱。

正德元年，北京城里发生了一场政变，可发动政变的人却实在特殊，此人正是刚刚登基一年的正德皇帝朱厚照。按说皇帝君临天下，大权在握，这样的人为什么要发动政变？实在令人费解，但只要回过头来看看这场政变的起因，也就不觉得新奇了。

朱厚照发动的这场政变，与历史上所有政变的起因完全一样，都是为了夺权。

第一章　灵魂出逃

正德皇帝的父亲——大明弘治皇帝朱祐樘活着的时候是一位难得的明君，凭着识人的慧眼和君臣共治的贤明，培植了一大批忠直干练的大臣，内阁的三位阁老刘健、李东阳、谢迁都刚直无私，极能办事，朝廷中以吏部尚书马文升、兵部尚书刘大夏、户部尚书韩文、都察院左都御史戴珊为首的官员也都表现出少有的正派清廉，虽然弘治皇帝性格较为柔弱，办事犹豫，使得大明朝积累下来的弊端恶习不能改正，以致国力中平，不能彻底振作，但作为一位守成之君，朱祐樘仍然开创了一个"弘治中兴"的局面，国家大局尚且安稳，臣子们一心办事，百姓们能得温饱，一切都算是过得去。

哪知朱祐樘在前朝当皇帝时堪称贤明，在后宫里却是个糊涂人。因为一辈子只养大了朱厚照这一位皇子，所以对他宠溺有加，不知管教。于是皇太子朱厚照从小就被惯坏了，文不能文、武不能武，软弱任性，自私卑鄙，道德败坏，全无责任心，成了一个彻头彻尾的废物。糟糕的是弘治皇帝只有这么一位独生子，明知道朱厚照不成器，却没有旁的继承人，这顶皇冠不得不硬戴在这个不成器的货色头上。

大明弘治十八年，朱祐樘突然患病不起，弥留之际把刘健、李东阳、谢迁召到榻前托孤，请三位阁老用心辅佐新君，随即撒手而去。把一个颇有效率的朝廷和一群正直干练的老臣留给了新上台的正德皇帝朱厚照。

在中国历史上有一个惯例，新皇帝登基之后总要立刻进行一场改革，有限的改革，澄清吏治，革除时弊，缓解土地兼并，调和社会矛盾，尽快使国家的政治局面和经济状态出现一定程度的好转，借此树立新皇帝在朝廷和民间的威信。弘治皇帝在位时流弊甚多，现在正德皇帝登基，身边尽是能臣辅佐，正该君臣同心革除时弊，臣子们对正德皇帝也抱有极大的期望。哪知正德皇帝竟是一位令人大跌眼镜的昏君，登基伊始就违反了做皇帝的起码规矩：不肯裁撤冗余的官僚，没有澄清吏治，对大臣们提出的改革措施全无兴趣，只知道宠信宦官，纵情玩乐。到后来为了满足自己的私欲，竟公然破坏弘治朝刚略加整顿的盐法，又不顾天下人的非议，把弘治皇帝刚刚裁撤的各地织造太监重新派遣到地方。

眼看正德皇帝继位后不是振作朝纲，兴利除弊，而是倒行逆施，处处胡来，受先帝托孤的三位阁老目瞪口呆，既痛心又愤怒，不得不联起手来尽力抵制皇帝的胡作非为，这么一来就触怒了朱厚照，他决心动用手中的皇权打击辅臣，清理朝廷，达成独裁独制，满足自己邪恶任性的私欲。

正德元年九月二日，正德皇帝派太监出宫办事，而太监趁机请求皇帝发给他一万六千引盐引，想倒卖官盐发一笔财，而这个做法破坏了明朝制定的《开中盐法》。

盐税，是国家最重要的税收来源之一，明朝建立之初对盐税征收抓得很紧，可到明朝中叶，盐法早已漏洞百出，几年前弘治皇帝下决心整顿了一番，也只是初见成效。哪知正德皇帝对政治、经济一窍不通，又任性妄为，根本不和大臣们商量，就自作主张把盐引赏给了太监，这一事件影响极坏，朝野之间一片哗然。内阁三位老臣刘健、李东阳、谢迁忍无可忍，一起上奏公开与皇帝争执，继而下定决心要清除在皇帝身边作恶的刘瑾、张永、马永成、谷大用、丘聚、高凤、魏彬、罗祥八个太监。

其实内阁辅臣们不明白，这些太监并不是罪恶的源头，真正的邪恶来自正德皇帝的私心私欲——也许阁老们心里明白，只是他们的脑子里不敢这样去想。总之三位阁老这次是下定决心要让皇帝制裁太监，重振朝廷。这一要求不但得到满朝大臣们的支持，就连皇帝身边的司礼监掌印太监李荣、掌管东厂的大太监王岳也站出来支持阁老，一时间朝野内外人人愤怒，都要求正德皇帝严惩以刘瑾为首的"八虎"太监。

眼看阁老、群臣和太监首领抱成了一团，内外压力如此巨大，正德皇帝丝毫没有醒悟，反而惊愕于独裁皇权受到了威胁，决定立刻发动政变，委任刘瑾为司礼监掌印太监，兼领京军奋武、耀武、练武、显武、敢勇、果勇、效勇、鼓勇、立威、伸威、扬威、振威十二团营兵马，又任命亲信太监丘聚掌管东厂，谷大用重建已经被废除多年的西厂，连夜逮捕支持文臣的司礼监秉笔太监王岳、范亨、徐智。

一夜之间，京城的军队和特务全被正德皇帝手下那帮太监控制，大臣们变成了俎上鱼肉。曾经位高权重的阁老被剥去权力之后，变成了三个瘦小枯干的糟老头子，面对皇权暴力毫无抗拒之力，只能使出最后一招，集体上奏请求致仕退休，希望正德皇帝能出言挽留，也算给朝廷文官们留一丝薄面，哪知正德皇帝毫不客气，立刻逐走了刘健、谢迁，只留下一个李东阳，同时任命自己的亲信接掌内阁，迅速搞垮了弘治皇帝留下的阁臣体系，然后动用特务力量，从上层开始对整个朝廷进行一场残酷的清剿。

第一章　灵魂出逃

在这场残酷的剿杀中，第一批遭到打击的是掌握中枢之权的阁臣，第二轮被特务们清算的就是上奏为阁臣鸣不平的御史和给事中。

在明朝，御史、给事中这两种官职比较特殊，他们的官位不高，手里掌握的权力却不小。其中御史的级别较高，他们隶属于都察院，按级别分为监察御史、巡按御史以至左右佥都御史、左右副都御史、左右都御史，共有约一百二十个席位，是朝廷耳目风纪之臣，从地方到朝廷所有监察参劾之事都在其权限内，上参皇帝阁老，下参六部九卿，地方上的巡抚、布政、按察、府县官员更是不在话下。为了强调这些人地位的神圣，权力的特殊，明朝皇帝特赐给御史们与众不同的官袍服色，在他们胸前的补子上绣着一只头生独角的神兽，名为"獬豸"，传说这种神兽力大无穷，公正无私，能审善察恶，一旦发现恶人，就会猛扑过来把坏人撕碎。由此可见御史的威风。

除御史之外，大明朝廷还另设给事中五十二位。与御史言官相比，给事中的官职更低，只是个七品小官，可这些七品小官的职责却十分重要，他们掌管着侍从、谏诤、补阙、拾遗、审核、封驳诏旨，有权力驳正百司所上奏章，监察六部诸司，弹劾文武百官，与御史的职能互为补充。与此同时，给事中还负责记录编纂诏旨题奏，监督各部各司的公务执行情况。甚至被外派担任乡试的主考官，在进士大考中担任同考官，殿试之时担任受卷官。就连朝廷册封宗室、藩王，派人到地方上去传旨的也是给事中。派到国外的使臣也常由给事中担任。可以说这个七品小官在朝廷中无处不插手，时时有作为。由于给事中官员职务卑微，很多都是刚入仕途的年轻人，其中多有不怕死的硬骨头。当正德皇帝借太监之手发动政变罢黜阁臣的时候，朝廷里的文武百官虽然也出来争闹，但这些人各司其职，没有直接向皇帝进谏，争闹力度有限。只有御史和给事中是专司劝谏的臣子，所以御史和给事中上的奏折最多，言辞最激烈，影响力也远非其他朝臣可比。

于是正德皇帝决定先拿御史和给事中开刀，狠狠打击一批，用暴力堵住群臣的嘴。

正德皇帝一声令下，东厂和锦衣卫的特务们立刻跳了出来，不由分说，当即逮捕了以戴铣、薄彦徽为首的二十一名上奏的言官，每人责打三十廷杖，下了诏狱。

从驱逐内阁重臣，到逮捕御史言官，这是皇帝对文臣的打击逐渐扩大化的标志。就在这个最危险最恐怖的时刻，身为兵部武选清吏司六品主事的王守仁不自量力，竟然上了一道奏章劝谏皇帝，请求释放被捕的言官。

看了这道奏章，正德皇帝龙颜大怒，立刻下令将王守仁当庭重打五十廷杖，而且首开先例，特意下旨让王守仁裸身受杖。也就是说，把这位兵部主事当众剥光了衣服，赤条条地用草绳捆绑起来，按翻在地用一根又黑又硬的栗木棍子狠狠打五十下屁股。直打得他血肉横飞，让所有殿上的大臣都听见受刑之人的悲惨哀号。打完之后不问生死，仍然赤条条地拖下去，这才有医官上来验看，若死了，扔出去叫家人收尸，如果侥幸还剩下一口气，就是说这个人在世上的罪还没受完，立刻投入北镇抚司诏狱接着受苦。

自从世上有了朝廷，从理论上说，皇帝、大臣、百姓共同享有这个国家，尤其皇帝与大臣之间如同父子一般亲切，他们之间的关系被称为"君臣共治"，皇帝对臣子们总是留着天大的面子，这有一个说法，叫作"刑不上大夫"。像黥面、杖刑之类有辱人格的刑罚一向很少施加于官员之身。可是古人早也说过："霸者与臣处，亡国者与役处。"在中国的封建朝廷里，越是后来的朝代，皇帝的私心越大，独裁权力越重，对大臣也更不尊重，到了明朝，太祖皇帝朱元璋已经毫不掩饰地对臣子们"以役处"，于是特设"廷杖"之刑，凡是皇帝认为大臣有罪，不必审判，拉到殿外按倒就打，毫不客气。

但皇帝责打臣子也有个限度，就是允许臣下穿着衣服接受杖刑，甚至可以多套几层棉裤，因为皇帝对臣子用杖刑只是惩戒，并不想把大臣打死。可正德皇帝的残暴无耻比所有前朝皇帝更甚，故意要让王守仁裸身受杖，就是当众脱光了衣服打屁股，而且下手格外凶狠，分明既要把王守仁当廷杖毙，更要侮辱他的人格，践踏王守仁作为一个文官所仅有的那一点点尊严和优越感。

裸身受杖，当庭打杀，这样残暴的刑罚不仅针对王守仁一个人，而是要做给整个文官集团看的。

廷杖之刑对恐吓官员是最有用的，血肉横飞、哀号不绝的场面真的能唬住很多人。经这一番恐吓，曾经因为正德皇帝发动政变罢黜阁老而撒泼打滚闹个不休的朝廷官员们一个个噤若寒蝉，全都老实了。

囚笼里的小算盘

有意思的是，虽然被当众脱光衣服狠狠打了五十杖，王守仁这个兵部六品主事居然没有如皇帝所愿被当场打死，还剩了一口气儿，于是被投入镇抚司诏狱接着受罪。

此时，遍体鳞伤的王守仁正躺在那个永远暗无天日的臭牢坑子里苦苦挣扎，血肉模糊的伤痛入骨髓，令他一刻也无法安宁，难以形容的疼痛又使他丝毫无法活动，只能像条离了水的鱼一样在腐臭的烂泥里一下下地扭动，横在小土台子上俯卧着，自己也不知道这是在养伤，还是在等死。

王守仁被关进诏狱之前，已经有几十名官员因为劝谏皇帝而获罪被投入诏狱，这座专门关押重犯的监狱早就塞满了，轮到王守仁坐牢的时候，就只剩狱神像跟前的一间囚笼给他住了。与其他牢房相比这里有个好处，狱神像脚下供着个小小的香案，上面点着两支蜡烛，透出隐隐的黄光，使这间小牢房不像其他地方那样漆黑死寂、伸手不见五指，又有锦衣卫差官们走来走去，时时低声交谈，虽然这些锦衣卫如狼似虎令人畏惧，可有几个人在眼前走动，隐约能听见几声人话，至少让王守仁知道自己还是个活人，并没变成孤魂野鬼。

刚被投入囚室的时候，王守仁只知道疼痛，其他什么也顾不得，后来他渐渐习惯了，肉体的痛苦似乎可以忍受。这时候王守仁开始觉得十分委屈，心里气愤难平，因为他实在没有做什么过分的事，正德皇帝没理由对他施以如此残酷的惩罚。

其实王守仁所上的奏章内容并不长："臣闻君仁则臣直。大舜之所以圣，以能隐恶而扬善也。臣迩者窃见陛下以南京户科给事中戴铣等上言时事，特敕锦衣卫差官校拿解赴京。臣不知所言之当理与否，意其间必有触冒忌讳，上干雷霆之怒者。但铣等职居谏司，以言为责，其言而善，自宜嘉纳施行；如其未善，亦宜包容隐覆，以开忠谠之路。乃今赫然下令，远事拘囚，在陛下之心，不过少示惩创，使其后日不敢轻率妄有论列，非果有意怒绝之也。下民无知，妄生疑惧，臣切惜之。今在廷之臣，莫不以此举为非宜，然而莫敢为陛下言者，岂其无忧国爱君之心哉？惧陛下复以罪铣等者罪之，则非唯无补于国事，而徒足以增陛下之过举耳。然则自是而后，虽有上关宗社危疑不制之事，陛下孰从而闻之？陛下聪明超绝，苟念及此，宁不寒心！况今天时冻沍，万一差去官校督束过严，铣等在道或致失所，遂填沟壑，使陛下有杀谏臣之名，兴群臣纷纷之议，其时陛下必将追咎左右莫有言者，则既晚矣。伏愿陛下追收前旨，使铣等仍旧供职；扩太公无我之仁，明改过不吝之勇；圣德昭布远迩，人民胥悦，岂不休哉！臣又惟，君者，元首也，臣者，耳目手足也。陛下思耳目之不可使壅塞，手足之不可使痿痹，必将恻然而有所不忍。臣承乏下僚，僭言实罪，伏睹陛下明旨有'政事行失，许诸人直言无隐'之条，故敢昧死为陛下一言。伏惟俯垂宥察，不胜干冒战栗之至！"

这道所谓的劝谏奏章，其中并没有抗争的味道，反而带着一股子说不出来的暧昧。

王守仁一生中给皇帝上的奏章不少，像这样谄媚撒娇无所不至的，仅此一份。而奏章里说来说去，只是请求正德皇帝赦免御史、给事中之罪，丝毫没有提到惩治奸臣、扶正朝纲之类的话，言语温和，战战兢兢，言辞之中夹着一个个"媚眼儿"，很像一个不怎么得宠的小妾在大着胆子劝说骄横跋扈的丈夫。这与五年后、十年后、二十年后王守仁所写的那些直斥君王、披肝沥胆的奏章相比，简直判若两人。

在王守仁想来，他上奏劝谏皇帝完全出于一片忠君之心，没有丝毫杂念。既不像早前那几位阁老硬逼着正德皇帝杀掉身边的太监，也不像御史们一心违逆皇帝的意旨，哭着闹着要挽留已经被罢黜了的两位阁老。在奏章中王守仁只是劝说正德皇帝不要对御史言官们痛下杀手，给这些人适当留个体面，借此与整个朝廷达成和解，免得这场罢免阁臣的政变引发过多的动荡。王守仁以为，他说这些话并不完全是为言官们求情，更重要的是要维护皇家的体面，纯是一片赤胆忠心，所以奏章中一上来就把正德皇帝比作"大舜"，又把御史们责备了几句："臣迩者窃见陛下以南京户科给事中戴铣等上言时事，特敕锦衣卫差官校拿解赴京。臣不知所言之当理与否，意其间必有触冒忌讳，上干雷霆之怒者。"意思是说王守仁自己对这次捉拿御史的事件并不完全知情，但坚定地认为以戴铣为首的那些御史、给事中被皇帝抓起来，必有其原因，用这些话既给自己撇清嫌疑，又替正德皇帝开脱，认为皇帝以前一贯正确，这次仍然是正确的。然后才说："铣等职居谏司，以言为责，其言而善，自宜嘉纳施行，如其未善，亦宜包容隐覆，以开忠说之路。乃今赫然下令远事拘囚，在陛下之心不过少示惩创，使其后日不敢轻率妄有论列，非果有意怒绝之也。下民无知，妄生疑惧，臣切惜之。"意思是说御史们是监督朝廷风纪的言官，天生就是一副大嘴巴，话说得对，皇帝可以听，就算话说得没道理，皇帝也不必跟这帮人较真儿。现在皇帝派人对御史、给事中捉拿捕打，影响太大，难免让臣民百姓们感到紧张，这样做等于阻塞了"忠谏之路"，对皇帝今后的统治没什么好处。

确实，王守仁的一颗心从里到外完完全全是为正德皇帝着想的，也正因为心里装满了忠诚与驯服，所以王守仁才会在奏章里写下"在陛下之心不过少示惩创，非果有意怒绝之也"这样一厢情愿的傻话，硬把皇帝的心思往善良之处设想。

基于"正德皇帝是位圣明之君"的固执幻想，王守仁在一道短短的奏章里说了大量傻话："大舜之所以圣，以能隐恶而扬善也"，把传说中的圣王大舜拿来做参照，认为正德皇帝若肯听劝，释放被捕的御史和给事中，则"扩太公无我之仁，明改过不吝之勇，圣德昭布远迩，人民胥悦，岂不休哉"，只一改过，立刻成仁成勇，天下万民称颂，人人皆大欢喜，真是好上加好，好得不能再好了。

最后，为了表白自己对皇帝完全忠诚，毫无杂念，没有二心，王守仁在奏章中居然说了一大套谄媚之语："臣又惟，君者，元首也，臣者，耳目手足也。陛下思耳目之不可使壅塞，手足之不可使痿痹，必将恻然而有所不忍"，觍着脸对皇帝撒娇，认为皇帝是国家元首，大臣是皇帝的耳目手足——说穿了，大家都是同谋，是一伙儿的，岂能下死手自相残害？做皇帝的好歹得给大臣留点儿面子……

不得不承认，此时的兵部主事王守仁实在是皇帝驾下一条忠实的小走狗，也是个傻得实在的书呆子。

就因为如此忠实，如此坦诚，如此呆气十足，面对裸身受杖、关进诏狱的残酷结局，王守仁实在不能接受。此时的他在囚笼中辗转号泣，怒不可遏，真想找一个什么人来好好辩论一场，或者放开嗓门好好骂上几声。可是还不等王守仁哭闹叫骂起来，眼前发生的一件事，立刻就让王守仁彻底绝了辩论和骂人的念头。

在关押王守仁的囚笼对面供着一具阴森森的狱神像，供桌上点着蜡烛，却没摆放供品，在狱神像脚下，墙壁上开了一个黑糊糊的窟窿，王守仁头次坐监，满肚子委屈，没工夫去想这个窟窿是做什么的，直到眼看着两个狱卒费力地抬着一个芦席卷儿过来，隐约对外头说了声："接着！"就把席捆子从这个黑窟窿里塞了出去。灯火一晃，隐约看见芦席卷子里露出一双焦黄的赤脚，闻到一股吓人的血腥味儿，王守仁这才恍然大悟，原来这顺着黑窟窿递出去的是个死人！

诏狱本就是个既没王法也没人性的地方，死在诏狱的犯人按规矩不从大门抬出去，也不准家人来收尸，只用芦席裹起来，从狱神像脚下开的窟窿里递出去，外面的打手接了尸体，立刻焚化成灰抛入荒野，不管这个犯人曾经身居何职，所犯何罪，在狱中遭受过何等迫害，至此也就查无可查了，而死者的冤魂都被狱神狰狞的恶像镇压着，永世不得翻身。

王守仁是个惜命的人，从他上奏谏君的那一刻就没想过用性命去抗争，现在身受刑伤，被困囚笼，寒冬腊月，无医无药，寒冷、疼痛、满腹冤屈、伤口恶化，不管哪一样都能立刻要了他的命。而在这些索命的"无常鬼"之中最致命的还是他心里那不可遏止的愤激之情。

王守仁身上有一个过人之处，就是他天生就很懂得变通之道，知道生死关头性命要紧，急忙整理心神，强迫自己把那份"忠而见弃"的愤懑彻底收拾起来，开始给自己寻找活下去的理由和机会。

王守仁是个聪明人，从小他就比别人聪明。现在这个聪明人趴在这血污、便溺、臭气熏天的烂泥坑里，低下头不去看那凶恶恐怖的狱神像，而是冥思苦想，拼命揣摩正德皇帝的心思，渐渐把眼下的时局理出些眉目来了。

正德皇帝之所以发动政变，用无上的独裁大权调动军队和特务来清算大臣，说穿了，并不是与整个文官集团为敌，而仅仅是要驱逐先皇留下的三位阁老。

其实历代新君登基之时，往往会对前朝遗留的重臣做个清理，喜欢的留，不喜欢的废，这并不是什么新鲜事，只是正德皇帝的做法简单粗暴，毫无理性，动静闹得太大，引发了整个文官集团的公愤，由此可知，正德皇帝处理政事的手段实在不怎么高明。正是因为皇帝的粗暴愚蠢才使得罢黜阁臣之事迅速发酵，引来大臣的抗争和御史言官的劝谏，而正德皇帝在罢黜阁臣之后，立刻以残酷手段打击御史和给事中，这一招却是比较高明的，因为御史和给事中官卑职小，虽然穿着一件獬豸补子的大红官袍，其实并不能像这传说中的"神兽"那样把罪人撕成碎片。相反，御史和给事中们倒常常被拉进党争之中，成为权臣互相攻击的急先锋——做了咬人的恶犬，所以言官们的名声其实不太好。在皇帝眼里，这些徒有其名的言官们只是朝廷的"门面"，摆在那里做样子的，只长着一张骂人的大嘴，手里没有任何实权，虽有参劾的权力，其实干预朝政的力量却微不足道。

第一章　灵魂出逃

现在正德皇帝越过刑部、大理寺、都察院这些执法的部门，直接命令锦衣卫特务把言官们逮捕起来关进诏狱，是借打击言官警告大臣们：皇权至高无上，皇威是无底深渊，触之者死，绝无例外！而大臣们对皇帝的暗示也大多心领神会——尤其官职越高的人领悟得越深，所以当言官们被关进诏狱之后，并没有一位大官僚出来替他们说话。只有王守仁这个不懂事的兵部六品主事上奏劝谏。

——在如此紧要的关头，做如此不合时宜的劝谏，难怪王守仁要裸身受杖，被关进诏狱了。

想到这里，王守仁忽然觉得很后悔，心里顿生悔意，愤懑就消了。心火一退，身上的刑伤也不像刚才那样疼得火烧火燎，于是王守仁又继续向深处想去了。

皇帝是真命天子，受命于天，非凡夫俗子可比，所以君临天下独裁一切，原本就有权罢免阁臣。当阁老被黜的时候，敢于上奏请求皇帝收回成命的不过二十多人，其中没有一个官员的品级超过四品。这些人通通下狱之后，出来替言官们说话的仅有王守仁一个，六品小官而已，而肯替王守仁鸣冤的，再没有人了。

显然，正德皇帝发动的这场政变开始得风风火火，完成得干脆利落，到现在雷霆已止，暴雨将息，用不了多久就会雨过天晴，之后正德还是要当他的皇帝，想顺顺当当统治天下，也还是要重用文臣。

不然怎么办？难道正德皇帝要靠刘瑾、张永这帮太监治理国家吗？

早前正德皇帝发动的政变过于粗暴，现在他逮捕言官，又有违反祖制之嫌，面对皇帝吓人的威权，大臣们又表现得异常驯服，整个朝廷已经不再闹腾了，这么看来，正德皇帝实在没必要杀害被捕的御史和给事中们，最多就是把他们关在诏狱里，等风暴完全平息，悄悄释放了事。

御史们上奏是请求皇帝留任阁臣的，这个请求实际上逆了龙鳞，皇帝当然震怒。可王守仁上奏只是请求皇帝对御史们网开一面，话又说得客气，对于这个乖巧的王守仁，正德皇帝不至于大发雷霆，所以王守仁的"罪行"比那些御史和给事中要轻微得多，一旦迫害停止，王守仁一定会第一批被释放。

除了对政局必将逐渐缓和的推测之外，王守仁身后还有一股可以倚仗的势力，就是他的父亲礼部左侍郎王华。

王守仁的家在浙江绍兴府山阴县（今属宁波余姚），这一带人文荟萃，是个出大官的地方。王守仁的父亲王华更是非同小可，成化辛丑年进京赶考高中状元，在翰林院做了一年庶吉士，立刻被任命为六品修撰，成为皇帝身边的文学侍从之臣。因为王华人品方正、学识渊博，很快受到弘治皇帝的格外器重，先是命他担任詹事府少詹事，专门辅佐太子，之后又做了经筵日讲的主讲官，专门给皇帝讲述儒学经典，再被派去参与编纂描述成化皇帝生平的《宪庙实录》和《大明会典》，之后又被派去督促太子读书，成了当今正德皇帝的太师傅。

状元公出身的王华世事圆熟，精明干练，学问出众，办事能力极强，前朝弘治皇帝对他左提右携，直到升任礼部左侍郎，掌管国家大典，负责科举春闱，若不是弘治皇帝忽然病逝，恐怕用不了几年，礼部左侍郎王华就会入阁担任辅臣了。

虽然没能在弘治朝担任内阁重臣，可王华毕竟是前朝重臣，又是当今正德皇帝的太师傅，依惯例，像他这样的本事，这样的资历，只要大学士出缺，就极有可能被补为大学士，一旦成为大学士，入阁辅政就只是时间问题了。

王守仁鲁莽上奏触犯龙颜，情况确实不妙，可王守仁毕竟有这么一位根基深厚的老父亲在，难道王华能眼看着自己的长子就这么白白死在诏狱中吗？此时，礼部左侍郎王华一定在托关系想办法解救王守仁了。

想到这儿，王守仁越发肯定，只要不因为刑伤死在狱中，这个诏狱他就一定坐不久，少则几天多则数月必然会被释放出来，重见天日。

明白了自己为什么挨打坐牢之后，王守仁就不再愤怒了；想透了自己必将获释之后，王守仁也就不再忧急了。一个囚犯，心里既没有多少愤怒，又不是特别忧急，剩下的就只是寒冷和伤痛，而这两样痛苦相对而言是比较容易适应的。于是王守仁渐渐踏实下来，开始琢磨下一个问题：出狱之后，自己会得到怎样的待遇？将来，又将往何处去？

自古以来权臣的儿子往往被称为"衙内"，这些人想出人头地远比一般人容易得多，就算犯了法，所受的惩罚也比别人轻得多，最厉害的是，有父亲的庇护，这些"衙内"就算犯了罪受了罚，也很可能在几年内重新复出，东山再起。

身为礼部左侍郎的儿子，王守仁就是一位衙内，他的背后有父亲庇护，罪大亦不至死。

可细细分析起来似乎又没这么便宜，因为王守仁是在一个最不合适的时机得罪了刚刚登基一年而且正在发动一场政变的皇帝，对正要建立威信的新皇帝而言，王守仁的莽撞是非常可恶的，从这方面设想，王守仁想东山再起，重新出来做官，也并不容易。

另一方面，王守仁也很了解自己的父亲，知道老父亲极有心计也极为严厉。因为离位极人臣的"阁老"之位只有一步之遥，王华为人处世就更显得冷峻刻板，即使对自己的儿子也表现得冷淡而理智，所以王守仁二十七岁中进士，到三十五岁这年也不过当了个六品主事。现在王守仁闯了这么大的祸，惹皇帝厌恶，也必然连累老父亲，在这个节骨眼儿上，王华大概不会站出来替自己的儿子说一句话。

也就是说，只要身体能熬得过，王守仁就不会死在诏狱里，可出狱之后，他恐怕没机会再做官了。

不做官，也好。

老父亲中状元之前，王家在余姚一带只算是个中产之家，但老父亲做官这么些年也置了些家产，如今的王家早就是个富户了。若不再做官了，王守仁大可以回老家去当个乡绅，有房有地有车有马，既不吃苦也不受穷，连政事烦扰也都扔在脑后，只管过自己的小日子，好着呢，好着呢！

自从被投入诏狱以来，兵部六品主事王守仁终于对自己的言行做了一次极深刻的反省，从愤慨到悔悟，继而把一切都看透了，看淡了。到这时他的心情比刚才又好了一些，趴在小土台子上熬着刑伤，脑子里似有似无地打着主意，忽然想起《易经》中的第三十三卦，越想越觉得有意思，不由得在黑暗中嘟嘟囔囔自言自语起来。

"天下有山，遁，君子以远小人，不恶而严。"

王守仁嘴里念叨的是《易经》中的一个"遁卦"，卦辞是说君子就像高高的山岳一样，可山再高也不会比天还高。所以君子也要学会认命，低头。但君子终归是君子，他们心里知道自己是什么样的人。就算受了窝囊气，受了委屈，也照样有节操，有尊严，可以从心里看不起那些耍弄阴谋诡计的小人。

这"遁卦"之中所说的内容，竟与王守仁眼下的处境处处符合。想起古人能总结出这样的卦辞，必然也受过这样的冤屈，王守仁不由得长叹一声，继续喃喃念道："初六，遁尾；厉，勿用有攸往。象辞曰：'遁尾之厉，不往何灾也？'遇事不肯退让，必然对自己不利，所以当退即退，不利则不争，静观其变为上。"

"六二，执之用黄牛之革，莫之胜说。象辞曰：'执用黄牛，固志也。'此谓胸中志向如黄牛之革，牢不可破，虽遇困境亦不动摇。"

"九三，系遯，有疾厉；畜臣妾，吉。象辞曰：'系遯之厉，有疾惫也。畜臣妾吉，不可大事也。'遇事不能自我解脱，犹如恶疾缠身，最为不利，此时要从困顿之中抽身退步放宽心，做小事，取小乐子，不争一时之意气。"

"九四，好遯，君子吉，小人否。象辞曰：'君子好遯，小人否也。'唯君子识进退，知道退之则吉的道理，小人不能知此道理，遇事每狂悖不能解脱，是取死之道也。"

"九五，嘉遯，贞吉。象辞曰：'嘉遯，贞吉，以正志也。'君子既明进退之道，当退则退，当隐则隐，而其心不动，其志不夺，此为上策。"

"上九，肥遯，无不利。象辞曰：'肥遯无不利，无所疑也。'人生在世皆有挫折，君子行方守正，挫折更多，但不可为挫折所困，而应以宰相胸襟大而化之，不以难为难，不以辱为辱，终能避过灾劫，遇难成祥。"

《易经》是上古圣贤所著的神书，其中卦相无不洞彻世情，精准明白，现在这一个"遯卦"竟好像专为王守仁这个"忠而见弃"的可怜书生所作，把卦辞在胸中理了一遍，王守仁忽然觉得心胸开阔，郁结于心的一股浊气逐渐散开了。

在朝廷里当臣子，其实是个下贱苦差，文案劳碌，上下巴结，同僚间的暗算，捋不清的党争，时时可能获罪，处处都要操心，赚的银子却实在很少，一年才几石米而已。铁了心做奸臣，收贿行贿拼命往上爬，王守仁没有那个邪心眼儿；做忠臣，又是这么不容易。

忠臣无趣，奸臣恶心，两个皆不选，怎么办？想来想去，到底只有"人生在世不称意，明朝散发弄扁舟"是个好办法。

刚刚挨打的时候王守仁觉得委屈得很，可现在他觉得皇帝不要他了，正好！以后就算有官也不做了。回绍兴老家去，在自家庭院里开个菜园，房前屋后种几棵竹子，闲时游山玩水，与朋友们吟诗作对，写些咏景怡情的文章，有兴趣了也学着农夫们下地种几棵庄稼，过着神仙一样的日子，比什么都强。

想到这儿，王守仁的心里更松快了，甚至有了几分不合时宜的高兴。心里一松快，也不知怎么的，忽然有了诗兴，于是自得其乐，竟趴在烂泥里低声吟起诗来：

　　遁四获我心，蛊上庸自保。
　　俯仰天地间，触目俱浩浩。
　　箪瓢有余乐，此意良匪矫。
　　幽哉阳明麓，可以忘吾老。

身上痛，心里乱，诗也很难写得出色。可坐牢能坐到写出诗来，说明王守仁的心已经稳下来了。

对读圣贤书的人而言，自古有两位楷模，一位是颜回，箪食瓢饮居陋巷，不改其志，苦读深思，虽然不出来做官，照样是个清白高尚的大贤；另一位是曾点，"冠者五六人，童子六七人，浴乎沂，风乎舞雩，咏而归"不问世事，但求怡然自得。王守仁的一首诗，以会稽山上的一个著名景致"天地阳明紫府"代替了沂水边的舞雩台，把绍兴城里自家那座侍郎府比作颜回苦读的陋巷，既有颜回之清高，又有曾点之怡乐，风雅至此，竟将一座黑牢化为清幽旖旎之地了。

说到会稽山上的"阳明麓"，那是王守仁年轻时常去游玩的地方，因为喜欢这处山水，王守仁还给自己取过一个号，称为"阳明子"。想起家乡的好山水，不知怎么，王守仁心里竟有些喜滋滋的。凝神想了片刻，口占一绝：

　　鉴水终年碧，云山尽日闲。
　　故山不可到，幽梦每相关。
　　雾豹言长隐，云龙欲共攀。
　　缘知丹壑意，未胜紫宸斑。

这首小诗未经推敲，词句比刚才那首更显拙劣，可是在诏狱之中，刑伤之后，竟能写出咏景怡情的诗作，也很难得。

念了诗，王守仁意外地发现，原来自己竟有如此坦荡心胸，比古代圣贤都不差，觉得颇有些得意。趴在臭泥坑子里又出了一会儿神，想起了早年因病辞官回乡，养病之时到过一次杭州，看过一眼西湖的美景：

> 予有西湖梦，西湖亦梦予，
> 三年成阔别，近事竟何如？
> 况有诸贤在，他时终卜庐。
> 但恐吾归日，君还轩冕拘。

不错，这首诗写得更有意思了。将来熬过这场大劫，先把身上的伤养好，然后一叶小舟沿运河而下回绍兴老家，走这条路必然要过杭州，到时候邀约几个好友，再游一次西湖，把自己在狱中写的小诗抄录出来给朋友们看看，诗的末尾就署"阳明子"三个字，又响亮又洒脱，好让这些人记住，王守仁做过一回官，谏过几句忠言，遭过刘瑾奸党的迫害，挨了一顿廷杖，下过一回诏狱，是大明朝一位实实在在的大忠臣。

那时候，朋友们一定鼓掌赞叹，先夸王守仁忠烈，再赞他的人品，自然也忘不了赞扬他这几首狱中诗。而王守仁自己呢，屁股上的刑伤早就好了，裸身受杖的耻辱早就淡了，只剩下潇洒，只剩下得意。

从此以后，阳明先生王守仁顶着忠臣义士的名头，过着乡绅隐士的日子，惬意呀，实在是惬意得很。

于是王守仁又写了一首优雅精绝的小诗出来。这诗的名字叫《不寐》，也就是说，这是王守仁因为伤病孤独难以入睡时自我安慰的诗作：

> 崖穷犹可陟，水深犹可泳。
> 焉知非日月，胡为乱予衷？
> 深谷自逶迤，烟霞日悠永。
> 匪时在贤达，归哉盍耕垅！

山崖再高，我能登上去，水流再深，我能游过去，可这日月（大明朝廷）之事呀，怎么这么扰乱我的心？山谷逶迤，烟霞错落，匡扶乱世的伟大工作就让那些贤达去做吧，至于我，已经打算回乡下做个闲散乡绅去了。

第一章　灵魂出逃

每个人的心里总有一杆秤，随时称量着得失轻重，这是天性，谁也避免不了。只不过有些人称量的是私利，有些人称量的却是良知。至于具体称量的是什么，这是每个人自己的事，别人也干涉不得。

只不过王守仁有些与众不同，因为二十多年后的他竟成了心学的一代宗师，倡议良知之学，其学说影响之大可以说无与伦比。这样一位了不起的人物，在他坐牢的时候，心里来回称量的居然全是个人私利，所想的全是怎样愤世嫉俗，寻找避祸的借口，然后落荒而逃，躲开一切责任和麻烦，从这精明狡猾的心思里实在看不出多少"良知"来。

半生倡议良知之学的王守仁，在他平生第一次因劝谏皇帝而获罪，被打下诏狱的时候，心里居然没有多少"良知"，这倒让人觉得惊讶。

下诏狱这一年王守仁已经三十五岁了，而这位先生的整个人生仅有五十七年，也就是说他的生命已度过大半，可此时的王守仁对于心学、对于良知尚且一无所知。于是上奏谏君的时候，他表现得既鲁莽又自信，奏章里的言辞既矫情又谄媚，入狱之后，他的心态既自利又平庸，就像皇帝脚边的一条小狗，一开始跳上来冲着主人撒欢儿，却被主子狠狠踢了一脚，于是趴在一边眼泪汪汪自伤自怜，心里想着要不要就此离家出走？却不敢对踢打他的主子稍有不满。

很难想像，这就是一代宗师王守仁在诏狱里的真实嘴脸。

事实上在诏狱中的王守仁根本连"心学"二字都尚未入门。于是"心学"对他毫无帮助，"良知"于他似有似无。可仅仅三年后，王守仁就在困境之中悟到了圣学的根本，一个"良知"拯救了自己的灵魂，一句"知行合一"打通了成圣贤的坦途，其进步之神速，实在令人匪夷所思。能有如此进步，并不说明王守仁这个人有什么与众不同的神奇之处，只能说"心学"本身并不深奥，也不难懂。

其实"大道至简"，越是有用的道理，越容易让人理解和接受，正像王守仁自己说的："言益详，道益晦；析理益精，学益支离无本，而事于外者益繁以难。"阳明心学，就是这么一种简易朴实的道理，完全实用，没有任何字眼儿可抠。

需要记住的是，王守仁这位心学宗师一直到三十五岁这一年，对于心学尚且一无所知。之后三年悟道，二十年"成圣"。我们这些后人甚至不需要去悟道，因为道理已经被前辈们悟出来了，我们要做的只是看一看这些道理，然后走上自己的成圣之路就行了。

人人皆可为尧舜，个个心中有仲尼，满街都是圣人。王守仁也曾是个如此平凡的人，既然他能成圣，我们这些后人，没理由做不到。

落荒而逃

王守仁在诏狱里打的小算盘很精明，朝局也确实被他算中了，因为正德皇帝靠暴力镇压了大臣们之后，眼看政变已达到目的，无人再敢公开反抗，也觉得应该到此为止了，就开始释放早前被捕的官员。

正德二年春节过后不久，王守仁也被悄悄释放了。可出狱之后王守仁才发现，外面的时局比他估计得要严重得多，一直被他当成靠山的老父亲——礼部左侍郎王华已经失了宠，被正德皇帝赶出京城，当了一个南京吏部尚书的闲官儿。

大明朝原本建都南京，后来永乐皇帝朱棣夺了皇位，才把都城迁到北京，但南京仍然保留了一个小朝廷，照样设置了六部九卿官员。只是这些官员远离中枢，有官无职，纯粹是坐冷板凳。王华从礼部左侍郎改任南京吏部尚书，表面上升了一级，可是从掌握实权到坐冷板凳，却说明王华已经在正德皇帝面前彻底失势了。

其实王华落到这个下场，并不是因为皇帝厌恶他。相反，正德皇帝原本打算重用王华，想请他入阁担任辅臣，可王华拒绝了皇帝的邀约，这才遭到正德皇帝的遗弃。

礼部左侍郎王华是个能力出众的官员，又是状元出身，饱学之士，人也端严方正，身上挑不出一个毛病来。早在弘治朝做官时就得到器重，被委派担任詹事府少詹事，又做过太子的老师。弘治皇帝如此安排，就是准备将来太子登基之后，让年富力强的王华以辅臣身份辅佐太子。而太子朱厚照刚一当皇帝就发动政变，驱逐旧臣，弄得朝廷空虚，无人可用，这时候，能力强，名声好，又曾担任过正德皇帝太师傅的礼部左侍郎王华就成了担任阁臣的不二人选。于是正德皇帝派司礼监掌印太监刘瑾亲自来探王华的口风，看他愿不愿意担任阁老。想不到王华一口拒绝了。

王华的这一决定毫不奇怪，这位城府极深的高级官僚是个极有远见的人物，早就预料到正德皇帝利用太监的势力打击文官，动用锦衣卫特务迫害朝臣，这样的疯狂不会持久。将来正德皇帝一定会翻过脸来清算刘瑾这帮杀人凶手，以此安抚文官集团。到那时，不但这些给皇帝做打手的太监们要死，就连在非常时期入阁执政的阁老们也会受到连累，轻则声名扫地，早早退休，重则与太监同罪，落个替罪羊的下场。

也就是说，王华若在此时入阁，他这个阁老肯定当不长，几年后就会顶着一个"与奸党同流合污"的臭名摔下台来。倘若拒绝入阁，就会被皇帝抛弃，在官场上几十年的努力尽付流水，只剩下一个正派刚直的好名声。

是勉强做几年阁老，然后顶着污名被赶下台，还是早早退出政治，带着个好名声回家安静养老？这笔账并不难算。于是礼部左侍郎王华果断拒绝了皇帝的邀请，接着，他也就顺理成章地失了宠，下了台，先是赶到南京任闲职，很快就被迫退休了。

"人生在世不称意，明朝散发弄扁舟"，在这上头王守仁和老父亲王华的想法完全一致。

王守仁出狱的时候，王华早已动身南下。老父亲不在身边，王守仁心里也没了主心骨儿，只能赁屋而居先养养病再说。哪知刚歇了几天，上头忽然传出旨意，将王守仁贬为贵州龙场驿驿丞，即日赴任。

本以为得罪了皇帝以后必然丢官罢职，哪知正德皇帝却并未就此收手，反而委派给王守仁一个贵州龙场驿丞的差事。王守仁知道这驿丞是大明朝所有官员里最低级的差事，无品无级，小如芥子。至于贵州龙场在何处，则毫无头绪，尽力跟别人打听，也只大概听说龙场在贵州省府贵阳城外九十里之处，深山老林之中，汉苗杂居之所，听着就不是个好地方。其他的就打听不出什么来了。

无论如何王守仁已经得了皇帝的圣旨，就算再不愿意也必须去当这个驿丞。可王守仁是个官僚大户人家的公子，享惯了福，受不得苦，让他孤身一人到贵州深山里当驿丞，这是想也不敢想的事。好在贵州府也不缺他这一个驿丞，上任的事并不着急，王守仁打定主意，先到南京去见父亲，把事情商量一下，请父亲给他安排一两个忠心的仆人，再给他一笔钱，手里有银两，身边有人服侍，这才好去上任。

于是王守仁随便收拾了一个小包袱，离开京城到通州，找了一条小船沿运河南下，先到杭州，再由此转南京去见父亲。想不到刑伤初愈身子亏虚，得知父亲失宠后心情也难免颓丧，一路南下又受了些风寒，刚到杭州就病倒了，不得不在西湖边找了一间胜果寺，借寺里的禅房住着养起病来。

王守仁的老家在绍兴，离杭州尚有百余里，心情不好，也不想和家人见面，杭州城里虽有几个故交，都未通知，所以没人来看他。就这么静悄悄地住了七八天，觉得身子已经好起来了，忽听有人叩门，起身开门一看，面前却是个矮胖的中年人，满脸笑容，操着一口四川土腔问："从京城来的阳明子在这里住吗？"

阳明子，这是王守仁在家乡时自己取的一个号，除非故友，其他人未必知道。可眼前这个人王守仁又不认识，忙说："在下正是，请问先生是哪位？"

那中年人笑着说："我叫杨孟瑛，在杭州城里做知府，早知道阳明子是浙江省内的大才子，这次意外听说先生路过杭州，特来拜会。"

王守仁早年在绍兴的时候已经颇有才名，后来进京为官，又与大明朝第一流的才子李梦阳、何景明、边贡、顾璘、康海等人交往，不知不觉间已经积累了一份名声，平时在京城还不觉得，这次回浙江，竟然惊动杭州知府特意跑来见他，王守仁心里难免得意，笑着说："府台大人谬赞了。"

杨孟瑛却是一脸的认真："阳明先生不要过谦，先生在浙江的名声很大，诗作多被人传抄，我平时也读过几首，果然写得极好。最难得的是先生这次在朝廷上直言敢谏，做了一番事业，令人敬佩，在杨某看来，先生的才学虽然好，这份忠直更难得，今日特来拜望，又有一事相求。"

杨孟瑛并没有奉承王守仁的意思，但他说的却是王守仁最爱听的话，王守仁忍不住眉开眼笑，忙说："不知我能帮府尊做什么事？"

杨孟瑛笑道："想必先生也知道，杭州之美皆在一个西湖，唐代白居易在杭州做刺史，疏浚湖泽，开通六井，筑白公堤，留诗二百首，西湖因而成名；北宋东坡居士又开西湖，筑苏堤，留诗千首，西湖因而成为浙江第一胜景。可自元朝以后西湖渐渐淤塞，至今湖面已缩小过半，苏堤将要无存，景象颇为不堪，自我到任杭州以来，一直想学前辈榜样疏浚西湖，还杭州百姓一湖清水。但杨某无才，莫说留诗千首，就连十首也写不出——就算写成了，拿去与白子苏翁相比，也成笑话了。所以这几年我想尽办法收集文人墨宝，或一诗，或一序，或一文，想重修西湖之后从中挑选精妙文字镌刻左近，也算为西湖添一景吧。阳明先生是浙江大才子，无论如何要帮我个忙，写几首好诗留下来，你看如何？"

想不到杨孟瑛来商量的是这么一件露脸的事，王守仁大喜，忍不住笑逐颜开，

第一章　灵魂出逃

嘴上却说："我有什么本事，敢在前辈面前班门弄斧？"

王守仁说的是客气话，其实意思已经答应了。杨孟瑛是个做官的，也忙，不能久坐，又寒暄几句就告辞而去。王守仁把杨孟瑛一直送出寺门才慢慢走回来，哪知刚进跨院，忽然一条大汉迎面走来，见了王守仁似乎一愣，把他盯了一眼，又急忙低下头飞快地走进旁边屋里去了。

只被这人看了一眼，也不知怎么，王守仁觉得如芒在背，回到自己屋里，坐在案前想先写一两首诗，可脑子里总想着刚才外头碰上的那个人，越想越觉得不对劲，放下笔走到门口，从门缝里往外看，只见对面一间屋房门虚掩，刚才那人竟也在门缝里对这边窥视，两人目光一碰，那人急忙缩回头去了。

这一下王守仁更觉心惊肉跳，也不敢从门缝里偷看了，回身坐在圈椅里，越想越不对劲。

早年王守仁曾在刑部当过主事，到外地审结过案件，与抓差办案的人打过交道，知道这些人身上的与众不同之处。刚才在院里碰上的那个人身形健硕，表情严峻，脚步沉稳，目光如电，看起来很像是个差役捕快之类，可这些办案的人自然住在衙门里，怎么会跑到寺庙投宿？刚才那人对王守仁又刻意回避，若说他们是来抓人的，这庙里有什么人让他们抓呢？若说这些人就是来抓他王守仁的，为什么不动手，只在门缝里窥探？

王守仁强迫自己稳下心来，闭上眼凝神细听，禅院里安静得很，隐约能听到对面房里人说话，虽然听不清说的是什么，可那腔调分明是北京官话无疑。

记得初到胜果寺的时候，这间禅房还空着没有人住，这些人住进来就是最近一两天的事，倘若他们真是差人，从京城一路到杭州，又故意和王守仁同住一寺，同居一院，暗中窥视，却并不捉人，这是要干什么？

世上的事就怕琢磨，眼下王守仁真是越想越怕，脑子里凌乱不堪，浑身都是冷汗。

王守仁竟然猜对了，住在对面禅房里的是从京城派来的锦衣卫，他们此行的目的是受太监刘瑾的指使，要在去南京的路上刺杀王守仁。

刘瑾出身卑贱，无知无识，自幼净身入宫做了太监，靠着运气从最底层一步步爬上来，又因为会奉承皇帝，竟然成为正德皇帝身边第一号宠臣，当了司礼监掌印，控制了东厂、锦衣卫，手握生杀予夺的大权。太监的身份和畸形的成长经历扭曲了刘瑾的性格，使他变得凶残成性，阴冷嗜血。自从掌握大权之后，刘瑾除了公开迫害大臣以外，还借着特务之手安排了多次暗杀，包括暗杀反对他的提督东厂太监王岳；暗杀都给事中许天锡；暗杀司礼监秉笔太监范亨；对司礼监另一个秉笔太监徐智暗杀未遂；以及派人刺杀户部尚书韩文。这一次，刘瑾把眼睛盯住了王守仁。

其实在上奏劝谏皇帝的一群大臣中间，王守仁显得无足轻重，可刘瑾却不这么看，在他想来，皇帝发动政变驱逐阁老，御史言官上奏为阁老求情，而王守仁上奏替言官们求情，在这三批人里就数王守仁最讨厌。杀了王守仁，就等于警告朝廷里所有官员：不论是谁，得罪刘瑾就得死，即使皇上不杀他们，只要刘瑾一瞪眼，特务们照样可以取人性命！

接受了刘瑾的命令，两名凶悍的锦衣卫立刻尾随王守仁从京城来到杭州，本想等王守仁离开杭州去南京的路上动手。哪知王守仁生了病，在庙里住了好几天，这两个人只好也在庙里坐等王守仁重新上路。哪知一个不小心，竟被王守仁看出端倪来了。

此时的王守仁真是死生顷刻，危险到了极点。他自己也意识到这一点，吓得心惊肉跳，心知锦衣卫势力太大，就算公然杀人，官府也管不了。而王守仁一个病弱书生，在这两个凶手面前如同羔羊，根本没有反抗的余地，眼看情势危急异常，天一黑，也许这两个人就会对他下手，王守仁坐立不安，忽然情急生智，想出一个办法来了。

这天剩下的时间里，王守仁故意不避凶手，反而走出房来，坐在院里长吁短叹，下午又在房里假装哭了几声，总之装出一副颓废消沉的模样让刺客们看，吃了晚饭就点起灯火，故意敞开房门坐在案前读书，一直读到二更将尽才熄了灯，也不关房门，和衣躺在床上，假装睡了。

接下来的一个时辰对王守仁来说每分每秒都是煎熬，透过敞开的大门，院里每一点轻微的响动都让他惊恐不已，任何风吹草动都让王守仁误以为刺客正手持利刃摸上门来。好不容易熬到三更将尽，外面没有任何动静，显然，这些刺客并不知道自己的行踪已经被看破，也不打算在寺院里公然杀人，他们仍然在等待机会。

可王守仁已经不能等了。眼看夜色已深，院里静无声息，刺客们既然不想动手，这时候大概已经睡熟了，就把早已准备好的东西揣在怀里，悄悄出了禅房，从胜果寺里溜了出来，一直走到钱塘江边。

这时天交四鼓，黑糊糊的江岸上看不到一个人影，王守仁从怀里掏出事先准备好的小包来，里面是一件长袍，一顶方巾，一双鞋，还有一张纸，上面是自己匆匆写的"绝命诗"：

　　　　学道无成岁月虚，天乎至此欲何如；
　　　　生曾许国惭无补，死无忘亲恨不余。
　　　　自信孤忠悬日月，岂论遗骨葬江鱼；
　　　　百年臣子悲何极，日夜潮声泣子胥。
　　　　敢将世道一身担，显被生刑万死甘；
　　　　满腹文章宁有用，百年臣子独无惭。
　　　　涓流禅海今真见，片雪填沟旧齿淡。
　　　　昔代衣冠谁上品，状元门第好奇男。

王守仁是个有才情的人，一生写了无数诗词文章，其中写得最伤感的就是眼前这首了。大概心惊胆战之时完全没有灵感，也只能这样凑合一下了。

王守仁把衣服鞋帽整整齐齐地摆在江岸上，这首诗放在最上头，找一块石头压住，又看了几遍，觉得弄成这样也差不多了，于是急匆匆地走进夜色中去了。

第二天一早，江边的渔人发现了这些衣物和这首诗，一读之下，立刻以为这是有人跳江自杀，急忙报知里正。里正看着是条人命，又上报给了钱塘县。很快，消息传开，都说有个叫王守仁的跳江自杀了，想不到这个消息却惊动了一个赶考的秀才，此人正是王守仁的弟弟王守章。

原来这一年是乡试年，王守章到杭州府来考举人，已经在杭州住了一段日子，但兄长从北京到杭州，他却不知道，忽然听说王守仁跳江死了！把守章吓了一跳，急忙赶到江边来看，见了衣物和绝命诗，立刻信以为真，大哭失声，就在江边摆了祭品哭祭一番，这一下引来不少人围观，守章就把哥哥如何劝谏皇上，被奸党陷害下了诏狱，又被贬官发配的事对旁人说了，听众唏嘘不已，于是消息越传越广，很快就传到了杭州知府杨孟瑛那里。

王守仁在京城的事迹杨孟瑛都知道，本就对这位浙江才子十分钦佩，想不到王守仁竟然一时想不开跳江死了，杨孟瑛大惊，立刻也赶到江边来拜祭。

杨孟瑛在杭州已经做了六年知府，颇有政绩，百姓们十分推崇，都称他为"贤太守"。现在见这位贤太守也亲自到江边来拜，大家更把王守仁重视起来，都争着传说他如何忠勇，又是何等才情，觉得此人死得可惜，这一来又引得杭州府里学子名流们都动了情，纷纷到江边来拜祭，一伙人刚走，一伙人又来，热闹非凡，到后来，连浙江按察使、布政使都忍不住到江边来看了一眼，给王守仁上了炷香。

就在王守仁失踪的第二天，那几个盯梢的刺客已经发现了，在杭州附近遍寻不见，正在着急，却听说王守仁跳江自杀了。这几个都是办案的老手，起初不信，可到江边一看，来拜祭的人竟然如此之多，其中不乏名流绅士，又有各级官员，不少人都写了祭词，个个情真意切，也有临江洒涕哭上几声的，看了这个阵势，锦衣卫不得不相信，王守仁真的已经跳江自杀了。

这时的王守仁已经离开杭州，坐上一条海船漂出了钱塘江。

虽然凭着机智从锦衣卫手中死里逃生，可王守仁并不肯定自己那个自杀的假象真能骗得过锦衣卫，也知道锦衣卫遍布各地，势力太大，只要自己一现身，立刻就会遭到暗算，南京根本不敢去，绍兴老家也不敢回，干脆把牙一咬，乘船逃往福建，躲进了武夷山。

这时的王守仁真是急急如丧家之犬，惶惶似漏网之鱼，不管走到哪里，总觉得有人盯梢，随便碰上个面目凶恶的人就以为撞上了杀手刺客，城镇村舍都不能安身，只好找了一处小道观住下来。

只为了一份对皇帝的忠心，先是被拷打下狱。再是贬官折辱，最后竟遭人追杀，王守仁心里又酸涩又委屈，真如落花逐流水，空付痴心没有下场，每日里愤世嫉俗，自哀自怜，两眼满满的都是泪，看着道观里的道士们每日打坐冥想，洒扫庭院，人人脸上都带着笑意，真是说不出的洒脱坦荡，忽然很羡慕这些出家人过的日子，越想越有意思，自己也生出一个出家做道士的心思来了。

王守仁年轻时就喜欢悟道参禅，道家的书读过不少，在这上头早就入了门儿，现在忽然生出一片道心，也不奇怪。这个心思一动，在房里坐不住了，找了个小道士，说要见观主。那小道士进去片刻，引着一位白发如雪的老道走了出来，远远看见王守仁就笑着念道："二十年前曾见君，今来消息我先闻。果然是故人到了。"王守仁一愣，仔细看去，这位老道士好像在哪见过，细细才想起来，原来自己二十年前成亲之时，曾到江西南昌迎娶新娘，那时在一个叫铁柱宫的道观里游览，与这位老道士有过一面之缘。

想不到自己刚生道心，就遇上故人，如此巧合，更让王守仁觉得自己合该在此出家做个道士，忙说："想不到竟在此处遇到老法师，真是缘分不浅。在下素来有修真养静之心，今日特来拜见，想求法师收为弟子，从此就在道观里修行。"

早在出来与王守仁相见之前，老道士已经隐约知道有个外来的人，不知受了什么委屈，在道观里住了好些日子。想不到一见之下竟是这位状元公子。二十年前王守仁的父亲就已是达官显贵，如今想来应该更上一层楼才对，怎么状元公子竟会流落荒山，而且想出家修道？不觉好奇，先不答王守仁的话，只说："你怎么会来此处，把缘故给我讲讲如何？"

自从朝堂上受了气，这半年来王守仁倒很愿意把心里的委屈讲给别人听，于是将皇帝如何驱逐阁老、监禁御史，自己怎么上奏劝谏，却因言获罪，受廷杖，下诏狱，被贬驿丞，连累父亲外放南京做了闲官，现在刘瑾这个奸贼竟派刺客来杀他，种种苦难悲惨走投无路，都对老道士说了一遍。

听了这些话，老道士沉思良久，说了一句："依我看，居士并不适宜出家。"

道门虽然清净，可道法却是劝人出不劝人进的。现在王守仁满心都是惶恐悲凉自伤自怜的杂念，这样的心气儿，根本做不得出家人。老道士修行多年，心思澄明，早把王守仁的心事看透了，故而有此一说。王守仁却不能解，忙问："老法师为什么说我不能出家？"

那些有修为的和尚、道士都最会劝人，现在老道士就笑着对王守仁说："若论你的悟性，做个出家人未尝不可，可如今你被朝廷贬为龙场驿丞，虽然官微职小，毕竟还是官身，有旨意在，你怎么能不去赴任呢？倘若居士就此隐居武夷山，做了出家人，时间一长，贵州那里不见你到任，必然报上去，刘瑾这个奸贼正好抓住机会，说你不奉皇命，不肯上任，回过头来陷害你父亲，要是这样你该怎么办？"

老道士的一句话真把王守仁问愣了，半天才说："这我倒没想过……"

王守仁这个人表面上聪明透顶，才情过人，其实没经过世面，没吃过苦，心里也没有大主意，这样的人其实好劝。现在听了这话，老道士微微一笑，又说："孝亲是大节，岂可不顾？我看居士不要再生非分之想了，还是赶紧想办法到贵州上任去吧。"

老道士果然有本事，随随便便一句话就打消了王守仁出家的闲心。赶紧谢了人家，又在道观里住了几天，就离开武夷山，由福建进江西，沿章江东下，到南京找老父亲去了。

无尽的苦难

侥幸躲过一场追杀，又到武夷山走了一遭，王守仁终于还是要去贵州当那个命里注定的驿丞。

这时的王守仁已成惊弓之鸟，总觉得自己被人跟踪，时时担心遭到暗害，不敢直接到南京去，只得绕了个大弯子，先横穿半个福建到了江西，从赣江东下到南昌，又从这里雇船出鄱阳湖进入长江，经安庆、芜湖到南京，这一路上始终走水路，没事不上岸，尽量隐藏形迹，以免被人盯上。

这时候老父亲王华已经知道王守仁被贬为驿丞的消息，也估计儿子去上任之前必来南京相见，可等了很久也不见人来，忽然又接到王守章送来的信，说兄长在杭州跳了钱塘江！真把王华吓得够呛。正在悲伤之时，王守仁忽然从天而降，一家人又惊又喜。

王守仁到南京已是正德二年十月间的事了，这时御史言官被皇帝释放已近一年，离王守仁在杭州遇到刺客也有大半年了。这段日子朝廷的局势更趋缓和，大臣们早已不敢反抗，正德皇帝对文臣的迫害也停止了。大太监刘瑾权倾朝野，手里掌握着京城禁军十二团营，东厂、西厂、内行厂三个特务机关，对外以司礼监掌印的身份与内阁首辅平起平坐，满朝官员无不仰其鼻息，心惊胆战。而刘瑾意气风发，大权独揽，每天卖官鬻爵，收贿索贿，忙得不可开交，早把"王守仁"三个字忘到九霄云外去了。

对刘瑾来说王守仁不过是只蚂蚁，踩了一脚没踩死，就不值得再踩第二脚。

这对王守仁而言当然是值得庆幸的事，在南京城里休息了一个多月，这才和父亲商量到贵州当驿丞的事。于是王华给儿子准备了一笔钱，找两个忠实可靠的仆人跟着他，又嘱咐了无数的话，这才让王守仁离开南京，到龙场驿上任去了。

正德三年春天，也就是被贬为驿丞整整一年之后，王守仁在王祥、王瑞两个仆人的陪同下慢吞吞地到了贵阳，先到知府衙门递了公文，又歇了几天，这才出了贵阳城往深山中的龙场驿走去。

贵州一省山高林密，土瘦石多，地僻民稀，自古是个边远贫穷的地区。在这里生活的百姓各族杂处，其中又以苗族、彝族实力最强。在贵阳城外的深山里就有一家著名的彝族土司，号称水西土司，在此建立基业千年之久，至今已传七十四代，据说古人相传的"夜郎国"指的就是这位大土司的领地。

明朝刚建立的时候，明太祖朱元璋在边远地区分封土司，以土司们的地盘大小、功劳多寡而定官职，有宣慰司，宣抚司，招讨司，安抚司，长官司等土官职务。因为水西土司领地东起威清，南抵安顺，北临赤水，西面越过贵州省境一直延伸到四川的乌撒。领地之内分为十三个"则溪"，相当于汉地的十三个县，其中最大最富裕的则窝则溪由大土司自领，另外的于的则溪、化角则溪、六慕则溪、以著则溪、陇胯则溪、朵你则溪、的都则溪、火著则溪、架勒则溪、要架则溪、雄所则溪等十二则溪分别由土司家族的十二个宗亲执掌。号称有土地千里，子民四十八万，土司自称"君长"，与手下的土舍、土目都以血亲为纽带，针穿不进，水泼不透，雄霸一方，实力极强，朱元璋就封水西大土司为从三品宣慰使并赐姓"安"，这是土司之中最高的品级。从此以后，水西土司就以"安"为姓，以表归附朝廷之意。

为了进一步表明归顺朝廷的诚意，水西土司在其领地上先后建起龙场、六广、谷里、水西、奢香、金鸡、阁鸦、归化、西溪九座驿站，以奢香驿为中心，联结成一个消息传递的网络，使朝廷和土司互通声气，既保证了朝廷的政令畅通，又让中原的文明教化流入水西的深山密林。在这九座驿站之中，王守仁担任驿丞的龙场驿站规模最大，离贵阳城也最近，其间相距只有九十里。

然而这区区九十里路其实山高水远，山里山外简直是两重天下，两个世界。

出贵阳城不久就进了山，目之所及尽是古树藤萝，耳中所闻全是狼嚎虎啸，原始丛林一直伸展到天际，到处是一股沉闷的腐臭气息，空气中夹杂着致命的瘴疠，随时准备把贸然进入莽林的外乡人拖垮打倒，让他埋骨于此。

这吓人的林莽其实只是小患，对王守仁而言，当地的局势民情才是大患。

水西一带多民族杂居，各民族、各山寨之间多有世仇，纠结不清，征战仇杀数不胜数，自古就是一块多事之地。明朝建立之后，彝族土司在朝廷扶植下一家独大，成了当地的首领，而苗人既要受土司的统治，又遭大明朝廷压服，不得不结寨自保，既不服从土司，又对抗官府。水西旁边就是普安州，这里的苗人和明朝官府为敌作对已经多年，屡次大规模起事反叛，朝廷不得不一次次派兵镇压，而水西土司既受了朝廷敕封，当然要替朝廷卖命，于是一次次进兵普安州，与当地苗人互相攻杀，仇恨结得越来越深。

在水西土司周边又有播州土司、酉阳土司、恺黎土司、广西的岑氏土司、湖广的彭氏土司，一个个凶强好斗，为了争夺地盘不断相互攻杀，战火从未停息。水西土司内部的各土舍、土目都是土司宗亲，对外之时尚能抱成一团，回到家里却争权夺势，内讧不停，大到争夺土司之位，小到土目之间的仇杀乱战，这片无边莽林之中到处是凶手，处处埋尸骨，没有一天消停。小小的龙场驿站就像血腥战场中漂着的一座孤岛，背靠贵阳府城，面对千里蛮荒，仗着官府的势力和水西大土司的保证才勉强维持下来。在这个地方当驿丞，随时可能染病而死，或被猛兽拖入树丛，或被毒虫之类咬上一口，不治而亡，或者自己也不知道得罪了什么人，忽然被捅上一刀，射了一箭，就这么稀里糊涂送了性命。

现在龙场驿丞王守仁提着脑袋走进这么一座恐怖的莽林，能不能活着出来，他自己也不知道。

短短九十里山路，王守仁整整走了五天，到第六天，这位原礼部侍郎的公子才被两个仆人搀扶着一步步挨到了驿站，可抬头一看，王守仁顿时傻了眼。

想不到龙场驿站早就垮了。

龙场驿站原本只有驿丞一名，驿卒一人，房舍数间，置办铺盖二十三副，备有驿马二十三匹，可王守仁到任之前，龙场驿丞早就死了，现在只有一个驿卒照顾着那些驿马。驿站的房子也塌得只剩了两间，全都拿来养马，连个住人的地方都没有。

其实驿站上有没有房子，王守仁都住不得。

第一章　灵魂出逃

在贵阳府报到的时候地方官早就告诉王守仁，驿站是朝廷传递消息用的，官员赴任、出行也可以在驿站住宿，可王守仁是个戴罪贬职的官员，依例不得入住驿站，哪怕他担任的是驿丞，也是个戴着罪的驿丞，照样不能在驿站住宿。

身为驿丞，却不配在驿站里住宿，这个规矩真让人哭笑不得。王守仁和王祥、王瑞只能大眼瞪小眼地干坐着。愣了半天，王守仁不得不问："咱们今天夜里住哪儿？"

王守仁活了三十五年，一向是衣来伸手饭来张口，像今天这样眼巴巴地询问住处，还是有生以来第一次。可荒郊野外的，两个仆人也不知道如何安排。好在王瑞手巧，从驿卒那里借了把砍刀，胡乱砍了些树枝在空地上搭了两个棚子，一个让王守仁住，两个仆人挤着住在另一个棚子里。王祥跑到驿站里生了个火，熬了点儿粥，三人勉强填饱肚子，天也黑了，就各自钻进窝棚躺下了。

可这时的王守仁哪里睡得着？

贵州的初春阴冷异常，刚砍下的树枝上还带着露水，人往上一躺，衣裳都湿透了，潮气浸入肌骨，只片刻工夫就觉得骨缝儿里生疼，浑身冷得打战，身下硌得难受，躺了半天，实在忍无可忍，坐起来就想骂人，话到嘴边又收住了。

人在难处，不像往常了，还是把脾气收起来的好。

想到这儿，王守仁心里酸涩难忍，孤坐在草棚子里，不由得想落泪。可还没等眼泪落下来，却听外面淅淅沥沥下起雨来了。

贵州深山中原本多雨，初春之时雨水更多，三日一场大雨，一日一场小雨。这时下的还是小雨，不疾不徐的，王守仁并没在意，反觉得这雨下出些诗意来，正在玩味着，忽然脖子里一凉，几滴水珠儿顺着脖领子流了进去。

其实王瑞的手没有那么巧，搭的草棚子能遮些风，却挡不住雨，转眼工夫四处淌水，漏得一塌糊涂。王守仁还坐在草棚里硬扛，两个仆人却待不住了，飞跑出来拽起王守仁，也不管什么朝廷禁令，一头钻进马棚里，就在牲口脚底下好歹睡了一夜。

到龙场的第一夜凑合过去了，可后面怎么办？且不说朝廷的王法，王守仁这位公子总不能在牲口棚里过日子吧？没办法，主仆三人只好在附近山上转悠，好不容易找了个不大的洞子，钻进去住了下来。

从这天起，王守仁被两个仆人陪伴着在驿站旁边的小山洞里安了家，每天三碗野菜粥当饭食，一两个月未必见一次荤腥，倒不是王守仁袋里没有银子，而是龙场驿站被隔绝于世界一角，与天下不通消息，有钱也买不到肉吃。

石洞虽然不像草棚子漏雨，可洞里照样湿冷难耐，王守仁这个公子哥儿本来身体就弱，在山洞里住久了，只觉得腰酸骨疼，浑身从里到外都像发了霉，说不出的难受。

然而最让王守仁受不了的，还是那无边无际可怕的孤独感。

龙场驿是官府和土司取得联系的地方，可官府管不了土司，土司也不与官府打交道，所以龙场驿站虽然养着二十三匹驿马，却一年到头没有一件公事。贵阳城里的汉人嫌龙场偏远，没人到这里来，深山里的苗人又嫌龙场离贵阳城太近，也不肯来，于是驿站里除了那个闷声不响的驿卒，就剩下王守仁主仆三个。

王祥、王瑞都是王华亲自为儿子挑选的忠仆，办事妥当，为人勤谨，来龙场的路上他们把王守仁伺候得很好，在龙场住下之后一开始也能尽职，可这两人也没想到龙场竟是这么个鬼地方，时间稍长，王祥、王瑞也受不了，虽然不至于弃王守仁而去，可言语中没了早前的恭敬，手脚也不那么勤快了。衣食方面渐渐照顾不周，王守仁说他们几句，这两人就摔盆砸碗，做脸色给主人看。

此时此地，王守仁奈何不了这两个仆人，只能忍气吞声，烦闷了就到深山里乱走。有一次走得远些，竟在林子里发现一座苗人的寨子，这时候的王守仁寂寞得要发疯，见了人就想往前凑，哪想守寨的苗兵见他是个汉人，老远就大声吆喝，端起弩机吓唬他，王守仁赶紧跑了回来，以后再也不敢到苗寨去了。

驿站上无人与他说话，苗寨又去不得，王守仁走投无路，想起年轻时曾经跟着道士学过打坐的法门，就每天在山洞里学着打坐，本意是静心凝神，寻一个尘世外的出路，哪知心浮气躁，越坐越烦乱，满脑子都是胡思乱想，一时恨刘瑾迫害他，一时怨皇帝不能体谅他的忠心，被人无辜毁弃，还要受这无边的苦难，每念及此愤恨欲狂，在山洞里指天骂地，甚至一个人跑到老林子里去骂皇上，骂奸党，恨到极处痛不欲生，难免大哭一场，骂够了哭完了，一回头却又想起远在南京的父亲，在家等他的妻子，想起自己在深山里受罪，孝亲不能，温存不得，苦不堪言，肝肠寸断，回想二十年寒窗苦读，只读出"忠孝"两个字来，现在忠而见弃，孝亲不能，被贬深山，隐居不得，这一辈子已经毁了，心里那份沮丧颓废实难用语言形容。

第一章　灵魂出逃

就这么在龙场驿站苦熬了小半年，王守仁只觉得身子虚弱不堪，精神萎靡不振，一天到晚灰溜溜的，心里总有几回想到"死"上头去，一时想着到树林里上吊，一时想着干脆拿起柴刀抹脖子，只是拿起绳，摸过刀，却下不了这个狠手，又退缩了。于是自怨自艾，觉得身虽偷生，心却已死，就偷着给自己住的山洞取了个名字叫"石棺材"，嘴里不说，心里却时常暗暗诅咒，恨不得生一场大病，或者出门碰上虎狼，立刻死了才痛快。

就在这孤独、苦闷与绝望之中，王守仁写了那首著名的《去妇叹》：

委身奉箕帚，中道成弃捐。苍蝇间白壁，君心亦何愆！独嗟贫家女，素质难为妍。命薄良自喟，敢忘君子贤？春华不再艳，颓魄无重圆。新欢莫终恃，令仪慎周还。

依违出门去，欲行复迟迟。邻妪尽出别，强语含辛悲。陋质容有缪，放逐理则宜；姑老藉相慰，缺乏多所资。妾行长已矣，会面当无时！

妾命如草芥，君身比琅玕。奈何以妾故，废食怀愤冤？无为伤姑意，燕尔且为欢；中厨存宿旨，为姑备朝飧。畜育意千绪，仓卒徒悲酸。伊迩望门屏，盍从新人言。夫意已如此，妾还当谁颜！

去夫勿复道，已去还踌躇。鸡鸣尚闻响，犬恋犹相随。感此摧肝肺，泪下不可挥。冈回行渐远，日落群鸟飞。群鸟各有托，孤妾去何之？

空谷多凄风，树木何萧森！浣衣涧冰合，采苓山雪深。离居寄岩穴，忧思托鸣琴。朝弹别鹤操，暮弹孤鸿吟。弹苦思弥切，巘岏隔云岑。君聪甚明哲，何因闻此音？

王守仁一生写诗无数，其中最动情的大概就是这首，而写得最糟糕的也是这一首。在这诗中，王守仁竟把自己想像成一个被丈夫抛弃了的小妾，自称命如草芥，卑贱得连向皇帝哀告讨饶都不敢，那份欲去还留恋恋不舍的心意，看得人好不恶心。

在诗的最后，王守仁已经连寄物伤情都做不到，而是直端端地写起他自己来了。"冈回行渐远，日落鸟群飞"，"离居寄岩穴，忧思托鸣琴"，这哪是什么"弃妇"？分明是王守仁在龙场见的景致，在那口"石棺材"里过的日子。所不同的是，此时的王守仁手里连张琴也没有，否则真的弹一曲《别鹤操》，啸几声"孤鸿"，就更有江南高士的悲戚风味了。

　　自伤自怜的人眼界最窄，根本看不到身边事。王守仁虽然在龙场待了半年，却还不知道与他朝夕见面的驿卒叫什么名字，苗寨他去过一两次，怕苗人害他，不敢近前，只是远远看着，指望着从中借点儿人气，可走在路上偶尔遇见苗人，他却嫌这些人肮脏粗蠢，避之犹恐不及。王祥、王瑞两个人天天伺候着他，虽然不怎么恭顺，好歹不离不弃的，可这两个仆人平时过的什么日子，王守仁却从来不问，每天只知道自哀自叹，就像温水锅里的一条鱼儿，翻来覆去地一遍遍煎熬自己。直到有一天早上王守仁发现王瑞躺在地上哼唧着起不了身，用手一摸，额头火烫，才知道王瑞生病了。

　　王瑞病倒了，自有王祥照顾他，王守仁自己连粥也不肯煮，衣服也不会帮着洗，最多每天早晚看看王瑞的病势，随便问他一声，其实并没上心。哪知过了两天，王瑞的病还没好，王祥竟也病倒了，到这时候王守仁才知道害怕。

　　龙场这地方是个绝地，潮热氤氲，瘴气横行，毒虫遍地，没有东西吃，连喝的水也不干净，请医用药更是想也不敢想的事。在这个鬼地方只有世居于此的土人活得长，外面来的汉人实在很难适应，俗称："入山一月即病，病后三日即死，死后一日即朽。"这些惨事王守仁亲眼见识过，不由得不信。

　　现在王祥、王瑞两个都病了，整日高烧不退，躺在地上起不来，王守仁也不知道他们生了什么病，心里胡思乱想，认为必是受了瘴气，却不知如何治疗，只能闷在"石棺材"里着急，到后来才慢慢想到，病人总要喝点稀粥，好生休息调养才行，急忙跑出去给两个仆人生火煮粥。做这样的事对王守仁来说是平生第一次，光是生火就搞了个把时辰，把自己熏得脸色如鬼，忙忙叨叨地不知费了多少力气，好歹把一釜粥熬熟了，自己顾不得吃，急忙进洞来喂两个仆人吃粥。见他们吃了热粥稍稍发了些汗，人也有点精神了，这才放下心来，顿时觉得自己肚子饿了，也盛了一碗粥吃。

　　从这天起，王守仁被龙场这鬼地方逼着学会了照顾别人，每天在山洞内外跑进跑出，对王祥、王瑞嘘寒问暖，仆人身上的脏衣服换下来，也是王守仁拿到溪水旁去洗净，在洞外的石头上晾干。病人身子虚，每天两碗稀粥太清淡，王守仁只得跑到驿站去求驿卒，弄几片腊肉切了放在粥里煮，让两个仆人能尝点荤腥，又学着别人的样子出去摘野菜，采回来一捆子，让王祥看了一眼，大半是不能吃的杂草，好容易拣出几棵菜来，也都切了放在粥里煮，让两个仆人换换口味。

一连几天，王守仁忙得像滚地陀螺，双眼一睁就手脚不闲，到晚上，病人睡熟了才能打个盹儿。就这么苦撑了些日子，王祥、王瑞病好了些，已经能起身了，只是身体仍然虚乏，没力气走动，整天灰溜溜地坐着发愣，一开口就说起家乡的事，难免长吁短叹，王守仁知道病人更易恋家，自己是个犯罪的人，困在龙场无可奈何，这两个仆人没有罪，却被自己拖在龙场有家难回，心里过意不去，就搜肠刮肚引出些话题来，免得这两人总往坏事上想。

可王守仁是个读圣贤书的人，肚子里除了经史子集就没有别的货色，一张嘴总离不开"子曰诗云"，两个仆人只勉强认得几个字，一本正经书也没读过，王守仁说的话他们听不懂，也不爱听。没办法，王守仁只得把早年读过的几本笑话集从脑子里翻出来，编些杂七杂八的笑话逗仆人一笑。或者跟两个仆人一起唱唱家乡小戏，听他们说些家里的琐事。天气好的时候，三个人就在洞外坐着，随口说些家长里短，有问有答，有说有笑，倒挺惬意。

不知不觉地，龙场的日子就这么一天天过下去了。等王祥、王瑞的身子彻底好了，又能做事了，王守仁回头一想，忽然发现已经有个把月的时间没写过诗，没骂过刘瑾，甚至连家都没怎么想起来了。

对王守仁来说，他这辈子还是头一回放下身段，实心实意地为别人着想。如果王守仁还是礼部侍郎的公子，朝廷里的六品主事，他永远不会这样做。而现在，就在这坟墓一样孤寂的龙场，在煮粥、洗衣、说笑话、唱小曲的过程中，王守仁感受到了自谪居龙场以来所未有过的充实和快乐。

第二章 绝境中悟道

龙场悟道

　　自从挨了廷杖，下了诏狱，王守仁一直在思考，可一年多来他脑子里想的始终是忠而见弃，退隐山林，说穿了，就是一个"冤"一个"怨"，来来回回在这两个字上打转。及至到了龙场，日子虽苦，毕竟瓮里有粮，袋里有钱，身边还有两个仆人伺候着，远不至于到了绝望境地，王守仁却一味地自伤自怜，甚至专门写一首《去妇叹》向天下人诉苦，仔细想想，真正把王守仁逼入绝境的不是皇上，不是刘瑾，也不是这座沉闷恐怖的龙场驿，而是王守仁自己心底的私欲。

　　是啊，王守仁其实是个自私的人，不论做官的欲望还是归隐的念头，无不出于私心。在诏狱里受罪的时候，他肚里的小算盘打得山响，算来算去，算出一个归隐避世躲清闲的主意来。可王守仁半辈子读的是圣贤书，那上头分明有孔派曾子说的："士不可以不弘毅，任重而道远。仁以为己任，不亦重乎？死而后已，不亦远乎？"按曾子的主张，儒生学的是政治，都是"仁以为己任，死而后已"的，怎么能避世隐居躲清闲呢？

　　谁要避世？谁要躲这个清闲？说穿了，还不是王守仁自己吗……

　　可惜天不遂人愿，王守仁没能去躲清闲，反被扔到这荒山野林里受苦，于是王守仁或怒或骂，自怨自怜，又伤又痛，一颗心只在小算盘上打滚儿，两只眼睛只在自己身上转悠，越是这么任性、这么纵容私欲，人生之路反而越窄，弄到最后，竟成了住在"石棺材"里的活死人。

就是这么个撒娇使性、半死不活的纨绔子弟，却机缘巧合，意外地照顾了一回病人，忙碌了个把月，早先一直端着的那个名士、忠臣、大才子的架子也放下了，王守仁忽然感觉到了轻松，感觉到了充实。

儒家学说是个"存天理灭人欲"的学问，可什么是天理？什么是人欲？有时候还真难以分辨。以前王守仁只知道胡思乱想，可是经过一番苦痛折磨和一场小小的"解脱"之后，王守仁终于静下心，就在龙场这个小山洞，在黑沉沉的暗夜里，在这口结结实实的"石棺材"里试着整理自己的人生，分辨其中的"天理"和"人欲"，思考起世间的哲理和人生的意义来了。

王守仁是状元公之子，从小就是个聪明透顶胆大包天的孩子王，十几岁时对教书先生说过一句："读书考状元不算人生第一等事，只有'做圣贤'才是人生第一等事。"一语惊四座，知道这事的人都夸这孩子有志气。这"做圣贤"的志气是个天理吗？仔细想来似乎不是，因为王守仁说出这种孩子话来，不过是个争荣夸耀的虚荣心罢了，虽然长大以后他也着实在"成圣贤"三个字上用过功，苦读过几年圣贤书，累得生了一场大病，却一点儿收获也没有，究其原因，还是他心里根本不懂什么是"成圣贤"，说大话给人听也好，下苦功夫读书也罢，为的还是高人一等，让别人赞他，羡慕他。

这是"人欲"。

后来王守仁做了官，可他这个官做得马虎，心思不在事业上，先是与一帮大才子结交，和他们一起舞文弄墨写诗填词，可王守仁的才情又不如这些才子，时间一长觉得无趣，退出来了，又自己学道，学佛……可写诗也罢，学佛道也罢，和早年"成圣贤"的空话一样，还是做给别人看，说给别人听，想让别人赞他，羡慕他。弄来弄去，还是在"人欲"里打转儿。

正德皇帝发动政变驱逐阁老的时候，王守仁上奏劝皇帝停止迫害大臣，立刻释放御史，现在想来，这是他一生中所做的最接近"天理"的事，可他心中这个"天理"显然并不牢靠，以至于受了廷杖下了诏狱，"天理"就瓦解了，改而一心归隐，想回家去做个乡绅。

这归隐的心思，又是"人欲"。

现在王守仁到了龙场，苦不苦？实在很苦；但细想起来，他所受的苦也还未到极点，这半年来他自怨自艾，躺在"石棺材"里流泪，写那些哀伤悲切的诗，都是在撒娇，是做个受苦受冤的样子给自己看，也给身边的人看，说穿了，还是希望别人赞叹他忠直，同情他受苦——就算龙场这地方没人赞他，没人同情他，王守仁还可以赞叹自己，同情自己。

说来说去，还是"人欲"。

只有最近这一个月，王守仁做的事与前面三十多年所做的都不同，他眼睁睁看着两个仆人病得要死，为了救人，立时抛下一切空想法，放下所有空架子，煮粥浣洗，说笑唱曲，尽一切力量照顾这两个仆人，这样照顾人，对这位公子哥儿还是平生第一次，这么做不是为了让两个仆人感激他，更不是要让别人称赞他，王守仁做这一切只有一个目的：真心实意地希望两个仆人能够尽快恢复健康。

这一次，王守仁的想法十分诚恳，毫无私心杂念。

没有私心杂念，只是一片真诚，王守仁照顾病人这件小事，竟是个"天理"。

王守仁自认是个正直的儒生，自以为半辈子都在"存天理灭人欲"，可现在他才明白，这些年来他的所作所为大半皆是"人欲"，"天理"竟是极少。最可怕的是，王守仁心中的"人欲"竟然泛滥不绝，而"天理"只是偶尔一闪念，就算抓住了也把持不住，顷刻又消逝了。

古圣先贤说过："人心惟危，道心惟微，惟精惟一，允执厥中。"现在经过一场反思的王守仁真正明白了什么叫"人心惟危，道心惟微"。

——人欲泛滥不止，天理稍纵即逝，"人心"之危急险恶，"道心"之微弱渺茫，真是触目惊心，让人越想越怕。

好在当下的王守仁手里还握着一个"天理"，没有被险恶的"人欲"吞噬。他也记得《孟子》里有一句要紧的话："恻隐之心，仁之端也；善恶之心，义之端也；辞让之心，礼之端也；是非之心，智之端也。……凡有四端于我者，知皆扩而充之矣。"又说："苟能充之，足以保四海；苟不充之，不足以事父母。"这句话里，"知皆扩而充之"是个根本，找到心底的良知，把它放大，这是最要紧的。

王守仁手里握着一点"天理"，这一点天理是如何来的？是在全心全意照顾病人时自然从他心底生发出来的。按孟子的话，这"全心全意照顾病人"当然是个"恻隐"，而恻隐之心是"仁之端也"。

仁，孔夫子最看重这个字。孔子对弟子说过什么？他说："仁者，爱人。"这么看来，"爱人"就是"仁"。王守仁真心实意照顾两个仆人，就是"爱人"，虽然他爱护的仅仅只是两个人，但就从这一点小小的"爱护"中，已经生出一个天理良知，就是这么一个小小的天理良知，已经足以让王守仁摆脱痛苦，感觉充实。

仁，竟有如此效力，爱，能使自己充实，若再依孟子所说的"扩而充之"，由爱身边人到爱周围人，以至爱天下人，这效力将是怎样，这感觉又会是如何呢？

这是孔子说的"天下归仁"吗？这是《礼记》所说的"天下为公"吗？这是传说中的"圣人"境界吗？

王守仁是个正直的好人，他心里原有个"成圣贤"的志向，只是一直不知道该怎么做。现在他知道了，"爱人"就是"仁"，"仁"是个"良知"，把这个良知"扩而充之"，由爱身边人到爱周围人，直至真心实意去爱天下人，这就是"扩大公无我之仁"，这就能成圣贤了！

就在不经意间，睡在山洞里的王守仁忽然找到了天下儒生都在追求的"成圣贤"的路，又惊又喜，猛地坐起身来，嘴里发出一声响亮的欢呼！

黑暗中这一声叫喊，顿时把王祥、王瑞给吓醒了，不知王守仁这是发什么疯，或是让什么毒虫咬着了？赶紧点起灯火凑过来，见王守仁席地而坐，满脸喜色，王祥忙问："公子怎么了？"

这时的王守仁满心都是热切的想法，必须找个人倾诉一下。见王祥过来，立刻一把扯住："你坐下，我跟你说几句要紧的话。"

听说是要紧的话，王祥也就呆头愣脑地坐下了。王守仁立刻问："孔夫子说：'夫仁者，己欲立而立人，己欲达而达人。'这话你听过吗？"

王祥其实不知道这话，可是被王守仁弄糊涂了，下意识地点点头。王守仁也不管他，急火火地说道："孔子说：'仁者，爱人。'这'立人'和'达人'其实都是'爱人'的意思，可见爱人、立人、达人，都是一颗仁心，在这上头没有分别。可孔子为什么又说'己欲立'、'己欲达'呢？这才是关键！谁想成仁？是我自己！谁想爱人、立人、达人？还是我自己！你看，孔子在这里说的首先是个'自我'，你说对不对？"

王守仁这些话说得没头没脑，王祥一句也没听懂，瞪着两眼嘴里勉强"啊"

了一声。

有这一声答应,王守仁就当王祥听懂了,接着又说:"孔子说:'三人行必有吾师,择其善者而从之,其不善者而改之。'以前我只看到前半句,心里总琢磨着:三个人走在一起就有一个可以当我的老师,可见人生在世应该谦逊到什么地步!可刚才一闪念间,忽然想起这后半句来,原来孔夫子要说的并不是'必有吾师'一句,而是告诉学子——别人身上的优点要学习,别人身上的缺点也要留意,自己若有这个缺点,务必改正。这里头所说的'师'其实不是老师,而是个'借鉴'的意思。别人的优点要借鉴,别人的缺点也要借鉴,谁在借鉴呢?是我!"

王守仁着急忙慌地说了这些话,王祥根本不知道他在说什么,只知道王守仁没被毒虫咬着,看起来也没什么病疼,不用去管,于是昏昏欲睡。可一只手被人家扯着不放,想躺都躺不下,只得胡乱问了一句:"公子要借鉴什么?"

这时候王守仁满心都是想法,也没工夫理会王祥,自己略想了想,又说:"小时候父亲对我说过,整部《论语》里头最要紧的只是一句话:'克己复礼为仁,一日克己复礼,天下归仁。'这话我记在心里三十年了,却怎么也不能理解。你说,我连懂都不懂,又怎么能做到'克己复礼',又如何能够'归仁'呢?可刚才我突然想到了,原来父亲告诉我的话也只是半句,孔子当时说的是:'克己复礼为仁,一日克己复礼,天下归仁焉。为仁由己,而由人乎哉?'前面告诉我们,'仁'的最高境界就是要'克己复礼',后面这半句却是告诉我们怎么才能'成仁'!我光看了前半句,却忘了后半句,把成仁的'法门'给丢掉了,'仁'都成不了,'克己复礼'又如何做呢?这真是贪其小而失其大了。"

王守仁这些话王祥勉强听进耳朵里一两分,稀里糊涂地问了句:"'为仁由己'是个什么?"

给王祥这一问,王守仁更来了精神:"'仁'这个字眼儿了不得,此是儒学的核心根脉所在!古人对'仁'的解说庞杂无章,大而无当,似乎天下万事万物无所不包,但我觉得'仁'就是个圣人境界罢了,关键是要明白什么才是圣人境界。孔子认为'克己复礼'就是仁,也就是说,能够达成'克己复礼'的就是圣人了。可他却又说,'仁'这个境界是由自己来寻找,自己去实现的,并不能从别人那里求来,所以才说'为仁由己,岂由人乎哉?'也就是说'圣人境界'本来就在咱们的心里了,不必到外面去找,而这个'圣人境界'说穿了又只是个'克己复礼',

这'克己复礼'究竟又是什么？"

说到这里，王守仁放开了王祥的手，又坐在那儿呆呆地出神。王祥虽然脱了身，急着想去睡觉，可看王守仁这个痴痴呆呆的样子又不放心，只好强打精神在边上陪坐。

好半天，王守仁终于抬起头来："我想起来了，《大学》里讲了一个修身、齐家、治国、平天下的道理，还说'古之欲明明德于天下者，先治其国；欲治其国者，先齐其家；欲齐其家者，先修其身'。也就是说齐家、治国、平天下都由'修身'而来。谁在修身？自然是'我'！修的是什么？修的是我心里的念头。人心里的念头何止万千，可仔细想一想，这千万个念头其实只能分作两类，一个是良性的，一个是不良的。这良性的念头就是'良知'，不良的念头就是'人欲'，良知只有一个，人欲却可以有几百几千种变化，但不管它有多少种变化，总之都是错的，这就是'人心惟危，道心惟微'一句的注解！良知是天理，是道心，是成圣人的正路，所以保持良知摒弃人欲，就是修身。可良知和人欲都在我心里，旁人无从知道，所以判断良知和人欲的'修身功夫'只能自己来做，绝不能假手于旁人。

良知、人欲如何判断？孟子说过：'不学而知是良知。'这'不学'是说良知不必去问人，后面的'知'是个判断的意思。整句话连起来，意思是说：'不去问人就能自己判断对错的这个灵明知觉，就是我们心里的良知。'说来说去，还是着落在'我'身上。我心里的良知灵明不昧，自能知善知恶，在什么事上知善知恶呢？又必须从齐家、治国、平天下这些大事入手。见了身边的事，就以良知来区分善恶，辨别善恶是非以后就护其善，斥其恶，这就是齐家了。比身边事更大的是官府的事，比官府更大的是朝廷的事，然而事情再大，变化再多，仍然跳不出一个是一个非，一个善一个恶，一个良知一个人欲，而处事的办法也无非是良知以为是善的就护持，良知认定是恶的就责备，于是修身、齐家、治国、平天下变成了一回事，只要把自己心里的良知提炼纯净，大是大非上头明白无误，齐家、治国、平天下说来说去也只是在心里做一个修炼良知的功夫。能修身者必能齐家，能齐家者就能治国，能治国者就能平天下。

说到这里，王守仁发现自己无意间竟把如何"治国平天下"的大道理讲了出来，不由得一愣，半天才说："《大学》里专门讲到修、齐、治、平，以为修身、齐家、治国、平天下是成圣贤的大路。我以前不懂这些道理，只觉得以我的本事，修身尚可，齐家也还勉强，'治国'却万万做不到，'平天下'更是连做梦也不敢想的事了。可现在这么一解释，修、齐、治、平都是平常事，无非凭良知确认一个善恶，人人可以去做。这个'成圣人'的路人人可以走，而且只要肯下功夫，把善恶区分明白，见善即护，见恶即斥，人人都能从修身而齐家，再治国，再平天下。也就是说，修身是个'克己'功夫，齐家是个'克人'功夫，治国是个'克官府'的功夫，平天下是个'克皇帝'的功夫……"

猛不丁地，王守仁嘴里竟说出"克皇帝"三个字来，自己也给吓了一跳，再看王祥，已是睡眼惺忪，人还勉强坐着，可身子却直打晃儿，根本没听见王守仁说的是什么。

其实刚才王守仁是本能地怕王祥听见"克皇帝"三个字，可发现这小子根本没有在听，心里又不甘，忍不住把声音提高了些："现在我明白了，原来孔子说的'克己'并不是只克自己就算了，而是先修炼自己的良知，再去克他人，克官府，克朝廷，克皇帝！自己心里有了人欲，用良知去辨别，然后去除人欲，就是'修身'；看到别人因为人欲而作恶，就出来指责，这是'齐家'；看到官府因为人欲而作恶，就出来斥责，这是'治国'；看到皇帝因为私欲犯了错，就出来谏争，这叫'平天下'。如此说来，人人可以修身，人人可以齐家，人人可以治国，人人可以平天下！无论是谁，只要肯在修、齐、治、平四个字上用功，就能成仁取义，达到圣人境界。古人说'人人皆可为尧舜'，'人人心中有仲尼'，原来是这么个道理！"

人人可以成圣贤，个个可以为尧舜，这是一个天大的道理，可是有一个前提：必须有心要成圣贤，这话才有用处。

读圣贤书的儒生们人人明白成仁取义，人人知道"克己复礼"，无形之中心里已经立了成圣贤的大志，王守仁更是志大才高，心里早就有这个念头。所以在这荒山古洞之中给他悟出"人人可以成圣贤"的大道来，顿时快乐得不能自已。可王祥连字也不认得，这一辈子从没生过"成圣贤"的古怪心思，既然不想成圣贤，对于"成圣之道"当然没兴趣，所以王守仁说了半天，王祥一个字也没听懂，什么也没学到，见王守仁并没发疯，也没犯病，只是絮叨个不停，觉得不要紧，垂着头闭着眼，嘴里勉强哼哼嘿嘿的，只想把这位发神经的主子应付过去，好赶紧睡觉。

此时的王守仁眼前一片光明，心里满是想法，哪里睡得着觉？忽然又说：

这倒让我想起《大学》里的'格物致知'一说来了。以为我看过朱熹的《格致补传》，里头说：'盖人心之灵，莫不有知，而天下之物，莫不有理。惟于理有未穷，故其知有不尽也。是以大学始教，必使学者即凡天下之物，莫不因其已知之理而益穷之，以求至乎其极。至于用力之久，而一旦豁然贯通焉，则众物之表里精粗无不到，而吾心之全体大用无不明矣。'以为'格物致知'是要把天下道理都弄懂，天下学问都学会，以至于无所不知，无所不能，这才是个圣人境界。可'无所不知无所不能'八个字不要说是人了，就算大罗天仙能做到吗？要依朱子之言，天下应该没有圣人才对，可是天下分明又有孔孟两位圣人在。若说孔孟二位已经无所不知无所不能，我不信！可若说这二位不是圣人，更讲不通。现在依我领悟出来的道理来看，修、齐、治、平无外乎良知，那么'格物致知'的'格'是个处置的意思，'物'指的就是修、齐、治、平这些具体事物而言，'致'是个提炼的意思，是个升华的意思，'知'就是个良知。要把天下事都处置得当，其法门就是提炼良知，只要把良知提炼得纯净无比，心里有了这么一个准绳，灵明不昧，时时觉醒，不论什么事，良知一唤就醒，有了良知立刻照办，善就护，恶就斥，天下事物再繁杂，处置起来也都不在话下了。

既然良知如此要紧，人生在世只要把握住一个良知，就能成圣贤，成尧舜，而这良知又是从'我心里'生出来的，正是圣人之道，吾性自足。只要抱定良知不放手，凭着一颗真心为天下人做事，天地之大任我遨游！心里自然充实，人生自然圆满。我以良知护善斥恶，天下一切邪恶者皆是我仇，天下一切善良者皆是我友，于是朋友满天下，甚至与仁义天理融为一体，与天地万物合而为一。只要护得一个良知，我的心就与天地同光，与日月同明，又怎么会沦为'弃妇'而无所归属呢？

我被贬到龙场来，是皇上的旨意。表面看来似乎是皇上抛弃了我，不用我了。但若从'良知'上头论起来，我劝谏皇上不要逼害御史，不论当时我心里的良知是否纯净，可我这个道理是对的！因为道理合于良知，我劝谏皇上之时，我的心就与仁义天理合而为一，却偏偏被皇上视为寇仇，岂不怪哉？这么看起来，被贬逐的不是我，被孤立的不是我，反倒是皇上！如今我被皇上一人仇视，可天下将我引为至友；皇上却只和几个太监结党，而与天下人形同寇仇，真正被天下人厌恶的那个'弃妇'并不是我，反倒是皇上……

到这时，王守仁把道理越想越深，越解越透，只觉浑身大汗淋漓，回思半生所读的圣贤书，条条句句都通了，都透了，都懂了，心里这份舒畅满足无法用言语形容。激动之下，说出的话越来越大胆，已经到了毫无顾忌的地步。到最后，连王守仁自己都有点慌张起来，虽然明知道深山野林没人听见，可还是不由自主地压低了声音。

至于王祥，此时早已昏昏沉沉，嘴里连"哼嘿"之声都没有了。隐约觉着王守仁的话似乎说完了，顿时身子一歪躺在草垫上，眨眼工夫就打起呼噜来了。

至于王瑞，只是王守仁呼啸尖叫的时候醒了片刻，转眼即睡，王守仁说了什么话，他一个字也没听到耳朵里去。

孔子说的"为仁由己，而由人乎哉"这话对。

在龙场的这片暗夜里，王守仁凭着心中的坚韧执著终于找到了仁义良知，明白了克己复礼，认出了脚下一条成圣贤的大道。可与他睡在一起的两个仆人什么也没悟透，什么也没想到，只管睡他们的大头觉。于是王守仁悟道之时冲口而出的那些道理心得，此二人一丝一毫也未能分享。

克己复礼，两劝土司

自从经历了龙场悟道，王守仁找到了自我，知道了良知的重要性，明白了"仁者爱人"，体会到了良知与天地万物合而为一的境界。又从此生发，琢磨出一个"知行合一"的道理来。

第二章 绝境中悟道

所谓知行合一，知，就是一个良知，行，就是良知一旦发动，践行立刻跟上，不做丝毫犹豫，不留一点空子。也就是说，良知是行动的主意，行动，就是做一个良知功夫；良知是行动的开始，行动是良知的成果。

"知行合一"，是王守仁一生学术的核心，也是他修炼了一生的功夫。

自从悟到知行合一，王守仁的心态发生了一个重要转变，再回过头来看待自己在龙场的生活，发现处处都和以前不同了。

以前的王守仁懒惰至极，宁肯缩在"石棺材"一样的破山洞里混日子，也不愿意自己动手做点有用的事。可现在心底的良知告诉王守仁一个最简单的事实：两个仆人大病一场与石洞里的阴冷潮湿有很大关系，不管为了仆人还是为了自己的健康，这个石洞都不能再住了，必须立刻想办法。

石洞不能住，这是良知发动，必须想办法，这是行动跟上了。

朝廷有王法，犯罪的官员就算担任驿丞，也不能住在驿站里，可王法并没规定驿丞不能自己盖间房子住。反正有的是时间，力气也现成的，王守仁就走出山洞，领着两个仆人砍树为梁，打坯成砖，在驿站上盖起房子来。这几个人都没什么手艺，只会下笨功夫，胡乱搞了些日子，居然平地建起一座不大的土坯房来，虽然这种沉闷严实的土坯房并不适合贵州深山里炎热潮湿的气候，可比住在山洞里还是强得多了。

在学着盖房子的同时，王守仁似乎也在不知不觉间学会了与人为善。平时在龙场附近走动，偶尔能遇到附近寨子里的苗人，以前王守仁从不和这些人打招呼，现在他却觉得大家都是邻居，何不交个朋友？

大家是邻居，何不交个朋友？这是良知发动；走上前去打个招呼，这是行动跟上了。

结果王守仁立刻发现苗人远不是想像中那副凶恶模样，倒是些直率和气的人，而且因为这里距离贵阳城不远，苗人时常到城里和汉人做些买卖，会说几句汉话，交谈起来也不费力。

就这么一来二去，王守仁交了几个苗人朋友，这些人就请他到苗寨做客，闲谈间，王守仁知道了一件事：苗人没有文字，只能结绳记事，也不会算账，拿山货药材跟汉人做生意的时候全听人家摆布，有时候一篓贵重药材换不到一篓盐巴，几张上好兽皮换不回几斤茶叶，总是吃亏，也没办法。王守仁顿时想起"己欲立而立人"的话来，心想自己别的本事没有，教给苗人写写算算总还做得到吧，于是找到苗寨的首领，告诉他，自己平时很闲，想到寨子里来教苗人识字，不知首领愿不愿意？

对王守仁的提议苗人求之不得，于是王守仁顺理成章成了苗寨里的教书先生，讲了一段时间的学，苗人觉得这位阳明先生每天到寨子里来讲学太辛苦，也不和王守仁商量，就自己砍了木料，在龙场驿站上盖了几间房子给王守仁住。王守仁给这几间木楼取名叫"寅宾堂"、"何陋轩"、"君子亭"，有了这些住处，生活比以前又改善了不少。

龙场驿站是官府设立，吃的是官家俸禄，可驿站在大山深处，粮食不一定按时送来，有时接济不上，驿站上的几个人难免吃糠咽菜。王守仁看着驿站旁边有几块空地，就学着苗人的样子烧出一块荒地，刀耕火种，种起庄稼来。

可种庄稼并非易事，山里土地贫瘠，长不出几颗粮食来，鸟雀又多，又有野猪之类的东西，庄稼快熟的时候，鸟雀飞来一吃，野猪跑来一拱，弄到颗粒无收，王守仁也不觉得可惜，反而以为有趣。于是就有了这么一首小诗：

投荒万里入炎州，却喜官卑得自由。
心在夷居何有陋？身虽吏隐未忘忧。

这首诗平白朴实，却活力充沛，比《去妇叹》不知强出多少倍去了。其中"得自由"、"何有陋"两句是王守仁的心境，而"未忘忧"一句，则是王守仁的志向。

有了良知了，知道为别人着想了，交到朋友了，生活充实了，心境开朗了，连久违了的志向也回来了，王守仁在龙场，或者说在这个世界上，重新站稳脚跟了。

不知不觉地，王守仁在龙场已经住了一年多。正在大山深处享受这份难得的自由之时，一件意外的小事打断了他平静而快乐的生活。

正德四年是个多雨的年份，入秋之后大雨一直不停，从龙场到贵阳的道路断了，从省城送来的给养没了着落，驿站上又一次断了粮。好在王守仁已经有了不少苗族朋友，知道他没饭吃，这些人送了些粮食过来，让王守仁不至于挨饿。哪知这天下午，忽然从山里来了一支彝族马帮，给他送来十石白米，还有猪肉、鸡鸭、柴炭，

第二章 绝境中悟道

不由分说就往屋里搬。王守仁急忙拦住一问，才知道这是水西大土司安贵荣派人送来的礼物。

在贵阳城外以乌江为界盘踞着两家实力很强的大土司，乌江以西称为水西，土司以"安"为姓，乌江以东称为水东，土司以"宋"为姓。这位送礼物给王守仁的安贵荣是水西地方的第七十四代土司，他家族的族谱可以一直追溯到汉代。在贵州省内所有土司之中，水西土司领地最大，兵马最强，安贵荣不但受封为三品宣慰使，还因为替朝廷打仗立功，得了一个昭勇将军的头衔，威震一省，雄霸一方。

和所有霸主级的人物一样，安贵荣雄心勃勃，总想借一切机会扩大自己的势力。于是招兵买马，结纳贤才，现在龙场驿站来了这么个驿丞，专门给苗人讲学，安贵荣就留了心，稍一打听，知道王守仁是个名士、忠臣，被皇帝迫害贬到龙场受罪，立刻觉得这个人可以招揽，就给龙场驿送一批礼物，以此向王守仁示好。

王守仁是个被贬的官员，朝廷里刘瑾那帮人正想着找他的麻烦，贵州土司却又来结纳，王守仁哪敢接受土司的礼物，坚决不收。想不到安贵荣会错了意，以为王守仁嫌礼物太轻，立刻又给他送来一箱金银，几匹好马。

按照当地习俗，土司送来的礼物是不能拒绝的，否则可能引发不必要的误会。收了这些礼物，又可能被朝廷怀疑，甚至因此获罪，进退两难之际，王守仁只好采取一个折中办法，收下了两石米和鸡鸭、柴炭之类的东西，至于奴仆、金银、好马则坚决退回，又写信给安贵荣表示谢意，对安贵荣解释说：龙场驿站是国家设置的，安贵荣身为宣慰使，知道驿站断粮就送来粮食，这是宣慰府对驿站的接济，王守仁可以接受，也十分感激。至于金银、马匹之类实在过于贵重，已经不属于"救济"的范畴，这些东西王守仁万万不敢接受。请大土司不要再强人所难了。

王守仁的做法有理有节，既保全了土司的面子，又洗去自己身上的嫌疑。安贵荣明白了王守仁的心思，也就不再提礼物的事。王守仁刚松了一口气，想不到大土司又把另一件更棘手的事推到了他的面前。

明朝初建之时，朱元璋封水西大土司为从三品宣慰使，这个职位在土司之中已经是最高的。可自从明朝建立以来，贵州、四川等地一向多事，民族冲突不断，水西土司奉朝廷之令派兵东征西讨，尤其正德二年普安州苗人大举起事反抗朝廷，在香炉山一带与官军恶战，安贵荣奉朝廷征调亲自带兵出战，立了大功，于是安贵荣上表请求朝廷封他为"都指挥佥事",这是个正三品的武官头衔,比宣慰使的职位更高。但朝廷以为对土司的封赏最高只到宣慰使,封土司为指挥佥事没有先例,而且认为安贵荣凭着军功向朝廷讨封,有些桀骜不驯的味道,于是不理他的请求,只封给安贵荣一个"贵州布政使司参议"的职位,这是个文职,而且只是正四品,比宣慰使的品级还低……

朝廷对安贵荣不升反降,其实是在警告这位土司不得跋扈,可安贵荣自恃兵强马壮,又有军功,根本不把朝廷的警告放在眼里,反而连上奏章请求朝廷封他的官。朝廷大员对土司本就不放心,见安贵荣闹个不停,更是多心,就决定在贵阳附近建一处千户所,增派官军监视水西。安贵荣知道消息后大怒,立刻决定裁撤龙场驿站,切断与朝廷之间的联系。

龙场驿站是水西九驿中最大的一座,本是水西土司为了表示归附诚意主动请求修建的,现在安贵荣要裁撤龙场驿,就等于公开向朝廷挑战!朝廷和土司一来一往互相斗气,再闹下去,只怕就要兵戎相见了。

安贵荣虽然骄横霸道,可他并非全无智谋,也知道公然裁撤龙场驿站等于对朝廷挑衅,事情一旦做下,就没有转圜的余地了。所以安贵荣想了个办法,先把这个风声透露给龙场驿站的驿丞,由此人把消息转给贵阳府,也就是说,先间接通知地方官府,看看官府有什么动作,再做进一步打算。

得知安贵荣要撤销龙场驿站的消息王守仁十分惊愕,马上意识到这是朝廷与土司之间一场大规模冲突的前兆。此时的王守仁第一个冲动就是立刻飞马赶到贵阳,把"土司将要裁撤驿站"的事报告官府,可再往深处一想,王守仁又犹豫了。

王守仁是个进士出身的官员,从小就受到"忠孝"观念的绝对灌输,愚忠,早已成了本能。可龙场悟道的时候王守仁悟出一个"圣人之道,吾性自足",也就是说他已经恢复了"自我意识",学会了自己思考。而这场思考的"定盘针"就是他心里的良知,思考的走向则是"克己复礼,天下归仁"。

孔子的"克己复礼",是"克"皇帝的私心,"复"天下秩序,解民倒悬之苦。现在朝廷和土司较起劲儿来,王守仁知道,朝廷奉的是皇帝的命令,而土司则是水西地方的土皇帝,这是一大一小两个"皇帝"之间私心人欲的较量,也就是说,皇帝和土司的决定都是错的,让他们任性胡闹下去,受害的只能是百姓。王守仁要凭心中良知做一个"克己复礼"的功夫出来,就必须既克住土司的人欲,又克住朝廷的私心。

　　这一夜王守仁在床上翻来覆去无法入睡,前半宿想着是不是该把土司的意图转告朝廷。到后半宿,他已经凭着良知把朝廷和土司都抛在一边,专门想着怎么保全水西四十八万百姓的身家性命,怎么凭自己的良知同时克制皇帝和土司这两股人欲,把一场邪恶的战争制止在萌芽之时。

　　到天亮的时候,王守仁已经有了主意。于是给安贵荣写了一封信,告诉他:祖宗制度非同小可,无故不能轻改。水西安氏从汉代开始就在水西做大土司,这股势力能延续千年,靠的是历朝历代遵守朝廷礼法,竭忠效力,不敢有违。龙场驿站是安贵荣的先辈们为了表示归顺大明朝廷的诚意自愿建立的,这是水西的祖制,不能擅改,否则驿站撤销,朝廷一定不能接受,地方官府要出来阻止,就连水西内部有权势的人物也会出来干涉,责备安贵荣"变乱祖制",闹到后来,安贵荣很可能落一个众叛亲离的下场,别说挑战朝廷,就连土司的位子都坐不稳了。

　　另外,王守仁还告诉安贵荣,大明王朝地方千万里,拥兵百余万,这股强大的势力不是安贵荣可以抗衡的。现在安贵荣对朝廷稍不恭顺,朝廷就决定在水西附近增建卫所,布置军队,如果安贵荣再进一步挑衅,裁了龙场驿站,朝廷一怒之下很可能革除安贵荣水西宣慰使的职务,那时土司与朝廷实力悬殊,水西内部又有人出来指责他变乱祖制,要推倒他,内外交困之际,安贵荣将如何下台?

　　信写到最后,王守仁决定以诚待人,直话直说,告诉安贵荣:不但土司有祖制,大明朝廷也有"祖制",宣慰使这个官职也许不算很高,可这是太祖皇帝亲封的职位,能做宣慰使的,就是朝廷认定的大土司,这是朝廷要遵守的"祖制"。可都指挥佥事也好,贵州布政参议也好,都是朝廷委任的官职,一旦做了这样的官,就要接受朝廷调遣。要是朝廷真的下来一纸公文,把安贵荣调离水西,让他到别处当官,不去,就是违抗旨意,会被朝廷治罪。如果奉命离开水西,这水西土司之位立刻就被别人接手,千百年之土地人民,都成了别人的产业,安贵荣就算想回水西也不可能了。

　　话说到这里,王守仁坦率地劝诫安贵荣:裁撤龙场驿站的想法极不明智,趁着外人不知道,赶紧收拾起来别再想了!至于朝廷封给他的"贵州布政参议"之职,对安贵荣来说是个烫手的山芋,应该立刻辞职,同时上奏向朝廷表示感谢,言语要恭顺，免得朝廷生疑。至于那个"正三品都指挥佥事"的职位，从此提也别提了。

王阳明这封信有理有据，真心实意，彻底把安贵荣说服了。于是大土司放下了架子，急忙上奏辞去贵州布政使司参议，而且对朝廷说了一大套谦恭的客气话。

正德皇帝在位这几年把朝廷闹得乌烟瘴气，正是自顾不暇，当然不想和水西大土司翻脸。现在土司服软了，朝廷见好就收，在水西附近设置卫所驻扎官军的计划不了了之。

王守仁一封信，劝得安贵荣收起了争强的野心，朝廷那份霸道的私利也顺势收起，这是一次成功的"克己复礼"。王守仁以良知先正了自己的心，然后又用这良知"克"住了土皇帝安贵荣的私欲，就势消解了朝廷的私心，于是水西地方的战争阴云迅速消散，社会秩序得以恢复，四十八万水西百姓的身家性命被成功保全下来了。

"克己复礼为仁，一日克己复礼，天下归仁。"孔子这话一点没错。

哪知贵阳城外这片荒凉的深山里实在多事，水西大土司安贵荣和朝廷的暗战刚结束，乌江对岸的水东土司又发生了叛乱。

原来水西土司的领地对面还有一个水东土司，这两个土司的地盘以乌江为界。水西土司势力大，属下人口多，所以受封宣慰使。水东土司下辖十个"长官司"，大土司住在大羊场官寨，手下亲领洪边十二码头，实力比安贵荣略逊一等，受封为宣慰同知。水西、水东两大土司平时都住在自己的领地里，可他们都是朝廷命官，在贵阳城里同居一处"宣慰使"官署，宣慰使大印掌握在安贵荣手里。也就是说，安氏土司一直压着宋氏土司一头。

身为贵州省内最有实力的两大土司，平时难免要给贵州布政、兵马都司这些官员行点贿，送点礼，可安贵荣骄横，待人比较冷淡，宋然为人却很活泛，特别会来事儿，哄得贵州城里的大官儿高兴，就明着暗着偏袒宋然，两家土司有什么纠纷，只要让官府来断，总是宋然得便宜，安贵荣吃亏，后来安贵荣因为一点小事受了朝廷的处分，宋然就借机要求安贵荣把"宣慰使"印信交出来，安贵荣不肯，于是两家闹到官府面前，哪知官府偏帮宋然，硬逼着安贵荣上交了印信。因为这事，安贵荣对宋然十分厌恶，两大土司水火难容，闹得挺僵。

水东土司也和水西土司一样，属下封地分归与土司有血缘关系的十大宗亲首

第二章 绝境中悟道

领统管,这些宗亲被统称为"土目",平时各土目守着自己的官寨,过自己的日子,如果有事,各土目都听大土司号令。但土司之位人人觊觎,宋然手下的十个大土目很不老实,各怀异心。就在这一年,水东土司治下的阿贾、阿札、阿麻三个大土目联手起兵攻杀土司,把大土司宋然包围在大羊场的官寨里。因为大羊场靠近贵阳城,战事一起贵阳震动,官府手里没有足够的兵马,又知道土司内部情况复杂,官军不便贸然介入,就下了一道公文,命令安贵荣出兵平定叛乱。

安贵荣心里深恨宋然,对官府也很不满意,当然不肯轻易出兵,一直拖延时间。贵阳方面只得连三数四地催促,后来催得急了,安贵荣终于带着人马渡过乌江直捣大羊场,叛乱的阿麻头人急忙带兵阻击,一场大战,阿麻兵败被杀。

安贵荣杀了阿麻,阿贾、阿札两个头人都害怕了,官府也以为叛乱指日可平,这才放下心来。哪知安贵荣却耍了个滑头,打败阿麻头人之后立刻缩了回去,渡过乌江的人马也不声不响地回撤,两个叛乱首领见安贵荣退兵,立刻回师重新围住大羊场,宋然大惊,急忙再向官府求援,官府又命令安贵荣出战,可安贵荣觉得已经出了不少力,给了官府很大的面子,于是对外称病,不肯再出兵了。

在安贵荣想来,他这个装病不出的计划很巧妙,前头已经出兵给官府帮了忙,官府也不好意思再催他。至于大羊场那边,最好是让水东土司兵和叛军斗个两败俱伤,最后不管谁胜谁负,水东土司肯定元气大伤,水西就能坐收渔人之利。可他哪能想到,就因为他的立心不良,便宜没有占到,反而弄巧成拙,不知不觉间,一场巨大的危机已经降临在他的头上。

安贵荣是贵州一省势力最大的土司,如果他出兵帮助宋氏,叛军一定无力抵抗,可现在他在家称病,反叛的阿贾、阿札两个头人自然抓住机会放出风声,说安贵荣送给他们一批武器,暗中支持叛军攻打水东土司。

安贵荣毕竟是朝廷任命的宣慰使,就算他有纵容叛军之意,也不会做得这么明目张胆。阿贾、阿札是走夜路唱山歌——给自己壮胆儿,同时也吓唬一下被围困的宋然。可这个消息一传出,第一个误会的倒不是宋然,而是贵阳城里的贵州布政使、都御史和兵马都司,这三位官员本就责怪安贵荣不肯出兵平叛,又听说安贵荣竟然暗中支持叛军,顿时起了疑心,立刻上奏朝廷。得到水西土司支持叛军的奏报,朝廷大员也很惊讶,命令贵州官员严密监视,一旦有变,立刻调动官军征讨。

与此同时，在水西内部也传出谣言，说水西地大兵多，地势奇险，不怕朝廷，这次安贵荣已经下了决心不为朝廷卖命，且看朝廷能把水西怎样！

显然，这些话绝不可能出自安贵荣这个宣慰使之口，这是他手下那些有权势的贵人故意放出风来诋毁安贵荣，想挑起他和朝廷之间的直接冲突。因为水西土司治下共有四十八个族支，分别管辖十二个"则溪"，这十二则溪、四十八族支的首领个个都有与土司相似的贵族血统，这些人做梦都想当上大土司，如果安贵荣被朝廷废了，这些人就有机会了。

到这时，水西大土司安贵荣外被叛军诬陷，内被宗亲算计，朝廷对他也生了疑心，真是内外交困，生死已在顷刻之间，可俗话说当局者迷，旁观者清，安贵荣自己身在局中，居然看不到危机已成，大祸将临，只管躲在家里装病，等着看水东那边的笑话。

安贵荣这个大土司心里打什么算盘，和王守仁没有关系。可王守仁却知道大羊场那边战事紧急，贵阳城里的官府表面无所作为，暗中正在调兵遣将，一旦水东土司被叛军杀害，各省兵马立刻就会进入贵州平叛。大军一到，乌江两岸全是战场，不论汉人、苗人、彝人皆是板上鱼肉，任人宰割！

王守仁心里有个良知，追求的是一个"惟务求仁"的境界。"仁"是什么？孔夫子说得明白："仁者，爱人。""克己复礼为仁。""克"什么，克的是大人物内心的私欲，"复"什么？是要维护天下的正常秩序。现在土司动了私心，兵劫已在眼前，王守仁不能不尽力而为。仁至义尽，认真做一番"克己复礼"的良知功夫。

良知这个东西是人心里的镜子，越磨越亮，越擦越明。上次大土司和朝廷暗中角力，王守仁曾一度陷入愚忠，想着替朝廷卖命，犹豫良久才做出一个"朝廷和土司皆是人欲，拯救百姓才是天理"的决定来。这一次水西、水东两个"土皇上"互相算计，朝廷在后头虎视眈眈，王守仁一眼看透，这三股势力都不值一提，真正需要拯救的，还是乌江两岸的百姓们。

心里有了这个"定盘针"，王守仁就知道自己该怎么做了。

良知一发动，行动自然跟上。王守仁片刻也不犹豫，立刻写了封信送到土司官寨，一上来就问安贵荣：听说水东地方的阿贾、阿札两个头人正领着叛军攻打土司官寨，外面很多人都在传，认为这件事是水西土司在背后唆使，阿贾、阿札更是

第二章 绝境中悟道

公然宣称安贵荣"锡之以毡刀，遗之以弓矢"，给叛军提供武器，指使他们攻杀宋然，不知这件事是真是假？贵阳方面的官府是否已经听说了？

安贵荣在家装病，不肯发兵平叛，所有人都知道他是装的，只有安贵荣以为大家不知道；阿贾、阿札趁着安贵荣犯糊涂的时候给他栽赃，硬说安贵荣支持叛军，这事所有人都听说了，只有安贵荣一个人没听说。现在王守仁一句话把这两层意思都点了出来。正是一语点醒梦中人，安贵荣一下子警觉起来了。

点醒安贵荣之后，王守仁又把当下的时局分析了一遍，告诉他，水西、水东两家土司都是朝廷封的，水东有事水西不救，一旦水东土司官寨被攻破，宋然被杀，朝廷必定怪罪安贵荣。水西并不是唯一的土司，在安贵荣周边就有播州土司杨爱、恺黎土司杨友、保靖土司彭士麒等人，个个兵强马壮，如果朝廷要攻打水西，甚至不必亲自发兵，只要给这几家土司下一道命令，这帮人就会争相割取水西的土地，面对蜂拥而来的饿狼，安贵荣一个人能应付得了吗？

当然，王守仁也明白"外患易拒，家贼难防"的道理，先把"外患"的威胁说出来之后，立刻话锋一转，告诉安贵荣，水西内部已经传出谣言，说水西"连地千里，拥众四十八万，深坑绝坠，飞鸟不能越，猿猱不能攀，纵遂高坐，不为宋氏出一卒，人亦卒如我何"？以安贵荣的口吻公然向朝廷挑衅。说这话的是什么人？难道安贵荣还不肯三思吗？

确实，安贵荣手下有十二则溪，四十八族支，这些宗亲族支中到底哪一个生了异心，想趁机扳倒安贵荣取而代之？王守仁不知道，也不想知道。可此事关乎安贵荣的土司大权和身家性命，安贵荣实在不能不知道。

随后，王守仁告诫安贵荣，他这个族支在水西担任土司已历三世，能够站稳脚跟靠的是朝廷的支持。如果安贵荣一意孤行，失去了朝廷的信任和支持，水西内部必然发生动乱，后果不堪设想。

信的最后，王守仁直接劝说安贵荣："宜速出军平定反侧，破众谗之口，息多端之议，弭方兴之变，绝难测之祸，补既往之愆，要将来之福。"这些话句句切中要害，安贵荣若再不听劝，那就真是自己找死了。

安贵荣为人骄横暴烈，可他不傻，接到王守仁的信后仔细一想，明白了事态的严重性，片刻不敢犹豫，立刻调集手下最强的兵马，以最快的速度赶到水东平叛。

此时叛军围困大羊场的土司官寨已经很长时间，水西方面全无动静，这些人也放松了警惕，哪知水西兵马忽然倾巢而出，星夜飞驰而来，叛军毫无防备，顿时被杀得大败，安贵荣一击得手，乘势强冲猛打，一直把叛军撵进深山才罢手。

大羊场一战安贵荣花费不大，折损不多，却立了一场大功，水东土司宋然对安贵荣感激涕零，官府也急忙上奏朝廷嘉奖安贵荣，一时间水西土司风光无限，捞到不少实在的好处。而王守仁没从这件事上得到一两银子的好处，仍然待在龙场驿当他那个无品无级的小小驿丞，要说有所收获，大概就是又一次成功地"克己复礼"，克住了土司的私心，维护了乌江两岸的百姓，仅此而已。

今天距离大羊场上那场战斗已经过去五百年了，如果你到了贵州省修文县——也就是明朝龙场驿的所在地，问问当地人：谁是安贵荣，谁是宋然？一万人里也不会有一个知道的。可如果你问"王阳明"，当地百姓大都还记得他。

知而不行，只是未知

正德五年三月，王守仁在龙场驿的三年贬谪之期已满，依例被朝廷重新起用，委任为庐陵县的县令。从此离开偏远荒凉的龙场，重新踏入艰险的仕途。

王守仁二十七岁考中进士，到被贬为驿丞的那年，他已经当了七年京官。但那时的王守仁还没有接触过良知之学，不懂"仁者爱人"的意义，只是一个把做官当成儿戏的纨绔子弟。可是经历龙场悟道之后的王守仁已经找到了人性中的自我，悟透了内心深处的良知，再次出来为官，他的心态与早先截然不同了。早在赴任之前他就暗下决心，一定要依着良知为百姓们做些实实在在的好事。

庐陵县隶属于江西吉安府，在吉安府下辖的庐陵、泰和、吉水、永丰、安福、龙泉、万安、永新、永宁九县中庐陵县面积最大，人口最多，吉安知府与庐陵知县也在同一座县城里办公。这样一座在江西省内排得上号的大县，境内有山有水，物产还算丰富，又紧邻章江，是个货物集散的水陆码头，原本算是比较富裕的，可惜天时不好，前后闹了两年旱灾，王守仁到任这一年地方上照样缺雨水，一进县境，只见溪瘦塘涸，四野焦黄，田里几乎看不见一片像样的庄稼，穿过村镇的时候每每看见成群乡民呆坐在屋外，一个个面黄肌瘦，脸色阴沉，衣衫褴褛。县城里到处是

第二章 绝境中悟道

沿街乞讨的流民,买卖铺户看着也不很兴旺。

听说新任县令已经到任,庐陵县的主簿宋海、典史林嵩、书办陈江赶紧出来迎接,王守仁也没歇息,先在县衙里转了一圈,见这庐陵县衙破败得很,只有大堂、二堂和东西两列班房还算齐整,班房之侧有个小小的监狱,六七间牢房里并没关押一个犯人。

到庐陵之前王守仁已经跟别人打听过,知道前任知县名叫王关,是个出了名的窝囊废!到任三年毫无政绩,后来干脆挂印辞官而去,把这个穷县扔下不管了。现在看着衙门里这死气沉沉的破烂样儿,王守仁满肚子都是气,心想大明朝实在不是个东西,满天下竟找不到一个肯为百姓办事的好官,看来人人皆无良知。对这些没良知的东西,王守仁也不拿他们当人看,干脆学着孟子叫他们一声"禽兽"罢了。

禽兽们当官,是治不好地方的。现在王守仁自己做了县令,就下决心要认认真真给百姓们办几件实事,回到房里想了想,前任县令三年不办正事,百姓们一定有冤无处诉,看来替百姓办实事,正该从这申冤诉苦的事上做起。于是把书办陈江叫来,命他立刻写一个告示贴出去,让四乡百姓凡有冤屈的,都到县衙来告状申诉,新任县令一定秉公办理。

想不到新到任的县令不过问政务,第一件事却是打开大门接百姓的诉状,陈江整个人都糊涂了,瞪着两眼发了半天愣,才问:"大人的意思是要审查庐陵县的积案吗?若是这样,不必发出告示,旧案的卷宗都在主簿手里,我叫他拿给大人查阅就是了。"

王守仁虽然没做过地方官,可他以前在京城却做了多年主事,在工部、刑部、兵部都待过,知道这些办事的胥吏个个狡诈无比,办正事看不见他,受贿一定有他的份儿。现在陈江说这种话,王守仁立刻把他当成奸猾胥吏之类,对陈江很看不起,冷冷地说:"本官刚到庐陵,新案尚未审结,查阅旧案做什么?"看陈江黏黏糊糊的劲儿,显然是不想动弹,心里更气,干脆说道,"告示我自己写,你等会儿来取,明天一大早就贴出去吧。"把陈江打发出去,立刻找来笔砚趴在桌上写起告示来了。

王守仁叫百姓来申冤告状的告示一出,把所有人都惊呆了。

自古以来,地方官员和乡下的百姓之间有一条不成文的默契,叫作"民不举,官不究",做县令的没事从不下乡,百姓们的事能不管就不管。想不到新来的县令竟与众不同，刚到任就要给百姓们主持公道，当地人以前从未见过这样肯为民办事的好官，又新奇又感动，一时民情如沸，整个县城都轰动了。宋海、林嵩、陈江这几个衙门里管事的人却面面相觑，私底下交头接耳不知说些什么。王守仁对这几个家伙从一开始就瞧不上眼，也不理他们，只管照自己的主意办。

第二天一早，王守仁早早起床吃了早饭，拿出前一天就特意压得平展展的官袍穿起来，戴起乌纱帽，又在铜镜前反复照看，觉得浑身上下周正威严，端肃齐整，果然是一任县令的仪容，为人父母的做派，有了十足的信心，这才深深吸一口气，迈着四方步子稳稳走上大堂。

这时庐陵县主簿宋海、书办陈江早已在正堂上伺候，衙役们也提着水火棍站班已毕。

王守仁虽然初任县令，可他任刑部主事的时候曾到淮扬、直隶一带巡视冤狱，参与会审过几件大案，处置过一批十恶不赦的死囚，见过世面，颇有经验，知道抓差办案之时面对的都是凶邪罪人，这些人或哭、或叫、或诉冤屈，一律当不得真。手底下办差的衙役们又最容易受贿徇私，对这些人只能使唤，不能尽信，所以办案官员仪态威严最要紧。尤其今天初次审案，从四乡赶来告状的人多，来看热闹的更多，要是第一天的案子审不好，就会在一县百姓面前失了威信，于是更端起十二分的架子，摆足了官威，先把案上卷宗略翻看了一下，这才问宋海："今天来告状的人多吗？"

宋海在庐陵办事多年，跟过几任县太爷，什么事都经过，可这一次新到任的县令气势决心与众不同，宋海摸不清新县令的底，心里也不免紧张，听王守仁问他，忙说："外头来告状的人极多，一大早就收了一百多份诉状，后头还有来递状子的，我想案子接得太多也不是办法，就叫这些人拿了号牌回家去候着，等前面的案子审结了再传他们。"

听了宋海的话，王守仁暗暗吃惊。

想不到庐陵县里冤情如此之多，头一天就有上百人来喊冤递状！多亏宋海有经验，没把状纸全接下来，可一百多件案子压在这儿，王守仁这个县令就算别的事都不做，光是审案，怕也要审上几个月了。

可王守仁身为县令，平时政务繁杂处处要操心，哪能诸事不管只审案子呢？

事到如今骑虎难下，无论如何还是先办案要紧。王守仁也来不及多想，黑着

第二章　绝境中悟道

一张脸问宋海："第一桩案子告的是什么事？"

"是父亲告儿子忤逆不孝。"

忤逆不孝，这可是个大罪！王守仁立刻把原告被告传上堂来。

片刻工夫，只见两条乡下汉子互相揪扯着上了公堂。一个五十岁上下头发花白，另一个二十来岁，一路吵嚷，上了公堂还揪着不放，王守仁把惊堂木一拍，喝了一声："在公堂上还敢胡闹，都把手放开！"

见县令发威，这两个农民才知道害怕，赶紧放开手并排跪好。王守仁沉声问："你们谁是原告，谁是被告？"

那五十多岁的乡农忙说："小人是原告。我要告这忤逆不孝的东西，竟敢公然打骂老子……"

一听这话，王守仁顿时变了脸色。还不等他说话，那年轻人已经高叫道："大老爷明察，我爹平日好赌钱，每天都往赌场里钻，家里的钱都让他输光了，这次竟把耕田的牛也输给别人了！我一气之下去找他说理，哪知我爹根本不讲理，拿起橛把子就打我！"

听儿子喊冤，老头子顿时急了，也不管县令在上头坐着，跳起身来指着儿子骂道："老子把你养到这么大，打你几下怎么了？别说一头牛，整个家业都是我的，输光了也与你无关！你这小畜生不识好歹，就为几个钱，当着一村人的面数落你老子，我打你打得还轻……"

这父子二人都是暴脾气，几句话说得不对路，就在公堂上互相指着鼻子叫骂起来。可也在这三言两语之间，整个案子不用人审，已经破了。

父亲好赌败了家业，儿子情急之下当着村人的面骂了父亲，当父亲的恼羞成怒，于是父子二人动手互殴。

父亲滥赌当然不对，可儿子詈骂父亲更不应该，按时下的律条，父亲打儿子天经地义，儿子还了手就是忤逆不孝。至于父亲赌钱败家，却与官府无关，王守仁这个县令管不着他。

于是王守仁把堂木一拍，指着当儿子的喝道："纲常大道不可有悖，父子天伦岂能有失！你当众詈骂父亲，已经犯了忤逆之罪，依罪当判你刑徒一年，念在此案另有内情，暂不将你下狱，杖三十，回家切实反思，若敢再犯，决不宽容。"

县令发了话，衙役们也不客气，上前扭住儿子就往堂下拖。眼看要挨板子，当儿子的吓得也不会骂人了，连喊冤都忘了，当父亲的也吃了一惊，忙冲上问道："大老爷为什么打我儿子！"

"他忤逆不孝，打一顿板子还是轻的。"

不等王守仁把话说完，当父亲的已经叫了起来："我们父子争吵与旁人有什么关系，而且我又没告他忤逆，大老爷为什么平白无故打我儿子，要是把他打坏了，家里的农活哪个去干！"

老头子这话把王守仁气得张口结舌无话可说，半天才问："那你告他什么？"

到这时老头子才知道王法不是儿戏，眨巴着眼睛想了半天，忽然说："这个状我不告了。"给王守仁磕了个头，起身就往外走。几个衙役扭着当儿子的还没有打，都等县太爷发话，想不到当父亲的忽然从堂上下来，推开衙役，拉着儿子的手一头扎进看热闹的人堆里，在百姓们的哄笑声中，原告、被告一起逃得无影无踪。

王守仁坐在堂上气得两眼发直，半天才想起来，清官难断家务事，还是不理他们，且审下一个案子要紧。

片刻功夫，又有几个百姓被带上堂来。只见这几个人全都鼻青脸肿，看样子是刚刚打了一架，到大堂上跪下，还像斗鸡一样互相恶狠狠地瞪着。王守仁问："你们谁是原告？"

一个乡民抬起头来："小人是原告。"

"你告什么？"

"告邻居父子三人无故闯进我家，殴打我的家人。"

原告话音刚落，旁边跪着的人已经叫了起来："大老爷别听他的！这人偷了我家的鸡，我上门去讨，他还耍赖，我这才打了他几下。"

一听这话原告不干了："我怎么偷了你家的鸡！"

"鸡毛都在你院里，鸡肉也在你锅里炖着，你还敢赖！"

"就这几根鸡毛你能认出是你家的鸡？"

"我家报晓的公鸡我当然认识！"

眼看对方似乎占了理，原告有些慌了，忙改了口："这只鸡是被黄鼠狼咬死，从阴沟拖过来的，我只是捡起来，又不知道是你家的……"

"黄鼠狼咬死的，偏就让你捡了？哪有这么巧的事！"

被告一问，原告急了，瞪着眼吼道："这鸡不是黄鼠狼拖出来的，难道是我从你院里偷来的？"

原告这么说，被告也吃不准了，只说："不管怎么说这鸡也是我家的，你就算捡了也该还给我，为什么自己炖上了？"

"拖到我院里就是我的！还给你？你算个什么东西……"

这两伙人越吵越凶，眼看又要打起来了，王守仁坐在堂上像个冤大头，别说问案，根本连话都插不进，实在忍无可忍，把桌子一拍吼叫起来："都攆出去！再敢来闹，本官先打了你们再说！"

见县太爷发了脾气，原告被告全给吓得抱头鼠窜。

两个案子审下来，一上午工夫都用尽了，王守仁只觉得头比斗还大，又累又窝心，说不出的别扭。再一想，后边还有那么多案件要审，其中不知有多少是这种琐碎无聊审不清的破事儿，若都照今天这个审法，自己这一辈子全糟践在大堂上了！

于是王守仁黑着一张脸吩咐主簿宋海："今天先到这里，你把手里的案卷排一排，明早挑案情重大的先审。"

县令发了话，宋海不敢不遵从，可办事之前必得先问清楚："敢问大人，如何才算案情重大？"

宋海问这话真像是在找茬！王守仁心里本来就烦，恶声恶气地说："你也当了这么多年的差，这种事还要问我？杀生害命、拐贩人口、忤逆不孝、械斗伤人等皆是大罪！"

"早上那个案子是个忤逆……"

王守仁抬手打断宋海的话头儿："这些偷鸡摸狗吵架拌嘴的事儿先搁着，办大案！"

王守仁话头儿十分严厉，宋海心里也有些慌，又把手里的状纸胡乱翻了翻，这才说："大人，庐陵地面儿上的百姓老实，像那杀人拐贩的案子几年也未必有一件，百姓们来诉的都是些家长里短的小事，实在挑不出什么'大案'来。"

官府之中胥吏最刁，碰上贪赃纳贿寡廉鲜耻的坏官儿，这帮人马上同流合污奉承巴结，可要是遇上王守仁这样一心为百姓办事的正派人，这帮人就会设法刁难，先给当官的一个下马威，然后想办法摆布官员。现在宋海这帮人办事明显就是这个路数，王守仁气得火冒三丈，可初到任上什么事都不熟悉，一时拿这帮家伙没办法，又气又恨，狠狠瞪了宋海一眼起身就走。

这天王守仁连午饭也没吃，一个人在卧房里呆坐着，心里又气愤又委屈，说不出是个什么滋味，一会儿觉得庐陵百姓冥顽不灵，糊涂得可恨，真应了孔子"上智下愚不移"的说法儿，想到这儿就觉得自己花工夫去管这些"下愚"的闲事实在不值，任他们自生自灭算了！

可王守仁经过龙场悟道以后，心里已经存养了一个良知，现在心里才一动憎恨百姓的念头，良知立时发动，想到自己读圣贤书，做父母官，本应该替百姓做事，现在事没做成，自己不惭愧，倒去责怪百姓们，单是这个想法就对不起自己的良知。

这么一想，王守仁急忙把厌恶百姓的心收了起来，重新在自己身上找毛病，可想了半天，仍是无所措手。正在发呆，主簿宋海推开房门走了进来，站在面前怯生生地不敢说话，王守仁问他："你有事吗？"

宋海并不答话，却反问了一句："大人还在为审案的事发愁吗？"

自到庐陵以来，王守仁对宋海、陈江这几个胥吏就信不过，现在宋海跑来问这话，也不知他是幸灾乐祸还是来出什么歪主意，一时没有回话。

宋海是个精细人儿，王守仁对他的成见，此人一早就看出来了，所以在王守仁面前也显得拘谨得很。可身为县衙里的主簿，有些话实在不说不行，犹豫半天，硬着头皮赔起笑脸儿来："今天那两伙人为一只鸡来打官司，把大人气得够呛，其实这样的纠纷在乡下多得是。咱大明朝国力强盛，百姓的日子勉强过得去，可细算起来还是穷，吃不饱饭的人多，加上这两年天灾不断，朝廷的赋税又加了些，百姓们的日子就更难了。种田的人俗称'泥腿子'，没别的本事，一粥一菜都从土里刨出来，对他们来说，一袋粮食、一只鸡鸭，甚而一针一线都是好东西。别说是一只鸡，在乡下，为了几块砖头、一捆柴草打闹起来的有得是！这样的纠纷咱们怎么管得过来？就像今天这样，大人为了一只鸡浪费了一早上，到最后，到底是这家偷了那家的鸡，还是那家打了这家的人？根本问不清楚——就算问清楚也没用，事情太小，定不得罪。所以小人觉得太尊把时间浪费在这上头不值。"

宋海这些话说得十分直率，初听似乎有推卸塞责之嫌，可细一琢磨句句在理。王守仁办事没经验，脾气急一些，却不是个不讲理的人，听了这些话心里一动，并

第二章 绝境中悟道

没回答，可脸色却比刚才和缓些了。

见太尊没生气，宋海又慢吞吞地说："如果太尊仍要审案，小人觉得不必像现在这样细细审问，我在衙门里混了这么些年，知道两套办案的规矩，一套是好官用的，一套是恶官用的。我们这帮人虽然偏居一隅，也知道太尊是位斗过阉党、下过诏狱的大忠臣，当然是好官，我就把好官的这套办案诀窍说给大人听吧。"清了清喉咙，嘴里念诵道："凡讼之可疑者，与其屈兄，宁屈其弟；与其屈叔，宁屈其侄；与其屈贫，宁屈其富；与其屈愚，宁屈刁顽。有争产者，与其屈小民，宁屈乡宦。有争是非者，与其屈乡宦，宁屈小民。"

宋海说的，果然是当时审案的一套定例。

凡遇到案件不必认真去审，只看打官司的是什么人。若后辈与长辈争执的，应该偏袒长辈，收拾晚辈，这叫齿序之别；若穷人与富人争执的，可以偏袒穷人，收拾富人，这叫帮穷抑富；若老实人和二流子争执的，就要偏袒老实人，收拾二流子，这叫扶正压邪；若有财产纠纷，宁可支持穷人，委屈富人，不让富户欺压穷人，以灭世俗之歪风；若是道德伦理之争，宁可袒护有功名的乡绅举人，委屈百姓，这是助斯文压愚昧，维护道学体统。

早年王守仁在刑部做过主事，也到地方上审过案子，这套审案"规矩"隐约听人说过。现在宋海当面背诵出来，王守仁初听觉得也有道理，可再一想，又连连摇头。

打官司这种事，是非曲直自有公道，就应该公平断案才对。像这样不问案件内情，只管按着套路办事，偏袒一方，压制一方，哪里还有公平可言？

王守仁这一脸的疑惑宋海也看出来了，在这件事上他倒有个劝人的主意，笑着说："太尊是位饱学名士，一定知道'叶公好龙'的故事吧？"

宋海忽然把话扯远，王守仁倒是一愣："'叶公好龙'是孔夫子的故事。当年孔子被鲁国贵族驱逐，周游列国的时候到了楚国的叶县，当时管理叶县的是名将沈诸梁，人称'叶公'，以礼贤下士著称，孔子到叶县后，沈诸梁一开始对孔子礼敬有加，后来却冷淡了，以致孔子终于不能在楚国落脚，孔子的弟子们对叶公很不满意，就编出一个'叶公好龙'的故事来，说这位叶公平时喜欢画龙，可有一天真龙来了，他又不能接受……"

王守仁果然是饱学之士，几句话把一个寓言故事的来龙去脉全讲透了。可宋海要说的并不是这个："太尊一定知道叶公疏远孔子的原因吧？"

被宋海一提，王守仁这才想到："《论语》上有记载：叶公与孔子谈礼法，说到乡下有偷盗之事，叶公说：'在楚国，父亲偷了东西儿子会出来举报，儿子偷了东西父亲会出来举报。'孔夫子却说：'鲁国风俗不是这样，儿子偷了东西，父亲替他隐瞒，父亲偷了东西，儿子替他隐瞒。'就因为这'父为子隐，子为父隐'一句话，让叶公怀疑孔子的品行，后来与孔子的关系就疏远了。"说到这里，忽然明白了宋海的意思，自己又想了想才说："孔子所说的'父为子隐，子为父隐'并不是互相包庇的意思，只因为当时的官府审案毫无'公平'可言，法律又严酷，动不动就对犯人黥面断肢，又或者充当苦役，孔子于心不忍，觉得像这样的事不必报官，免得父子手足被官府戕害，至于偷窃，当然不是好事，回家以后父亲自然要狠狠责罚儿子，偷的东西也要退还人家才是。"

王守仁把话全说完了，宋海也就没什么可说了。王守仁又想了一会儿，这才轻轻叹了口气："怪不得我办不成事，原来今天的社会和孔子时代是一样的，而我无意之间竟做了一回'叶公'。"

眼看王守仁把事儿想透了，宋海这才接着说："太尊到任不久，一心要为百姓审决冤狱，这是好事。事情没办好，都怪我这个主簿没本事。刚才太尊吩咐下来，让下面的人挑要紧的事来办，卑职仔细想了想，觉得审问案件似乎不是最要紧的事。咱们庐陵县是个大县，城里的税银，乡下的粮赋都得征收，上头派下杂役，额外收些捐税，咱们也得应付。太尊到任以前，咱们县已经连着旱了两年，今年又不见雨水，乡下快要饿死人了，怎么办？这些事都要太尊去过问，太尊不管，谁管呢？"

听了这番话，王守仁心里一沉，这才明白，自己早前那些想法太幼稚了。不由得抬头把宋海认真打量了几眼。

原来庐陵县的主簿宋海，其实是个好人。

宋海走后，王守仁又在屋里呆坐了很久，满心里都是一股说不清的滋味。

在龙场受罪的时候，王守仁悟到了良知，后来又从这上头领悟出一个"知行合一"的大道理，所谓"知是行的主意，行是知的功夫"、"知是行之始，行是知之成"。这次王守仁到庐陵县当县令,真心实意要为百姓办实事,哪知刚一动手就把事情办坏了。这是"知行合一"的道理出了错,还是有什么别的缘故呢?

王守仁困坐斗室苦思冥想,惶惶然不知所措。直坐到太阳偏西,天都快黑了,忽然间,王守仁心里一动,有了个想法!

"知行合一"这个道理没有错的!错的是王守仁自己。在他想来,审案为百姓办好事,这是他的"良知",可事情办不成,说明"行动"上走偏了。正如宋海说的,县里有那么多大事等着他办,他偏不办,只管去审鸡毛蒜皮的小案子,结果弄了个一塌糊涂。回过头来再与"知是行的主意,行是知的功夫"这话参照,分明是一开始就把主意打错了,结果"功夫"也下错了地方。

知行合一,有个"良知",就必有个"践行"。如今在"行"字上走不通,其实说到底,是那个"良知"上出了错。龙场悟道的时候王守仁已经隐约想到,"克己复礼"讲的是先"克"自己,再"克"上司,"克"官府,"克"朝廷,最后才轮到"克"百姓。可到庐陵当县令时,王守仁办的第一件事却是审案子,"克"百姓……

自以为知,其实不知,以"不知"为"知",办事的时候当然行不通!这叫什么?这就叫作"知而不行,只是未知"……

至此,王守仁终于恍然大悟。想起自己早晨办案时的滑稽样子,忍不住嘿嘿一声笑了出来。

像孔子一样碰壁

在良知之学里有一个最重要的项目,就是知错,改错。

在后来讲学的时候王守仁这样说:"悔者,善之端也,诚之复也。君子悔以迁于善,小人悔以不敢肆其恶;惟圣人而后能无悔,无不善也,无不诚也。"意思是说,改错是良知诚意的高标准,是个高境界,君子能改错,其良知境界就能得到提升;小人知道改错,虽然未必提升境界,至少他也不敢再作恶了。

在庐陵做县令,这是王守仁第一次在地方上任职,因为缺少实际工作经验,犯了个可笑的"幼稚病",好在这位阳明先生是个满心良知的君子,知错即改,善莫大焉。立刻放下"替百姓审理冤案"的幼稚想法,开始为庐陵百姓们办起实事来了。

此时的庐陵县已经连着遭了几年旱灾,庄稼减产,百姓们的日子挺不好过,可上头派下来的捐税却丝毫未减,百姓们税负沉重,日子艰难得很。王守仁到任的时候县里前一年的粮税已经收齐,大半装船运走了,可还有一部分吉安府的官差赖在乡下不走,想借着征粮的机会从百姓们身上揩些油水。因为前任县令王关离任,县衙一时无主,宋海就把这件事和王守仁商量,看怎么想办法督促这些差官早点离开庐陵。

王守仁虽然没做过地方官,可他早先在刑部也做过一阵子主事,熟知律法,也知道胥吏差人中有些无赖,祸害起百姓来比贼还狠,对这些人,当官的必须摆出一张铁面孔,拿出硬手腕治他们。立刻告诉宋海:"天下事最怕的是'上行下效'四个字,治住一个官差,比治一百个百姓还管用,治不住官差,百姓们有样学样,一个个都要去做贼!这是大事,要从严办理。你马上出一个告示,命令在县里收缴粮税的官差不论是何处来的,立刻把征集的粮食运走,不准在地方上停留,更不准借机讹诈百姓,有不听令的,都报到县里来,我有办法治他们!"

宋海忙问:"太尊的意思是让里正、保长们举报这些人?"

王守仁又想了想,把头一摇:"单靠里正保长还不够。官差散在各处,手里有公文,背后有靠山,保长能把他怎么样?就算真报到县里来,等咱们知道,派人去拿,这帮当差的早就走了,也找不到人。我看这样,告示上只管写明:凡是手里没有公文却在地方上征粮要税的,百姓们都可以当他是骗子——就算手里有公文,多征滥征也不行!凡遇到这些人,百姓们就立刻把粮船扣了,船上的人不论自称官差还是船户,一律绑起来送交县衙处置,有公文在手的,把公文封起来一并上交,当堂验看真伪。"

王守仁办事的手段十分凌厉,宋海跟过几任县令,还没见过这么厉害的官员,吓得直缩脖子。可宋海也是个办事的胥吏,仔细一想,又觉得王守仁这套整治官差的办法合情、合理、合法,就算是吉安府派来庐陵公干的差人,因胡作非为被百姓绑拿,庐陵县治他们的罪,谁也拦不住。

其实在这个问题上地方官是能管住差役的,只不过有些当官的念着"打狗还要看主人",怕得罪上峰,不敢严管差役。如今王守仁丝毫不信这个邪,就

第二章 绝境中悟道

是要严管！宋海对这位新到任的太尊又敬又佩，赶紧写了告示贴出去了。

这份告示发到乡下，效果立竿见影，那些赖在地方上揩油的差人见了告示，知道这事不是儿戏，谁撞上谁倒霉，要真被百姓们"绑送"庐陵县，丢人现眼不说，弄不好连饭碗也丢了，急忙各自起程，押着粮船回吉安府交差去了。结果不到十天，这帮穿着官衣在乡下害人的"蝗虫"呼啦一下子飞得一只不剩，百姓们总算松了口气。

哪知这场麻烦事刚过去，因为天旱水浅，饮水不洁，乡下又闹起了瘟疫。

庐陵百姓们早就衣食不周，老幼妇孺身体尤其虚弱，瘟疫一发，这些人立刻病倒，一开始病人只集中在几个乡，很快就扩散开来。眼见疫情严重，王守仁顾不得"县令不下乡"的旧例，换上便服带着宋海、林嵩、陈江几个人亲到有疫情的乡镇去查看，只见当地百姓个个面有菜色，疫情严重的地方家家都有病人，尤其老年人患病的多。最厉害的地方有些人家已经烟火断绝多日，保长们害怕瘟疫，也不去管，直到王守仁来了，让保长带着去探视，推门一看，患病之人全家皆死，尸身都已腐烂，其状惨不忍睹。

看着百姓们的苦难，王守仁心如刀绞，回到县衙急忙找宋海商量救人的办法。可庐陵是个穷县，粮库没有粮食，银库没有银两，拿什么救济百姓？王守仁只得从自己俸禄里拿出些钱来，又说些软话从手下人处凑了些钱，请了几个郎中到乡下给百姓们诊治，然后回到县里共同研究病情，捡那些廉价易得的药物写出一个方子来，由县里的官差把药方和银钱分派到各处乡村，交给村里的保正们买药，熬好，给生病的人喝。

到这时候，王守仁也当了一段日子的地方官，把身边的情况都摸透了，知道宋海、陈江这几个胥吏还算不错，可庐陵县里的差人衙役十个里有六七个不是好东西，地方上的保长、里正之流坏人也不少，把有数的几个钱交给这帮人，让他们派发药物给百姓们治病，恐怕这些没天良的东西会从救命钱里捞油水，真正派发到百姓手上的也不知道是什么了……

好在早先王守仁用一纸严令唬住了一帮官差，这些就如法炮制，又发下告示，让百姓们如果发现官差、保甲有侵吞钱物、不照县里要求发放药品的，都可以到县里来告状。

至于百姓们敢不敢告发这些骑在他们头上的保甲，王守仁就实在无法可想了。

不管怎么说，有了这些措施，对治住瘟疫还是起了作用，几个月下来，乡下的疫情渐渐好转，哪想到这一年庐陵县真是多灾多难，因为旱情严重，天干物燥，县城百姓用火不慎，竟引发了一场火灾！等人们发现的时候大火已经到处延烧起来，王守仁也顾不得官员的体统，穿着一件短衣亲自钻到火场里指挥救火，可庐陵县城狭小，民房盖得密集，大火一起救也救不过来，整整烧了一夜，烧毁房屋上千间，半个县城成了废墟。

面对这场无情的大火，所有人都傻了眼。王守仁正不知该怎么救济受灾百姓，县里的典史林嵩走了进来："太尊，外头有人来打官司。"

王守仁忙问："什么事？"

"县城东街上有两户百姓彼邻而居，一个叫吴魁昊，一个叫石洪。昨晚县城失火的时候，吴魁昊和石洪两家为争抢火巷起了争执，打了一架，现在吴魁昊到衙门来告石洪，想求太尊公断。"

所谓火巷，就是比一般街道更宽且直的街道。南方县城大多房舍密集，街巷狭窄，一旦起火后果不堪设想，所以当地人专门建起一些"避火巷"，就是把两处房舍之间的道路拓宽，巷子两端设下排水的明沟，使街对面的火不至于延烧过来。

吴魁昊和石洪两家是邻居，中间隔着一条宽敞的火巷。当大火烧过来的时候，吴魁昊和石洪都急着把自家的东西往外搬，想从火巷宽街上抢运出去，结果两家撞在一起，互相争路，打了一架，吴魁昊吃了亏，一时气不过，就到衙门里来告石洪。按说这个事儿不大，可林嵩却有个意外的想法："刚才小人把案情大概问了问，争夺火巷的时候石洪先动手打人，亏了理，另外，这石洪家里又是个'军户'，太尊处置案子的时候不妨严厉些……"

林嵩这话里带着几层意思。一来打架斗殴的时候总是先动手的理亏；二来县城失火，民情汹汹，万一闹起事来就麻烦了，这时候县令出告示惩罚几个人，虽然与别的百姓无关，毕竟能转移人们的注意力，也算有好处；三来石洪家是个"军户"，而军户们的名声总归不好，如果王守仁处罚石洪，替吴魁昊家出了气，县里的人会觉得县令向着百姓，大家心里高兴。

林嵩话里这些意思王守仁都明白，也正因为明白这些意思，听了这话，王守仁有些恼了。

第二章　绝境中悟道

明朝建立之初，朱元璋把百姓们分为"民户"、"军户"、"匠户"等，其中"军户"就是世代当兵的人。按规定，军户人家每户需要出一个壮丁到营当兵，称为"正兵"，再出一人到军营照顾这个"正兵"的生活，称为"余丁"，又要出一人在家耕种，所得专门用来供养这名"正兵"。如此一来，一个军户至少要生四个儿子，三个都给国家干活，第四个儿子才是给自己家种地的。为了让军户的日子好过些，明朝规定军户家的田地在三顷以下的免交税粮。可是当兵的人在军营里花费不小，出征之时更得花钱，军户人家本就负担不起，加之军户地位低下，长官对他们任意欺凌克扣，"免征税粮"的承诺在地方上也难以兑现，所以军户的日子过得比普通百姓更艰难，所以百姓们都把军户人家看得低人一等，家里有女儿的也不愿意嫁给军户，免得将来生的孩子入了军籍，一世受苦。加之军户都是当兵的出身，粗野无文，平时与邻居们打架生事在所难免，大家就更瞧不起他们，军户与百姓之间因此有了矛盾，甚而互相敌视。

这次军户石洪打了当百姓的吴魁昊，吴魁昊到县里喊冤，又正值火灾刚过，典史林嵩是个有经验的胥吏，就想劝王守仁借机整治一下石洪，哄哄受灾的老百姓。

一个人的心态，有时候取决于他的工作。比如，屠夫不怕动刀子，医生对死亡看得很淡，而在官府里做胥吏的人，有时候会对道理、公平比较漠视。

在林嵩想来，他出这个主意是为王守仁好，可在王守仁听来这话十分刺耳。想也没想就说："林典史，你让我借着打架的事重办军户，给百姓出气，可你想过没有，军户们一家要派三四个壮丁，日子本就困难，差役又繁重，据我所知，石洪所在的吉安守御千户所半年没发月粮了，军户们过的是什么日子？况且石洪在吉安千户所当兵，他家就在庐陵县住着，离得近，互相有个照看，总还好些。如果我判石洪有罪，他就会被送到边关去服役，依军法，'正兵'一动，'余丁'也要跟随，这一下就有两个男丁从江西远赴边关，能不能再回来都难讲，石洪家里要拿出多少钱来供养这两个远赴边关的男丁？就因为口角打架的小事，我就把一个军户弄得家败人散？我办事依的是个良知，倘若石洪真是有罪，自然治他，绝不手软，可你让我惩办军户给百姓出气，这也未免太小看我了吧？"

王守仁一句话把林嵩说得面红耳赤，忙赔笑道："小人只是随口说说，也没有别的意思……"

王守仁把手一摆："我在庐陵做县令，民吾民也，兵，亦吾民也！大家一视同仁，没有区别。这个案子我自会去问，你就不必多说什么了。"

后来王守仁把吴魁昊和石洪叫来问了问，发现两家虽然打架，却也没有多大的事，劝了几句，把这事和解过去了。

但吴魁昊和石洪两家争抢火巷的事倒给王守仁提了个醒，当百姓们在火灾原址重建房屋的时候，王守仁又专门发下告示，让百姓们共同商议，把房基各自让出一点来，拓宽街道，多留火巷，以免再遭这样的大灾。

转眼工夫，王守仁到庐陵县也有一年了，县里的公务渐渐上了正轨，胥吏官差都被王守仁管得服服帖帖，不敢随意生事。百姓们对官员所求本来不多，只求县令公正明白就好，对王守仁也满意，于是庐陵县虽然先后遭了旱灾、瘟疫、火灾，大家咬咬牙，日子还能过。

可俗话说福无双至，祸不单行。县里的情况刚刚有些好转，一件天大的难事又降临在王守仁这个县令的身上。

这天王守仁正在二堂办公，主簿宋海也在边上整理文书，忽然从外头走进几个人来，领头的是吉安知府手下的主簿郭孔茂，宋海赶紧上前笑脸相迎。郭孔茂只冲他点了一下头，撇着嘴恶声恶气地说："宋主簿，你去把县上的书办陈江叫来，府台大人找他问话。"

郭孔茂这话说得似乎不怎么厉害，可他身后跟着六个捕快打手，提着棍棒绳索，凶神恶煞一般，一看就是来拿人的。王守仁不知道书办陈江惹了什么事，忙问："府台大人叫陈江去问什么话？"

郭孔茂对王守仁拱拱手："大人还不知道吧？陈江负责征收庐陵县内的'葛布捐'，一共才一百零五两银子，拖了一年多还征不上来，府台大人怀疑陈江把这笔钱私自挪用了，所以叫他到知府衙门问话。"

郭孔茂说的事情王守仁竟不知道："你说什么'葛布捐'？"

郭孔茂虽然只是个主簿，可他是吉安府派下来的公干，仗着知府的势力，对王守仁这个县令也不怎么放在眼里。听王守仁问这话，也不知他是真糊涂还是装糊涂，只淡淡地说："这笔捐是前任太尊在庐陵时征的，与王大人无关，大人就不必过问了。"回头叫宋海："你去把陈江找来说话。"宋海不敢违拗，赶紧往后面去了。

片刻工夫，宋海和典史林嵩一起出来，却不见陈江的影子。林嵩对郭孔茂说："陈江今天一早到衙门办公，刚才我让他拿账册给太尊看，宋主簿来找他的时候已经不见人了，只看见这些账册扔在二堂口上，大概是陈江过来的时候正好看见吉安府的差人，知道要拿他，扔下东西就跑了。"

一听这话郭孔茂气得大叫起来："这还了得！你们知道他住在何处吗？"

"知道。"

"带我到他家去找他！"

林嵩赶紧领着郭孔茂这几个人出去了。

眼看郭孔茂走了，王守仁才问宋海："到底是怎么回事？"

对王守仁这位县太爷宋海是信得过的，忍不住叹了口气："太尊到任不久，还不知道，正德二年江西来了一个织造太监，说是奉皇命给各地加派捐税，结果给咱们庐陵县派下来一个'葛布捐'。葛布这东西大人知道吧？这是一种轻薄的布料，天热的时候拿来做长衫最好，这葛布在江浙广东都有出产，可庐陵县从来不产葛布，现在上头硬派下一个'葛布捐'来，每年征收一百零五两银子，这一下把前任太尊难住了。派人下去征收'葛布捐'吧，收税的衙役还不让老百姓打死？不征收，上头盯得紧，又躲不过去！没办法，前任县令王关王太尊自己拿出俸禄来，又把我们这些当差的找来商量告借，硬凑了一百多两银子交上去。本以为'葛布捐'只征一年，混过去就完事了。哪知第二年吉安府照样来收这笔银子，王太尊没办法，又找我们凑钱，一连凑了三年！这三年里王县令一两银子的俸禄也没得着，我们这些胥吏也都垫了不少钱。到后来王县令眼看熬不住，干脆官也不做了，挂印而去，结果第四年的'葛布捐'无处征收，全着落在书办陈江身上。这不，因为'葛布捐'征不齐，吉安府派差官来捉陈江，我趁着上差没留意，跑到后头告诉陈江，让他先找地方躲躲，混过今天再说吧。"

王守仁到庐陵也一年了，处得久了，知道宋海、陈江都是有良心的胥吏，听说陈江惹上这样的麻烦，忙问："林嵩带着郭孔茂到陈江家里去找人，不会闹出事来吧？"

宋海忙说："陈江必不敢回家，林典史也会从中疏通，想来问题不大。"

知道陈江不至于让吉安府的人捉去，王守仁松了口气，可回想此事，越想越恼："不产葛布的穷县倒要交什么'葛布捐'，这是哪家的王法！"

宋海叹了口气："大人初到地方为官，很多事还不知情。地方上像这些巧立名目乱摊滥派的事多得很。就说庐陵县吧，除了正常的钱粮赋税之外，还有杉木、楠木、木炭、牲口各项杂税，弘治十八年小人到庐陵来当主簿的时候，这些杂税一年共缴白银三千四百八十九两，可去年已经增到九千多两，今年各项税费还没摊下来，但依我算来，总数估计要过万两了。"

单是庐陵这么个穷县，每年征收的苛捐杂税竟有万两之多，说出来实在吓人。单是一个穷县就收这么多杂税，大明朝一千一百多个县，滥征的税银就十分惊人了。

可仔细想想，这笔钱用在大明朝的财政上，又根本不够用。

大明朝立国一百多年，整个国家养活着朱姓亲王三十人，郡王两百多人，又有文官两万多名，武官超过十万，地方胥吏五万五千名，由国家提供生活费的廪膳生员三万五千名，而大明朝全国的税粮总共只有两千六百六十万石，分给这么一帮米虫子，根本就不够吃。怎么办？只能是文官吃百姓，武将吃兵丁，皇亲国戚更不用说，什么财都敢发，谁的肉都敢吃，吃来吃去，大明朝六千万百姓一个个被当官的吃得精穷。

国家已经是这么个烂摊子，偏又赶上正德这么个皇帝，荒淫无度，享乐无边，手里的银子不够花了，就叫派到各地的太监给他进贡"孝敬钱"，还立下规矩，南直隶每年征收十五万两，两广征收十三万两，湖广征收十一万两，四川征收九万两，河南征收八万两，陕西征收七万两，山东、山西、福建、浙江、江西各省都有。

皇帝要收十万两"孝敬钱"，镇守太监们就向地方上征收二十万两，官员们借着太监的势力，干脆在地方上征收五十万两！横征暴敛，无法无天！光是庐陵县的杂税几年工夫就增加了三倍，真是一叶落而知天下秋了。

知道了事情的来龙去脉，王守仁也替陈江担了一份心，和宋海一起在衙门里等着。过了好半天，典史林嵩回来，悄悄告诉王守仁：陈江逃离县衙之后并未回家，郭孔茂到陈江家里没抓到人，坐等了一个时辰，连人影也不见一个，只能说了几句狠话，带着人回吉安府了。

知道陈江没给人捉去，王守仁略微放心，这一晚回到住处辗转难眠，一时想着陈江惹了这样的麻烦，躲得了一时，躲不了一世，该怎么帮他的忙？一会儿又想着正德皇帝可恶，庐陵百姓可怜，自己身为县令，却帮不了百姓，心里又急又愧，一直到天快亮了才勉强睡了一会儿。

哪知天刚亮，县衙门外忽然吵嚷起来，王守仁在后院也听见声音，不知出了什么事，赶紧披衣起身赶到大堂。只见大门外挤满了成千的百姓，大堂前也围了几十个人，见太尊出来，这些人一起抢上前来跪倒，当先一个须发花白的老人颤声道："小民们活不下去了，恳求太尊救我们一命！"

王守仁赶紧上前搀起老人："老先生不必如此，有话慢慢说。"

那老人冲王守仁拱着手哆哆嗦嗦地说："昨天吉安府来了一伙差官，不知要抓什么人，我们私下打听，说是官府要来收税，今年光是庐陵一县就要缴纳一万一千多两银子！可庐陵县一年之内先遭大旱，又遇大疫，加上县城失火，百姓已经穷得过不下去了，这一万多两银子的捐税我们实在凑不出来！小民等只是乡下野人，不懂事，可我们也知道太尊是位讲道理的好官。所以斗胆来求太尊，看在我等穷苦可怜，为小民做主，减免一些捐税，留我们一条活命，小民等感激不尽！"话音刚落，大堂上几十个百姓齐刷刷跪在地上，挤在衙门外头的人们也呼啦啦跪倒一地，都给王守仁磕起头来。

王守仁当官也有十年了，还真是第一次见到这样的阵势，急忙上前搀扶老人，下意识地说："老先生不必如此，捐税的具体的数目还没下来……"说到这里，忽然嘴里发干，一句话硬是说不下去了。

今年的税款是多少银子，王守仁虽然知之不详，大致数目也猜得出，现在他说这话，分明是在推托。可王守仁是个有良知的官员，知道自己身负的责任，面对一县父老乡亲，实在不敢推托了事。半天才说："容我想想办法，今天必定给你们一个答复。"低着头进二堂去了。

说是给百姓们想办法，可面对上宪派下来的捐税，王守仁这个小小的县令能想出什么办法来？

老百姓纳税完捐是国家法令，也是件天经地义的事，自古至今莫能免除。至于税收是多少银两，知县、知府乃至布政、巡抚都说了不算，这是京城里户部衙门的事儿，户部尚书秉承的又是皇帝的旨意，百姓抗税就是抗旨，罪大恶极！王守仁身为地方官，光是动一动蠲免捐税的心思已经有罪，若真的自作主张替百姓免税，丢官罢职是轻的，坐牢、流放也都避不过去。

若是以前那个王守仁，大可两眼一闭不闻不问，反正税银是胥吏衙役们去征，百姓交不出，这些人自有办法制他们。可现在的王守仁悟到了良知，真正立了一个"做圣贤"的大志，一心要学孔子克己复礼，救民于水火，现在成千的老百姓跪在外头等着他救，王守仁也真心想救他们，才发现自己两手空空，孤立无援，胥吏们指不上，百姓们也指不上，上峰上宪都是他的仇人，国家法令更是他的对头，除了心里的一点良知，一份恻隐，剩下的就是圣人的一句话："志士仁人，无求生以害仁，有杀身以成仁。"

"生，我所欲也，义，亦我所欲也。……二者不可得兼，舍生而取义者也。"

想到这里，王守仁终于拿定了主意，从二堂出来，面对百姓们高声说："诸位的苦情本官都知道了，我现在就写一道公文递上去，请求将本县今年各项捐税全部免除！今天大家先回去，等有了消息，本官自会发告示知会乡亲。"

听了王守仁这话，堂上的百姓们忍不住欢呼起来，又一起跪下给太尊磕头。一边的主簿、典史和衙役们却一个个吓得脸色蜡黄，不知所措。

百姓们走后，王守仁真就写了一道请求蠲免捐税的公文，递到吉安知府衙门去了。

吉安府与庐陵县在同城办公，王守仁的公文当天就送到府里，天还没黑呢，那个刚来捉过人的吉安府主簿郭孔茂已经到了庐陵县衙。

这一次郭孔茂的神色看起来比早前温和些，话也说得十分客气："今天小人在府里办事，忽然看见王大人递上来的一道公文，说是请求减免捐税钱粮，赶紧转呈府台大人，府尊竟不知大人是何意，命小人来问问缘故。"

守仁忙说："庐陵县连遭三年旱灾，尤以今年为重，几近颗粒无收，加之乡下一场大疫又死了不少人，百姓的生活困窘至极，无奈之下到县衙请命，都说实在无法交捐完税，本官知道百姓所说是实情，斗胆请示上宪对今年捐税给予蠲免，暂时与民休息，以免激起民变。"

郭孔茂冷笑一声："太尊这是危言耸听了！你说百姓到衙门来闹，可小人来了这半天，没见一个闹事的人，牢房里也没有关押一个刁民，请问太尊，你说的闹事刁民在何处？"

郭孔茂这番皮里阳秋的邪话把王守仁气得七窍生烟："百姓们都是老实人，不逼得走投无路，就不会闹事。现在本官已经答应替他们请求减免捐税，这些人都回去等消息去了。当官的吃着国家俸禄，就是要救护百姓的，现在庐陵百姓生活困苦衣食不周，皆是官员之过，咱们自己不认错，反而对百姓们捕打拘拿，天下哪有这样的道理？"

郭孔茂又是一声冷笑："大人倒真会做人，百姓来闹，你就说好听的话儿哄他们，这些是你自己的事，小人不过问。可税收是国家王法，没有上宪文书谁敢擅自免除？大人要免庐陵县的税赋，不知是奉了谁的令，可有公移文书在手，能拿给小人看看吗？"见王守仁气呼呼地不理他，说出的话也就更不客气了，"大人说当官的吃国家俸禄，是要救护百姓？我却不这么看。咱们吃着皇家俸禄，是要维护王法纲纪。刁民抗税的事到处都有，庐陵县里有衙役捕快，还有一两百号兵丁，为什么不惩办刁民，倒写了这么个莫名其妙的文书替刁民说话，为难知府？要是地方官员都像王大人这样办事，国家还要不要了？"

郭孔茂这话说得在理，可他这是个不讲理的"道理"，王守仁哪里听得进去："你这话不对！孟子说：'百姓为重，社稷次之'……"一句话还没说完，郭孔茂已经打断了话头儿："做县令的是你，不是孟子！孟子可以说轻巧话儿，大人这么办事却不行！庐陵县的捐税收不上来，让吉安府怎么办差？"

"吉安府也是护民的衙门！难道不顾百姓的死活？主簿大人何不到乡下走一遭，看看百姓们过的是什么日子！只怕主簿大人也看不下去吧！"

郭孔茂扬起脸来冷冷地说："看不下去就不要看嘛，王大人是来做官的，只要把官做好，三年升个知府，五年升个道台，再升按察、布政，这才叫本事！你不在这上头用心思，没事总跑到乡下去干什么？"

郭孔茂竟说出禽兽一样的话来，王守仁真是无言以对了。半天才说了一句："请主簿回去告诉知府大人，本县受灾极重，捐税务必蠲免，如果有罪，就请府台大人治我的罪吧。"

听了这话，郭孔茂也无话可回，把手一拱，扭头就走了。

郭孔茂走后，王守仁回到书房又写了一份公文，把庐陵县的灾情和自己蠲免捐税的请求一一写明，最后专门加上一句"蠲免捐税之事已与民约定，岂能复肆科敛？非惟心所不忍，兼亦势有难行。本职自到任以来，坐视民困而不能救，心切时弊而不敢言，既不能善事上官，又何以安处下位？苟欲全信于民，岂能免祸于己？合请上宪垂怜小民之穷苦，俯念时势之艰难，为特赐宽容，悉与蠲免。如有迟违等罪，止坐本职一人，即行罢归田里，以为不职之戒。心所甘愿，死且不悔"。

"心所甘愿，死且不悔！"这就是王守仁的良知。

可惜，王守仁一个小小的县令，凭着一点良知要克知府，克朝廷，为民请命，力量实在微不足道。连他自己都知道，庐陵县的捐税是免不掉的，王守仁被罢官之后，朝廷立刻换个知县来庐陵，捐税照收，百姓们再来请命，新县令只管捆打捕拿，不会手软。

先"克"自己，再"克"官府，再"克"朝廷，最后才轮到"克"百姓，这是"克己复礼"的本意。可做到这一步实在太难了。孔子努力一辈子也没做成事，现在王守仁想凭着自己的良知去"克"吉安知府，顿时也像当年的孔子一样碰了壁。他心里这份倔强的良知，对整件事没起任何作用，唯一的结果就是王守仁自己丢官罢职，下狱流放。之所以弄成这么个结果，是因为王守仁只知道"要克官府、要克朝廷"这个模糊的道理，却不知道怎么改造朝廷，如何修订王法，怎样制约皇权，如何救护百姓。

还是那句话：知而不行，只是未知。

第三章 提炼万镒纯金

知行合一，正本清源

在庐陵县当县令的时候，王守仁依着良知做了个大胆的决定，上了一道公文请官府免除庐陵县的捐税。一个小小县令竟敢做这样的事，原本注定了要倒霉，哪知公文递上去久久没有回复，王守仁正在疑惑，忽然接了京城来的圣旨，命他扔下县令的差事回京等待任命。

到这时王守仁才隐约听到个消息：大太监刘瑾垮台了。

刘瑾是早年正德皇帝为了镇压大臣选出的一个酷吏，或者说得直白些，是一条专门替皇帝咬人的恶狗。可刘瑾的有趣之处在于他竟不知道自己只是皇上脚边的走狗，还以为手中那些权柄都是真的。掌权五年来，这个太监上蹿下跳，一手打击文臣，一手拉拢亲信，忙忙活活，一刻也不闲着。

就在刘瑾闹腾不休的时候，正德皇帝也悄悄忙着他的事儿。先是打击重臣，夺了朝廷的实权，接着在皇城西内的太液池西南岸扩建了一座"豹房"，于正德二年八月从乾清宫搬到豹房，在这里安了家，从此摆脱了母亲张太后对他的管束。之后又把早年当过詹事府詹事的亲信能臣杨廷和提拔为内阁首辅，稳住了朝局。三件事做下来，正德皇帝已经大权独揽，再也用不着刘瑾这条走狗了，加上刘瑾在掌权的几年里广布冤狱，培植党羽，收贿索贿，卖官鬻爵，聚敛金银，名声太臭，得罪的人太多，这种东西留在身边只能给正德皇帝脸上抹黑。于是正德皇帝不动声色地布了个局，明里重用首辅杨廷和，疏远刘瑾，暗中培植与刘瑾有仇的大臣杨一清和大太监张永，借着宁夏安化王谋反一事搜罗证据，向皇帝告发刘瑾想要"谋反"。

听说刘瑾这个阉奴居然想造反，正德皇帝勃然大怒，只一抬手，就把被称为"立地皇帝九千岁"的大太监刘瑾关进了死牢。之后毫不客气地判了他一个凌迟之罪，于正德五年八月二十五日把刘瑾当众千刀万剐，由此把"祸国殃民"的罪责都推卸在这么一个太监头上，正德皇帝自己被洗得干干净净，重新成了万民膜拜的圣主明君。

刘瑾既死，早先被他迫害的大臣们沉冤昭雪，死了的由朝廷给予抚恤，活着的重新召回京城做官。作为遭遇迫害的忠直大臣之一，庐陵县令王守仁也被列在第一批官复原职的名单之中。这种时候吉安知府哪敢追究王守仁那道胆大包天的公文，只当没这回事罢了。于是早就做好丢官下狱准备的王守仁侥幸躲过一劫，坐着小船晃晃悠悠进了京城，被分派到吏部验封司，时隔五年之后又做回了他那个六品主事。

这时王守仁的父亲原礼部左侍郎王华早已致仕退休，回家养老去了。王守仁在京城里没有一个亲人，也没个住处，就借住在大兴隆寺里。此时的王守仁虽然官卑职小，心里却已良知充沛，对孔孟儒学领悟极深，于是会同早年间认识的朋友湛若水、黄绾一起在大兴隆寺讲学，所讲的学问被归为"心学"一脉，时人称为"知行合一"之教。甫一开讲，立刻震动京师，听者如云。

在京讲学两年之后，王守仁由吏部验封司主事升任考功清吏司郎中，是个五品官职。但此时的王守仁早已无心做官，只想辞官回乡，一心讲学。

儒学，是个"克己复礼"之学。这"克己"二字包含着修身、齐家、治国、平天下四层道理。儒生们先修炼自身，克制自己心里的私欲，然后就要去克官府、克朝廷、克皇帝。但皇帝好比一头大象，儒生好比一只蚂蚁，以一个人的力量去克朝廷、克皇帝，正是蚍蜉撼象，晃动不得。此时唯有讲学，才能把这良知之学教授给百人、千人、万人，到最后，成千上万的儒生都懂得了"克己复礼"的真义，明白了"知行合一"的道理，人人修、齐、治、平，大家一起来克朝廷，克皇帝，才能达成那个"一日克己复礼，天下归仁"的境界。

对阳明先生王守仁而言，做官当然要紧，讲学也很重要，两者不可兼得，则官可以不做，学，不能不讲。在其后十多年间，无论官当得多忙多累多苦，王守仁从没忘了讲学。即使在家赋闲不做官了，良知之学仍然每日讲习，一生不辍。

就在王守仁讲学讲得不亦乐乎的时候，忽然有一位老朋友到大兴隆寺来访他。

这位老友名叫顾璘，自号东桥居士，江苏长洲人（今江苏吴县），弘治九年中的进士，是大明朝一位出了名的大才子，在家乡时就以才华闻名乡里，进京之后又因诗文出色，与李梦阳、何景明等人齐名，称为一时俊杰，也是王守仁年轻时交下的一位故友。

明朝弘治年间天下太平，政治清明，京城的文坛上也出了一批年轻俊杰。其中以陕西才子李梦阳、河南才子何景明为首，又有顾璘、边贡、康海、徐祯卿、王廷相、王九思等人相唱和，都是气节之士，反对流行一时的"台阁体"诗风，崇尚复古，成为一时的文学领袖，名气极大。那时候王守仁刚刚中了进士，正在工部、刑部担任闲职。王守仁从小志大才高，可惜"知而不行，只是未知"，对良知之学一无所知，心里的私心私欲太重，空谈志向，光说不练，整天游手好闲不干正事，老想争光露脸出人头地。听说京城里一帮大才子结了诗社，觉得有趣，想办法挤进了这个诗社，可是动起笔来才知道，原来山外有山天外有天，自己这点儿才气与那些真正的大才子相比差得太远，根本不能望其项背，没待多久就觉得没意思了，干脆找借口退出了诗社。

王守仁年轻的时候虽然不怎么成器，毕竟还是个有大志的"狂者"，和李梦阳、顾璘这些大才子私交很深，后来这些人各自都做了官，但他们的交情从未中断。

再后来正德皇帝登基，胡作非为，王守仁斗胆上奏劝谏，挨了廷杖贬了官，倒因此博得了一个"直臣"的名声，那些早年结交的朋友对他十分敬佩，交情也就更深了。

其后王守仁龙场悟道，创出"知行合一"的学说，在北京城里广收弟子，大讲学问，名声越来越响，他的"知行合一"之教渐渐传播天下，顾璘当然也知道了这事，早就想找机会和王守仁仔细探讨一番学问。可惜身不由己，始终没有碰面的机会。这次顾璘因事进京，就抓住机会跑来和王守仁见一面，叙叙旧。

故友相逢欣喜异常，王守仁赶紧烫了壶酒，备了一桌简单的菜肴给顾璘接风洗尘。

喝了两杯酒,说了些闲话,两个人渐渐把话题扯到学问上头来了。顾璘笑指着王守仁说:"自从京师一别多年没见,想不到你的学问越做越好,名声越来越响,已是一代宗师,可以和娄一斋、陈献章相提并论了。可惜我这些年都被困在官场,整天操心劳神,竟没时间钻研学问。"

听了这话王守仁立刻说:"东桥这话可不对!咱们所说的学问其实是孔夫子的'克己'功夫,这套功夫是随时随处都可以做的。尤其做官的人责备重大,每每要以良知判断是非,又要护善去恶,若能把处理公务看成克己功夫认真去做,肯定比一般人收获更大。"

王守仁的说法很新奇,顾璘笑着问:"当官的人该怎么做学问?"

王守仁略想了想:"你看,审案的官员牵涉是非曲直,一句话说错,一件事办错,后果不堪设想。所以官员们不但要公正清廉,还要冷静沉稳,不能因为案子复杂就起怒心,不能因为原告或被告会拍马屁就起喜心,不能因为原告或被告走了后门就刻意重办人家,不能因为原告或被告哀告乞怜就忽视了法律,不能因为自己事忙就随意乱判案子,不能因为怕别人说他判案不公,或者希望老百姓赞一声'青天大老爷'就依着大众的意思去判案,上述种种都是私念,这些私心杂念都藏在这个当官的心里,别人不知道,就只有他一个人知道。如果这个官员能认真下一番良知功夫,把这些私心邪念克制掉,这不就是《大学》里讲的'格物致知'的道理吗?格的什么'物'?就是日常工作、日常事务;致的什么'知'?当然就是提炼良知呀。"

王守仁这番话说得极好!由此推之,做官的人可以在处理公务时提炼良知,生意人可以在买卖之中提炼良知,工匠艺人可以在做手艺时提炼良知,农夫可以在种田时提炼良知,学生可以在学习功课时提炼良知。由此推之,世上的人随时、随处、随事都可以提炼良知。

"这就是你平时讲的'知行合一'的境界吧?"

听顾璘动问,王守仁坦然答道:"知行合一,本该如此。"

顾璘笑道:"你那个'知行合一'的道理我早听人说了,可在我想来,这个道理未必讲得通。"

这些年王守仁宣讲"知行合一"之道,常有人来找他辩论,现在顾璘也这么说,王守仁丝毫不觉得奇怪，只是笑道："你说说怎么讲不通？"

顾璘略想了想："请问：有这么一个人，他嘴里整天说'孝顺'，说得天花乱坠，可是回到家里却根本不孝敬父母，这样的人是有的吧？单这一件事就可以看出，'知'和'行'根本就是两回事，你说对不对？"

顾璘是个大才子，他说的道理一般人驳不倒。可王守仁经过龙场悟道之后，这些年一直苦学深思，于"知行合一"四个字已经彻底领悟，再无疑问，马上说道："你说的这个人，我只送他八个字，叫作'知而不行，只是未知'。"

王守仁说出的这八个字，是他自己苦苦求索，吃了很多苦头才慢慢领悟到的。可顾璘没有这样的经历，对这八个字也就无从理解，忙问："这八个字究竟何解？"

王守仁微笑道："我说的知行合一，这知是个'良知'，这个行，就是'践行良知'。你刚才举的是个'孝'的例子，这孝是个'良知'没有错吧？你刚才说的那个人，他嘴里总谈一个'孝'字，可真正到了父母面前却不能尽孝，因为他嘴里所说的并不是心中所想，这个人对别人说'孝顺'，不是他想孝敬父母，而是用这些话骗人，让别人以为他是个孝子，得到别人的敬意和信任，然后从这上头捞取好处。其实他心里并没有产生'孝'这个良知，良知没有产生，怎么去践行呢？当然就没有行动了，这叫'知而不行'。为什么此人心里没有产生'孝亲'这个良知呢？因为孝只是一个'亲情'，偏偏他心里对父母并没有生出亲情来，他从根子上就不知道什么是'孝'，这叫'只是未知'。"

王守仁这话很有道理，顾璘却还有疑问："一个人嘴里说'孝顺'，心里却没有亲情，这我倒能相信。只是这个人为何会如此心口不一？又是一件怪事了。"

王守仁摆了摆手："一点也不怪！此人心口不一，口是心非，只因为他心里的良知已被私欲隔断，被邪念蒙蔽。你以为这个人完全不知道'孝'为何物吗？也不是！他心里自有良知，知道'孝'是什么，可他的私欲邪心太重，'孝亲'这种良知已经被私欲蒙蔽，以致'知而不行'了。这样的人很多，也不止一个'孝亲'的问题。比如，官员嘴里说要廉洁，底下却在贪污，不是他不知道廉洁，而是他人太软弱，邪念太强，硬把'应该廉洁'这个良知给遮蔽了；商人说要诚信，底下却在欺诈，不是他不知道诚信的重要性，而是他私欲太强，太喜欢银子，把'应该诚信'这个良知给蒙昧了。良知一蒙昧，做人做事必然口不对心，自欺欺人，如此看来，'知而不行，只是未知'实在是世人身上一个顽疾，多少人病入膏肓，却还在讳疾忌医呢！"

王守仁这么一解释，顾璘也听懂了，可紧接着又生出一个疑问来："如今世道恶浊，贪婪腐败之辈比比皆是，要按你说的，这些人都是自己蒙昧了良知，任由私欲横行，才堕落至此。我想问你，一个人若是良心不被蒙蔽，纯而又纯，会是什么样子？"

顾璘这一问却不好回答。王守仁想了一会儿才说："一个人的良知未被蒙蔽，纯而又纯，那他必然是心里有个良知，立刻就去践行，没有丝毫犹疑。打个比方说，一个人知道疼，必是身上有地方疼了；知道冷，必是身子已经觉得冷了；觉得饿，必是因为已经饿了。这些疼痛、寒冷、饥饿都是人的本能，在这上头没有私欲隔断，没有邪念蒙蔽，所以在这些事上'知行合一'做得最明白最透彻，一觉得疼，就赶紧躲闪；一觉得冷，就赶紧添衣；一觉得饿，就赶紧找东西吃，在这些事上每个人都能真正做到'知行合一'，无法分开。同样，一个人知道孝，必是先有了与父母之间的亲情，知道悌，必是先有了与兄长之间的亲情。若没有与父母的亲情，说一百个'孝'字也是假的，没有与兄长之间的亲情，说一百个'悌'字也是假的。所以说，我们只要说一个'知'，就已经有'行'的内容在里头，知是行之始，行是知之成；知是行的主意，行是知的功夫，这两点是分不开的。若有人心口不一，嘴上说'良知'，却不见他行动，说明他嘴上说的是假话，心里的良知其实已被蒙蔽。良知一蒙蔽，就成了'不知'，没有良知指引，践行也成了'难行'，两个全误了，等于什么也没有做。究其病根，还在于良知被蒙蔽，所以说这个人知而不行，'只是没找到良知'。"

听了这些解释，顾璘心服口服。半晌问道："这'知而不行'的毛病怎么治呢？"

王守仁微笑道："病根已经找到，病就好治了。'知而不行'的病根就是良知被私欲蒙蔽，只要把良知提炼出来，病也就治好了。"

顾璘是个大才子，也是个好官，他心里的良知倒没被蒙蔽得很厉害，听了这话连连点头。又想了想，忽然问道："既然知与行本是合一的，那古人为什么又把'知'和'行'分成两件事来说？"

王守仁略一沉吟，随即说道："在我想来，古人这样说，其实是为了救人。因为世上有这么一种糊涂固执的人，糊里糊涂得只知道凭空想象，却不肯实践，对这种人，不得不强调一个'行'，让他们赶紧出来做事，不要在家里空想；又有一种人，莽撞得很，根本不动脑子，只管无头苍蝇一样乱碰，对这种人，就要强调一个'知'字，劝他深思熟虑之后再做事，免得一上手就把事办错了。在古人想来，把'知'和'行'分成两件事，对只知道'求知'却没有行动的人，劝他多行动起来；对只知道闷着头干事却不肯学习知识的人，劝他多动动脑子，这是个治病救人的办法。可南宋的朱熹老夫子却在这上头做了手脚，强调一个'知先行后'，非要让人去做一个'知'的功夫，待到'知'得真切了，才去做'行'的功夫。很多读书人中了这个圈套，一辈子都闷在屋里做学问，却不敢把他的学问拿到社会上去实践，一辈子什么事也没干，把一肚子学问都荒废了，这是个大毛病，害人不浅！"

　　王守仁说的话顾璘驳不倒，而且越听越信服。可南宋大儒朱熹数百年来被奉为学者楷模，他的一部《四书集注》更是天下学子考科举做官的敲门砖。顾璘是个饱学之士，《四书集注》早已烂熟于心，对朱熹的崇拜自然极深。听王守仁责备朱熹的学说，心里又觉得难以接受："朱子之言精辟明了，一向被认为至理名言，就算有些错漏，也不至于成为'害人之物'吧？"

　　对于朱熹理学误人害人之处，王守仁知之甚深，立刻说道："东桥先生以为朱子之言精辟，我却以为未必。举个例子：古人说'圣人无所不知，无所不能'。朱熹也在这句话上做文章，说是'盖人心之灵莫不有知，而天下之物莫不有理，惟于理有未穷，故其知有不尽也。是以大学始教，必使学者即凡天下之物，莫不因其已知之理而益穷之，以求至乎其极，至于用力之久，而一旦豁然贯通者，则众物之表里精粗无不到，而吾心之全体大用无不明矣'。认为只有把学问做到极处，到了什么都知道，什么都明白的程度，这时候自然处处皆通，事事皆明。这个说法表面看似有理，其实真正是胡说八道！"

　　王守仁向来说话直率，现在喝了两杯酒，说出话来比平时更强硬了。顾璘笑着问："朱子之言怎么就成了胡说八道呢？"

　　王守仁冷笑一声："天下的事物多不胜数，其中蕴含的道理更是无穷无尽，就算是个神仙，怕也不可能处处皆通、事事皆明吧？朱熹拿这话唬人，无非是想让学子们断了成圣贤的念头。要是依着朱熹所说的，圣人什么都知道，见了一朵花，就知道这是什么花，见了一棵草，就知道这叫什么草，见一只鸟飞过，就知道是个什么鸟儿，见了打铁的，就知道铁是怎么打的，见了盖房子的，就知道房子是怎么盖的，见了耍杂技变戏法的，就知道戏法儿是怎么变的……这不成了废话了吗？若世上真有这么一个怪异的人，我倒想见见——东桥兄见过这种怪人没有？"

王守仁一句话把顾璘逗得哈哈大笑，半天才止住笑，摇手说："这种人我也没见过。"

王守仁把心气略沉了沉，这才又说："其实圣人'无所不知'，只是他们心里知道一个良知；圣人'无所不能'，只是他们敢于坚持自己的良知，不管面对什么样的凶险，什么样的诱惑，也绝不肯蒙昧良知。孟子说：'富贵不能淫，贫贱不能移，威武不能屈'不就是这个道理吗？孔子说'无求生以害仁，有杀身以成仁'，不就是这个道理吗？圣人心里有良知，又能坚守良知毫不动摇，做事就不会出错。于是他们办大事的时候就能办成。这才叫'无所不知，无所不能'。至于具体事件，另当别论。比如，圣人去盖房子，他会凭着心里的良知把房子盖得最好最结实，让百姓们住得安心；圣人去办河工，他会凭着心里的良知把大堤修得坚固如铁，让百姓们不遭水患。只要有这个'良知'在心底，圣人干什么事都能干好，至于细节上，他不懂的，不会的，可以去向别人请教，可以去学。这个为了把事情办好而向别人虚心请教，认真学习，又是个良知，你说对不对？"

顾璘仔细想了想，用力点点头："你这话对！"随即又笑着说："说到这里我又想起一个笑话来，《论语》里有一条：'子入太庙每事问。'朱熹在《四书集注》里解释说：'礼者，敬而已矣，虽知亦问，谨之至矣。'我年轻时读朱子的书，看到这句就忍不住笑。"

给顾璘一说，王守仁也笑了起来："孔子父亲早亡，自幼贫苦，又只是个士人的身份，虽然好礼勤学，却哪有机会到鲁国太庙这样的地方去观礼？后来因为与大司空孟孙氏交往，才有机会进太庙观礼。孔子好学，对太庙中的礼数仪式处处留心，事事问人，惹得主持祭礼之人厌烦，对孟孙氏说：'谁说这姓孔的有学问呀，啥也不懂，处处问人。'这才有了'子入太庙每事问'的典故。可让朱熹一解释，变成孔子明知故问了。哦，明明知道了，还故意在边上问个不停，惹得主礼之人厌烦，这叫'谨之至矣'？依我看呀，这是朱熹老夫子吃饱了撑的，胡思乱想，倒把孔子解释成'怪人'一个了。"

到这时，一顿简单的酒宴已至残席，外面的弟子们有些听到先生在屋里高谈阔论，渐渐被吸引过来，有些则仰慕顾璘的名气，想见他一面，就挤在门口往里看。王守仁干脆招手说："你们都进来坐吧。"

只这一句话，屋里顿时挤进来三十多人，座无虚席，多数人只在人堆里站着，都听阳明先生讲学。

王守仁把众人看了一遍，这才说道："中华本是文明之邦，礼乐之源，可是自夏、商、周三代以后，法家霸术横行，正道日渐衰弱，孔子于春秋末年首倡儒学，孟子于战国之初将其发扬光大，可到战国末年，圣学已经衰微，到了秦汉之际，圣学中的'仁义'根脉已失，邪说横行天下。那些专以霸道诡术为能事的法家之徒窃取儒学之名，把一些看似儒学的东西拿来充数，表面上假仁假义，其实全是为了满足自己的私欲。于是有了一种东西，古人称为'儒术'，其实这种邪说是儒家之皮，法家之骨，所推行的尽是法家霸道之类，首倡此说的就是战国名家荀况，而率先把这'儒术'推行天下的就是汉武帝刘彻。"

听到这里，顾璘忍不住插了进来："'儒术'这一说我也知道，可是儒术和儒学都一样是教人向善的，这上头能有多大区别呢？"

王守仁冷冷地说："东桥先生这话就错了。'儒术'和'儒学'不但毫无相同之处，而且还是一对死敌！孔孟儒学讲的是仁义良知，就像孔子说的'君子喻于义，小人喻于利。'孟子也说：'何必曰利，亦有仁义而已矣。'依着孔孟的本意，人们只要在提炼良知这方面下功夫，到后来人人可以成尧舜，个个可以做圣贤！可'儒术'是个什么东西？这种学说完全抛弃孔子孟子所奉行的'仁义良知'，专以'君为臣纲、父为子纲、夫为妻纲'为教条，把'忠孝'二字摆在前面，'仁义'两个字早扔进了粪坑！所以这'儒术'与佛教、道教一样，也是一个'教'，可以称为之'儒教'。这儒教专以皇帝为教主，奉孔子为'大神'，以朱熹的《四书集注》《性理大全集》为'圣经'，把'圣人境界'搞成一个可望而不可即的'天国'让读书人膜拜。不尊教主，不拜大神，不读圣经的人考不了科举，做不了官，只有完全信了这一套的人才能中进士做翰林，当大官。这样的人当了官，当然一心维护儒教，推崇儒术，这么个搞法，世上还有孔孟仁义之学的立足地吗？"

王守仁这番话不但顾璘听得惊心动魄，就连追随在王守仁身边的弟子们也是闻所未闻。

第三章 提炼万镒纯金

阳明先生讲透的，是中华大地上最沉重的一块黑幕！这些话若传出去，给皇帝知道了，立刻就要杀人灭口。今天阳明先生与故友论学，又喝了点儿酒，话说得太直了。幸亏对面坐的只是一位顾东桥，身边围着的都是阳明先生的弟子，这些话不管他们听了之后信也好，不信也好，到底并未流传出去。

话说到这里，王守仁满脑子都是想法，实在不吐不快："自从'儒术'横行以来，天下人都把这邪说当成了儒学正道，人人为求一时之利，极尽倾诈之谋，攻伐之计，欺天害人，斗争劫夺，不胜其祸，结果怎样？中华礼仪之邦渐渐沦为禽兽夷狄一般，人心败坏，天下大乱，朝代更替，百姓被屠，这都是霸术带来的祸害！"

"儒术邪说有这样的危害，那些大儒大贤又怎能不知？自汉唐至今，这些大儒搜集前辈典章，掇拾修补，也算是尽了心力。可惜圣学已经衰微，霸术邪说流传已久，积习已深，就算那些大儒大贤，往往也不免被邪说污染，本想恢复孔孟儒学的真面目，谁知反而助纣为虐，做了霸术的代言者。于是有了训诂之学，记诵之学，辞章之学……纷纷杂杂乱七八糟，一个个都想争奇斗巧，夸耀自家，贬低旁人，简直不是做学问，不是用功夫，而是耍猴儿给天下人看！后来的读书人也全被这些训诂辞章之学所骗，闷在家里做空头学问，千年以来害了多少人！如今孔孟的'仁义'之学越来越衰败，社会上到处是追逐功利的邪人邪说，功利之毒已深入脏腑，人人都背弃良知，不讲仁义，就连做手艺的工匠也要掺假，做买卖的也学会了欺诈贿赂，当官的更是无耻，不去为民造福，只知道削尖了脑袋往上爬，当县官的想升知府，升了知府又想升按察，升了按察就想当巡抚，巡抚还没当上呢，只怕已经生了当阁老的野心。这帮人心里邪恶无比，嘴上却假仁假义，说什么'我当官是要为天下人谋福利的'。其实他心里全是私心私欲，哪有一点儿为百姓的良知？社会危机到了有目共睹的地步，再这样下去后果会是什么？真不敢想像了！"

"我所说的这个'正本清源'的道理很重要，如果不能把这个道理讲透，儒学就会被越搞越偏，天下读书人想真正理解孔孟儒学就会越来越困难。因为社会上教给人的是一种蒙昧良知、贪图私欲、追求功利的坏学问，在这上头功夫下得越足，人就变得越坏，最后，读书人全成了禽兽畜生，干着最混账的事情，还以为从事的是'圣人事业'！这个正本清源的办法讲不透，天下人就没有救！就算我豁出这条命不要，拼命去讲学，也救不了别人。"

阳明先生的话声声血泪，把社会积弊一语说尽，坐在对面的顾璘耸然动容，听讲的弟子们也都唏嘘不已。

王守仁深深地叹了一口气，又缓缓说道："幸亏良知在人，无论如何，不能泯灭。圣人之学讲的就是一个良知，所以圣学的火种仍然深藏在人们心底，无论如何不会泯灭，这个'不能泯灭'就是有救的意思。如今的关键就是要找到社会的病根，开出一剂正本清源的良药，把这儒术邪说、功利思想清扫干净，这才能正风气，挽危局，救万民，于你于我于天下人都是大好事。"

顾璘在一旁问道："你所说的'正本清源'的良药是什么？"

"自然是个良知。"

王守仁平定心神，对众人说道："良知本是不学而知，不学而能，是人生之准则，是我们心里的一根定盘针。孔孟倡导圣学，成仁取义，都只是'良知'二字罢了。君王心里有了良知，他的心就与天地万物成为一体，他看待天下人就没有内外远近之分，把所有人都当成兄弟儿女一般，平等相对，赤诚相待。学子心里有了良知，就能知道'仁义'，远离训诂辞章之类无用的学问，凭着心底固有的良知体认社会，知行合一，自然能有一番成就。学校里注重培养人的品德，既而分门别类施以教化，不看学校要教什么，而看学生们想学什么，因材施教，使学生各有所成。官员们心里有了良知，就只知道为百姓做事，其他杂念私心自然消除，于是同心同德，齐心协力，只为使百姓安居乐业。做工的人心里有了良知，就把工作当成乐趣，繁难之时不觉得累，平凡琐碎亦安之若素。做官的不因自己是官员就高高在上，弄权欺人，百姓们也不自卑自贱，这就好像眼睛能看东西，却不能提东西，手不能看东西，却可以提东西一样，眼睛和手虽然分工不同，其实意义相同。官员是眼，百姓是手，有眼无手不行，有手无眼也不行，所以大家皆是平等，并无高低贵贱之分。只知道兢兢业业，不会互相攀比，也无虚荣争竞之念。"

阳明先生所描述的是一个由仁义良知构成的社会。在这个社会中，君王仁德爱民，官员不能弄权，百姓不受役使，所有人亲如一家，各安其业，这正是孔子所说的"一日克己复礼，天下归仁"的状态，又有一个说法，叫作"大同"。

这个天下大同的社会状态，是中国人追求了两千多年的精神家园，可两千年走下来,"大同"离我们越来越远,到后来人们都不再相信有这回事了。其实中国人无法实现精神理想,最大的原因就是:讲求仁义良知的孔孟儒学,早已被讲求霸道独裁的"儒术"邪说掩盖了。

现在王守仁说出这么一番话来,里里外外只是围绕着"良知"二字,简洁明了,而且无可辩驳。因为即使最邪恶最奸诈最卑鄙的人,当着众人的面,他也不敢说自己没有良知,不讲仁义——虽然背后他可能会这样做,可当着大家的面,他绝不敢这样说。

于是从理论上说,良知之学真的可以确立,仁义之道真的可以传扬,君王、官员、学子、商人、手艺人、农夫人人都可以把良知当准绳,凭良知去做事。若真如此,则"大同"境界必能实现,"天下归仁"必能达成。

听了阳明先生这些话,在场诸人一个个心向往之,难以自己。王守仁也觉得胸中火热,定了定神,又缓缓说道:"当今世道早已败坏,在这种时候谈论圣人之学,宣讲仁义良知,很多人根本不听,甚至当成笑话。想传播孔孟儒学的人难免要碰壁。可无论如何,我们心里总要抱着希望,因为良知在人,无论如何,不能泯灭。天下有志之士看到我这个正本清源的药方子,必然悲喜交集,豁然醒悟,愤然而起,身体力行!所以天下事总有希望,我们这些人永远不要灰心。孔子弟子曾子说:'仁以为己任,不亦重乎?死而后已,不亦远乎?'这句话放在孔子和曾子身上合适,放在我们身上也合适!咱们这些人既然接受了良知之学,就要把良知功夫一直做下去,做到底!不计得失,不问成败,只求个'死而后已'就足够了。"

志不立,天下无可成之事

王守仁凭着胸中的良知给天下人开出了一个"知行合一"的药方子,在他想来,只要天下人肯照方吃药,则修、齐、治、平可期,"克己复礼"可待,即使古人说的"大道之行也,天下为公"的局面也不难实现。

可惜理想是一回事,现实又是另一回事。王守仁的药方虽好,天下知道这药方的却极少,肯认真照着"知行合一"四个字去做的人更少。在这上头王守仁也没有别的办法，唯有讲学，讲学，更加讲学！

正德七年十二月王守仁又升了南京太仆寺少卿，主要干着给朝廷养军马的差事，治所在滁州，离南京不远，是个山水清幽的偏僻地方。阳明先生其实不会养马，也无须亲自去养，于是寄情山水，访幽探密，又收了大批弟子开馆讲学。

这天王守仁带着弟子们在琅琊山前一处林间闲坐，师生之间互相讲论学问，气氛十分清闲。其中徐爱问了一个问题："请问先生，人生在世最要紧的一件事是什么？"

徐爱字曰仁，是王守仁的妹夫，因为这层亲戚关系，徐爱近水楼台先得月，早早拜在王守仁门下，成了他的首徒。徐爱这个人最爱琢磨问题，今天他这一问在多数人听来十分空泛，也就很难回答。偏偏王守仁在这上头仔细动过脑筋，早就琢磨透了。现在徐爱问他，王守仁连想也没想立刻答道："人生在世，最要紧的就是立志，志不立，天下无可成之事。"

王守仁把话说得如此明白果断，学生们立刻来了精神，徐爱忙问："先生所说的'志'又是何物？"

王守仁略想了想："所谓志，就是人给自己订的理想、目标，也是做学问的着力点。咱们这些人寒窗苦读，尽力思考，认认真真做这克己功夫，最终目的是为了什么？这个心里要一早就弄明白，把这个弄明白了，知道自己要干什么了，再去做，就有了精神，这才能够成功。这就像种树，先要把树根插在土里，弄得稳稳当当，这样树才能长起来。很多人岁数也不小，读书也不少，可你忽然问他一句：'你这一辈子理想是什么，立的志是什么？'他张口结舌答不上来；或者胡言乱语说几句无聊的废话，想取个笑儿混过去；或者说些什么出家、修行、空寂、虚无之类颓废无用的话。这样的人就是没有理想，没立志向。"

听阳明先生一解释，学生们纷纷点头。徐爱又问："人生应当立志，这话果然要紧，可是应该立个什么样的志向才对呢？"

徐爱这话问得有趣，王守仁笑着说："志向这东西自然是立得越大越好，越高越好。古人说：'取法乎上，仅得其中；取法乎中，仅得其下。'这话虽不全对，却可以拿来做参照。所以立志就要立大志，我以为立志为圣者，就能成为圣人，立志为贤者，就能成为贤人！"

王守仁这些话说得掷地有声，立刻有人在旁问道："先生能给我们讲讲'立志'的好处吗？"

当年孔夫子说过："举一隅，当以三隅反。"意思是说学生们在听讲的时候若真能专心致志，必然是先生有一讲，学生有三问，问答之间，才出学问。

现在王守仁在这里讲论学问，弟子们在旁插嘴，而且一下问到要紧处，可见是在认真听讲的，王守仁听了十分高兴，立刻说道："咱们这些儒生所学的无非是个'君子之学'，这君子之学，无时无处不以立志为第一要紧事。你看见过猫儿扑鼠吗？那一刻猫儿全神贯注，眼睛看着，耳朵听着，心里想着全在一件事上，别的什么也不看，什么也不听，什么也不想，只有这样，我们的精神才能集中，对义理的理解才能深刻，对良知的体会才能清楚。长此下去养成了习惯，以后只要心里产生了私欲杂念，马上就会自问：'怎么会有这样的念头？我那成圣成贤的志向还要不要了？'这么一追问，私心邪念马上就消退了。学习上有时候想偷懒，也马上自问一句：'志向还要不要了？'一问之下，那偷懒的心思就消退了。于是做学问越来越勤奋，而私心邪念越来越少，几年坚持下来，学问就有进益了。"

王守仁把话说到这里，那个提问的弟子也听明白了："先生这说的倒像是'为学日益，为道日损，损之又损，以至于无为'那句话的意思。"

王守仁点点头："正是这个意思。做学问不能懒惰，要日日进步，清理内心人欲也不能懒惰，要天天减损，越减越少，以至于'无为'，也就是不再产生这些邪念，真能做到这些，就很了不起了。"说到这里，又转回到刚才的话题，"所以说'立志'两个字要紧，尤其要立'成圣贤'的大志。这样但凡有邪心，比如，懒惰、疏忽、嫉妒、愤恨、暴躁、贪婪、吝啬、傲慢种种不良的念头，只要一产生出来，良知立刻发觉，这时候一点也不要犹豫，一毫也不要客气，迎头质问自己一句：'我那成圣贤的大志向还要不要了？'顿时就把这些念头打倒，就像太阳一出，阴霾顿时一扫而光的道理一样，这有什么可怀疑的？"

听了王守仁的话，众弟子无不点头。坐在徐爱身边的萧惠第一个鼓掌赞叹道："先生这话说得好！我到先生身边的那一天就下了决心，一定要立个大志，这才不负此生！"

萧惠这话说得十分有力，王守仁却知道萧惠为人处世有些虚浮，不够踏实。现在他的嘴比谁都快，嗓门儿比谁都大，王守仁不由得笑着说了他一句："你说你立志我是相信的，只怕你立的未必是成圣贤的大志。"

阳明先生一句话把弟子们都给逗笑了。萧惠摸不着头脑，也有些不好意思，忙拱手问道："学生实在是有志于学的，也愿意立志，只是不知道该怎么入手才好，请先生指点几句。"

王守仁知道萧惠这个人其实很聪明，只是脑子里杂七杂八的念头多，就正色说道："我讲个故事给你听吧。有一个学生千里迢迢来找我，专门问我一个'成圣之道'，我对他说了一个'立志'，其他的就没什么可说了。这个学生不满足，还要追问。我就问他：'你这一路走来实在不容易，遇到什么困难没有？'一说这话，这个学生就滔滔不绝地说起来了，他是怎样舟车劳顿，暑热炎毒，辛苦异常，走到半路盘缠不够了，他把剩下的几个钱都给了仆人，自己去找熟人借粮，说到后来，我听了都替他难过，可这个学生却说：'能见到先生的面，讨教学问，我觉得很快乐，一点也不觉得苦。'于是我对他说：'你有志于学，我又告诉你一个立圣贤之志的大主意，这些已经足够了。'那学生又问'成圣贤'的具体方法，我就告诉他说：'你何必非要追问实现理想的过程呢？只要你立了成圣贤的大志，并且一股劲儿地去做，这就行了。比如，你从家乡启程到我这里来请教学问，路上这么难走，又没有人强迫你非来不可，可你还是硬靠两条腿一步步走了来，跋山涉水舟车劳苦，若不是为了求学，谅你也不会出来受这个罪，可你现在立志求学，于是你就不远千里跑来见我，不认得路就向别人打听，有什么困难就想办法克服，一步步坚持走下去，最后就到了我这里。这时候你不但不觉得行路辛苦，反倒快乐得很，这就是因为你立了志，有了一个着力处，自然就会下功夫，功夫下到了，就一定有收获。成圣贤的路也是一样，我常对学生们说：圣人之道，吾性自足。你自己身上就有这样的毅力，你就拿这毅力来做你的学问，只要抱定志向不放松，一步一步走下去，何事不成？这就是路！'"

王守仁说的这些话，听讲的弟子们有些听懂了，有些懂了一半儿，都忍不住点头称是。偏是那个头脑最聪明的萧惠却在这上头最迟钝，丝毫不能理解，又问："先生可以再讲得明白些吗？"

天下事就是如此，那些看着最聪明的人，在大是大非的问题上头往往更糊涂。

面对萧惠，阳明先生一时间没话说了，只能说了句："我已经把话都说尽了，你怎么还不懂呢？"

阳明先生所传的是一个成就事业的不二法门。真把天下人实现理想的办法说到深处、讲到实处了，不管是谁，只要照这个办法认真去做，实现人生理想就不会太难。

若到这里还是不懂，那就真是不太好办了。

这时徐爱又问："先生说的立下成圣贤的大志，这与孔夫子'成仁'的道理是一回事吗？"

王守仁微笑道："成圣贤就是'成仁'，这是一回事。"

徐爱的头脑都放在做学问上头，凡事总是肯往深处想。低头想了一会儿，又问："《论语》里有一句话极有魄力，说的是：'克己复礼为仁，一日克己复礼，天下归仁焉。'以前我常常想，若我能修心养性，做足了克己功夫，非礼勿视，非礼勿言，非礼勿听，非礼勿行，虽然是一件好事，可是只这样就能做到'天下归仁'吗？还是说要让天下人个个都做到这一点，才能出现一个'天下归仁'的太平盛景呢？"

听徐爱把话问到最要紧的地方，王守仁的表情也变得凝重起来了："你这句话问得极好，可你这个想法却全错了。"

徐爱一愣，忙问："哪里错了？"

王守仁略一沉吟，把自己的心绪整理了一下，这才缓缓说道："颜回向孔子请教何谓'仁'，孔子说道：'克己复礼为仁，一日克己复礼，天下归仁。'这句话是儒学的根本要义所在，极其要紧。只是这个'克己复礼'是什么，到底'克'的是什么，要'复'的又是什么？却一定要搞清楚，在这上头弄错了，不但把孔子的意思全部解错，甚而把整个儒家思想都扔到粪坑里去了！所以千万出不得错。"

听王守仁把话说得厉害，所有弟子们都留了心，一个个抬起头来静静听讲。

王守仁又沉声说道："'克己'和'复礼'是两层意思，这两层意思又相互关联。什么是'克己'？就是克制我们心里的私欲邪念，可是私欲邪念天下人皆有，若等天下人都生出仁心，都来下这个'克己'的功夫，这不现实。所以孔子所说的'克己'其实是指两处：一是凡读圣贤书，立'成圣贤'之志的儒生们，必要下这'克己'功夫；二是，我们这些儒生下了一番克己功夫之后，还要走出去做官，去为民请命,好生劝谏君王,让皇上、朝廷也都来下这个'克己'的功夫,君王能克己,重臣能克己,官吏能克己,这个'礼'就复了!天下也就归'仁'了。"

王守仁这话听起来似乎有些偏颇,徐爱不由得问道:"先生的意思是说,天下只有君王、重臣、官吏、儒生要下'克己'功夫,难道百姓们就不用做这个'克己'的功夫了吗?"

王守仁微笑着摆摆手:"我并不是这个意思。'克己'功夫是人人都要做的,但是这上面有次序:第一个要做这功夫的是君王,第二个要做这功夫的是重臣,第三个要做这功夫的是官吏,第四个要做这功夫的是儒生——因为儒生将来是要做官的。至于百姓们,则一定要看到君王克己了,重臣克己了,官吏克己了,才轮到他们去下'克己'功夫。这就是孔子说的:'君子之德风,小人之德草,草上之风,必偃。'"

——君王的德行像风,百姓的品行像草。如果君王有道,朝廷有德,仁德之风吹过,百姓们自然心服口服,偃然遵从。那时候再要百姓们克己,守法,当然易如反掌。

反之,君王重臣没有德行,自己胡作非为,却空口说白话,要求百姓们这样那样……草民如何肯服?

听了这话徐爱才明白:"原来'克己'功夫是先克君王,再克重臣,再克官吏,儒生们自己也要下功夫,而百姓们是排在最后边的……"

王守仁微微点头:"天下人一起'克'君王,继而一起'克'重臣,然后一起'克'官吏,这三类人都'克'住了,才回过头来'克'百姓,如果能这样,则'礼'必能复,'仁'必能归,天下必能清明太平,'大同'之世可期矣。"

王守仁这番话说得极其大胆,把孔子之言的本意彻底讲了出来。弟子们听了,有些心领神会,有些瞠目结舌。徐爱却又问道:"我常听人讲论,说孔子的'复礼'是一心要恢复周礼的。可先生这样一说我就不懂了,难道周朝礼法就是这样先克君、又克臣、再克官吏的吗?"

王守仁笑着摇头:"当然不是!"

"那……"

王守仁把手一摆:"你且听我说:我刚才说了,'克己复礼,天下归仁'一句极为要紧，若在这上头领会错了，就等于把儒家学说整个扔到粪坑里去了。这其中'克己'是一处，必先君王，后重臣，再官吏，最后百姓，次序不可乱，一乱次序就成鬼话。'复礼'又是一处。这里说的'复'是个维护的意思，这里说的'礼'是个秩序的意思。连起来看就是'维护一个最好的社会秩序'。这里只说'最好'，只看哪一个社会秩序最好，就维护哪个，并不局限于'周礼'，死抱着周礼不放，就是把孔夫子的话歪解了。"

"可孔子有言：'周监于二代，郁郁而文哉！吾从周。'……"

徐爱这个人虽然好学，有时候真有一股书呆子气。现在他这一问实在迂腐，王守仁连连摆手："孔子的话不是这样听的！孔子生于春秋乱世，其可以借鉴之礼法秩序，仅有夏礼、商礼、周礼三种，其中夏、商之礼残酷血腥，且不健全，已经废弃不可再用，所以孔子才说'周礼与夏商二代礼法相比，既丰富又比较文明，所以我赞同周礼'。可见孔子是把古人礼法都研判之后，挑了一个最好的来维护。我们今天的人又不是生在春秋，可以借鉴遵从的也不止夏、商、周三朝旧礼，这种情况下，咱们怎么能仍然去遵从那陈旧的'周礼'呢？当然是经过一番研判，找一个最适合今天的社会秩序来维护，这才是孔子的本意！你读《论语》不在关键之处下功夫，只管死啃硬嚼，字字照搬，这不成了缘木求鱼了吗？"

被阳明先生疾言厉色地责备了几句，徐爱有点儿不好意思。

王守仁也看出来了，忙把心气平了平，缓缓说道："我这话并不是要责备你，你自己也说了，'复礼只是复周礼'这句蠢话是平时听别人说起，就记在心里了。其实把复礼认作'只复周礼'的又岂止你一人？我看天下大半儒生心里都抱着这个糊涂念头。最可笑的还是宋朝那些儒生，先有一位李觏，又有一位张载，死抱着'复周礼'的念头不放，居然想在宋朝搞一个'井田封建'的制度出来，要把时代倒退回春秋以前去！结果事情搞不成，弄了个贻笑大方，别人都以为他们是傻子，以至于听了'儒生'两个字就发笑，以为凡'儒生'都是缺心眼儿的书呆。其实这些人并不是傻子，若论起来，他们都是一代名儒，极有建树的人物。他们为什么这么糊涂？并不是这些人傻，而是有人在这里头下了套子，要害儒生！而这几位大儒偏就太老实，糊里糊涂上了别人的当。"

王守仁这话好不厉害，听讲的学子们个个吃了一惊，都抬起头来看他。徐爱尖着嗓子高声道："先生说有人要害读书人？如此可恶，敢问此人是谁！"

"这些人就是秦皇汉武，唐宗宋祖！"王守仁清了清喉咙，也把声音提高了些，"'克己复礼'是个大道理！可天下的君王、重臣、官吏们私心比百姓更盛，又仗着手里的权势，最不肯让人'克'他们的私欲。但孔子的话明明白白在这里放着，又抵赖不得，怎么办？这些人就把儒生们往歪处引，故意把'复礼'解释成'只复周礼'。什么是周礼？周朝的礼法规定：刑不上大夫，礼不下庶人，天子有天下，诸侯有国，大夫有采邑，士人有家，层层压制，等级森严，诸侯不可以'克'天子，大夫不可以'克'诸侯，士人不可以'克'大夫，否则就成了'下克上'，就是大不敬，大不韪！至于百姓们更是如草芥一般，农奴之辈就不要提了，全是两只脚的牛马，连说一句话的资格都没有。你看看！'复礼'二字被歪解之后，'克己'一说也无从提起了，君主至高无上，大臣如狼似虎，天下人没权力去克君王，没权力去克官吏，只能关起门来'克'他们自己，这是不是把儒家学说整个扔到粪坑里去了？"

被阳明先生一解释，事情还真就是这样。

到这里，王守仁又把话头儿转回到立志的问题上来了，笑着问徐爱："孔夫子'克己复礼天下归仁'的后面还有半句话，你记得吗？"

徐爱忙说："后半句是'为仁由己，岂由人乎哉？'。"

王守仁笑着问："这一句话里又有两层意思，你能明白吗？"

在众多学生里面，徐爱追随王守仁的时间最长，平时下的功夫又多，对阳明先生的"知行合一"之教理解颇深，立刻说道："我觉得'为仁由己'一句正是先生平时讲的'吾性自足，不假外求'的道理。"

"为仁由己"就是"吾性自足"，这是王守仁在龙场困居的时候悟出的大道理。现在徐爱能一眼看到这一层，实在不简单，王守仁点头笑道："这话说得好！仁是什么？仁就是人心，人心里的诚爱恻怛之处就是仁！仁是一个大志向，又是一个大准则，这志向是我们自己立的，这准则也是我们自己立的，有志向，有准则，便是成圣贤之路了，所以孔子说'为仁由己，岂由人乎？'话里带出来的正是'圣人之道吾性自足'的意思。但孔子这话是说给颜回听的，里面还有一层浅显的意思，你看出来没有？"

徐爱这人也有趣，深刻的意思他看出来了，浅显的道理反而没留心。现在给先生一问，半天答不上来。

王阳明笑着说："颜回是孔子得意的门生，平时最用功，对孔子之学领悟也最深，实在很了不起，后世儒生一提颜回就觉得羡慕得很。可大家就忘了一件事，颜回这个人虽有学问，却没有建树，后来穷死陋巷，一肚子学问至此也化为乌有了，为什么弄成这样？就是因为颜回未能做一个'知行合一'，他太喜欢学问，一心只知道钻研学问，犯了'先知后行'的毛病，书读得虽然多，却全都读成了死书，困在肚里拿不出来，什么是'克己复礼'，怎么叫'解民倒悬'，他全懂！可就是一点实事儿也没有做过。到最后，我们既看不到颜回有什么思想，也看不出他有什么功业，他若不是孔夫子的门生，后人哪会知道陋巷里出过一个'颜回'呢？你说说，颜回这样的结果叫什么？"

徐爱低头想了半天，慢吞吞地说："难道是先生常讲的那个'知而不行，只是未知'吗？"

王守仁缓缓点头："是啊。别人都以为颜回深通孔子之学的精髓，其实孔子一生不但求知，更有力行。克己，每天都在用功夫，复礼，没有一时一刻不努力！三十岁自荐入齐，五十岁在鲁为政，周游列国十多年，培养弟子三千人，一辈子都实实在在地做事业。在这上头颜回比孔子差得太远了。古往今来像颜回这样的人很多，不懂'知行合一'，倒以为'知先行后'，弄到最后成了个'知而不行，只是未知'，才高命短，无所建树，可惜喽……"

王守仁说这些话，明里是评价颜回，其实是在给徐爱讲道理。

徐爱这个人正像颜回一样，做学问最努力，平时却迂腐的时候多，虽是阳明首徒，也立了大志，却只是个"做学问"的志向，并不是救天下的大志。

现在被阳明先生当面点破，徐爱心里一阵发热，顿时满脑子都是想法，只觉得应该扔下书本立刻出去做几件事才好。可平时在这上头想得少，现在这一激动，竟是茶壶里煮饺子，有话倒不出了。

见徐爱满脸通红，喜形于色，王守仁心里暗笑，故意等了一会儿才又说："你还有什么想问的吗？"

徐爱搔了搔头皮："以前曾有人给我讲《论语》，讲到'刚毅木讷近仁'一句时，他说孔子认为一个人品行刚毅，性格木讷，则是'近仁'，我当时听了不能理解，又没有问清楚，现在听了先生这个'立圣贤之志'的说法以后，对这'刚毅木讷'四个字更不理解了。为什么孔夫子认为性格木讷的人是'近仁'的呢？"

一听这话，王守仁又皱起眉头来："'品行刚毅，性格木讷'这八个字是谁给你说的？"

"书院里的教授。"

王守仁抬手把桌子一拍，气呼呼地说："这又是鬼话！孔子所说的'仁'就是一个志向。而这里所谓'刚、毅、木、讷'则是四个字，孔子以为一个立下大志、努力学习的人必须有恒心、有毅力，全心全意都在自己的学业上，对没用的事情不感兴趣，没用的废话不爱说，这就是一个'木'，一个'讷'。但此人并不是对所有事都不感兴趣，对正在研究的学问，他是极感兴趣的；他也不是什么话都不说，凡是关乎学问的话，他就滔滔不绝了。你试想一下，一个人全神贯注做事情的时候，是不是刚、毅、木、讷四字俱全？你那书院里的教授居然把这四个字分成了两块儿，前面是'刚毅'，后边成了'木讷'，硬说孔子喜欢木讷的人，根本解释不通，还在这里乱解，真不知出于什么居心！"

"刚、毅、木、讷，近仁。"这里说的是一个正确的学习态度，根本就没有错。被王守仁一解，徐爱也就懂了："原来如此。想不到当年教授的一句鬼扯，竟害我糊涂了这么多年，真是可恨！"

王守仁也忍不住叹了口气："孔子创儒学，立下'克己复礼'之教，孟子又由此生发，薪火相承，一个讲'成仁'，一个谈'取义'，这才是儒学的正根。可孔子孟子去世后没多久，儒学就被后世人涂抹得面目全非，到秦汉时，孔孟之道已经失传，儒学精髓尽被篡改。后来又有大儒重拾道统，舍弃杂学直追孔孟，可惜没多久又被杂七杂八的胡评歪解给搅乱了，这正应了那句话：'人心惟危，道心惟微。'正义总被邪恶迫害，真金总是陷于污泥，让人不知如何是好。"

王守仁把一篇仁义良知之学讲得生动透彻，学生们都很佩服，想不到讲来讲去，这位阳明先生自己竟说出几句颓废的话来。

好在身边还有一个徐爱，立刻笑着说："《道德经》里说：'上士闻道，勤而行之；中士闻道，若存若亡；下士闻道，大笑之，不笑不足以为道。'当年孔子周游列国绝粮陈蔡的时候，也曾问弟子：'我这套学问天下人都不接受，是不是因为我的学说有什么错误？'颜回就劝孔子说：'夫子之道博大，天下人容不下您，虽然如此，夫子只管推行就是了。世人不接受您的大道，是国君们的耻辱，关夫子什么事？正因为他们不能接受您的主张，才显出您是真正的君子。'我看这话用在先生身上也合适。当今是什么世道，大家心里清楚得很，所以先生不用管正义是否被逼害，真金是否被埋没，只管一门心思好生讲学，让天下人明白'良知'两个字，这就够了。"

唐朝大儒韩愈说得好："弟子不必不如师，师不必贤于弟子。"先生有先生的学问，弟子也有弟子的见解。现在徐爱这一句话正说在王守仁的心坎儿里去了，忍不住哈哈大笑："你说得对！良知在人，随你如何，不能泯灭！天下自有一个公道在。咱们不急，不怒，不颓唐，只管讲学！"

讲学，只管讲学。

提炼万镒纯金

王守仁所讲的"志不立，天下无可成之事"的道理极其要紧，依这个道理去做学问，学问必能成就，做事业，事业必然有成。别的不说，单是王守仁所教的弟子们就曾创出一个惊人的奇迹：一次科举之中，竟有五名王门弟子同时考中了进士，时称为五子登龙门！

进士大考又称春闱，每三年一大比，是儒生们面临的最高级的考试，高中进士者就可以进翰林院做庶吉士，学习一年散馆，就可以做官了。所以中进士是天下读书人的终极梦想，其竞争之激烈也可以推想。在这样激烈的竞争中，王守仁门下弟子一科考中五名进士，可以算是个奇迹了。这与王守仁所提倡的"立大志"和"一念志向，即将杂念克倒"的学习方法有极大关系。

然而阳明心学的核心命题毕竟不在于此。讲来讲去，最要紧的还是一个"良知"。

这天，徐爱在课堂上问了一个问题："《孟子》中有一篇，曹交问孟子：'人皆可以为尧舜，有诸？'孟子曰：'然。'我平时读书，每到此处总是似有感悟，可再一深思，却又觉得圣人之言内涵太深，功夫太大，平常人恐怕难以达成，于是觉得沮丧。追随先生以后，知道了立大志的道理，也懂得'志不立，无可成之事'。再读'人皆可以成尧舜'一句，感觉与早先不一样了，可在这件事上最怕琢磨，越琢磨越觉得'尧舜'两个字离我辈实在太远，忽然又不敢在这上头用心了。不知我这是什么毛病，先生能开导几句吗？"

徐爱所说的是世人常犯的毛病。

要一个人立下大志，其实不难。可当我们立了志向以后，面对万仞高峰一样的事业和圣贤伟人一般的前辈榜样，总觉得志向难以达成，终于灰心丧气。有不少人立志之后又把志向扔了，就是被这份灰心丧气给打垮了。

现在徐爱提出这个问题来，王守仁早已胸有成竹，微笑道："你所犯的是个'支离'的毛病。只想着在心外求理，处处要学别人，到最后弄成'邯郸学步，膝行而回'的下场。"

听先生说透了自己的毛病，徐爱赶紧问："这邯郸学步的毛病能治吗？"

"能治，只要认真立下大志，着实在良知上用功夫，就能避免'支离'之害，做出成就来。"

王守仁把"支离之害"一连说了几遍，徐爱是个聪明人，已经听出来了，忙说："先生平时常说朱熹的学说有'支离'之害，今天闲着没事，就说说'支离'两个字的害处吧。"

说起理学的"支离"之害，王守仁感悟很深："说起理学的'支离'二字，实在害人不浅，我自己就吃过这个苦头。"

徐爱忙问："先生吃过什么苦头？"

说起年轻时做过的傻事儿，王守仁自己先笑了出来："这些事儿也没什么光彩，我本来打算瞒着人的，可话已经说到这儿了，瞒也瞒不住，干脆就讲出来算了。我自幼家学渊源，五岁读圣贤书，老父亲管教得严，案头除了四书五经就是朱熹的一部《四书集注》，其他闲书一本也看不到。我这个人从小淘气，有个夜郎自大的毛病，老想搞出些花样来让别人刮目相看，上学的时候曾经问塾师：'何谓天下第一等人，第一等事？'塾师说：'考科举中状元便是第一等人了。'我却说了句：'唯有做圣贤才是第一等人，第一等事。'把塾师吓了一跳。"

王守仁头脑聪明，家世又好，从小淘气异常，每有惊人之举，他这个脾气弟子们也知道些。现在王守仁说起小时候淘气的事儿，把几个弟子都给逗笑了。徐爱笑着说："'做圣贤才是第一等事'，先生这话说得也在理。"

王守仁接过话头："是啊，这话现在听来确实在理。可我那时候说出这些话，别人是拿来当疯话、当笑话听的。后来我那位塾师就把这事当笑话去传，结果传到老父亲耳朵里，把我好一顿臭骂，吓得我从此不敢提起'做圣贤'的话头儿。可是心里总有这个念头放不下。我的岳父诸让老先生原来做过一任江西布政参议，我十七岁那年奉父亲之命到南昌去迎娶夫人，回来的路上曾到广信去拜会了名儒娄一斋老先生，这位先生的名字想必你们也听过吧？"

娄一斋名叫娄谅，师从名儒吴与弼，是当世一位大儒。此人虽然中了进士，却不愿意做官，只在官场上打了个转儿就回乡潜心讲学，弟子众多，名气很大，连坐镇江西的宁王朱宸濠也仰慕娄谅的名声，竟然娶娄谅之女做了宁王妃，可见其在当时影响之大。徐爱早年求学的时候听说过娄谅的名字："原来先生早年曾在娄一斋那里讨教过学问。我听说这位老先生以'收心放心'之论与陈献章、胡居仁齐名，并为当世大儒，能与他探讨学问实在是难得的机缘。可惜老先生已经故去，我们这些年轻人是没这缘分了。"

王守仁微笑道："你这话没错，娄老先生果然是位了不起的大儒。我十七岁这年到江西，路过广信，顺便上门向老先生讨教学问，这位先生不嫌我年少轻狂，认认真真和我谈论了一番，当场竟说出了一句'圣人必可学而至'的话来！我听了这话又惊又喜，几天几夜睡不着觉。当时我父亲在京城里做官，离得太远，管不着我，我就自己关起门来琢磨：读书人究竟能不能成'圣贤'？想来想去，想起那个'格物致知'的道理来，急忙把朱熹的书拿出来翻看，在《格致补传》一书里看见这句'用力之久而一旦豁然贯通者，则众物之表里精粗无不到，而吾心之全体大用无不明'的话来了，想着以我的聪明，再找一个事物来好好下一番'格物致知'的功夫，把功夫下到家，力气用到位，要是真能豁然贯通，达成那个'表里精粗无不到，全体大用无不明'的境界，是不是就成'圣贤'了呢？于是找了个朋友来商量，决定就拿院里的竹子来'格'一下试试。想不到我那个朋友下了三天苦功就病倒了，我还笑话他意志不坚定，自己接着下功夫'格竹'，一连折腾了七天，神困力乏，再也支撑不住，也倒下了，养了好些日子才恢复。"

在弟子们眼里王守仁是个了不起的大宗师，思想深邃，言语机智，弟子们对他又敬又佩。想不到这位阳明先生小时候还闹过这些花样儿，徐爱心里觉得好玩，脸上也带了些笑意，嘴里却说："先生从小就知道下这'格物致知'的苦功夫，我等真是比不得。"

徐爱说的是一句奉承话儿，王守仁却不想听这个，把手一摇："瞎说！我当时下的哪里是'格物致知'的功夫，分明是个自误自害的笨功夫罢了。结果格竹子'格'出一场病来，知道这事的人都笑话我，说我是个傻子，我自己也受了好大的挫折，跟我那朋友坐在一块儿叹气，只说：'难怪自古至今能称圣贤的只有孔、孟两位，原来这圣贤竟是做不得的……'"

说到这儿，王守仁把话头儿停住了，徐爱也低着头说不出话来了。

——圣贤是做不得的……

人这一辈子，总是年轻的时候有激情有热血，遇事敢想敢做，可这个社会却不给年轻人实现自我的机会，父母师长、亲戚朋友时常有意无意地打压孩子的进取心，挫折孩子的积极性，生怕这些孩子不知天高地厚，闯出什么祸来。结果随着年纪增长，曾经的年轻人一个个志气消磨，人也变圆滑了，成了混吃等死的废物。究其原因，有一半是因为我们一生中总是无缘无故地遭坑害，受打击，几十年下来，把人心里的志气、勇气都给打垮了。从古至今，不知有多少中国人在这上头吃过亏。

"圣人必可学而至"，并不是什么高深的道理，若问起来，那些满腹经纶的大儒也都认同，可真正做起来却没有一个人做得到。究其原因，是因为这些人受了理学"支离"之害，想按着朱熹的话"格物穷理做圣人"，可知识无穷，道理无尽，天下人有哪一个能做到"格物穷理"的境界？

在这件事上王守仁比别的年轻人还强些，不管不顾，硬着头皮试了一回，结果落了个惨败收场，不得不自己告诉自己：圣贤原来是做不得的……还有多少年轻人，根本没有王守仁这股子胆气，这一辈子连试也没试过一次，就老老实实地向父母、向老师、向社会低了头，认了输，再不敢有什么出格越轨的想法了。

活成这样实在可怜，也可惜。

静了一会儿，坐在王守仁身边的弟子蔡宗兖问道："先生平时常叫我们在良知上用功夫，认为扩充良知是个成圣之路。但我有一事不解：人与人之间才智能力各不相同，有极聪明的，也有平庸的，甚至有愚笨的；有些人天赋极高，能领千军万马，主一国之政，也有的天赋平常，只能当个小吏，做个小买卖，又或者只会耕田、只会打铁、只会缝衣服，其他一概不懂。既然人的才智能力差距如此之大，那么能人、庸人、笨人又怎么能个个都成'圣人'呢？学生实在不能理解。"

蔡宗兖的问题正好与徐爱早前的问题衔接在一起，可见这些学生听讲确实认真，心思全用在思考上了。王守仁暗暗欣喜，想了想才说："你这个问题有些偏颇，可这却是世人常犯的错误。要知道圣人之所以称'圣'，是因为他们心里纯粹只有天理良知，没有人欲私心。打个比方，这就像一块黄金，纯而又纯，没有丝毫杂质。这个你能理解吗？"

蔡宗兖点头道："学生能听懂。"

王守仁又说："圣人心中纯粹是天理良知，这良知就像纯金一样精纯，但人的能力各不相同。比如尧舜这样的圣王，打个比方说，他心里的良知是一万斤重的一块纯金，孔孟这样的圣人，我们说他良知有九千斤重，大禹、商汤、周武王这些人我们说他的良知有七千斤，伊尹、伯夷也是大贤，我们说他的良知有四五千斤，你想一想，假若我们把伯夷、伊尹心里的良知取出来，放到尧舜的心里去，那么尧舜心里的良知纯金就变成一万五千斤重了，为什么呢？因为伯夷、伊尹和尧舜，他们心里的良知'纯度'是一样的，他们对天理良知的认识是一样的，只不过各人的才智有区别，尧舜心里这块金子重些，伊尹心里这块金子轻了一点儿，可是两者都一样纯而又纯，就算熔成一块，也不影响金子的纯度。这个你能明白吗？"

王守仁把道理讲到这里，蔡宗兖一半明白一半糊涂，凝神想了半天，忽然又问："先生刚才把古代的圣王、圣贤都分门别类来讲，认为尧舜心中的'纯金'有万斤之重；孔圣人有九千斤；大禹、商汤、周武王是七八千斤；伊尹、伯夷这些大贤有四五千斤……这个分量的不同是怎样区分的呢？"

王守仁微笑道："以其品德高下而分。尧舜是上古圣王，于民有惠，又能把帝位禅让给有德之人，这禅位之举堪称圣之极矣！孔子提出'克己复礼为仁'，首倡儒学，教化天下，又用一句'己欲立而立人，己欲达而达人'给天下人指明了成圣贤的道路，后人称他为'至圣先师'毫不为过。大禹、商汤、武王都有除残去暴之功，救护万民之德，伊尹、伯夷等人也都品德高洁……"

王守仁话还没说完，蔡宗兖已经急着打断了他："学生的意思是说，这些大圣大贤非比寻常，他们提炼的良知如此精纯，竟有'万镒黄金'之重！可学生只是个普通人,像我这样渺小的人,怎么敢和至圣至贤的前辈比呢?"

蔡宗兖说了半天,竟又绕回到早先的问题上去了。

世人往往不自信,对自己内心良知的轻视根深蒂固。总觉得自己平凡至极,庸庸碌碌,连"出色"两个字都谈不到,"圣贤"二字更是提也不敢提,想都不敢想。这种想法太执著了,结果蔡宗兖问来问去,仍然在这上头纠结。

王守仁正色道:"我问你,假设我左边摆着一块纯金,有一万斤重,右手边也有一粒纯金,却只有一钱重,可我却说:'这两块金子其实是一样的。'你说我这话对不对?"

王守仁这一问看似简单,其实内涵颇深,不易回答。蔡宗兖这里还没想透,坐在一旁的徐爱忽然笑道:"先生这话对!一万斤的纯金和一钱重的纯金其实是一样的——因为它们的纯度一样!"

徐爱这一句话接得好,王守仁抚掌笑道:"这就对了!一万斤重的纯金和一钱重的纯金是一样的,因为它们一样精纯!尧、舜、孔、孟是至圣,咱们只是些普通人,可尧舜孔孟心里无非是一个精纯的良知,咱们这些人不要问自己的才智高低,能力大小,只要各自努力,把心里的良知提炼得纯而又纯,就和尧舜孔孟是完全一样的!这就是古人说的'人人皆可为尧舜'的道理。在这上头无须争辩。"

王守仁这句话振聋发聩,竟把"人人皆可为尧舜"的名言一语解开了,蔡宗兖也听懂了,欢喜之余却又问了句:"依先生之说,人心里的良知纯金究竟应该如何提炼?"

王守仁笑道:"在这上头古人说过很多话,其中有两句说得最好,一是《道德经》里的'为学日益,为道日损,损之又损,以至于无为'。另一句是后世大儒常说的'存天理去人欲'。要说哪一句更有力,我觉得还是'为道日损,损之又损'更透彻。我们提炼良知,就是要去除心里的私心杂念,每天去掉一些杂念,消灭一些私心,就离'天理'更近一些。这个去除私心的过程就是提炼良知,所以说,在这上头只求精纯,不求分量。"

蔡宗兖又问:"尧舜孔孟心里的良知'纯金'极多极重,我们这些人却达不到这个程度,此中差距又在何处呢?"

蔡宗兖有这一问，显然前面的话尚未完全领悟。王守仁笑道："你怎么又有此问？须知良知的纯度要紧，'分量'二字并不重要。有些人不知道良知贵在'纯度'的道理，只求一个'分量'，于是整天动歪脑筋，想坏主意，学习的时候就学欺骗诡诈的邪术，走上社会之后，为了出人头地根本不择手段，一心只想着怎么升官，怎么发财，装神弄鬼欺世盗名，弄到最后，他的心里充满了各种肮脏邪恶的私心杂念，知识越多，私心邪念就越盛，才干越强，天理良知就蒙昧得越厉害。你在社会上见没见过这样的人？"

蔡宗兖仔细想了想，点头说道："见过。有些人聪明透顶，心灵手巧，别人都不会的手艺偏他能驾轻就熟，结果他拿这手艺去造假作恶，偷窃诈骗，而且越是心灵手巧的坏人，犯的案子越重，这就是先生说的知识越多邪念越盛吧。"

王守仁连连点头："对！你说的只是一个小小的坏人，还有些人比这更可怕，他们才干出众，文有治理国家之能，武有破敌百万之勇，随便说句话就能蛊惑人心，引得成千上万的人来追随他，这些人一旦昧了良知，满心邪念，'治国之能'全成了害民邪术，'破敌之勇'变成杀人恶魔，祸国篡权，戕害万民，所作所为已经不能用'邪恶'二字来形容了。这样的人咱们身边未必有，可史书上就多得很了。还记得那句'庆父不死，鲁难未已'吗？"

王守仁这番话说得众弟子悚然而惊，再一想，还真就是这样。

说到这里，王守仁自己也忍不住叹了口气："为什么心灵手巧的人会造假作恶，偷窃诈骗？为什么有才干的人会成为人人憎恨盼其速死的'庆父'？就是因为这些人不懂得良知天理贵在'纯度'，只以为钱越多越好，权越大越好，最好是钱多到堆成一座金山，权大到生杀予夺无所不能！结果他们不是提纯良知，锻炼成色，而是只求重量，不管什么铅锡铜铁一律扔进去熔化，只求一个万斤、十万斤、百万斤的分量。到最后居然也真凑出了万斤之重！可是剖开他的心一看，里面铅锡铜铁混为一团，又脏又臭，一万斤重的'杂质'里面竟找不到一两'良知纯金'，若把这上万斤的'肮脏之物'去和尧舜孔孟的'万斤纯金'做比较，真能把人恶心死！就算和普通人心里那一两重、一钱重的纯金相比，也远远不如。这种货色就是咱们平时咒骂的窃国大盗，邪恶枭雄，卑鄙小人！这样的人，这样的心，是天下间最恶劣的！这话你明白吧？"

人生在世不立大志，不讲良知，却又一心想出人头地，这样的人只能走向堕落，王守仁所说得丝毫不差。蔡宗兖略想了想，也说："学生明白了。"

王守仁点点头："那就好办了。所谓良知，不过'仁义'而已。孔子说过，所谓'仁'不过是'己欲立而立人，己欲达而达人'。对于义，孟子则讲了一个'扩而充之'的道理。一个人心里的良知已然精纯，如同纯金一样，这时就会自然而然地生出一个上进心来，上进心越强，勇于承担的责任就越大，所下的功夫就越深，能帮助的人也越多，提炼出的'良知纯金'分量当然就更重了。咱们只要守住这点精纯，抱定这个上进心不放，下十倍的功夫，百倍的功夫，一直努力下去，努力一辈子，到最后自然会有很大的收获。至于说提炼出来的纯金是一斤重，一百斤重，还是一万斤重，这只是个比喻罢了。只要良知精纯，努力上进，立人达人，成仁取义，这些都有了，也就够了。真到了如此境界，人格完善，人品方正，坦坦荡荡的，还会去琢磨'孔子怎么是一万斤，我怎么只是一斤'吗？根本不会动这个无聊心思了。"

王守仁一句话把众人说得都笑了起来。

到这里，王守仁也算把道理讲透了。偏偏蔡宗兖是个一根筋的人，想了半天，忽然又正色问道："先生说尧舜是圣王，大禹、商汤、文武也都是圣王，可学生早年听人说过，上古史料早已湮灭，尧、舜、禹、汤、文、武的事迹皆语焉不详，甚而有人对此提出异议，以为尧舜未必有'禅让'之事，商汤灭桀、武王伐纣也未必是一心要解民倒悬，甚至商朝之血腥，周朝之残暴，未必就比前朝好多少。至于伯夷、伊尹等人，都说是大贤，可史料也不过寥寥数语。先生如何能肯定这些上古圣人的事迹完全可信呢？"

蔡宗兖这一问十分大胆。

关于尧、舜、禹、汤、文、武等人的猜测虽然古已有之，但这几位是被历代皇帝公开定了性的圣人，质疑他们，弄不好要遭祸。也是蔡宗兖一心求学，情绪所至脱口而出，倒把其他学子们吓了一跳。

在这上头阳明先生却早就想通了，微笑着说："上古史料多已湮灭，这是真的，所以你这一问我无法回答。但我可以告诉你：咱们所评的是事迹，不是人物。也就是说，只要肯禅位于民者，必是极圣；能以哲理唤醒天下人的，必是至圣；兴义兵解民倒悬者，必是圣王；为民操劳无怨无悔者，必是大贤，在这上头是不会错的。"

是啊，尧、舜、禹、汤、文、武、伊尹、伯夷究竟是什么样的人并不重要，古人只是借他们的名字讲一个道理罢了。后人只要明白什么叫仁义，如何提炼良知，怎样追求上进，懂得"己欲立而立人，己欲达而达人"的大道理就行了。

第四章 南贛剿匪

一败再败

人的时运有时候真不好说。王守仁二十七岁考中进士，三十五岁被贬为驿丞，其间混迹官场数年，最多只做到六品主事。可自从正德五年被重新起用以来，他从七品县令升六品主事，又升五品郎中，之后升任太仆寺少卿，在滁州养马才半年，又升了南京鸿胪寺卿，已经是位正四品官员了。

鸿胪寺是个负责朝会、接待外宾、主持各项典礼的差事，凡有国家大典、祭祀、宴飨、经筵、册封、进历、进春、传制、奏捷等各项杂事都归鸿胪寺官员操办。但皇帝远在北京，这些大典事宜当然也在北京操办，南京这边则轻闲得多。于是王守仁到南京后继续广收弟子一心讲学。

可当官的人就要处置公务，事多烦琐，对讲学影响不小，王守仁反复掂量，觉得自己这个官也做得差不多了，还是讲学要紧，就准备辞职回乡专心讲学。也就在这个时候，忽然怪事临头，正德十一年九月十四日，吏部发来公文，正式任命王阳明为都察院佥都御史，巡抚南赣九府。

都察院是大明朝廷里一个要害部门，设有左右都御史、左右副都御史、左右佥都御史，下面还有十三道监察御史，是天子的耳目风纪之臣，朝廷里的事都能管，什么人都可以参，权力很大。南赣巡抚则是个统领军政的地方实权要职，"凡政令之布、赏罚之施，皆在此。诸帅出兵、受律、献馘，亦在此。郡县百司政有弛张，亦必至此白之，而后敢罢行焉"。封疆大吏，非同小可。

第四章　南赣剿匪

忽然得到这样的重用，王守仁一开始莫名其妙，继而意兴阑珊，并不奉命，而是上奏请求致仕退休。哪知正德皇帝却于十月二十四日发下圣旨，命王守仁立刻到南赣上任，"一应地方贼情、军马、钱粮事宜，小则径自区画，大则奏请定夺"。格外放权，对他表现出极大的信任。

正德皇帝信任王守仁，可王守仁心里根本不信正德皇帝，仍然请求退休。想不到正德皇帝对王守仁盯得很紧，又在十一月十四日下了圣旨："既地方有事，王守仁着上紧去，不许辞避迟误。钦此。"同时兵部也来了咨文，说有个都御史文森因为延迟赴任已经被皇帝革职，希望王守仁赶紧赴任，不要因为耽误公事而获罪。

到这时，王守仁渐渐明白了这件事的真相。

南赣是个非常特殊的地区，南赣巡抚治下包括江西南安、赣州，福建汀州、漳州，广东南雄、韶州、惠州、潮州，湖广郴州九个府，这南赣九府分属四省，所辖之地山高林密盗贼横生，这些积年巨寇结寨于绝险之地，聚集亡命之徒，本就极难剿除。加上正德皇帝登基以来胡作非为，倒行逆施，到正德十一年，天下流民已有六百万！也就是说大明朝每十个百姓中就有一个是无家无业的流浪汉，这些人无以为生，只得落草为寇，真是官逼民反，仅南赣地区的山贼就不下十万人！剿不胜剿。

眼看官军进剿已经不是办法，朝廷只得剿抚兼施，以抚为主。既然以抚为主，当然需要得力的文官去办理。可正德皇帝昏庸得很，只知道重用奸佞，正直官员多遭排斥，正德一朝无人可用。时任兵部尚书王琼千挑万选，选中了在南京担任闲职的王守仁。因为王守仁所讲的"良知之学"天下闻名，能讲如此学问的必是正人君子，而且王守仁学问上如此通达，"知行合一"之教如此精辟，让他去保境安民，应该不差。至于打仗的事王守仁这个文官未必精通，但在王琼想来，进剿有官军，打仗有将领，加上兵部的支持，王守仁在南赣能做出一番成绩来。

另外还有一个原因，世镇江西南昌府的宁王朱宸濠这些年来很不老实，在当地暗中招兵买马，似乎有谋反之意。可正德皇帝对宁王的阴谋毫无察觉，朝廷重臣又多数受了宁王的贿赂，在皇帝耳边替宁王说好话，加上宁王反相未露，王琼拿他无可奈何，就想派一个得力官员到江西去，掌握四省九府兵马，坐镇赣江上游，监视下游的南昌，宁王若有异动，即可就地翦除。能够担当如此重任、不被宁王贿赂腐蚀的官员，非王守仁莫属。

在兵部尚书王琼看来，南赣巡抚的人选是品行第一，打仗的本事倒在其次，而大明朝品行第一的官员就是王守仁，所以无论如何要把巡抚之位交给王守仁去坐。而当王守仁明白其中关窍之后，也知道事关重大，推卸不得。于是正德十二月初二朝廷又发下圣旨："王守仁不准休致。南赣地方见今多事，着上紧前去，用心巡抚，钦此。"接旨以后，王守仁第二天就匆匆上路，正德十三年正月十六到了江西赣州，立刻开府办公。

王守仁赶到赣州的时候，江西按察司分巡岭北道兵备指挥副使杨璋，江西都指挥佥事许清，赣州卫都指挥余恩，南赣守备郏文，赣州知府邢珣，南安知府季敩，汀州知府唐淳都已在府前迎候。王守仁和他们见了礼，一起到正堂坐下，立刻问："南赣一带匪情如何？"

江西都指挥佥事许清说："南赣九府之内原有几股大贼，福建漳州府象湖山一带有詹师富，箭灌有温火烧，江西南安府境内横水大寨里有个贼首谢志珊，此人在山贼里出了名的讲义气，周边的贼众都公推他为总首领。横水附近还有一处绝险之地名叫桶冈，山上盘踞着一伙山贼，首领名叫蓝天凤，以凶残嗜杀闻名三省。然而最厉害的一股山贼却是广东惠州府浰头一带的贼首池仲容、池仲安、池仲宁兄弟。以池仲容为首领，凶恶敢战，进则与谢志珊、詹师富互相策应，退则盘踞要冲，官兵多不敢与之交锋。"

许清所说的这几股山贼王守仁已经从兵部行文中有所了解："你先说说这个詹师富吧。"

许清想了想："詹师富本是福建漳州芦溪镇连新村人，据说当土匪之前是当地的一个巧手篾匠，别人都叫他'詹师傅'，至于真实姓名却不得而知。此人平时以天险象湖山、可塘洞为巢穴，主要在漳州的芦溪、大伞、莲花石一带出没，官兵若剿，就退入天险死守不出，官军一退，就领着人从山里出来沿官道劫掠；另有箭灌的贼首温火烧与詹师富勾结，互为倚仗，如同一条长蛇，詹师富是头，温火烧是尾，击首则尾应，击尾则首应，很不好对付。最近一两年詹师富手下这股山贼竟从芦溪一直开进到长富村一带，距离漳州府城仅有几十里，扼制官道，沿路抢劫百姓商旅，杀人甚多，气焰嚣张，福建官军拿他们没有办法。"

第四章 南赣剿匪

詹师富的嚣张王守仁事先已经知道,也下了决心,南赣剿匪就从这路山贼剿起。

早前王守仁对于剿贼已经有了大致的方略,到了赣州以后又找了熟悉当地情况的官员仔细询问,回来后对着地图制定了详细方略,决定以福建官军为主力,广东官军为策应,对盘踞在长富村的詹师富立刻展开征剿。

当天,王守仁写了一道公文,命令福建都指挥副使胡琏领兵出漳州,以福建右参政艾洪领兵攻新洋,指挥使唐泽领兵攻大肆,都指挥金事李胤领兵攻五雷,指挥使徐麒领兵攻阔竹洋,南靖县令施祥领兵攻大峰,上述五路官军务必于正月十八日赶到长富村,在同一时间对山贼发起攻击。与此同时,王守仁又调广东都指挥副使顾应祥星夜赶到莲花石一带,迅速夺占芦溪、大伞两处重要隘口,等山贼被福建官军击败,从长富村退却的时候,广东官军就从背后围攻上来,将詹师富所部围困在莲花石一带,务求一举歼灭这股匪徒。

为了打好这一仗,王守仁也亲率江西官军星夜赶赴漳州,就地督战。

长富村一战是王守仁担任南赣巡抚后打的第一仗,必须打好。而从当前的形势来看,王守仁秘密调动三省官军,七路进剿,两面夹攻,加之詹师富骄横已极,对官军的动向毫无察觉,这一仗想不打赢都难了。

正德十二年正月十八,也就是王守仁赶到南赣开府办公仅两天之后,福建、广东、江西三省官军已经各自就位,王守仁也悄无声息地进了漳州城。当天夜里,福建官军率先进兵,一鼓作气冲入长富村,对詹师富展开了突袭。

漳州离长富村不过几十里,前线开战不久,王守仁就接到战报,山贼遭遇突袭之后已经大败,径直往莲花石方向退去,福建官兵正痛加追剿,眼看情况不错,王守仁这里总算松了口气。哪知天色微明的时候,江西指挥副使杨璋从外头跑了进来:"都堂,詹师富所部已经突破大伞逃回象湖山去了!"

一听这话,王守仁气得跳了起来:"怎么搞的!"

"听说是广东官兵畏敌,不敢与山贼死战,结果福建官兵在大伞一带吃了亏。"

其实指挥江西官军的杨璋并未亲临前敌,莲花石那边到底出了什么事他也不太清楚。王守仁只能在府里坐等,片刻工夫,福建、广东两军各有军报送到,王守仁把两份军报仔细看了一遍,虽然前线两军互相争吵,都有推卸责任之嫌,可战场上的情况还是大致看得出来。

原来詹师富这股山贼突遭打击，虽然乱了阵脚，却并未溃散，而是抱成一团迅速向莲花石方向退却，先冲芦溪，没能突破，就回身不顾性命地猛攻大伞，在大伞布防的广东指挥佥事王春不能抵挡，率军先退，山贼一下子冲出包围圈，正好与刚赶到的福建官兵遭遇，双方一场混战，指挥覃恒、漳浦县丞纪墉当场战死，福建官兵被山贼击败，广东兵又不敢上前，两支官军就这么眼睁睁地看着詹师富逃回了象湖山。

早在接任南赣巡抚以前王守仁就知道南赣九府所辖各路兵马都不怎么可靠。其中江西官军最弱，广东兵略好些，福建兵又强于广东兵。现在王守仁调动三省官兵围剿詹师富，一仗打下来，三省官兵全现了原形。江西兵根本上不得战场，广东兵怯敌退缩，又与福建兵互相指责，闹得不可开交，王守仁只是个南赣巡抚，仔细算起来，他所提调的三省兵马哪一支也不是他的手下，现在官军吃了败仗，胡琏、顾应祥两人当着王守仁的面吵翻了天，王守仁也说不出谁对谁错，无法责问这两个只会动嘴不会动手的将军，只好和了一把稀泥，认为福建、广东两路官军都尽了力，这一仗已经斩杀山贼四百多人，算是打赢了。

有这句话，胡琏和顾应祥总算不再争吵了。可是问起攻破象湖山的方略，这两个人又扯起皮来，都说象湖山是一处天险，单凭官军现有的兵力恐怕难以攻克，请王守仁想办法借调湖广官军助战，如果有可能，最好从湖广调一支土兵来，这样才好打胜仗。

湖广土兵是指湘西一带的土司兵，这是一支受朝廷调度的雇佣兵，擅长在山地作战，凶猛顽强，出了名的能打。可土兵的军纪也是出了名的败坏，纵兵扰民，抢掠百姓，甚至杀人劫财无所不为，这样的兵马王守仁是不想用的。这一点胡琏和顾应祥其实也知道，他们请求王守仁借调湖广兵马，其实是想拖延进攻象湖山的时间，最好是拖得王守仁不想打了，收兵回营，大家清静。

这两个指挥使的心思王守仁都明白，心里十分恼火，可拿这两个人没有办法。憋着一肚子气回到赣州，坐定之后又想了好久，忽然心中一动，有了个主意，立刻发下公文，只说象湖山难以攻打，准备征调土兵助战，在土兵赶到之前，各省兵马全部回营待命。

第四章 南赣剿匪

一听这话，杨璋、胡琏、顾应祥全都长出了一口气，如释重负，立刻带着兵马回去休息去了。

其实王守仁忽然停止剿匪，一半是因为他初到南赣，不熟悉当地的匪情，对军队又掌握不住，有些力不从心。更主要的却是想装出一副无能的样子给象湖山的詹师富看，让这股山贼放松警惕，等待合适的机会再次进剿。哪知机会没等来，却等来了一场吓人的意外。

就在王守仁领着江西官军从象湖山撤回赣州后，二月初七，指挥使杨璋一脸惊恐地跑了进来："都堂，有一路山贼忽然出现在信丰县城外四十里处，好像要攻打县城！"

王守仁大吃一惊："又是詹师富？"

"不是，攻打信丰的是广东浰头山贼池仲容。"

听说广东山贼冲进了江西，王守仁更觉得惊讶，急忙走到地图前来看，越看越觉得这里面有文章。池仲容这股山贼并非无故袭扰，他们这次长途奔袭显然是有的放矢。

信丰县距离赣州府一百五十里，其间有信丰江相连，距离说远不远，说近不近，如果江西官军分兵来救信丰，对象湖山一带的围剿立刻瓦解，如果不救信丰，仍然围攻象湖山，小小的信丰县城很可能被山贼攻克，如此，王守仁这个新上任的南赣巡抚罪过就大了。这么看来，池仲容这个三省山贼总首领竟是用了围魏救赵之计，要逼着攻打象湖山的官军回撤。

当然，池仲容也是棋差一着，没想到围攻詹师富的三省官军都是没胆的废物，面对象湖山天险居然不敢进战，互相推诿，弄得这一仗没有打成。如今江西官军已经撤回赣州，正好沿江而下去救信丰。

虽然信丰的局势没有想像中那么危险，可王守仁已经看出来，这个浰头山贼池仲容真是有勇有谋的家伙。单说他为了救一个詹师富，竟从广东惠州府出来，悄无声息地横穿广东江西两省边界，从江西全南、龙南、定南、安远四县之间穿过，一直突进到赣州府，到了信丰城外才忽然跳出来，大张旗鼓地围攻县城，如此精密的部署，凌厉的穿插，真不是普通山贼能使出的手段。

这种时候王守仁也没工夫多想，立刻命杨璋带着赣州卫的官军去解信丰之围，又命附近的南安府、龙安县派兵马援救信丰。

杨璋领命而去，足足过了六天才送来捷报，说池仲容已经被击溃，率部逃回广东去了。不久，龙安县、南安府的战报也送来了。王守仁把这三份战报放在一起仔细看了几遍，很快就发现其中有鬼。

原来池仲容这股山贼杀到信丰之后，大张旗鼓摆出攻城的架势来，其实并未攻城，而是以逸待劳，准备与赶来增援的官军交战。附近的龙南县令卢凤畏惧山贼不敢发兵，倒是南安县的乡兵最先赶到信丰，与池仲容所部一场恶战，却不敌山贼的勇猛，打了个败仗，指挥乡兵的南安府经历王祚也被池仲容捉去了。

这时候杨璋领着赣州卫官军赶到，眼看池仲容凶猛异常，杨璋不敢与他正面交战，居然凑出一笔钱来悄悄贿赂池仲容，请他退兵。这时池仲容也知道象湖山早已解围，自己的目的达到了，就收了杨璋的贿赂，把捉去的南安县经历王祚放了，撤军而去，杨璋就回过头来向王守仁报功……

南赣九府统辖的官军以江西兵最弱，这话一点不假。就靠着这帮腐烂发臭的官军，王守仁这个文弱书生怎么去剿灭南赣九府那些凶悍的山贼？

事已至此，王守仁早就没了退路，只能咬牙硬扛，一边仍然待在赣州装糊涂，没有任何作为，同时留心观察，等待机会。很快，一个可以利用的机会就出现在他眼前——朝廷新任命的广东布政使邵簧赴治所上任，正好经过江西。

一听这个消息，王守仁立刻意识到机会来了，赶紧命令府里的幕僚雷济拿着请帖赶到南昌，只说广东兵在围剿山贼时吃了败仗，军心不振，请邵簧来安抚一下刚打了败仗的广东官军。

接了王守仁的请帖，邵簧果然亲自赶到南赣给广东官军打气提神，王守仁对这位布政使殷勤接待，留他在赣州住了几天，这才以"地方不靖，安全要紧"为名，命广东官军抽调骑兵一千五百人，精锐步卒四千五百人，专门护卫邵簧到广东上任。这一队官军从赣州出发，经过大帽山一带匪情猖獗的地区，由江西进入广东直到程乡，眼看出了大山，前面是一片坦途了，王守仁这才和邵簧拱手拜别。

护送布政使上任的事办妥之后，王守仁并没有命令官兵立刻返回驻地，而是在当地休整了两天，第三天夜里，王守仁把顾应祥找来，告诉他："本院已经下了决心，再次对象湖山进剿。你部连夜向福建进发，从程乡北上经芦溪直取象湖山，务必在明天——正德十二年二月十九日黄昏以前赶到山下，立刻攻打。"

对王守仁的安排顾应祥全无准备，大吃一惊："都堂怎么突然要攻打象湖山？"

王守仁淡淡地说："为了这一战我已经准备了十多天。不然，你以为广东布政司为什么要到赣州来？"

被王守仁一点，顾应祥才明白这场奇袭的原委，可象湖山上的詹师富十分凶狠，顾应祥有些怯战："象湖山是一处天险，单凭咱们手里这六千人马只怕拿不下来……"

王守仁摆摆手："不必担心，我事先已经把福建、江西所属各处卫所、千户所、守备千户所、守御千户所凡能用之兵都调集起来，全算上有两万多人，是山贼的几倍，又占着奇袭之利，料想此战必胜。"

确实，王守仁这次攻打象湖山是下了极大的决心，不惜一切代价力图必胜的。

当天夜里，王守仁率领一千五百名骑兵率往象湖山，顾应祥和四千广东步卒紧随在骑兵之后，第二天黄昏已经到了山脚下。这时福建官军各部已经全部赶到了，江西兵马也很快到齐。眼看各部官兵依命集结，两万余人四面八方包围了象湖山，而山上的詹师富等人竟毫无察觉，王守仁立刻从骑兵中挑选一百五十个矫捷强壮的军士，带着绳索火铳沿山间小径悄悄爬上象湖山，在草丛里隐蔽下来，广东官军数千人口中衔枚，率先沿着山间小路开始攻山。到此时象湖山上的贼人仍然没有察觉，直到官军即将登上山顶，守在山路尽头的山贼这才发现，急忙点起火把上前阻截，哪知还未与登山的官军交手，忽然有百十名健卒从背后冲出来，一顿砍杀，将把守路口的山贼杀退。

片刻工夫，大队官军已经登上了山顶。山贼顿时大败，詹师富只得领着手下往可塘洞方向退却，官兵得了势，一步不停地撵上来，激战一天，象湖山的山贼或死或俘，詹师富也死在乱军之中了。

好歹夺下了象湖山，王守仁心里有了底，同时脑子里又生出另一个主意来，把官军几位将领都叫过来，对他们说："象湖山这一仗打得很顺手，三省官兵又难得会齐，人多势众，我看不如趁此机会一鼓作气把盘踞箭灌的温火烧这股山贼也消灭了吧。"

听说立刻去剿箭灌，几个将领面露难色。

来南赣一个多月，王守仁对这些官军是什么情况也多少了解了些。看了他们的脸色就知道这些人不想出力，只能耐着性子对他们解释："这次攻破象湖山靠的是突袭之利，如果按平时的办法正面攻打，哪有这么顺当？箭灌在象湖山背后，地势较低，我军俯高就低，正是以主驱奴，兵力又空前集中，此时不去剿贼，难道以后再去和温火烧这支山贼硬拼吗？"

听了王守仁的话，这几个将领自己想了想，也确实如此。箭灌早晚要剿，眼下占着天时地利，不立刻进剿，机会一失，将来只能啃硬骨头了。

想到这里，杨璋、顾应祥、胡琏三人再无异议，留下一半兵力在象湖山一带清剿，余部立刻攻向箭灌。一万多官军从象湖山顶直冲下来，一路下坡越走越快，三天之后已经到了箭灌。果然，温火烧这路山贼还不知道象湖山已失，毫无防备，官军突破古村、末窑、禾村、大水山、柘林等处要隘，在山贼反应过来之前已经占领白土村，一拥而过赤口岩，直逼到箭灌大寨之下，立刻开始攻打山寨。前后恶战十余场，打破大小山寨几十座，到三月二十日，终于打破箭灌，生擒贼首温火烧。

象湖山、箭灌两处山贼同时被剿灭，王守仁总算松了一口气。回到赣州府稍事休息，手下已经把战报送了上来。王守仁看了战报，不由大吃一惊！象湖山一战，官军斩杀山贼七千六百余名，擒获三千余人……

可王守仁事先已经得到情报，在这一带盘踞的山贼总共不过四千来人。

山贼只有四千，官军报上来的斩首人数却是七千六百余名！就算官军把所有山贼都杀了，所有首级都砍了，也仍然多出三千六百颗人头来！

显然，官军在前线杀良冒功，砍了无辜百姓的首级冒充山贼，提回来邀功请赏。

自从战国的商鞅定下"首功之制"以来，按砍回来的人头计算战功就成了惯例，直到明朝依然如此。就是这个从先秦传下来的邪恶军法，不知害死了多少无辜百姓！作为一介文官，王守仁第一次看到官军杀良冒功的疯狂，这位满心充满良知的官员被如此暴行惊呆了！

可王守仁明知道官兵做了多么邪恶的事，却不能制裁任何人。因为他只是个南赣巡抚，有权指挥官军作战，却不能节制将领，无权干涉军法。只能在后来所写的公文里说了这么几句话："漳寇即平，纪验斩获功次七千六百有余，审知当时倡恶之贼不过四五十人，党恶之徒不过四千余众，其余多系一时被胁，不觉惨然兴哀"。

面对残酷的战争,王守仁这个南赣巡抚也只能"惨然兴哀"了……

相信良知,相信百姓

奇袭象湖山是王守仁到南赣以后取得的首场胜利,可官军滥杀无辜的恶行却使这场胜仗变成了王守仁一生中最大的败笔。有鉴于此,王守仁经过深思之后做出了两个决定:一是请求皇帝发放王命旗牌,使王守仁对手下官军拥有更多的调动和管辖之权;二是在后面的战斗中尽可能放弃官军,改用乡兵剿匪。

乡兵,在南赣九府由来已久。

官兵面对强敌时的怯战和迫害百姓时的凶狠,地方官员们早就知道了。官军不顶用,不能用,不敢用,也早就成为地方官员的共识。于是在匪情严重的地区,各府县都招募了一些乡兵,称为"机快打手",山贼来了,这些人就站出来和府县兵马一起保境安民。因为"打手"们都是本乡本土的百姓,和山贼搏斗真正是为了保护家园,这些人作战时比官军更勇猛。而这些人都是老百姓,不是那些混了多年的兵油子,不至于凶狠到杀良冒功的地步,加之乡兵们不是军人,王守仁这个南赣巡抚调动他们比指挥官员更容易些。所以这些"机快打手"就成了王守仁组建乡兵的基础。

南赣原有的"打手"们都加起来人数不算少,可是他们分散在各处府县,一旦有事无法立刻召集。现在王守仁准备抛弃官军,用乡兵来剿匪,就在这些事上动了一番脑筋,把巡抚衙门的幕僚雷济找来,问他:"南赣下辖各府县的'机快打手'共有多少人?"

雷济大概算了算:"共有四万多人吧。"

四万多,这个数字比王守仁的估计还要高些。王守仁又问:"如果我从各府县抽调一些人到赣州来,每处只抽调十来个人,都加起来能有多少?"

雷济掰着指头算了一会儿:"估计能有两千人吧。"

王守仁立刻说:"有两千人就够了。你马上写文书命各府县挑选会武艺的精壮乡兵十余人,都集中送到赣州来受训,这些人的粮饷以后按双倍发给。"

雷济是个聪明人，很快就明白了王守仁的意图："都堂的意思是集中练一支精兵，将来剿匪之时拿来派用场。"

王守仁点点头："对，兵不在多而在精，我手里这两千精兵足能以一当十。另外你再写个文书，让各府县对招募的乡兵进行甄选，老弱的裁撤，只留精壮，每府留两三千人就够，再命各府乡兵依次到赣州来受阅，知府、知县也随同前来，集中接受整训。"又想了想，"南赣附近的吉安、抚州、饶州等府也有乡兵吧？命这几处地方官也把乡兵带来南赣整训。"

王守仁整训南赣治下乡兵是为了剿匪之用，而他命江西其他府县的乡兵到赣州来受训，却是针对宁王做的一个部署。在后来的平叛之战中，王守仁能够在江西各府迅速召集三万乡兵与十万叛军正面交锋，早先这个整训乡兵的妙计起了很大的作用。

得令之后，雷济赶紧写了文书发往南赣和江西各府县。事情刚办完，王守仁又把他叫来："我又想了一个主意：宋朝宰相王安石搞过一个'保甲法'，每十家为一保，选一人为保长；五十家为一大保，选一人为大保长；十大保为一都保，选一人为保正，一人为副保正。再让相邻农户二三十家排成一'甲'，选一个甲头，这一套东西很好，现在乡里所用的仍然还是这套制度。但保甲法也有失误之处，一是组织得不细，二是执行得不够，三是只用保甲整顿地方，却未配以安抚百姓的对策，所以成效不大。现在我在这几方面都想出办法来了。以后不论是府、县、乡、村，凡有人聚居之地，每相邻的十家编为一'牌'，由官府专门制一面大牌，上面题头写明某县某坊，下面逐一写明此坊下属某人某籍、某人某籍，把这十家所有人丁情况都列在牌上，再选一个'甲头'来负责，把甲头的名字也写在牌上。每户百姓门前也都钉上一块木牌，家里有几人几口，各人姓名，其中何人在家，何人外出，全都一一写明。然后由十家轮流执掌大牌，每天早晚各一次到相邻人家去查看，某家少了某人，去了何处？做什么事去了？何时能回来？某家多了何人，此人姓甚名谁？从何处来？来做什么事？都仔细询问清楚，然后把情况逐一通报给牌上的十家人，让大家周知。如果觉得来人可疑，就应该报官，要是有疑情却又隐瞒不报的，出了事，十家一起论罪责罚。"

王守仁又从桌上拿起一张告示来："百姓们都是最老实的人，他们不能安居乐业，都是官府的错，所以官府不能只管剿贼，更应该以安抚为上。《大学》开篇就说：'大学之道，在明明德，在新（亲）民，在止于至善。'我就用这'新民'两个字来称呼那些走了弯路的百姓，不管他们以前是啸聚为匪，还是落草为寇，只要知道错了，愿意悔改，就是'新民'，官府把这些人和寻常百姓们一视同仁，给他们划定村落，安排田地，发放耕牛、种子，让他们永远脱去贼名，可以安居乐业。为此我专门写了个告示，立刻送到各地张贴起来，希望百姓们都能看到。"

雷济拿起告示来看，只见上面写着：

告谕新民：

尔等各安生理。父老教训子弟，头目人等抚缉下人，俱要勤尔农业，守尔门户，爱尔身命，保尔室家，孝顺尔父母，抚养尔子孙。无有为善而不蒙福，无有为恶而不受殃。勿以众暴寡，勿以强凌弱。尔等务兴礼义之习，永为良善之民；子弟群小中或有不遵教诲，出外生事为非者，父老头目即与执送官府，明正典刑，一则彰明尔等为善去恶之诚，一则剪除莨莠，免致延蔓贻累尔等良善。吾今奉命巡抚是方，惟欲尔等小民安居乐业，共享太平。所恨才识短浅，虽怀爱民之心，未有爱民之政。近因督征象湖、可塘诸处贼巢，悉已擒斩扫荡，驻军于此。当兹春耕，甚欲亲至尔等所居乡村面问疾苦，又恐跟随人众，或至劳扰尔民，特遣官者谕告，及以布疋颁赐父老头目人等，见吾勤勤抚恤之心。余人众多，不能遍及，各宜体悉此意！

王守仁这篇告示写得极为诚恳，关键是，他也确实按着告示上所写对百姓们进行了安抚，这个行动起到了极好的效果，后面几个月里，南赣九府之内不少山寨自行瓦解，很多山贼走出山林，在新划定的村落里安了家，开始耕织自食，过上了普通人的生活。从此再也没人责问他们从前的过失，这些走错了路的百姓，真正得到了一个改过自新的机会。

有了十家牌法和安抚"新民"的措施，南赣地面的匪情有了极大的改观，不长时间里，几万山贼接受了安抚，无数村落被重新划定，成千上万的流民又过上了安居乐业的好日子。与此同时，王守仁请求朝廷颁发的八面"王命旗牌"也终于发放下来了。

所谓"王命旗牌"就是由皇帝亲自颁发给地方官员的一种调兵信物，共有四面小旗和四面令牌，由专门的"旗牌官"掌管，有了王命旗牌，王守仁调动湖广、广东、江西、福建四省官兵就更加容易，最重要的是，有了这八面旗牌，王守仁就有权约束官军的行动了。

但随同旗牌一起到南赣的还有另一个消息，浙江镇守太监毕真上奏朝廷，请求调到南赣协助王守仁剿匪。

向地方上派遣镇守太监、监军太监是明朝的一个惯例，原因是皇帝信不过地方官和官队将领，所以专门派自己身边的亲信太监来监视这些人。太监们对于军事一无所知，又时常索贿受贿，甚至瞎出主意瞎指挥，给地方上添乱，加之明朝皇帝监视大臣的意图搞得过于明显，也让后人耻笑。

说起浙江镇守太监毕真，此人也是正德皇帝身边一个亲信宠臣，后来被派到浙江来坐镇监视官员；杭州景色优美，环境舒适，而且浙江也没有什么事，用不着毕真操心。想不到毕真这个人挺有责任心，放着杭州城里的好日子不过，硬要到南赣来协助剿匪，这倒让王守仁觉得意外。可派遣镇守太监是皇上的事，王守仁自信坦荡无私，也不怕别人"监视"，对于毕真要来南赣的事并没有表示反对。

哪知兵部尚书王琼对这件事的反应却很大，立刻表示"兵法最忌遥制，若南赣用兵必待谋于省城镇守，断乎不可"！跟正德皇帝反复商量了几次，最终把毕真留在杭州，没派他来南赣搅和。

对这事王守仁丝毫没有留意，后来剿匪安民，事情繁多，也就忘了。直到几年后消灭了宁王叛军，全国范围内大治奸党，到处搜捕宁王党羽，这时王守仁才惊讶地发现，原来浙江镇守太监毕真竟是宁王的死党之一！

显然，毕真想来南赣，是宁王感觉到了王守仁的威胁，想在他身边安插一步暗棋！如果不是王琼在京里替王守仁说话，挡住了毕太监，这个人在王守仁身边潜伏下来，等宁王造反的时候突然发难，后果真是不堪设想了。

在南赣剿匪的时候王守仁用剿不多，主要是以安抚百姓为主，可以说他把七成精力用在补偿官府对百姓们的亏欠上了。不但安抚新民,划村而居,发放耕牛种子的工作逐一进行,绝无延误,王守仁又看到象湖山一带正处在广东、福建两省交界之处,从广东的饶平县、福建的南靖县、漳浦县到象湖山都有五六天路程,一旦当地发生匪患,两省三府官员都顾不过来。再说,这些地方官本来就"多一事不如少一事",都认为匪情在自己辖区之外,互相推卸责任,时间一长,象湖山附近难免又会成为山贼啸聚之所。于是王守仁上奏朝廷,请求在饶平、南靖、漳浦三县之间划地设置一个县城,任命专门的官员,把这块"三不管"的地方管起来。

王守仁的奏章送上去的时候,正德皇帝正躲在豹房里一心琢磨着怎么享乐怎么折腾,恐怕连这道奏章也未必读过。好在朝廷里还有杨廷和、王琼这样能办事的官员,很快做了批复,答应王守仁设定县治的请求。于是王守仁发出公文和广东、福建两地商议,请求拨出银两尽快把事情办妥。哪知广东、福建两省官员对此事全不积极,谁也不愿意拨款,只说官库吃紧,当地百姓又穷,筑城的银子一时无处筹措,请王守仁等一等,将来有银子了再办事。

有了银子再办事,这分明是胡扯,以官府的一贯作风,如果不紧紧催促,这笔筑城的银两一千年也凑不出来。可王守仁是南赣巡抚,设立新县牵涉广东、福建两省,这两省各有都御史、布政、兵马都司,王守仁实在摆布不了这些人,想催促都无从催起。

在这件事上王守仁身边的人也起了争执,一直追随王守仁在南赣剿匪的几个学生冀元亨、欧阳德都觉得官府办事要凭良知,既然广东、福建两省不愿意实心为百姓办事,王守仁不妨以佥都御史的身份上表弹劾这些官员,看他们怕不怕。幕僚雷济在官府的时间久,知道硬来未必管用,就劝王守仁先缓一缓,把精力放在安抚地方上,过个一年半载,有机会再商量筑城之事也不迟。

在筑城这件事上王守仁却有自己的看法:"我到南赣以来,所做的每件事都是真心实意为百姓着想的,在这上头可说问心无愧。可官员为百姓们办事未必事事办得妥当,就算出于真心,也不一定能办实事。所以凡事还要多听民意,就像古人说的:'民可使由之不可使知之'。老百姓认同的事,咱们就办到底,老百姓要是不喜欢,当官的就该找找原因了。这次在象湖山一带筑城设县,于我是一心为百姓着想,可百姓们怎么想?我却不知道,既然如此,不如干脆把筑城的事交给百姓们,如果他们愿意在这里设县,就请百姓帮咱们筑城,若百姓们都不愿意,没人帮手,咱们这个县城当然建不起来。你们说是不是这个理儿？"

　　王守仁这个当巡抚的做事并不独断专行，而是肯听百姓的意见，这在当时也算难得。于是众人皆无异议，王守仁就写了公文告知百姓，与百姓们商量择地筑城设治县衙的事。

　　事实证明，王守仁在匪患极重的穷乡僻壤设置县城的想法很对。

　　百姓们什么都不要，一心只想过他们的太平日子。这些人虽然未必识字，不懂什么大道理，可他们却知道这"三不管"的地方只要有了县城，设了衙门，当地就不会再聚集大盗，大家都不用提心吊胆地过日子。这件事涉及每个人的身家性命，官府不作为，百姓们没办法，现在官府出了告示，百姓们立刻群起响应，有钱的捐钱，有木料的出木料，更多的人一文钱的工钱也不要，自己带着干粮跑来帮着官府修筑县城的城墙。

　　百姓们如此雀跃响应，王守仁知道自己做对了，心里有了底，也想办法凑些钱出来，支持百姓们就地筑城。附近两省三县官员看到百姓们如此拥护，也不好意思一毛不拔，各自拿了些钱出来，于是在深山老林之中，一座规模不大的县城渐渐有了几分模样，简陋的府衙也盖起来了。

　　有了城墙，有了官府，很快，这座被命名为"平和县"的县城里就有了县令，正德十二年开府办公，百姓们有了主心骨儿，象湖山一带方圆几百里从此安定下来了。

破山中贼易

　　灭了詹师富以后，王守仁率先在福建漳州府治下的象湖山一带安抚新民，让这些人划村而居，自耕自食，这一切都是出自良知，真心实意，诚实无欺，当地百姓不管以前做过什么事，只要诚意悔改，大家就是手足兄弟，一切既往不咎。这条政策执行开来，当地人心大定，匪患顿时消除，这个行之有效的办法立刻被王守仁推广到治下九府，凡用了这个办法的地方，都取得了很好的效果。无数山寨自行解散，几万人走出山林，划村定居，重新成了老实厚道的农夫。水落石出，那些不肯悔改的顽匪硬贼，一个个露出了形迹。

到这时所有人都惊讶地发现，原来被认为满山是匪、遍地是贼的南赣九府，其实真正的山贼并不多，除了早先被剿灭的詹师富、温火烧两股，剩下的就是盘踞在江西、湖广边界左溪、横水一带的谢志珊，占据桶冈天险的蓝天凤，以及广东惠州府浰头大寨的池仲容兄弟三人而已。

王守仁到南赣之前，这地方的山贼据说有十几万人！可王守仁带着良知和诚信到了南赣，做了一番保境安民诚意良知的功夫之后再看，才发现真正的山贼只剩了这么三路，加起来不过两万而已。而且谢志珊、蓝天凤、池仲容这三伙山贼都有一个共同的特点，凶残死硬，害民无数，百姓痛恨，人人喊打。

到这时王守仁再剿匪，比以前容易多了。

与此同时，江西省内的大贼谢志珊也感到孤立，心惊胆战之下，这个号称江西一省匪首的大盗竟制订了一个冒险的计划，准备集中所有人马攻打南安府城，攻克城池之后大抢一把，然后趁机冲出江西，进入广东南雄县，再南下从赣州府与广东交界的全南、龙南、定南三县之间的空隙穿过去，到浰头与池仲容所部会合。

谢志珊是江西省内山贼的总头领，手下人多势众，兵强马壮，池仲容则是广东省内第一巨寇，奸诈骁勇，剿匪之初连王守仁都吃过他的亏。如果这两路山贼真的在广东、江西两省交界的深山中会合一处，将会成为一股难以扑灭的强大势力。更可怕的是，如果这两股大贼与江西南昌的宁王勾结起来，在宁王起兵的时候从背后策应，蹿扰江西、广东两省，拖住南赣兵马，使王守仁不能分兵去救南昌，后果就真是不堪设想了。

有鉴于此，王守仁下定决心，尽快消灭谢志珊、蓝天凤这两股盘踞江西省内的悍匪。

要消灭谢志珊、蓝天凤两路山贼，远比攻打象湖山消灭詹师富困难得多。在这方面雷济深知厉害："谢志珊的巢穴在横水、左溪，这里正当南安府大庾、南康、上犹三县之间，左溪在前，横水在后，这一带山高林密地形复杂，又有长龙、十八面隘两处天险。谢志珊在这里经营多年，筑起大小山寨几十处，占据险要之地，互为依托，极难攻打。桶冈大寨偏处江西一隅，背靠湖广省界，是一处奇绝之地，山势险恶飞鸟难通，蓝天凤凶恶敢战，是个出了名的亡命徒，早前湖广巡抚陈金曾经调动'土兵'剿过桶冈，可攻打多时毫无建树。江西官兵更视桶冈为畏途，根本不敢去攻打。"

在南赣九府关联到的湖广、福建、广东、江西四省之中，以湖广的兵马战斗力最强，福建官军次之，而江西官军战斗力最弱，雷济说的都是实话，王守仁也早看到了这一点："江西官军不堪使用，我也不打算用他们了。我手里现在有两千精锐的乡兵，都是从各府县挑选出来会武艺的健勇，在赣州训练了几个月，已经有了打硬仗的本事，攻打横水、左溪就以这支兵马为核心，至于各府各县自己编练的乡兵，都是当地的老百姓，剿匪之事与他们的切身利益休戚相关，打起仗来自然肯卖力。"又想了想，接着说："至于谢志珊盘踞的横水山寨，有两处厉害，一是正面有十八面隘天险，二是横水周围有大小山寨几十座，互相呼应，群起牵制。但我早先从两千名精锐乡兵里特别挑出四百人，专门训练攀山越岭的本事，现在正好让这四百人去破十八面隘。至于横水大寨周围的几十座大小山寨，若逐一清剿就会耽误时间，山贼一旦缓过手来，就会四面八方向我们反击，所以我定下一个计划：把手下的官军和各府县的乡兵分成十哨——赣州知府邢珣率第一哨；汀州知府唐淳率第二哨；南安知府季敩率第三哨；江西都指挥佥事许清率第四哨；南赣守备郏文率第五哨；赣州卫指挥余恩率第六哨；宁都知县王天与率第七哨；南安县丞舒富率第八哨；潮州程乡知县张戩率第九哨；吉安知府伍文定率第十哨。把横水附近的贼寨一一划定，分给各哨，每一哨就近攻打三四个寨子，别处不管，只打自己的仗就行了。"

王守仁这个打法十分罕见，十哨兵马之中官军只占三路，乡兵却占了七路，而且各路乡兵都直接由知府、知县这些文官指挥，雷济忙说："文官不擅用兵，保境安民尚可，让他们进剿贼巢，只怕指挥不力。"

雷济说的王守仁早就想过了："人人心里有良知，官兵与乡兵是一样，文官和武将也是一样。乡兵都是地方上的百姓，受山贼毒害的就是他们的父老乡亲，这些人剿贼之时自然卖力，文官都是读圣贤书的儒生出身，守土安民是他们的责任，又不像武将那样贪立军功，所以用文官带乡兵，打起仗来不会比官军差。"

王守仁说得似乎在理，可这种事毕竟没遇到过，雷济心里总是没底，半天又说："横水、左溪、桶冈三处贼巢排成一线，谢志珊、蓝天凤又互相勾结，官军攻桶冈，谢志珊就从旁牵制，官军攻横水，谢志珊又有可能逃进桶冈。横水大寨离南康县只有三十多里，比较好打，可桶冈却隐在深山之中，背靠湖广，偏远险固。如果都堂率大军攻破横水、左溪，谢志珊很可能逃入桶冈，我觉得最好是和湖广巡抚陈金商量一下，请湖广方面派兵马攻打桶冈，咱们这边同时对横水、左溪用兵，两路夹攻才有胜算。"

雷济这个主意倒挺稳妥，王守仁立刻给湖广巡抚陈金发去公函，请他派兵于正德十二年十一月初一杀到桶冈，攻打贼巢。同时王守仁也率领江西兵马先攻横水，再攻左溪，两省大军从两个方向围攻山贼，务必一鼓全歼。

制订好计划之后，王守仁开始调动兵马准备作战。哪知作战的命令刚刚下达，忽然接到湖广方面送来的文书，打开一看，王守仁顿时愣住了。

原来湖广巡抚陈金答应派兵攻打桶冈，却又提出，因为桶冈离湖广地界很近，地势又奇险无比，单凭湖广一军未必能够取胜，所以特命王守仁率领江西军马来援，务必于正德十二年十一月初一到达桶冈，与湖广官兵会合。

陈金的这道公文顿时把王守仁的计划全搅乱了。

在大明朝各省巡抚之中，巡抚湖广都察院副都御史陈金是个出了名能打仗的人物，这位以能征惯战著称的湖广巡抚又是礼部尚书蒋冕的岳父，而蒋冕如今已经入阁做了辅臣，所以陈金的后台很硬，为人骄横跋扈，很有些自以为是的派头儿。这次王守仁从他这里借兵剿贼，想不到陈金却就地摆谱儿，毫不客气地指挥起王守仁来了。

当然，若论职权，湖广巡抚的权柄比南赣巡抚重些，若论官衔，都察院副都御史也高过王守仁这个佥都御史。虽然王守仁手里有王命旗牌，可以拿这个东西压陈金一头，可依着陈金的脾气，要是受了气，必然更不肯与南赣方面合作。

硬也不行软也不行，为今之计，只好是王守仁让一步，把攻打横水、左溪的时间提前，以便抽出时间配合湖广官兵会攻桶冈。

好在王守仁办事最有决心，效率也高，立刻决定，江西各路人马于十月初七进兵，十二日务必赶到横水，立刻发起猛攻。

听了王守仁的安排，江西指挥副使杨璋有些犹豫："横水山寨是谢志珊经营多年的老巢，正面有长龙、十八面隘两处天险，各处山路都被山贼阻断，设置了大批滚石擂木，官兵强攻恐怕损失不小。"

杨璋的顾虑王守仁早已想到，笑着说："这半年来我从各府县召集了两千多会武艺的乡兵，日夜集中整训，现在这支精兵已经练成，其中能攀缘绝壁的就有四百多人，攻横水之时，让四百人顺着石壁登上天险，先破了山贼的滚石擂木，进寨剿匪也不会太难。"

攻破象湖山、箭灌之后，王守仁在官军中已经树立了威信。这半年时间里他筑县城，抚百姓，已经安抚了几万人，官军靠武力十年也做不成的事，王守仁几个月工夫就做成了，杨璋对这位南赣巡抚佩服得五体投地。现在王守仁做了这样的布置，杨璋一句多余的话也没说，立刻遵命而行。

正德十二年十月十二日，天色刚黑，王守仁安排的十哨兵马已经全部赶到集结地点。耸立在这几千乡兵面前的是一片铁青色的山崖，壁立如刀，直上直下，只有一条两人并行的小路在山壁石缝里若隐若现，此处就是谢志珊所仗恃的天险十八面隘。

若在平时，谢志珊这个江西省内的山贼头目在南赣各处设置了多少眼线，耳聪目明，官军稍有动向，谢志珊立刻察觉。而且谢志珊在横水、左溪经营了十多年，把这一带整固得十分严密，别的不说，单是眼前这一处天险，几万官兵也未必攻得上去。

可王守仁这次用兵实在与众不同，征调的官军兵力有限，各府县的乡兵分散各处，调动之时丝毫不引人注目，谢志珊事先竟没发觉，也未做布防。十八面隘上虽然有山贼防守，却也疏忽了山下的敌情。

眼看山贼没有防范，王守仁一声令下，手下的四百多名精干乡兵走出队列，背插钢刀腰系绳索顺着山壁向上攀爬，片刻工夫，几百人都已爬到高处看不见了。

又等了良久，忽然半山腰上轰隆隆一阵响，只见无数滚木巨石沿着山路翻滚下来，足足小半个时辰，终于又无声息了。等在山下的人眼见这个阵势，知道乡兵已破了山贼的防守，顿时人心振奋，一声呐喊各哨齐起，顺着山路直冲进十八面隘。

到这时谢志珊才发现十八面隘已经失守，可这个山贼十分勇悍，仍然领着几千山贼从横水大寨冲出来与乡兵死拼，双方在十八面隘大战一场，直到天色微明，几千乡兵已大半冲过隘口，谢志珊这支人马终于抵挡不住，只得扔下隘口退回横水大寨。乡兵、官军顿时杀上山来，依着早先的计划向各自的目标冲杀过去，见寨破寨，遇贼杀贼。

横水大寨是谢志珊苦心经营的巢穴，外有天险可恃，内有几十处寨子为其内应，想不到对手这么厉害，一鼓突破天险之后又分十哨而来，每一哨专攻三四个寨子，虽是各打各的，却又互为依托，此寨一破，彼寨即危，横水大寨前面那几十处星罗棋布的山寨或遭三面夹攻，或被前后围打，各处联系断绝，首尾不能相顾，王守仁指挥的乡兵只用了一天工夫就连续突破几十处大小山寨，前锋一直杀到了横水大寨的寨门前。

这时候谢志珊正在大寨里纠集党羽，想着等官军疲惫之后从横水向外反攻，将官兵打下十八面隘，哪知部众还未集齐，乡兵已经杀到跟前，登上望楼一看，只见横水大寨四面八方到处起火，处处有兵。磨刀坑、茶潭、羊牯脑、下关、狐狸坑、狮寨、苦竹坑、牛角窟、樟木坑、竹坝、朱坑、杨家山等山寨似乎在同一时间全被官军攻破了！

谢志珊确实是个勇猛的贼头，可看前眼前这个惊人的场面，就连这个不怕死的狠贼也胆丧魂飞，急忙领着一千多喽啰弃了山寨往桶冈方向飞逃而去。

横水大寨一日之内就被官军攻破，谢志珊率先逃命，众山贼土崩瓦解，王守仁指挥部下连夜转战，顷刻又攻破了左溪的贼巢。眼看战事进展顺利，与湖广官兵约定攻打桶冈的时间也快到了，王守仁留下几路兵马继续搜山，自己带着数千乡兵直奔桶冈而来。

王守仁赶到桶冈的时候已经是十月二十七日，与湖广巡抚陈金约定的会攻时间还剩三天，谢志珊早已带着上千人进了桶冈，与蓝天凤会合一处。知道南赣官军杀到眼前，蓝天凤赶紧把所有人马全撤回桶冈，准备凭险固守。

等王守仁带兵到了桶冈，看了一眼面前的地形，这个素来有勇有谋的南赣巡抚也愣住了。桶冈真是一处做梦都想不到的险要之地！真不知这些山贼是怎么选中这块地方落脚的。

乍一看，整个桶冈好像是一整块巨大的石头，四面石崖陡直壁立，崖壁上光溜溜的，连泥土都沾不住，连棵像样的小树都长不出来，这种地方别说王守仁手下的乡兵，就算猿猴也攀不上去。就在这些立陡的石壁上，不知是什么人用了什么办法，硬开出了一条只有两人宽的小径，在石缝里蜿蜒盘卷，很多地方直上直下，只有些浅浅的石窝子可以蹬脚,两边挂着藤条作为抓手。再往上看,半山腰处连石径都中断了,隐约可以看见一条用木桩粗藤搭出来的栈道,另一端隐入乱石丛中,竟不知栈道后面又是什么样的道路。

看着这么一处猿猴难攀的天险,王守仁觉得有些不可思议,问找来的向导:"这路就算山贼也不好走吧?"

向导忙说:"这条路名叫'锁匙龙',那个用木头搭出来的栈道称为'神仙梯',每次只能容一人空手上下。山贼平时抢了粮食金银回来,也过不了神仙梯,必须从山顶放下大绳,用绞车往山上搬运。"

锁匙龙根本难以穿越,王守仁只得问:"还有别的路可以上山吗?"

"除了锁匙龙,还有茶坑、十八磊、葫芦洞、西山界四条路,都不好走。因为锁匙龙正当大路的地方,官军攻山时总在这里集结,所以蓝天凤通常就住在锁匙龙。桶冈四面绝壁,可山顶倒是一块平整的土地,这些山贼自己种粮种菜,养猪养鸡,被官军围困一两年也撑得住。前年湖广官军几万人来攻桶冈,把这里围了几个月,连山贼的一根汗毛也没拔下来。"

向导说的都是泄气的话,王守仁不想多听,望着山顶出了一会儿神,脑子里已经隐约有了个主意。但转念一想,山贼刚和官军打了一仗,正是穷凶极恶之时,防备也最严密,这时候想攻山几乎不可能,还是放一放再说吧。

于是王守仁写了一个告示,告诉山寨里的谢志珊、蓝天凤等人:限三日下山投降,可以既往不咎。又从横水俘获的山贼里挑了一个小头目,让他带着告示上山去见谢志珊等人。

其实王守仁也知道,谢志珊、蓝天凤都是死心塌地的恶贼,又仗着桶冈天险,绝不会投降。送上这份告示,一是表示自己的诚意,倘若真有山贼下山归降,当然是好事。二来也想借此麻痹山贼,让他们以为官军不敢攻山,放松警惕。

果然,告示送上山后又等了三天,山上没有任何回音。

十月三十日这天,王守仁给山贼投降的最后期限已到,桶冈顶上没有一个人下来投降。同时,王守仁派出的哨探也回报:定于十一月初一赶到桶冈的湖广官兵根本不见踪影。

湖广兵马不是没来,只是他们进军的速度极慢,这时才走到桂阳,离桶冈还

第四章 南赣剿匪

远着呢。因为湖广巡抚陈金曾经屡次攻打桶冈,始终无法攻克,对这一战没什么信心,就想让王守仁率江西兵先攻,打赢了,他分功劳,若不能胜,干脆找个借口退回湖广算了。

湖广兵马拖延不至,王守仁手里的兵力又分出一半在横水、左溪等地搜山剿贼,现在只有赣州知府邢珣、汀州知府唐淳、吉安知府伍文定、程乡知县张戬、南安县丞舒富各带一支乡兵追随在王守仁身边。眼看天已过午,忽然风雷大作,暴雨倾盆,等在山下的乡兵们个个被浇了个透,无处躲藏,只能在雨水里蹲着,等着王守仁的命令。

天色刚黑,王守仁把几个官员叫了进来,吩咐道:"三日之期已过,桶冈山贼毫无悔意,今夜就是剿贼之时!传令:赣州知府邢珣率兵五百进茶坑;汀州知府唐淳率兵五百进十八磊;程乡知县张戬率军五百进葫芦洞;南安县丞舒富带一千人直奔锁匙龙,先不要攻山,只在山下高声呐喊,吸引山贼的注意,等其他几路人马上了山顶,你再带着一千人从锁匙龙这里攻上去。"

王守仁身边这几个官员不是知府就是知县,以前从没上过战场,眼看这么陡的山路,这么大的雨,几个人心里都怯了:"都堂,今天下好大的雨……"

王守仁想也没想立刻说道:"正因为有这场大雨,山贼绝对想不到我们会趁夜摸上山去,这才叫出其不意,必能一战成功!"又对伍文定说:"伍知府,西山界那条路最好走,今夜正好有雨,山贼的防备比平时松懈,我手里有一支精兵,人人都会武艺,你从中选八百人上山,不要隐蔽,只管大模大样走上去,见了山贼,就说你是谢志珊的弟弟谢志富,刚从横水那边逃出来,只要山贼稍一疏忽,你这支队伍摸进壁垒,西山界这边就算打破了。"

王守仁的布置十分冒险,可破贼之时,冒点风险也值得。伍文定是个有勇气的人,也不推辞,立刻带着八百人进了西山界,就在连天大雨中顺着灰茫茫的羊肠小路登上桶冈。此时正是卯时初刻,天色微明,雨势又猛,十步之外勉强能看到人影。伍文定这哨人马故意假装成山贼,吵吵嚷嚷地向山顶走来,在壁垒后边驻守的山贼未见人影,先就听见吵嚷叫骂之声,忙喝道:"什么人,再不站住就放箭了!"

伍文定高叫道:"我是横水二当家谢志富,前面是哪位兄弟?我大哥上桶冈了吗？"

其实谢志富已经被杀死在横水，可桶冈的山贼并不知情，对山下摸上来的人又是只闻其声，不见其人，做梦也想不到官军有这么大的胆子，竟然大模大样走上山来，想也没想就打开门户，任凭这支乡兵上了桶冈。伍文定一看时机成熟，二话不说，拔出刀来大喝一声"动手！"身后几百人齐声呐喊，举着刀冲了过来，顿时把石墙后的山贼砍倒了一片！立刻就在贼窝里放起火来。

此时邢珣、唐淳、张戬三路乡兵都已经摸到了半山腰上，忽然听到山顶传来一片喊杀之声，隐约只见浓烟冒起，知道伍文定得手，立刻趁着山贼大乱的工夫加快脚步向山顶攀爬，正在锁匙龙那边高声喊叫吸引山贼注意的舒富也带着一千人顺着锁匙龙的险道爬了上来。

桶冈的山贼原本十分能战，蓝天凤的凶悍也不在谢志珊之下。可这些家伙平时专门倚仗桶冈天险，现在天险忽然被对手突破，山贼们一下乱了方寸，山顶地方狭窄无处可逃，到下午，桶冈山寨已被攻破，从横水逃来的贼首谢志珊被擒，蓝天凤被杀死在乱军之中。

诚意击败奸诈

横水、左溪、桶冈这几处山寨是南赣九府山贼的核心，各依天险，喽啰众多，战斗力极强，都是官军十几年无法攻克的地方，想不到竟被王守仁领着一群乡兵用了不到一个月时间就基本肃清了。这场恶战比早前攻破象湖山的战斗要激烈得多，可事后算一算战果，乡兵们剿了几十处山寨，只斩首山贼三千多人，被俘获的却有六七千。

乡兵果然与官军不同，他们出来打仗真正是为了保境安民，在战场上的勇敢顽强已经胜过了官军，战胜之后又不像官军那样疯狂杀人，提着人头去邀功请赏，于是打仗的时候用得上，仗打完了又管得住。从这一战，王守仁真正尝到了信任百姓、使用乡兵的甜头，在后面的剿贼、平叛各次战斗中，他都敢于放手使用乡兵，而且每一次都成绩斐然。

当横水、桶冈被攻破，谢志珊、蓝天凤伏诛之后，南赣九府的大贼只剩了一路，就是广东惠州府浰头山寨里的池仲容、池仲安、池仲宁三兄弟。

池仲容就出生在惠州府浰头附近的曲潭村，是当地土生土长的人。这个人虽然做了山贼，却与普通的贼人不同，小时候家里颇有田产，人也聪明，书读得很好，又极有勇力，自幼习武，拳脚枪棒都是一流的。如果家里不出事，池仲容大概也可以做个举人，考个进士，凭着一身文武双全的本事做番事业。可惜家里却遭到官府逼害，父亲因为租税之争被抓进大牢，池仲容一气之下带着两个弟弟池仲安、池仲宁劫了大牢，救出父亲，上山落了草。

从那时起，池仲容在浰头大寨做了十几年的山大王，招兵买马，整训队伍，给手下人封了都督、元帅的职务，领着他的人马屡次击败官府的进剿，威震广东、福建、江西三省。

不但勇猛敢战，池仲容的头脑也比南赣九府之内的任何一个山贼更聪明，这些年他在广东、福建、江西到处出没，勾结串联，詹师富、温火烧、谢志珊、蓝天凤这些大盗巨寇个个与他结交，关键时刻都听他的调遣，池仲容俨然已是各路山贼的总首领了。

就是这么一个精明无比的池仲容，他的浰头山寨前后数道壁垒，防卫周密，往西可以进入江西地界，数百里外就是谢志珊占据的横水大寨，往东可进福建地界，百里之外是詹师富的巢穴象湖山，有这两路山贼为羽翼，池仲容如鱼得水，官军进剿之时有横水、象湖山两处山寨挡着，剿不到他头上，前头的仗打急了，池仲容就从旁周旋，出兵协助。上次王守仁在长富村打了詹师富一个冷不防，池仲容得知后立刻派人马攻打江西信丰，使出围魏救赵之计逼官军回师，打得王守仁手忙脚乱，官军也吃了败仗，不得不拿出银子收买这个大贼，由此池仲容更是名声大震。

正在池仲容得意之时，忽然间，南赣的情况发生了变化，官军集中两万多人一举袭破了象湖山，接着南赣巡抚王守仁祭出了诚意良知的法宝，真心实意安抚南赣百姓，把那些被逼上山落草的人们称为"新民"，给他们建村落，划田地，送耕牛，让这些人回到家里种地，人人安居乐业，短短时间内竟招降了南赣境内的好几万山贼，面对这个意想不到的局面，江西大贼谢志珊吓得像只被赶出洞来的兔子，情急之下竟与池仲容商量，想领着人马冲出江西，跑到广东来与池仲容会合。池仲容嘴上勉强答应，心里却很清楚，如果谢志珊连经营了十几年的横水山寨都守不住，离开江西逃到广东,只会面临更加被动的局面。

何况池仲容以前一直借象湖山、横水两只"翅膀"遮挡官军,倘若谢志珊撤出江西,跑到广东来,广东、江西、福建三省官军的注意力全被吸引到浰头方向,打击必然接踵而至,而池仲容并不想承受这样的打击。

在各路山贼之中,池仲容最为刁滑,算盘最精,抢劫财物时每每多占,与官兵作战时力求少损,现在南赣九府局势大变,谢志珊急着想与池仲容会师,可池仲容心里却有自己的打算。正好在这时,王守仁手下的幕僚雷济拿着那张安抚了无数百姓的"新民告示"到了浰头山寨,先把告示递到池仲容眼前,让他看清楚内容,又把各处山寨里的人被安抚之后的情况大致给池仲容讲了讲,最后问他:"王都堂让我问大头领的意思:愿不愿带着手下人下山做个'新民'?"

到这时池仲容已经打定主意,留得青山在,不怕没柴烧,立刻就说:"池某上山落草实属无奈,可我早年也是个读书人,明白忠孝节义,对这些年的所作所为早就生了悔意。现在王都堂诚心实意安抚'新民',正是天赐良机,我愿意率部向王都堂投诚。但投诚之事太大,我手下还有上万人,总得跟他们商量一下。"

池仲容把话说了一半,忽然又缩了回去,用一个"商量"来搪塞,雷济心知现在是个好机会,当然不肯放过,立刻追问:"招抚之事不能拖延,否则显不出大头领的诚意来。能不能给我一个准确的日期,我好把消息回报给王都堂。"

雷济把话头催得很紧,可池仲容尚在犹疑,心思未定,当然说不出个准确的日子来。也知道只用虚言应付很难过关,只得说:"这样吧,为了表示诚意,我先命二弟池仲安带两百人下山,协助官军剿匪。至于山寨里的人何时下山,容我与手下人商量一下再定。"

池仲容叫自己的亲弟弟带着人到赣州帮助王守仁剿匪,这个诚意果然不小,雷济知道事情办到这一步已经很不容易,再催促就没意思了,于是点头答应。池仲容马上把池仲安叫来,命他点起两百人,跟着雷济回赣州,帮助王守仁"剿匪"。

池仲容这个三省山贼总首领,就这么毫不客气地背叛了自己的兄弟谢志珊和蓝天凤。而他派自己的弟弟带着两百多人下山投诚,也确实赢得了王守仁的信任。至于池仲安这路人马,他们到赣州的时候,横水大寨已经被各路乡兵攻下来了,

第四章 南赣剿匪

王守仁正领兵围攻桶冈,这些人就算想赶到桶冈也来不及了。何况王守仁对池仲安也不能完全信任,只让他留在赣州城里,等自己回来再说。

池仲容的算盘果然打对了。就在他派池仲安到赣州后不久,传来一个惊人的消息,横水、左溪都被官军剿了,那座铁打的桶冈也在一天之内就被乡兵突破,谢志珊被擒,蓝天凤被杀。虽然事先已估计到这个结果,听了消息池仲容还是大吃一惊,急忙召集人手在浰头大寨内外加筑壁垒,装备迎战官军。

可池仲容没想到,他在山寨内外加筑壁垒对抗官军的情报,王守仁很快就掌握了。

在浰头山寨附近的龙川还有卢珂、黄金巢等人建立的另一座山寨。自从"新民告示"发下去之后,无数山寨自行瓦解,卢珂这伙人也受了安抚,下山划村居住,重新当起了农夫。但卢珂和池仲容素有积怨,现在池仲容在浰头加固山寨,卢珂就把这个消息报告了王守仁。

自从接受王守仁的安抚以后,池仲容的行为就显得十分诡异,一方面他似乎很热衷于接受招抚,甚至毫不犹豫地把自己亲弟弟派下山,帮着官军去攻打昔日的老兄弟,另一方面池仲容又急着整修山寨,准备对抗官军。那他到底是接受安抚,还是准备对抗到底呢?若要对抗,他为什么派亲弟弟下山投诚?若要投诚,加固山寨对抗官军,其意何在?

经过一番缜密分析,王守仁觉得池仲容这反常的举动只有两种可能:一种可能是池仲容这个人疑心极重,既有投诚之心,又怕官府不讲信用,表面招抚,暗中进剿,所以有此两手准备;另一种可能性就比较危险了:池仲容或许暗中与宁王勾结,他是在拖延时间,等待宁王造反,然后起兵响应。

盘踞广东惠州府的池仲容和住在江西南昌的宁王分隔两地,看似不可能有什么勾结。但若以赣州为中心把江西和南赣这块地区分划一下再看,则南昌在赣州府以东,池仲容的浰头山寨在赣州府以南,互相之间就有了牵制作用。而宁王为了准备造反,花大力气收罗了几万山贼水寇,其中最著名的有鄱阳湖盗匪凌十一、闵廿四、吴十三等人,池仲容又是个名震三省的大贼,谁能保证宁王不来拉拢这个山贼?以池仲容的心计,谁又能保证他不受宁王的拉拢?

如果勾结宁王,池仲容无疑走上了一条绝路。

可王守仁不愿意把事情往这条绝路上想,他宁愿相信池仲容的两面派手段只是因为生性多疑。这种情况下，如果派广东官军逼近浰头山寨，必然增加池仲容的疑虑，弄不好可能坏事。但若不采取任何行动，任由池仲容在那里抢修山寨，也不是个办法。王守仁深思良久，终于有了个主意，又把雷济找来："你再到浰头跑一趟，给池仲容送些牛酒，就说池仲安因为协助剿贼立了功，这是官府赏给池仲容的礼物。"

雷济忙说："池仲容还未下山归顺，池仲安也没去桶冈，更没立功，都堂给他放赏，会不会使这个山贼越发骄横了？"

王守仁笑着说："你放心，我的酒肉没有这么好吃！现在龙川的卢珂告池仲容暗中加筑山寨对抗官军，我又不便直接查问，但池仲容一边接受招抚，一边加筑山寨，耍的是个两面手段，我也用两条计策对付他。现在我就命各州县兵马分成十哨：第一哨从龙川和平都进入；第二哨从龙川乌虎镇进入；第三哨从龙川平地水进入；第四哨从龙南高沙保进入；第五哨从龙南南平进入；第六哨从龙南太平保进入；第七哨从龙南冷水径进入；第八哨从信丰乌径进入；第九哨从信丰黄田冈进入；第十哨经平和县直插到浰头背后，把浰头山寨团团围住，让池仲容吃个下马威，你再带着奖赏去见了，进了山寨就四处查看，如果发现池仲容果然在加固壁垒，不要客气，只管当面质问，看他怎么答复。"

王守仁这个主意是以诚克奸，理直气壮，雷济赶紧带了几个人赶着牛、驮着酒往浰头去了。

说实话，池仲容这个滑贼把什么都想到了，连王守仁派兵马包围浰头山寨也估计到了，却没想到王守仁竟然派人到山寨里给他送牛酒。这一下闹得十分被动，只得把雷济请进山寨。雷济从山门一直走到聚义厅前，只见山寨里到处都在挖土堆堑，加筑碉楼，众山贼忙得不亦乐乎，心里暗暗冷笑。一见池仲容的面马上毫不客气地问："大头领早说要下山投诚，怎么一两个月过去了还没有消息？"

池仲容忙说："此事太大，我还在与手下商量。"

雷济立刻又问："这两年来，南赣九府无数寨子都接受了安抚，这些山寨的头目下山之前大多将山寨烧毁，表示永不回头。可大头领既已答应投诚，怎么山寨里到处都在加筑壁垒，这分明是对抗官军的意思吧？雷某看在眼里十分诧异，想请大头领帮忙出个主意，告诉我回赣州之后该怎么把浰头山寨里的情况回复王都堂。"

雷济这话把池仲容问得好不尴尬，只得赔着笑说："先生不要误会，我加固山寨绝非有意对抗官军，只是听到风声，说龙川山寨的卢珂知道我要下山投诚，就打算趁这机会来偷袭我的大寨。不瞒先生，我与卢珂一向有仇，对这个人不得不防，请先生在王都堂面前替我好好解释一下。"

池仲容的解释倒叫雷济一愣："卢珂？这人我知道，他原本在龙川一带结寨啸聚，可早已下山做了'新民'，划村而居也有半年了，从不生事，怎么会来袭击浰头山寨？大头领从哪听来这些谣言！"

池仲容忙说："卢珂已经放弃村落逃回山寨，重新占山为王，难道先生竟不知道吗？"

一听这话，雷济彻底糊涂了，一时无话可答，只能说："我回去问问再说。"

等雷济回到赣州，才知道池仲容说的居然是真话，早先已经下山做了"新民"的卢珂忽然带着原本的部众离开划定的村落，横穿和平、龙川两县逃回了早先的山寨。当地官军百姓都没想到卢珂会有这样的举动，当地一时大乱，百姓们惊恐躲避，官军也阻止不及，眼瞅着卢珂又做了山大王。这一下当地百姓怨声载道，官府也大为恼火，认为卢珂死不悔改，立刻上报贼情，请求对龙川山寨大举进剿。

王守仁在南赣的安抚政策做得十分到位，在被安抚的几万"新民"中，反复无常的仅有卢珂这一路。听到消息王守仁也很愤怒，可很快就平静下来，越想越觉得事情可疑，这件事很可能是池仲容从中捣鬼，故意用谣言惊吓卢珂，打乱官军的部署，借机拖延时间。立刻发下公文，命令广东官军暂缓进攻龙川山寨，同时派雷济去见卢珂，只问他两个问题：一、为何无故聚众结寨？二、愿不愿意再次下山投诚？

奉了王守仁的命令，雷济立刻赶到龙川来问卢珂。果然，卢珂立刻告诉雷济，他在村里居住时听到传闻：官军准备袭击村落，杀掉卢珂。

卢珂忽然逃进深山果然是有谣言作怪。雷济立刻质问卢珂："自王都堂到南赣，已经先后安抚了几万人，现在这些人全都划定村落安居乐业，官府从未迫害过一个人，为什么单单要来杀你？现在南赣九府各路山贼都被平定，只剩下一个池仲容，官兵这次大举进入广东也是冲着池仲容来的，这些人马去浰头的路上难免从你的村子旁边经过，可他们并没动你村里一草一木，你为什么听信谣言自惊自吓，忽然啸聚而起上山落草，这不是自寻死路吗？这个做法也太糊涂了。"紧接着又问卢珂，"官兵剿你的谣言从何而来？"

卢珂并不知道官兵进剿的谣言从何而来，可做过贼的人心里总是虚的。这个谣言一夜之间就在村里传得尽人皆知，卢珂心里一慌，也没细想就率众出走，其实不是生了反心，倒是给吓跑了。现在雷济一问，卢珂回头一想，也明白这是中了池仲容的计，又气又恨又惭愧，忙对雷济解释："我并无反心，只是一时糊涂做错了事，现在我去向王都堂解释，大人还能原谅我吗？"

卢珂这一问正中下怀，雷济立刻从怀里取出一道盖了南赣巡抚大印的公文递过来，上面写着："本抚以王命旗牌调广东官兵征剿浰头等处贼众，经平和县，并不与尔相犯，尔等缘何轻信恐吓妄自惊窜？然本抚亦知各民意在避兵，本非叛反出劫，俱令各回原村寨，安居乐业，趁此春时各务农作。如或口是心非，外托'惊惧'之名，内怀反复之计，自求诛戮，后悔莫及！"

早在派雷济来龙川之前，王守仁已经料到卢珂闹事可能是被池仲容骗了，所以早写了这道公文交给雷济，让他问明情况后再拿出来，重新安抚卢珂。看到这份言辞恳切的公文，卢珂感激得不知说什么好，当即表示："这就烧了山寨，让大家回村去住，我跟先生到赣州当面向王都堂请罪。"

于是卢珂跟着雷济到赣州，第二次向王守仁投诚。

像卢珂这样的态度，就是王守仁最希望看到的诚意，于是毫不犹豫地第二次接纳了卢珂。

但卢珂的诚恳却反衬出了池仲容的毫无诚意，因为直到这一刻，池仲容仍然在耍弄两面手段，一边假装投诚，一边加固山寨，为了拖延时间，甚至不惜耍弄借刀杀人的毒计！如果在南赣的不是王守仁而是另一个官员，对卢珂的行为不能原谅，立刻发兵进剿，龙川山寨里要死多少无辜的百姓？

拿别人的性命来给自己拖延时间，单这一条就说明池仲容其实没有诚意。但王守仁觉得池仲容仍有被挽救的可能，尤其浰头山寨里的喽啰绝大多数人是可以拯救的，只要池仲容愿意下山投诚，就算最终救不了他，王守仁至少还能救其他人。于是做了最后的布置，私下与卢珂商议，定下一个计来：卢珂假装到赣州来告池仲容的状，而王守仁假装不肯受理，把早先已到赣州的池仲安叫上堂来，当着池仲安

第四章 南赣剿匪

的面把卢珂打一顿关进大牢,以此表明官府招抚池仲容的诚意。

明知对方在耍手段,仍然为其着想,用一切办法促成池仲容下山投诚,这是王守仁最后的、也是最真切的诚意了。

与王守仁定下计划之后,卢珂先悄悄离开赣州,然后大模大样地进城来,控告池仲容修筑山寨,有对抗官兵的企图。王守仁立刻把池仲容的弟弟池仲安叫来与卢珂对质,对卢珂说的话假装不信,叫人当堂打了卢珂几十板,立刻把他下在狱里。

演了这场戏之后,王守仁第三次派雷济到浰头去见池仲容,促其下山。与此同时,池仲容也接到了池仲安的信,知道卢珂被王守仁下狱,甚至化装下山潜入赣州城,花钱买通狱卒进了大牢,亲眼看见卢珂在这里坐牢,池仲容终于相信王守仁确有诚意。同时池仲容也知道,这一次无论如何拖不过去了。于是对雷济笑脸相迎,说了一堆客气话,到最后,却又咬着牙赔着笑请求道:"小人已经下定投诚的决心,只是眼下官军已经包围了我的山寨,能否请先生在都堂面前求个情,先把官军撤去?"

池仲容这个要求实在是得寸进尺,雷济一下子急了:"官军围了山寨,本意是要剿你,要不是王都堂下了令,只怕官军早就杀上山来了,这些你心里要明白!现在王都堂可怜你的性命,仍然要招抚你,你不知道感激,反要撤走官军?单这一个念头就说明你一心找死,谁也救你不得!"

雷济这话说得十分厉害,池仲容赶紧再三央求道:"小人只求一个稳妥,绝无他意,请先生帮我这个忙,将来小人一定重谢。"

池仲容的"重谢"雷济倒不在乎,可池仲容既然提了这个要求,他也不得不转告,于是回到赣州把这些话对王守仁说了。本以为王守仁也会发脾气,想不到王守仁听了这话只略一沉吟,立刻说:"好,只要池仲容肯下山,我这就遣散兵马!"

当天,王守仁真的发下一篇告示:"南赣九府战乱已平,浰头'新民'皆已诚心归顺,地方自此可以无虞,民久劳苦,宜暂休为乐。乡兵使归农,亦不复用。"只一句话,不但把围住浰头的乡兵遣散,就连南赣各府各县招募的乡兵也全都解散,让这些人回家务农去了。

自从正德当了皇帝,南赣地方官逼民反,十几年间山贼横行,各府各县都大量招募乡兵,年年和山贼打仗,不知死了多少人!想不到王守仁到南赣才两年,十余年的匪患全部平定，征召的乡兵没仗可打，全都回乡务农，太平光景从天而降，局面好得让人不可思议。

到这时候，浰头山寨的池仲容再也坐不住了，只得于正德十二年十二月二十三日带着山寨里四十多个头目下山向王守仁投诚。

眼看池仲容终于下山投诚，王守仁十分高兴，在巡抚大堂亲自和他相见，当场赏给他一套新衣新鞋，让池仲容穿戴起来，给他安排一处院落，让这些人全都住在一起，公务之余又陪着池仲容到赣州城里游览观赏，同时用言语劝他悔改。可接触了一段时间，王守仁却觉得情况不对。

从池仲容身上，王守仁实在感觉不到一丝诚意。

经过一番艰难的思索，王守仁终于做出决定：抓捕池仲容，剿灭浰头山寨。

王守仁最终没能安抚池仲容，到底在赣州城里把他抓了，杀了，这么做给人一种"背信弃义"的感觉，以至于后人对王守仁诛杀池仲容颇有非议，认为这是"不守信用"。王守仁自己在决定擒杀池仲容的时候也反复犹豫，想了很久才动手。甚至在动手之前仍然不忍，又送来一批酒肉，让池仲容和他那帮手下过了个春节，到正月初二才出手抓人。

王守仁杀池仲容实在是不得已，其原因大概有三点：

第一，池仲容在决定投降之前反复用计，诡诈百出，一直拖延时间，实在毫无诚意，直到他进了赣州府，成了王守仁的座上客，王守仁对这个人仍然无法信任。王守仁平时讲的是良知诚意之学，到南赣之后招抚了那么多人，像卢珂这样抚而又叛，叛了再抚的，他仍然信得过，偏偏池仲容一个人让王守仁无法信任，不能不说，这是池仲容咎由自取。

第二，王守仁来南赣剿匪之时，他的任务并不只是平定当地的匪患，更担负重任，要监视在南昌城里的宁王。此时宁王反相渐露，对王守仁而言，来自南昌方面的威胁日益紧迫，而池仲容投降之前一直在耍弄诡计拖延时间，实在可疑。浰头山寨正在江西、广东交界之处，离赣州府仅有两天路程，假若池仲容这次并非真心归顺，而是打算潜伏下来伺机而动，待宁王造反之时，立刻召集旧部从背后袭击赣州，策应宁王叛军，后果就太可怕了。这个问题王守仁不能不考虑。

王守仁抓捕池仲容是正德十四年正月初二，宁王谋反是正德十四年六月十二，前后只差半年时间。在这上头，王守仁的担忧绝不是多余的。

第三，池仲容是积年惯匪，民愤极大。当听说官府要招抚这股土匪时，百姓们反应激烈，很多人公然指责王守仁这么做等于"养寇"。王守仁到南赣的时间不太长，池仲容在当地做过什么坏事，他这个当巡抚的未必尽知，可百姓们知道得一清二楚，现在群情激愤至此，可知池仲容实在是作恶多端。

招抚之时池仲容奸诈百出，当地百姓对池仲容又切齿痛恨，加上时局险恶不得不防，有此三端，王守仁不得不对池仲容下了死手。

在赣州捉了池仲容之后，王守仁下令广东官兵立刻对山寨进剿。这时浰头山寨内群龙无首，已经无法抵挡官军，一千多死硬的山贼且战且退，一直逃进九连山里，终于被官军所败，其他人请求投降，王守仁立刻接受了这些人的请求，把这些人当作"新民"安置了。

至此，南赣九府被逼害的百姓得到了安置，凶悍的山贼被剿杀殆尽，在这四省交界的千里之地社会秩序基本恢复，百姓们又过上了太平日子。南赣巡抚王守仁也得到百姓的拥戴，"班师之时，百姓沿途顶香迎拜，所经州县隘所各立生祠，远乡之民各肖像于祖堂，四时拜祝。"可王守仁却不在乎这些战功，反而在给朋友的信里写道："破山中贼易，破心中贼难。区区翦除鼠窃，何足为异。若诸贤扫荡心腹之寇，以收廓清平定之功，此诚大丈夫不世之伟绩。"

"破山中贼易，破心中贼难"，这是儒学之中一句至关重要的名言。仔细看看，这句话其实是从"克己复礼"四个字里推导出来的。

试问，是谁让山中有了"贼"？是官府，是朝廷，是皇上。正是因为他们有了"心中贼"，才逼出这些"山中贼"。皇帝、大臣、官员们的"心中贼"破了，山中之贼自然易破。

儒家学说讲的就是个"克己复礼"，先克皇帝，再克大臣，再克官员，再克儒生，最后克百姓，大家依着顺序来，各自把"心中贼"破一破，回头再看，山中哪里还有贼呢？

"人人克己，天下无贼"，这是所有中国人世世代代共同的心愿。所谓"一日克己复礼，天下归仁"。能做到这一点，中国才真正进入了盛世。

也就是说，真正的盛世其实是皇帝放弃独裁、官员不敢弄权、百姓个个上进、人人地位平等、"满街都是圣人"的和谐社会，与之相比，古代那些被帝王人为定论的什么"开元盛世"、"康乾盛世"之流全都微不足道，甚而是个笑话。

猛虎出笼是谁之过

就在王守仁在南赣一带安顿民生，尽力剿匪的时候，北京城里发生了一件出人意料的怪事。

正德十二年八月二十三日夜里，正德皇帝在没有通知任何人的情况下忽然离开紫禁城，抛下自己作为皇帝应尽的责任，带着一群随从趁夜潜出德胜门，偷出居庸关到了宣府，出行之时没有通知任何人，过了居庸关之后，为了不让大臣们追上来劝谏，正德皇帝特意命令太监谷大用留守居庸关，不为守御关防，专为堵住大臣。

正德皇帝这一次出走非常突然，等皇帝一行到达宣府之后，在北京的内阁大臣们才知道皇帝已经走了，而正德皇帝对外使用的借口是：勘察边患。

在此之前的两年间，蒙古骑兵进入了河套地区，不断四处袭扰，正德十一年七月间甚至突入白羊口，逼近昌平，离京师仅有二百多里，一时朝野震动。正德皇帝是个任性的人，自从继位以来一直想找机会和强敌打上一仗，显显本事，现在蒙古人不断袭扰边关，局势堪忧，正德皇帝觉得正中下怀，到达宣府之后就下令大同总兵王勋、副总兵张輗、游击孙镇、辽东参将萧滓、宣府游击时春以及副总兵陶杰、参将杨玉、延绥参将杭雄、游击周政等人分率精兵把守各处，正德皇帝自己则在十月初亲自率领边军精锐赶到顺圣川，准备迎战正在河套一带集结的蒙古骑兵。

十五日，蒙古骑兵开始南下，王勋所部率先与敌军接触。十九日，王勋率领所部在应州城北的五里寨与蒙古军展开会战，至黄昏时蒙古军沿浑河南岸退走，到第二天早上，蒙古兵全部退去，明军进入应州城休整。二十日再次主动出战，与蒙古兵激战于涧子村一带，战况猛恶，胜负难分，明军萧滓、时春、周政、高时、麻循等将也率部来援，敌军分兵阻击，使两支明军不能会合，战场形势变得微妙起来。

听说这一消息，正德皇帝激动起来，立刻率领都督江彬和部将朱振、陶杰、王钦、都勋、靳英、庞隆、杭雄、郑骠等部兵马，还有张永、魏彬、张忠等几个太监一起出了阳和，赶到应州增援明军。

见皇帝御驾亲至，明军士气大振，各部军马殊死作战，蒙古人退却，明军各部会师一处，就地安营扎寨。

第二天一早，蒙古铁骑又来进攻，正德皇帝亲自率军与敌军恶战，从辰时战至酉时，终于将敌军击退。第二天，蒙古兵全军西退，正德皇帝率部且战且走，回到大同左卫。

正德皇帝亲自指挥的这场战事，对当时的整个战局而言其实无足轻重，至于战果，明军在皇帝的亲自率领下，集中四个边镇的精锐部队于应州一线，最终将蒙古骑兵击退，算是打了一个胜仗。对此正德皇帝颇为得意，回京之后命满朝官员都来迎驾，大肆庆祝胜利。甚至对首辅杨廷和说："朕在榆河曾亲斩虏首一级。"这一句话大概把杨廷和这位内阁首辅吓了个半死，但事已至此也没别的办法，只能叩头称颂正德皇帝："圣武无比，臣民幸甚。"

对于这场贸然发动的战役，当时的官员学者们表现得比较理智，虽然嘴上未必敢说，但心里都认为正德皇帝不与任何人商量，亲自跑到边关去领军出战，是极为冒险和不负责任的行为，身为皇帝的他如果在战争中战死或被俘，对整个国家而言后果必将是灾难性的，因而对这场战役的评价都不高，甚至故意隐瞒战果，夸大明军伤亡，避谈蒙古军的损失，刻意制造出一个"皇帝这一仗打得不怎么样"的假象给天下人看。

觉得自己站在道德制高点上，良心无愧，于是公然造假……这是一个很坏的毛病，无论出于什么原因，这种做法本身都是错的。可惜这种"有理由的谎言"却是一个世界性的通病，甚至可以说是全人类道德品质方面的一条劣根，实在很难根除。

明朝人对正德皇帝的做法不以为然，甚至用造假的办法抹杀他的"成绩"，这样做不可取。但与之相比，后人的做法却更令人瞠目结舌。因为后人不知出于什么样的考虑，竟然只顾谈论正德皇帝如何勇敢地冲到边关向蒙古人挑战，精密而有效地组织了这场战争，在关键时刻亲自到前线鼓舞士气，甚至上阵杀敌，"获虏首一级"，反复强调对于一位年轻的皇帝而言，这一切"与众不同的行为"是多么的

"难能可贵"。却故意避开了一个最重要的问题：朱厚照身为皇帝，却毫无责任心，公然置国家利益于不顾，在不与大臣们商量的情况下御驾亲征，阵前犯险，一旦有失，将给这个国家造成难以想象的巨大损失。

在这个问题上，很多人会站出来激烈地争辩说：朱厚照并没"失利"啊！难道明军与蒙古兵作战就一定难以取胜吗？难道皇帝出战就一定被杀或者被俘吗？难道一个年轻的皇帝就不能有年轻人的激情，不能有几分个性，有几分任性吗？

对这些问题，答案无疑都是否定的。

明军的战斗力是一回事，皇帝亲征能否取胜是另一回事，年轻人可不可以有激情有个性，也完全是另一回事……因为正德皇帝朱厚照不是普通人，他是个集独裁大权于一身的皇帝，是一国之君，社稷所系，他所处的地位决定了他的安全必须要有百分之一百的保证，绝不能出现哪怕万分之一的闪失。朱厚照的这次盲目亲征既未与内阁大臣商议，也未做万全的准备，完全是一种不负责任的鲁莽行为，一旦有失，整个国家都可能走向灭亡，整个中华民族都可能被消灭掉！朱厚照一个人的蛮勇，能和天下百姓的命相比吗？能和华夏炎黄的血脉相比吗？

何况我们看看朱厚照后来的所作所为，再来对这位皇帝的人品做一个结论吧。

从宣府回来后不到一年，正德十三年七月初九，正德皇帝又一次私离京师，出居庸关一路西行，在榆林镇、甘肃镇、宁夏镇一带到处游荡。只不过这一次他没有再和蒙古人作战，而是沿途到处骚扰百姓，花天酒地寻欢作乐，每到一座城市，就在喝得大醉之后带着一群特务夜入民宅，公然奸淫妇女，又派手下到处劫夺民女，并抢进行宫，供他淫乐，百姓们没有办法，只能把自己的女儿藏起来，正德皇帝居然派锦衣卫沿街查访，在人家门上做了暗记，晚上就冲进家里去抢人！一直闹到朱厚照的祖母慈寿太皇太后去世，朱厚照才不得不回到京师，可到了七月，这位皇帝又一次擅自离京。出走前留给内阁首辅杨廷和一道《居守敕》，在敕书上写明："朕今巡视三边，督理兵政，冀除虏患，以安兆民。尚念根本重大，居守无人，一应合行事务，恐致废弛。特命尔等照依内阁旧规，同寅协恭，勤慎供事。"

连傻瓜都知道，正德皇帝接二连三地出游宣府，绝不是为了"督理兵政，冀除虏患"，在要求手下的大臣们"同寅协恭，勤慎供事"的时候，朱厚照自己办事却从不与别人商量，更加谈不上勤奋、谨慎。《居守敕》上这些话真有几分自嘲的味道。只是朱厚照自己并不觉得，出京之后一直玩到第二年的二月初八，这才慢吞吞地回到京师。

正德皇帝私自出京，内阁根本不知道，所以没有办法，现在皇帝回来了，内阁大臣们畏惧皇权，也不敢责备正德。杨廷和能做的就是把那道《居守敕》交还给皇帝。想不到皇帝并不收回敕命，反而下旨："朕将不时巡幸，此敕卿且勿缴。"

正德皇帝居然要"不时巡幸"，到底何时出巡，要去多久？暂时还没定下来，可是正德皇帝拒绝收回《居守敕》，就可以知道他这"巡幸"将是多么频繁，"巡幸"的时间又会多么漫长了……

不等内阁对皇帝的疯狂做出反应，正德皇帝已经决定动身，内阁首辅杨廷和当天就上奏皇帝，请求停止南巡，可惜正德皇帝不予答复。礼部尚书毛澄又上奏劝谏，正德皇帝不予答复。六科给事中、十三道御史纷纷上奏劝谏，请求皇帝收回成命，正德皇帝一律不予答复。

这么大一个国家，这么大一个朝廷，有血性的官员毕竟还有几个。很快，兵部郎中黄巩、车驾员外郎陆震联名上疏，对正德皇帝提出六条劝谏：一要崇尚正道之学；二要疏通言路，不能对臣下奏章一律不予答复；三要自正名号，不能玩那些无聊的小孩子把戏，自毁皇家体统，给有野心的人钻了空子；四要停止巡幸；五要诛除江彬之流奸佞小人；六要确立储君。

紧接着翰林院编撰舒芬，编修崔桐，庶吉士江晖、王廷陈、汪应轸、马汝骥、曹嘉等人联合上奏，其后吏部员外郎夏良胜、礼部主事万潮、太常寺博士陈九川又上奏劝阻南巡。紧接着吏部郎中张衍瑞第十四人、刑部郎中陆俸等五十三人、礼部郎中姜龙等十六人、兵部郎中孙凤等十六人纷纷联名上奏劝阻南巡，连医官徐鏊都上了奏疏，劝皇帝好好保养身体，不要任意巡幸。

正德皇帝是个任性无耻的人，以往他就经常把不喜欢的奏章压下来，故意不予回复，这次连他自己也知道出游宣府是不合适的，到南京去巡游更不合适，所以又耍无赖，把大臣们送来的劝谏奏章一律压下，置之不理，人也躲在豹房里，不与大臣们碰面。

如此一来，大臣们上奏无门，劝谏无路，实在没办法，群臣只得来到奉天殿外跪着不走，请求皇帝登殿议事，哪知道这一跪请却"请"出祸来了，正德皇帝不肯上朝，派太监张永出来传了一道口谕，命群臣散去，众臣仍然长跪不起，请求皇帝升殿，这一次朱厚照终于传下旨意："朕因气染疾，免朝。"

满朝大臣、整个国家都在受正德皇帝的气，可整个大明朝被"气病"的人只有一个，居然就是正德皇帝自己……

当然，正德皇帝根本就没有生病，他下这样的圣旨只是告诉手下那帮特务：皇帝已经生气了，那帮不识抬举的大臣，该打的就给我打，该抓的就给我抓！

有了皇帝的指示，锦衣卫和东厂的特务们立刻行动起来，先把几个领头劝谏的人抓起来关进北镇抚司狱中严审，又把所有试图劝谏皇帝的大臣逐一登记造册，然后命令这些官员全部到午门前去接受处罚，被记下名字的官员共计一百零七名，一律罚跪！

人生在世，不管处于何地，面对什么人，只要一下跪，这个人自己就变"贱"了。正德皇帝很明白这个道理，所以使出这么一个巧妙的办法收拾那帮惹他心烦的官员。

眼看皇帝这么不讲理，大臣们没时间愤怒，先一个个慌了手脚，首辅杨廷和第一个上奏为这些官员求情，正德皇帝对杨廷和十分信任，所以很给他面子，并没动他，可是其他官员只要敢于上疏求情的，全都被逮捕下狱。

于是从这一天起，上疏劝谏皇帝的一百零七位官员就成了下贱的"罪臣"，每天一大早，这些人就穿着官服到紫禁城来报到，然后排着队被锦衣卫押到午门前，冲着城门楼子下跪，一跪就是一整天，而且不是光下跪就完了，还要跪在那儿默默反思，自己到底错在哪儿了？为什么错了？怎么改？就这样一直跪到天黑，凑够了六个时辰，才又排着队被押出来，回家后接着闭门思过。

一连五天，一百零七名官员全都老老实实地走到午门前跪倒，趴在地上任皇帝羞辱，羞辱够了，再排着队走出去，远远看着倒像一群服苦役的囚徒，京城百姓知道这些人受罚的原因，无不落泪。

百姓们为什么落泪呢？是觉得官员们太可怜，还是觉得官员们太下贱？又或者是兔死狐悲？我们还真猜不出来。因为在那个年代，百姓应该比当官的更可怜、更下贱、受的侮辱更多才对。如果因为官员们受到皇帝的侮辱就落泪，那百姓们岂不是老鸹落在猪身上——看见别人黑，看不见自己黑吗？

把这帮下贱的劝谏者整整收拾了五天以后，正德皇帝的气还没有消，又下一

第四章　南赣剿匪

道旨意，命令锦衣卫特务把这些官员每人重打三十杖，由司礼监的太监头子在旁监视。结果一顿板子打死了十三个傻官儿……

正德皇帝朱厚照，就是这么一个皇帝。

说到这里，顺便扯一句闲话：为什么明朝的皇帝们总是无原则无底线地宠信太监呢？

明朝皇帝特别宠信太监是因为与以前的所有朝代相比，明朝皇帝在独裁统治这方面表现得最为强势和嚣张。为了强化独裁，就需要一个忠心耿耿的小集团来支持皇帝。太监是个被阉割过的废人，没有家室，一生只能生活在皇宫里，所以对皇帝像狗对主人一样忠诚。加之太监在宫廷之外是受歧视的，他们身体的残疾又使他们完全没有"造反"的资本，所以皇帝重用太监，用得最为放心。

可是清朝的独裁比明朝更甚，为什么清朝皇帝并不宠信太监呢？

原因也很清楚，因为清朝是由爱新觉罗家族和一群在人数上占极少数的满洲权贵建立起来的，这个皇帝和这些满洲权贵本身就自然而然地结成了一个小集团，他们血脉相连，族群相同，利益共享，这个集团结合得比"皇帝与太监"的关系更加紧密。而且满洲权贵人数远比太监多得多，又比太监集团更凶悍更专横，整个国家的军、政、财权都被这个小集团直接控制着。有这么一个小集团在身边，清朝皇帝当然不需要培植太监来当他们的"同谋"了。

独裁，是封建王朝的一个特质。在中国，随着时间的推移，整个社会生产力都在进步，可"皇帝独裁"这种邪恶的封建特质并不是渐渐淡化，反而愈演愈烈。面对这恐怖的独裁魔咒，古代的哲人们也想过很多办法，提出各种各样的解决之策。其中还是以孔子的办法最为切实可行。

《论语》中有一段"季氏将伐颛臾"的小故事长期以来总是被人们忽略：鲁国当权者季孙氏为了自己的私利，想对一个叫颛臾的小国动兵，孔子的弟子冉求正好在季孙氏家里当家宰，很不赞成这场战争，就把情况告诉了孔子。孔子听后立刻指出，这场战争是出于季孙氏的私心而发动的！同时，孔子对冉求问出了一句话："虎兕出于柙，龟玉毁于椟中，是谁之过欤？"

凶猛的"老虎"冲出了笼子，这是谁的过失？

——把权力关进笼子，这个看起来非常"时髦"的口号其实是中国的孔夫子最先提出来的，其原话就是"虎兕出于柙，是谁之过欤"。

在古代，似乎没人注意过孔子所提到的"权力必须关在笼子"这一问题，因为在这个故事里，孔子还说过一段非常著名的话："不患寡而患不均，不患贫而患不安。"大家在读这个小故事的时候，都本能地把注意力放在"不患寡患不均"那句话上面，忽略了"老虎出笼是谁之过"这一问题。

孔子所说的"老虎"指的是权力和私欲的结合体，是独裁权力和膨胀的私欲结合后必然产生的一种邪恶。这种邪恶冲出了"笼子"是谁的过错？

显然，孔子认为未能有效制止独裁者的疯狂，使得邪恶冲出了"笼子"，这是当权者身边那些受过儒家正统教育、畅晓政治、精通礼法、深明仁义、早已立志要"仁以为己任，死而后已"的儒生的过错。

孔子一生的理想是"克己复礼，天下归仁"。克己，是先用良知克服自己内心的私欲，再用这良知去克制君王的私欲；复礼，是维护一种对人民最有益的社会秩序。"克己"和"复礼"是相辅相成的，只有克制住了君王的私欲，才能建立最好的社会秩序；要想建立最有利于人民的社会秩序，就必须克制住君王的私欲……

——克己复礼，其本意就是"把权力关进笼子"，而约束君王的独裁权力，本来就是儒家学说的核心命题。如果你看到这里觉得又惊又喜："原来孔子时代的中国哲学就有这么先进的内涵了！"那么请先冷静下来吧，因为单是"把权力关进笼子"这一条哲理，还不值得我们去惊喜。

"克己复礼"，在古人的世界里从来就没有实现过。

"虎兕出于柙，是谁之过？"从正德皇帝的事儿上，我们再来找找根源吧。

正德皇帝登上皇位之后，为了强化独裁大权，重用刘瑾，迫害官员，害死了多少人！对此，后人都认为迫害官员仅是刘瑾这个太监一人的邪恶，而不认为这是正德皇帝的责任；正德皇帝建起豹房，穷奢极欲，后人都觉得这是皇帝有个性，与众不同，颇有意思；正德皇帝北狩南巡，到处游荡，祸害百姓，后人解释说皇帝的巡狩都是有原因的，并不完全为了玩乐；正德皇帝不与任何人商量，私自发动一场战争，并以皇帝身份上阵作战，将国家利益置于不顾，后人都认为这是一种勇敢精神,而且强调这一仗打得"还不错";正德皇帝掳掠民女供其淫乐,派锦衣卫特务冲到百姓家里去绑架民女,后人都把这绑架强奸称为"临幸",觉得这些被害的女性其实很幸福很快乐,甚至编出一段《游龙戏凤》的浪漫爱情故事……

后人竟是如此急于维护皇帝的"尊严",为了给皇帝开脱罪名,干脆连一点最底线的自尊都不要了,连一点最微弱的良心都放弃了,连一点最起码的道理都不讲了。

虎兕出于柙,是谁之过?孔子以为是"儒生"们没有尽到责任,可现在我们知道了,原来纵"虎"出"笼"的竟是被猛虎伤害最深的老百姓!

孔子说过:"唯上智与下愚不移。"意思是说独裁者的私心私欲不会改变,老百姓的愚昧无知也不肯改变。正是百姓的愚昧养肥了独裁者的私心,反过来,独裁者为了自己的利益,加倍培养百姓们的愚昧,私欲和愚昧、"上智"和"下愚"就这么结合起来了,结合得天衣无缝。

对此,孔子没有办法,孟子没有办法,王阳明没有办法,连离我们不远的那位鲁迅先生都没有办法,所有哲人都只能叹气而已。

所以《阿Q正传》里的主人公名叫阿贵(跪),而《药》里的那个被统治者杀掉之后,一腔热血拿来给病夫治咳嗽的革命者,他的名字叫"下愚"。

说到这里,又回到正德皇帝朱厚照身上来了。

正德皇帝想去宣府,可以去;想游江南,可以游;想和蒙古人打一仗,可以参军;想谈一场浪漫至极的恋爱,可以去谈。但是请不要用皇帝的身份、动用皇家特权去做这些事!

想做个任性的人——或者说得好听点儿,做个有个性的年轻人,可以!但在这样做之前,朱厚照必须抛弃皇权,退下皇位!如果不肯舍弃皇权,那么朱厚照就必须老老实实地待在那个属于他的"笼子"里,循规蹈矩,认认真真做他的皇帝。二者可以任选其一,绝不可能兼而得之。

这并不是我们后人对朱厚照这个"年轻人"的苛求,这是一个国家对做皇帝的人所提出的最起码的底线。

可惜,正德皇帝连这最起码的底线也不能遵守,偏偏要把皇权和任性兼而得之,于是他做了无数坏事,我们也只能毫不客气地给他下一个定论:昏君、暴君、顽君、一条彻头彻尾的恶棍。

　　孟子说得好："庖有肥肉，厩有肥马，民有饥色，野有饿殍，此率兽而食人也。"正德皇帝身边率领的就是一群恶狼，而朱厚照自己，是一头吃人的猛虎。这样一头残暴歹毒的畜生，就算稍有良知的人也不肯学他。

第五章　江西平叛

宁王起兵

就在王守仁剿灭巨寇池仲容之后仅仅过了半年，大明正德十四年六月间，江西南昌的宁王朱宸濠终于造反了。这场叛乱对宁王自己来说，既是蓄谋已久，却又是仓促发动的。

宁王朱宸濠的先祖宁献王朱权是明太祖朱元璋的第十七个儿子，生得相貌魁伟，人又聪明好学，朱元璋很喜欢这个儿子，在朱权十三岁的时候就把他封为宁王，封地在边关重镇大宁。朱权十五岁到大宁就藩，从此掌握了一支强悍善战的边军，在朱元璋众多儿子之中是个地位显要的人物。朱元璋死后，其四子燕王朱棣起兵与建文帝争夺帝位，大宁离燕王的封地不远，朱棣就用计拉拢朱权，就势从朱权手里夺取了兵马，这些兵马在朱棣夺取皇位的战斗中起了很大作用。等朱棣夺了天下做了皇帝之后，就把宁王从大宁改封在江西南昌，仍然称为"宁王"，由于宁王帮助朱棣夺取天下有功，所以成了是大明朝头等的藩王，世镇南昌。

宁王朱权是个明白人，知道朱棣霸道，被封到南昌之后从不惹事，只在家里闭门闲坐，听歌看戏，研究茶道，从来不问世事。又因为南昌一带道教鼎盛，宁王结交了几位著名的道士，晚年一心向道，更是变成了半个出家人，朱棣对自己这个懂事的弟弟也很喜欢，到宁王去世之后，朱棣还亲手书写了"南极长生宫"匾额悬挂在宁王陵墓大门口。

从宁王朱权算起，到朱宸濠这里，已经是第四代宁王了。前面的几位宁王个个都学他们祖宗的样子，只知道舞文弄墨听戏赏曲，从不招灾惹祸。可是到了朱宸濠继任宁王之后，情况就发生了变化。

朱宸濠是宁王朱权的四世孙，论辈分他是正德皇帝的爷爷辈儿，但因为前面三代宁王都比较长寿，所以朱宸濠的年龄比正德皇帝大不了多少。

朱宸濠于弘治十年嗣位，成了镇守南昌的藩王。弘治一朝政治清明，百姓的日子也比较好过，天下藩王没有人敢存"叛乱"之心。哪知道弘治十八年朱祐樘突然病逝，继位的正德皇帝朱厚照行事疯狂，处处不可理喻，整个国家陷入一片混乱，宁王朱宸濠把这些看在眼里，觉得不趁机夺取天下，对不起自己这个出身和姓氏。从这时起，朱宸濠就在南昌悄悄经营势力，准备谋反。就拿出大笔白银贿赂正德皇帝身边重臣，尤其豹房大总管、锦衣卫指挥使钱宁被宁王收买，处处为宁王唱赞歌儿，使正德皇帝对朱宸濠很有好感，以为他知书识礼，勤奋好学，人又文雅好静，绝不会有反心。

眼看正德皇帝真是一个糊涂人，朱宸濠更坚定了谋反的决心，加之身边又有退休的前都察院右都御史李士实、江西安福县举人"神童"刘养正等人给他出谋划策，几年时间就把江西省内的布政使、按察使、兵马都司等重要官员全部拉下了水，掌握了江西省内所有官军。李士实借着自己在京城的关系又帮朱宸濠拉拢了吏部尚书陆完等一大批官员，收买了在皇帝身边的一批太监；刘养正出入江湖，把鄱阳湖上著名的水贼凌十一给拉了过来。

这个凌十一是江西省内最大的强盗头子之一，专门在鄱阳湖一带出没，手下有吴十三、闵廿四两个结义兄弟，率领着一万多凶猛的水寇，皆是亡命之徒。江西省内的官军对凌十一这股水贼十分畏惧，根本不敢剿他，可自从凌十一暗里投靠宁王之后，有宁王用银子供养他们，这帮水贼倒不怎么闹事了。

江西官军、南昌卫所兵、宁王府卫队，再加上数以万计的水寇山贼，这些人凑在一起足有十万之众，其中宁王卫队和凌十一手下的水贼战斗力都很强。宁王又连年修造战船，从葡萄牙人手里买来"佛朗机"火炮的图样，收集精铜，制造了一批先进的火炮。这些佛朗机炮，大明朝的任何一支官军都没有配备。

强大的兵力，精锐的士卒，众多的战舰，威猛的火炮，相对于百多年没有战事的江南各省那些人数不足、装备低劣、又根本未经操练的官军，宁王手中这支军事力量简直所向披靡。再加上宁王善于收买人心，正德皇帝又道德败坏，所作所为令人不齿，不少官员或者贪图宁王的钱财，或者相信宁王可以推翻正德夺取天下，把宝押在宁王身上，或者只是出于对正德皇帝的厌恶，纷纷暗中投靠宁王，这些人在上遍布朝廷，在下分布于南京、浙江、河南、山东各省，把持要害部门，只等宁王起兵，立刻开城响应。

到这时，军马、器械、粮草、将领、谋士、内应，一切都已齐备，按说朱宸濠应该下定决心，准备动手了。可有意思的是，朱宸濠本人却在这个要紧关头改了主意，打算放弃武装叛乱，改而用另一种"和平"的手段来谋取皇位。

原来朱宸濠通过正德皇帝身边的宠臣钱宁打听到一个消息：正德皇帝因为荒淫过度，已经得了病，不能生育，皇室血脉后继无人，只能在宗室子弟中选一个人做养子，最终在正德皇帝驾崩之后，将由这个过继的皇储接受皇帝之位。大明朝的藩王为数不少，其中血统最尊贵、势力最大、名声最好的正是宁王，所以正德皇帝很可能把宁王的儿子过继为皇储。

如果宁王之子真的做了储君，正德死后宁王的儿子就当了皇帝，皇帝宝座就落到了宁王这一支系的手里。至于朱宸濠，也不一定非要亲自当皇帝，能做个太上皇就心满意足了。

其实从宁王的布局上已经可以看出这个人矛盾的性格，一方面朱宸濠野心勃勃，意图争位，另一方面他又颇为怯懦，不是燕王朱棣那种敢想敢干的人物。尤其宁王对军事显然一窍不通，对武装叛乱也缺乏必要的信心。

对军事一窍不通，对叛乱缺乏信心，性格优柔寡断，这是宁王身上的致命伤。

既然朱宸濠想用"把儿子过继给正德"的方式得到皇位，党羽们也就尽力操弄此事。先是锦衣卫指挥使钱宁在正德皇帝耳边吹风，想让宁王之子入太庙"司香"，正德皇帝没答应。钱宁又趁着正德皇帝一心出游的机会，想尽办法为宁王请来了一道"异色龙笺"。这种"龙笺"是皇帝离开京城的时候专门交给太子的文书，用来作为监国的凭证，虽然正德皇帝颁给宁王"异色龙笺"并不是让宁王监国的意思，但这道与众不同的圣旨到了宁王手里，也足以证明宁王非同凡响的地位。正德一朝本就天下不稳，人心思变，早先已经有很多大臣暗中与宁王勾结。现在宁王又拿到了"异色龙笺",地位得到抬升,朝廷大臣、地方官员与宁王勾结的就更多了。

表面看来"宁王世子过继为储君"一事上好像取得了进展,其实对宁王而言,此事如同镜花水月,可望而不可即,反倒更显出宁王这个人糊涂得很,不是做"大事"的材料。

宁王世子过继为储君,这是一件遥远而又不靠谱的事儿。

正德皇帝年纪还不到三十岁,虽然眼下没有生出皇子,谁敢保证以后生不出呢?就算正德真的一直没有皇子,而且真的把宁王世子过继到身边,让他当了皇太子,正德皇帝年纪这么轻,等着他驾崩,不知要等十年还是二十年。大明朝的藩王绝不止宁王一家,这些藩王都有皇室血统,又各有自己的世子,如果宁王世子被送进皇宫,其他藩王自然也要动这个脑筋,把自己的儿子往正德皇帝身边塞,这么一来必然演成一场激烈的皇位之争,争到最后,宁王敢保必胜吗?

再说,宁王在南昌筹备多年,始终是以"发动叛乱"为目的进行准备的,他手下的党羽也都是以"武装夺取政权"为目标的,这些人数量众多,构成复杂,其中锦衣卫指挥使钱宁是皇帝的心腹红人,吏部尚书陆完身居百官之首,是仅次于内阁辅臣的朝廷重臣,江西兵马都司葛江是江西省的"军区司令员",而凌十一却是个被通缉的江洋大盗!这些人原本是死对头,互相之间连最起码的信任都没有,现在为了"谋反"才走到一起,成了拴在一条线上的蚂蚱,短时间内还能勉强凑合,时间一长,任何一个环节都可能出问题,而只要某一个环节出一个问题,宁王的造反野心就会暴露,这一串人就会全部被牵扯出来,谁也逃不了!

所以宁王身边这股势力本身就是下决心要举兵叛乱的,宁王虽然是这些人的首领,可是在起兵叛乱这件事上,他却已经被党羽们裹挟,被时势所逼迫,根本不可能安安稳稳地等着"世子过继为储君",这只是宁王一个人的妄想、空想罢了。

果然,宁王把儿子立为储君的计划才刚有了点儿眉目,江西这边就已经连连出事。先是宁王府里的一些官员感觉到了宁王谋反的意图,于是宁王府掌管玺印的典宝副阎顺跑到京城去告御状,揭发宁王的阴谋。想不到正德皇帝昏庸无比,锦衣卫这个特务机关又被宁王的爪牙钱宁掌握,在皇帝面前替宁王遮掩,把这件大案子拖延了几天,使宁王能腾出手来,抢在案件被审理之前上了一道奏章,说阎顺在宁王府里做了不法之事，受罚后心有不甘，到京城诬陷宁王。

　　宁王平时笼络的人太多，又很会装蒜，总给人一种儒雅厚道的印象，现在有人来告他的状，不但宁王的党羽们一起帮忙掩饰，就连一向精明的首辅大学士杨廷和也被宁王骗过，没把这当一回事，一件谋反的大案子居然未经审问，只是把告御状的阎顺打了一顿，发配到南京孝陵种菜。宁王立刻派刺客到南京刺杀了阎顺，接着在南昌城里大肆搜杀，凡是被怀疑涉案的人都被杀害。一件天大的案子，就这么不声不响地瞒了过去。

　　好容易逃过一劫，宁王这里刚松了口气，哪知一波未平一波又起，宁王手下的大盗凌十一竟被江西巡抚孙燧捕获，孙燧立刻命令江西按察司对凌十一严加审问。眼看凌十一如果招供，就会牵出一大串人来，宁王情急之下竟命人假扮强盗闯进按察司大牢，硬把凌十一劫了出来。按察副使许逵带着人去追捕，眼睁睁看着这伙强盗钻进了宁王朱权的陵寝"南极长生宫"，就此没了踪影。

　　到这时，宁王的罪行已经逐渐暴露出来，远在北京的正德皇帝却被一群奸佞包围，对地方上的事充耳不闻。江西巡抚孙燧连上几道奏章，可这些奏章刚出南昌就被宁王手下截了下来，悄悄销毁。

　　靠这些手段，宁王暂时保住了造反的秘密，可长此下去毕竟不是办法。就在这时，就在城最重要的党羽锦衣卫指挥使钱宁也在正德面前逐渐失宠。

　　宁王谋反证据已被外人知晓，他在南昌的胡作非为也被江西巡抚孙燧看在眼里。加上钱宁在京城失势，宁王世子进宫当太子的可能性越来越小，到这时宁王终于明白，要夺天下，不经过一场血战是办不到的。于是加紧招兵买马，越来越胆大妄为。

　　宁王的反相毕露，终于引起了朝廷的注意。

　　正德十四年，监察御史萧淮上奏弹劾宁王，罪证确凿，言辞凌厉。看了这道奏章，正德皇帝暗暗心惊。这个任性的皇帝表面上大大咧咧什么也不在乎，其实对手里的皇权极为看重，对宁王起了疑心之后，立刻罢免了与宁王有勾结的锦衣卫指挥使钱宁，命令自己最信任的宠臣平虏伯江彬接掌锦衣卫，先从宁王派到京城的坐探查起，只几天工夫，已经抓了一批人，审出了大量口供，正德皇帝立刻把内阁首辅杨廷和找来问话。

第五章　江西平叛

正德皇帝平时任性胡为，不可理喻，可他其实也有一点明白的地方，就是在位期间始终任用大学士杨廷和担任阁老。

杨廷和是个神童，十二岁中举人，十九岁中进士，前后追随成化、弘治两位皇帝，到正德朝已经是位三朝老臣了。早年朱厚照当太子的时候，弘治皇帝就让杨廷和给太子讲学，由此成为朱厚照身边最亲近的侍臣，到后来朱厚照发动政变，赶走弘治朝留下的老臣子，就于正德二年把杨廷和提进内阁，到正德七年又让他担任了内阁首辅。

杨廷和这个人精明干练，是个极能办事的大臣，有这么个明白人出任内阁首辅，朝廷里正直的大臣多少能得个庇护，不称职的臣子只要不是皇帝身边的亲信宠臣，杨廷和也能治他，正德皇帝做下糊涂事，小事杨廷和可以忍让，遇到大问题也能出来争执。正德皇帝脾气执拗，谁的话也不听，在杨廷和这儿却还能听几句劝。所以正德皇帝虽然癫狂任性不可理喻，可这十几年来大明朝廷至少没有整个崩坏，其中有一半是杨廷和的功劳。

俗话说得好，老虎也有打盹的时候儿。杨廷和在内阁十多年，事事都办得好，偏就错看了一个宁王朱宸濠，直到正德皇帝把监察御史的弹劾奏章递到他手里，上面列举宁王朱宸濠有违祖训，迫害江西巡抚孙燧在内的地方官员，拦截巡抚递往京城的奏章，在南昌城里收罗亡命之徒、私造军械、造船、养马、招纳江湖匪类凌十一等人，任意罗织罪名掠夺江西富户财物，所得皆用于不可告人之事，派人潜入京师往来刺探，从南昌到京城沿路设置驿站传递消息，因为有人告他谋反，宁王竟在南昌谋杀数百人！捧着监察御史的奏章和锦衣卫递上来的口供，杨廷和如梦初醒，顿时吓出一身冷汗来。

好在正德皇帝并没有怪罪之意，只问杨廷和："老先生怎么看？"

正德是个好斗的皇帝，面对宁王谋反的指控，他的第一个反应就是兴师问罪。但杨廷和老谋深算，对于大明朝的真实现状，他心里有一本账。

大明帝国拥有一支一百多万人的强大军队，但是从太祖朱元璋的时代起，明朝面对的危机就一直来自西北的蒙古势力，所以大明朝最精锐的部队一大半布置在九边九镇，依托长城对抗蒙古。在西南也有一支能打仗的军队，主要用来控制当地为数众多的土司。可江西、浙江、南直隶——这一地区大致相当于今天江苏、浙江、江西、安徽四省人文荟萃，物产丰富，百姓生活比较安定，自明朝开国以来就没有大的战事，所以这几个省驻防的明军兵力最少，战斗力也最差，眼下在这片被统称"江南"的广大地区，几乎找不到一支可用之兵，也没有一员善战之将。

而宁王盘踞南昌已有四代，朱宸濠为了谋反也已做了多年准备，地方官员被他网罗一尽，南昌一府、江西半省的兵马大权已在宁王掌中，几年前正德皇帝又把南昌左卫兵马交给宁王做了王府护卫，更使得宁王手里直接掌握了两万多精锐部队，成了尾大不掉之势。朝廷真要问他的罪，只怕北线南线两路精锐大军尚未调动，宁王已经从南昌起兵沿长江东下，横扫江南数省，一鼓作气夺下南京！若真是这样，则大明朝半壁江山被宁王割据，江南财赋之地为其占据，千万百姓被其掳挟，大祸一成，整个大明王朝的根基都会动摇！

另一方面，杨廷和虽然是正德皇帝的亲信宠臣，可就连这位老臣也知道，正德皇帝在位十四年，任性胡为，顽劣邪恶，不但失尽天下民心，就连朝廷官员也都对这个皇帝厌恶至极，地方上的封疆大吏、统兵将帅对正德皇帝也多有不服的。这些人中不知有多少已经被宁王收买，一旦宁王起兵割据江南，与朝廷正面对抗起来，那时朝廷里、地方上有多少人会背弃正德，转而支持宁王，真的很不好说。加之民间早就有了传言，说正德皇帝并不是前朝弘治皇帝的骨血，而是被人抱进皇宫的野种，这个传说其实毫无根据，可是正德皇帝任性邪恶，闹得天怒人怨，天下人早就对正德皇帝灰了心，都觉得与其让这么个昏君祸害天下，倒不如干脆换个皇上。所以天下人信谣的、传谣的不计其数，以至于朝廷虽然严厉查禁，可谣言却是越传越广，若叛乱一起，朱宸濠必然借这谣言打击正德的威信，老百姓们不管是真的信了谣言，还是单纯出于对正德皇帝的厌恶，必然群起响应，局势对朝廷极其不利。

十多年来朝廷对宁王养虎贻患，现在"虎"已养成，若是贸然兴师问罪，宁王必反，江南必失，臣民百姓必群起反叛，都要推翻正德这个昏君。如此一来，当年的"靖难之役"不就重演了吗？

杨廷和是内阁首辅，是大明王朝第一号官僚，他的切身利益与正德皇帝的利益是息息相关的，所以杨廷和必须全心全意替正德皇帝设想。眼看这个破败零落的朝廷根本不具备镇压反叛的威信，所有优势都掌握在对方手中，这一仗打起来，朝廷的胜算连半数都不到，杨廷和根本不敢动"打仗"的念头，他现在只有一个想法：宁王谋反一事最好只是"传闻"，如果真有其事，也不能立刻对宁王用强，只能暂时稳住宁王，给朝廷腾出时间布置一下，否则眼前这一仗真是没法儿打。

于是杨廷和缩起脘腹慢声细语地说："臣以为监察御史弹劾宁藩一事并无确凿证据，况且宁王是宗室，身份尊贵，陛下处置此事当以'宽柔'为上，万万不可急躁。"

正德皇帝小时候是太子，十几岁当皇帝，从小没受过气，没吃过亏，随便一句话就定别人的生死，是个被彻底惯坏了的败类。这样的人往往自以为无比强大，却不知道自己的"强大"纯粹来自手中的特权，如果离了这特权，他只是一条可怜虫罢了。所以朱厚照一生妄自尊大，全不明白轻重利害。这次听说宁王要谋反，朱厚照心里其实挺高兴，甚至已经有了御驾亲征的打算。想不到杨廷和竟劝他不可急躁，正德皇帝很不高兴，冷冷地问："老先生这话朕听不懂，什么叫'宽柔'？"

要劝谏皇帝，大臣们手里有一件极为重要的法宝，就是"祖制"。不管什么事，只要能拉出祖宗的事例做参照，皇帝就不好反驳了。眼下杨廷和就准备使用这个法宝，拿祖制来劝说朱厚照："臣记得当年成祖皇帝在位时有一位赵王朱高燧多行不法，成祖大怒，打算将赵王罢为庶人，当时仁宗皇帝已经被立为储君，念及手足之情，上奏为赵王力争，成祖见太子骨肉情深，极为感动，这才赦免了赵王。后来仁宗即位一载驾崩，宣宗即位，汉王朱高煦起兵谋反，即被平灭，事情牵涉赵王，朝廷重臣都请求宣宗皇帝惩治赵王，宣宗却对臣子言道：'先帝友爱二叔，吾不忍负先帝之意'，不愿制裁赵王。朝臣屡屡恳请，务必要治赵王之罪，宣宗皇帝就想了一个办法，派驸马都尉袁容带着众臣的奏章去见赵王，把这些奏章给赵王看，又说了宣宗皇帝爱护赵王之意。赵王闻言惭愧无地，自愿献出王府护卫，宣宗皇帝即命收回赵王护卫，对以前之事既往不咎，赵王一族得以保全，至今延续不衰。臣觉得陛下也可以效仿宣宗之法，派一位勋戚重臣到南昌去传旨，收回宁王府护卫，令宁王改过自新。如果宁王愿意改过，交出王府护卫，皇上就可以'宽柔'待之了。"

杨廷和说的其实是个无可奈何的主意。正德皇帝虽然任性顽劣，其实脑子并不笨，仔细想想，也知道江南地位重要，防备又太松懈，实在经不起一场叛乱，只得采纳杨廷和的意见："派谁去对宁王传旨为好？"

既然杨廷和的主张是"效法祖制"，那当然一切按照宣宗皇帝的办法处理。当年宗宣派去责备赵王的是一位驸马，杨廷和也就照葫芦画瓢，对皇帝奏道："臣觉得驸马都尉崔元性情耿直，能担此任。陛下可以先命群臣共议此事，然后将臣下奏章集议，交驸马带往江西去斥责宁王。"

接了正德皇帝的圣旨，杨廷和急忙赶到左顺门外。朝廷重臣也都得到通知，纷纷赶到左顺门。这些人都是刚刚得知宁王可能谋反的消息，不知内情的一个个忧心忡忡，那些早就与宁王勾结的心里有鬼，贼头贼脑的，倒显得比其他人更加忧虑。见首辅来了，众人一起上前行礼，纷纷询问事情的来龙去脉。

面对如此大事，杨廷和讳莫如深，一句多余的话也不肯说。想不到人群里忽然走出一个瘦小的官儿来，却是兵部尚书王琼，指手画脚对众人笑着说："今日之事早有迹象可循，诸位不必担心，我料宁王之事成不了大祸。"

王琼一席话把所有人都惊呆了。

正德朝的兵部尚书王琼是个奇怪的人，史书上对他的评价前后矛盾，既赞扬他掌管兵部时多有建树，为官清廉，又责备他为人跋扈，品行不良，甘心与奸党为伍。之所以对王琼的评价自相矛盾，是因为王琼在担任兵部尚书时，为了保全国家利益，维持兵部的正常运作，不惜自降身价，自损名节，钻进豹房当了一名宠臣，由此得到了正德皇帝的绝对信任，于是不管正德一朝局面多么混乱，兵部衙门的运作一切正常。当预感到宁王可能有谋反企图的时候，王琼又通过自己"豹房宠臣"的特殊身份说服正德皇帝，把王守仁派到南赣地区剿匪，发给王命旗牌，让王守仁掌握了南赣、湖广、福建、广东四省兵马的调动大权，以监视宁王的一举一动。

这是王琼眼光独到，思路超前，早有几年前就暗自布置下的一步妙棋。

现在宁王真的谋反了，上自首辅下到群臣个个惊慌失措，唯独王琼胸有成竹，当着众人的面对杨廷和高声笑道："首辅不必担心，我已经派王守仁到南赣操兵，控制赣江上游，宁王不反则罢，他若造反，我料定以王守仁的本事，旬月之内必可消灭叛军！"

王琼这话说得爽快，可他也没想到，天下不如意事，十居八九，虽然王琼把王守仁安排在南赣是专为防备宁王的，可是朝廷对于宁王的防备实在太疏忽了，以至于宁王谋反之时，南赣这边没得到丝毫消息，王守仁手中没有一兵一卒可用，甚而连他自己也险些遇害。

逆境出奇谋

宁王朱宸濠预谋反叛前后准备了十多年，可他谋反的消息却是在其党羽锦衣卫指挥使钱宁失势之后才被逐渐揭露出来的。得知这一消息后，朝廷立刻派遣驸马崔元带着圣旨到南昌来斥责宁王，命他收拾异心，交出王府卫队。崔元这些人刚出都门，朝廷准备收拾宁王的消息已经通过秘密设置的驿站飞一样传回了南昌。

听说这个消息，宁王大吃一惊，眼看局势火烧眉毛，不能再有丝毫耽搁，朱宸濠和亲信商定，立刻起兵造反！抓住朝廷决定还没传到江西的空当儿，借着宁王过生日的机会大张旗鼓，把江西省内的各级官员、将领全部请到宁王府里来，然后公开宣布逆谋，凡是愿意造反的就拉过来，不肯参与造反的一网打尽。

在安排下这条毒计的同时，宁王还特意派人到赣州，邀请南赣巡抚王守仁参加宴会。

此时的王守仁丝毫没有接到关于宁王即将造反的消息。按理说，宁王是当今皇帝的宗亲，这样一位尊贵的藩王邀请王守仁赴生日宴会，王守仁是不能推辞的。可王守仁对宁王极为警惕，虽然答应赴约，却也留了一手儿，以风浪太大、赣江水势凶险为借口拖延了几天时间。

王守仁的细心，救了自己一命。就在他的坐船出了临江府进入南昌府不久，丰城县令在江边拦住官船，告知王守仁：宁王已经造反！王守仁急忙下令转舵驶回赣州。

此时的王守仁还没意识到，他已经回不到赣州了。

这天夜里，王守仁的官船在江上走了一夜，王守仁满心焦灼，片刻也无法入睡，一直熬到天亮，走出船舱，只见江水茫茫，四野荒凉，看不到城郭村镇的影子，王守仁问船工："到什么地方了？"

船工抬眼把四周景物打量了半天，犹豫着说："小的估计这还是南昌府境内，尚未进入临江府。"

想不到船已经走了一夜，仍然未出南昌府！王守仁又惊又气，厉声喝问："船怎么走得这么慢，是不是你们这些人想把本院拖在南昌！"

王守仁这一声责问把船工吓得魂儿都掉了，急忙解释道："大人，江上风大流急，咱们的船又大，逆风顶水，根本走不快……"

　　赣江是长江在江西省内最大的支流，赣州城在上游，南昌城在下游。而赣江又在万安县这里分成两节，万安以上江面狭窄水流湍急，称为赣江；一过万安，江面顿时变宽，水势也舒缓了，从这里起，赣江改称为章江。从赣州来南昌顺风顺水，走得很快，从南昌回赣州是逆风顶水，根本走不起来。

　　这么一想，王守仁知道自己把船工错怪了，赶紧道了个歉，回到舱里坐下，只觉得心里又急又慌，坐了不到半个时辰又走出舱来看，只见刚才所见的田野树木就在身后不远处，仍然隐约可见。

　　船走得太慢了，照这样走法，何时才能回到赣州？

　　正在焦虑之时，王守仁忽然心里一动，又想到一个危险：宁王造反，要杀的人里第一个是江西巡抚孙燧，第二个只怕就是他王守仁，知道王守仁没来赴宴，恐怕宁王会调动战船沿江来追他。王守仁乘坐的大船宽阔沉重，无帆难行，可战船之上人多桨快，就算从南昌城里出发，用一两天工夫，只怕也追上了！

　　这种时候弃船登岸当然安全些，可走水路快，走陆路慢，一旦上岸必然更耽误行程。王守仁的官职是南赣巡抚，指挥的是南赣九府的兵马，若不回赣州，他就调不了兵。更要紧的是，皇帝发给他的八面王命旗牌也在赣州府的巡抚衙门里放着，没有旗牌就不能调动湖广、福建、广东各处官军，没有南赣兵马和三省官军，王守仁一个文官赤手空拳，什么事也做不成！

　　想到这儿，王守仁只得咬紧牙关提心吊胆地继续乘坐官船逆流上行，又走了一整天，官船终于驶出南昌府，进了临江府地界，可仔细算来，这一夜一天实在没走出多远。照这个走法，十有八九还未到赣州府就已经被叛军战船截住了。

　　王守仁赶回赣州是去调兵的，可人都死了，怎么调兵？

　　此时此际，王守仁不得不另下决心，命令官船靠岸，自己先上了岸，换了马直奔临江府而来，其余随员继续驶回赣州，把宁王谋反的消息告知赣州府的文武官员，紧急调动兵马。

　　王守仁的估计没有错，宁王在宴席上没有捉到这位南赣巡抚，心有不甘，立刻派快船沿江而上来截夺官船。就在王守仁在临江府上岸的第二天早晨，他乘坐的官船在江面上被叛军的战船截住，王守仁的随员没有一个人能回到赣州，于是赣州方面也没得到宁王已经起兵造反的任何消息。

　　王守仁在临江府登岸,临江知府戴德孺并不知道,一直到王守仁领着几个人进了府衙,戴德孺才急忙迎过来。此时的王守仁已经心力交瘁,见了戴德孺就瞪着眼问他:"南昌城里的宁王已经造反,你这里有多少兵马？"

　　戴德孺还不知道宁王造反的消息,迎面听了这句话,吓得魂儿都掉在地上了,半天才勉强捡起来,结结巴巴地说:"临江府只有三百名官兵,加上平时招募的乡兵和府衙的捕快衙役,有一千多人吧。"

　　一句话说出来,王守仁和戴德孺这两个文官大眼瞪小眼儿,全都傻了。

　　由于江南数省深处大明王朝腹地,向来太平无事,明朝在江南的防务已经荒废了一百多年,现在蓄谋多年的宁王忽然起兵谋反,顷刻聚集了十万大军,拥有精良战船数以千计,各类火炮千余门,东进可以经安庆直扑南京,如果西进,只需要一万兵力就可以攻克临江、吉安、南康各府各县,整个江西省内唯一有实力对抗宁王的南赣巡抚王守仁却被困在临江府,南赣、湖广、福建、广东四省兵力无从调动,手边只有区区一千多兵力,唯一的帮手就是这个惊慌失措的知府戴德孺。

　　眼看战无可战,守无可守,退无可退,这一刻,王守仁真是惶恐莫名。眼下他所能做的只是乞灵于"良知",且看心中的良知是如何引导。可惶耸之际,竟连一向磨得雪亮如镜的良知也变得晦暗不明了,脑子里只剩了一个念头:以区区千人的兵力无法与叛军交手,眼下只能从临江走陆路回到赣州,先调集大军,再回身平叛。

　　可从临江到赣州,走陆路最快也要七八天,到了赣州以后,发下王命旗牌,召集各处兵马,少说也要一个月,军马集结起来又是一个月,等军马齐备,王守仁率军杀到南昌城下,大概是三个月以后的事了……

　　三个月,这是整整九十天了！宁王的十万叛军若是东进,估计早已占领南京,一旦占据南京,只怕宁王要建都称帝,到时江南半壁全被叛军席卷,整个大明朝都将陷入无休止的战乱之中。

　　如果宁王胆子再大些,竟然率领大军北上,出河南杀奔直隶,直取京师,局面更是不堪设想！

　　退回赣州,脱身的是王守仁一个人,而送命的,是江南数省几百万老百姓。

这么看来，退回赣州不是办法，王守仁一定要待在临江，直面十万叛军，咬紧牙关坚持下去。

到这时候，良知已经给了王守仁一个明确的答案：坚守！为了拯救更多人的性命，无论如何也要坚守下去，就算死，也要死在临江府！

拿定了这个大主意，王守仁渐渐冷静下来了，身上的冷汗也收了，心里也有主意了，说道："眼下最要紧的是两件事：一是把所有兵马都调到一处，随时准备迎战叛军；二是立刻派人到南昌去打探消息，迅速回报。"戴德孺急忙布置去了。

到第二天晚上，第一批探报从南昌送到临江：宁王起兵以后，立刻派出一支精锐沿江东下直取南康，南康知府陈霖手里没有兵马，对宁王造反更没准备，眼看叛军杀到，立刻弃城逃走。叛军兵不血刃得了南康，继续进犯九江，九江知府江颖同样未经一战，弃城而走。

南康、九江是从南昌进入长江的咽喉要地，两城一失，叛军东进南京的大门彻底洞开，到这时候，已经没有任何一个官员、任何一支兵马可以阻止宁王大军沿长江东进，夺取安庆，直捣南京了。

叛军的动向早在王守仁意料之中。现在的他已经不再慌乱，脑子里也想出了一系列的主意，立刻把临江知府戴德孺找来："叛军来势凶猛，我们无兵可用，只能用计。现在叛军攻下南康、九江，显然是打算沿江进犯南京，大军将行，兵马忙乱，加之宁王以为左右无人可以威胁南昌，所以南昌城的守卫必然松懈，你马上挑选几百名细作潜入南昌，命他们在城里到处粘贴告示，上面写明：朝廷事先早已查明宁王逆谋，做好了一切准备，现在安边伯许泰率宣府与大同兵马四万、后军都督府左都督刘晖、右都督桂勇率京军四万南下平叛，不久即可赶到江西。同时多派人手到南昌周围各县散播流言，就说巡抚湖广都察院左副都御史陈金率湖广官军四万已经进入江西省境，正在沿途设伏，巡抚两广军务都察院右都御史杨旦率广东官军四万进入南赣，南赣巡抚王守仁也已调集精兵两万，两下合兵一处，即将沿赣江而下攻打南昌。"

王守仁这些话都是经过深思熟虑的，这几句谎话的分量极重，其中夹杂着一些看起来很真实的内容，说出来不由得宁王不信。而宁王一旦中了王守仁的疑兵之计，他谋反的全盘计划都会受到极大的影响。

第五章 江西平叛

宁王造反之前，朝廷确实有所察觉，还派了一位驸马到江西传圣旨，打算收缴宁王府的卫队。所以王守仁说朝廷早就部署了几路精锐，由正德皇帝宠信的大将统率，就在宁王造反的同时已经迅速开赴南昌平叛，这样说有两个目的，一是给宁王造成心理压力，让他以为朝廷已有防备，造反难以得手；第二条更重要，因为"朝廷大军正在南下"，此时宁王若冒险北上进犯京师，岂不是和南下的京军劲旅遭遇了吗？

其实宁王是个怯懦无用的人，他本来就不敢直犯京师，而是准备东下攻克南京，现在王守仁又使出这招精妙的疑兵之计，等于彻底堵死了宁王北犯之路。

不敢北犯，宁王只有东进夺取南京一条路可走了。

湖广与江西山水相连，从湖广的兴国州可以进入江西南昌府，出武家穴、新开口直捣九江，再沿鄱阳湖杀奔南昌。湖广巡抚陈金出了名地擅长用兵，手里又掌握着一支数万人的湘西彭姓土司兵，俗称"土兵"，与广西一带的狼兵齐名，向来以作战凶狠著称，现在王守仁就告诉宁王，湖广兵已在鄱阳湖口设伏，叛军若东进，必在此处与湖广兵马恶战一场，胜负难定。想攻取安庆，直捣南京，就更是千难万难了。

广东省在江西以南，地界与王守仁担任巡抚的南赣地区相邻。早前王守仁在南赣剿匪的时候多次调动广东兵马，现在王守仁谎称四万广东兵已进入南赣，听起来十分可信。至于南赣兵马，在痛剿谢志珊、蓝天凤、池仲容的战斗中表现神勇，威震江西，加之赣州在南昌上游，如果宁王敢于东进，南赣兵顺江而下，正好由西向东衔尾追击。

前有湖广兵堵住鄱阳湖口阻击叛军，后有广东、南赣两路大军沿江顺流抄背来袭，宁王面对的态势看起来实在凶险！

王守仁这一套谎话听起来处处合情合理，因为兵部尚书王琼把王守仁派到南赣，发给他王命旗牌，本意就是监视宁王的，对宁王叛乱王守仁也早做了战略上的准备。湖广官兵在鄱阳湖口设伏，广东、南赣官兵沿赣江东下追击宁王，都是计划的一部分。如果宁王真敢造反，王守仁凭着手中旗牌一声号令，各省兵马全部服从调动，确实会形成这样一个十万大军齐赴南昌，前堵后追、两路夹击的态势。

这里面唯一的漏洞就是：南赣巡抚王守仁此时并不在赣州城里，那八面王命旗牌也没在他手上，而湖广、广东两处尚不知道宁王造反的消息。

当然，宁王不可能知道王守仁被困在了临江，他只能凭本能估计王守仁既没来赴宴，又没被快船追上，当然是回到赣州了。既然朝廷派人到南昌来收剿宁王卫队，就说明朝廷对宁王造反有了准备，那么京军南下、湖广兵在鄱阳湖口设伏、广东兵奉命进入南赣都是有可能的。于是王守仁编出来的谎话，在宁王听来十分可信。

光是布下几路疑兵尚嫌不足，王守仁又吩咐戴德孺："你立刻假借湖广、南赣、广东三位巡抚名义假造一批军报'火牌'，命人骑快马发到临江府下属各县，就说大军将至，命江西各府县急征军粮，南昌周边尚未被叛军占领的各县也要通知到，让知县胥吏马上组织人手到乡下去征调军粮，一定要闹得尽人皆知，好让宁王手下的坐探得到消息。同时抄写十万份'免死牌'，上面写明，叛军兵将不论何人，只要持免死牌请降，即可免罪，然后在南昌城里到处散发，不管衙门、兵营还是官员住处，只管隔着墙头扔进去，大街上也扔几千张免死牌，造成一个大军将至风雨欲来的假象。"

眼看王守仁智计百出，花样不断，戴德孺心里发虚，低声问："都堂觉得这个疑兵之计宁王会相信吗？"

王守仁看了戴德孺一眼，缓缓说道："不必让宁王相信，只要他心里生疑，咱们就有机会。"

"万一宁王不中计呢？"

王守仁叹了口气："只能尽人事，听天命了。"

确实，宁王蓄谋已久，王守仁却刚得消息，临江府只有一千人，叛军却有十万之众，这种时候也只能尽人事听天命了。戴德孺急忙出去办事，刚走到门口又想起一件事来："都堂，刚接到消息，咱们的人在吉安府拿获了宁王谋士李士实的家人，都堂看这些人如何处置？"

李士实曾任都察院右都御史，后来致仕还乡当了宁王的爪牙，是朱宸濠身边最亲信的谋士。听说抓到了他的家小，王守仁眉头一皱，立刻想到一个主意："这些人现在什么地方？"

"正用快船送往临江。"

王守仁忙说:"你告诉押解的官兵,船只不必靠岸,先停在江边,我另有安排。"

　　当天晚上,押解李士实家小的快船到了临江府,停在码头上,到下半夜,临江知府戴德孺悄悄上了船,一个人来见李士实的妻子,客客气气地拱着手说了句:"夫人,宁王殿下已经起兵了,可眼下我等实在为难,本府是这样打算……"说到这里又停住,犹豫再三,到底不敢把话说出来。

　　仅这一句话,李士实的妻子已经明白了戴德孺的意思,知道这是个活命的机会,忙说:"府台大人,妾身不过是一个女流,不懂大道理,只听说当今皇上昏庸无道,失尽民心,宁王殿下是洪武天子嫡系玄孙,宽厚得众,有天日之表,日后攻进北京,推翻正德取而代之,也不是什么难事。临江府离南昌不过几天路程,王爷的兵马说到就到,到时玉石俱焚,府台大人还是早做打算吧。"

　　听了这话,戴德孺既不敢一口答应,又不愿推却,一时不知如何回答,正在搔着头皮想着说辞,忽听外面有人说:"大人,南赣巡抚派人来传军令!"戴德孺赶紧冲于氏摆摆手,示意她不要出声,自己迎了出去。

　　片刻工夫,只听船梆上咚的一声响,有船靠了上来,接着一个人走上甲板高声道:"戴大人,南赣巡抚王大人命我来传令:皇上已经知道江西宁王谋逆之事,特命安边伯许泰率宣府与大同兵马四万、后军都督府左都督刘晖、右都督桂勇率京军四万赴江西平叛,另着命巡抚两广军务都察院右都御史杨旦、巡抚湖广都察院左副都御史陈金各率本省军马四万即日进入江西省境,南赣兵马也沿江而下,不日就到吉安。临江这边还要靠戴大人维持了。"

　　戴德孺忙说:"请王都堂放心,下官一定把守临江府城,等待大军到来。"

　　那传令的军官又说:"王都堂的两万兵马不出数日就到临江,请戴大人尽快筹措一批钱粮供大军支用。"

　　戴德孺忙说:"下官一定尽力。"可再一想,心里又怯了,"临江离南昌太近,又在大江边上,如果宁王大军杀到,只怕不易防守。"

　　"这你放心,江西都指挥使葛江虽然被宁王胁迫,但他心里还是忠于朝廷的,现在葛江已派人和王都堂见过面,保证只要他还掌着大军,就不会来攻临江。还有按察使刘璋也不愿附逆,就连凌十一、闵廿四这些水贼也都有投诚的心思,暗中写信和王都堂联络。"

这军官的话倒让于氏心里一惊，还没等她细想，又听甲板上的人说："听说宁王手下那个谋士李士实的家小就在临江？"

一听王守仁问到自己身上来了，躲在里屋的于氏吓了一跳，却听戴德孺说："李士实是吉安府永丰县人，他的家小并不在临江府。"

"永丰离临江也不远，王都堂命你立刻捉拿李士实的家小，若捉得到，就解到赣州来。"那军官说完回身就走，却又站住，嘱咐戴德孺，"宁王手下有个极重要的谋士已经投诚过来，这几天他会派人送信给王都堂，你一接到密信马上送到吉安来。"

"此人是谁？"

"你不要多问，总之是极得信任的要紧人物。"传令官说着走了出去，戴德孺把他直送到门外，就此没了声息。

过了好半天，外面走进一个人来，看穿着像是府衙里的书办之类，一言不发引着他们上了一条小船，低声说："夫人，江边有船等着，送你回南昌。"说完转身就走，小船立刻解了缆绳往南昌方向驶去。

一鼓克南昌

放走李士实家小之后，依着王守仁的主意，戴德孺抓住叛军准备东进，南昌疏于防守的机会连夜把细作派进了南昌城。

就在宁王朱宸濠点齐军马准备攻打南京的时候，一夜之间，南昌城里大街小巷忽然到处贴满了告示，声称朝廷精锐大军已经从京师出发直奔南昌杀来，又有无数的免死牌从天而降，一夜工夫各处兵营、衙门、官员府里、街道之上到处扔满了劝叛军投降的免死牌。紧接着李士实的家人逃回南昌，把在船上听来的军情告诉了李士实，李士实又把这些消息报告宁王。惊疑之下，宁王急忙向周边府县派出哨探，结果这些人很快回报，南昌周围各府各县都接到了火牌，声称湖广、南赣、广东三路共计十万大军即将会攻南昌，各府县都奉命催征粮草，以备大军支用！

听了这些消息，宁王朱宸濠心惊肉跳。眼看鄱阳湖口"已被湖广兵马截断"，沿江东进攻打安庆、南京极为冒险，南赣、湖广兵马又"从背后杀来"，情况危急，宁王顾不得率军东进，急忙在南昌城里整顿城防，准备与南赣、湖广各路大军打一场恶仗。

其实宁王身边也有一批精干的谋士，这些人已经看出情况不对，一个劲地鼓动宁王挥军东进，哪怕真有湖广兵马截断鄱阳湖口，也要冲破堵截直取南京，假如龟缩南昌不动，等京军和各省军马四面合围上来，宁王的十万大军就会被全歼于江西省内。

——富贵险中求，既然敢造反，无论如何要冒险一搏，哪怕战死在鄱阳湖口，也不能困死在南昌城里！

可惜，此时的宁王已经被王守仁的疑兵之计搞昏了头，加之李士实的家小逃回南昌，又告诉宁王，那些江西的旧官僚、叛军中的将领和宁王身边的谋士中都有人私通朝廷！这就使得宁王对身边的将领谋士更加不信任，根本不听谋士劝告，硬是缩在南昌不动。

从六月十四日一直到六月三十日，整整半个月时间就这么拖过去了，宁王朱宸濠一直困坐南昌，没有向安庆、南京派出一兵一卒。王守仁的疑兵之计完全成功了。

也就是这半个月的拖延，彻底改变了江西省内的战场形势。

当宁王忽然起兵造反的时候，扼守长江咽喉的安庆要塞毫无准备，叛军若此时东进，安庆必然一鼓而下。可在这半个月时间里，安庆方面已得到宁王造反的消息，城防得到加固，兵马整装已待。远在千里之外的京师也得到了宁王叛乱的消息，正德皇帝立刻部署京军，准备南下平叛。

与此同时，王守仁离开临江府，溯江而上到了吉安府。

吉安府处在江西省的中心地带，周边的袁州、瑞州、抚州、临江四府都未被叛军攻占，王守仁到吉安后立刻命令吉安、袁州、瑞州、抚州、临江五府以及下辖各县就地招募乡兵，同时派人赶回赣州，命赣州卫指挥使余恩提调官军，赣州知府邢珣招募乡勇。

招募乡兵，是王守仁拿手的绝招儿。早前他在南赣剿匪的时候每每就地招募乡兵，打起仗来十分得力，附近各府眼看乡兵管用，也都学着王守仁的样子招募乡兵进行训练，其中尤其以赣州、吉安两府的乡勇训练最充足，战斗力也最强。

得了王守仁的命令之后，江西五府立刻就地招兵，到六月三十日，吉安知府已招募乡兵五千人，袁州府招兵三千五百人，瑞州府招兵四千人，抚州府招兵三千人，赣州府招兵三千人，临江府招兵三千五百人，另外附近还有几个人口众多的大县，其中新淦县招兵一千五百人，万安县招兵一千二百人，宁都县招兵一千人，赣州卫指挥使余恩则已调齐官军四千五百人，各路加在一起已有三万之众。

有了三万兵马，王守仁的心总算定下来了。眼看宁王还坐困南昌毫无行动，经过一番深思，王守仁觉得调动宁王兵力，引诱叛军东进攻打安庆、南京的时机已经成熟了。

于是王守仁给临江知府戴德孺下令，让他立刻召回所有派往南昌城的细作，停止散发免死牌，在南昌周围各县"征集军粮"的行动也全部停下来，好让宁王知道不管是京军还是湖广兵马，都还远在天边，根本就没有能力威胁南昌。

知道了王守仁的安排，吉安知府伍文定大吃一惊。

在王守仁动员的临江、袁州、抚州、瑞州、吉安等地方官员中，只有吉安知府伍文定曾经率领乡兵到赣州去接受过整训，所以吉安府的乡兵人数比各县都多，战斗力也居各府县乡兵之首。伍文定和王守仁是旧相识，对王守仁在南赣剿匪的用兵如神很是佩服。但土匪毕竟是肘腋小疾，宁王叛军却是心腹大患，王守仁用疑兵之计把叛军拖在南昌，这一招妙计令人拍手叫绝，可现在王守仁忽然收回疑兵计，反而怂恿宁王率军东进，就让伍文定大惑不解，忙赶来询问："听说都堂不再设下疑兵，卑职敢问一声，都堂这是要让宁王进犯南京吗？"

王守仁微微一笑："正有此意。"

伍文定忙说："南京是我大明故都，南直隶一省的面积比江西、浙江两省加起来还大，又是鱼米之乡，人文荟萃之地，江南的根本所在，南京一旦陷落，不但南直隶全部沦陷，江西、浙江、福建都将不保，就连河南、山东也难免波及！中原有损，京师震动，天下危急，非同小可！都堂还要三思而行呀。"

伍文定的想法也不是没有道理。可在这件事上王守仁想得比他深刻得多："宁王敢造反，不是因为他手下兵精将勇，而是凭着突然起事，江南没有防备。大明朝精兵勇将多在北边长城一线布防，江南地区最为空虚，各地守军又不知道宁王已经造反，这时候宁王若一鼓东进，攻克南京十拿九稳。可现在宁王被拖在南昌十六天，远到京师，近到安庆、南京都得到了消息，也做了相应的准备，宁王再想克安庆，拔南京，远没有当初那么容易了。此时宁王若盘踞南昌不走，再过一两个月，湖广、广东、南赣各路兵马就会杀进江西，直取南昌，京师劲旅也会千里奔袭而来。到时候进入江西省内的外省兵马恐怕不止十万二十万！几十万人在南昌周边打一场恶仗，要死多少兵士，又害死多少百姓？等平叛之后，只怕南昌城和周围府县全都化为齑粉了！咱们都是江西的地方官，怎能不替一方百姓设想？"

王守仁这些话情真意切，可伍文定却不以为然："天下事有大有小！若宁王被困在南昌，恶战一场，南昌百姓当然可怜，可这总比南京陷落，江南数省百姓同时遭难要好得多吧？"

王守仁笑着问了一句："伍知府凭什么断定宁王必能攻克南京？"

伍文定忙说："我不敢断定，可事情太大，不敢弄险。"

大事当前，不敢弄险，伍文定的想法很有道理。可王守仁是个非同寻常的人物，谋略心思远非伍文定可比："伍知府说得对，大事当前，不能弄险。可本院心里早有计较：宁王叛军对外宣称有十万之众，其中精锐不过六万，江西省北与湖广相接，南邻广西、福建，西边是南赣九府，叛军必须处处设防。九江、南康是南昌通往南京的咽喉要道，也要留重兵把守，至少分掉三万人，南昌城里也要一两万人驻守，这么算起来，叛军东进之时兵力只有五六万人。朝廷对宁王并非全无防备，近几年从边关调来一员猛将杨锐镇守安庆，城里又有从边关带过来的几千精锐士卒，安庆城防坚固，易守难攻，叛军以五六万人的兵力，急切之间想攻克安庆都难，想取南京就更不容易了。"看了伍文定一眼，见他还是满脸忧急，又说："宁王四代世镇南昌，这里是他的巢穴根本！本院这次诱使宁王举兵东进，并不是纵容他去攻南京，而是要趁着南昌空虚的时机，用咱们手里的三万人马迅速攻下南昌！只要咱们取了南昌，叛军进不能出安庆奔南京，退不能回江西割据地方，顿时成了漂在长江上的一条死鱼，那时咱们再集合南赣、广东、湖广各路兵马沿江围攻，既容易取胜，对百姓的荼毒也较轻，你说是不是？"

王守仁这一番算计神出鬼没，可伍文定还是觉得太冒险了："都堂诱使叛军主力东进，再趁后防空虚之时袭取南昌，这是个好主意。可宁王在南昌经营多年，叛军起兵不久，士气很盛，南昌城防也坚固得很，只凭咱们手里这三万乡兵真能迅速破城吗？万一南昌久攻不克，叛军却已先破了安庆，杀到南京去了，岂不酿成大祸？"

王守仁点点头："若真如你所说，南昌久攻不克，倒让叛军先攻克了安庆，事情果然麻烦。可孙子说'知己知彼，百战不殆'，现在咱们对于叛军的一举一动了如指掌，叛军对咱们的兵力却全不知情，我命令戴德孺召回细作，停止发放免死牌，就是要让宁王误以为江西周边没有一兵一卒，让他放心大胆地奔袭安庆，留在南昌的兵力越少越好。"

"都堂觉得宁王会在南昌城里留多少兵马？"

"少则一万，多则两万——无论如何不会超过两万人。而且叛军既然去攻南京，精兵勇将必然全数东进，留在南昌的只是老弱残兵和宁王信不过的将领，这些乌合之众能打什么仗？"

听王守仁这么一分析，伍文定也觉得奇袭南昌果然是妙计，可再一想又犹豫起来："咱们手里虽然有三万人马，可带兵的只有几位知府、知县，没有统兵的人才呀。"

这个问题王守仁早就想过，当下冷笑一声："人才？人才多得是，尤其是这正德朝，满地都是人才。我听说原刑部员外郎王思、原吏部主事李中被皇帝贬到吉安府当驿丞，这不就是两个人才吗？还有一位退休的副都御史王懋忠，在家养病的翰林编修邹守益，在家服丧的御史张鳌山，闲居的副指挥使刘逊、参知政事黄绣，因为得罪奸党被罢官回来的知府刘昭……你看看，随手一算就有这些人才，你还怕人才不够用吗？"

给王守仁一指点，伍文定也笑了："都堂果然是高人，不管多难的事，总是一点就通。这么说咱们眼下应该偃旗息鼓，让宁王以为江西省内没有一兵一卒，好诱使叛军放心大胆去攻安庆？"

王守仁点头道："你说得对。本院已经下令，命瑞州、袁州、抚州、赣州各处兵马先不要到吉安府来集结，做出一个'无兵可用'的假象给宁王看。"

有了王守仁的巧计安排，临江知府戴德孺立刻行动起来，一夜工夫就把南昌城里的几百名细作全部撤出，于是闹腾了半个月的南昌城忽然安静下来，前一夜还铺天盖地到处都是的告示、免死牌之类东西忽然销声匿迹，就连周围府县到处征粮派饷的官差们也都在同一时间没了踪影。

第五章 江西平叛

到这时困坐南昌的朱宸濠才起了疑心，急忙派人四处哨探，结果很快查明，不但"十万京军开赴江西"是个谣传，就连湖广兵马在鄱阳湖口设伏、南赣兵马正准备攻打南昌的消息也全是假的！此时远在武昌的湖广巡抚陈金根本没接到宁王造反的消息，至于南赣巡抚王守仁，到南昌赴宴之后就失了踪，根本没回赣州。

如此说来，南昌左近根本没有任何危险，朱宸濠不立刻挥师攻取南京，还等什么？

就在朱宸濠起兵造反的第十六天，七月初一，宁王下令鄱阳湖水寇凌十一率领手下一万精锐出九江、南康向安庆进发。第二天，朱宸濠亲领两万兵马出南昌沿江东进，另外三万军马紧随其后，驾驶艨艟巨舰，载着佛朗机火炮驶出鄱阳湖，进入长江，浩浩荡荡直向安庆杀来。

吉安方面，王守仁的两只眼睛一直紧紧盯着叛军的动向。现在叛军兵马一动，王守仁立刻得到消息，同时，叛军在南昌附近的兵马部署也被王守仁全部掌握了。

朱宸濠刚刚造反的时候由于被王守仁惊吓，以为南赣兵马即将沿章江杀奔南昌，所以派大将李世英守瑞州、华林山，王春守丰城、奉新、东乡，面对南赣方向布设了一条弧形的防线，部署在此的兵力有一万余人。可是随着叛军把注意力投向南京，为了增强兵力，莽撞的朱宸濠竟将李世英、王春两路兵马全部回撤，让这些人跟着他杀奔安庆去了，于是原有的防线全部废弃，南昌竟成了一座孤城，无遮无掩。

为了集中兵力攻打安庆，朱宸濠又把南昌原有兵马抽调一空，只留下一万兵力，守城的是朱宸濠的侄子宜春王朱拱樤，此人年轻识浅，从没上过战场，毫无临敌经验，另有布政使胡濂、参政刘斐、指挥副使唐锦、指挥佥事胡凤、都指挥王圯等人辅佐宜春王，这些官员部将都是江西省内的旧官僚，虽然附逆，却不得朱宸濠信任，他们手下的一万兵马也多是没什么战斗力的老弱残兵。

宁王的一切部署，竟与王守仁早前的推测完全相符。

朱宸濠的愚蠢和王守仁的高明恰是一反一正，配合得严丝合缝。

早前宁王造反，王守仁无兵可用，最怕叛军东犯，就使出一个疑兵之计，宁王立刻上当，龟缩在南昌城里整整十六天，耽误了进犯安庆、南京的最佳时机。现在王守仁手里有了三万人马，又使出一个"添兵减灶"的妙计，假装无兵可用，诱使叛军东进，结果朱宸濠再次中计，竟把原有的防线全部弃守，南昌守军抽调一空，精兵勇将尽数杀奔安庆，把南昌一座空城扔给了王守仁。

眼看机会来临，王守仁一天也没耽误，立刻下令赣州、抚州、瑞州、吉安各路乡兵官兵倾巢出动，务必在七月十五日赶到临江府与南昌府交界的樟树镇会齐，初定于七月二十日，也就是宁王叛军主力离开南昌的第十八天，对南昌城发起总攻。

接了王守仁的命令，各府县集结的乡兵迅速向樟树镇集结，到七月十五日，三万人马已经到齐。这段时间临江府派出的坐探每天都向王守仁通报敌情，直至此时，叛军对于杀到面前的三万大军仍然毫不知情。

到这时候王守仁已经知道，奇袭南昌这一战有了八成胜算！一刻也没休息，立刻挥师直扑南昌。眼看大军已到丰城，离南昌只剩一天的路了，王守仁心里忽然又生出一条妙计。扎营之后立刻把临江知府戴德孺找来，问他："你早前派到南昌的那些细作在何处？"

戴德孺忙说："依都堂吩咐，这些人已经全部撤出南昌了。"

"他们手里那些告示和免死牌还有吗？"

戴德孺不知王守仁这话是何意，愣了半天才说："大概有吧。"

王守仁点点头："好，你马上让这些人潜入南昌，把手里剩下的告示全贴出去，所有免死牌也投放出去，务必惊动城里守军！"

一听这话戴德孺傻眼了："这么一来南昌城里的守军就知道我军已经城下了，咱们攻城的时候岂不麻烦！"

见戴德孺把事情想得简单，王守仁忍不住笑了起来："城里的叛军早先被这些告示和免死牌吓唬了半个多月，最后发现所谓'朝廷兵马'全是虚张声势。现在宁王亲率大军杀向安庆，咱们忽然又把这些旧告示张贴出来,城里的叛军哪会相信？他们完全不信，又怎么会受惊扰呢？"

王守仁说得在理。叛军早前被这些告示和免死牌唬弄了那么久，现在又看见这些东西，当然不信了。可戴德孺还是想不明白："这么说来，派人进城去贴告示不就没用了吗？"

戴德孺的脑袋里只有一根筋，王守仁摇了摇头："这些告示我们早先贴过，现在又贴一次，叛军当然不信了。可是他们看了这些告示，心里总有个印象，等我军忽然杀到南昌城下的时候，这些叛军就会想起告示上的内容，立刻以为这是湖广、南赣、广东三省调集的'十万官军'杀到了,这么一想,他们必然阵脚大乱,咱们手里这三万乡兵,就有了十万人的威风,攻克南昌城就更容易了。"

王守仁这个主意实在很妙,戴德孺又琢磨了半天才完全想透,赶紧跑出去布置人手去了。

当天夜里,大批细作从丰城出发,到天亮的时候,这些人已经混进了南昌城里,立刻分散开来,又开始在大街小巷张贴告示,到处投放劝叛军出城投降的"免死牌"。

眼看已经安静了好些日子的南昌城忽然又乱作一团,守城的胡濂、唐锦等人急忙分派人手捕捉细作。至于那些内容与早先完全一样的旧告示,叛军里没有一个人把它当真,只是看作一个笑话罢了,扔得满街都是的免死牌也没人去捡拾。

对于叛军中的军卒将领而言,南昌四周并无敌军,安稳得很,而宁王已亲率精锐直取南京,南京一克,江南数省望风披靡,那时候叛军占据南昌招兵买马,回过头来取南赣,进湖广,攻广东,夺浙江,自然大有作为,如果宁王在南京建都称帝,追随他的人都能升官发财,要是宁王夺了天下,这些人更是封妻荫子受用无穷,这种时候,什么投降书、免死牌的,谁会理它?

就在叛军浑浑噩噩混日子的时候,七月二十日,王守仁率领三万兵马已经到了南昌城外的市汊街,眼见南昌城里只有一万兵马,而且毫无防备,王守仁料定此战必胜,于是把手下兵马分成十二哨:

第一哨,统兵官吉安府知府伍文定,即统部下官军兵快四千四百二十一人进攻广润门;得手后留兵防守本门,直入布政司屯兵,分兵把守王府内门。

第二哨,统兵官赣州府知府邢珣,即统部下官军兵快三千一百三十人进攻顺化门;得手后留兵防守本门,直入镇守府屯兵。

第三哨,统兵官袁州府知府徐琏,即统部下官军兵快三千五百三十人进攻惠民门;就留兵防守本门,直入按察司察院屯兵。

第四哨,统兵官临江府知府戴德孺,即统部下官军兵快,新、喻二县三千六百七十五人进攻永和门;就留兵防守本门,直入都察院提学分司屯兵。

第五哨,统兵官瑞州府通判胡尧元、童琦,即统部下官军兵快四千人进攻章江门;就留兵防守本门,直入南昌前卫屯兵。

第六哨，统兵官泰和县知县李楫，即统部下官军兵快一千四百九十二人夹攻广润门；直入王府西门屯兵把守。

第七哨，统兵官新淦县知县李美，即统部下官军兵快两千人进攻德胜门；就留兵防守本门，直入王府东门屯兵把守。中军营统兵官赣州卫都指挥余恩，即统部下官军兵快四千六百七十人进攻进贤门，直入都司屯兵。

第八哨，统兵官宁都知县王天与，即统部下官军兵快一千余人夹攻德胜门；直入钟楼下屯兵。

第九哨，统兵官吉安府通判谈储，即统部下官军兵快一千五百七十六人夹攻德胜门；直入南昌左卫屯兵。

第十哨，统兵官万安县知县王冕，即统部下官军兵快一千二百五十七人夹攻进贤门；就把守本门，直入阳春书院屯兵。

第十一哨，统兵官吉安府推官王皞，即统部下官军兵快一千余人夹攻顺化门；直入南昌、新建二县儒学屯兵。

第十二哨，统兵官抚州通判邹琥、知县傅南乔，即统部下官兵三千余人夹攻德胜门；就留兵防守本门，随于城外天宁寺屯兵。

为了速战速决，王守仁又传下将令：一鼓必赴城下；二鼓必登城上；三鼓必克诛伍长；四鼓必克诛统兵之将！

这道军令听起来严酷异常，让人觉得难以接受，可回头一想，南昌之战前后准备了一个多月，种种奇谋妙计早已瓦解了叛军的军心，王守仁手下的兵马与叛军相比占着三比一的优势，加之南昌城池巨大，守军仅有一万，兵力不足，漏洞百出，官军可以集中攻击一点，叛军却不能处处设防，所以一战突破城池还是有把握的。

最厉害的是，王守仁临时又想出一条妙计，在南昌城里贴了无数告示，声称"十万大军已到"，这一条计策实而虚之，虚而实之，叛军原本丝毫不信，可一旦乡兵开始攻城，看着人山人海的队伍，叛军们顿时就会以为"十万大军"真的到了！别的不说，光是这一个吓唬，也足以瓦解叛军那仅存的斗志。

有这么多优势在手，南昌已成囊中之物，就算四鼓而克，也并不怎么困难了。

随着王守仁一声令下，三万大军乘着清晨的薄雾从四面八方向南昌城下围攻过来。

这时镇守南昌的宜春王朱栱橡也正在南昌城头,看着眼前一片淡淡的晨雾,心里惊惶不安,不知如何是好。

朱栱橡是宁王朱宸濠的亲侄子,被封在宜春,是个比宁王低一等的藩王。像大明朝的众多朱姓王公一样,朱栱橡平时困居宜春,没有朝廷旨意不准私自出城,只能待在府里吃喝玩乐,真正是四体不勤五谷不分,骑不得马使不动刀,年轻识浅,毫无用处。这次朱宸濠亲自进犯安庆、南京,把宜春王留在南昌,手里只有一万兵力,部将都是江西省内的官员,朱栱橡以前根本不认识这些人,更不会带兵打仗。正站在城上发呆,忽听远处传来一声炮响,顷刻间,南昌城外传来一片呐喊,无数官军扛着云梯、背着绳索挠钩,提着刀枪火铳扑天卷地般从雾气里杀出,黑压压的人潮直向南昌城下扑来。城头的叛军急忙抢到垛口旁乱箭齐放,可俯身看去,只见雾气之中人潮滚滚,不知有多少官兵正从四面八方袭来。这些叛军都见过城里张贴的告示,知道"十万官军"已经杀到,昨天他们中没一个人相信,可现在看了这个阵势,不由得立刻信了,顿时吓得心慌手软,斗志全失。

南昌城里的叛军原本是官军,因为驻扎江南,他们中很多人从没打过仗。可王守仁手下的乡兵却参加过剿匪,颇有战斗经验。又有两千精锐之士,都是王守仁从南赣九府各县之中挑选的会武艺的锐卒,个个以一当十。这两千里尤其有四百多人,是专心受过攀登训练的高手,靠一杆铁钩一根绳索就能爬上绝壁。眼下这些人也不用云梯,只是飞跑到城下无人防守之处,把手里铁钩抛上城头,抓着绳索攀爬而上,叛军根本防不胜防。

混乱中,精锐的乡兵转眼间已经爬上城头,挥舞钢刀到处劈砍,城上叛军纷纷后退。原本就漏洞百出的城防顿时支持不住,成群乡兵趁这机会鼓勇而进,顺着云梯从四面八方登上城头。

几乎顷刻之间,南昌城防已被突破!叛军扔了刀枪四下乱窜,剩下一个宜春王朱栱橡呆呆地站在城上,连一道像样的命令也没发出,甚至连腰刀都没拔出来,转眼工夫已被官兵按倒在地捆了个结实。

攻打城池之前,王守仁下令部属务必四鼓之内破城,哪知南昌竟被一鼓而克,连王守仁自己也觉得意外。

就在城池被攻破的同时，还在城外的王守仁已经看到城中烟火四起，凭着早先在南赣剿匪的经验，王守仁猜测这可能是官兵破城之后放火抢劫！大吃一惊，赶紧亲自带了两百人进入南昌，在四城巡查，果然捉获了一批趁火打劫的家伙。对这些人王守仁毫不手软，把为首作恶的人当街斩首，其他的按倒在地狠狠打了一顿军棍，又命令那些知府知县和各军将领查严督促手下，不准放火抢掠，违者一律重办。

有王守仁在这里严查，进城的官兵很快被约束住了。

后来才知道，南昌城中的大火并不是官兵放的，而是宁王府中的太监宫女们知道叛逆之罪太重，一旦被擒，只怕要遭凌迟之苦，所以城破之时，这些人跳井的跳井，上吊的上吊，也有些人就在王府里放火自焚，因为火势太大，官兵救之不及，这场大火不但把宁王府烧毁，还连带着烧掉了南昌城里十几条街，毁了无数民房，火势蔓延开来，竟把章江门外闻名天下的滕王阁也烧掉了。

决战黄家渡

当王守仁率军攻克南昌的时候，宁王已经率领六万精兵围攻安庆好几天了。可安庆是长江上拱卫南京的咽喉要塞，城池筑得十分险固，城里驻扎的是一支从边镇专门调来的边军，战斗力远非江南腹地没打过仗的驻防军可比，守将杨锐也是个能打硬仗的将军，所以宁王虽然围攻安庆多日，却尚未得手。就在此时，南昌失守的消息传到了前线。听说此事，宁王顿时魂飞魄散。

此时的宁王还有最后一个机会，那就是对南昌失守之事严加保密，同时下定决心把自己的巢穴置于不顾，倾尽全力突破安庆，不惜一切代价拿下南京。一旦攻克南京，立刻建都称帝，发布檄文号召天下人起来反对正德皇帝，同时以南直隶为根据地招兵买马，向北可以攻入河南、山东，威逼京师，向南可以攻取浙江，向西可以收复南昌，夺回江西。

但宁王有这样的魄力，有这样的胆量，有这样的谋略吗？

从早前的表现来推断，王守仁料定宁王没有这个本事。

在南昌城里坐等叛军消息的这段时间，想必是王守仁一辈子最慌张最焦虑的时刻。自从进入南昌以后，他一刻也无法入睡，因为王守仁深知，宁王若肯回师来救南昌，自己才有与叛军决战的机会——决战是否能胜尚未可知；若宁王不肯回师，只管率军东进，南赣巡抚王守仁这一个月来的苦心布置就全白废了，也就是说，这一仗，他打输了。

值得庆幸的是，王守仁的焦虑只持续了一天，七月二十一日，他已经得到消息：宁王从安庆撤围，正率领六万精锐全力回援南昌。

叛军回撤了，南京方面的危机缓解了，可对王阳明来说，他所面对的战局却变得异常危急。

宁王朱宸濠手下有六万精兵，战船千艘，兵精器利，训练有素，战舰上装备着当时最先进的西洋火炮。而王守仁部下多是民兵，没有合适的战船，更缺少火器，只能架着打鱼的小船用弓箭、火铳和土质的燃烧瓶同宁王拼命。面对危局，王守仁不但毫不畏惧，反而下决心先发制人，派一哨精兵偷袭宁王舰队，先给强大的敌人吃个下马威。

七月二十三日，叛军前锋已开进到离南昌七十里的樵舍，大约第二天就会对南昌发起进攻。得到消息后，王守仁立刻命令伍文定、邢珣、徐琏、戴德孺各带五百兵由黄家渡口上船，偷袭樵舍。想不到宁王竟做出了完全相同的部署，派了几千人马来偷袭南昌，正好在黄家渡登岸，正要出发的乡兵和刚登岸的叛军在黑暗中遭遇，一场恶战，伍文定等人寡不敌众，只得退回南昌，宁王部下虽然得胜，可是刚上岸就遭到阻止，一来心里发虚，二来偷袭密谋已经泄露，再去南昌也没用了，只好连夜退回樵舍。

黄家渡这场遭遇战其实无足轻重，可宁王却对战果做出了错误的估计，因为叛军是在登岸后与乡兵遭遇，于是宁王以为王守仁所部缺乏战船，不敢在江面设防与叛军交锋，只能在岸上驻守；而且乡兵分为四队，由四位知府分别率领，所以他们实际上是分四次加入战斗，这又给宁王一个错觉，以为乡兵是遭到攻击后逐次向黄家渡增兵，最终仍为叛军所败。于是更坚定了早先的判断：王守仁所部因为缺乏战船和器械，不敢在江面上与叛军决战，而且这些乡兵在陆地上的战斗力也平常。于是下令向黄家渡进发，以凌十一手下的鄱阳湖水寇为先锋，扫清拦路的战船，全军登岸之后立刻进攻南昌。

其实宁王的想法也有道理，比如，王守仁兵力不足，战船太少，缺乏器械，水战中处于劣势。但宁王却没想到，王守仁身处逆境之中，却已看出了宁王的弱点，认为宁王急于夺回南昌，用兵难免浮躁，还没有登上江岸，眼睛早就盯住了南昌城，对于江面上的水战估计不足。而且宁王的叛军一半是归降的官军，一半是山贼水寇，这些人的脾性完全不同，打法也不一样。官军战船巨大，火炮犀利，可是阵法保守，战斗力差，行动迟缓。而水贼正与官军相反，凶悍傲躁，有勇无谋，战船又小，行动迅速。一个快一个慢，一个傲躁一个保守，官军与水贼的阵营之间就出现了一个巨大的漏洞。

于是王守仁紧紧抓住宁王排兵布阵上的漏洞，把手里所有战船都布置在黄家渡外围的芦苇荡里，又命令一支官军驾驶少量战船在渡口附近游弋，吸引叛军前锋的注意。等这些水贼脱离大军向前猛冲，两队之间拉开了距离，乡兵战船就从缝隙里插进去，专门围攻叛军大船，贴身近战，上船纵火，先把宁王的主力击溃，则其先锋不战自败。

二十四日一早，宁王亲率大军赶到黄家渡，打头阵的正是凌十一的鄱阳湖水盗。果然像王守仁估计的那样，水贼凶悍矫捷，却很鲁莽，远远见到江面上那些做诱饵的小船，立刻发起疯来，一鼓劲地划桨，拼命追着做诱饵的小船不放，宁王舰队前锋和中军之间顿时出现了一条几里宽的缺口。

随着芦苇丛中一声号炮，几百条小船蜂拥而出，冲进叛军后队，在那些笨拙的巨舰之中左穿右插，到处放火，这些叛军原本是官军，打仗没有水贼们凶狠，官船又大又笨，被小船一冲顿时前后不能相顾，乡兵小船贴得太近，火炮也不能随意发射，这些叛军立刻乱了阵脚，为了躲避大船自相碰撞，不少战船或沉或伤，或燃起大火。宁王毫无战斗经验，眼看这些厉害的小船就在眼前横冲直撞，箭矢已经射到自己乘坐的帅船上，吓得手忙脚乱，也未传令，只管扔下部属回身就跑。这一下叛军大乱，大船小船四处乱钻乱逃，被斩两千余人，落水而死的超过万人，残部一路退回了樵舍。

从安庆撤军的时候宁王就已经乱了阵脚，偷袭南昌又没捞到便宜，两场乱仗打下来，宁王朱宸濠心浮气躁，意气用事，集中精锐主力来夺黄家渡口，想不到在黄家渡又中了王守仁设下的埋伏，遭遇一场大败。由于宁王用兵过急，投入战场的船只兵力过多，加之战船庞大，火炮沉重，在南昌守军的快船面前束手束脚施展不开，这一场败仗损失的兵力远超出了所有人的估计。等叛军退回樵舍，清点人马，原来的六万大军仅剩四万八千余人，仅黄家渡一战，朱宸濠就损失了一万多精锐士卒。

这样的损失对朱宸濠来说是难以承受的，更可怕的是，黄家渡的败仗彻底摧毁了叛军的士气。

朱宸濠在江西省内经营多年，凑集的兵力十万有余，可这些人马的构成却驳杂得很。其中最能打仗的并不是投到宁王麾下的几万官军，而是凌十一、吴十三、闵廿四手下的一万多名强盗，以及江西、广东、福建几省搜集来的各式各样的水寇山贼，剪径强人。那些官兵投靠朱宸濠，是因为江西都司葛江等人被朱宸濠拉拢，士兵被长官们领着莫名其妙地从了贼，而山贼水寇肯提着脑袋给朱宸濠卖命，则是看定了正德皇帝昏庸无道，江山难保，朱宸濠是太祖高皇帝的嫡系子孙，若能跟着他夺了江山，从此光宗耀祖，荣华富贵享受不尽，就算朱宸濠终于不能成事，这些贼寇至少也能跟着他转战江南各省，攻城掠地，杀人抢劫，发一笔横财。

富贵险中求，能当官最好，当不了官，发笔财也行。

可惜，不论以葛江为首的原江西省文武官员，还是以凌十一、吴十三为首的强盗，都没想到朱宸濠这个糊涂藩王竟然这么不争气！筹备多年，一朝发动，兵精将勇，火器犀利，所攻打的又是经济繁荣人文荟萃的江南地区，这里是大明王朝种植粮米、培养文人的大后方，是大明立国百多年来从未发生过大规模动乱因而也就从未认真设防的软腹部，叛军面前没有一支善战的部队，也没有一个能打仗的对手，南直隶、河南、浙江、京师等地又有无数被宁王收买的官员给叛军做内应，无数城池门户洞开，官员们翘首以盼，只等叛军杀到就献城归顺……如此局面，获胜本来易如反掌，想不到宁王犹豫逡巡，处处犯错，先是坐困南昌贻误战机，接着大军东进不能攻克安庆，南昌失守后又慌了手脚，放下几乎到手的安庆、南京不要，回过头来又攻南昌！眼看叛军在江西省内团团打转，朝廷大军正从几个方向赶杀过来，黄家渡一战，宁王精兵又败在王守仁的乡兵义勇手里，这一仗再打下去只剩下两个字，一是败，二是死。

跟着宁王升官发财，拿性命博个功名富贵，值得！可明知是条死路，还提着脑袋给这糊涂王爷卖命，就不值得了……

这天夜里，章江岸边人影幢幢，无数叛军脱了铠甲扔了兵刃，跳下战船悄悄登岸，趁着夜色逃之夭夭。等到宁王发觉，赶紧派人沿江搜查，严整军纪，见了逃跑的人就杀，好歹把这些人控制住，可再一点算人数，宁王帐下只剩四万人了。

仗打到这个时候，宁王和他手下的文官武将、强盗头子们都意识到，眼下他们已经走到了绝境，再打一个败仗，这支军队就会瓦解，而他们这些人一个个抄家灭族，死无葬身之地。唯一的办法就是再拼一次命，仗着手里还有几万人马，不顾一切打败王守仁，夺回南昌城，再以南昌为核心尽快占领江西全省，招兵买马，准备迎战朝廷大军。万一打败了朝廷的援军，那时取南京、夺浙江、进河南、取湖广，局势或许尚有可为。

再不拼命的话，大家就得抱成一团儿死了。

困兽犹斗，如狼似虎。

当天夜里，朱宸濠下了一道命令：放赏！追随宁王的四万将士人人有赏，所有人排着队来领赏钱。等这些人都拿了赏钱之后，宁王又把几十万两白银搬了出来，全都堆在船头上，以百两纹银的高价在手下人里招募死士，转眼工夫就招募了几千个亡命之徒，当场把银子赏给他们，同时许下重利：只要打败王守仁，夺回南昌城，另有重赏。

往后退是死路，往前冲有财发！这些不要命的匪徒手里捧着白花花的银子，眼珠发亮，满脸通红，一个个像豺狼一样号叫起来。那些本已灰心丧气的士卒领了赏钱，又被敢死队的气势刺激，也都慢慢缓过劲来，四万余人齐声呐喊，欢呼之声震撼章江两岸，就连驻扎在黄家渡的官军也隐约听到了叛军的狂叫。

暗夜里听到这狼嚎鬼叫，王守仁和他手下的几位知府也估计到，宁王这是要拼命了。

从宁王起兵叛乱，王守仁临危受命以来，与叛军相比，阳明先生手中掌握的兵力始终处于下风。最危急的时候，面对十万叛军，王守仁这里只有几百人手，现在情况已经好转了很多，可是相对于四万多发了狂的山贼水寇，王守仁这边却只有三万名临时招募起来的乡兵义勇。若在一般人看来，平叛之战时时危险莫测，处处如履薄冰，从头到尾就像一场孤注一掷的赌局，虽然前面连赢了几注，可一个不留神，仍有可能满盘皆输。

在这种情况下，很多人都会本能地觉得再冒险实在不值，不如就此保住赢回来的本钱，巩固早先取得的胜果，稳住局面，把时间再拖一拖，等朝廷大军到了，那时歼灭宁王叛军就容易多了。

南昌城里的官员中有这样想法的并不止一两个，于是临江知府戴德孺被众人推举出来，直接对王守仁说："王都堂，早先我军于江面设伏行的是个险计，这一次叛军不会再中计了，明天一战必是一场恶仗，叛军虽然已遭重创，然而兵力还多，锐气尚存，战船火炮也十分犀利，下官以为不宜强行交战，还是以稳守城池为好，只要咱们把叛军拖在南昌城下，待京师、湖广大军一到，里应外合，当可一战将叛军尽数歼灭。"

戴德孺这话是替南昌城里一半以上的官员将领们说的，而且这些话也有道理。可王守仁却是个与众不同的人，做事但凭良知，只为百姓们着想，看事情也就与普通官员不同了。

现在戴德孺请求固守南昌，这确实是一步稳棋，但王守仁心里却有一个顾虑："固守南昌确实稳当，可这么一来就等于把几万叛军放上了岸，这些人大多是山贼水寇，如狼似虎，一旦上岸，南昌左近县城村镇必遭荼毒，百姓们要受苦。而且叛军围城，虽然未必攻得下南昌，可这一仗打下来至少是几个月时间，兵连祸结，成千上万无辜的人会因此送命，与其看着百姓受难，不如咬咬牙，速战速决，一战把叛军打垮，早点结束这场兵祸。"

"可叛军兵力甚多……"

王守仁抬手止住戴德孺："叛军兵多是实情，而且这帮人已经发了狂，变成了吃人的豺狼，可豺狼就是豺狼，他们打仗为什么？不过是为了杀人放火，奸淫掳掠；咱们打仗为什么？为的是保全江西一省以至江南数省，救千万百姓的命！明天这一仗是硬碰硬，叛军凭兽性，咱们凭良知，虽然没有他们船大，没有他们兵多，却一定能比他们坚持得更久，只要咱们坚持得住，叛军必败无疑。"

王守仁说的话句句在理，戴德孺心里却还有一点不能认同："都堂是位讲学的宗师，良知之学讲得最好，我们这些人都是佩服的。可说句不好听的话，咱们手底下那些乡兵很多人连字儿都不认识，他们懂得什么叫'良知'吗？"

戴德孺这话虽然说得刻薄了些，也有他的道理。王守仁略想了想才说："咱们率领的乡兵义勇都是从百姓中临时招募的，这些人或许不认得字，也没读过圣贤书,可他们心里照样有良知,知道好歹,今天这一仗,远的说,是要救江南数省百姓,近的说,是救江西百姓自己的命,这些乡勇哪个不是'江西百姓'?只有消灭了叛军,大家才能安居乐业,若是败了,他们的父老乡亲就要受害,这个道理当兵的总知道吧?再说,这些人上了战场,还是要靠你们来统率,你们这些知府知县都是读过圣贤书的,什么道理都明白,只要你们能一心为百姓着想,抱定救民于水火的良知,下定必死的决心,上下一心,坚持到底,这一仗就一定能打赢。"

听了这些话,戴德孺一时低头不语。王守仁看了他一眼,又说:"我们这些人读了一辈子圣贤书,所学的无非是一个'仁'字,一个'义'字,何谓'仁义'?舍身为民就是仁,死而无悔就是义,孟子有言:'生,亦我所欲也;义,亦我所欲也;二者不可得兼,舍生而取义者也。'在这上头诸位不妨多想想。"

想活命是人的天性,守良知是人的品德,两者不可兼得之时,宁守良知而舍弃性命!孟子这话说得太对了,一个读圣贤书的儒生,一个有良知的官员,一生追求的无非是这么个境界罢了。

王守仁把话说到这里,几位知府也没有别的想法了。吉安知府伍文定第一个说道:"都堂说得对!所谓'无求生以害仁,有杀身以成仁'。这才是大道理!我等出来做官,本就是为民请命来了,如今叛军就在眼前,咱们不为老百姓豁出命去,这圣贤书不就白读了吗?"

伍文定的一句话,把所有人的心思都拢到了一块儿。

眼看自己手下的几位知府已经下定了决心,王守仁这才手指着地图布置起来:"诸位,明天这一仗我军全部出战,务求必胜,尤其中路一支最为要紧,我想请吉安知府伍大人指挥这路人马,配上最好的大战船二十条、中型战船二百条,挑选精锐士卒,把咱们手里的所有火铳抬枪都放在你的船上,黄家渡一战从叛军手里夺回来十几支佛朗机炮,你也都带上,与叛军接战之时务必有进无退,为全军争一个决胜的局面。伍大人能撑得住吗?"

吉安知府伍文定本就是个有胆气的人,又被王守仁用良知之言一说,更是把浑身的勇气都激发了出来。立刻高声道:"都堂放心,明天下官一定舍死争先,有进无退!"

王守仁要的就是伍文定这句话:"好,中路就拜托伍大人了,不管如何艰难,但求一场胜仗。"又回头吩咐另外三位知府："邢珣、戴德孺、徐琏各领小船两百条在左右策应，多用火箭火罐焚烧敌船，每一队都必须尽力向前，绝不能稍稍示弱。一旦叛军被击退，大家就一齐向前狠狠追杀，希望一战把叛军彻底打垮。"又对余恩说："余将军和本院一起在后押阵，指挥全局。"

天下人打仗都靠官兵，只有阳明先生依靠百姓；天下人打仗都讲胜负，只有阳明先生讲的是良知。

百姓们是最难唤醒的，对这些人哪，连孔圣人都不知道该怎么办才好。可百姓们其实也有良知，明白谁才是真心为他们的利益着想，一旦让百姓们明白了这些事，他们心里的良知也是会起而响应的。

阳明先生在南赣九府剿匪的时候，当地百姓就用良知响应了他。现在阳明先生在南昌城下抗击叛军，百姓们也被他的良知唤起，有了响应。于是战场上就出现了有趣的情况，民兵之锐远胜官军，儒生之勇远胜将领。

官军无用，民兵可用，这些余恩心里也明白，所以王守仁把民兵拿出来打硬仗，派几个知府文官做将军，却把余恩这个指挥使留在后边押阵，明摆着不用官兵，余恩却也说不出什么来，只有唯唯听命。

计划布置妥当，所有人都依命行事去了，王守仁这才有工夫坐下来喝一口茶，定一定心。

明天这一仗其实难打，面对已经发了狂的叛军，伍文定他们能否坚持得住，谁也不敢完全保证，王守仁虽然有勇气，可是一颗心毕竟悬在半空里，怎么也稳不下来。正在深思之时，余恩飞步走了进来："都堂，刚接到军报，宁王把九江、南康两城兵马尽数调往前敌，九江、南康两座城池都空了。"

王守仁一愣："这消息可靠吗？"

"绝对可靠。"

王守仁略想了想，不由冷笑起来："真是有趣，叛军竟把九江、南康两地放弃了，他们这是自断后路，要困死在章江里？看来宁王已经乱了方寸。"

余恩皱着眉头说："都堂说得对，叛军已经恐慌至极。可他们把九江、南康两地兵马都调上来，明天攻打南昌的队伍人数更多了……"

余恩想的只是眼下，王守仁的眼光却比他放得远："我军士气正盛，叛军却乱了方寸，兵力虽多又如何？现在的叛军就像个吹胀了的猪尿脬，看起来庞然大物，其实一刺即破。明日一战我本来只有六成信心，可现在，我军已有八成胜算了。"

听王守仁这么说，余恩好歹鼓起了勇气。王守仁立刻下令："调三千官军分成两路乘夜夺取九江、南康，切断叛军的退路！我看明天是最后一场硬仗，只要打赢这一仗，这场叛乱也就快平定了。"

确实，眼前这一仗已经是王守仁面对叛军的最后一场硬仗了，只要把这一仗打胜，朱宸濠就无路可走了。

正德十四年七月二十五日黎明，章江上大雾弥漫，黄家渡外的江面上，数百条大小船只排成一个密集的方阵，上万名乡兵义勇挺起兵刃，准备展开最后的决战。

吉安知府伍文定穿着铠甲，手提宝剑站在当先一条大船的甲板上，透过浓浓的雾色中向远处看去，两百步开外就什么也看不见了，侧耳细听，只有江风隐隐，听不到别的声音。就这么静立了约有半个时辰，天光已经大亮，雾气渐渐消退，原本平静的江水涌起一个个浪头，拍击船首嘭嘭作响。

虽然不是个水战的行家，伍文定心里也隐约猜到，江水激浪，是有大批船只正向黄家渡方向驶来。侧耳细听，江风中却是半点人声也听不见。伍文定心里说不出的紧张，回身问炮手："咱们的千斤佛朗机能打多远？"

"总有五六百丈吧。"

"向前放一炮试试！"

顿时，大船上的千斤铜炮轰然一声打响。随着炮声，整条船猛然一振，船上的乡兵们以前连大炮也没见过，这下都打了个趔趄，正在惊讶，却听得对面浓雾中有人嗷嗷地喊叫起来，紧接着，江面上传来一片狼嚎般的吼叫声，炮声隆隆，无数弹丸刮风般打了过来。

原来叛军的敢死队已经趁着大雾摸到了伍文定面前。

这支敢死队是宁王用几十万两白银买回来的，率队的是宁王手下的死士凌十一。凌十一虽然不是将军，可他长年在鄱阳湖里领着水贼抢掠打劫，深通水战之道。为了达成突袭，凌十一下令偃旗息鼓，船上的水贼们每人口中衔着一根芦管，悄悄逼近黄家渡口。当先的几十条船上或装备佛朗机，或配置碗口铳，只等着对南昌守军来一个奇袭。不想刚摸到近前，对面忽然一炮轰来，正好打中一条大船的桅杆，立时折成两段，倒下来的桅杆把几个水贼打落江里，其余的都惊叫起来，顿时

第五章　江西平叛

露了形迹。眼看已经接战,凌十一也不犹豫,当即下令开炮。叛军船上的大炮火铳一齐打响,倒也声势惊人。

自从起兵以来,这还是头一回,叛军与官军迎面对阵,硬碰硬地展开搏杀。凌十一手下的水贼个个精通水性,凶狠敢死,又有几十门佛朗机炮一字排开向对面猛轰,伍文定也下令发炮还击,可他手里只有十几门铜炮,火力不能与叛军相比,伍文定只得催促船队鼓勇向前,顿时撞进叛军的战阵之中。这一下双方犬牙交错,叛军的佛朗机炮不像刚才那么管用了。可叛军仍然仗着船大人多狂冲硬打,不时有亡命之徒口衔钢刀跳过船梆,冲到近前贴身肉搏,伍文定手下的乡兵义勇毫无惧色,与叛军面对面地血战在一处,江面上喊杀如雷,火光冲天,两支军马死死绞在了一处。

恶战之中,伍文定的战船始终冲在最前面,叛军不时跳梆抢船,就在伍文定身边与乡勇厮杀,投来的火罐引燃了船帆,呼啦啦地烧成一片,带着火的帆布从半空中落下,竟将伍文定身上的战袍引燃,滚烫灼人,伍文定一张脸被烟火熏得漆黑,胡须都烧着了一半,接着对面船上一炮打来,正中船首,顿时在甲板上炸出一个大窟窿,伍文定被震得一跤跌倒,手里的宝剑也不知摔到哪里去了,立刻又爬起身,从兵士手里抢过一面旗帜高高举起,冲着手下大叫:"冲上去!叛军已经顶不住了,今日一战有进无退!"

有伍文定这样的人在前面领头,乡兵们也都学他的榜样,一个个舍死忘生,只管拼命向前冲杀。眼看冲入叛军阵中越来越深,宁王组织的敢死军已被伍文定的人马冲成了两半,左右不能相顾,邢珣、戴德孺等人的战船也已深深楔入敌阵,几乎看不到了。

章江水面恶战正酣的时候,王守仁也和指挥使余恩坐着一条大船在后面观阵。眼看两军打成了胶着的局势,胜负难分,余恩有些担心,凑过来低声说:"都堂,咱们的人手不足,伍知府那里怕是顶不住了,是不是调些人马上前接应他一下?"

余恩说是接应伍文定,其实是想请王守仁调战船上前阻击叛军,保住帅船不失。王守仁早看出余恩的心思,淡淡一笑,嘴里说:"接应一下也好,我这里还有一支精兵没用呢。"

王守仁手中一共只有三万多人,现在江上激战正酣,哪还有多余兵员可用?

可王守仁却说还有"一支精兵",余恩又惊又喜,也顾不得细想,忙说:"都堂快把这支队伍调上来吧!"

其实王守仁手里并没有什么精兵可用,他所说的"兵马"只是为这场决战安排的一招巧计。这个招术出其不意,非到要紧关头不能使用,一旦使出必见奇效。

眼看伍文定、戴德孺等人竭尽全力作战,叛军的阵形已被冲乱,战斗到了最关键的时刻,前进一步就是胜利,后退一步就吃败仗,王守仁觉得时机也到了,于是回头吩咐手下:"把咱们的'援兵'调上来吧。"顿时有一个敏捷的水手哧溜地爬上桅杆,解开系在桅顶的绳子,忽然间,一块巨大的白布从桅顶放了下来,上面写着几个黑字:"宁王已擒,各军不得纵杀",每个字都有半人来高,离着老远就看得清清楚楚。

想不到这一块白布就是援兵,余恩一下子傻了眼。见船上的人都在那儿发呆,王守仁笑着说:"你们看什么,还不照着旗上的字喊叫,有多大劲使多大劲!"

到这时候船上的人才明白过来了,几十个人一起扯开喉咙大叫:"宁王已擒,我军不得纵杀!宁王已擒,我军不得纵杀……"

到此时,江面上的恶战已经持续了两个时辰,两军的战船互相都深入对方阵中,十几里的江面处处都是战场。在这乱战之中,王守仁的帅船上忽然挂起这么一面旗子来,又听得有人大喊"宁王已擒",附近船上的乡勇们立刻信以为真,也跟着叫喊起来。一传十十传百,也就眨眼工夫,成千上万的乡勇官兵一起高声呐喊起来!冲在前面的乡兵正杀红了眼,听身后有人大叫"宁王已擒",顿时以为战斗已经胜利,齐声欢呼,更加不顾一切地向前冲杀,随后的人马也都打起了十倍的精神,不顾生死往前猛撞。

这个突如其来的变化实在是太惊人了!不但乡兵们以为打了胜仗,就连宁王的部下也都以为"宁王已经被擒"!这些叛军都是给宁王卖命的,主子没了,他们还卖什么命?尤其那些怀揣着银子的敢死队,早先最不怕死的是他们,现在最不想死的也是他们。

眨眼工夫,刚刚还在拼命死战的叛军土崩瓦解,冲得最凶的那支敢死队率先崩溃,所有人只想赶紧逃生,有些叛军等不得战船靠岸,情急之下一头扎进江里,扑腾着向江边游去,一上岸,扔下兵刃撒腿就跑。

顷刻间,整个湖面上全乱了套,宁王部下的战船一条接一条退出战场四散而逃,所有兵士再也没有战心，能逃的转身就逃，跑不掉的扔下兵器向官军投降！真是树倒猢狲散，任谁也归拢不住了。

朱宸濠本就是个没胆色的废物，眼看这一仗彻底败了，哪还顾得上别人，立刻下令大船转舵，率先逃离了战场。

这天夜里，朱宸濠的战船一直退出几十里才好容易停了下来。查点兵马，仅剩三万左右，手里的战船也折损过半，剩下的全都伤痕累累，追随在宁王身边的亲信们或是惊魂未定，或是丧气灰心，只剩下互相指责的能耐，再也没有打胜仗的本事了。

仗打到这里，曾经嚣张一时的宁王叛军已经彻底败了。对王守仁而言，剩下的就是歼灭叛军，活捉宁王了。

当天晚上，官军战船集结起来，准备投入最后的厮杀，统兵官齐集帅船听调。守仁随即下令："二十六日全军进击，伍文定、邢珣所部攻左翼，徐琏、戴德孺所部攻右翼，余恩率官军攻中路，各军以举火为号，一起向前冲杀，务必将叛军全歼，生擒朱宸濠！"

圣人之学，重功夫不重效验

宁王叛军回攻南昌之时，王守仁已经在城里发出告示，再三申明，叛军进不能攻克安庆，退不能夺回南昌，已成强弩之末，战局不要紧了，城外的战事也与南昌城里的百姓们无关，可是听到城外喊杀连天，看着兵士们提着兵刃、骑着快马在街上奔驰，百姓们心里到底还是恐慌。直到南昌城里的守军在章江上两战两胜，又一次把宁王叛军打得大败而逃，南昌城里的人心才稍稍安定下来。

早先王守仁剿匪成功之余，在赣州办起濂溪书院公开讲学的时候，着实收了一大批有德有才的弟子，后来王守仁从赣州到临江，又转到吉安指挥平叛，这些弟子中几个有本事、有胆量的就跟着他到了吉安，之后王守仁一战夺回南昌，这些弟子又跟着他进了南昌城。等到宁王从安庆回撤，眼看叛军已经败了势，王守仁的一颗心放了下来，为了安定城里的人心，就在南昌府学里收拾出几间房子，让这些学生住了进去，召集南昌城里的学子聚到这里，让陆澄、陈九川、欧阳德、冀元亨等几个弟子领着他们一起读书，王守仁自己虽然要应付战事，忙得脚不沾地，可只要稍有闲暇，就必定抽一两个时辰到书院来讲论学问，既有安定人心之效，又有讲究圣学之功，倒是两全其美。

现在宁王在章江上两战皆败，大势已去，官兵扫荡叛军已成摧枯拉朽之势，南昌城里人心大定，这些学子也都放了心，知道王守仁事忙，一时顾不到书院的事，陆澄等人就出来招呼学生们自讲自论，正在说得热闹，房门一开，王守仁穿着一身青布袍子，头上扎个网巾，脚蹬一双布鞋，笑容满面地走了进来。

见王守仁来了，这些学生们又惊又喜。陆澄忙走上前问："先生怎么来了？"

王守仁反问一句："我怎么不能来？"

"听说官军今天就要杀奔樵舍，歼灭叛军，活捉宁王，先生不去指挥兵马，怎么到书院里来了？"

听了这话，王守仁悄悄叹了口气："叛军来袭之时声势威猛，我要与他死战，不得不亲自上阵。现在叛军已经败退，官军赶到樵舍无非是去杀人，我不想看这杀人的场面，所以不去了。"

一旁的欧阳德下意识地说了句："剿灭叛乱是一场大功劳，先生……"说了半句，忽然觉得不妥，忙停住了。

欧阳德这话没有说尽，可话里的意思所有人都听懂了。

大明朝赏赐最重的就是平叛的军功，宁王叛乱来势凶猛，却被阳明先生一鼓而平，三万乡兵歼灭叛军十万精锐，真是一场天大的功劳！若换了旁人，今天一定摩拳擦掌上阵擒贼，把一切功劳揽到自己身上，好博一个位列公侯、封妻荫子的奖赏，像王守仁这样打恶仗的时候亲至前敌冒险，到立大功的时候不肯出征，跑到书院来讲论学问的，自古至今尚无此例。

可是仔细想一想，这件事倒也不奇怪。阳明先生是个奉行良知的人，早前良知让他护着百姓，于是他尽一切力量去歼灭叛军。现在叛军已败，良知却告诉阳明先生，官军是百姓，叛军其实也是百姓，只因为两个姓朱的家伙争夺天下，这些无知百姓就被裹胁而来自相残杀，每一条人命都死得冤枉，这场血腥的战争不是王守仁发动的，在战争完全结束之前他也制止不了，可这残酷的场面他目不忍睹，耳不忍闻……

这种时候，王守仁要是戎装佩剑冲到阵前去杀人立功，也未免太无耻了些。

王守仁的心事弟子中只有一半人明白，那些理解他的，对这位先生更加佩服。不理解的，王守仁也没必要多做解释。

既然阳明先生把战功视如鸿毛，弟子们也就趁这难得的机会好好与先生探讨学问吧。于是欧阳德上前问道："先生平时常对我们说，孔孟儒学最要紧的一句话就是'克己复礼为仁，一日克己复礼，天下归仁。'我平时也常留意这句话，后来看了朱熹的注解，却说这'克己复礼天下归仁'是个效验，这似乎与先生平时所讲有抵触，不知先生怎么看？"

听了这话，王守仁连连摇头："朱熹的解释偏了，圣人之学，重功夫不重效验。"

王守仁这话说得斩钉截铁，欧阳德忙说："可否仔细讲讲？"

王守仁缓缓说道："什么是'功夫'？说的就是一个提炼良知的过程；什么是'效验'？就是不问过程，只看办事有什么成果。朱熹以为'克己复礼'是个效验，这叫本末倒置，实是大错特错。"略想了想，又说："我讲个故事给你们听吧：记得小时候在山阴老家有两间打铁的铺子，铁匠师傅都是好把式，打出来的铁器很受乡民喜欢，其中卖得最多的是锄头，两家的卖价一样，都是一只二十文。后来东边这家铁铺的主人想多做些生意，就降了价，每只锄头仅卖十四文，西家却不降价，大概过了不到两年吧，这两间铁铺倒掉了一间，你们觉得是东家的倒了，还是西家的倒了？"

阳明先生这个故事看似简单得很，别的学生还没说话，弟子萧惠在旁插嘴道："当然是西边这家倒了。"

王守仁摇了摇头："不对，是东边这家倒了。"

听了这话萧惠不以为然，忙问："东边的铁铺子降了价，锄头应该好卖，怎么反而倒掉了？"

王守仁看了萧惠一眼："东家、西家原本是一样的手艺，一样的材料，一样的功夫，所以也卖一样的价钱，现在东家为了多卖几把锄头，把价格降了，可他们到底也要赚钱，怎么赚？只好省些材料，省些功夫，把六文钱的利省出来，如此一来他家的锄头比西家差了不少，刃口不利翻不动土，打得又薄，不到一年光景就用不成了。乡下人一开始图他家东西便宜，都买他的，可拿回去一用，不好使，坏得快！乡民算了一笔账，觉得买这不好使的锄头多花力气，耽误工夫，反而吃了亏，心里很不痛快。结果一年不到，附近的人都知道东家铁铺打的铁器掺假，互相告诫，谁也不买他的东西，这间铺子怎么不垮呢？"

被先生这么一说，萧惠顿时无话可回了。

王守仁抬头把弟子们都看了一遍，见他们一个个认真倾听，这才缓缓说道："同是打铁的铺子，同样的手艺，同样的材料，西家紧守着一个'功夫'，虽然做出来的不是什么精巧之物，却兢兢业业只管把自家产品做到极致，这样的生意做得长久，做得稳当，这叫什么？这叫'匠心独运'，就像我以前说的'提炼纯金'，虽然这粒'认认真真打铁器'的真金只有一两重，几钱重，却纯而又纯，只要一辈子这么坚持下去，这位打铁师傅也能成一个'打铁的圣贤'。可东家为了眼下多赚几个钱，偷了工，省了料，卖的东西虽然便宜，别人用了觉得上了当，却要骂他。就为了多赚几个钱，为了这么一点点'效验'，这个手艺人竟把良知昧了，就像我说过的'铜铁铅锡纷然杂陈，到后来不复有金矣'。这样一个良心被蒙蔽了的人，虽然有手艺，却做不成事，今天在这里开铺子是这样，搬到别处去，只怕也是这样；打铁的时候他是这样，做别的买卖也是一样，除非他良知发动，自我反省，否则，真不知如何了局。"

王守仁几句话说得众弟子都沉思起来。

眼看是个好机会，王守仁就把话引到深处去了："儒学讲究的是个克己功夫，天下无论士农工商，人人都要在这上头用功。做手艺的要把手艺做到极致，做买卖的要把诚信做到极致，那些做官的人尤其要把良知做到极致。一个心里只有良知的官员，只知道做这个'克己功夫'，上任伊始就在想：'我不知道自己要做什么事，只知道要诚心实意替老百姓办实事。'这样的人才能真正做个好官。那些不重功夫只重'效验'的货色不是这样，让他们去做知县，还没上任就想着做些什么露脸的事儿，博一个政绩，好升知府，到了任上就胡乱操办，做了一堆没用的事，不问百姓是否受益，只求上头看了喜欢。这样的人，给他个知县，他想升知府，于是搞一个假政绩；真的升了知府，他又想升按察，这就又搞个更大的'政绩'出来；给他升了按察司，他又想做布政，于是加倍耍手段逢迎上司，坑害百姓。这种人官做得越大，心里的良知越少，人也越发邪恶，办的坏事越多，到最后真就变成一个禽兽不如的东西了！这就是只重效验不重功夫造成的恶果。"

王守仁把话说到这里，众弟子们皆有感触。欧阳德在旁边问道："既然圣学重功夫不重效验，为什么朱熹又专门做一个效验之说呢？"

王守仁略想了想："朱子提出这个'效验'之说，大概是补他自己学说上的漏洞吧。因为朱熹以为圣人之学'知先行后'，重'知'而轻'行'，如此一来，以此学说为基础的读书人就容易犯'关起门来读死书'的毛病，读书人读成死书，坐困斗室，一生尽毁，这可不是朱熹想看到的结果。所以他专门强调一个'效验'说，让读书人除了做那个'众物之表里精粗无不到，而吾心之全体大用无不明'的书呆子学问之外，还记得要走上社会努力一番，成功成名，追求一个'效验'。说穿了，这是朱熹发现'先知后行'有病，就给自己开了这么个'效验说'的方子罢了。可病对身体不好，药这东西对身体也不好，先给自己弄出一个'病'来，再吃些药来'治病'，结果是病没治好，药毒倒进了身体，又引出别的病根子来了！"

王守仁这么一说，弟子们都笑了。

王守仁自己却没有笑，而是郑重其事地说道："其实圣人之学最重视'良知功夫'，从来不重视'效验'。孔夫子周游列国之时何等艰难，别人笑他糊涂，骂他是'丧家犬'，孔子说什么？只说了句'道之不行，已知之矣！'意思是说：这套道理或许在当今天下行不通，我已经知道了，可这道理是对的，是救天下百姓的大道理，我自当奉行到底，绝不半途而废！诸位想想，这'道之不行，已知之矣'是功夫还是效验？"

其实'道之不行，已知之矣'这句话从头到尾已经否定了"效验"二字，只剩了一个"功夫"在里头，否则明知"不行"还要继续做下去，孔圣人岂不成了疯子？阳明先生随便举一个例，就是根本不可辩驳的，学生们听了个个点头称是。

说到此处，阳明先生也有些兴奋起来，提高了声音："孔子说'重功夫不重效验'的话又岂止这一处？所谓'士不可以不弘毅，任重而道远。'怎么个任重？'仁以为己任，不亦重乎？'怎么个道远？'死而后已，不亦远乎？'为了一个'仁'——在孔子就是追求一个'克己复礼，天下归仁'，一直追求到死那天才罢，不是到这时候就不做了，而是因为人已经死了，实在没有办法再做下去了，这才罢手！这是功夫还是'效验'？显然是个功夫！再有，'无求生以害仁，有杀身以成仁。'拿自己的生命来维护一个'仁'的理念，这是个功夫还是个效验？若依'效验论'来说，那天下读书人都应该是'用无耻以求官'才对吧？天下的买卖人都应该是'用奸诈以求财'才对吧？'成仁'这两个字岂不是不提也罢？什么是'仁'，良知之诚爱恻怛处就是仁！这种地方要是出了错，世人都只重'效验'不重'功夫'了，好吧，那良知咱们也都抛弃了吧……这还得了吗？"

王守仁把学问讲到这个地步，学子们对于"重功夫不重效验"再无疑问，欧阳德想了一会儿，又忍不住问道："我记得《论语》里有一句'古之学者为己，今之学者为人。'以前看了这话不太能理解，今天听先生讲学，隐约觉得孔子这句话似乎与'重功夫不重效验'的说法有关联，先生以为如何？"

王守仁点点头："你这话问得好。孔子说'古之学者为己，今之学者为人'，和'重功夫不重效验'其实是一个意思。孔夫子认为早前的学子们做学问是为了提炼良知，下一番'克己'功夫，可孔子生在春秋末年，天下大乱，物欲纷纷，读书人做学问全是为了求'效验'，是要炫耀自己的学问给别人看，用学问做敲门砖去博功名富贵，于是士人学子争先恐后奔走于诸侯之间，卖弄学识，摇唇鼓舌，为求富贵不惜代价，所谓'学会文武艺，货与帝王家'，出卖的既是学问，更是良知，结果天下越来越乱，百姓越来越苦，就连那些出卖自己的士人也大多不得好死。孔子正是有感于时事，才说出这样的话来。可惜孔夫子想劝天下人，天下人却不听劝，孔子也没办法，叹息而已！"

欧阳德听得连连点头，半晌却又问："孔子如此哀叹，似乎对'今之学者为人'之弊深有体察，难道说孔子门下弟子中也有这种不成器的货色吗？"

欧阳德这话实在有趣，王守仁笑着问："你觉得呢？"

欧阳德正色说道："我觉得孔子时代人心淳朴，还不致利欲熏心到如此地步。且孔子一生教育弟子三千，贤者只有七十二人，想来这七十二贤者总不至于如此吧？"

王守仁冷笑一声："你这话就错了！天下人的私欲之深，古今都是一样。孔子只看到他那个时代的学子是些'学而为人'的货色，故此发出感慨，我们这些人只看到我们身边的学子利欲熏心,倒以为孔子时代的人就不是这样,这叫什么?这叫一厢情愿。你刚才说孔门弟子皆是大贤,不至于此?那你知道子思讽子贡的故事吗?"

确实,古书中曾经记载了这么一个故事:子思、子贡同为孔子门生,子贡做了大官,家资极富,子思安贫乐道,穷困潦倒。一次子贡来拜访子思,见其家破败不堪,子思衣衫褴褛,扶荆杖而出,就笑话了子思几句,不料子思反唇相讥,说道:"夫希世而行,比周而友,学以为人,教以为己,仁义之慝,舆马之饰,宪不忍为也。"一番话说得子贡无言以对。后人虽然不知道子贡为官时做了些什么事,可子思如此讥讽,似乎空穴来风,未必无音。

这些古圣先贤的典故欧阳德当然知道,低头想了想,喃喃道:"子思之言虽然偏激,但子贡追随孔子多年,一起遭绝粮之厄,又为孔子守墓六年,如此大贤,想来也不会做什么不良之事吧?"

儒生们一辈子读圣贤书,把孔孟当成圣人来崇拜,对于孔子身边的弟子们也敬佩有加,不敢存一丝怀疑。现在王守仁说出一个典故来,欧阳德也知道,可他心里成见太深,没法轻易改变,仍然固执己见。

王守仁也不和学生们争论,淡淡一笑:"《论语》里还有个故事:孔子有一个弟子名叫冉求,曾任孔子家宰,又有一个弟子名叫公西赤,也在鲁国为官。后来公西赤出使齐国,冉求来见孔子,说公西赤远行,老母无人看顾,想送一批粮食,孔子说可以送一釜,冉求以为太少,孔子又加一庾,以为不少了吧?想不到冉求一次送给公西赤家小米五秉!孔子所说的一釜不过六斗四升,一庾不过两斗四升,而五秉之粟却是整整八百斗,超过了几十番!孔子知道后责备冉求,说了句:'君子周贫不济富。'你想想,孔子这么说,是因为他心疼这些小米吗?显然不是,孔子是看不惯他这些当官的弟子互相拉拢结纳的歪风。"扫了众弟子一眼,又说:"孔门弟子又如何,当了官之后照样互相拉拢。再看看今天的官场,认座师,攀同乡,拉帮结派互相勾连,比孔子时代更加污浊十倍了,这都是'效验'之说害人。"

《论语》是一本明明白白的著作,只是后人的心智都被历朝文人所做的各种"注解"约束,很多事明摆着,却读不透。现在王守仁这么一解,学生们都觉得很新奇,欧阳德笑着说:"先生说的这些事,我们平时虽也读到,却未留意。"

读圣贤书却未"留意",这是天下儒生大毛病。今天既然讲到此处,不妨多说些话,让这些"不留意"的学生听听吧。

"孔门弟子颜回死于鲁哀公十四年,死时一贫如洗。可颜回死后,其父颜无繇忽然来找孔子,希望孔子卖掉马车给颜回置办一只椁。孔子说:'才不才,亦各言其子也。鲤也死,有棺而无椁。吾不徒行以为之椁。以吾从大夫之后,不可徒行也。'一口回绝了,这些事你们都读到过吧?对此是怎么看的?"

《论语》里的故事所有儒生耳熟能详,欧阳德忙说:"这是颜无繇心疼爱子,想替颜回厚葬,孔子却以为厚葬之风实为不妥,想以安葬其子孔鲤的规格薄葬颜回。可惜颜无繇爱子心切,不听孔子之劝,还是厚葬了颜回,孔子因此不满,大哭曰:'回也视予犹父也,予不得视犹子也。非我也,夫二三子也'……"

欧阳德话还没说完,王守仁已经摆手止住了他:"你这就把事情看得太简单了。颜无繇是个穷苦的人,为何会生出厚葬颜回之心?纵然有此心,孔子不支持,颜无繇又从何处得到财物厚葬颜回?孔子大哭之时,为何说'非我也,夫二三子也'。这替颜回操办葬礼的'二三子'难道仅是颜无繇一个人吗?"

被王守仁一连几问,欧阳德顿时哑口无言。王守仁笑道:"颜无繇欲厚葬颜回,这里面大有文章,如此穷苦之人忽然想厚葬其子,必是有人在背后给他出了主意,又拿出钱来支持他;当时孔子在鲁国做上大夫,年俸六万斗,颜无繇为何不来借钱借物,偏要借孔子的马车为颜回置椁?分明有人在后头给他出主意,借孔子的马车给弟子做椁,以彰显孔子的'仁爱';后来孔子不肯厚葬颜回,可颜回仍然被厚葬了,这又是孔门弟子中一帮做官的人在后面耍弄手段,借这场丧事拉帮结党,互相算计。孔子所说的'二三子'究竟指哪几个弟子,后人不得而知,但我们以今人之眼看古人之事,难道还猜不出事情的本末缘由吗?"

王守仁讲学实在与众不同,一部《论语》在他讲来,竟成了一个清晰的典故。欧阳德深思良久,缓缓问道:"我几岁大的时候就听先生讲《论语》,可他讲的都是一句一句的干条子,每讲一句就加一个注解,一部书背诵下来,记在心里的全是圣人语录。可到了先生这里,《论语》竟变成了上下衔接的典故事件,这让学生着实惊讶……"

欧阳德所说的，其实是天下所有读书人的弊病。

中国历史上有两部大著作非同小可，一部是《道德经》，一部就是《论语》。可这两部著作都被后人彻底误读了，以至于其中的精髓之处，世人完全无法理解。

现在欧阳德问起此事，王守仁也是摇头叹气："世人都读不懂《论语》，就因为他们不知道《论语》的内容处处都是连贯的！都是衔接的！孔子在什么地方，因为什么事，对什么人，说什么话，为什么这样说？都有其原因，有其道理！比如，孔子说：'父在观其志，父没观其行。三年无改于父之道，可谓孝矣。'这话是对谁说的？是对鲁国的三桓世卿们说的，与老百姓有关系吗？关系不大。因为只有诸侯贵族们才会继承父亲的家业，而父亲在时，这家业当然轮不到他来做主，这时年轻的贵族只能立个志向，等父亲去世了，他继承家业了，这时才看他的行动。至于'三年无改于父之道'是说诸侯贵族继承家业之后，短时间之内不要随便撤换父亲留下的老臣子，以免惹出内乱来，这话是单对诸侯们说的。普通老百姓家徒四壁，何来'三年无改于父之道'呢？父亲又有什么'道'竟是儿子三年不可以改的呢？普通人要是照这句话去做，那真叫莫名其妙。所以读《论语》要先知道事件，知道孔子这话是对弟子说的，还是对贵族说的，这贵族是个好人，还是个恶人？孔子说这句是劝告还是讽刺？这些都要弄明白！否则，我们把孔子对贵族的劝告、讽刺都套用到老百姓身上去了，而且胡解歪解，就像俗话说的狗戴嚼子——胡勒！岂不是把天下的百姓们都给害了吗？"

王守仁这些话，在座的学生们闻所未闻。可细一想，又觉得有理。欧阳德问道："先生平时常说'克己复礼'是先克君王，后克大臣，再克官吏，又克儒生，最后才轮到克百姓，现在听先生说《论语》的事，我才明白了，原来一部《论语》只有两个内容，一半是孔子劝谏君王贵族，让他们不要作恶，一半是孔子教育弟子儒生，让他们明白道理。果然是克君王、克诸侯、克大夫、克儒生，偏偏没有只言片语要'克'百姓。但如此一来，《论语》这部书不就与普通百姓无关了吗？"

王守仁摆摆手："你这话对了一半，另一半就偏激了。'克己功夫'百姓也要做，所以《论语》里的内容和百姓也有关系。但《论语》这部书和'克己复礼'一样，首先针对君王贵族，其次是讲给儒生听的。君王大臣们先把《论语》读透，依着孔子的教诲做好克己功夫，儒生们也要把《论语》读熟，把自己的克己功夫做到家，这才轮到百姓们读《论语》，做这个'克己'功夫。如果君王大臣不肯克己，那《论语》这部书,百姓不读也罢!"

既然话说到此处,不妨把它说透。于是王守仁又高声道:"《论语》是如此,老子的《道德经》更是如此,老子是何人?他是周天子身边的贵族,整部《道德经》一字一句都是老子与周天子之间的对话,周天子问一句,老子答一句,问的答的,皆是治国之道!所以老子说的'雌伏'、'善下'、'不敢进寸而退尺'都是说给天子听的,说给诸侯贵族们听的!是这些人必须雌伏,这些人应该善下,这些人不能进寸,务必退尺!老百姓不但不能这样,反而要守雄,要上进,要与天子争这尺寸之利!天子守中,官退民进,才是《道德》。"

王守仁一番话说得几十个儒生个个心头火热,汗透重衣。好半晌,欧阳德喃喃说道:"阳明先生真是大宗师……"

王守仁正和弟子们讲论学问,一个军校气喘吁吁地跑了进来:"都堂,我军在樵舍大败叛军,已经生擒逆首,赣州指挥使余大人请都堂到江边观阵阅兵。"

虽然早知道此战必胜,听说擒了宁王,王守仁还是精神一振,也不换官服,就穿着一身布衣登车出了南昌城,一直来到江边。只见江岸边到处都是船只,打了胜仗的乡兵已经上岸,吉安知府伍文定看见王守仁,急忙飞跑过来:"都堂,今早我军在樵舍围攻叛军,大获全胜,叛军被斩获万余,俘获两万余人,附逆的原江西都指挥使葛江、水贼凌十一以及宁王谋士李士实、刘养正、刘吉、屠钦、王纶、熊琼、卢珩、罗璜、丁馈、王春、吴十三、秦荣、刘勋、何镗、王信、吴国七、火信等人被俘,宁王妃眼看事败,投水而死,宁王跳下小船向江边逃命,也被乡兵追上当场擒获!现在叛军已被全歼,都堂立下了盖世奇功,真是可喜可贺!"

伍文定神采飞扬,激昂慷慨,可王守仁听了这些战报却毫不起劲。

所谓叛军,其实都是被宁王裹胁的老百姓,在南昌城外前后几战,宁王手下死了几万人,各府县参战的乡兵伤亡也不小。死了这么多人为什么?就为了两个姓朱的争夺天下。现在宁王败北,被俘的人不论是官是兵,个个都要杀头,王守仁眼睁睁地看着,却已经救不了他们了。

争天下的只是一两个疯子,可战场上厮杀的全是老百姓,这些百姓为什么?他们图的是什么?恐怕连他们自己都说不清。

就在王守仁发愣的时候,一条官船驶到岸边,赣州指挥使余恩跳上岸来,在他身后，几个官兵从船舱里押出一个人来，正是造反的宁王朱宸濠。

此时的朱宸濠被五花大绑，满脸都是黑灰，身上的衣服也被烧成了碎片，打着一双赤脚，两腿都是臭泥，身上早没了藩王的尊贵气焰，可这个天潢贵胄却依然嚣张得很，看见王守仁就笑着说："王大人，你好大的本事！"

面对这个邪恶的藩王，王守仁一句话也没说，甚至连看都懒得看他一眼。哪知朱宸濠当着众人的面高声笑道："这天下是我朱家的天下，本王起兵靖逆，也是我家的私事，何劳你在此操心？"

听了这邪气冲天的鬼话，王守仁厌恶地扭过脸去，一声也没言语。

这些卑鄙的权贵简直连畜生都不如，王守仁也不屑于跟这些畜生说话。

王守仁在江西平定宁王叛乱，用计用兵，连战连捷，从六月十四日宁王造反到七月二十六日被俘，前后总共四十一天，不能不说，这是一个奇迹。

在这场平叛之战中，王守仁的奇谋妙计无懈可击。毫无疑问，王守仁是一位非常出色的指挥者。但要说他是"大明王朝最了不起的超级军事家"就太过了。

因为在南昌城下歼灭宁王叛军，于王守仁而言只是一场微不足道的功劳。就在擒获朱宸濠的同时，一个王守仁平生从未遇到过的可怕劲敌才刚刚带着几万大军扑向江南。此人的行为之邪祟、心思之险恶远胜朱宸濠十倍，他所率领的精锐大军其破坏性也比宁王叛军强过十倍。王守仁即将面对的是常人连做梦也不敢想象的苦斗，和真正刀头舔血、九死一生的危局。

# 第六章 对抗『妖魔』

邪恶出笼

就在王守仁南昌平叛擒获宁王的同时，正德皇帝朱厚照已经带着江彬、张忠、许泰、张永等一班宠臣和几万京军劲旅出了北京城，准备杀进江南，御驾亲征。

朱厚照是个喜欢玩乐的皇帝，说得更明白些，朱厚照的心智大约在五岁那年停止了发育，结果他一生都醉心于"过家家"的游戏，在他心里，出游和打仗同属于"游戏"的范畴。早先朱厚照在紫禁城外扩建了一处豹房，躲在里面与一群新宠一起花天酒地疯狂享乐，玩的就是这个小孩子常玩的"过家家"游戏。后来正德皇帝又在宠臣江彬的勾引下私自离京，跑到边关重镇宣府，在这里建了一座"镇国公府"，还给自己取了个假名字，自称为"镇国公朱寿"，又躲在宣府玩起了"过家家"。

"过家家"这个学龄前儿童才玩的小游戏，不知为什么如此受到正德皇帝的青睐，竟然把这游戏整整玩了一辈子，到死方休。对正德皇帝而言，北京城里的豹房太小，已经装不下他了，宣府一带虽然天高地广，可那里是边关，北地荒凉，初去的时候还觉得好玩，时间长了也乏味。正德皇帝身边的宠臣们一天到晚专门揣摩皇帝的心思，看出皇帝闷了，于是提出，天下最繁华的地方莫过于江南，南京城里最值得一逛，皇帝何不下一趟江南，如果觉得好玩，大可以在南京城里再盖个"某某王府"，以后北边有宣府，中间有京师，南边有南京，一个人三个家，想去哪玩就去哪玩，岂不甚好？

第六章　对抗"妖魔"

宠臣们的主意正合皇帝的心思，就在他又一次到宣府玩乐回到京城不久，于正德十四年二月二十日告诉内阁首辅杨廷和：这次回京不会久居，很快就要再次出游。

二十七日，正德皇帝忽然发下圣旨："镇国公朱寿宜加太师。"自己给自己加封了一个太师的官位。正在群臣不解之时，正德皇帝又给礼部下了圣旨："威武大将军太师镇国公朱寿，今往两畿、山东祀神祈福。"同时下旨给工部，命令立刻制造快船，以备皇帝出行之用。

皇帝刚从宣府游乐返京，立刻督造船只要下江南，这一去又不知要走多久。荒怠国政，祸害百姓，真把邪恶之事做到了绝处。早前已经被正德皇帝狠狠压服了的大臣们这次终于忍无可忍，首辅杨廷和率先上奏，请求皇帝收起"下江南"的荒唐念头，哪知正德皇帝眼里根本没有什么"内阁首辅"，对杨廷和的奏章不予回复。礼部尚书毛澄又上奏章，请求皇帝收回"加封自己为太师"的愚蠢命令，取消下江南的无聊行动，正德皇帝仍然不予答复。

到这时御史言官们坐不住了，六科给事中、十三道御史都上奏章劝皇帝收回下江南的成命，哪知正德皇帝发了脾气，下令锦衣卫把领头上奏的黄巩、陆震、夏良胜、万潮、陈九川、徐鳌等人下狱严审，其他参与上奏的官员共一百零七人都被皇帝罚跪，每天早上五点出来罚跪，一直跪到晚上七点才算结束，一连跪了五天。

不得不承认，正德皇帝身上有一股子邪恶的聪明劲儿，他分明知道下跪是一个人能做出的最卑贱的行为，一个跪在地上的人，说出的话也会变得毫无意义。于是正德皇帝就从人性最薄弱之处下手，先让这些劝阻他的官员到午门去跪着，让他们明白自己不但是皇帝脚下的走狗，就连皇帝身边的一个太监、一个特务也比他们高贵得多，让这些人明白了他们的地位，然后再用廷杖之刑狠狠收拾这些愚蠢的臣子一顿，把他们的人格打成齑粉，结果受杖的臣子中被当场打死十一人，其他参与劝谏的官员或充军或降级，人人遇害，无一幸免。

内阁首辅，礼部尚书，外加一百零七位大臣的人格尊严，就这么在皇权面前被碾成了粉末儿，还额外赔上了十一条人命。但就是这么一份几乎无价值的执著，却也迫使皇帝乘坐的那副任性的銮舆缓缓停了下来。

当正德皇帝花了十多天工夫迫害完大臣之后，也因为臣子们的固执而不能不有所顾忌，看在十一条人命的分上，暂时不再提起"下江南"的话头儿了。

正德皇帝刚刚消停了几个月，正德十四年七月初一，南赣巡抚王守仁上报宁王谋反的奏章送进了京城。

对于宁王即将谋反朝廷此前已经有了觉察，但内阁首辅杨廷和认为宁王虽然反心毕露，却未必准备就绪，此时派人宣旨安抚，收回王府护卫，或许可以控制住宁王，使江南的局势不致失控。哪知奉命宣旨的驸马都尉还没进江西，宁王已经造反。听说此事，朝廷内所有官员都预感到江南不保，南京将破，大明半壁江山处于危急之中，一个个大惊失色！只有正德皇帝不慌不忙，反而十分高兴，立刻自己加封自己为"威武大将军总兵官"，然后下旨："宸濠背逆天道，谋为不法，即令总督军务威武大将军镇国公朱寿统各镇兵征剿，命安边伯许泰为威武副将军，率师为先锋。"圣旨一出，也不再问杨廷和等人的意见，立刻越过内阁宣布旨意，调集京城附近兵马，以太监张永为监军，带着他那帮宠臣江彬、许泰、张忠等人离开京师，御驾亲征。

眼看宁王已经造反，国家陷入深重的危机，杨廷和愁得整个人都傻了。而正德皇帝竟趁着国家动荡的机会要溜出北京到江南去玩他的"过家家"。为了玩个过瘾，正德皇帝不但把锦衣卫和东厂的特务头子全部调集起来，甚而在京城周边征调了精锐的大军，在这种情况下，皇帝御驾亲征已经名副其实，任何人再敢针对此事进言，必然被当场杀害。所有人都知道，再想阻止皇帝南征，事实上已经办不到了。

可是内阁首辅杨廷和仍然冒着生命危险站出来和皇帝争执，争执的内容却不是皇帝是否应该亲征，而是觉得皇帝不能封自己为"威武大将军"，又封身边的宠臣为"威武副将军"。因为皇帝的权威是至高无上的，他的正统地位是丝毫也不容争论的。现在朱宸濠在江西造反，已经发出檄文昭告天下，说朱厚照并非孝宗皇帝亲生，而是从外头抱回来的一个野种。这种时候正德皇帝居然放下皇帝尊号，自称"威武大将军"，这不是令天下人怀疑他的身份，平白无故给宁王制造了一个口实吗？

杨廷和的考虑极有道理。可正德皇帝的浑蛋却没有底线，根本不听劝，硬要

第六章　对抗"妖魔"

当这个"威武大将军"不可。眼看事关国运，杨廷和不得不舍死力争，争到后来干脆以辞职相威胁。正德皇帝急着出战，没工夫罢免首辅，加之一向信任杨廷和，也不想罢免他，不得不略做了个让步，取消了"威武副将军"这个荒唐的职位。

可是正德皇帝自己仍然以"威武大将军总兵官"的身份出战了。

经过近两个月的激烈扯皮，正德皇帝靠耍无赖的本事斗败了阁老，几万京军劲旅做好了出征的准备，所需要的龙舟快船也都送到了运河边上，于是八月二十四日，正德皇帝率领京军开出北京城，准备赶赴南京督战，亲自平定宁王叛乱。哪知离京只过了两天，大军刚刚开进涿州城，就接到王守仁从江西发来的紧急军报："照得先因宁王图危宗社，兴兵作乱，已经具奏请兵征剿，七月二十日攻拔南昌，连番告捷，二十六日复引军奋击，四面而集，火及宁王副舟，众遂奔散。宁王与妃嫔泣别，妃嫔宫人皆赴水死，我兵遂执宁王，并其世子、郡王、将军、仪宾，及伪太师、国师、元帅、参赞、尚书、都督、都指挥、千百户等官。李士实、刘养正、刘吉、屠钦、王纶、熊琼、卢珩、罗璜、丁馈、王春、吴十三、凌十一、秦荣、葛江、刘勋、何镗、王信、吴国七、火信等数百人，擒斩贼党三千余级，落水死者三万余，江西之乱遂平。奸雄若宁王者，蓄其不轨之谋，已十有余年，而发之旬月，辄就擒灭，于以见天命之有在，神器之不可窥，以定天下之志，尤愿皇上罢息巡幸，建立国本，端拱励精，以承宗社之洪休，以绝奸雄之觊觎，则天下幸甚！臣等幸甚！谨具题知。"

江西叛乱已经平定，十万叛军灰飞烟灭，宁王朱宸濠被南赣巡抚王守仁生擒！得了这个消息，正德皇帝又惊又喜，随即却又发起愁来。

皇帝御驾亲征去剿反贼，哪知出京刚两天，反叛已平，贼首已擒。这时候班师回京当然不甘心；继续亲征？对手已被消灭，皇帝带着这么多军队到江南干什么去？

好在正德皇帝身边还有一批精明的宠臣，这帮人没有治理国家的本事，可出歪主意的本事一个比一个强。见皇帝有些为难，平虏伯江彬凑过来说道："臣早年在边关打了无数的仗，略懂用兵之道，宁王造反预谋多年，起兵之时听说有十万人马，王守仁不过是个南赣巡抚，手下兵马最多两万，单以这么一点兵力竟能歼灭十万叛军，旬月平定叛乱，实在不可思议，皇帝应该亲自赶赴江西，查明事情真相才能放心。"

江彬这个主意实在是个很高明的借口,正德皇帝脸上顿时有了笑容。御马监掌印太监张忠也急忙过来凑趣,笑着说:"就算王守仁果然已经平定叛乱,可是大乱初平,人心不稳,王守仁手下兵力不足,万一镇压不力,叛军死灰复燃,岂不麻烦?陛下亲率京军赶到江西,当地人心才能安定。另外宁王造反蓄谋已久,江南各地难免有他的同伙,这些人一日不揪出,仍是心腹之患,陛下亲到江南坐镇,把这些反贼的内应都挖出来,尽早处置,才是断其根源的良策。"

安边伯许泰也说:"是啊,江南情形究竟如何尚未可知,陛下既已出了都门,岂可轻还?无论如何要亲抵南京,再到江西视察,地方无事,才能安心。这都是为了百姓的利益,陛下虽然受些劳苦也值得。"

俗话说得没错,三个臭皮匠,真就能抵一个诸葛亮。

现在正德皇帝身边三个宠臣你一言我一语,没费多少功夫就给皇帝找了一堆继续下江南的理由。只有一个问题:王守仁的捷报已经送来,如此重要的奏章皇帝必须做个批复,可这批复又该如何措辞呢?

皇帝的难处宠臣们都明白,又是太监张忠笑着说:"至于南赣巡抚王守仁所上报捷奏章,内容疑点甚多,皇上还是暂不批复为好。"

张忠的意思很清楚,把王守仁送来的捷报押下,假装没收到,大军只管南下,到了山东再说,那时候谁也别想拦住皇帝的驾了。

张忠话里的意思江彬也听明白了,忙说:"常言道:兵贵神速。陛下英明神武,善于用兵,当然明白这些道理。"

江彬说这话,是暗示朱厚照不要在涿州停留,赶紧南下为妙,免得内阁老臣们得知叛乱已平的消息,派人追上来阻止。朱厚照的聪明劲儿全用在这些地方,心领神会,立刻传旨:"大军即将出发,限一日内赶到保定。"

第二天一早,南征大军出了涿州直奔保定而来。为了加快行进速度,朱厚照自己也骑了一匹马在宠臣的簇拥下率先奔驰。当夜大军进了保定,只住了一晚,天刚亮又继续进发,就这么晓行夜宿拼命赶路,一直到了山东临清,眼看阁老们再也不可能派人来搅局了,朱厚照这才停下脚步稍事休息。

第六章 对抗"妖魔"

在涿州的时候，江彬这些人只想撺掇正德皇帝赶紧下江南，还没工夫在别的事上动脑子。现在大军已进了山东，被迫撤回京师已经不可能了。可另一个问题又出来了：正德皇帝御驾亲征，可是叛军已灭，宁王已擒，皇帝无仗可打，将来回京之时该如何面对大臣们呢？

没仗可打，还硬要亲征，传出去岂不是个天大的笑话？虽然正德皇帝脸皮很厚，不在乎臣民百姓的耻笑，可他毕竟也有个羞耻之心，不愿意被别人笑骂。于是江彬又给皇帝出了个主意："臣以为宁王造反事态严重，依附宁王的反贼必定极多，虽然叛军被王守仁击溃，可这些反贼皆已潜入江湖，伺机作乱。这时候王守仁这个南赣巡抚不能离开南昌，皇上何不下一道圣旨，命王守仁暂留南昌待命，等陛下亲率大军赶到南昌之后，把反贼认真剿杀一遍，这才能永绝后患。"

按照明朝的惯例，擒获反贼之后应该押解进京，在午门前向皇帝献俘。可这次江西之乱情况太特殊了，如果王守仁依例把宁王押到北京去，正德皇帝到了江西就无贼可剿。现在江彬让皇帝降旨，命王守仁不要离开南昌，把宁王也留在江西境内，然后京军开进江西，好歹"剿"一番贼，然后由皇帝亲自押解宁王等人返回京城，对外就可以宣称皇帝御驾亲征江西，大破叛军，亲手或与王守仁合力擒获宁王，这么一来皇帝也有面子了，在臣民百姓面前也有个交代了，下江南的事变得合情合理了。同时，正德皇帝还到江西南昌玩了一圈儿，然后再回南京，在这繁华之地驻跸，想待多久就待多久，这不是挺好吗？

听了江彬的主意，一旁的御马监掌印太监张忠皱起了眉头。

江彬这个主意挺不错，既帮皇帝下了江南，又给皇帝立了个平定反贼的大功，跟在皇帝身边这些宠臣自然也要沾些功劳，皆大欢喜。只是皇帝的圣旨每一道都有备份，是隐瞒不了的，如果正德皇帝发下圣旨命令王守仁把宁王留在南昌，这件可耻的事就瞒不了人，早晚会被别人查到，到时候皇帝御驾亲征的假戏被拆穿，从大臣手里抢夺战功的丑行也要暴露，双倍丢脸，这可不是开玩笑的。

好在正德皇帝与众不同，除了当着皇帝，他身上还有另一个"威武大将军镇国公"的身份，于是张忠凑上来说："老奴觉得皇上不必亲自下旨，干脆就以'威武大将军'的身份给王守仁下一道钧帖就行了。"

所谓"钧帖"，其实是对级别很高的文武官员所发公文的一种尊称。"威武大将军镇国公朱寿"就是正德皇帝朱厚照本人，当然是天下级别最高的官员了，以

"大将军朱寿"名义发出的公文，也就被统称为"钧帖"了。

对这帮宠臣正德皇帝一向言听计从，立刻写了一道公文，派人六百里加急送往南昌。

正德皇帝以"威武大将军"名义发下的文书送到南昌的时候已是九月中旬，从叛乱平定到现在过了两个月，这段时间王守仁一直待在南昌城里处置公务，把宁王押解到北京去献俘的事，他还没顾得上考虑。

江西原本算是个鱼米之乡，可这些年天时不利，连年遭旱，正德十四年也是个大旱的年景，直到三月，连一份透雨也没下过。之后宁王造反，以南昌府为中心，半个江西打成了一锅粥，前后死了几万人，南昌破城的时候，宁王身边那些人绝望之下又在王府里放火，结果一场大火把半个南昌城都烧毁了。现在战乱初平，回头一看，光是南昌城里就有十几万饥民嗷嗷待哺，整个南昌府以及周边罹了兵劫的府县都算起来，难民足有几十万，个个都伸出手来向官府讨饭吃。偏偏南昌及下辖各府县原有的官员大半已经从了贼，现在死的死了，不死的也都关进了大狱，连个办事的人都找不到，南赣巡抚王守仁和吉安知府伍文定两个人只好硬着头皮管起事来，每天劳碌奔波，到半夜才睡，早上一睁眼，头一件事就是给几十万人找饭吃。为了救济灾民，王守仁把周边府县的粮库都搬空了，凡是能征粮的地方都征过了，能借粮的地方都借过了，可还是不够。

大旱之年，兵劫之后，想为饥民找食？怎么凑都凑不够。

眼看南赣巡抚王守仁快被南昌城里的饥民们逼死了，九月初，忽然有一个锦衣卫千户飞马驰入南昌城，递交给王守仁一份钧帖。打开一看，只见上面写着："宸濠等不得押解入京，暂寄南昌待命。此敕。"抬头写的是"钦差总督军务威武大将军总兵官后军都督府太师镇国公朱"。

看了这份莫名其妙的钧帖，王守仁犯了半天糊涂，才明白这位"威武大将军镇国公朱"就是当今皇帝朱厚照。也就是说，这道以将军名义发下来的公文，其实等同于一道圣旨。

可正德皇帝为什么专门发布旨意，命令把宁王押在南京，不要献俘京师呢？再说，皇帝说的话就是圣旨，为什么不以圣旨的形式下发，而是以"大将军公文"的形式发布呢？

第六章 对抗"妖魔"

王守仁虽然聪明，可正德皇帝办事邪得出奇，王守仁一时猜不出他的意图。只是觉得其中必有隐情，就想办法从来送公文的锦衣卫千户嘴里套问，半天才明白，原来皇帝此时已亲领大军到了山东，即将沿运河进入江南，御驾亲征。

到这时王守仁才明白正德皇帝的意思：他这是要带着大军到江西来"御驾亲征"，闹腾一顿之后再亲自押解宁王回京，让天下人以为平叛大功是皇帝立下的，宁王是皇帝捉住的，而皇帝自己也借机到南昌、南京、杭州这些好地方玩一趟，过过瘾。

正德皇帝"御驾亲征"的这份荒唐王守仁没工夫理会，皇帝要抢平叛的功劳，王守仁也可以把功劳送给他。但正德皇帝打算带着几万大军开进江西，到南昌来"平叛"，王守仁却实在不能接受。

江西已经毁了，南昌的老百姓都快饿死了！这种时候，稍有人性的皇帝应该赶紧拨下钱粮救灾才对，正德皇帝居然挑这么个时候跑到南昌来平叛，争功，玩乐？这个姓朱的是不是疯了！

可皇帝就是皇帝，整个天下都是他一个人的，王守仁再气愤又能把皇帝怎么样？手捧着钧帖发了半天愣，忽然想到：对呀！皇帝要来南昌，是因为宁王这些反贼被关押在南昌，只要王守仁赶紧把这些反贼押送进京，向皇帝献俘，反贼们不在南昌了，皇帝自然也就不来南昌了。

打定了这个主意，王守仁忙把伍文定找来商量。

听了王守仁的想法，伍文定大吃一惊："圣旨命咱们把宁王押在南昌，都堂却要把宁王送往京城，这不是违旨了吗？"

王守仁冷笑一声："你说的'圣旨'在何处，本院并没见过。"

伍文定指着桌上的钧帖："那不就是？"

王守仁摇了摇头："伍大人看清楚，那不是圣旨，而是威武大将军所下的公文。依本朝旧例，文武官员之间不能互相管辖。这位'威武大将军'显然是位武官，我这个南赣巡抚是文官，自然不必奉'威武大将军'的钧帖行事。"

王守仁这话分明是在抬杠，因为所有人都明白，那道"钧帖"就是圣旨。可伍文定再把事情往深处想了想，顿时明白了王守仁的意思："都堂这是有意而为？"

从南赣剿匪到南昌平叛，王守仁与伍文定一起共过患难，信得过他，也就把心里话直说出来了："孟子说过：'民为贵，社稷次之，君为轻。'现在江西省内几十万饥民快饿死了，皇帝却带着大军到南昌来，这一下要多饿死几万人！江西叛乱本已平定，那些以前从贼的人好歹逃过性命，也知道害怕了，都回家去当老百姓了，可京军一到，必然把地方上重新梳理一遍，凡是跟叛军有一点瓜葛的都活不了，又要杀多少人？这种时候，你说是江西百姓的命要紧，还是'威武大将军'的一张公文要紧？"

伍文定也是个读圣贤书的儒生，"民为贵，君为轻"他也知道。听了王守仁这话，伍文定再也说不出别的话来了。

三次抗旨

下定了冒死阻止皇帝南下的决心后，王守仁片刻也不敢耽误，把南昌的公务交给伍文定暂管，点起一支军马，备下一批官船，带上自己的学生冀元亨和赣州府的幕僚雷济，把宁王和几十名最要紧的钦犯都押在船上，于九月十一日出了南昌沿江而下，准备先到浙江杭州，然后走京杭运河把这批犯人一直送到京师。

可惜王守仁还是低估了锦衣卫特务的本事。

锦衣卫既是皇帝身边的亲信侍卫，又是直接受命于皇帝的特务，平时皇帝待在京城，锦衣卫的眼线还到不了江西，可现在正德皇帝御驾亲征，按惯例，锦衣卫特务已经赶在皇帝前面下了江南，一部分沿着皇帝行进的路线安排警卫，另一部分则按照锦衣卫指挥使的命令分成两路，一路先到南京，一路进了南昌。

就在王守仁押解宁王离开南昌的时候，锦衣卫的先行官也到了南昌，这些特务并不公开活动，而是暗中查访，本想看看南昌城里是否太平，还有没有反贼余党，哪知余党没查到，却意外地发现王守仁押着宁王出了城。特务们急忙骑上快马飞驰而回，把这个消息报告给锦衣卫指挥使江彬。

听说南赣巡抚王守仁竟公然违旨，已经押解宁王离开了南昌，江彬一下子被弄糊涂了。在他想来，皇帝是天下人的主子，官员们巴结还来不及，哪里有人会公然抗旨？琢磨半天不得要领，只能先把此事上报皇帝。

听说王守仁竟敢抗旨，正德皇帝顿时大怒："一个小小的三品副都御史（王守仁平定南赣匪患后由佥都御史升为副都御史——著者注）竟敢不遵旨意，活得不耐烦了吗？锦衣卫将此人拿下，押到济南来。至于那些反贼也由锦衣卫送回南昌看押，等朕到了南昌再亲自审问。"

一听这话，正德皇帝身边的人除了江彬之外，个个觉得不妥。监军太监张永忙说："王守仁是平叛的功臣，皇上如果公然抓捕此人，官民百姓必然不解，群情哗然，只怕不妥。至于王守仁抗旨一事，老奴觉得会不会是因为皇上以'威武大将军'名义发下钧帖，王守仁未能理解其意，又或者有什么误会？总之此事不宜操之过急，抓捕王守仁更要慎之又慎。"

正德皇帝骄横暴躁，蛮不讲理，可在御驾亲征这件事上他的心毕竟是虚的。现在被张永一劝，也觉得王守仁恐怕动不得。就问张永："你说怎么办？"

张永还没说话，一旁的御马监掌印太监张忠已经说道："皇上以'威武大将军'名义发下的钧帖，外臣岂能不明其意？王守仁分明是在装糊涂！"说到这里看了张永一眼，又转了个腔调："奴才以为张公公的话在理，王守仁有大功于朝廷，公然抓捕未免骇人听闻，皇上再下钧帖，又怕他像上次一样公然搪塞，不如让老奴以御马监的名义写个公文，派专人亲自送到王守仁手里，让他明白事关重大，自然就不敢执拗了。"

张忠这个主意既顺应了朱厚照的霸道，又迎合了张永的意见，所有人都没有异议。于是在朱厚照的授意下，张忠以御马监掌印太监的身份写了一份公文，交给自己手下的掌司太监吴经，让他带一队锦衣卫骑快马去拦截王守仁，务必在宁王被送出江西之前把公文递到王守仁手里。

就在锦衣卫特务来回奔窜传递消息的时候，王守仁领着押解宁王的船队已经出了南昌府，穿过抚州府、饶州府进了广信府，再向北出玉山就要进入浙江省了。哪知船队刚到码头上停靠，王守仁还没上岸，已经有几匹马飞驰而来，马上的人红盔红甲，腰间佩着绣春刀，确是几名锦衣卫。在码头上下了马，当先一员总旗走到官船边问道："请问哪位是王都堂？"

锦衣卫是皇帝身边的亲随，现在江西地面上忽然出现了锦衣卫，王守仁立刻明白事情要糟！强打精神走到船头答道："我是南赣巡抚王守仁。"

那锦衣卫冲王守仁一拱手："都堂好，御马监掌司吴公公在此，想与都堂见一面，请都堂借一步说话。"

听说御马监的掌司太监在此，王守仁心里一惊，知道坏事了。

御马监是内廷二十四衙门之一，直接掌握着勇士营、四卫营数万禁军精锐，同时，御马监的掌印太监还奉皇帝之命干预军制，凡与军事相关的事物，御马监都有权插手，其权柄仅次于掌管政务、与阁臣平起平坐的司礼监掌印太监，是太监之中的第二号实权人物。另外，为了加强对官员百姓的控制，在明朝成化年间设立了西厂，由御马监掌印太监控制，与东厂、锦衣卫齐名。后来一度被裁撤。到正德年间，正德皇帝发动政变罢黜阁老之后觉得心虚，于是重新设立西厂，仍由御马监掌印太监掌管。正德五年，朱厚照卸磨杀驴收拾了刘瑾之后，又一次裁撤了西厂。但西厂属下的特务并没有被撤销，名义上并入了东厂，其实仍然由御马监掌印太监控制。

就是这么一个权势熏天的御马监，外掌禁军精锐，内有特务之权，其掌印太监张忠又是正德皇帝身边头号权阉，威势已经压过了资格更老的大太监张永、马永成、谷大用等人。现在张忠奉了正德皇帝的命令，派自己的副手御马监掌司太监吴经亲自赶到广信来拦截王守仁的船队，随行而来的既有皇帝身边的禁卫军，又有西厂指挥的特务。有这么一群人拦住水路，这支押解宁王去杭州的船队是无论如何也过不去了。

王守仁是个聪明人，一看眼前这个阵势就知道广信这个关卡自己很难闯过去。当下也不硬来，急忙上岸来见吴经，客客气气地问："公公叫下官来有什么事？"

王守仁毕竟是位封疆大吏，而且平叛建功，非同小可，加上态度又恭敬，说话又客气，吴经也不好意思太嚣张了，笑着问："江西叛乱初平，人心不稳，王大人眼下代掌江西一省，职责重大，怎么不在南昌处理政务，却带着人马跑到广信府来了？"

王守仁忙说："公公说得对，江西叛乱刚平人心不稳，我想宁王是叛乱的罪魁祸首，此人留在南昌总是一条祸根，所以想把宁王押解到北京去向陛下献俘，不想走到广信就被公公拦住，不知有何指教？"

听王守仁这么说，吴经一愣，忙问："难道王大人在南昌时没有收到威武大将军的钧帖吗？"

王守仁一脸茫然："什么钧帖？下官并未见到。"

第六章 对抗"妖魔"

王守仁这是在装糊涂。但他心里有两个主意,一来正德皇帝下的不是圣旨,而是一道莫名其妙的公文,用的又是个假名,王守仁完全可以不承认;二来,就因为这道"钧帖"不伦不类,传递的途径也不正规,王守仁就算硬说自己没收到"钧帖",谅眼前这个太监也不能把他怎么样。

果然,吴经虽然是个有权有势的特务头子,在这件事上却不敢深究。也不敢追问王守仁到底是真的没收到钧帖,还是在这里装傻。因为皇帝用假名字、假身份发布如此重要的公文,这里面担的责任太大,如果王守仁果真没收到钧帖,吴经擅自把此事捅出来,等于自找倒霉;就算王守仁真是在装糊涂,吴经在这件事上追问不休,闹到最后,王守仁大可以把糊涂装到底,而"威武大将军朱寿"几个字牵扯出来的麻烦,还得吴经这个太监去担。

另一方面,在吴经想来,皇帝的命令大臣们无论如何不敢违抗,何况王守仁刚立大功,正是邀功请赏风光无限的好时候,他为什么要逆龙鳞,给自己惹这杀身之祸?所以吴经觉得王守仁很可能真没收到那道钧帖。

再说,现在吴经已经亲自到了广信府,带着锦衣卫把王守仁堵在了江边上,谅此人不敢再耍花招。既然如此,前面那道钧帖干脆不再提及,只说:"我这里有一道公文,请王大人过目。"说着从怀里取出一个火漆封袋递了过来。王守仁忙拆开信封来看,只见上面写着:"王守仁系江西抚按守臣,当此新乱之余,正宜留心抚绥地方,听候勘明解京,良由不知前因,固执一见,辄要自行获解,私请回师。再照妃滕,系宗藩眷属,外官押解,恐有妨碍,设或越分擅为,咎归何人?职等体念民力,不堪供给军饷,责令将官将所领官兵分布各府驻扎听掣,当职止带合用参随,执打旗号等项人员,径越江西,公同巡抚等官,查验巢穴,及遍给告示,晓谕理抚安地方,一面具请定示另行。本司各该官吏,照依札付内事理,即使遵照钧帖内事理,备行巡抚都御史王守仁等,将已获贼犯留彼,听候明旨,钦遵施行。"落款是"钦差提督军务御马监掌印太监张"。

吴经交给王守仁的这道公文,比早先那道钧帖看起来更不靠谱了。

从名义上看,这道公文是御马监掌印太监张忠亲自下发的,可公文里却毫不客气地责备王守仁"固执一见,辄要自行获解,私请回师"。后面又有"备行巡抚都御史王守仁等,将已获贼犯留彼,听候明旨,钦遵施行"这样的话,用的完全是正德皇帝的口吻，这道奇怪的公文究竟是正德皇帝写的，还是太监张忠写的呢？

如果公文出自太监张忠之手，那么这个御马监掌印太监有权干涉军务，却无权干涉地方政务，他没有资格对身为巡抚的王守仁下这样不着边际的命令。如果说公文是出自正德皇帝之手，身为皇帝，遇事不发圣旨，而是以太监的名义发布公文，实在不合规矩。

其实这道公文出自太监张忠之手，代表的却是正德皇帝的意思，这是明摆着的。只不过正德皇帝心里有鬼，不敢发下圣旨，只能用这样的方式暗示王守仁，让他"听话"，把宁王留在南昌，等皇帝到江西之后再亲自处置宁王。现在就看王守仁肯不肯听这个话了。

只一眨眼的工夫，王守仁已经拿定了主意，冲着吴经赔笑道："哎呀！多亏这道公文送来得及时，不然下官真就把事办错了，这可真是天大的罪过！有公文就好了，多谢多谢。"边说边冲着吴经连连拱手致谢。

见王守仁这么好说话儿，吴经的一颗心也放回肚子里了。于是笑着问："既然王大人明白了，下一步打算怎么办呢？"

王守仁忙说："这还用说？明天一早我就把宁王押回南昌去！"

见王守仁办事这么爽快，吴经大喜："王大人果然识时务，你这次平叛立了大功，等皇上一到南昌，必封你个伯爵！世袭罔替，子孙享受不尽。"

王守仁赶紧打躬作揖，连声说："承公公吉言。"两人又闲聊了几句，尽欢而散。吴经带着锦衣卫在码头上找了个住处，王守仁回到官船上，吩咐准备晚饭，吃完饭早早歇息，明天一早就回南昌。

这个黄昏，岸上水上两支人马相安无事，直到二更已过，王守仁悄悄把自己的学生冀元亨找了过来。

到这时冀元亨还没弄明白王守仁的意思，只知道王守仁听了太监的话，不敢把宁王押解到北京去了，对此挺不乐意，脸色也不太好看，只问："先生打算明早就回南昌吗？"

王守仁摇了摇头："江南数省这几年不是旱就是涝，百姓们日子本来就苦，尤其江西刚遭兵祸，更是民不聊生，这时候皇帝大张旗鼓带着几万军马下江南，百姓们的日子就更难过了。所以无论如何我也要把宁王押解到北京去，绝了皇上南下

第六章 对抗"妖魔"

的念头。"

早先王守仁向太监妥协，冀元亨觉得难以理解，现在王守仁把心里的主意直说出来，冀元亨却又担心起来："可皇上前后下了两道文书，又命管事太监带着禁军来拦截先生，若先生不管不顾一心北上献俘，会不会惹麻烦呢？"

在这上头王守仁早想明白了："只要能救百姓，丢官罢职也值得，就算掉脑袋我也认了。我已经把岸上的锦衣卫稳住了，今夜就悄悄开船，等他们发现，船队早就进了浙江，这些人休想追上。你现在就上岸，带着我写的公文到北京的兵部衙门走一趟。"从桌上拿起一道文书，"今天那个太监拿出来的是御马监掌印太监写的公文，可这个御马监掌印太监并未奉旨到江西公干，他的公文怎么会突然出现在广信府？而且公文上说的'把宁王押回南昌'也不合常理，我给兵部写了一道咨文，请他们查一查咱们在广信府接到的公文到底是何人所发，是真是假？验明文书的真伪之后，让兵部衙门发一道回文给我。"

听了这话冀元亨更糊涂了："难道大人怀疑今天接的公文不是御马监掌印太监所发？"

王守仁淡淡一笑："我倒不怀疑这个。而且我也知道，这公文根本就是皇上的意思。可我现在急着要把宁王押解进京，到兵部去验明公文真伪，只是为了拖时间。只要把这事拖上一两个月，我就可以押解宁王沿运河北上京师，到那时皇上也就不会南下了。"

当天夜里，冀元亨怀揣着王守仁写给兵部的咨文悄悄上岸。

三更时分，岸上驻扎的禁军早已睡下，王守仁下令解缆，几十条官船无声无息地驶离广信码头，潜入黑沉沉的夜色中去了。

这一夜，王守仁领着船队扬帆疾行，顺风顺水，到天光放亮的时候，船队已经出了江西，驶入浙江境内。

直到第二天早晨吴经这伙人从梦中醒来，才发现停在码头上的官船已经没了踪影。一开始吴经还以为王守仁心里害怕，所以天没亮就带着船队驶回南昌了，为了保险起见，派锦衣卫沿江查问，哪知到中午锦衣卫回报，并没有人见到官船返回南昌。

到这时吴经才明白了王守仁的真实意图，又惊又气，立刻带着锦衣卫沿江追赶，可此时王守仁已经领着船队出了玉山，驶入长江，吴经带着人追到玉山，只见眼前水天一色，江流浩荡，押解宁王的一队官船早就不见踪影了。

没办法，吴经只好写了一封密信，命锦衣卫发出六百里急报，把江西发生的事告知尚在山东境内的正德皇帝。

如果说南赣巡抚王守仁第一次公然违旨是因为没领会皇帝的意图，闹了什么误会，还算情有可原。但这一次皇帝派御马监掌司太监亲去传令，当着王守仁的面把话全说透了，王守仁却又一次抗旨不遵，竟把掌司太监和锦衣卫扔在江边，仍然带领官船北上，这不是抗旨又是什么？正德皇帝本来就是个骄纵暴烈的君主，自登基以来屡次打击朝臣，从来不曾手软过。现在南赣巡抚王守仁一连两次抗旨，硬要把宁王押解进京，坏皇帝的好事，正德皇帝大怒，立刻就要命锦衣卫特务去捉拿王守仁，御马监掌印太监张忠和提督军务太监张永急忙拦住了他。

王守仁屡次违抗圣意不假。可是皇帝给王守仁发下的两道公文却都不合手续，第一道公文用了个根本就不存在的"威武大将军朱寿"的名字，第二道公文则是以御马监掌印太监的名义发出的，若仔细查起来，第一道钧帖皇帝自己根本不敢认账，第二份公文出自御马监之手，对地方文官没有约束力，也不算数。所以王守仁虽然违抗圣意，却并未"抗旨"，皇帝要把王守仁这个大功臣抓起来治罪，对外面没法交代。

"名不正，言不顺。言不顺，事不成。"孔夫子这句话是个至理名言。

正德本来是位君临天下的大皇帝，可他偏偏不愿意认真当他的皇帝，天天只想着玩"过家家"，自己给自己取了个假名，编了个假官职，这件事只有正德皇帝自己觉得有趣，天下人却都当他是个疯子。就连正德身边这几个宠臣也知道皇帝这个搞法儿愚蠢得很，只是平时不敢劝他。可真正到了要紧的时候，这些人倒比正德皇帝明白事理，知道不劝不行了，赶紧出来说话，无意之中等于保住了王守仁。

可正德皇帝毕竟发了脾气，对王守仁这个胆大妄为的官员，不治治他也不行。再说，此时正德皇帝已经带着他的几万大军开进至山东济宁，正沿运河南下，不日就到杭州了，如果王守仁在这个时候押解宁王沿运河北上，一旦到了济宁，当面把叛贼交给皇帝处置，正德皇帝的面子就真是丢尽了。

无论如何不能让王守仁的船队出江南！

第六章 对抗"妖魔"

于是正德皇帝命令监军太监张永领着两千兵马即日南下，抢先赶到杭州，守住运河入口，就地阻截王守仁的船队，命王守仁立刻将宁王押回南昌。如果王守仁仍然违抗圣意，张永就可以立刻把王守仁抓起来！

奉了皇帝之命，监军太监张永立刻带着两千精兵沿运河火速南下，抢在王守仁之前到了杭州，把大军屯在钱塘江口，专等南赣巡抚的船队来到杭州。

就在张永率军赶到杭州的第二天，王守仁也押解着宁王经衢州府出草萍驿驶进了钱塘江。本以为京杭运河就在眼前，船队一进运河，就等于离开了江南，正德皇帝御驾亲征的脚步最远也就止步于山东了。哪想到船队刚进钱塘江，就看到岸上连营数里，帐篷一座挨着一座，顶盔贯甲的京营士卒立在江岸上，远远看见船队就叫喊起来，接着几条快船驶到面前，一员将领登上官船，也不多说话，只是告诉王守仁，船队立刻靠岸，不得再前进一步。

想不到正德皇帝执迷不悟，竟派出大军拦截船队，南赣巡抚王守仁顿时气得火冒三丈。

其实王守仁屡次违抗圣意，不顾一切要把宁王押解进京，一方面是为百姓考虑，不让荒淫奢侈的皇帝和凶强霸道的京军到江南为患；另一方面，王守仁这么做也是想要点醒正德皇帝心底的良知，让他知道自己犯的错，然后好生改错。

自从登上皇位的那天开始，骄横任性的正德皇帝已经犯下了数不清的大错，破坏开中盐法，派太监到地方搜刮钱财，以至掠夺民田，扩建皇庄，擅增捐税，驱逐阁老，迫害大臣，玩忽职守，无所不为，孝宗弘治皇帝苦心治理十八年留下的"弘治中兴"的政局被正德皇帝毁坏殆尽，天下百姓民怨沸腾，前有宁夏的安化王朱寘鐇造反，后有宁王朱宸濠起事，整个大明王朝如同毁了梁柱的大厦，风雨飘摇，已经出现了倾覆的迹象！可正德皇帝丝毫不肯醒悟，仍然任性胡为，纵情享乐，荒废政事，像发了疯一样胡闹。

大明朝是朱家的天下，这个朝廷亡了并不可惜，可覆巢之下焉有完卵？真要是社稷倾颓，大乱一起，百姓们怎么办？

王守仁是个读圣贤书的儒生，读的是"克己复礼"，追求的是"良知"二字，现在正德皇帝私欲如沸，天下秩序已经动乱，王守仁不惜性命拼死抗谏，不让正德皇帝下江南，就是要用自己的一片良知"克"住正德皇帝的任性，用一腔热血来警告正德皇帝，人的疯狂必须有个底线，不要等到众叛亲离，被天下百姓视为寇仇的时候才知道后悔！

人心里的良知是一面明镜，可惜，正德皇帝心里这面镜子已经被污垢遮掩，又因为他是皇帝，没人敢去"擦"他心底这面明镜，结果朱厚照心里的良知被埋没得极深，王守仁的良苦用心根本救不了正德皇帝，反而惹怒了这个暴君，竟派军队拦截官船，很明显，如果王守仁一意孤行仍然要违抗圣命，皇权暴力的雷霆就将把这位南赣巡抚击成粉末。

然而正德皇帝忘了，孔夫子早就说过："志士仁人，无求生以害仁，有杀身以成仁。"这位南赣巡抚的名字又恰好叫"守仁"。对王守仁而言，今天就到了杀身成仁的时候了。于是换上正三品的大红官袍，弃船登岸，直奔杭州织造衙门而来。

王守仁上岸来找人论理的时候，监军太监张永正躲在杭州织造衙门的后花园里发愣。

张永已经得报，王守仁的船队到了钱塘江，被京军扣住了。其后王守仁换上纱帽红袍，没带一个随从，孤身一人直奔织造衙门而来，也已经有锦衣卫飞马通知了张永。眼看这位副都御史分明摆出了一副拼命的架势，正德皇帝驾下最得宠的大太监张永一时竟不知如何应付，急忙躲进后花园，告诉手下，拦住王守仁，别让他进来。

片刻工夫，王守仁已经到了织造府外，立刻求见张永。守门的禁军依着张永吩咐，只说张永不在，不让王守仁进门。此时的王守仁已经下了拼命的决心，不管不顾，抬脚就往大门里闯，守门的军士赶紧上前拦着，可人到急处却能激发出非同寻常的气力，一向骨瘦如柴弱不禁风的王守仁发起急来竟像一头猛虎，咬着牙硬往前闯，五六个壮汉硬是拽不住他，纠缠推搡之间已被王守仁闯入二门，不顾禁军的拉扯，胀红着脸冲堂上大吼："我是江西巡抚官员，带着钦命要犯到杭州，特来与张公公商议国家大事，你们为何不让我进去！"

想不到王守仁竟闯进府来，就在堂下吵嚷，张永知道躲不过了，只好从后头走出来止住众人，把王守仁请进屋里坐下，直截了当地问："王大人身担重任，为什么不在南昌留守，却跑到杭州来了？"

张永这话是明知故问，可王守仁知道张永是皇帝身边的宠幸，眼下虽有拼命的决心,却还没到不顾性命的时候,就把心气儿放平稳,郑重其事地对张永说:"公公也知道,江西叛乱刚刚平定,潜逃的亡命之徒不在少数,目前南昌城里防卫又薄弱,宁王押在南昌并不安全,只有献俘京师才是万全之策,所以我押解宁王沿水路北上,是要往京城去的。"

张永根本不听这些,只问:"王大人接到威武大将军的钧帖了吗?"

这时候王守仁也不必隐瞒:"接到了。"

"既然接了钧帖,为何不依令行事?"张永翻起眼睛瞟了王守仁一眼,"难道王大人是故意抗命不遵吗?"

大堂上就坐着两个人,老太监又说这话,等于把"钧帖"的出处挑明了。王守仁知道今天这事靠智谋是过不了关的,只能说硬话,讲道理,至于自己进了这个织造衙门还能不能走得出去,他都已经不敢多想了:"我在南昌已接了钧帖,也隐约明白其中所指。但依我想来,江西叛乱已经平定,就算剩下几个小贼,官府自能缉拿,皇上不必专门派京军来征剿,而且宁王造反之时勾结了无数江洋大盗,这些人心怀异志潜入江湖,欲行不轨。此时皇上御驾亲征直奔江南,这些亡命徒知道了消息,恐怕会对皇上不利。所以我觉得既然江南没有大事,皇上还是不要御驾亲征为好。至于宁王这些人,或献俘于京师,或在山东交由禁军看押,都依皇上的主意就是了。"

王守仁这些话表面温和,其实说得很硬,一开始就指出皇帝把平叛当借口带着人马下江南根本没有道理,接着又明确提出要把宁王这帮人送到北方,最好是在京城献俘,如果皇帝不肯,那就直送山东,总之,宁王不能留在南昌,皇帝也最好别来江南。

正德皇帝的脾气天下人都知道,可王守仁这个小小的副都御史就是敢逆龙鳞。

既然话已说到这个地步,王守仁也就什么都不怕了,抬起头来直盯着张永的眼睛,等他回话。好半天,张永才缓缓说道:"皇上要下江南,这事老奴不敢问,似乎也轮不到王大人来管。可我也知道皇上身边有一帮小人围着,这次王大人江西平叛立了大功,这帮小人对平叛之功垂涎三尺,天天想着要分大人的功劳,这里头的事你都明白吗?"

张永说前半句话的时候王守仁心里已经冒起火来,哪知老太监把话锋一转,却说出一句谁也想不到的话来。

到目前为止，王守仁只想到皇帝带着兵马下江南，老百姓要受害，所以皇帝不能下江南。可他却没想过，皇帝身边的宠幸们竟在暗中觊觎他的战功。

宁王叛乱的时候天下都没有准备，这场叛乱从头到尾是王守仁一个人主持平定的，宁王被擒的时候，正德皇帝还在京城跟内阁扯皮，大军未出都门。所以江西平叛的整件事与远在京城的正德皇帝、江彬、许泰、张忠等人毫无瓜葛，这些人就算再厚颜无耻，总不能跨越直隶、山东、浙江、江西四省来抢王守仁的战功吧？所以若不是张永提点，王守仁一辈子也想不到，正德皇帝硬要带着大军到江南来，竟是这位皇帝和手下的宠臣想从平定叛乱的大功里分一杯羹……

可张永把话一说，王守仁回头一想，也愣住了。

张永是正德皇帝身边资格最老的亲信太监。早年正德皇帝做太子的时候张永就陪伴在他身边。后来正德皇帝登基，专宠刘瑾、张永、谷大用、马永成、邱聚、魏彬、高凤、罗翔这八个太监，时人称为"八虎"，其中张永的地位仅次于刘瑾，而在其他"六虎"之上。但张永的出身却与刘瑾不同，幼年时在宫里专门受过文字方面的训练，也读过圣贤书，懂得成仁取义的道理。只是他一个阉奴追随在皇帝身边做走狗，这些道理不但不能用，平时连想也不敢想，渐渐也就忘在脑后了。

后来正德皇帝借太监之手驱逐阁老，清理朝廷，张永也和刘瑾一样提着脑袋替皇帝卖命，恶狠狠地打杀朝臣，从不手软。再后来皇帝坐稳了龙椅，用不着这帮太监了，想卸磨杀驴，张永看出了皇帝的心思，就站出来故意和刘瑾作对，结果这一宝押对了，皇帝借着张永的手捉了刘瑾，把个刘太监千刀万剐。可张永立功之后却没得赏赐，反而被皇帝找机会狠狠整治了一顿，总算张永这个老奴才会做人，皇帝对他也念旧，渐渐地又把他视为心腹。

这时候正德皇帝身边已经有了钱宁、江彬、许泰这帮新宠，太监之中，张忠、张锐等人爬了上来，以前的"八虎"只剩张永、魏彬两人还在皇帝面前得宠。这十几年，张永白天黑夜追随在正德皇帝身边，把这个皇帝的所有私心邪欲和丑恶行径都看在眼里，眼看着忠臣义士惨遭迫害，卑鄙小人飞黄腾达，大明王朝江河日下，张永心里越来越苦闷，不知不觉间，他心里那久被蒙蔽的良知开始慢慢苏醒了。

最近几年正德皇帝被江彬等人勾引，一次次跑到宣府去玩乐，扔下朝政不问，

第六章 对抗"妖魔"

因为大臣们阻止他下江南，正德皇帝恼羞成怒，残酷迫害大臣，打死多少人，又贬谪了多少人，这些事张永实在看不下去了，现在王守仁屡抗圣命，非要把宁王送到北京，借此阻止皇帝下江南，这颗救民护民的心张永是明白的，眼看王守仁又要遭到迫害，张永心里实在不忍，所以关键时刻说了句实话，点了王守仁一下子。

王守仁是个聪明人，被张永一提点，顿时悟出这件事的关窍所在。

到这时张永才把心里的话说了出来："皇上身边的小人竟会动这些鬼心眼儿，王大人也想不到吧？可他们的邪恶心思与我无关。我这次跟着皇上出来，不是要和王大人争功，只是因为这帮小人围在皇帝左右，让人放心不下，不得不从旁护持。我在宫里这么多年了，知道皇上的脾气，要是顺着他的意思，事情还好办，若逆了他的意，反而把事情弄坏了。王大人觉得是不是这个理儿？"

到这时，王守仁已经隐约感觉出张永似乎与正德身边那帮人不同，只是一时不敢相信，也不知该说什么好。

张永又说："王大人为皇上的安危考虑，不想让皇上到江南来，这番心意我都明白。可皇上要下江南，王大人拦不住！现在你把宁王这些人从南昌送到杭州，已经触怒了一些人，都在皇上身边说你的坏话，眼前的情况你也看到了，想进京献俘绝无可能，如果王大人不顾一切，非要惹皇上生气，弄到最后什么事都办不成，只能是你一个人受苦而已。"又深深地看了王守仁一眼，缓缓说道："若依着我的意思，宁王既已押到杭州，就不必送回南昌了。王大人就把这些反贼交给我，由我把他们献给皇上。不知王大人信得过我吗？"

王守仁是第一次和张永打交道，对这个老太监其实并不信任。可张永说的话句句在理，而且张永又是第一个说出"宁王不必送回南昌"的人，单就这一句话，张永就替王守仁担了一半的责任，也冒了一半的风险，于情于理，王守仁实在没办法不信任张永。

为了把宁王这个瘟神送出江西，王守仁已经连续两次违抗圣命，能把宁王送到杭州，靠的是王守仁不怕死的勇敢和随机应变的智谋。可杭州这里驻扎着一支两千人的京军，运河入口已被封锁，勇敢和机智在此处都不管用了。就算王守仁敢拼一死，毕竟斗不过皇权，结果正如张永所言，什么事也办不成，只能自己受苦。

事情到了这个地步，不信任张永，又能怎么办？

想到这儿，王守仁忍不住叹了口气，起身对张永行了一礼："多谢公公的好意，那我就把这些反贼留在杭州，任由公公处置吧。"陪着张永到钱塘江边的码头上，命人把宁王和手下的几十个重要反贼押上岸来，当面验明正身，交给张永手下的禁卫军看押。

犯人交接的事忙活了大半天，到天快黑了才处理完。王守仁回到船上，吩咐在钱塘江里停泊一夜，准备第二天就返回南昌。哪知这些日子舟车劳顿，又着急上火，累着了，现在心里一松快，顿时躺倒在床上起不来了，从人赶紧请来郎中调治。可病来如山倒，病去如抽丝，王守仁本就体弱，这一次病得连床也起不来，只好先在杭州城外找了个安静地方养病，暂时不能回南昌了。

在与宁王叛军对阵的四十多天里，王守仁算无不中，计无不遂，最后平贼灭叛大获全胜。可是在这场阻止皇帝下江南的战斗中，王守仁虽然勇敢到极点，聪明到极点，到底还是败下阵来了。虽然他连续几次违抗圣命，不顾一切地想要进京献俘，最终还是没能闯过杭州这一关，也未能阻止正德皇帝下江南。

后来王守仁曾对学生们慨叹："破山中贼易，破心中贼难！"詹师富、谢志珊、池仲容、朱宸濠都不过是山中之贼，而与正德皇帝搏斗时那种纠结、苦痛、焦虑与恐惧，才是王守仁的"心中之贼"。所以说，王守仁并不是一位"超级军事家"，他这一生立德、立言、立功，立的是良知之德，知行合一之言，克制皇权私欲之功，与"克制皇权"相比，平贼灭寇只是雕虫小技而已。我们读王守仁读到这里，竟连这一点都看不透，那就真是"夏虫不足语冰"了。

在这场阻击皇权的搏斗中，王守仁最终还是失败了。但若换个角度来看这件事，我们又不得不说，王守仁其实胜利了，因为他在很大程度上实现了孔子那个"克己复礼"的儒家最高理想。

"克己"，不仅仅是"克制我们自己"，更是全天下人都来强迫皇帝"克己"，皇帝克己了，大臣克己了，官员克己了，儒生克己了，才轮到百姓们克己。

"复礼"，不是要恢复周朝那套古老的分封制法规，而是要以"克己"为前提，达成一种最完美的社会秩序。

现在王守仁依着自己心里的良知尽一切力量阻止皇帝下江南来祸害百姓，就是在逼着正德皇帝做这个"克己"功夫，虽然最终没有完全成功，毕竟王守仁已经把宁王送出了江西省，断了皇帝到江西来"御驾亲征"的借口。后来正德皇帝下江南的时候，在扬州强抢民女，在南京城里胡作非为，祸害百姓长达两年之久！可原本"御驾亲征"的目的地南昌城，正德皇帝却无缘踏足，已经注定要遭大劫的江西百姓们，也因为王守仁的执著"克"住了皇帝，侥幸躲过了这场灾难。

孔子说："克己复礼为仁，一日克己复礼，天下归仁。"这句话是整个儒家学说的核心理论。其意思非常直白，而且显然是完全正确的。

南昌百姓的噩梦

在浙江杭州，王守仁无可奈何地把宁王等一众反贼交给监军太监张永处置。在王守仁想来，张永应该会遵守约定，想办法把宁王送到山东济宁交给皇帝，以此阻止皇帝继续南下。可王守仁哪里想得到，张永到底还是骗了他，并没有把宁王交给正德皇帝。

张永这个老太监能力有限，胆量也有限，他在杭州硬着头皮劝住了王守仁，把宁王交接过来，是尽自己的力量保护这个难得的好官儿。可张永深知正德皇帝的脾气，不敢触犯这个任性的皇帝，只是把宁王关押在杭州府钱塘县的大牢里，然后回报皇帝，说王守仁已经知错，不再把宁王押送进京了。

眼看这个不安分的南赣巡抚终于退让了，正德皇帝也没心思跟他计较，就不再搭理王守仁了。

既然宁王未被押解北上，正德皇帝就继续南下，率领大军离开济宁，十一月六日进了徐州，十五日到达淮安，这时，正德身边的宠幸悄悄向皇帝献计：江南多有美女，何不享受一番？于是正德皇帝给打前站的御马经掌司太监吴经下了一道密令，让他在扬州城里选两百名秀女，供皇帝到南京之后淫乐之用。吴经立刻把扬州知府蒋瑶叫来，命令蒋瑶派人帮助皇帝选秀女，可蒋瑶知道所谓"选秀女"就是给皇帝进供女奴，这是件没人性的事，绝不能办，于是严词拒绝，告诉吴经："扬州城里只有三个秀女，就是扬州知府的三个女儿，其他再没有秀女可选了。"

蒋瑶不肯配合，吴经这个特务头子一气之下干脆也不和蒋瑶商量，召集了一群锦衣卫悄悄潜入扬州到处查访,在家里有女孩子的人家门上做了暗记,然后带着军马连夜进城,依着暗记破门而入挨家挨户地抓人,就这么公然绑架了两百多个女孩子,全都送进了皇帝的行宫。

几天后,正德皇帝率领大军到了扬州,住下之后,在扬州城里花天酒地玩了几天,监军太监张永也从杭州赶了过来。

一见张永,朱厚照满肚子不高兴:"你这个老奴才真是没用!朕命你到杭州去是要拦住王守仁,督促他押着反贼回南昌候旨,可你却把这批反贼留在了杭州。朕御驾亲征是来平叛的,如今叛贼不在南昌,让朕如何平叛?"

正德皇帝的责问张永竟无法回答。

宁王的叛军早就被王守仁平定了,皇帝"御驾亲征"不过是个欺骗天下人的幌子。可正德皇帝好像活糊涂了,竟把自己编出来的瞎话当了真,反过来拿"宁王不在南昌,让朕如何平叛"质问张永,一个年届三十的天朝大皇帝居然无耻到这个地步,幼稚到这个程度,让张永怎么答呢?

好在正德皇帝身边还有个平虏伯江彬,这个人是专为伺候正德而生的,不管皇上想干什么,他总有办法给办到,急忙凑过来笑着说:"皇上别急,臣已经想好了主意。宁王押在杭州的事天下没几个人知道,皇上不妨仍然到江西去,同时命锦衣卫秘密押解宁王返回南昌,把这些反贼放入鄱阳湖,然后皇上再调动京军进鄱阳湖搜拿叛贼,当场擒住宁王,'御驾亲征'不就有着落了吗?"

正德的幼稚任性和江彬的无知无耻凑在一起,真是天衣无缝。听了这个匪夷所思的主意,正德皇帝大喜过望,立刻说:"就依你的主意办吧!"

见皇帝准了这个歪主意,江彬忙又说道:"皇上这次御驾亲征到江南来平叛,只有南赣巡抚王守仁不断从中作梗。现在王守仁还在江西省内管事,皇上要去江西,就必须先处置王守仁,不然到时候他一定会找麻烦。"

其实正德皇帝也早想收拾王守仁,可王守仁是个平叛的功臣,不是随便就能迫害的:"你看怎么处置王守仁为好?"

江彬忙说:"这些日子臣派锦衣卫进入江西打探逆情,隐约听说宁王造反之前曾与王守仁有过勾结,另外王守仁攻克南昌之后,把宁王府中百万财宝全部据为己有,或就地私分,或埋藏起来,或运回家乡,总之全部贪污了。还有人告王守仁

第六章 对抗"妖魔"

率军攻打南昌之时杀戮过重，害了不少人命，这些罪责只要能查实一两样，就足以定王守仁的罪了。到时候王守仁下了狱，皇上再到南昌，亲自到鄱阳湖里去'擒'宁王，也就无人敢阻拦了。"

江彬的主意真是肮脏透顶，邪恶到了极点，可这些主意正对朱厚照的胃口，当即把御马监掌印太监张忠和安边伯许泰找来，吩咐他们："你们和江彬一起带着军马到南昌去，从速查清王守仁的罪行，一旦查实，就将此人抓起来。这事要快办，朕在扬州不会久住，很快就要到江西来。"江彬、张忠、许泰一起领命而去。

江彬、张忠等人带着大军到南昌的时候，王守仁还在杭州城里养病，南昌城里的政务暂时交给伍文定代掌。本以为王守仁押走了宁王，皇帝就没有御驾亲征的必要了，却想不到忽然有一支京军到了南昌，伍文定一时摸不着头脑，也只得出城来迎接。

身为锦衣卫指挥使，江彬早在来江西的路上就把南昌城里的情况摸清了，王守仁身边有哪些得力的人，各自担任什么职务，谁与王守仁最亲近，江彬全都知道。听伍文定一报姓名，立刻知道这是王守仁身边最亲信的助手，立刻吩咐锦衣卫把伍文定抓起来。

想不到这些锦衣卫蛮不讲理，一句话也不问，竟在南昌城门外公然抓捕朝廷官员，伍文定气得冲着江彬大骂："我辈为平叛乱，不顾生死，不恤九族，现在国贼已平，不敢居功，可我等有何罪？你们都是天子亲征扈从之臣，无故拷打官员，屈辱忠义，依法当斩！"江彬根本不理，押着伍文定进了南昌城，立刻占了衙门，派手下接管所有钱粮府库，又拿出一份名单来，让锦衣卫按着名单把南昌城里管事的官员胥吏全都叫来，二话不说，将这些人全部扣留在衙门里，分头关押，命锦衣卫逐个审问，让他们交代王守仁攻克南昌时到底从宁王府里贪污了多少财宝，这些宝贝藏在什么地方。

江彬这些人如此凶狠地迫害南昌官员，固然是急着给王守仁栽赃，但另一方面，江彬他们也打心眼儿里相信王守仁确实贪污了一笔数量惊人的宝藏。原因很简单，正德皇帝身边的宠臣们个个都是贪赃枉法的败类，推己及人，他们本能地认为世上没有一个官员是不贪财的。而宁王家族盘踞江西已有数代，富甲一方，累积的财富岂止千万！现在这笔巨大的财富却不知去向，不是王守仁贪了，还有别的解释吗？

若能找到这笔财宝，不但王守仁立刻垮台，江彬、张忠、许泰也能发一笔大财。对这三个人来说，整垮王守仁是次要的，发大财是主要的，所以刚进南昌城就到处抓人，酷刑审问，掘地三尺找起"宝藏"来了。然而审问了十几天，别说宝藏，就连一两账面上没有记录的多余银子都没找到。

宁王府里确实曾有过一笔惊人的宝藏。可自从朱宸濠起了反心，这些年他召集了数万山贼水寇，网罗了南昌城里的大小官员，控制了江西省内的兵马，又不惜工本拿出巨额钱财贿赂朝廷大臣，让这些人在皇帝面前替他说话，在各地拉拢地方官做他的党羽，再拿出钱来私造战船，铸造火炮，偷着饲养战马，制造铠甲刀枪，所花费的金钱不计其数，祖宗积攒的财富被花掉了大半。

后来宁王起兵造反，带着精锐大军出安庆直扑南京，几万兵马，几千条战船，已经将王府里的金银细软装载一空，这些东西一半在宁王做困兽之斗的时候当场赏给了手下士卒，另一半在宁王被歼灭的时候或被逃亡的叛军卷走，或被打了胜仗的官军私取，大多数则随着战船沉进了鄱阳湖。

宁王府里还有一批带不走的财物，也值不少钱。可南昌城破时王府里的太监宫女们点火自焚，把府第烧毁了，这些东西多半在大火中烧成了灰，剩下的只是些雕屏钿凳太师椅子之类的杂物，都被王守仁造册登记，保留了下来。如今账册都在，东西也有，可在江彬眼里，这些杂七杂八的破烂儿根本算不上"宝藏"。

宁王府确实没留下值钱的东西，剩下的真就是一堆没人要的破烂儿。可江彬、张忠哪肯相信，眼看搜不到宝贝，一气之下命令锦衣卫对南昌城里的官员胥吏挨个动刑拷打。可棍子鞭子再厉害，到底不能平地"打"出一箱金子来吧？审来审去，实在找不出任何宝藏，到最后连江彬也灰了心，只好暂时作罢。

江彬不辞辛苦亲自跑到南昌来，一是为了陷害，二是为了发财，可找不到财宝，发财无从说起，就连陷害王守仁也失去了一条最有力的"罪证"。又急又气，正不知道如何是好，他手下的锦衣卫特务忽然发现王守仁的学生冀元亨回到了南昌。

冀元亨本是湖广的一位举人，因为仰慕阳明心学，就从家乡专程来拜王守仁为师，追随在王守仁身边多年，早先只是求学，后来王守仁到南赣来剿匪，冀元亨也跟随前来，出了不少力，剿匪结束之后，冀元亨又奉王守仁之命到南昌来监视宁王，因此和宁王有些接触。

这次王守仁押解宁王北上，冀元亨也跟随在先生身边，后来船到广信被太监吴经拦住，用御马监掌印太监张忠的信阻止王守仁北进，王守仁为了拖延时间，写了一封公文让冀元亨送到京城的兵部衙门，要验看张忠所发的公文是真是假。为此冀元亨专门去了一趟京城，这时刚从北边回来，既不知道王守仁病倒在杭州，也不知道锦衣卫特务们正在南昌城里到处抓人迫害，就这么糊里糊涂进了南昌城，一路走进知府衙门，立刻落到了锦衣卫的手里。

早前锦衣卫特务已经查清楚了，在王守仁身边这些协助平叛的官员和学生中，冀元亨是唯一和宁王见过面的。现在江彬陷害王守仁却找不到罪证，正急得火上房一样，忽然捉到一个冀元亨，如获至宝，立刻命锦衣卫对冀元亨严刑拷打，要从他嘴里问出王守仁的罪证来。

到这时候，江彬也知道王守仁大概并未贪污宁王的财宝。至于王守仁与宁王勾结之类的话，连江彬自己都不信。现在江彬已经不再奢求证据了，只想从冀元亨身上拿到一份口供，不管冀元亨招出什么匪夷所思的事情来，只要有了口供，江彬就可以根据口供对王守仁下手。

然而江彬万万没有想到，冀元亨这个文弱书生竟生就一副铁打的硬骨头，不论锦衣卫如何施用酷刑，自始至终没有半个字的口供。到后来江彬已经急了，命令锦衣卫把冀元亨的妻子和两个女儿也抓了起来，一同关在狱里，以此威胁冀元亨就范，哪知冀元亨不为所动，仍然咬紧牙关不肯开口，江彬情急之下，竟命人用烧红的烙铁在冀元亨身上烙烫，烧得皮焦肉烂，惨不忍睹，就是这样，仍然得不到一句有用的口供。

就在南昌城里的官员无端遭到迫害，冀元亨在牢里惨受折磨的时候，王守仁总算病体初愈，从杭州返回了南昌。

和以前一样，锦衣卫指挥使江彬事先就知道了王守仁返回南昌的消息。

江彬这些人到南昌来，是想罗织罪名逮捕王守仁的，哪知在南昌待了这么久，罪名一条也找不到，想害王守仁也无从下手。现在王守仁将要回到南昌，这些人心里顿时虚了，急忙把早先扣押的官员们都放了出来，伍文定被锦衣卫特务押回吉安府，软禁在知府衙门里，至于冀元亨，因为是被锦衣卫秘密逮捕的，外界并不知情，所以江彬没有放他，反而命人把冀元亨秘密押解到京城，投入了诏狱。

结果冀元亨在无人知情的状态下，被关在诏狱里受了一年多的折磨，直到正德皇帝死后才被释放出狱，可是受的刑伤太重，出狱仅五天就去世了。

江彬这边刚把南昌城里的事安排妥，王守仁已经到了南昌。

本以为把宁王押解到杭州，正德皇帝就断了来江西的借口，哪知道正德皇帝邪恶透顶，自己不能来，就派了一支军队来祸害南昌百姓，王守仁早先在杭州养病时竟不知情，直到进入南昌府才听说此事，又气又恨，却没办法，只能催着马车赶紧进城。到了城里一看，只见市面萧条，百姓流离失所，饥民比早前更多，原来想尽办法筹回来的粮食将要用尽，可管理粮仓的官员却无影无踪。

眼看南昌城里的情况比自己离开时更差，王守仁心急火燎，立刻赶到知府衙门，府门前站着几个锦衣卫，毫不客气地拦住去路，问明了王守仁的身份，才勉强放他进了府门。进去一看，知府衙门竟也空了，一个办事的人都找不到，连留在城里主持公事的伍文定也不知到何处去了。

南昌城里的变故真让人惊讶，王守仁一时摸不着头脑，正坐着发愣，却有个锦衣卫进来，告诉王守仁：平虏伯江彬请王守仁到按察司衙门去商量政事。

到这时王守仁已经隐约看出来，南昌城已经被锦衣卫控制了，那些办事的人忽然失踪，怕也与锦衣卫有关。至于朝廷大军和锦衣卫特务为什么忽然到了南昌，又为什么无故抓人，王守仁也已经猜到，大概是自己违抗圣命，硬把宁王送出江西，害得正德皇帝不能到江西来"亲征"玩乐，皇上震怒，派这些特务来找他的麻烦。

想到这儿，王守仁心里说不出的烦闷，既为南昌百姓忧心，也为被锦衣卫扣押的部属担心，对皇帝的所作所为更有点说不出的恶心。可现在大事当前，烦也没用，只能把心气儿放平稳，换了纱帽红袍，跟着锦衣卫来见江彬。

这次带兵来南昌的江彬、张忠、许泰三人都是正德皇帝身边的宠臣，平时仗着皇帝的势力把天下官员都欺压够了，对王守仁这个小小的三品副都御史根本不放在眼里。听说王守仁来了，三人谁都没有出迎，只是站在堂前，见了面也只是略一拱手就转身往堂上走。王守仁看着他们骄横的样子心里厌恶，脸上不动声色，跟在三人身后进了大堂，一眼看见厅里依序摆着四把交椅，走在最前面的许泰已经在侧

第六章 对抗"妖魔"

面第三把椅子上坐了。王守仁忽然心里一动,也不说话,两步抢上前来,一屁股坐在了主位之上。

其实厅上的四把交椅,首位是给江彬留的,次席归御马监掌印太监张忠,第三席是安边伯许泰,最后那把椅子才是给王守仁留的。哪知王守仁毫不客气,一进门就上前抢了首席,这三人也没办法,已经落座的许泰急忙起身让座,互相闹腾了好半天,终于是江彬坐了次席,张忠陪在江彬身边,许泰坐到最靠边的位子上去了

只是这一下子,王守仁已经看出,眼前这三个家伙以江彬为首,太监张忠次之,安边伯许泰排在最末。

官场上有个规矩,当头儿的人往往不直接发话,总由次一等人物出来打前锋,眼下也是一样,坐在末位的安边伯许泰第一个对王守仁笑道:"王大人,我们奉皇上之命到南昌来拘捕宁王等一干钦犯,请立刻把人交出来吧。"

许泰这话是明知故问,王守仁淡淡地说:"我已经把宁王这批重要钦犯押解到杭州去了,南昌城里还关押着几百名犯人,几位大人可以把这些人带回京师复命。"

许泰等的就是这个回答,立刻提高了声音:"王大人,陛下一再下旨,命你把钦犯留在南昌城里候审,你竟自作主张把钦差押往杭州,这是什么意思?"

王守仁冷冷一笑:"皇上有旨意吗?我怎么不知道。"

"你在南昌之时没接到威武大将军的钧帖吗?"

许泰问的话句句都在王守仁意料之中,故意皱起眉头:"我早前确实接到过署名'威武大将军镇国公'的公文,说要把宁王押在南昌候审。可我却不知这'威武大将军'是何人,又在何处镇守,只知这是一位武官,而且驻防之地不在江西,我是地方文官,不受武将节制,而且本朝平叛之后献俘京师也是成例,这位大将军却让我把宁王留在南昌,不得押送进京,不知是何意图,所以我并未奉命。"说到这里又故意反问一句:"许大人刚才说皇上有旨,现在又说起这道大将军公文,可圣旨与公文岂能混为一谈?我实在不明白许大人的意思。"

王守仁虽然是在装糊涂,可他说的话句句在理。正德皇帝任性胡闹,把做皇帝当成"过家家",弄个假名字假身份在这儿丢人现眼,只有那些畏惧皇权、巴结皇帝的大臣才会奉命行事,可王守仁偏就不巴结皇帝,不陪他玩这个"过家家",皇帝又能把他怎么样?

人必自辱，而后人辱之。正德皇帝如此自取其辱，大臣们又怎么会尊敬这样的皇帝？

眼看在这上头问不下去了，许泰只好缩了回去。坐在王守仁身边的江彬却说："王大人，如今朝廷四万大军已到南昌，你既是地方官，请问大军粮草如何筹办？"

江西省内先遭旱灾，又遭兵劫，南昌百姓们都快饿死了，却忽然又跑来四万军队，伸手跟王守仁要军粮！王守仁把手一摆："江西省内早已无粮可调，京军的粮饷在本地无法筹措，请大人发下文书到临近省份借粮吧。"

江彬是天下第一大特务头子，朝廷里人人都怕他，偏偏王守仁不把他放在眼里，话也说得挺不客气，江彬顿时瞪起眼来："大军粮草至关紧要，命你限时承办，敢有延误，看我治你的罪。"

江彬是边关上的武将出身，粗鲁野蛮，发起威来十分吓人，可王守仁偏就一点也不怕他，冷冰冰地说："想必江大人也知道，战时以军为上，平时以民为先。如今南昌附近并无战事，四万大军忽然到此，已经骇人听闻，令人不能理解，况且百姓们早已绝粮，尚且不能筹措，江大人命我为大军筹粮，而且定下时限，于情于理都不合。若江大人一定要从南昌城里筹措军粮，下官只能把粮库账簿献上，请大人自己过目，但仓中粮米要解百姓之急，一粒也不能调出，大军粮草还请江大人自己去想办法！若江大人要征用南昌百姓口中之食，下官必上奏弹劾江大人！"

王守仁这话说得厉害。最重要的是，江彬分明知道南昌城里无粮。

江彬这伙人来南昌是想搜刮财宝的，所以一到南昌就把官府账册抢去仔细核查过了，现在南昌的府库里有多少钱，多少粮，江彬大概知道，也知道凭这点儿钱粮连老百姓都救不活，更没办法兼顾军马。江彬也不是傻子，早就写了文书快马送往浙江、湖广两省，命令地方官为京军筹措粮食，他现在说这话，只是想难为王守仁一下。想不到王守仁根本不怕，几句硬话，竟把江彬堵得无话可说。

眼看许泰、江彬都败下阵来，太监张忠在旁边笑着说："王大人不要急嘛，粮草只是小事。我听说江西宁王富甲天下，家里的金银数以千万，王大人攻克南昌，夺了王府，这金山银山自然都让你搬回去了，就从中拿出一星半点儿，买了粮食，百姓们也够吃了，京军的粮饷也有着落了，岂不是好？"

第六章 对抗"妖魔"

张忠说出这么恶毒的话来,是想故意刺激王守仁。可王守仁自进了这个虎穴,就打定了一个主意,不急不怒,淡淡地说:"据本官所知,宁王搜刮的金银一大半儿在造反之前购买军械、招纳党羽用掉了,一小半儿在攻打安庆的时候赏给手下士卒了,其他的或沉入了鄱阳湖,或被叛军余部卷走,都已荡然无存。早先我攻克南昌的时候,宁王死党在王府引火自焚,把半个王府烧光了,剩下的东西都已造册封存,几位可以查看账册,一一对照。但依我想来,这些东西也换不来几万大军的粮食。"

王守仁所说的这点儿东西江彬他们早就看过了,那些账册也早查对过了,现在这三个人都知道王守仁说的是实话,可他们却故意不信,张忠冷笑着说:"账册是人做出来的,有什么用?至于黄金白银,挖个洞就藏起来了,弄条船就运走了,谁能知道?"

张忠这话十分狠毒,可王守仁却不为所动,冷笑着说:"张公公说到账册,让我想起一件事来:攻克南昌的时候,我的手下从王府里搜出一批账簿,里面记载的是宁王这些年在京城里向官员行贿的内容、时间、地点、贿银数目,全都记得清清楚楚,几位大人想看看这些账簿吗?"

一听这话,厅里的三个奸贼全都闭上了嘴。

宁王密谋造反这些年,他的心腹一直在京城里活动,拿着山一样多的白银贿赂朝廷里有头有脸的人物,受过宁王贿赂的人多得不计其数,连内阁首辅杨廷和也收过宁王的好处。江彬、张忠、许泰都是皇帝身边的宠幸,宁王行贿的时候怎么会少了他们的份儿?以这些人的品行,又怎么会不收宁王的贿银?所以这些账簿一旦打开,江彬、张忠、许泰的名字皆在其中。

这三个家伙千里迢迢跑到南昌来,是想陷害王守仁的,哪知反让王守仁揪住了他们的把柄。这一下三个人的气势都被打掉,连一句狠话也说不出来,又胡乱扯了几句闲话,赶紧把王守仁送出府去了。

一个良知克倒奸贼

自从冲进南昌,江彬他们前后拷打迫害了几十人,却找不到倾陷王守仁的罪证,这次面对面较量,又斗不过这位心学宗师,张忠、许泰已经无计可施。江彬的头脑并不聪明,若论凶悍却在这几个人之上,想了好久,忽然有了一个主意:"既然在王守仁身上找不出罪证,咱们何不给他造出一个罪来!"

张忠忙问:"都督想怎么办?"

江彬咬着牙说:"王守仁不是说了嘛,现在南昌城里已经断粮,百姓们日子艰难,咱们就在这上头做文章,干脆把城外的四万大军都调进南昌城里来,让他们在城里任意居住,就地取食。"

许泰忙说:"依军法,没有战事,官军无故不得进入府县城池。现在咱们把四万人都调进南昌,万一和百姓起了冲突,闹出事来大家都有麻烦。"

江彬冷笑一声:"军法我也知道,可皇上御驾亲征到江西平叛,当然有战事!这时候咱们调官军入城合情合理。至于百姓和官兵冲突,我觉得正好!咱们不是到江西来平叛剿贼的吗?百姓们闹起事来,锦衣卫就可以抓几个人来重办,然后弄份口供,就说这些人都是反贼余孽,背后受了王守仁的指使,那时候咱们再抓王守仁就有了证据。抓了王守仁,陛下就可以到南昌来,平定宁王叛乱的大功也就归了陛下,咱们也可以得些奖赏,这不是好事吗?"

江彬这个家伙真是无法无天!可他眼下却是这伙人的首领。再说,张忠、许泰也想整垮王守仁,把正德皇帝接到南昌,一来在皇上面前讨好,二来也能分到平叛的大功,封妻荫子,捡一个现成的便宜,这样的好事他们当然愿意。

拿定主意之后,江彬一声令下,原本驻扎在南昌城外的四万官军全部开进南昌城。

一夜之间,原本只有十几万人口的南昌城里忽然平地多出四万人来,个个都是披盔戴甲手持利刃的官军,面目凶狠,举止粗暴,把百姓们吓得不知所措。加之南昌城里街道狭窄,很多地方连帐篷也支不起来,几万军人都在大街上露宿,宽街窄巷全被堵死,车马无法行动,就连行人也走动不得,放眼看去,到处是人,到处是兵器,到处是一片吆喝叫骂。商人们一看不对头,急忙关闭铺面,不敢再做生意,于是百姓们连油盐酱醋也无处购买,原本艰难的日子更是雪上加霜了。

此时已经到了正德十四年十一月间,"大雪"节气已过,南方虽然没下大雪,可是到了冬季阴冷潮湿,当兵的身上披着铁甲,里面穿的却是秋装,在这又湿又冷的地方露宿街头，入夜之后寒气逼人，从北方来的军人一个个筋骨酸困，苦不堪言。当兵的原本就粗野，现在跑到南昌这鬼地方来却没有仗打，只是每天窝在街上受苦，吃不上一口饱饭，喝不上一口热水，当官的也不管他们，这些人哪里还能守得住军纪，纷纷闯进民居要食要水，看见百姓家里的棉衣被褥抢了就走，百姓们上来争执，当兵的就动拳头打人，拿出兵刃威吓，百姓们受了气，到官府去告状，可南昌城里大小官府全被锦衣卫占据了，根本不讲道理，见了来告状的就打，吓得百姓们再也不敢动这告官的念头了。

眼看将领们默不作声，官府也不敢管事，当兵的胆子更大了，干脆成群结伙闯进百姓家里，白天黑夜赖在屋里不走，反而把房主一家老小赶到偏房去住。老百姓气急了眼，把当兵的都看成仇人一样，被逼得没办法，就聚众而来与官兵厮打。城里各处天天有人打架，不是官军欺负了百姓，就是百姓揍了士卒，整座南昌城乱成了一锅粥。

江彬这些人想要的就是这个"官逼民反"的局面。城里越乱，他们心里越高兴，更加甩手不管，只等着闹出大事来。

江彬的毒计王守仁已经隐约猜到，眼下的南昌城里如同滚油锅，一瓢凉水就要炸，王守仁也看到了，这时他心里只有一个想法：百姓们本不想闹事，官军则是被坏人骗了，所以百姓与官军之间的矛盾绝非不可调和。只要想个办法唤醒官军的良知，让这些当兵的不要再虐害百姓，事情就会有转机。

对王守仁的想法幕僚雷济有些不以为然："俗话说'兵匪一家'，可见当兵的没有几个好东西。现在这帮家伙闯进城里要吃百姓的肉，都堂却以为能唤醒他们的良知？难道吃人的禽兽也有良知吗？"

王守仁早就说过"良知在人，随你如何，不能泯灭"。天下人个个都有良知，就连正德皇帝、江彬、张忠这些家伙也不例外，一个人是好是歹，全看他能不能依着良知办事。若能依着良知做事，必是正人君子，就算犯了错，只要依良知真心悔过，照样是正人君子。

王守仁知道江彬这几个人是不肯悔改的，可他却坚信几万京官士卒心里都有良知："吃人的不是官军，只是江彬、张忠这几个东西，不要把他们和京军将士混为一谈。"

自从大军进入南昌以来，京军士卒在南昌城里偷鸡摸狗，打架斗殴，成天惹事，南昌人对这些军卒十分憎恨。现在王守仁却说不能把江彬和京军士卒混为一谈，雷济一时不能理解："江彬当然可恨，可他手下这些当兵的助纣为虐，难道不可恨吗？"

王守仁微微摇头："你说当兵的助纣为虐，也许有理，我初任南赣巡抚的时候率领官军剿匪，亲眼看见这些人虐害百姓，杀良冒功，当时也对官军士卒恨之入骨。可后来静下心一想，其实当兵的不是可恶，而是可怜。这些人无知无识，只知道奉命行事，他们做这邪恶的事，是长官教他们这样做，那些军官干坏事，又是受了将领的指使，而将领们也并非全无天良，他们做出畜生一样的事来，是奉了江彬这种人命令，一层一层算起来，到最后就发现坏人只有那么几个，那些当兵的其实和百姓一样，心里也有良知，都是咱们的兄弟手足，咱们怎么能不爱惜士卒呢？"

早在庐陵当县令的时候，王守仁就说过"民，吾民也，兵，亦吾民也"的话。可那时的王守仁刚刚悟良知之学，对其中道理领悟不深。现在王守仁已经知道了：人人皆可为尧舜，人人皆可做圣贤，也就是说天下人人平等。百姓也好，兵也好，他们并不是王守仁这个官僚治下的"民"，而是王守仁的手足同胞，兄弟姐妹。

阳明先生说的话雷济当然相信，可是和大明朝的很多百姓一样，他心里对官军士卒的成见根深蒂固。听王守仁把当兵的称为"兄弟手足"，仍然不能接受："百姓们或耕或织，或做手艺或做买卖，都是些老实本分的人，先生说他们与咱们是兄弟手足，这话对。可当兵的不耕不织，不做手艺，手里拿着刀枪，动不动杀人害人，百姓们都说兵匪一家，甚至兵不如匪！这些人怎么也算是'兄弟手足'呢？"

雷济这话说得偏激，王守仁微微一笑："依你所说，难道国家不需要军队士卒了吗？"

这一句话顿时把雷济问住了。

王守仁缓缓说道："百姓们有种田的，打铁的，做买卖的，人人都有良知，个个都有志向，这些当兵的打仗流血，为国出力，一样是个良知，是个志向，在'己欲立而立人，己欲达而达人'这上头，兵也好，民也好，大家都是一样的心思，当然都是一家人，都是'兄弟手足'，这有什么可怀疑的？"

被阳明先生这么一解释，雷济真就无话可说了。半天说了句："都堂说得对。

天下人都是兄弟手足，大家都一样要做克己功夫。"

雷济无意间的一句话，竟触动了王守仁的心弦，忙说："克己功夫是人人要做的，但官员和百姓要下的功夫却不一样。"

欧阳德忙问："怎么不一样？"

王守仁正色说道："'己欲立而立人，己欲达而达人。'这是孔夫子告诉后人的成圣贤之路。可你想想，当官的人不种田，不打铁，不做买卖，平时也不在边关防守，因为咱们早年读圣贤书的时候就立下了救国救民的大志。既然立了这么大的志向，做了官以后，要'立'，就必须先为天下百姓做实事；咱们想'达'，就必须成全天下百姓。也就是说，当官的人肩上的担子比百姓重得多，但我早前也说过，提炼一两重的纯金，和提炼一万斤重的纯金是一回事，因为'良知纯金'的分量并不要紧，要紧的是纯度。一万斤纯金和一两重的纯金，因为其纯度一样，所以意义也一样崇高。一万斤驳杂不纯的'肮脏之物'与一两重的纯金相比，意义反而不如，从这上头看，做官的人因其责任大，权柄重，遇到的诱惑最多，提炼'良知纯金'时最容易掺入杂质，以致良知不纯。"

"就是说，做官的想成圣贤，比百姓更难？"

"难！所以当官的更需要做'克己功夫，至少比百姓多用十倍的功夫才行！官员们做了十倍的克己功夫，才有资格让百姓们略做些克己功夫，官员们自己做了百倍的克己功夫，才有资格让百姓们多做些克己功夫。若是官员自己只做了一分克己功夫，甚而连一分功夫也没做，那他不但不配支使百姓们'克己'，甚至连个官也不配做了。"

阳明先生析理透彻，雷济听得恍然大悟，忍不住提高了声音："都堂这话说得好！天下人都是有良知的，像江彬、张忠这些把良知蒙昧得一丝不剩的货色原本极少，所以他们在百姓眼里都是败类，我看这些人在朝廷上也站不住脚，早晚都是抄家灭门的下场！"说到这里忽然一愣，自己想了一会儿，又问："按先生说的，天下人都有良知，丧尽天良的人只是极少数，那为何百姓们不能斗败这些丧尽天良的禽兽，反而任凭他们欺压迫害，连句话也不敢说呢？"

听了这话，王守仁长长地叹了口气："这话你别问我，你自己到大街上去，碰上老百姓就问他：'你本是一个圣人，你知道吗？'看他怎么回答你。"

阳明先生这一问是不需要回答的。

良知在人，随你如何，不能泯灭，这是个千古不易的大道理。可这个道理却无论如何也传播不开。因为世上所有老百姓的心窍都被茅草塞着，既不知道"良知"究竟是何物，更不敢妄称自己是个"圣人"。若真有一个人走到大街上，遇上人就拉住他问一句："你本是个圣人，你知道吗？"那人一定以为碰上疯子了，吓得扭头就跑！

见雷济坐着发愣，王守仁苦笑一声："民智未开，有良知的人不知何谓'良知'，只以为做猪羊就是守了良知。这样的人不被人迫害欺压，还能有别的下场吗？"

半晌，雷济愣愣地问了句："一定要等百姓们嘴里说出'我等皆是圣人'，良知才能斗败邪恶吗？"

"对。"

"可怎么才能让百姓明白这个道理呢？"

王守仁又深深地叹了口气："我不知道。"

是啊，王守仁明白"圣人之道吾性自足"的道理，懂得知行合一，知道人生要立大志，要诚意悔过，提炼良知，连"己欲立而立人，己欲达而达人"的成圣之路也找到了，甚而他自己后来也成了"圣人"。可王守仁这一辈子却从来没找到过开启民智的好办法。以至于王守仁去世之后短短几十年间，曾经生机勃勃的阳明心学已经从中华大地彻底消失了。

知而不行，只是未知！

百姓们人人心里有良知，个个可以成圣人，到最后，却不见他们中有一个成为圣人，就因为他们并不知道"良知"究竟为何物，更不知道良知的力量有多大。给他们讲明这个道理已经不容易，想让他们相信这个道理，实在太难，太难了。

如何开启民智，这不是王守仁那个时代的人能做到的事，在这上头也不能多想，想多了，人就颓废了。

于是王守仁抛下这个空念头，赶紧做起实事来。

既然官兵和百姓原是手足兄弟，就应该互相照应。为了让百姓们明白这一点，王守仁专门写了一份告示在南昌城内到处张贴。

"告谕军民人等：尔等困苦已极，本院才短知穷，坐视而不能救，徒含羞忍愧，言之实切痛心！今京边官军，驱驰道路，万里远来，皆无非为朝廷之事，抛父母，

第六章 对抗"妖魔"

弃妻子,被风霜,冒寒暑,颠顿道路,经年不得一顾其家,其为疾苦,殆有不忍言者,岂其心之乐居于此哉?况南方潮湿之地,非北人所宜居,今春气渐动,瘟疫将兴,京军久居思归,情怀益有不堪。

"尔等居民,念自己不得安宁之苦,即须念诸官军久离乡土,抛弃家室之苦,务敦主客之情,勿怀怨恨之意。谅事宁之后,凡遭兵困之民,朝廷必有优恤。今军马塞城,有司供应,日不暇给,一应争斗等项词讼,俱宜含忍止息,勿辄告扰,各安受尔命,宁奈尔心。本院心有余而力不足,聊布此苦切之情,于尔百姓,其各体悉,勿怨。"

王守仁这篇告示堪称千古奇文。其中说尽了官军的不易,百姓的可怜,言语动人心处,真能使读者落泪。告示最后劝告大家"含忍止息,勿辄告扰,各安受尔命,宁奈尔心",这些话既是说给南昌城里的百姓们听的,也是说给困在城里的京军将士们听的。

同是苦命之人,岂忍互相残害?官兵和百姓争闹,只能让恶魔得意。这个道理以前南昌百姓们看不到,京军士卒们也看不到,只是百姓恨官军,官军恨百姓,可现在王守仁把道理讲清楚了,所有人看着告示,自己心里再一想,可不真是这么回事吗?

从这天起,京军和百姓之间的关系略显缓和了,打架争闹之事比以前少了。王守仁看出官军将士的良知,更坚信自己的想法没有错,于是加倍关爱京军士卒,听说这些人远道而来,水土不服,有不少人得了病,就找来郎中在城里坐诊,不但不收诊费,还由官府出钱买了药材,用大锅熬好让得病的士卒服用。又听郎中说官军生病是因为喝了不干净的水,王守仁就留了心,命令南昌城里的百姓们把已被死人死畜污染过的水源用石板盖起来,那些干净可用的水井旁插上小旗,让官军来打水。眼看官军士卒们拥挤在街道上,连个住处也没有,王守仁又想了个办法,把那些暂时没人住的房子腾出来给军士们住,眼看病死在南昌的士卒尸首无人看管,就做了一批棺材送来,先把尸骨成殓起来,等将士们回家的时候,让他们带回去安葬。

"民,吾民也,兵,亦吾民也。"这个道理只有心中存着天理良知的官员才能悟到。现在王守仁悟出了这个道理,一心一意替军士着想,结果引得官兵们说出一句话来:"王都堂爱我!"

至此,南昌城里的军民关系越发缓和,争闹之事已经极少发生了。

眼看已经到了正德十四年的冬至,这是春节以前祭拜先人的大日子,北方人习惯吃水饺,南方人在这天要吃汤圆。可这一年的南昌百姓们早穷得吃不起汤圆了,挤在街上冻得发抖的军士们也没有水饺可吃,眼看大家都这么可怜,王守仁就从官仓里拿出些米来,掺上红豆,请寺庙里的和尚们熬成红豆粥,让百姓和士卒们每人都喝上一口,暖暖身子。

对这些当兵的来说,这次跟着皇帝下江南,千里奔波却没仗打,困在一座破城里没吃没喝,已经倒霉透了,想不到冬至这天居然能喝一碗热粥,也算是心满意足。正聚坐在一起闲谈,却听得南昌城里到处传来一片哭声。

自从宁王造反以来,南昌城前后遭了几场劫难,半座城市烧成了废墟,前后死了几万人,如今的南昌百姓家家有丧,户户戴孝,各家各户都在祭祀亡人,整座城里纸钱漫天,哭声动地。看着眼前这番惨状,那些舞刀弄枪心粗气壮的士卒忽然明白了一件事:原来南昌城里的老百姓竟是如此可怜。

百姓是百姓,官军其实也是百姓,这些人有一点是一样的,那就是都没有多少见识,只能看见鼻尖前头这一点事儿。想让这些百姓们把官军当成兄弟,不容易;想让官军把百姓们看作手足,也不容易。可现在,先是南昌城里的百姓们知道官军不易,接着官军士卒们又看出了百姓的可怜,将心换心,很多事不用再多解说,他们自己就想明白了。

这天夜里,京军将士们悄悄退出了南昌城,在城外的一块空地上扎了营。

到第二天早上,江彬、张忠他们才发现手下的军队未得将令忽然退出了南昌,大吃一惊,急忙出来查问,结果将领们众口一词,都说城里地方狭窄,几万军队住不开,还是住在城外的好。

部下众口一词,江彬他们也不好多说了。眼看这些人自动退出城外,再调回城里也不妥了,只好将错就错,就在城外扎营吧。

到此时,江彬、张忠等人已经乱了方寸,不知该怎么和王守仁斗下去,倒是许泰想了个主意:把王守仁约到军营里,当着他的面校阅军马,给这个巡抚吃个下马威,挫挫他的锐气再说。于是江彬派人进城通知王守仁,请他于第二天上午出城

第六章 对抗"妖魔"

到军营中观操。

京军主动退出南昌,王守仁是知道的,这些人为什么退走,王守仁也知道。原本王守仁就不把江彬他们放在眼里,现在几万军士都有了良知,王守仁就更不怕这几个小人了。于是第二天如约而至。江彬、许泰就当着王守仁的面操演兵马。京军劲旅果然不同凡响,阵法精严,武艺过人,江彬十分得意,问王守仁:"王大人,你看我这些京军比你的乡兵如何?"

王守仁微微一笑:"远胜十倍。"

江彬又问:"若是我这些军马到南昌来平叛,你看能获胜吗?"

王守仁笑着说:"以今日士气,必能获胜,若是半个月前的样子,就不好说了……"

王守仁这话说得有点儿绕,江彬是个莽撞的家伙,一时没听懂,想了半天才明白王守仁的意思,原来这位巡抚大人是说:官军善待百姓,平叛才能取胜,若是像早前那样虐害百姓,则必败无疑。

王守仁这话分明是在讽刺江彬,江彬却张口结舌无话可回。眼看江彬丢了面子,一旁的许泰坐不住了,从中军手里接过一张铁胎弓走下将台,对着百步外的箭靶张弓搭箭,一箭射去,正中红心,身旁的人齐声喝彩。许泰有心卖弄本事,一连放了几箭,皆中靶心,这才回到台上,问王守仁:"不知王大人箭射得如何?"

"略知一二。"

许泰双手捧起铁胎弓递到王守仁面前,笑着说:"就请王大人射几箭吧。"

王守仁是个文官,而且生得瘦弱,看上去病病歪歪的,许泰故意让他射几箭看看,其实是想让王守仁当众出丑。可事已至此也推辞不得,王守仁只好接过弓走下高台。

其实王守仁年轻的时候也动过投笔从戎的心思,专门练过骑射功夫,可惜年轻时的王守仁没有大志,特别善变,很快改了主意,把武功扔下了,这些年又在外头做官,早把射箭的功夫荒疏了,加上身体又弱,两臂没有力气,掂着手里这张沉甸甸的硬弓,心里实在没底,可身后一帮小人看着,又没退路,只好抽出箭来,咬着牙尽力开弓,对着箭靶射去,运气倒是不错,一箭也射在了靶上,可臂力太弱,箭头不能穿透蒙在箭靶上的牛皮,扑的一声响,掉到地上去了。

见王守仁这一箭射得毫无力道,江彬等人都在高台上哈哈大笑,哪知笑声未绝，忽听军士中有人高叫："王都堂神箭！"一声叫喊引来众军士齐声欢呼，声如雷霆。

孔夫子当年文武双全，箭术尤其出众，曾是鲁国出了名的神箭手，弟子中也不乏子路、冉求、樊须这样能打仗的勇士良将。可孔门弟子中大概也有些手无缚鸡之力的文弱书生，箭术只是勉强过得去，在尚武的春秋时代，这样的学生难免被同门师兄弟取笑。于是孔子说了一句话："射不主皮，为力不同科，古之道也。"意思是说射箭功夫最差的人连靶子上的牛皮也射不透，但这只是人的力气不同，自古如此，没什么可笑话的。

现在王守仁这一箭射得十分拙劣，真是"射不主皮"，还不等江彬这些人笑话他，京军将士却已经齐声为他喝彩，这是在奸贼面前为正人君子壮声势！

听了这一声欢呼，王守仁只觉得浑身发热，双臂也有了力气，又冲着靶子连放两箭，都射中了箭靶，而且勉强钉在靶上，没有落地。每中一箭，京军将士欢呼如雷，直到三箭射罢，王守仁回到高台坐下，将士们的喝彩之声仍然此起彼落，良久才止。

听着台下海潮般的欢呼声，江彬、许泰等人个个面色如土。

到这时他们才明白，身为将领，这几个人已经失尽了军心，反而这个弱不禁风的王守仁却得到了几万京军将士的推爱。

当将军的人，最害怕的就是兵变。虽然京军士卒们还不至于哗变，可江彬、许泰都是带兵多年的将领，深知军心有变，最是可怕。

当天夜里，这几个人凑在一起商量了几句，都觉得南昌这地方实在待不得了，事不宜迟，第二天中午就传下将令，命各营将士收拾行装，第三天清晨，几万京军离开南昌府，撤回南京去了。

疯狂的迫害

江彬、张忠、许泰领着几万京军离开南昌，是不告而别的。前一天这几万人还住在城外的兵营里，第二天兵马突然开拔，根本没有通知江西地方官府。等王守

第六章 对抗"妖魔"

仁知道消息带着官员们赶来"送行"的时候,江彬和他的大军已经走远了。

江彬不通知王守仁就擅自撤军而去,当然是做个嘴脸给这位代理江西政务的南赣巡抚看,表明自己根本没把这个巡抚看在眼里。同时,这也是江彬心里发虚,不愿意再和王守仁见面。因为自从成为正德皇帝身边的宠臣以来,这还是第一次,江彬的淫威在一个地方官员面前碰了壁。

江彬这帮东西耍什么花样根本不重要,要紧的是京军已经离开了南昌,而且一路撤出了江西省。刚刚遭了一场兵劫的江西百姓算是死里逃生,王守仁和南昌百姓们松了一口气,赶紧复耕田地,修缮房屋,尽力修补战乱给江西造成的巨大损失。然而王守仁却不知道,怀恨离去的江彬、张忠、许泰等人早已下了决心,要在正德皇帝面前倾陷王守仁,坏他的名声,罢他的官,最后取他的性命。

在回南京的路上,江彬、张忠等人已经商量好一套说辞,一进南京江彬立刻来见正德皇帝,张嘴就说:"皇上,臣在南昌查到证据,王守仁在南赣巡抚任上就与宁王多有往来,后来他在南赣收罗山贼数万人,本想和宁王一起造反,哪知宁王屡攻安庆不克,朝廷大军又迅速南下,王守仁眼看叛难成,这才从背后袭击叛军,捉了宁王。现在王守仁做了江西巡抚,将自己早先搜罗的人马和宁王叛军合在一起,反相毕露,皇上不可不查!"

诬陷王守仁,这是江彬的工作。可江彬本是边关将领出身,粗蠢得很,编出来的瞎话漏洞百出,连朱厚照都听不下去了:"这是什么话!宁王造反的时候,湖广、浙江、南直隶数省全无戒备,王守仁要造反,当然是和宁王一起造反才对,哪有先灭了宁王,等各省皆已备齐兵马,朕也御驾亲征到了南京,他才忽然造反的道理,这不是自寻死路吗?"

正德皇帝软弱、任性、私欲极重,毫无责任心,完全没有个做皇帝的样子。可这个人的脑子并不笨,甚至可以说他十分精明。这次江西宁王造反,叛军猛攻安庆,直逼南京,差点夺了明朝半壁江山!朱厚照也知道此事凶险异常,他执意御驾亲征,又待在南京不走,七成是为了玩乐,可也有三分意图是想强化朝廷对江南的控制。而在江南各省巡抚之中,刚被委任署理江西巡抚王守仁是最有功劳也最有本事的一位,这一点正德皇帝是清楚的。

可话说回来,当正德皇帝准备南下巡游的时候,江西巡抚王守仁不顾一切尽力阻止，让朱厚照大为不满。现在朱厚照暗下决心要把王守仁打下去，这样做有三个用意：一是对那些不与皇帝合作、不让皇帝在江南胡作非为的地方官员发出一个警告，让他们老实点儿；二是赶走了王守仁，正德皇帝再想去南昌游玩，就没人能挡他的驾了。

第三点，也是最重要的一点，正德皇帝离开北京的时候宁王叛军被歼灭的捷报还没送到京城，他是以"御驾亲征"为借口带着军队出京的。可走到半路就收到王守仁奏章的。而正德皇帝为了能下江南，厚着脸皮隐瞒捷报，硬是到江南来"平叛"，如果无"叛"可平，无功而返，必受天下人耻笑，所以正德皇帝无论如何要夺到一个"参与平叛"的功劳，这才能对天下人有个交代。

可王守仁是消灭叛军、擒住宁王的功臣，有他在这里做着巡抚，皇帝想抢功也无从抢起，只有先设下毒计收拾了王守仁，正德皇帝才可以捞取"平定宁王叛乱"的功劳。

朱厚照心里这三个主意一条比一条无耻下流。可当皇帝的人身边总有一群得力的走狗，无论皇帝做了什么无耻的事，事后自有人出来粉饰一切，甚至修改史书，掩盖他的卑鄙无耻。所以正德皇帝胆大包天，根本不知道"不要脸"三个字是怎么写的。这次他派江彬等人率领军马到南昌，本就是想整垮王守仁。哪知江彬竟没能当场把王守仁打倒。现在江彬回到南京诬告王守仁，朱厚照表面上不肯轻易相信，其实是在等江彬说出比较可信的话来，有了借口，才对王守仁下手。

江彬是个天生的浑蛋，脑子里一团糨糊，可他对正德皇帝的真实意图还是能猜透的。所以在陷害王守仁的时候，他的胆子极大，什么不靠谱的瞎话都敢说。

现在正德皇帝揣着明白装糊涂，表面上把江彬的谎话给否掉了，其实是鼓励江彬把谎话说到底。于是江彬又说："皇上哪知道王守仁的奸诈之处！早前他不敢追随宁王谋反，是怕叛军不能成事。现在王守仁掌握着江西省内十多万军马，臣已侦知，此人早就做好准备，想等陛下进入江西之后，就在南昌城里袭击陛下的銮驾，然后起兵造反！"

江彬这谎话说得十分可笑。

正德皇帝要下江南，王守仁尽一切力量阻止，如果真像江彬说的，王守仁"想在南昌城里袭击正德皇帝"，为什么早先又要阻止他到江西来呢？这不是胡扯吗？

第六章　对抗"妖魔"

可正德皇帝要的就是这些瞎话，于是把头一低，假装出一副深思的样子，暗示江彬继续说下去。

皇帝的意思江彬当然明白，忙又说："臣这次到南昌，查到王守仁附逆的证据极多。早前宁王尚未造反之时，王守仁就派了一个叫冀元亨的举人到宁王府里去联络。宁王也曾对手下心腹说过：'王守仁这个人不错'的话，显然二人早有默契。后来宁王造反时假称贺寿，邀请江西一省官员到南昌去，王守仁立刻坐船前往，显然与宁王有密谋！其后宁王造反，王守仁退到吉安府，曾想投降，吉安知府伍文定不甘附逆，以死相劝，才拦住王守仁没有从贼。后来王守仁率军攻进南昌，入城之后纵兵抢掠，杀人极多，又将宁王府里财富数百万全部私藏，据为己有，显然是要作为造反之用！如此种种迹象，难道陛下还看不透王守仁的狼子野心吗？"

江彬说了一堆瞎话，其中竟没有一句能站得住脚！

王守仁毕竟是个平叛的大功臣，又是江西巡抚，封疆大吏，陷害这样的人，总要有几条拿得出手的真凭实据。眼看这条走狗糊涂得厉害，正德皇帝不得不替他梳理一下头绪。想了想，问江彬："你说王守仁派了个叫冀元亨的人与宁王联络，此人在何处？"

"囚在锦衣卫狱中。"

"有供状吗？"

正德皇帝这么一问，江彬立刻傻了眼。

冀元亨追随王守仁多年，对良知之学领悟颇深，在学问上很有见地，磨炼成了一条铁骨铮铮的好汉，虽然被江彬暗中捉拿，在锦衣卫狱中受了几个月惨无人道的酷刑，却没有一句陷害王守仁的口供。现在正德皇帝向江彬索要供状，江彬根本拿不出来，只好硬着头皮说："冀元亨曾奉王守仁之命到与宁王密会，这是宁王手下的人亲自指认的。据此人供述，当时冀元亨还与宁王讲论了一篇叫《订顽》的文章，显然有内情。"

听了江彬这话，正德皇帝又气又恼，瞪着两眼没话可说了。

《订顽》（即后来的《西铭》）是北宋大儒张载所著的一篇文章，其中所讲的都是忠诚孝悌的内容。

张载本是与程颐、程灏齐名的理学宗师，朱熹这些人都算是他的后学晚辈，《订顽》一文流传极广，天下读书人没有不熟读的。朱厚照做太子的时候也读过此文，知道文章的内容。可恨江彬不学无术，竟说冀元亨与宁王讲论《订顽》，这分明是冀元亨冒着生命危险当面劝说宁王安守本分不要造反的意思。

其实宁王造反之前冀元亨确实到过宁王府里，也确实与宁王讲论过《订顽》，而冀元亨的本意就是劝宁王不要造反。江彬在南昌官员那里抓不到王守仁的把柄，就以为宁王手下必然深恨王守仁，于是把这些被俘的反贼提出来索要口供，但王守仁的驻地在赣州，宁王家在南昌，两地相隔甚远，所以这两个以前并无联系，平叛之时两人之间除了计谋就是恶战，更是无赃可栽，以至于反贼们想诬陷王守仁都无处下手，结果就有人把冀元亨的事说了出来，江彬不学无术，也没多想，就把这话对皇帝说了。

面对江彬这么个饭桶，正德皇帝无法可想，只好绕过这个话题，又问："你说王守仁盗取宁王府的财宝，这些财宝现在何处？"

江彬忙说："这些东西都被王守仁藏起来了，一时还没找到。又有传言，说王守仁把财宝运回绍兴老家收起来了……"

不等江彬说完，正德皇帝已经追问道："既然王守仁把宝藏收起来，一定有办事的人，这些人抓到了吗？"

"臣在南昌也审问了一批人，尚未审出实情。"

身为正德皇帝的头号宠臣，江彬既是锦衣卫指挥使，又兼任提督东厂，大明朝两大特务机关都在他一人手里。这些特务素来以凶残著称，哪有他们审不出的案子？可江彬却说宁王宝藏一事"尚未审出实情"，正德一听就明白，这哪是未审出实情？实在是根本没这么回事儿！

没有的事，哪里查得出呢？

到这时正德皇帝已经听明白了，江彬到南昌白跑了一趟，没抓到王守仁丝毫把柄，空着两只手回来，现在只是红口白牙在这儿乱咬。

真是废物！

正德皇帝脸色越来越难看，江彬和张忠、许泰等人都瞧出来了。江彬粗蠢，一时没了主意，可御马监首领太监张忠是个精细人儿，已经想到一个主意，忙凑到正德皇帝身边说道："皇上，江大人在南昌查到王守仁诸多反状，虽然没有落实，可俗话说'空穴来风，未必无因'，如今江南叛乱初平，人心不稳，万一再生枝节，后果不堪设想。老奴以为这种时候宁可信其有，不可信其无，皇上还是多加防备的好。"

张忠这几句话正是南宋秦桧害死岳飞的毒计，称为"莫须有"。这条毒计比江彬的诬告更有力度。正德皇帝想听的也正是这些话，立刻问："你看该怎么办？"

张忠忙说："老奴觉得陛下可以招王守仁到南京述职，如果王守仁奉旨之后立刻赶来，说明他是一片忠心，皇上也就放心了。若陛下招王守仁来南京，他却不来，则必是生了反心，皇上就该立刻将此人收押严审，以防不测。"

张忠这话表面听起来没什么，其实里面隐藏着一个卑鄙阴暗的主意。正德皇帝办好事未必有脑子，可做坏事却极有天赋，顿时心领神会："好，就传朕的旨，叫王守仁来南京述职，他不肯来，朕就治他的罪！"

皇帝的话就是圣旨，只片刻工夫，命江西巡抚王守仁到南京述职的圣旨已经拟就。然而这道圣旨并没有发下去。而是被御马监首领太监张忠悄悄截了下来，拿回房里不声不响地销毁了。

中国是个有五千年历史的文明古国，五千年间，由皇帝和权臣们发明出来的迫害手段多不胜数。但是皇帝和东厂、锦衣卫的特务头子们共谋，招王守仁到南京述职，却根本不发出圣旨，只要王守仁不"奉旨见驾"，就认定他谋反，治他的罪。像这样的迫害手段，在此前的几千年里尚属见所未见，闻所未闻。

可有意思的是，远在南昌的王守仁居然"接到"了这份并未发出的圣旨。把消息传递给王守仁的，是正德皇帝身边的亲信太监张永。

追随正德皇帝这么多年了，张永亲眼看到了一场接一场的阴谋暗算，血腥屠杀，眼睁睁看着正德皇帝荒淫无道，嬉游无度，贪财弄权，或拉或捧，或打或杀，做了无数见不得人的事，眼看着大明朝一步步走下坡路，最可怕的是，皇帝的倒行逆施正在打击整个国家的士气民心，毁坏士大夫阶层的道德操守，整个大明王朝一步步堕入危机之中，张永这个老太监先是寒心，继而担心，最后，不知不觉中渐渐有了良心。

现在正德皇帝公然陷害立了平叛大功的王守仁，其手段之卑鄙已经到了令人齿冷的地步！这事一旦传开，正德皇帝那本就所剩不多的威信怕是要荡然无存了！

这么个连脸面都不要的人当皇帝，天下人能服他吗？更何况张永早前在杭州和王守仁打过一回交道，知道这是个一心救护百姓的好官，就因为王守仁是个好官，不愿意让百姓受苦，不让皇帝祸害江西百姓，就要遭到这样的迫害，张永实在看不过去。

于是张永悄悄派人赶到南昌，告诉王守仁：皇帝招他来南京，圣旨已经拟就，却未下发。王守仁无论如何要立刻赶到南京，否则就可能被害！

此时的王守仁也隐约估计到江彬这些人不会善罢甘休，得到张永的警告之后片刻也不敢耽误，立刻换上便服，叫上自己的学生欧阳德和幕僚雷济，挑了一条快船，轻装简从离开南昌，出鄱阳湖驶入长江，飞一样赶往南京而来。

在王守仁想来，从南昌到南京路途虽然不近，好在水路畅通，顺流而下舟行如飞，倒也不至于误事。至于江彬等人在正德皇帝面前如何诬告他，王守仁心里也有了准备，反正天理昭然，是非分明，也不怕这些奸贼陷害，只想着早一天到南京，把事情分说明白。可王守仁哪里想到，大明朝遍地罗网，特务横行，天下人的一举一动都在厂卫特务的监视之下，他这里刚出南昌，特务们已经发觉了。

半个月后，王守仁一行过了当涂，到了南京城外的上新河，东边，高大的南京城墙已经在望。眼看即将面见皇帝，王守仁心里喜忧参半，正想着怎么和江彬等人对质，忽见一队缇骑拥着一辆马车迎面而来，车帘一挑，走出一个太监来，正是早前在广信拦截过王守仁的那个御马监掌司太监吴经。

御马监掌握京师禁军，控制着原属西厂的特务，是与司礼监平起平坐的内廷第二号衙门。这个掌司太监吴经是张忠的副手，上次在江西广信的码头上他拿着御马监掌印太监张忠的公文阻止王守仁把宁王押解进京，却被王守仁当面瞒过，现在两人又见了面，吴经对王守仁毫不客气："王大人这是到哪去？"

对这些皇帝身边的特务头子王守仁丝毫不惧，冷冰冰地说："本官奉诏到南京向陛下述职。"

王守仁的回答早在吴经意料之中："王大人忽然到南京面圣，必是皇上命你前来的吧，有圣旨吗？"

吴经这一问，王守仁竟无法回答。

正德皇帝陷害王守仁的手段十分卑鄙，表面上拟了圣旨，其实并未下发，王守仁手里当然没有圣旨。原本王守仁连这个"到南京述职"的旨意都不知道，是张

第六章　对抗"妖魔"

永派人给他通了消息，可王守仁也知道张永这样做是冒了风险的，在任何人面前都不能提起此事。

这么一来王守仁在吴经面前就有些被动，若说奉了圣旨，他手里却没有圣旨；若说得了消息，只怕连累张永。左思右想，唯一的办法只能与吴经硬碰，好歹闯过特务这一关，到南京见到皇帝再说。

正德皇帝再邪恶无耻，总不至于当着大臣的面公开耍无赖，硬说自己没下过召见王守仁的圣旨吧？

想到这儿，王守仁也就硬邦邦地说道："江西叛乱初平，陛下又亲至南京视事，我身为江西巡抚自然要面见陛下禀明江西叛乱实情，还有很多政事要当面上奏，事情很急，不能在此耽搁，请公公让开路吧。"

见王守仁绕过"圣旨"不提，吴经也冷笑道："王大人到南京面圣，要说哪些公事？"

王守仁看了吴经一眼，淡淡地说："御马监掌京师禁军，有权参知军情。可本官是都察院副都御史，以南赣巡抚兼领江西政务，是地方上的文官，职责与御马监毫不相干，公公还是不要问的好。"

面对皇帝身边的爪牙，王守仁的态度是一味强硬，毫不客气。吴经却刁毒异常，冷笑一声："王大人说得好，地方政事御马监管不着，咱家也不敢问。可这次皇上到江南巡视，御马监奉旨护驾，皇上的安危咱却不能不问。现在叛乱初平，江南人心不稳，王大人身为江西一省总宪，却扔下一省政务，轻车简从到南京来见皇上，行事也太草率了吧？"

吴经这里扯来扯去，就是不让王守仁进南京城。看着他这副恶心的嘴脸，王守仁心里冒火，厉声说道："本官是皇上钦命的南赣巡抚，到南京见驾是我的事，与你何干？你奉命护驾，只管护驾就是了，可这官道大路天下人都能走，你凭什么带人拦路，不让我进南京城？"

王守仁急了，吴经也就不客气了："王大人说得对，官道是给天下人走的，可你不是寻常百姓，是一位朝廷命官！就像王大人说的，如今反叛初平，江南不稳，你一个巡抚未接旨意擅离治所，私自潜入南京，咱家倒要问一句，你这是要干什么！"

早前江彬、张忠领着京军到南昌，就是专为陷害王守仁而来；后来正德皇帝招王守仁到南京见驾，又是一场陷害；现在这个御马监掌司太监竟然当着王守仁的面问出这样的话来，倒把王守仁当成"反贼"看待了。

到这时王守仁已经忍无可忍，厉声叫道："我如今一个人，一辆车，到南京来见驾，你说我想干什么？我又能干什么！这些话我犯不着跟你说，我现在就进城去见陛下，倒看谁敢阻拦我这个副都御史！"

依着王守仁的脾气是不怕这些特务的，也正像他说的，身为副都御史，要见皇上，谁敢阻拦。可王守仁却忘了一件事，御马监掌司太监吴经是个特务头子，而大明朝所有的厂卫特务都只听一个人的命令，这个人就是正德皇帝。

有正德皇帝在背后撑腰，吴经根本有恃无恐，恶狠狠地说："江西省内多事，你不去管，皇帝没有招你，你却偏要见驾，你这个当官的也太不懂事了！我看你还是识相些，回南昌办你的公务去吧！"回头吩咐身边的缇骑："你们送王大人一程。"特务们一拥而上，硬把王守仁推上马车，撂下车帘，几十人挟持着车辆，竟一直把王守仁劫持到芜湖，这才扔下马车呼啸而去。

人生在世，天生就有一份人性的尊严，尤其那些方正严谨的君子对人性尊严看得更重。可皇帝制服天下人的手段偏就是在人性上头动手，用暴力逼着天下人跪拜匍匐，任凭皇帝肆意践踏，在皇帝手里，廷仗是打人的棍子，忠孝也成了捆人的绳子，忠奸善恶竟混为一谈，只看皇帝心中的好恶，爱之加膝，恶之坠渊，世间公理早就荡然无存了。

这天夜里，王守仁和欧阳德、雷济三人就在江边露宿，夜幕中，阴冷的寒气像钢针一样刺透肌肤，王守仁呆坐在江边的长草丛中，心情低落到了极点，整个人好像没有了思想，没有了意识，就连心里那份纯而又纯的良知，在无底的黑暗之中竟似也悄然隐去，一时寻找不到了。面对一片黑沉沉的铁幕，听着江水奔腾如雷，一时间王守仁心里竟生出个念头来：何不效仿屈原，就在长江之中给自己做个了断……

好在悟到良知之学以后，王守仁的意志远比以前坚强得多了，这吓人的念头只是一闪，转眼就消逝了。可心里愤怒到极点，一时又转化为伤感，灰心丧气之余，王守仁对弟子们说道："如果此间能有一孔，让我带着老父亲一起逃走，那我立刻就走，而且永远不回来了。"

王守仁所说的"一孔"，其实是类似于"桃花源"的某种幻境。可世上没有"桃

第六章 对抗"妖魔"

花源",这个王守仁也知道。眼下他只是太疲惫了,太孤独了,太痛苦了,想给自己的灵魂找个寄宿之地罢了。

有意思的是,当年孔夫子周游列国失败之后,也曾说过一段和王守仁完全一样的话:"道不行,乘桴浮于海。从我者,其由与?"意思是说:在鲁国的政改失败了,周游列国十多年也屡次碰壁,如今孔子已老,也知道"克己复礼"的大道无从实行了,心灰意冷之下,就幻想着做一个大木筏子漂到海外去隐居。在春秋时代,乘船出海是一件最危险不过的事了,何况只是个木筏子,在这种时候仍然愿意追随我的,大概只有仲由一个人了吧?

仲由字子路,在孔门弟子中这是个有趣的人,勇力过人,可是头脑比较简单,对孔子的崇拜和追随到了不顾一切的程度。听说孔子想出海隐居,仲由果然十分高兴,马上就想动手做木筏……

这时孔子说了一句话:"由也好勇过我,无所取材。"

——仲由呀,我以为自己这个出海隐居的念头够疯狂的了,想不到你竟然比我还积极。可惜我一生早就下定了决心,立下了大志,"仁以为己任,死而后已"。无论如何艰难也不会放弃"克己复礼"这个理想。今天说的是句玩笑,想乘船出海的,只是我那孤独的灵魂罢了,可是承载"灵魂"的木筏如何去造呢?找不到这样的木材呀……

孔子的灵魂曾想出逃,可惜找不到造"灵魂之舟"的木材;王守仁的灵魂也想要出走,可惜世上也没有一个桃花源那样的"孔"让他的灵魂钻进去,躲起来。

眼下,心灰意冷的王守仁被困芜湖,进退无路之际,做出了一个与"躲进桃花源"最为近似的决定:抛弃官职,放下荣辱,孤身一人进了九华山,找到一间道观住下,每天静坐冥想,打算从此做个与世无争的出家人。

一代心学宗师、"知行合一"的首倡者王守仁真的抛弃了一切,只想躲进深山做个道士吗?其实未必。

王守仁立下的志向太大了,这是一个"克己复礼,天下归仁"的志向,是一个"知其不可为而为之"的志向,是一个要让天下"人人皆尧舜"、"满街都是圣人"的志向。这志向能否实现且不论,单是这志向本身那高尚的内涵和意境,就值得投入全部生命去实现它,而王守仁也确实把自己的生命全部投入进去了。在此以前他多少次面对面与皇帝搏斗，根本不顾惜自己的性命，现在遭到迫害，受了侮辱，可良知并未蒙昧，志气并没消磨，反而在一次次磨难之后，阳明先生心中的"良知纯金"越炼越精纯。在这种情况下，他可以抛弃官位，抛弃生命，但绝不可能抛弃心中的良知。

既然这个良知在心里，这个"克己复礼，天下归仁"的圣贤之志在心里，王守仁就只能做两件事，要么做官，拯救百姓，解民倒悬；要么讲学，讲良知，讲立志，讲知行合一，尽力传播圣学，为天下人指路。

有官做官，无官讲学。做官是为百姓，讲学同样也是为百姓。无论如何，王守仁不可能去做个道士。他现在逃进九华山，跑到道观里去打坐，一是利用这段时间好好休养身体，恢复精神，抚慰一下受创的心灵。同时，这也是一个以退为进的策略，是对付皇帝陷害的有效办法。

果然，事情闹到这个地步，正德皇帝陷害王守仁的计划也就搞不下去了。

正德皇帝招王守仁来南京述职，这件事皇帝身边知道的人不少。王守仁也确实奉旨来南京了，南昌城里有无数官员可以做证。

王守仁忠心耿耿，皇帝在南京招之即来，"谋反"一说不攻自破。至于王守仁到了南京城外，却没进城，忽然又回到芜湖，然后弃官而走，到九华山下的道观里去做道士，种种不合情理，究竟有何内情？正德皇帝根本无法对天下人解释。

王守仁"奉旨"之后孤身赶赴南京，又弃官而走，做了道士，不管怎么看，这都不是个谋反的意思。正德再想诬陷王守仁，也实在找不到任何理由了。而王守仁这么一位平定叛乱的大功臣，却莫名其妙辞官出走当了道士，天下人当然会问一声："王守仁这个大功臣怎么忽然当道士去了？"对这个简单的问题正德皇帝实在无从解释，于是这场迫害搞到最后，丢脸的就变成了正德皇帝自己。

唯今之计，别无他法，正德皇帝只好立刻下旨，正式任命王守仁为江西巡抚，命他从九华山道观里出来，赶紧回南昌任职。

第六章 对抗"妖魔"

正德之死

朱厚照当了十五年皇帝，这还是第一次，他试图迫害一位大臣，却没能成功，事情闹到最后，屡次违抗圣命、把皇帝气得暴跳如雷的王守仁重新出任了江西巡抚，而追随王守仁平定江西叛乱的有功之臣伍文定，既有平贼的大功，又无故遭到锦衣卫的迫害，此时已经被无罪开释，升了江西按察使。

然而对王守仁平定叛乱擒拿宁王的大功，正德皇帝却始终不加叙议，按说应该赏给王守仁一个爵位，现在也无从提起。另外，早前追随王守仁平叛的共有三万多人，这些人原本都立了大功，应该受赏，却因为王守仁得罪了皇帝，连带他们的功劳也都不被提起，那些乡兵都被官府遣散，回乡务农去了，知府、知县们有的回原地做官，还有些干脆被悄悄罢免、赶走了。至于战死的人，朝廷也没有颁给任何抚恤。

正德皇帝仍然在耍无赖。

这时候正德皇帝在南京已经待了一年，整天听歌看舞饮酒玩乐，在金陵繁华之地享尽了艳福，在他心里，那个"御驾亲征"带着大军到江西南昌去玩"过家家"的念头已经淡了，觉得江西省再好，总不如南直隶，南昌城再好，也比不得南京城，所以江西能去则去，不去也罢。王守仁这个巡抚难缠，可王守仁毕竟不是个奸臣，不会起兵作乱，收拾了他当然痛快，收拾不了也就算了，正德皇帝每日游玩，忙得很，也没工夫想这事了。

于是王守仁在正德十五年二月回南昌担任巡抚之后，日子过得还算消停，江西境内没有京军一兵一马，皇帝在南京也全无消息，王守仁则忙着想办法抗旱。

江西省已经连着旱了好几年，正德十五年头三个月又是雨水不足，旱象渐成，加之打了一场恶仗，死了不少人，很多土地都撂荒了，等着人去复耕，可是没有雨水，这些地又怎么种得起来？王守仁和伍文定急得像热锅上的蚂蚁，整天四处奔波，督促地方上抗旱。哪知到了五月，天时忽然逆转，一场大雨从天而降，还不等江西百姓庆贺，已经觉出情况不对，这场豪雨竟然没头没尾连下了一个月！原本枯旱多年赤地千里的江西省内山洪倾泻，大水横流，赣江、章江全线暴涨，虽然百姓们冲上大堤昼夜堵口，可这场天灾实在凶猛，已非人力可救，只几天工夫，大水已经漫堤而过，沿江的赣州、吉安、临江、广昌、抚州、南昌、九江、南康几个府全都泡在了滔滔黄水之中。南昌城里大街小巷船只通行无阻，买卖商户血本无归，周围千里田地庄田全被淹没，庄稼尽毁，颗粒无收，村镇房舍荡然无存，几十万百姓被洪水围困，或避于高坡，或攀上树顶，在洪水中挣扎求活，哭天喊地。大灾面前没有别的办法，王守仁只能尽力督救，同时上奏请求朝廷发下粮米赈济灾民。哪知送上去的奏章还没得到回音，户部的公文已经送到江西，上面清清楚楚地写着：正德十五年的粮税按往年惯例征收，同时命地方官员追征正德十四年的粮税。

正德十五年，江西在闹水灾；正德十四年，江西省内正在打仗！

刚刚平定叛乱后不久，王守仁已经上奏请求朝廷免除正德十四年的粮税，可那时候正德皇帝正急着下江南来"御驾亲征"，也不知看没看到这份奏章，总之是未予答复。今年一场大洪水正在江西省内横行，朝廷却不顾地方灾情，竟然不肯赈济，反而让江西照往年惯例上交四十万石粮食的赋税，同时还要收前一年亏欠的赋税，这是要把百姓们逼死，还是想逼着百姓们造反？

王守仁是个有良知的官员，知道当官的要抢在老百姓前头做"克己"功夫，在老百姓被逼死之前，当官的要替百姓们先死。若百姓们被朝廷逼死了，而当官的毫发无损，这就绝不是一个好官。

于是王守仁没跟任何人商量，自己写了一道奏章送往南京。

"正德十四年三月至入秋，无雨者凡七月之久，禾苗尽枯，人民愁叹，流离失所。续而宁王谋反，兵劫日甚，百姓逃、离、死者，十余二三，上下汹汹，如驾漏船于风浪颠沛之中。臣于正德十四年七月上《旱灾疏》，求免正德十四年粮税，未及得复，俄而京军、边军毕至，居时数月，省府之民皆逃入山野。终至官军有始归之期，流移之民闻官军将去，稍稍协息延望，归寻故业。哪料足未入户，而颈已系于追索田税者之手！

夫荒旱极矣，而因之以变乱；变乱极矣，而又加之以师旅；师旅极矣，而又加之以供奉，益之以诛求，亟之以征敛！当是之时，有目者不忍观，有耳者不忍闻，又从而剥其膏血，有人心者尚忍乎？

今远近军民号呼匍匐，诉告喧腾，求朝廷出帑藏以赈济，久而未获，反有追征之令！百姓窃相商嗟，谓宸濠叛逆，独知优免租税，以邀人心，我辈朝廷赤子，反不少加优恤，又从而追征，将何以自全！臣窃以为'抚恤'之虚文，不若蠲免

第六章 对抗"妖魔"

之实惠；赈济之难及，不若免税之易行。今不免租税，不息诛求，而徒曰宽恤赈济，是夺其口中之食，而曰吾将疗汝之饥；刳其腹殿之肉，而曰吾将救汝之死！屡失信于民，凡有血气者，皆将不信之矣……"

王守仁这一辈子喜欢舞文弄墨，写了不少诗赋，其中也不乏精妙之作，可要说他一生中写得最好的文章大概有三篇，一是《拔本塞源论》，一是《大学问》，还有一篇，就是这道充满正气的奏章了。

显然，王守仁这一次是下了必死的决心，用最严厉的话语面斥正德皇帝，希望上天能降下一个奇迹，令正德皇帝良知发现，知道改悔，免了江西百姓的赋税。不然，王守仁这个江西巡抚就替江西一省百姓下诏狱、掉脑袋吧。

在那个时代，黑暗是自上而下的，邪恶是上行下效的。所以当官的未必能替老百姓说上话，最多只能是与民同生，与民同死，不然又能怎么办呢？

说实话，这个世界上偶尔有奇迹，但这些奇迹都是可遇而不可求的，当一个人全心全意盼望奇迹发生的时候，通常只能等来一个失望。

可谁也想不到，王守仁这道犀利如刀的奏章竟意外换来了皇帝的一道圣旨："江西巡抚王守仁前奏江西旱情，今已知闻，即发恩旨，蠲免江西一省税赋，籍没宁藩田产折抵。"

这道圣旨的意思是说：正德皇帝明白了江西百姓的痛苦，理解了江西巡抚王守仁的一番苦心，不但不因为奏章里那些大不敬的言语治他的罪，甚至同意免除江西一省的赋税，让王守仁把宁王名下田产铺面之类的不动产卖掉，用这笔钱折抵江西省的税款。

这么说正德皇帝竟然真的良心发现了？也未必。

正德皇帝表面上说免去了江西省的赋税，其实又让王守仁变卖宁王名下田产折抵这笔税银，至于变卖所得的银子，当然不是运到北京交给户部，而是就近送到南京，供皇帝花费。

正德皇帝到南京一年了，这一年中他把南京官府能找到的银子基本花光了，现在正德皇帝急需要一笔额外的大钱来维持他在南京城里花天酒地的生活，同时，他身边的那些宠臣也都想从弄回来的大笔银子里分点儿油水，捞一笔外财。

自从正德皇帝率领京军进入南京以来，不但这位皇帝自己发了疯一样地玩乐，他手下那帮宠臣也都借机讹诈官府，索取贿赂，就连锦衣卫的官员，京军里的将领也都变着法子偷抢拐骗，给自己弄钱。眼看当官的都是这副嘴脸，当兵的更是没有顾忌，就穿着军装结帮成伙，在南京的街市上明抢明夺。

俗话说兵匪一家，当兵的要是坏起来真跟土匪一样。可土匪再凶，毕竟不敢到大街上抢东西，皇帝身边这些禁军却是穿着官服带着刀枪出来抢劫，面对这么一群东西，百姓们一开始不敢抗拒，只能任他们欺凌。可正德皇帝进了南京就不肯走了，这些禁军每天都出来抢劫闹事，百姓们眼看没有活路，也急了眼，那些强悍有血性的就动手反抗，为保护自家财物在街上和官军打斗。

到这时，南京城里的官员们也已忍无可忍，眼看京军公然在集市上抢劫，应天府丞寇天叙就在城里专门召集了一群身强力壮有胆量的年轻人，自己穿着官服带着人到集市上去巡逻，见了抢东西的禁军就冲上去和他们打架！几场群架打下来，禁军被打得鼻青脸肿，只能落荒而逃。南京百姓们也学了这个榜样，都横下心来，见了这帮"贼"就和他们厮打，百姓们人多，又占着埋，一呼百应，禁军再凶，面对成百成千的老百姓也占不到便宜，到后来都龟缩在军营里，轻易不敢出来闹事了。

见自己的手下吃了亏，江彬就以此为借口，想让他手下的禁军和锦衣卫特务接管南京的城防，于是找到南京兵部尚书乔宇索要城门的钥匙，可乔宇知道南京城防事关重大，江彬这个人又不可靠，所以扣着钥匙坚决不给，江彬和乔宇闹了好几次，到底拿这位兵部尚书没有办法。

到这时候，跟随皇帝南下的京军十几万人马在南京待得没有以前那么舒服了，百姓们都拿他们当贼一样防着，闹得这些人很没意思，江彬他们在南京也不像在北京那么得势，都有些厌倦了，暗中也觉得待在南京不如待在北京痛快，只有朱厚照一个人觉得还是江南好玩儿，值得多待些日子，不但赖在南京不走，又放出话来，准备到苏州、杭州玩一趟，然后还打算去一趟南昌……

一听这话，不但江南官员们大惊失色，连皇帝身边的人也都吓得够呛，觉得皇帝再这么疯闹下去真不行了，于是南京城里开始传出谣言，一说江彬起了反心，准备暗害皇帝，然后在南京称帝；二说宁王余党渐渐聚集，正准备找机会刺杀皇帝；三说南京城里妖气横生，邪祟妖魔欲对正德皇帝不利。又有胆大的人不知从哪儿弄

第六章 对抗"妖魔"

了个猪头,染成绿色,趁夜扔进了朱厚照的寝宫,把这位皇帝吓得不轻。

眼瞅着谣言满天飞,又是要造反,又是闹妖精,正德皇帝在南京也有点儿待不住了,终于打算率军回京。

到这时朱厚照才想起来,自己这次下江南是以"御驾亲征"为借口的,可是离开北京这么久,江南各地玩儿了个遍,却一仗都没打,一个反贼也没抓到,回京之后怎么对天下人交代呢?又把手下人找来商量,还是江彬给皇帝出了个主意:"去年宁王在江西造反,皇上率领十几万大军南下平叛,又亲自部署机宜,指挥若定,王守仁在南昌的一举一动,无不是奉皇上旨意而行,这才能打胜仗。而宁王听说皇帝驾到,吓得肝胆欲裂,叛军士卒不敢对抗王师,顿时作鸟兽散,王守仁这才顺利平定江西叛乱,所以说,没有皇上'御驾亲征',江西这场叛乱恐怕要旷日持久。现在皇上只要把自己的功业昭示天下,自然百官欢悦,万民宾服。"

正德皇帝的幼稚任性已经超出了常理,侍奉这么个疯疯癫癫的皇帝,江彬的无耻下流也早就没了底线。现在他说的这些话在别人听来不可思议,可江彬心里却十分坦然,朱厚照听了也觉得极有道理。

"可是早前王守仁已经上过报捷的奏章,其中并未提到朕的功绩……"

江彬忙笑着说:"这事好办,早前的捷报还在皇上手里压着,并没给别人看过。现在把这道折子毁了,让王守仁重新上一个报捷折子就行了。"

江彬的话越说越无耻,可正德皇帝丝毫不以为耻,想了想又说:"王守仁固执得很,让他重上奏折,此人肯答应吗?"

江彬忙说:"这一点皇上不必担心,王守仁屡次违抗圣命,犯了不赦之罪,可皇上宽宏大度,并未治他的罪,仍然让他担任了江西巡抚,王守仁自然感恩戴德。皇上就下一道旨,让王守仁另外拟一道捷报送上来,把皇上的功劳都写进去,这么一来,天下人都知道皇上平叛的功劳,陛下也就可以凯旋回京了。"

要说王守仁对正德皇帝"感恩戴德",完全是废话。可江彬和王守仁打过一回交道,知道这是个一心救民的好官儿,对这样的官儿,你拿刀架在他脖子上未必管用,可是如果告诉他:"只要改一下捷报,把皇帝的功劳加进去,皇帝一高兴,立刻就回北京去了。"王守仁为了江南百姓着想,肯定会立刻就范。

这还是第一次,江彬发现自己吃定了王守仁,暗中十分得意,立刻派人给王守仁传信儿,让他重写一道平叛捷报,立刻送到南京来。

果然，听说只要改了捷报，在文字里加上皇帝的功劳，正德皇帝就会离开江南，早先刀架脖子也不皱眉头的江西巡抚王守仁立刻被驯服了，当天就重新上了一道《江西捷音疏》，在开头处加了一段话："照得先因宸濠图危宗社，兴兵作乱，已经具奏，请兵征剿间，蒙钦差总督军务威武大将军总兵官后军都督府太师镇国公朱寿钧帖；钦奉制敕内开：'一遇有警，务要互相传报，彼此通知，设伏剿捕，务俾地方宁靖，军民安堵。'"声明宁王乱反的时候，正德皇帝曾经从北京发来钧帖，指出宁王即将造反。之后把整个平叛经过写了一遍，大概文字仍然依着早先那道报捷文书来写，只是在中间胡乱塞进一段"题奉钦依备咨前来，又蒙钦并总督军门发遣太监张永前到江西查勘宸濠反叛事情；安边伯许泰、太监张忠、左都督朱晖各领兵到南京江西征剿，续蒙钦差总督军务威武大将军总兵官后军都督府太师镇国公朱寿统率六军，奉天征讨，及统提督等官司礼监太监魏彬、平虏伯江彬等，并督理粮饷兵部左侍郎等官王宪等，亦各继至南京。"意思是说江西叛乱还未平定，正德皇帝已经赶到南京坐镇，他手下那群宠臣则率领大军到了江西，甚至参与了平叛之战。写到这里又觉得对皇帝捧得不够，再加上一句："此皆钦差总督威德指示方略之所至也。"

于是这场由王守仁带着三万乡兵和几个知府知县平定的叛乱，变成了皇帝率领大军赶到江南，亲自筹划，亲自指挥，一帮宠臣个个亲自上阵，人人立功。有了这份奏章，正德皇帝和他手下那帮人算是"露脸"了。

但正德皇帝自己却觉得脸露得还不够，又在南京城外召集了一万多禁卫军，亲自筹划亲自指挥，上演了一出"生擒宁王"的好戏。

这天早上，刚从杭州大牢押到南京的朱宸濠被押解到南京郊外一处安静的空地上，几个官差打开囚笼，解去宁王手脚上的桎梏，一声不吭扭头就走，把个朱宸濠扔在空地上，一时摸不着头脑，等了好半天，四周鸦雀无声，宁王这才想起来赶紧逃跑，于是起身就走。哪知刚走了几步，周围密林里忽然鼓声如雷，锦衣卫和禁卫军蜂拥而出，顿时把宁王团团围住，正德皇帝金甲黄袍手持宝剑跃众而出，用宝剑指着朱宸濠一声大喝，几个大汉将军冲上前来扭住宁王，又给他上了镣铐，塞进囚车，上万禁军齐声高呼万岁，正德皇帝得意洋洋，率领众军押着囚

第六章 对抗"妖魔"

车返回南京。

正德皇帝在南京城外搞的这出闹剧，以参与者级别最高、参与人数最多、表演最认真、银两花费最巨创下了"过家家"的吉尼斯世界纪录,至今没人能够打破——而且如果不出意外的话，这个毫无节操的纪录很可能永远无法被后人打破了。

把平叛的功劳硬抢到手，又在南京城外搞了一场生擒宁王的闹剧，正德皇帝心满意足，终于在正德十五年闰八月十二日带着他的十几万大军和刚刚"擒"到手的宁王一起班师还朝。这一路上，正德皇帝照样花天酒地，他手下的宠臣们照样勒索官员，当兵的照样抢夺财物，所经之处老百姓走避一空，大军过后这些人才回到家园，一个个额手相庆，感谢老天爷，终于把这帮蝗虫熬走了。

然而朱厚照和他的大军行动并没有这么快，走三天玩两天，好不容易才到达淮安，眼看快要离开江南了，朱厚照心里竟有些恋恋不舍，那班宠臣知道皇上的心思，就想给他留点儿纪念，于是命令当地官员专门捕了一批大鱼，投放在清江浦的一个积水池里，四面围上栅栏，然后告诉正德皇帝此处鱼多，又特意弄了一条小船，让正德皇帝到积水池里钓鱼。

也是该出事，正德皇帝真就钓到了一条大鱼，可坐船太小，身边拍马屁的人多，遛鱼的时候一帮人在边上起哄，三推两挤，竟把小船弄翻了，正德皇帝掉进了水里，虽然很快被捞了出来，可第二天就觉得身子不太舒服，似乎感冒了。朱厚照自恃年轻力壮，对这点小病不放在心上，照样吃喝玩乐，九月二十二过了东昌府，二十四日到了山东临清，十月初六过天津，二十六日到了通州，眼看就要进京城了，大军忽然在通州停了下来。

原来自从在清江浦钓鱼落水之后，正德皇帝就得了病，可他天生一副任性偏执的坏脾气，谁的话也不听，也不肯好好保养，结果身体好一阵坏一阵，始终没有恢复。到天津的时候病势渐重，已经不能骑马，朱厚照担心自己这么狼狈地回到京城，给大臣们看见了要笑话，就在通州停下来养病，哪知养了两个月，病势丝毫不见好转，反而高烧不退，有了恶化的迹象。

这年正德皇帝刚三十岁，可他做了十五年皇帝，过了十五年沉迷酒色的荒唐日子，已经把自己的身体给毁了。这次下江南一走两年，虽然玩得高兴，身体却更亏了，加之生病之后不肯保养，邪毒入体，把原本就亏虚不堪的身体彻底打垮，真正是一病不起了。这时候朱厚照才知道害怕，可调养已经来不及，情急之下，这位皇帝下令就在通州杀了宁王，把这个反贼挫骨扬灰，以此为自己驱邪避秽，求个平安吉祥。

杀了宁王之后，朱厚照的心里大概平静了些，身体也略好些了，就在正德十五年十二月初十回到京城，群臣都来祝贺皇帝亲征得胜，预计三天后举行祭告大典。哪知就在这场典礼上，当着所有人的面，正德皇帝竟然口吐鲜血，昏厥在地。

从这天起，朱厚照躲进豹房，再也不与群臣见面，只是偶尔有圣旨从豹房发出，封赏他身边那帮宠臣。大臣们虽然不知道皇帝的病情，可隐约都感觉得出来，事情不妙。

正德十六年三月十四日，正德皇帝病死在豹房，享年仅三十一岁。

第七章 致良知的大学问

过不去的杭州城

正德皇帝朱厚照在位十六年，胡闹了十六年，死后没有留下任何子嗣，皇室根脉就此断绝。为了延续皇祚大统，内阁首辅杨廷和与几位阁老毛纪、蒋冕、费宏商量，决定到湖广安陆去迎接兴王之子继承大统。

兴王朱祐杬是孝宗弘治皇帝朱祐樘的弟弟，也就是正德皇帝的亲叔叔，被封在湖广安陆。从血统上看，朱祐杬的长子朱厚熜与去世的正德皇帝朱厚照血缘最为亲近。

朱厚熜生于正德二年，现年十四岁，聪明好学，也很精干，十三岁就能管理兴王府的日常事务，真是个当皇帝的绝佳人选，杨廷和一提出以兴王之子承继大统，内阁辅臣皆无异议。其后杨廷和又把这事和张永、魏彬、张锐等几个管事的大太监商量，这些人也都同意拥立兴王世子。于是杨廷和具本奏知当朝太后。

正德皇帝的母亲张太后做皇后的时候，曾经是个挺幸福的女人，自从与弘治皇帝大婚之后，弘治帝无心后宫嫔妃，只对皇后一人专宠，后来张太后生下朱厚照，皇帝对皇后的感情更深了，一家三口虽在皇宫大内，过的却是平民百姓和乐融融的小日子。后来弘治皇帝晏驾，正德皇帝登基，一上台就胡闹瞎搞，折腾了十六年，暴病而死，身后没留下一个子嗣，只剩下孤零零的张太后躲在深宫里守活寡。现在内阁重臣推举兴王之子继承皇位，张太后知道自己以后想在宫里混下去，全靠新皇帝的赏赐了，一句话也不敢多说，立刻颁下懿旨，答应立朱厚熜为皇帝。

第七章 致良知的大学问

得了太后懿旨，有了内阁和掌权太监的支持，杨廷和也就放开手脚，先用计擒住了掌管东厂、锦衣卫、禁卫军的平虏伯江彬，在北京城里为新皇帝扫清了道路，这才专程迎接朱厚熜进京称帝。

正德十六年四月二十二日，兴王世子朱厚熜进京，随后登基称帝，年号嘉靖。

这位聪明透顶的嘉靖皇帝果然与正德皇帝截然不同，一上台就大刀阔斧实行改革，诛杀奸党，裁撤冗员，撤销织造太监和镇守太监，重新起用被朱厚照打击的忠直大臣，兴利除弊，每件事都办到要害之处，短短半年时间，大明朝气象一新，天下人争相称颂，都认为年仅十五岁的嘉靖皇帝实在是一位圣主明君，出了这样的皇帝真是大明朝的幸事，百姓们的好日子又回来了。

眼看开局顺利，嘉靖皇帝也很高兴，但年仅十五岁的小皇帝一个人坐在龙椅上，心里也有自己的一副小算盘。

朱厚熜初登大宝，本身又是个藩王之后，并非弘治皇帝嫡传子孙，朝堂上的重臣、后宫里的太监都是正德朝留下来的旧人，与嘉靖皇帝未必一心，而嘉靖皇帝此时还没把龙椅坐热，根基不深，对这些人不敢过分触动，如此一来，他在金銮殿上的地位就有些尴尬了。

面对这么个不稳妥的状态，聪明的朱厚熜立刻动起了脑筋，打算挑选几位能力强、资历深、名声好，而在正德一朝又没得到重用的大臣调往京师委以重任，把这些大臣培植成自己的亲信，然后找机会让他们入阁担任辅臣，由此建立属于嘉靖皇帝自己的政治势力，树立起稳固的帝王根基。

能力强，资历深，名声好，在正德一朝又未得重用，遭到打压，这人是谁呀？

——不用问，当然是担任江西巡抚的平叛功臣王守仁了。

于是嘉靖皇帝当机立断，登基不久，连年号尚未改变，就在正德十六年六月十六日下了一道圣旨："以尔昔能剿灭乱贼，安靖地方，朝廷新政之初，特兹召用，敕至尔可驰驿来京，毋或稽迟，钦此！"

嘉靖皇帝是在正德十六年四月二十二日登基的，当皇帝还不到两个月，就对江西巡抚王守仁"特兹召用"，光是这四个字，其内涵就已非同小可，嘉靖皇帝还嫌不够，又特意命王守仁"驰驿来京"，这是急上加急，快上加快的意思。

此时江西省内水患刚平，王守仁奔波劳累未得休息，身体情况很不好，可王守仁也已听说嘉靖皇帝上台之后扫除奸党，清理宦官，办事雷厉风行，是位难得的明君圣主，现在接到嘉靖皇帝的圣旨，知道自己即将得到重用，心里十分鼓舞，立刻交卸了在江西的公务，坐上驿站马车飞奔京城而来。哪知刚到杭州，忽然又接到圣旨，嘉靖皇帝取消了命王守仁驰驿进京的旨意，将他改任南京兵部尚书。

南京是大明王朝的旧都，明成祖朱棣迁都北京以后，在南京仍然留下了一个朝廷，包括六部九卿官员一应俱全。但南京这个朝廷是个空架子，在这里任职的所有官员坐的都是冷板凳。现在王守仁忽然被任命为南京兵部尚书，意思非常明白，嘉靖皇帝已经改了主意，决定不再起用王守仁了。

杭州，是阳明先生命里一道过不去的坎，正德二年被贬龙场，在杭州碰上刺客；正德十四年押着宁王进京，在杭州被张永堵住；这次好容易要得到重用了，又是在杭州接了这道旨，失望而回。

王守仁是一位儒学宗师，心里立下了一个"克己复礼，天下归仁"的大志向，做官的时候，他为百姓救疾苦，争利益，不惜拿性命去拼；讲学的时候，他讲良知，讲知行合一，讲"人人皆可为尧舜"的大道理，为天下人指路。早前嘉靖皇帝命他进京委以重任，对王守仁而言，这是一个护民谏君、实现心中志向的大好机会，哪知刚到杭州，情况忽然逆转，一盆凉水兜头泼来，顿时把他心里的一团火浇灭了。

南京兵部尚书是个高级闲职，有职无权，什么事也办不了，还不如早先的江西巡抚多少能给百姓们做点儿实事。嘉靖皇帝把王守仁弄到南京坐这个冷板凳，简直是在浪费阳明先生的生命。对于王守仁而言，做"谏诤"之官，讲"良知"之学，两者一样要紧，现在劝谏皇帝的重臣做不成了，干脆辞去职务回乡讲学吧。

于是王守仁写了一道奏折，请求回乡省亲，之后就脱了官服回绍兴老家去了。

嘉靖皇帝本来下决心要重用王守仁，却忽然改变主意，舍弃了这位在朝廷中能力最强、功劳极大、名声极好的能臣，这是因为嘉靖皇帝心中产生了别的想法，还是因为他遇到了什么阻力呢？

事实上，嘉靖皇帝忽然放弃王守仁是因为受到了来自内阁重臣的压力。而这股压力首先出自内阁首辅大臣杨廷和。

其实杨廷和与王守仁根本没打过交道，这两个人甚至可能互不相识。

第七章 致良知的大学问

杨廷和早年曾在詹事府任职，辅佐过还是太子的朱厚照，是朱厚照最信任的一位文臣。后来朱厚照当了皇帝，就在正德二年安排杨廷和入阁，正德七年，杨廷和担任了首辅，一直到正德十六年正德皇帝去世，杨廷和一直是内阁首辅。而王守仁在正德元年担任兵部武选清吏司主事，上谏获罪，被贬龙场，正德五年平反，先是担任了一系列闲差散官，后来被派到滁州管理马政，又做了个鸿胪寺卿，直到担任南赣巡抚，被派到地方上去剿匪，平叛，其间足迹不出江西一省，而在王守仁做地方官的这些年里，杨廷和的双脚从未踏出京城一步。

一个是主持大政的内阁首辅，一个是地方上剿匪平叛的能臣，杨廷和与王守仁之间实在谈不到什么瓜葛。何况杨廷和在正德朝主政多年，办事妥善，是那个混乱时代最重要的一位辅国能臣，王守仁在地方上政绩突出，尤其平定宁王叛乱，为大明王朝免去一场巨大的战祸，也算得一根擎天玉柱，按说这两个好官之间应该惺惺相惜才对，杨廷和实在没有必要出来为难王守仁。

究其原因，大概有两点：一是王守仁除了做官以外，这些年一直致力于讲学，到如今弟子遍天下，"知行合一"的学问影响了半个大明朝，而心学之中的吾性自足、良知诚意、人人皆可为尧舜等内容，已经实实在在触动了旧儒学的根基，对紫禁城里至高无上的独裁皇权造成了不小的冲击。杨廷和是个忠臣，能臣，同时他也是个最坚决的卫道士，对于阳明心学他是既警惕又厌恶的。单就因为学说上的分歧，此人也绝不愿意让王守仁到京城担任阁臣。

杨廷和阻击王守仁入阁的另一个原因就比较明白了，因为王守仁当年担任南赣巡抚，是兵部尚书王琼举荐的，而兵部尚书王琼是杨廷和的政敌之一。现在嘉靖皇帝上台，因为拥立之功而一味宠信杨廷和，杨廷和也趁机把王琼打倒搞臭了，这种时候嘉靖皇帝想让王守仁进京担任阁臣，杨廷和心里当然不痛快。

有这两个原因，杨廷和就毫不客气地在嘉靖皇帝面前说了王守仁的坏话。而嘉靖皇帝登基不过数月，还没坐稳龙椅，处处要依靠杨廷和，当然对这位权倾天下的首辅言听计从，于是改变主意，把王守仁扔到南京坐冷板凳去了。

但嘉靖皇帝是个非常有心计的人，他在心里看上了王守仁的才干和品行，就不会轻易把这个人放弃掉。何况王守仁是被正德皇帝迫害过的大臣，在朝廷里又没有派系，根子不深，加之这一年王守仁正好五十岁，年富力强，这样的大臣正是嘉靖皇帝最需要的人！只是碍着杨廷和的面子，不能立刻起用王守仁，但今天不用王守仁，日后有了机会，嘉靖皇帝仍然会用他。

今天不用，日后必用，对这样的能臣当然要施以笼络。于是嘉靖皇帝想了一个折中的办法，于正德十六年十二月下了一道圣旨，封王阳明为新建伯，赏给年俸禄米一千石，给予诰券，三代并妻一体追封。

也真巧，嘉靖皇帝把王守仁封为新建伯的圣旨送到家的这一天，正巧是王守仁的老父亲王华的生日。听说自己的儿子在五十岁这年就当上了南京兵部尚书，封了世袭伯爵，老先生也很高兴。可低头略一思索，却对王守仁说了一句意味深长的话："盛者衰之始，福者祸之基，虽以为荣，复以为惧也。"

王守仁是一位儒学大宗师，讲起良知之学来，天下没人能讲得过他。可要说为官之道，诡计阴谋，在这上头他比老父亲王华差得太远了。

受封为新建伯之后，王守仁立刻做了一件令所有人瞠目结舌的怪事，上奏请求辞去封爵——除非嘉靖皇帝能给当年与王守仁共同平叛、后来却遭到正德皇帝迫害的所有人一个公道。"当时首从义师，自伍文定、邢珣、徐琏、戴德孺诸人之外，又有知府陈槐、曾屿、胡尧元等，知县刘源清、马津、傅南乔、李关、李楫及杨材、王冕、顾佖、刘守绪、王轼等，乡官都御史王懋中，编修邹守益、御史张鳌山、伍希儒、谢源等。复有举人冀元亨者为臣劝说宸濠，反为奸党构陷，竟死狱中，以忠受祸，为贼报仇，抱冤赍恨，实由于臣，虽尽削臣职，移报（冀）元亨，亦无以赎此痛，此尤伤心惨目，负之于冥冥之中者"。

奏章中提到的这些人，都是当年和王守仁一起与宁王叛军死战的官员们，这些人本来都是立了大功的，可是因为王守仁屡次三番抗旨不遵，拼命阻止皇帝下江南，得罪了正德皇帝，不但他的战功被皇帝否定，这些有功的将士也都未得封赏。其中最不幸的就是王守仁的学生冀元亨，竟无端遭到锦衣卫的迫害，又在诏狱里关了一年多，受尽了折磨，直到正德死后才出狱，回家仅五天就去世了。

有功将士不能得到承认，冀元亨的冤屈不能昭雪，王守仁有什么脸做这个"新建伯"？

阳明先生是个重感情的人，这道奏章写得也很动情。令人惊讶的是，在奏章中竟然还出现了这样一段话："上天之意，厌乱思治，将启陛下之神圣，以中兴太平之业，故蹶其（指宁王）谋而夺之魄，斯固上天之为之也，当时帷幄谋议之臣，则有若大学士杨廷和等，该部调度之臣，则有若尚书王琼等……"

在这里王阳明提到了两位重臣的名字，头一个是"大学士杨廷和"，此人其实完全没有参与平定宁王的战事，王守仁在这里提他的名字，只因为杨廷和眼下担任着首辅大学士的要职，一人之下万人之上，在奏章里不捧他一下不行；第二个人就是兵部尚书王琼，奏章中专门提到王琼和杨廷和一样"皆有先事御备之谋，所谓发纵指示之功也，今诸臣未蒙显褒，而臣独冒膺重赏，是掩人之善矣"。

在正德一朝，王琼这个人物显得非常特殊。此人精明干练，办事能力极强，而且为官清廉，从不贪污。正德三年，担任吏部右侍郎的王琼因为不肯巴结刘瑾遭到迫害，直到正德七年才平了反，重新回京任职，正德八年担任户部尚书，为国家理财，正德十年又担任兵部尚书。当时整个大明朝被朱厚照这个昏君祸害得不成样子，其中兵部遭到的冲击最大。王琼为了维持兵部的正常运作，不惜厚着脸皮钻进豹房，成了正德皇帝身边的"宠幸"之一。到正德死去，嘉靖登基，大治奸党，王琼遭到所有人的误解，简直成了朝廷公敌，尤其首辅杨廷和对王琼恨之入骨，必欲杀之而后快。结果王琼被当成奸党下了诏狱，被定了个"交结近侍律"，遭了流放之罪。而王守仁在这个时候冒险上奏，不惜拿自己刚刚得到的"新建伯"的爵位和嘉靖皇帝讨价还价，竟是在为一个已经判了刑的"奸党"鸣冤。

王守仁出来替王琼鸣冤，并非出于私情，只是因为王守仁知道王琼在宁王造反之前就未雨绸缪，安排下一整套克敌之策，派王守仁去剿匪，替他请下王命旗牌，让王守仁能掌握湖广、广东、福建、南赣四处兵马，从三个方向包围了宁王的势力，单是这一条，王琼在平定叛乱中的功劳比朝堂上所有重臣都大得多。

像王琼这样的有功之臣，却被误判为"奸党"，受到不公平的对待，王守仁实在看不过去，一定要上奏替王琼说话。就算因此而重重得罪当朝首辅，也在所不惜。

结果王守仁的奏章真的狠狠得罪了首辅大臣杨廷和，于是他的奏章石沉大海，根本没得到回复，而王守仁自己从此困居绍兴，连南京兵部尚书这个冷板凳都没得坐了。

然而朝廷政事变化无常，皇帝的心思阴冷难测，时局究竟会如何发展，谁又能想得到呢？

皇帝老子能成圣人吗

就在王守仁被嘉靖皇帝封为新建伯之后仅过了几个月，曾经官至南京吏部尚书的成化辛丑科状元，一位把官场潜规则领悟到绝顶的老先生——王守仁的老父亲王华，病故了。

古人说："塞翁得马，焉知非祸。"王守仁半辈子遭算计、受迫害、艰难困苦九死一生，老父亲在家里不知替他担了多少心，落了多少眼泪，那时候老先生倒安然无恙，哪知王守仁忽然封了世袭伯爵，喜讯临门，倒惹出祸来了！

老父亲突然去世，王守仁哀痛不已，立刻上报丁忧，暂时辞去一切官职，回家为父亲守丧。在这一年里王守仁闭门谢客，直到守丧满一年之后才打开府门与朋友、学生们相见。

自从悟到圣人心学的要旨以后，王守仁固居龙场，就在龙场驿站讲学，住在贵阳，就在贵阳书院讲学，到了京城在大兴隆寺开讲，去了滁州更是广收弟了，把圣人之学大讲特讲，就算去南赣剿匪安民，到南昌消灭叛军，事情再忙，只要抽出时间来就必定要讲学。现在王守仁在家守丧，依朝廷惯例，丁忧为期三年，三年之年，做官的事不必再提，于是阳明先生成了一位难得的闲人，而浙江、江西、南直隶、湖广、广东、福建以至北方各省学子慕名而来求学的多至成百上千。眼看这么多学子有志于圣人之学，愿意接受"知行合一"之教，王守仁当然很高兴，就在绍兴城内的光相桥边建了一座书院，广收弟子，继续讲授他的良知之学。至于那个"新建伯"的世袭爵位和南京兵部尚书的官衔儿，早被这位心学宗师忘在脑后了。

这天王守仁从外面会客回来，刚进门，弟子王艮走了进来，看着王守仁欲言又止。王守仁忙问："有什么事吗？"

王艮略犹豫了一下才说："是这么回事，先生出去会客的时候，有个人到书院里来求见，说想拜先生为师，人看起来很庄重，态度也诚恳，只是有些与众不同的地方……我们觉得像他这样恐怕学不到什么，就想劝他回去，可此人意思坚决，不肯走，一直等在书院里。非要和先生见一面不可。"

自从阳明先生回到家乡，在光相桥下办起书院，来求学的儒生络绎不绝，白天教室里挤得满满的，晚上屋里打的地铺一个挨着一个。现在有个读书人来拜师，实在是件再平常不过的小事，王艮却说这人"恐怕学不到什么"，意思是不想收留人家，倒让王守仁觉得奇怪："孔子有言：'自行束修以上，吾未尝无诲焉。'只要是来求学的，咱们就没有避而不见的道理，何况你也说了，这个人又庄重又诚恳，这样的人怎么会学不到东西呢？"

见阳明先生没听懂自己的意思，王艮有些尴尬，搔了搔头皮，半晌才说："我不是这意思，只是这个人不会说话……"见王守仁皱着眉头，显然还没明白，不得不把话说粗鲁些，"来的这个学生是个哑巴，只会'啊啊'地跟人打手势，一句话也不会说，而且又聋，别人说的话他一个字也听不见。像这么个听不见、说不出的聋哑人，怎么能在先生这里听课呢？所以我们才劝他回去。"

原来王艮说的是这么个意思，可笑王艮嘴拙，半天才说明白，王守仁也笑了："你这人说话真是不清不楚。"自己一想，也觉得这事不太好办，又问王艮，"这个学生叫什么名字，他认识字吗？"

"此人名叫杨茂，倒是能读会写的。"

王守仁点点头："能读会写就好办。人家既然要见我，没有不见的道理，就请杨茂到这里来，我与他笔谈。"

既然阳明先生点了头，王艮也就出去，片刻工夫把杨茂领了进来，只见此人三十来岁年纪，中等个儿，戴一顶四方巾，穿着蓝夏布袍子，蓄一部短须，皮肤白净，相貌温和，态度诚敬，果然是个谦谦君子。上前恭恭敬敬对阳明先生行了一礼，面露微笑。王守仁忙指着对面的椅子说："你请坐吧。"

这时候书院里的学生们也听说阳明先生要与一个聋哑人"笔谈"，都觉得新鲜，不少人挤在屋门口看热闹。见这个阵势，杨茂有点儿局促，笑着不肯坐。王守仁又再三示意，见杨茂总是客气，只得上前来拉他的衣袖，杨茂这才在椅子上坐了，又对王守仁拱手示意。

这时王艮已经把纸笔摆在桌上，杨茂拿起笔在纸上写道："听说阳明先生创下'良知'之教，学生心向往之，然而路途不便，数载未能成行，今始来受教，幸甚！"

看了这些字，王守仁微笑颔首。

杨茂又在纸上写道:"请问先生,何谓良知?"

王守仁也拿起笔在纸上写道:"我素来自悟,以为良知便是孟子所说的'义',此是人心中一点灵明,一个准则,随你如何,不能泯灭,由此扩而充之,则天下事无所不包,无所不含,最是要紧。"

杨茂略想了想,又在纸上写道:"先生平日有'知行合一'之说,又是如何?"

王守仁在纸上写道:"我平时常对人说,知是行的主意,行是知的功夫;知是行之始,行是知之成;知之真切笃实处即是行,行之明觉精察处即是知。这些话不知你听了是否有感触?然而最近我又有所悟,得了'致良知'三个字,回头再看'知行合一'却更加简易了。所谓知,无非是知个'良知',所谓行,无非是'致'一个良知,于是良知是'知',致良知就是'行'。只要有了'致良知'三个字,知与行自然一体,自然合一,再也无法分开,人这一生只要知道一个良知,在良知上头切实下功夫,良知以为正确的就坚持到底,良知以为错误的就否定到底,良知认识到错误就立刻改错。要坚持的东西,绝不因别人威胁就放弃了,要否定的东西,绝不因别人利诱就不否定它了,知道自己错了,就要立刻改过,绝不能因为顾体面,或者顾着私利而不改,甚而讳疾忌医。儒生们只要在这上头认真下功夫,把'致良知'三个字切实做到深处,必然学问日进,私欲日减,此是成圣贤的一条明路。"

王守仁这些话是他对自己良知之学的一个总结,不但杨茂看得仔细,一帮学生们也都走过来小声读了一遍,交头接耳低声议论,都暗暗点头。

等众人都把阳明先生写的字纸看了一遍,又传回杨茂手里,杨茂再把这些内容认真看了一遍,折起来珍而重之地揣进怀里,站起身对阳明先生深深作了个揖,又在纸上写道:"学生久慕先生之名,今日一见受益匪浅,然而学生家事冗杂,道路又远,不能在先生身边朝夕受教,请先生再于要紧处指点一二,愚日后在家也好依这'良知之教'痛下功夫,成圣贤三字不敢当,只求做个有用的人罢了。"

原来杨茂自知身有残疾,在书院里学习很不方便,又有家事,所以不能在书院里久住,只是来拜望阳明先生,立刻就要走。

杨茂这个人品性敦厚,诚恳好学,让人觉得亲切,知道他不能在此久留,王守仁觉得有些可惜,听杨茂说想得些指点,回家之后痛下功夫,这话说得也很好,王守仁皱起眉头凝神想了半天，才又在纸上写道："良知之学甚是简易，只要着实做去，必有所得。我知你口不能言，耳不能听，但我问你：你的心里尚能辨别大是大非吗？"

杨茂在纸上写道："我能辨别是非。"

王守仁又写道："这么说来，你的口不会说，耳不能听，但是你的心与别人还是一样的，仍然有一个良知在里面，对的，便认他一个'对'，错的，便说他一个'错'，这上头是能认定的？"

杨茂起身拱手点头，表示确实如此。

王守仁又在纸上写道："这就行了！你记住：人生在世最要紧的就是有一颗能辨别大是大非的正直之心。只要咱们心里存着良知，存着天理，立了一个成圣贤的志，做了一番成圣贤的功夫，就算口不能言，耳不能听，也照样是一个不能言不能听的圣贤。假如心里不存天理，昧了良知，只有一腔禽兽一样的邪恶私欲，就算嘴巴再伶俐、耳目再聪明又如何？也照样只是个能说会听的禽兽罢了。"

王守仁今天对杨茂说的话，表面看来平平无奇，其实里面含有微言大义。杨茂追随王守仁的时间短，对于心学内涵还不能尽知，对王守仁说的话也就只能略有感触罢了。可是在一旁看着的王艮却似有所悟，连连点头。

王守仁又在纸上写道："你心里既有一个能辨别大是大非的良知在，我就教给你一个好办法，只要终日行你的良知，不消口里说；只要终日听你的良知，不消耳里听。在家侍奉父母，就尽你良知里的孝；对兄长，就尽你良知里的敬；对乡党邻里、宗族亲戚，就尽你良知里的谦和恭顺。只要你能一直把握自己内心里的良知，良知认为对的就去做，良知认为错的就不去做，这样就好。即使外面的人说你对，也不用去管；说你不对，也不用去听。"

王守仁这话里包含的意思重逾千钧，杨茂认真看了这些话，仿佛也有所领悟，忙用手指心，又以手指天，意思是说："我心中自有良知，上天可鉴。"在一旁看热闹的一帮学生却没一个人悟到阳明先生话里的深意，只有王艮把手一拍，叫了一声："先生说得好！"

王艮这一声喊叫，把所有人的注意力都引了过来，王守仁笑着问："你觉得我哪里说得好？"

王艮看看先生，又看看杨茂，再看了一眼围在身边的学子们，只嘿嘿地憨笑了两声，却什么也没说。

这天晚上吃过晚饭，王守仁和弟子陈九川坐在房中闲谈，忽然有人轻轻叩门，接着屋门一开，王艮走了进来。

在王守仁门下诸多学子之中，王艮是个特立独行的人物。

王艮本名王银，是个盐丁出身，家里十分贫苦，后来靠着做生意赚了些钱，日子才好过了些。这个人小时候没读过多少书，却很仰慕读书做学问的人，就专门来拜王守仁为师，要学这套良知学问。王守仁初见此人就觉得他极有悟性，颇为难得，把他收列门墙，又专门给他改了个名字，不叫王银，改叫王艮。

这王艮的脾气确实与众不同，说话很直，但凡学有所得，心里有了什么念头，只管当众说出来，全无顾忌，他没读过多少书，学问似乎不及那些同门，因此被同辈中人看不起，王艮也不在乎。王守仁对王艮这个学生另眼相看，特别重视，见他笑嘻嘻地走进来，就问了句："什么事这么高兴？"

王艮笑道："刚才我吃了饭没事做，到街上走走，想不到遇上一件稀罕事。"

"什么稀罕事？"

王艮收起笑容，郑重其事地说："学生走在街上，只见满街都是圣人……"

王艮这话若是旁人听了，只怕会吓一跳，可王守仁却只是微微一笑，说了句："这事一点也不稀罕，你看别人是圣人，别人看你也是圣人。"

王守仁与王艮这一问一答机锋十足，颇有点"伯牙子期"的知音味道，王艮更加高兴，忙问："依先生这么说，天下人真的个个都能成圣贤吗？"

"只要立一个圣贤之志，下一番良知功夫，人人皆可成圣贤。"

王艮连连点头，半天又问道："就连皇帝老子也能成圣贤吗？"

王艮这个问题倒让王守仁有些吃惊，抬头把他看了半天，没有回答，却反问了一句："你为什么有此一问？"

王艮又犹豫了好半天，这才慢慢地说道："我平时读的书少，到先生身边的时间又不长，在学问功夫上不能和别人比，但我这人脾气直，心里有话藏不住。平日与同门讲论学问的时候，听他们引用孔夫子那句'唯上智下愚不移'的话责备天下百姓，我就觉得不舒服，心想老百姓再如何，到底不是坏人，他们就算糊涂些，毕竟与那些邪心私欲之辈不同，孔夫子把'上智'和'下愚'放在一起责备，这对百姓来说岂不是不公平吗？"

王艮这时候来找阳明先生，显然不是争论孔子之言对不对的，一定是在学问上有了感悟才来。于是王守仁并不追问，只微笑道："你想到什么只管说出来就是了。"

王艮又沉吟片刻，才说："我来追随先生以前是个买卖人，是个穷苦出身的老百姓，自认为自己就是个'下愚'之类，所以别人讥讽'下愚'我听了就生气，就和他们辩，可这些人懂的道理多，话说得巧，我辩不过他们，自己回去一想，又觉得人家说得也对，天下百姓果然愚昧得很！可我们自己也不想这么愚昧，这么糊涂，这么冥顽不灵，只是弄不清道理在何处，又没人给我们讲！所以百姓们糊涂不是百姓的错，有学问的人这样讽刺百姓，总归还是不对吧？"

"唯上智与下愚不移"确实是孔子责备天下人的话，王守仁早年做官的时候，面对那些无知无识冥顽不灵的百姓无可奈何，也曾引用孔夫子的话责备过百姓。但孔子也好，王守仁也好，他们都立下了救民于水火的大志，要救的本就是百姓，又怎么忍心去责备这些人呢？所以"下愚不移"四个字不过是一句牢骚，并无恶意。

然而天下的读书人却并不都像孔夫子和王守仁这么明白事理，其中有不少人迂腐、恶俗，从心眼儿里瞧不起百姓，"下愚不移"四个字从他们嘴里说出来就带上了恶意，也难怪王艮这位来自民间的学子听了心里不痛快。

现在王艮对阳明先生问出这个问题来，问得在理。王守仁点头笑道："你说得对！百姓无知愚昧，并不是百姓的错……"

不等王守仁把话说完，王艮已经抢过话头去了："早先我一直想不通，百姓们其实也有上进心，可是为什么就会糊涂到底呢？直到今天，先生给那个又聋又哑的杨茂讲道理，我在边上看着，也不知怎么心里一动，忽然就想到了，原来天下百姓之所以糊涂无知，就是因为他们一个个又聋又哑！"

王艮这句话说得太好了，王守仁连连点头："你能看出这点，实在不简单！"

给阳明先生夸了一句，王艮更来了精神，嗓门也比刚才更大了："不是百姓们天生糊涂，也不是百姓们不肯上进，其实说到底，是因为天下人都是些聋子哑巴，耳朵听不见，嘴巴说不出。耳朵听不见，哪能知天理，懂良知？嘴巴说不出，想问无处问，想诉无处诉，这一聋一哑配起来，百姓们当然全成了糊涂虫，不糊涂才有鬼！"

王艮这个激烈的脾气十分有趣，王守仁只是微微点头，并不打断他。于是王艮继续说道："我跟着先生这些日子，天天听先生讲'致良知'的功夫，又知道了'人人皆可成圣贤'的大道理——今天先生对杨茂说，让他'但在里面行那是的心，莫行那非的心，纵使外面人说你是也不需管，说你不是也不需管'。这说的还是致良知的功夫。我就知道天下百姓原来也都有救，都可以成圣贤，心里很高兴。可再一想，杨茂耳聋口哑，是他自己身上生了病，天下百姓一个个又聋又哑，却是何人所害？想来想去，就想到皇帝老子身上去了。我觉得天下人本来有口，有耳，是皇帝老子用谎话塞了百姓的耳朵，用严刑酷法堵了百姓的嘴，把天下人都变成了聋子哑巴，先生觉得我这话对不对？"

王守仁淡淡一笑："你这话都对。"

见王守仁承认他讲得对，王艮的底气更足了："所以我就想了：皇帝老子一个人掌握着天下一切权柄，世间一切事由他独断独裁，所有人的生杀大权在他一人手中掌握，可他为天下人做了什么？只是把老百姓都变成了聋子哑巴！这样一个人，怎么可能成为圣贤呢？"

王艮敢往这上头想，说明他着实有胆气。可他这话却又说偏了。王守仁微微摇头："皇帝要想成圣贤，也不是不可能，但皇帝也必须像别人一样，认真下一番'克己'的功夫，把良知提炼得纯而又纯才好。"

古往今来，敢说皇帝也要提炼良知的，大概只有这阳明心学一家了。

王艮忙问："皇帝也可以提炼良知吗？"

王守仁用力点点头："当然可以！我曾对人说过，良知就在日常事务中提炼，官员处公事，也是一个提炼良知的好办法，而且官员在公务上提炼良知，比一般人效力更大些。因为做官不容易，一个身负权柄的人，天生就负担起了对天下百姓的责任，这个责任十分重大，以至于受苦受累都是分内事，有了功劳不能表，有了过失必受责。能受这样的大劳苦，担这样的大责任，又不居功的人，其良知本就已经颇为精纯了，你说是不是？"

王守仁这话说得极好，可王艮却根本不信，鼻子里"哼"了一声："先生不过随口说说罢了，天下哪见过这么好的官？"说了这话又觉得不好意思，笑着补上一句："或者先生自己是这样的好官，可别的官儿，我就不说了……"

王艮这个人实在直爽得有趣，王守仁笑着说："我说的不是'人'，而是一个'道理'。按理说，做官的人都是自己立了大志，愿意为民请命，这才读圣贤书，考功名，出来做这个官儿。你见过谁是被别人拿绳子捆着、拿棍子打着去考举人进士的吗？既然是自己立志而来，要为百姓做事，当然就要吃苦，担责，而不居功了，《道德经》里说的'不敢进寸而退尺'、'功成事遂，百姓皆谓我自然'不就是这个理吗？你问哪个当官的，他敢说自己不是这个心思吗？所以这是道理。至于这些当官的是不是真这么做，另当别论。还记得我说的一句话吗？所谓'知而不行，只是未知'。嘴里说'我知道了，我知道了'，其实并不去做，这就是他心里的良知被蒙昧了，变成一个'不知'了！"

听了这番话，王艮总算有几分明白了，低头细想，嘴里嘟囔着："原来皇帝也好官员也好，都是可以提炼良知做圣人的……"

"人人皆可做圣贤，皇帝也不例外。只是皇帝老子提炼良知，比一般人更难。"

王艮忙问："怎么个难法儿？"

王守仁是个狠下过一番"致良知"功夫的大宗师，又有一个狂者胸次，话到嘴边不吐不快，于是拢了拢衣袖，正色说道："我以前对别人说过，所谓良知之精纯如同真金一般，一个人身上负担的责任越重，他提炼出来的'良知真金'也就越重、越大。于是尧舜如同万镒之金，孔孟重逾七八千两，又有五六千两重的，有一千两、五百两重的，甚而有一两、一钱之重的。其中'尧舜'是帝王之属，他们肩负的责任比'孔孟'这些人还要大，所以'尧舜之辈'所提炼的'良知真金'最大、最重。尧舜之时，我中华上国的土地尚没有这么广大，天下尚没有这么多人口，一切事都比现在简单得多，而尧舜要做'圣王'，仍要提炼出'万镒真金'那么多的良知才行，今天的皇帝若要做一个圣人，他所需提炼的良知岂止'万镒'？所以当皇帝的不是不能下这'致良知'的功夫，而是他要下这功夫，比一般人更艰难。"

阳明先生的话引得王艮陷入了沉思，半天才说："我这个人胆大心浊，从小就不知道什么叫'害怕'，别人常说我粗鲁，我自己也觉得自己未免粗蠢些。可是自到先生这里受教以来，渐渐明白了'致良知'的功夫，也知道就算是我，照样可以提炼良知，做个圣人。可仔细想想，若要让我从心里提炼出一两重的良知，我有这个把握，若要炼出一百两的良知来，就不敢说了，至于炼成几千斤、几万斤重的良知'纯金'，就连想都不敢想了——这么看起来，皇帝实在难做，由皇帝而成'圣人'更是难上加难。"说到这里，又抬起头来想了半天，终于缓缓摇头："这么说来，当皇帝的到底还是成不了'圣贤'……"

王艮把话说到这里，连王守仁都不由得叹了口气。

说来说去，皇帝老子到底能不能成"圣贤"，竟似乎没了定论。

好半晌，王艮猛地抬起头来："我想到了！皇帝老子若想成圣贤，最简单的办法就是把手中的皇权交还给百姓，自己低下头来甘心情愿做个普通人。若能如此，则皇帝立刻成了圣贤，正如佛家说的：放下屠刀，立地成佛，这是同一个道理……"

其实王艮说的道理王守仁早在多年以前就想到了，只是这层窗户纸绝不可以点破，否则必是个砍头抄家的死罪，所以王守仁的想法只在胸臆之间，不能吐出唇外。可王艮却是个不怕死的家伙，一语道破，连王守仁都被他说愣住了。半天才喃喃道："古往今来，谁曾见过皇帝交出皇权，心甘情愿去做一个普通人呢？"

到此处，王艮也终于一声长叹："看起来皇帝老子终究做不得圣贤。"

在王艮面前，阳明先生也一时变得无所顾忌，把藏在心底多少年的真话讲了出来："所以皇帝老子才要弄得天下百姓又聋又哑，因为天下人人皆可做圣贤，偏就皇帝做不得圣贤，百姓们要是不聋不哑，皇帝老子的宝座就坐不稳了。"

王艮眼睛望着阳明先生，嘴里缓缓吐出三个字："怪不得……"

阳明心学的深处，讲的竟是这些东西，也难怪在大明朝，王守仁这套学说永远不能发扬光大了。

一时间，王守仁和王艮都沉默不语，心里既有畅所欲言后的畅快淋漓，又有"道之不行，已知之亦"的苍凉之感。

好半晌，王艮抬头看着先生，忽然嘿嘿一声笑了出来。王守仁忙问："你笑什么？"

王艮笑着说："我以前看过一本杂书叫《大唐西域记》，里面有个故事，说神猴孙悟空到须菩提老祖处去学神通，学道时听出微言大义，顿时喜形于色，同门师兄弟悟不到这些高明的东西，反以为孙悟空是不认真听讲，那老祖就用戒尺把猴子打了三下，关闭中门而去。别人都以为祖师生气了，孙悟空却明白祖师是让他三更时分从后门进来听讲，于是半夜去见祖师，就此学得一身通天彻地的本事。今天先生在静室之中与我谈论'人人皆是圣贤'的大道理，竟似菩提老祖教化孙猴子一般，这是先生把大道神通私下教给了我，我怎么能不高兴呢？"

王守仁对王艮讲这些话，其实并没有"私下传授"的意思，只因为王艮这个人心胸胆气与众不同，由他的提问激发出王守仁这些思想来，于是阳明心学独家之妙、不传之秘，在无意之间被王艮尽得了去。

如此想来，今天这事倒真与菩提老祖和孙猴子的故事有相似之处，王艮这个玩笑开得实在有意思。

王守仁去世以后，他的弟子们乱了阵脚，阳明心学竟一分为七，出现了什么"浙中王门"、"江右王门"之类，提出一些现成良知、主静、归寂等莫名其妙的主张来。而在这些乱糟糟的"门派"之中，唯有王艮创立的"泰州学派"其学说本质最接近于王守仁思想的本意，学术上也最有生机。

当然，泰州学派所遭受的打击也远比其他各学派残酷，后来，这一学派干脆被朝廷彻底翦除掉了。这个结局一点也不稀奇。不说泰州学派的下场，单是"阳明心学"本身，在王守仁去世之后也被朝廷禁绝了整整四十年，后来眼看"阳明心学"被弟子们搅黄了，面目全非了，朝廷这才开禁……

古时候的事呀，就是这样，不新鲜，不奇怪。只能说，王守仁门下有个叫王艮的弟子，阳明身后出过一个泰州学派，这就已经很好了。

人人有恒产，个个有恒心

这天王守仁在房中和王艮讨论了一番"见不得人"的大道理，王艮大有收获，心满意足，王守仁虽然满心唏嘘，毕竟这些苦念头多年压在胸臆之间，如今一吐为快，也觉得舒坦。转眼已到晚饭时间，下人送上饭菜，王守仁端起碗来刚要吃，房门一开，弟子陈九川走了进来。见先生正在用饭，觉得不好意思，忙拱拱手转身就要退出。

看陈九川神神秘秘的样子，王守仁倒觉得有意思，叫住他问："你有什么事吗？"

陈九川笑着说："我来得不是时候，打扰先生了。"

陈九川显然有话想说，王守仁也隐约猜到陈九川有什么事了，干脆指着对面的椅子说："饭菜都是现成的，你也坐下一起吃吧。"

陈九川犹豫片刻才在先生对面坐下，陪着王守仁用了饭。因为心里有事，食不知味，只吃了小半碗饭就停了筷子。王守仁也把饭碗放下，笑着问："你这时候过来，是不是对今天讲论的学问有什么想法？"

王艮和王守仁畅谈学问的时候陈九川也在座，一字一句都听见了，却没发表任何意见。现在王艮走开了，陈九川又回来，当然是想说些话的。看着阳明先生略一沉吟，这才说道："先生这些日子讲学，把天理良知的大道理讲得越来越通透，言简意赅，处处到位。可学生有一个想法……"略一沉吟，又说："早年大儒程颐给弟子们讲学，有'至微者理也，至著者象也。体用一源，显微无间'一句，弟子们听了就说程老先生是在泄露天机。现在先生讲'成圣贤'讲到如此地步，是不是也有'泄露天机'之嫌呢？"

听了陈九川这话，王守仁忍不住笑了出来。

什么是天机？自古以来，但凡于国于民有利，而君王听了不喜欢的道理，就是"天机"。

早年汉武帝罢黜百家，独尊"儒术"，实则是抹杀了孔子之儒，把荀况那套真法假儒、儒皮法骨的"儒术"当成统治工具推行天下。明太祖朱元璋因为《孟子》一书里的话刺耳，就大发雷霆，厚着脸皮删节《孟子》，全不顾天下读书人的笑骂，这些君王私欲之盛，手段之毒，无耻之甚，真令人目瞪口呆。

在君王的屠刀面前，正直的话儿就变成了"天机"。北宋年间的理学宗师程颐对弟子们讲出"至微者理也，至著者象也，'体、用'一源，'显、微'无间"的话，其实是让弟子们把"天理"和"实践"结合起来，所谓"显、微无间"，合为一体，实践里面出真知，而不是听别人说，信别人的话，这分明已经把"我性自足，不假外求"的意思给讲了出来。可天下人有了自我，有了自信，有了自尊，都凭着良知自己做起事来，皇帝老子的欺骗和腐儒们的说教就没人听了，这些靠骗人

第七章 致良知的大学问

活着的家伙就要害怕了，所以程颐道破这"显、微无间"是要冒风险的，难怪他的弟子要说程颐是"道破天机"，为他捏一把汗了。

如今阳明先生王守仁以"致良知"三个字教导弟子们，把先贤们口中若隐若现的"知行合一"的哲理讲得通透明确，已经明明白白放在桌面上了，在政治的黑影里，不知有多少鬼魅魍魉给吓得心惊胆战，所以王守仁的弟子陈九川也不由得替阳明先生担心起来了。

弟子心里的想法王守仁明白，可今时今日，王守仁早已成了一位通透明觉的智者，无私无畏的勇者，皇帝老子被他骂了多少回，抗旨的事也做过不止一次了，还怕什么"泄露天机"？于是坦然对陈九川说道："'致良知'的道理并不是我创出来的，早在孔子'克己复礼'四个字中就透出了端倪，至于'人人皆可为尧舜'，那是孟子的话，孟子又用一句'良知扩而充之'把话全说透了，试问，天下人哪个敢指责孔孟二位泄露天机？可惜这些哲理被后世的邪恶之人用歪理邪说故意埋没了。今天我只是把孔孟之言的真意重新挖掘出来，让世人看到孔孟儒家思想的本意罢了，哪里谈得到什么'泄露天机'呢？"

王守仁心里的勇气和光明陈九川是知道的，听了这些话不由得越发敬佩起来，想了半天，自己又叹了口气："可惜先生的'致良知'之学，天下人未必肯信。"

王守仁微微一笑："这也没有什么。良知是人心里固有的，无论如何不能泯灭。只是有些人总要找借口掩盖自己的良知。对这种人，我就算把'致良知'三个字说一万遍也没用。可这世上总有很多人是承认良知的，是愿意下一番克己功夫的，我对这些人谈'致良知'的功夫，尽量把道理讲透，他们听了以后就会有所受益，至于获益多寡，我管不了，我能做的不过就是这些——话说回来，能做到这个程度，也就很不错了。"

王守仁说的又是一句大实话。

确实，这世界上充满了冥顽不灵、教化不得的人，这些人有他们自己的主见，有一个固执的"坏主意"在心里，"致良知"的哲理再好，总不能趴在耳边给他们讲，拉着他们的手让他们去做吧？

想到这儿，陈九川忍不住又重重地叹了一口气。

其实每想到此，王守仁自己也难过，一口浊气到了唇边，只是没有叹出来罢了："良知本是'灵明'，一触即发，一问即明，关键是，要让天下人知道有这个'良知'在，有这个'致良知'的功夫在，叫人们知道要去找'良知'，同时也知道该怎么去找，怎么去下功夫磨炼，等大家都把'致良知'明白了，到那时候，愿意提炼良知的人自然就去下功夫了，那些不肯下功夫，硬要埋没'良知'的人，我也没办法了。"

陈九川点点头："所以先生这些年不管多忙，多累，多苦，总不忘了讲学。"

"想让天下人明白'良知'，只有讲学，大讲特讲，让这世上知道'致良知'功夫的人越多越好！懂道理的人越多，肯下功夫的人也就越多，这样善的力量才会越来越强，最终善才能战胜恶。"

陈九川又低头想了一回，喃喃道："原来讲学是比做官更要紧的事。只是在我想来，把道理讲给天下人听，必然是个很长的过程——也许要一百年呢。"

听陈九川说这幼稚的话，王阳明忍不住笑出声来："一百年？孔夫子讲学为什么？就是为了唤醒天下人！他讲的是什么？总结起来只有八个字，叫作'克己复礼，天下归仁'，所谓'克己'，其实是个'致良知'的功夫，所谓'复礼'，意思是说要维护对百姓最有益的社会秩序，总结起来，也就是致良知，斗邪恶，护百姓，最终实现一个'天下为公'的境界！你看看，孔夫子当年讲的也不过就是这套'良知'学问罢了，可是从孔子到今天过了两千年了！先有孔子、孟子，又有韩愈、程灏、程颐、张载、朱熹这些名儒，以至本朝的陈石斋、娄一斋、湛甘泉……个个都在讲学，讲的也尽是'良知'学问，一直讲到今天，天下人被唤醒了吗？一个醒悟的人都见不到！你想用一百年就把道理讲透，把天下人唤醒？我看你这说的是梦话……"

王守仁这些话顿时把陈九川惊呆了："这可怎么办？"

王守仁也叹了口气："孔子说'上智下愚不移'，本是一句牢骚话，哪知天下人实在是不争气，'上智'贪婪不肯回头，'下愚'冥顽不肯觉醒，两千年搞下来，竟把孔圣人的哀叹变成了一句诅咒，再也解不开了。要想找个出路，只有在'上智'和'下愚'之间另辟蹊径，生出一大批既非上智也非下愚的学子儒生来，这些人就像孟子说的'有恒产，有恒心'，能致良知，敢斗邪恶，有足够的力量把国家往正路上引领，这么一来天下才有希望。"

王守仁这么一说陈九川又不懂了："孟子说'有恒产者有恒心，无恒产者无恒心。苟无恒心，放辟邪侈，无不为已。'可这话学生看了却不能理解，那些无产业的人容易'放辟邪侈'变成无赖盗贼，这我知道，可有产业的人私心也重，守着土地房舍、买卖铺户、金银财宝不肯放手，其中不乏嘴脸卑鄙之辈，先生觉得这些人真就能觉醒过来，把国家引上正路吗？"

陈九川问的，确实是个极深极大的问题，若在旁人，只怕这一问就解不开了。可在王守仁听来，陈九川这话实在幼稚得很，忍不住抬手指着他的鼻尖儿笑了起来："你这话好糊涂！"

陈九川忙问："学生怎么糊涂呢？"

王守仁并不直接答他，却反问了一句："你说的土地、房舍、金银确实是产业，可这些只是'小产业'罢了，我且问你，什么才是真正的'大产业'？"

王守仁这一个反问，陈九川顿时傻了眼，半晌说了句："我不知道……"

"学问！"王守仁用手指"嗒嗒"地敲着桌面，"天下最要紧的'产业'就是学问！种田的人要把田地种好，就得懂一套种田的学问吧？买卖人要把买卖做通，就要懂一套做买卖的学问吧？持家理财做得好，算账总要算得精吧？这不都是学问吗？譬如一个买卖人，精通一套做买卖的学问，却还没有自己的铺面生意，那这个人算不算'有恒产'呢？若依你说，房屋、铺面、金银才是恒产，那这个人就'无恒产'了，'无恒产，无恒心，'这个人岂不是要去做盗贼吗？实则不然！这个会做买卖的人不会轻易做盗贼，而是要用他做买卖的本事去赚钱活口，因为'学问'才是最大的恒产，这个会做生意的人虽然还没发达，却已经有了'恒产'，于是有了做买卖的恒心，久而久之，他这买卖也就慢慢做成了，你说是不是这个理儿？"

给王守仁这么一说，陈九川回头再想，也不得不点头："先生说得在理。"

陈九川嘴上承认先生之言有理，其实心里还有一半糊涂。王守仁又笑着点了他一句："我问你，学问之中什么是最要紧的？"

王守仁的问题，一般人不容易理解，可心学弟子却体会最深。陈九川略想了想，立刻说道："天下的学问林林总总，数也数不清，其中又以'良知'这个学问最要紧。"

陈九川这话说得好，王守仁点点头："我早就说过：'圣人无所不知，只是知道一个良知；圣人无所不能，只是能行一个良知。'所谓'恒产'就是永远不会失去的产业，可金银、田地今天归你，明天归他，说失去就失去了，这怎么会是'恒产'呢？唯有良知在人，无论如何，不能泯灭，这才是唯一的'恒产'。而且良知又是一个灵明昭觉，是我们心里的定盘针，有了良知这个'大恒产'，虽然为官清廉，家徒四壁，一样能成圣贤；虽然白手创业，苦苦经营，一样能成事业；没有良知这个'大恒产'，家里有几百间房舍几万两银子又能怎样？照样放辟邪侈，做小人，做盗贼！你说是不是？"

王守仁把良知认成"恒产"，这个想法倒也出奇。陈九川略想了想，缓缓问道："若依先生的道理，这世上的人岂不是个个皆有'恒产'了吗？"

王守仁点点头："良知在人，随你如何，永不泯灭，所以你说人人皆有恒产，这话对。"

"那孟子说的'苟无恒心，放辟邪侈，无不为已'又怎么讲呢？"

陈九川的心思很细，提的问题极有道理。王守仁笑着说："你往'放辟邪侈'四个字上看，就明白了。"见陈九川一脸茫然，显然并不明白，不得不说得更直白些，"所谓'放辟邪侈'就是'放任恶行'的意思。所谓放任恶行，也就是这些人故意蒙昧了良知——不是没有良知，是故意把良知蒙昧了！我曾把良知比喻为'万镒纯金'，可有些人偏要昧了良知，非要放任自己的私欲，做一个'放辟邪侈'的傻子，这就像把'金子'埋在土里，伸着两手去讨饭一样，这样的傻瓜，咱们只能拿良知之学去劝他，让他把良知这个'恒产'捡起来好好使用，听与不听在他，若他一意孤行，你我又能如何？"

王守仁这些话真可谓振聋发聩。可内里的含义太深，陈九川一时没有听懂，忽然又问："先生真的认为那些种田、做买卖的本事也算'学问'吗？"

人在钻研学问的时候很有趣，有时候前进两步，又会倒退一步，甚至有进一步退两步的。

现在陈九川就犯这个毛病，本以为道理渐渐讲明，哪知他一下子又退回来了。王守仁肚里暗笑，却郑重其事地答道："当然算！"

陈九川摇了摇头："学生听过一个典故：孔夫子门下有个弟子叫樊须，去向孔子请教种田种菜的本事，孔子不告诉他。樊须刚走，孔子就对人责备樊须说：'小人哉，樊须也！'以为种田的本事是'小人之术'，可见孔子并不认为种田是个'学问'……"

不等陈九川把话说完，王守仁已经打断了他的话头儿："你这话越发大错特错，不但把典故讲错，甚而把孔子的心思都理解错了！"

想不到自己随口一句话，竟引出先生这么严厉的批评，陈九川心里顿时惶恐起来。

王守仁也知道自己把话说重了，略缓了缓，又说："我且问你一句话：什么是'儒生'？"

王守仁忽然间问出这话来，陈九川张嘴就要答话，低下头来再一想，却又愣住了。

"儒生"两个字的意思好像很明白，可细一琢磨又让人糊涂。想了半天，陈九川竟不敢回话了，怯生生地问："先生觉得什么才是'儒生'？"

陈九川这个人诚恳，正派，颇有勇气，在守仁的弟子中间是位俊杰。在他面前王守仁说话也直率，微笑着说："要问'儒生'究竟是什么，就必须从你刚才说的那个典故讲起：孔夫子责备樊须的话并不只'小人哉'一句，他的全句说的是什么，你记得吗？"

《论语》是读书人的命根子，这里面的话陈九川哪会不记得："孔子的原话是：'小人哉，樊须也！上好礼，则民莫敢不敬；上好义，则民莫敢不服；上好信，则民莫敢不用情。夫如是，则四方之民襁负其子而至矣，焉用稼？'"

王守仁点点头："你看，孔夫子在此处连说三句'上好……'，所谈的是礼、义、信三件事。礼者，秩序而已；义者，良知而已；信者，用诚而已。孔夫子认为君王守秩序，有良知，能用诚，则天下归心。可你想一想，孔子周游列国，见过鲁定公、齐景公、卫灵公、陈缗公……对这些人大讲'克己复礼'，真是费尽了口舌，这些人有一个肯听的吗？可见此辈的私心私欲最多，最顽固，他们怎么会忽然就'好礼、好义、好信'了呢？你在这上头多动动脑筋。"

被王守仁一说，陈九川不由得琢磨起来。好半晌，忽然眼睛一亮，抬起头来高声答道："君王本来并不愿意守礼法，用良知，有诚信，是孔夫子把他那'克己复礼'的功夫用在君王们身上，使君王们不得不去好礼、好义、好信！"

　　王守仁抬手在桌上一拍："这就对了！孔夫子一生的志向就是'克己复礼，天下归仁。'就是要逼着君王们遵良知，守礼法，重诚信，最终的目的是要克制天下私欲，拯救万民于水火！可孔夫子一人力量有限，所以他一生到处讲学，就是要教化出一批与他一样有良知有勇气的儒生来，大家一起'克己复礼'，克制君王，拯救百姓，这是何等要紧的大事呀！谁知道这个樊须身为孔子的弟子，学的是'天下归仁'的大道理，却不在这上头用功夫，反而琢磨着如何种粮种菜。种庄稼虽然也是个本领，可我问你：是种庄稼救的人多，还是克制君王救的人多？"

　　阳明先生的问题根本不用想，陈九川立刻答道："一个人种庄稼，最多养活三四个人，可劝谏君王却能救天下人，当然是克制君王救的人多了。"

　　王守仁点头微笑起来："对呀！所以孔子才骂樊须是个'小人'，并不是骂他邪恶，而是责备他的志向太小，不懂大道理，不能在拯救百姓这上头着实用功夫。"

　　被王守仁这么一说，陈九川有些明白了："原来孔子责备樊须，不是瞧不起种田的农夫，只是责备樊须这个儒生立的志向不够大……"

　　王守仁点点头："现在你知道什么是'儒生'了吧？所谓儒生，就是立下了人世间最大的志向，把拯救百姓作为自己一生唯一的事业，认真下一番'克己致知'的苦功夫，把自己心中的良知培养起来，然后出来考科举，做官，一心克制君王权臣的私欲，专门替天下百姓奔走呼号，真心实意为天下人请命，替百姓们做事，把自己的一辈子都投进去，受屈受苦，无怨无悔，死而后已！所谓'士不可不弘毅，任重而道远'就是这个意思了。"

　　"士不可以不弘毅，任重而道远。仁以为己任，不亦重乎？死而后已，不亦远乎？"孔夫子这段话重逾千钧，再被王阳明这么一解释，分量比以前更重了。

　　听了这些话，陈九川不禁深深地吸了口气："原来'儒生'两个字是这么讲的。"

　　"是啊，'儒生'两个字不得了，一般人配不上这个称呼。那些读过几本圣贤书，却没有立下大志向的人，只能叫'读书人'，不配称'儒生'。'读书人'里头又分两类，一类是迂腐不堪的废人，关起门来读死书，一辈子知而不行，做什么事也做不成；另一类是急功近利的禄蠹！就像我早前说的，这些人的心早就被邪念塞住，所谓'铜铁铅锡纷然杂投'，一点纯而又纯的良知也不剩，满肚子都是邪恶念头，让这些人考了进士做了官，当然是一心维护自己的利益，却不能为百姓着想，替百姓请命，这种货色哪配称为'儒生'？说得客气些，只是个'官僚'，说难听些，皆是嗜血的虎狼、害人的禽兽而已。"

王守仁这几句话说得陈九川额头上沁出了一层汗水，低头细想，自己读了半辈子圣贤书，也曾立过拯救百姓的志向，可这些年来在这上头用功未必够勤，平时所想的大多是如何忠于皇上，怎样维护朝廷，真正替百姓们着想的时候并不多。就算为民请命之时，心也未必坚定，若用孔子"仁为己任，死而后已"的标准去衡量，真不知够不够呢。

这么看来，自己这个读书人配不配称为"儒生"还难说得很……

陈九川的疑惑王守仁也看出来了。

在阳明弟子中，陈九川不是个等闲之人。他早年曾在朝廷里担任过太常博士，为了阻止正德皇帝巡游玩乐，与一班有骨气的同僚一起冒死上谏，结果被正德皇帝罚在午门外跪了五天，接着一顿廷杖差着点儿把他打死，然后罢了他的官。

在领教王阳明"良知之学"以前，陈九川的心里未必明白"仁以为己任"的大道理，可他照样守着一份良知，生出一身傲骨。这么一位硬骨头的陈九川，早先的所作所为已经配得上"儒生"两个字，懂得了"致良知"的道理以后，更会养成一位大儒，真儒。

于是王守仁微微一笑："别人我不敢说，可'儒生'两个字放在你陈九川身上，是实至名归的。"

王守仁这句话真是对陈九川最大的鼓舞，真如拨云见日一般，心底一时火热，忍不住站起身来，冲着王守仁深深一揖："多谢先生。"

中国人自古崇尚谦逊，喜欢感恩，承情，动不动就向别人道谢，这个习惯有时候也显得好笑。现在陈九川这个"谢"字就把王守仁逗得笑了起来："你的名声是因为你的勇气，你的勇气来自你的品行，这是你下了一番'克己'功夫得到的结果，是你自己良知使然，天下人都认同，你自己心里也隐约知道。你的功夫是你自己下的，你的良知是你自己培养的，谢我干什么？"

一番话逗得陈九川也笑了起来。

王守仁却又叹了口气："儒生不好做，因为'仁以为己任，死而后已'这个志向最大，也最难，天下有一个人在受苦，他就感同身受，所有人都过上好日子了，他才能觉得快乐，正是个'先天下之忧而忧，后天下之乐而乐'。咱们大明朝天灾不断，皇上身边又奸佞横行，百姓们的日子并不好过，所以一个真正的'儒生'做了官之后，必然是见了百姓就惭愧，觉得朝廷没有把事办好，让百姓们受了苦，心里难过，难过得简直想给百姓们下跪；见了皇帝就着急，急着想劝谏皇帝，让皇帝少些私欲，多为百姓们着想。那些见了百姓们就惭愧，见了皇帝就着急的，才是真儒生，见了百姓不觉得惭愧的，不配做'儒生'，见了皇帝不急着劝谏的，也不配做'儒生'，只是些官僚罢了，'官僚'两个字分文不值，这些人，就算做到学士阁老、三公三孤也没意思。"

陈九川皱着眉头说："原来是这样，'儒生'这种人活在世上必定要受累，受苦，受委屈，甚至遇害。照这个标准算起来，天下能称'儒生'的实在没几个人了。"

王守仁摇头叹息："太少了。之所以会这么少，只是因为天下人并不知道什么叫'儒生'。"

"这就是先生说的'知而不行，只是未知'？"

王阳明点点头："是啊，知而不行，只是未知……多少人读了一辈子圣贤书，却不知道'儒生'二字是什么意思，结果把一生荒废了。所以说，天下第一要紧的事就是讲学。务必把这良知之学讲深，讲透，讲到天下人人皆知才行啊。"

嘉靖皇帝争大礼

人人皆可成圣贤，可皇帝老子想成圣贤却比一般人更难，这话是真的。

也正是王守仁讲学的这段时间里，北京城里又发生了一场残酷的政变。这场政变与正德元年的恐怖事件如出一辙，也是由新皇帝亲自发动，命自己的亲信掌握军队，控制特务机关，矛头直指内阁辅臣，之后再对敢于表示不满的朝臣进行一轮残酷迫害，直到所有人俯首臣服为止。

这场恐怖政变的起因是一件看似不起眼的小事。

早前的弘治皇帝朱祐樘只养大了一个儿子，就是正德皇帝朱厚照，而朱厚照淫乱无度，身后没有留下子嗣，于是由内阁首辅杨廷和出面迎兴王世子朱厚熜登基为帝，这就是嘉靖皇帝。

朱厚熜的父亲是兴王朱祐杬，这位兴王本是弘治皇帝的亲弟弟，被封在湖广安陆。在朱厚熜登基做皇帝的时候，兴王朱祐杬已经薨了，可嘉靖皇帝的生母兴王妃还在，也跟着嘉靖皇帝一起被迎进京城。待嘉靖皇帝坐上宝座之后，以杨廷和为首的内阁就提出一个建议：请嘉靖皇帝以孝宗弘治皇帝为父亲，以刚死去不久的大行正德皇帝为兄长，而把自己的亲生父亲兴王朱祐杬改称为"叔父"。

阁臣们提出这样的建议，是考虑到嘉靖皇帝并非弘治皇帝正统子孙，而是藩王之后，如果嘉靖皇帝不承继孝宗弘治皇帝的正统，则名不正言不顺，别的朱姓藩王看在眼里，可能会想：朱厚熜本不是孝宗皇帝嫡传血脉，却可以做皇帝，我们这些藩王也都一样姓朱，都是太祖高皇帝的后嗣，那我们岂不是也有资格做个皇帝吗？

"名不正，言不顺。"这是孔圣人的话，而且这句话非常有道理。大明朝远的有朱棣发动"靖难之役"夺取政权，近的有江西宁王造反，差点酿成大祸，在这上头真是不可不防。所以内阁辅臣们建议皇帝改认孝宗皇帝为父，以维护皇权世系，强化朱厚熜称帝的合法性。想不到在这个涉及"祖制"的大问题上，一向聪明过人的嘉靖皇帝却表现出了令人惊讶的执拗，完全不肯接受内阁的意见，反而提议要把自己的父亲兴王朱祐杬追认为"兴献皇帝"，以此取代孝宗皇帝在太庙中的位置。

嘉靖皇帝之所以坚持要把自己的父亲"扶正"，其目的就是要完全彻底地掌握皇权，不但自己把皇权紧紧握在手心里，他的后代继承者们也要彻底占有最尊贵的皇家血脉——不是借用他的亲叔叔弘治皇帝的血脉，而是堂而皇之地把自己父亲、自己、自己的儿子、孙子……的血统完整地串在一起。

不得不说，相对于内阁辅臣们提出的建议，嘉靖皇帝的主意更激进，更强硬，也显得更加彻底。

当然，嘉靖皇帝这个激进、强硬的提议立刻遭到了坚守祖制的阁臣们的反对。因为以杨廷和为首的这些内阁辅臣都是经历了弘治、正德两朝的旧臣子，一旦孝宗弘治皇帝的地位被兴王取代，刚刚死去的正德皇帝当然也要靠边站，这两位曾经的皇帝都被扔到一旁，那么弘治、正德两朝留下来的重臣们，其地位也就岌岌可危了。

皇帝有皇帝的私心，辅臣有辅臣的私利，于是这两股势力就展开了拉锯。嘉靖皇帝想尽一切办法，无论如何要让自己的亲生父亲成为"皇帝"，而首辅杨廷和铁嘴钢牙紧紧咬住"祖制"二字不放。几个回合斗下来，嘉靖皇帝竟然感到十分惶恐，因为直到这时候他才惊讶地发现，虽然已经坐上龙椅，君临天下，可他手里的权柄却受到了内阁重臣的极大制约，而且不但内阁辅臣反对他，就连六部九卿和朝堂上的重要官员也都抱成一团，明里暗里反对他这个皇上！

嘉靖皇帝是藩王之子，在湖广安陆的兴王府里长大，在北京城的朝廷中没有一位股肱之臣，后宫几千上万名太监里，也没有一个人是他的亲信。想到这里，嘉靖皇帝不由得心惊肉跳。

当皇帝的人最怕被孤立，一旦这些独裁者感觉到自己似乎被孤立起来了，他们就会发狂！

嘉靖皇帝是个聪明的君主，清楚地感觉到了自己的孤立处境，立刻下定决心驱逐阁老，打击文臣，把这个不老实的朝廷狠狠扫荡一遍。要想收拾阁老，打击朝臣，就必须先找个不顾性命、敢下死手的亡命徒来当酷吏，再借酷吏之手用残酷手段收拾大臣。于是嘉靖皇帝开始仔细搜寻可以帮他打杀朝臣的酷吏，很快就找到一个不起眼儿的小人物。

被嘉靖皇帝亲自选中的这个人名叫张璁，是浙江温州人。刚刚考上进士，还没做官。就是这么个连官都不是的小人物，却凭着天生的精明看出了皇帝与内阁辅臣之间的矛盾，而且胆大包天，竟然亲手写了一道名为《大礼或问》的奏章递了上来，公然批驳杨廷和的主张，冒着得罪满朝官员的风险来拍皇帝的马屁。

见了这篇《大礼或问》嘉靖皇帝如获至宝，立刻命群臣会商。想不到满朝大臣都站在首辅杨廷和一边，把《大礼或问》批了个体无完肤，弄得皇帝无话可说。偏巧这一年清宁宫又发生火灾，而这座清宁宫正是朱厚熜的母亲居住之所，杨廷和抓住机会立刻上奏，认为"人有五事，火实主言"，皇宫里发生火灾，是因为外有小人胡说八道，惹怒了列祖列宗，这才降下祸来。

眼看杨廷和能量如此之大，不但把满朝官员都拉了过去，最后连神仙祖宗都被他"请"了出来，嘉靖皇帝毕竟年轻，一时不知如何应对。杨廷和毫不客气，立刻抓住机会把那个写《大礼或问》的张璁赶出京城，弄到南京担任刑部主事去了。

可杨廷和万万没有想到，那些不顾性命往上钻营的小人天性里带着一股邪恶的固执。张璁被赶到南京之后并没有服软认输，相反，这个狞狠的小人更坚定了扳倒杨廷和取而代之的信心。于是在南京城里上下联络，很快找到了桂萼、霍韬、方献夫、席书等几个志同道合的人物，其中与张璁走得最近的是张璁的同事、也在充任南京刑部主事的江西人桂萼。于是张璁、桂萼等人抱成一团，又一次就"大礼仪"事件向首辅杨廷和发难。结果在嘉靖三年二月，嘉靖皇帝下了狠心，毫不客气地逐走了内阁首辅杨廷和。

杨廷和是位经历成化、弘治、正德、嘉靖四朝的老臣，前后为官四十六年，担任内阁辅臣也有十八年了。这十多年来除了正德皇帝和他身边那群小丑一样的宠臣之外，整个朝廷其实掌握在杨廷和一个人手里。到嘉靖皇帝上台，收拾了正德身边的小丑，剩下的官员十有八九都是杨廷和的亲信，这么一位权倾朝野的大人物，嘉靖皇帝只说了一句话就把他罢黜了，可见皇权之重、皇威之盛已经到了何等地步。

驱逐了杨廷和之后，嘉靖皇帝又罢免了礼部尚书汪俊，驱逐了新上任的内阁首辅蒋冕，给他的几个新宠张璁、桂萼等人腾出了位置，立刻命这些人进京，准备委以重任。可此时朝廷大臣里仍然有一多半人暗中同情杨廷和，对皇帝的做法很不满意，有些人敢怒而不敢言，更多的却在底下私相议论。嘉靖皇帝感觉到了京城里的躁动，觉得不用雷霆手段治不服这些官员，于是等张璁、桂萼一进京，皇帝就决定立刻对朝廷官员们展开清洗。

很快，朝廷里传出一个惊人的谣言，说满朝大臣们都已经发了疯，竟准备在朝堂上公然杀死张璁和桂萼，嘉靖皇帝闻报大怒，立刻任命张璁、桂萼为翰林学士，方献夫为侍讲学士，又命席书火速进京担任礼部尚书。

眼看阁老被罢，群奸得志，大臣们已经忍无可忍。兵部尚书金献民，詹事府少卿徐文华、吏部尚书何孟春等都出来号召群臣，杨廷和的儿子翰林修撰杨慎当众大呼："国家养士百五十年，仗节死义，正在今日！"翰林编修王元正、给事中张翀等人纷纷响应，共有九卿官员二十三人、翰林二十二人、给事中二十一人、御史三十人、各司郎官十二人、户部官三十六人、礼部官十二人、兵部官二十人、刑部官二十七人、工部官十五人、大理寺属下十一人前后共二百二十九名臣子跪伏左顺门,高呼"太祖高皇帝"、"孝宗皇帝",声震阙庭。听到群臣的哭号之声,嘉靖皇帝立刻让司礼监太监出来传旨,命群臣散去。可百官不肯退去,反倒连内阁大学士毛纪和南京吏部尚书朱希周等人也都赶来跪伏请愿。

到此时,嘉靖皇帝对大臣们的清洗也就顺理成章了,于是一声令下,锦衣卫蜂拥而来,棍棒皮鞭,捆打捕拿,转眼工夫捉了一百三十四人,全都下了诏狱。其后又继续逮捕闹事的臣子,一共逮捕各司官员两百二十人。对为首的丰熙等八人严刑拷讯,充军边疆。四品以上官员夺俸,五品以下的官员共一百八十多人全部处以廷杖之刑,翰林编修王思、王相,给事中裴绍宗、毛玉、张原、御史胡琼、张曰韬、郎中胡琏、杨淮、员外郎申良、高平、主事余祯、臧应奎、仵瑜、张漋、殷承叙、安玺、司务李可登等十八人被打死。

嘉靖皇帝这一顿打,臣子们立刻就老实了,再没有一个人敢吭声了。于是嘉靖皇帝正式下旨:尊其生父兴献帝为皇考恭穆献皇帝,并上册宝。立刻将兴献皇帝的神位从湖广安陆迎至宫中,奉谒奉先、奉慈二殿。

一场惊天动地的"大礼仪"之争,以嘉靖皇帝发动政变镇压群臣收场。从这天起,朱厚熜坐稳了龙椅,再也没人敢在他面前说三道四了。

十几年前正德皇帝登基的时候,为了彻底掌握独裁大权,借太监之手发动了一场残酷的政变,罢黜了弘治皇帝留下的辅臣刘健、谢迁,用暴力镇压朝中大臣。现在嘉靖皇帝朱厚熜登基不久,为了巩固皇权,也发动了一场针对内阁的政变。毫不客气地罢免了内阁首辅杨廷和,然后利用锦衣卫特务,以更残酷的暴力压服了满朝文臣。

朱厚照,朱厚熜,这对堂兄弟在做皇帝之前甚至根本没见过面,他们的人生经历也完全不同。

朱厚照是弘治皇帝的独子,一出世就是皇太子,被天下人捧着、奉承着长大,从头到脚彻底惯坏,养成了一副任性自私浑不讲理的性格,做太子时就不读书,刚当了皇帝就倒行逆施,不办人事,不说人话,是个被贴了标签的标准昏君。

朱厚熜是兴王朱祐杬之子,在湖广安陆的王宫里长大,虽然也是个富贵胚子,可他小时候做梦也没想过自己会当皇帝。因为生在比较平凡的家庭,朱厚熜不像朱厚照那样被彻底惯坏,他的心态相对而言比较正常,也因其地位的平凡,朱厚熜多少食些人间烟火，对民间疾苦有所体察，加之他身为藩王之后，被内阁重臣们推举才坐上皇帝之位，初登基时战战兢兢，于是励精图治，摆出一副勤政爱民的样子给天下人看，在最初登基的几年里，这位年轻的皇帝听言纳谏，广开言路，昭雪冤案，抑制太监，整顿吏治，所作所为处处得当，天下人的情绪为之一振，都把朱厚熜视为难得的圣主明君，哪知道一夜之间天翻地覆，明君圣主朱厚熜撕去假面具，露出来的，竟是和朱厚照一模一样的一张鬼脸。

说到对皇权的贪恋，朱厚熜与死去的朱厚照不相上下，甚至可以说，朱厚熜对皇权的执著比朱厚照更甚。为了取悦天下，刚登基的朱厚熜也曾做出一副"明君"的假象给天下人看，为了控制皇权，他又毫不客气地对大臣们痛下杀手。但与朱厚照一样，朱厚熜也是利用特务的力量迫害大臣，而与朱厚照不同的是，朱厚熜迫害群臣所使用的代理人不是太监，而是一帮小人。

朱厚照是弘治皇帝的独子，是以皇太子身份继承大统的皇帝，从小时起他身边就被一群太监包围着，于是当他需要发动政变的时候，这帮受宠信的太监自然成了杀人的酷吏，替朱厚照杀人揽权无所不为。而朱厚熜本是藩王之子，在京城里没有根基，身边也没有这么一个亲信的太监集团，于是朱厚熜不得不任用张熜、桂萼这些卑鄙小人，让他们充当酷吏，迫害群臣。

但在重用酷吏，借特务的力量迫害大臣这些事上，朱厚照和朱厚熜的做法毫无区别。而一旦皇权巩固，大权独揽，皇帝又把早先培植起来的酷吏拉出来当替罪羊，以图洗清自己，在这上头，朱厚熜的做法也和朱厚照不谋而合。

当皇帝的人其实没有多少智慧，他们治理国家的独裁手段看上去也很单调，无非是一手拉，一手打，受宠之人鸡犬升天，乐呵呵地替皇帝当打手，弄到最后却有可能被皇帝杀了灭口。而遭打击的人立刻坠入地狱，先夺其职，再毁其名，如有必要就将其杀害了事。就是这么一套简单粗暴毫无人性的手段，人人知道它的邪恶处，不管当时人，还是后世人，没有不咒骂这皇权暴政的。可这套手段偏就在大明朝却屡试不爽，每次都能轻易获得成功，也真是一件怪事了。

古人说过：帝者与师处，王者与友处，霸者与臣处，亡国者与役处。大明王朝刚建立的时候，皇帝们还勉强可以把满朝文武当成"大臣"看待。可从正德皇帝开始，皇帝开始把大臣们视为奴仆，任意打杀，嘉靖皇帝更是把"任意打杀大臣"

推而广之，竟成了一条规矩，一条祖制。从这天起，大明王朝江河日下，情况越来越坏，后来，真就亡国了。

还是古人说得好："塞翁失马，焉知非福。"在这场恐怖的政治风暴中，那位在嘉靖皇帝一登基就受到重视，差一点被招到京城入阁拜相的大功臣大能臣王守仁却完全置身事外，未受到任何波及。原因很简单，因为朝廷里大闹大杀的时候王守仁正在家乡守丧，根本没有参与朝政。

"然盛者衰之始，福者祸之基，虽以为荣，复以为惧也。"

曾经盛极一时的内阁首辅杨廷和，转眼工夫就被嘉靖皇帝碾成了齑粉，而被人阻挠未能进京的王守仁却置身风暴之外，安然无恙。王华老先生这句话，竟然一语成谶。

狂者，狷者，乡愿

朝廷里天翻地覆，鬼哭狼嚎，千里之外的浙江绍兴府却风轻云淡，水波不兴。王守仁每天到光相桥下的书院里讲学，师生和乐，无欲无思。

自从冤屈昭雪，官复原职，在京城大兴隆寺讲学至今，王守仁已经把讲学当成比做官更要紧的事，走到哪儿就把学堂办到哪儿，早先提出的良知、立志、知行合一等学说内容也渐渐被天下学子们接受。现在王守仁在绍兴开讲，天下学子纷纷慕名而来，一时间绍兴城里学子云集，书院之中人满为患。

这天两个弟子王畿和钱德洪一起来找王守仁，一见面就说："我们想在先生面前请教一个问题：孔子赞扬狂者，以为'不得中行而与之，必也狂狷乎'。我们读《论语》之时对此处每每不能理解，先生对此怎么看？"

原来《论语》里有这样一段话："子曰：不得中行而与之，必也狂狷乎。狂者进取，狷者有所不为也。"意思是说，孔子觉得中庸至圣的高人平时很难遇到，那么交朋友的时候宁可选择"狂者"和"狷者"来交往。同时孔子也对这两种人提出了一个建议，认为"狂者"应该不断进取，而"狷者"至少应该保持道德底线，做到有所为，有所不为。

对于孔子这段话古人的解释倒也清楚,其中朱熹的说法最有代表性,认为"狂者,志极高而行不掩,狷者,知未及而守有余"。意思是说狂者志向高远,行为坦荡,毫不掩饰;狷者志向不够高,能力也有限,比狂者保守得多,但狷者至少还能做到洁身自好,不与身边的坏人同流合污。

狂者有志向,坦荡而真诚,狷者虽然平凡一些,至少懂得道理,有原则底线,不肯与世俗之辈同流合污,这两种人是孔子所欣赏的。

话虽是这样说,其实对于"狂者"二字古来争议颇多,主要是因为中国人讲究一个谦逊,对于志向高远而毫不掩饰的人有些不能理解,甚而厌恶他们,于是学子们虽然知道孔子欣赏"狂者",对这位至圣先师的话不敢提出异议,可私下里却往往不以为然,认为"狂者"嚣张浮躁,不可理喻,所以世上敢以狂者自居的人极少。

王畿和钱德洪都是阳明先生的同乡,年纪不大,追随阳明先生求学的时间也不长,在阳明门下弟子中都是出众的人才。可这两人对孔子的"狂者"一说也不太认同,所以就此事来向阳明先生请教。

对弟子们的想法王守仁是知道的,笑着问他们:"你们说不能理解孔子的意思,究竟是对'狂者'、'狷者'都不理解,还是唯独不能理解'狂者胸襟'呢?"

王守仁这一问甚巧,两个弟子略想了想,同声回答。王畿说:"都不理解。"钱德洪却说:"'狷者'好懂,只是'狂者'不解。"

只这一个回答,王畿和钱德洪性格上的不同就显示出来了。

王畿这个人头脑聪明,思维敏捷,平日对阳明先生讲的道理领会得快,但言行之间略显虚浮些。钱德洪老诚沉稳,思路上略显保守,但品性极厚重,有什么说什么,一点也不会打埋伏。现在王畿说他对狂者、狷者都不理解,其实是对这两者都有所理解,只是解得不透。钱德洪却说"狷者好懂,狂者不解",这是一句老实话,毫不掺假。

王阳明笑着说:"在孔夫子眼里,世人原本只分为两类,不是狂者就是狷者。然而假如狂者不能锐意进取,狷者不能坚守准则,就有可能堕落而为'乡愿'。所以要解开这个谜,不能单讲'狂狷',还要加上'乡愿'两个字才好。"看了两个弟子一眼,故意问:"孔夫子对'乡愿'之辈是怎么说的?"

钱德洪忙说:"孔子骂乡愿一句话,说他们是'德之贼也'。"

王守仁点点头:"'乡愿,德之贼也。'可这道德之贼是个什么样子呢?我给你们讲个故事吧:后汉三国时候曾出了一位著名的水镜先生,为人处世特别圆滑,见人总带三分笑,不管别人对他说什么,他只回答四个字:'你这话对。'到后来连他老婆都看不下去了,责备他说:'这些人大老远跑来和你说事情,请教学问,都是诚心实意的,可你却只用"你这话对"四个字敷衍人家,实在有些过分了!'水镜先生听了这话一点也不生气,照样笑眯眯地说:'你这话也对。'把他老婆气得没话说了。"

王守仁讲的故事有趣,钱德洪和王畿都笑了。

王守仁却没有笑,反而正色说道:"孔子所说的'乡愿'就是这么一种人:见了忠信廉洁的君子,他们就装出一副忠信廉洁的样子,嘴里说的全是忠信廉洁的话儿;见了卑鄙邪恶的小人,他们就说些无耻下流的话来迎合小人。这么一个人,你想找他的毛病,找不到,想斥责他几句,也没话可说。可是细想想,这些人在君子面前假装忠信,是想取悦君子,与君子结交,至少别让这些君子责备他道德败坏;他在小人面前卑鄙下作,同流合污,是要取悦小人,免得小人恨他,害他。这种圆滑奸诈的货色,他的心早就被污染了,你再和他说什么立大志,做'致良知'功夫,完全是白扯!这样的人,看似有用,其实早就废了;看似活着,其实已经死了。就像水镜先生之辈,其实他也有学问,也有见识,完全可以出来做事,可他却选择了圆滑,为什么会如此?只因为这些'乡愿'心中已经完全失去了'志向'二字。他们是自己把自己放弃了。"

听王守仁提起"志向"来,两位学生似有所感。钱德洪低头想了想,笑着说:"先生平时常对我们说'人人皆可成圣贤',就是鞭策我等要立大志。现在先生认为'乡愿'之所以成为'德之贼',就是因为志气消磨,自误自毁。那我是不是可以这么说:先生能有今天的成就,靠的就是少年时立下的大志?"

钱德洪这一问倒把王守仁问笑了:"你也知道我小时候'立圣贤之志'的事?"

其实钱德洪追随阳明先生的时间还不长,只是从别人那里听来一些关于先生的奇闻轶事。现在阳明先生一问,他倒不好意思说了,嘿嘿地笑着不言语。

第七章 致良知的大学问

王守仁却把笑容收了起来，郑重其事地对学生们说："我这个人小时候与众不同，淘气得很，今天讲到这里，就说给你听听吧。"

听阳明先生说要讲小时候的故事，钱德洪和王畿都来了兴趣，凑过来细听。

王守仁又想了片刻，这才缓缓说道："想必你们也知道，我父亲是状元出身，极有学问，我在父亲身边耳濡目染，读书比一般孩子早，学问上比他们明白，诗词文章也算过得去，别人或是觉得我聪明，或是看着我父亲的面子，个个都夸我，人人都惯着我，惯来惯去的，就把我惯坏了，不知道天高地厚，只爱说些大话。有一回在学堂里问教书的先生：'什么才是人生第一等事？'那位先生知道我父亲是状元公，就说：'像你父亲那样读书中状元，就算是天下第一等事了吧。'哪知我当时说了一句：'读书考状元不算什么，"做圣贤"才是人生第一等事！'先生吓了一跳，就把这事告诉了我父亲，父亲听了就笑话我，说：'你也想做圣贤吗？'我当时嘴上不敢说什么，心里很不服气，心想：凭什么我就做不得圣贤呢？"

听了这话，钱德洪立刻高声说道："先生这话没有错！所谓'人人皆可为尧舜'。又说'人人心中有仲尼'。先生为什么就不能做一个圣贤呢？"

"人人皆可为尧舜"本是阳明心学一段要紧的内容，钱德洪毫不迟疑地说出这话，可见颇有胆量。王守仁最欣赏这种胆魄，微微点头："你这话也在理，可细想想，却只有一半的道理，另一半还不足。"

阳明先生平时讲学，常对弟子们提起"人人皆可为尧舜"的话来，近些年提出了致良知的口号，更是常用"满街都是圣人"的话给弟子们励志。现在钱德洪把这个见解提出来，本以为先生一定会赞同，哪知王守仁却说"只有一半道理"，钱德洪忙拱手说："学生愿闻其详。"

王守仁微笑着叹了口气："这件事还是在我身上说吧。我小时候对人说'做圣贤是第一等事'，别人听了有的赞我有志气，有的笑话我吹牛皮，这倒不要紧，因为我自己是认真的，后来我也曾经下苦功'格竹子'，又狠狠读过几年圣贤书，苦苦钻研昼夜不息，结果几年下来怎么样？累得病了好几场，到最后竟留下一个咳血的病根子！现在一入春还犯病呢。"

是啊，王守仁年轻时候为了实现自己心里那个"格物穷理成圣贤"的傻志向，在做学问上头真正下过一番笨功夫，因为用功太狠，老父亲都看不过去，命人把他读书的蜡烛收起来，不让他夜读。可王守仁不听劝，自己把蜡烛藏起来，等别人睡了，照样秉烛苦读，一连苦了几年，"圣贤"没学成，倒生了一场病，养了两年才好，还落了个病根子。

这些年轻时的糊涂事儿，王守仁平时不对别人提起，他这些学生也不知道。现在王守仁把这些说了出来，钱德洪和王畿听了都唏嘘不已。

天下读书人个个十年寒窗，谁没下过苦功呢？像王守仁年轻时吃的苦头，钱德洪和王畿未必没吃过，所以他们知道阳明先生的苦处。

其实王守仁要说的并不是这个意思，见两个弟子皱眉不语，怕他们在这上头闹误会，赶紧又说："我年轻的时候虽然自己说了个'成圣贤'，其实并没把所有精力都用在做学问上头，十来岁的时候，听说蒙古人在长城外骚扰，我就想着投笔从戎做一个将军，于是学习弓箭骑术，读了好些兵书，可老父亲不许我琢磨这些，逼着我读书考进士，不得已，把这些任侠好勇之事都扔下了。后来我考中了进士，在工部观政，在户部当主事，没什么正经事做，就学着别人的样子入了一个诗社，写诗玩儿。哪知京城之地藏龙卧虎，在诗社里让我碰上了李梦阳、何景明、边贡、顾璘、康海这些人，个个都是天下闻名的大才子！我写的那些诗在小县城里拿出来一看是好的，可跟这些人一比，没有才气，弄了些日子觉得没意思，就退出诗社。可是不写诗又没事可干，怎么办呢？又想起小时候那个'做圣贤'的志向，就捡起来，苦学一回，学出一身病来。只好又扔下，转而学道，学了些日子又转而学佛，经书读了几百本，满脑子都是避世出家的怪念头……"

阳明先生说到这里，一旁的王畿忽然笑道："这个我倒听说过，先生当年参禅有了境界，曾经在杭州虎跑寺里遇到一个和尚，三年不出房门，也不和别人说话，先生见了就大喝一声：'这和尚眼巴巴在看什么，口里絮絮在说什么！'那和尚听了，急忙起身和先生见礼。"

王畿的话还没说完，王守仁已经连连摆手："不提这些啦，说起来自己脸都红。"话锋一转又回到正题："我十来岁就在人前说下大话，要'成圣贤'，可年轻的时候并没真正在这上头努力，一下子做这个，一下子做那个，弄到最后什么也没做成，只做成了一个'纨绔子弟'！整天浪荡闲游，一点也不踏实——后来我的老友湛若水说我年轻时有'五溺'之病，就是在拿这个事儿说笑。那时若有人问我：'你那做圣贤的志向还要不要了？'我必然无言以对，因为我小时候立的大志，到成年之后早就抛荒了。"把两个弟子看了一眼，缓缓问道："你们说说，我年轻时明明立了大志，为何不能成事呢？"

阳明先生这一问十分深刻，钱德洪和王畿都不知如何回答，皱着眉头想了好久，还是王畿脑子快，忽然答道："先生那时候年纪小，对学问理解不深，脑子里只生出一个'成圣贤'的空念头，却并不知道'圣贤'是要做什么，怎么做。就因为这个志向过于空泛，如同海市蜃楼一般，弄得长大之后无所适从，慢慢就把路走偏了。"

王守仁抬手一拍大腿："说得对！我只说要'做圣贤'，却不懂'己欲立而立人，己欲达而达人'这个大道理，没弄明白'圣贤'是干什么的，以为'圣贤'就是出人头地，就是读书读出别人不懂的道理；写诗写出别人没见过的句子；谈佛讲道，让别人以为我高深莫测，结果弄了一肚子私心，满脑子杂念！这么个糊涂人，哪能成'圣贤'？现在回头一想，真把人笑死了！你们说，我当时犯的是什么毛病？"

不等王畿说话，钱德洪已经抢着说道："先生这是'知而不行，只是未知'的毛病吧？"

王守仁点点头："你说得对，我年轻时叫嚣空谈，全不成才，变成了无用的纨绔，就是犯了这个'知而不行，只是未知'的毛病。"说到这里，看着王畿，忽然问："你刚才问我的问题是什么？"

眼看阳明先生把话说到要紧处，却忽然换了话头儿，王畿一愣，半天才想起来："我问先生'狂者'的含义。"

王守仁点点头："'狂者'究竟是怎样的人，几句话说不清楚，现在我把自己年轻时的故事讲给你听，你或许能明白。其实我年轻时就是个'狂者'，头脑中虽然只有一个'空念头'，可这念头毕竟也算是一个大志向，我胆子又大，敢于对别人说起，甚至敢于去实践理想，这么一来，我这个人就直率坦荡，心里没有不可告人之事，这时候的我就是孔子说的'狂者'，只要弄懂了'圣贤'二字的真意，明白'己欲立而立人,己欲达而达人'的道理,在这个基础上再一努力,就能真正走上成圣之路了。就算我一时没明白这个道理,可是只要有这个'狂者胸襟'在,至少不会沦为卑鄙的乡愿。"

王守仁把道理讲到这里,钱德洪这才明白:"这么说来,'狂者'是个成圣贤的坯子,虽然还不成器,毕竟清白干净,未被世俗污染,但要真想成圣,还需要认真在炉火里淬炼一回,这才成器。"

王守仁微笑道:"对呀!孔子说'不得中行而与之,必也狂狷乎!狂者进取,狷者有所不为'就是这个意思。狂者,是个还未烧成器的坯子,只要烧得好,立刻成器,所以狂者一定要有进取之心,敢入炉火,自我烧炼,千万不能把个'空念头'放在嘴上,光说不做,就像我年轻时那样,自己把自己耽误了。狷者又不同,他们老实本分,天性固执,没有狂者那样的大志向,这样的人虽然平凡了些,却也不能苛责他,孔子认为:'狷者'只要守住道德底线,不要失去原则沦为乡愿,就已经很好了。但孔子这话里有一个伏笔,你看出来没有?"

王守仁的问题时时出人意外,钱德洪忙问:"是什么伏笔?"

在阳明先生这些弟子中,狂者、狷者、乡愿都有。其中像王艮、陈九川那样的是狂者,黄绾之流后来沦落成了乡愿,而钱德洪,是个典型的狷者。

因为钱德洪的悟性不是很高,阳明先生对他讲道理也不得不讲得更直白些:"孔子在这里讲了,狂者必须有进取之心,狷者必须守住原则底线,那么狂者若失了进取心会怎样?狷者若守不住原则底线又会怎样呢?"

钱德洪想了想:"只怕会堕落成乡愿吧?"

王守仁连连点头:"说得对!'乡愿'不是天生的,而是变化出来的。很多人年轻时本是个志向远大的'狂者',可惜他们空言'志向',却不能明白'立人、达人'的重要,结果努力多年,一事无成!到最后志向全变成了空喊,变成了叫嚣,自己十分郁闷,不知出路在哪里,旁人也觉得这个人只会吹牛皮说大话,眼高手低,毫无用处,甚至觉得他吹牛皮的样子很讨厌,把他视为败类。久而久之,这个人的志向渐渐摧折,人也颓唐不堪,到最后,有不少人都沦为乡愿了。我们看一些人,年轻时说话做事灿然一新,蒸蒸日上,仿佛只要稍一淬炼就能成器,可到中年以后,竟沦落成了可耻的'乡愿',实在可惜得很。'狂者'不能进取,会堕落成'乡愿',

可'乡愿'们媚俗已深，恶习已成，很难再变成狂狷之辈，所以世上'乡愿'极多，'狂者'甚少，就是这个缘故。"

阳明先生一席话，把古往今来无数有志有为的年轻人最终堕落的缘由给说透了。钱德洪和王畿听了这些话，心里暗暗惊讶，略一反思，更觉得震撼。

王守仁叹了口气，又说："就说我自己吧，年轻时是个狂者，虽然还没有明白'吾性自足，不假外求'的道理，毕竟有胆量，敢于上奏劝谏皇帝，哪知竟因此挨了打，贬了官，眼看忠而见弃，满心都是委屈，脑子里只想着如何隐退，回老家去做个田舍翁。后来被贬到龙场做驿丞，侥天之幸，被我悟到了圣学真谛，这才得以自救。要是让我三十五岁回绍兴做了乡绅，以我当时的心境，只怕早就成了'乡愿'了。"

半响，王畿喃喃道："原来狂狷之辈堕落成'乡愿'竟是这么容易……"

王守仁看了他一眼，点头说道："对！狂狷者很容易沦为'乡愿'，所以《尚书》里说'人心惟危，道心惟微'，就是这个意思。要想不沦为乡愿，就要做到'惟精惟一，允执厥中'，这'惟一'就是立下一个远大的志向，'惟精'就是下一番'致良知'的功夫，'允执厥中'就是孔子说的'仁以为己任，死而后已'。只有真正立下大志的人，才能一路坚持下去，死而后已。若只空谈'志向'，却不能落在实处，不能下'致良知'的苦功夫，年轻时立的志向变成了空喊，成了大话欺人，等到中年以后，就难免蜕变为乡愿。"

听到这里，两位学子耸然动容，钱德洪低声说道："原来'惟精惟一'是这么个道理……"

王守仁在旁说道："是啊，'惟精惟一'是什么？在我看来，就是'惟务求仁'！什么是仁？就是利他，就是'己欲立而立人，己欲达而达人。'对咱们这些读圣贤书的儒生而言，'克己复礼为仁。'先在自己心里下一番致良知的功夫，再用这良知去劝谏皇帝，为民请命，替百姓办事，这就是咱们这些人要讲求的'仁'，能把这个志向放在心里，一生追求，死而后已，这就是儒生们成圣贤的路。"

到这里，阳明先生把狂者、狷者、乡愿之间的区别讲透了，把怎样由"狂"入"圣"的道路也指明了，剩下的，就看他的弟子们怎么去做了。

悔过自新

早先王守仁讲学，主要讲的是"知行合一"的功夫，但随着阳明先生不断提炼良知，学问日益精进，到嘉靖三年，又提出一个"致良知"的口号来，把"知行合一"更升华了一步。从此王守仁讲学的内容渐渐由"知行合一"转为专讲"致良知"的学问了。

至于北京城里的那场政变，以及嘉靖皇帝怎样打人杀人，王守仁只是略有耳闻，连详细情况也弄不清，也不怎么放在心上。就这么过了些日子，这天忽然有一人登门拜访，正是当年在北京城里结识的老朋友黄绾。

正德五年王守仁平反昭雪，重新回京城做官的时候曾经和湛若水、黄绾一起在大兴隆寺讲学，湛若水在学问上见识高超，与王守仁不相上下，黄绾则略显不如，而黄绾这个人又谦虚，就拜在王守仁门下做了学生。但王守仁不好意思把黄绾当成学生看待，只把他视为自己的一位好朋友。

后来王守仁外放滁州管理马政，黄绾则一直留在京里做官，这十多年两人再没见过面，一开始常有书信往来，时间长了，因为离得远，又都忙，渐渐信也写得少了。想不到王守仁在家赋闲的时候黄绾忽然上门拜访，故友重逢十分欢喜，王守仁忙把黄绾请进内室对坐倾谈。

说了几句闲话，话题渐渐谈到学问上来了。王守仁问黄绾："宗贤这些年在京城事忙，还有时间与人讲学吗？"

黄绾笑道："我那点微末道行哪敢在先生面前卖弄。自从在京城听先生讲'知行合一'的道理之后，佩服得五体投地，从此关起门来痛下了一番克己功夫，十多年积累下来，也略有所得。"

王守仁是个上进不息的人，最喜欢听这些话，忙问："你是怎么用功的？"

黄绾笑着说："学生知道'人心惟危，道心惟微'，天理良知最容易蒙昧，就想了一个办法：在家里专门修了一座小院，平时不准别人进来，院里又建一所静室，室中不设灯火，只有一桌一凳，墙上悬挂至圣先师孔子画像。每有空闲的时候就进入静室，关闭门户，不受外人打扰，也不点灯火，只管一味静思，把平时所作所为都细细想上一遍。又在桌上放两本簿子，一本叫作'天理簿'，一本叫作'人欲簿'，静坐冥思的时候想起一件事，觉得符合天理，就在'天理簿'上画一笔，觉得自己处事之道不合天理，就在'人欲簿'上画一笔。因为室内不见灯火，自己也不知道是'天理'多还是'人欲'多。等静坐够了时辰，把自己心里的事都想透了，这才点起灯来细数簿子上的笔画。如果'天理簿'上的笔画多，也就罢了，如果'人欲簿'上的笔画多，就说明人欲压过了天理，这时就要自我谴责，在孔圣人像前罚跪，或跪一个时辰，或跪几个时辰，甚至彻夜长跪不起。若觉得人欲太盛，难以克制，就自己禁食，或一日不食，或两三日不食，非要逼得心里邪念退去才罢。有时候邪念太强，竟不能制止，这时就脱了衣服拿荆条抽打自己的身体，一边打一边在心里自问自责，以求一个正心正念，自我觉醒。"

黄绾说出来的这套"存天理灭人欲"的办法，竟与宗教中崇拜神主自我悔过的仪式极为相似。用罚跪、禁食、自伤自残的办法打击自我意识，强调意念上的绝对服从，照这样搞下去，不但找不到内心深处的良知，反而有可能极度压抑人性中的自我，培养出一种可怕的偏执，甚至对精神造成难以挽回的伤害。

黄绾所说的这套东西并非他首创的，其实古今中外有多少无知无识的迷信者就是在用这样的方式崇拜偶像，折磨自身。只是黄绾竟把这套迷信荒诞的东西用到"存天理灭人欲"的哲学思考上来了，这是要把儒家学说从实用救世的正途引向"儒教"的邪路！

自从儒家学说被官方垄断之后，早就离经叛道成了邪说。其中，把孔丘这位哲人当成"神仙"去敬拜，与天下人崇拜皇帝这个"活神"是异曲同工的。黄绾这套莫名其妙的做法正是强化了"儒教"这个概念，真正把儒学当成宗教来搞了，这与王守仁倡导的在现实生活中做"致良知"的功夫，分辨善恶、提纯良知、勇于护正、敢于驱邪的心学理念格格不入！

早年黄绾与王守仁、湛若水在京城讲学的时候，虽然见识不如另两位高明，可也不至于堕落至此，想不到十来年不见，黄绾竟搞出这么一套"学问"，王守仁目瞪口呆，一时不知如何回答了。

王守仁在外地做官，哪里知道京城的事。其实黄绾是个喜欢追求名利的人，这些年他在京城里一直都在讲学，讲的也就是他刚才所说的这套恐怖的"学问"，而且信众颇多，黄绾也因此成了一位名人，甚至也有人称其为宗师。

其实黄绾搞这套东西并不真是要强化天理，打击人欲，他是做戏给别人看呢。因为黄绾心里的人欲比谁都强烈，一天到晚都在想着怎么升官发财。可惜此人时运不济，在正德一朝混了多年，并没得到升迁，直到嘉靖皇帝登基，因为"大礼仪"跟内阁辅臣们争闹起来，又有张璁上了《大礼或问》的奏章，立刻得到皇帝的器重。黄绾这个不得志的小官儿看准了时机，也步张璁的后尘上奏支持"大礼仪"，从此和张璁交了朋友，结了党，也因此得到了嘉靖皇帝的赏识。

可惜，在这一阶段以杨廷和为首的阁臣势力仍然很强势，张璁支持皇帝"大礼仪"却没站住脚，被杨廷和赶到南京去了。而黄绾做小人的本事没有张璁那么强，胆子没有张璁那么大，眼看内阁发威，张璁失势，一时错估形势，认为皇帝与内阁硬碰硬不是办法，不如采取折中之策为好，于是在一群小人们又一次上奏请求把嘉靖皇帝的亲生父亲兴王朱祐杬灵位迎入太庙的时候，黄绾上奏认为不可，希望皇帝办事不要操之过急。

哪知嘉靖皇帝是个极为强硬的人，不但不打算对阁臣们示弱，反而下了打击朝臣的决心，黄绾的奏章不合时宜，顿时触怒皇帝，不由分说，一道圣旨把黄绾贬到南京做了刑部员外郎。

员外郎本就是个闲差，到南京去做官更是闲中之闲。黄绾刚在皇帝面前得宠，忽然遭贬，一时不知自己错在何处，眼看因为追随张璁而被阁老厌恶，皇帝又贬了他，觉得在朝廷里混不下去了，干脆上奏辞官，回家躲了起来。

黄绾回江南地区的龙岩老家没多久，嘉靖皇帝就在京城发动了政变，罢黜阁老，捕打群臣，张璁、桂萼这些支持"大礼仪"的有功之臣个个飞黄腾达，偏是黄绾因为看错一步棋，说错一句话，不但没捞着一点好处，反而弄得连官都没得做，这份懊丧真是难以形容。

好在黄绾是个机灵人，知道皇帝刚刚收拾了一批大臣，朝廷里空位子极多，自己仍然有机会挤进去捞个官做，就仗着以前的旧交情去巴结因为"大礼仪"之功从一个刚考中的进士直升到詹事府詹事兼翰林学士的张璁。

此时的张璁正好也遇到麻烦。他是靠着"大礼仪"拍皇帝马屁升上来的，最得嘉靖皇帝宠信，嘉靖皇帝为了巩固皇权，也打算让张璁继续往上升，最后干脆让他担任内阁辅臣最好。可是杨廷和时代内阁曾有四位辅臣，分别是杨廷和、毛纪、

第七章　致良知的大学问

蒋冕、费宏，现在这四个人已经被嘉靖皇帝赶走了三个，剩下一个费宏在担任内阁首辅，而费宏对张璁十分厌恶，有此人在，张璁想继续往上爬也不容易，于是张璁就想找一个能和自己拉上关系的重臣出山，把费宏这位阁老顶下去，如此一来，张璁通往阁臣的大路就顺畅了。

张璁想拉拢的人，正是在绍兴讲学的王守仁。

张璁和王守仁之间有三层关系：第一，王守仁是浙江山阴县人，张璁是浙江永嘉县人，两人算是老乡；第二，王守仁半生都在大讲良知之学，张璁虽然对"良知"没什么兴趣，可他在四十七岁中进士以前也在家乡办了个"罗峰书院"，以讲学糊口，大家都是讲学的，算是"同行"；第三，张璁和王守仁曾经见过一面，虽然两人根本没谈什么，可连面都见过了，当然算是"故交"。

同乡，同行，故交，有这三条，张璁觉得自己和王守仁之间的关系已经相当亲密，足可以成为同党了。王守仁是早年就被嘉靖皇帝看重的一位能臣，资历极深，功能很大，只要此人出山，入阁绝不是问题，只要皇帝一点头，王守仁接替费宏担任首辅也是迟早的事。如果张璁把王守仁捧进内阁，等王守仁当了首辅，张璁也入内阁做个次辅，应该问题不大。

有了这个想法，张璁就开始打王守仁的主意。

可张璁也不是傻子，知道以他的名声、品行、嘴脸、用心，王守仁未必肯搭理他。所以张璁不敢亲自出马，倒把拉拢王守仁的任务交给了黄绾。

黄绾和王守仁既是师生又是密友，关系很好。现在黄绾又急着想复出做官，正在巴结张璁，加之在黄绾想来，内阁首辅！谁不想做？自己奉张璁之命来捧王守仁做内阁首辅，王守仁当然会踊跃而起，立刻进京。将来王守仁和张璁都成了阁老，吃上了肥肉，黄绾也能落一碗"肉汤"喝喝，岂不美哉？

想到这儿，黄绾也就把话说到正题上去了："自嘉靖元年先生回乡丁忧守制，至今数载，不知先生听说京城里的事没有？"

黄绾所说的京城里的事当然是指"大礼仪"之事。这件事前后闹腾了三年多，先是阁老压住皇帝，后来皇帝又扳倒阁老，来来回回几次波折，王守仁虽然僻居江南，对这件事的内幕不能尽知，多少也有耳闻。现在黄绾问他，王守仁随口答道：

"京城里的事我也听说了。"

黄绾立刻问:"对此事先生是怎么看的?"

"大礼仪"事件是阁臣与皇帝角力,双方都有私心,所争的又纯粹是个私利,王守仁对这事心存鄙夷,不愿意谈起,只说:"略有耳闻,不知其详,也说不出什么意见来。"

王守仁话里明显带有推托之意。可黄绾特意到绍兴来见他,就是要让王守仁在"大礼仪"事件上表个态,有了这个态度,黄绾和张璁这些人才好在皇帝面前举荐王守仁。于是不厌其烦地解释道:"先生远在浙江,对京里的事所知不详。陛下初登大宝,杨廷和身为阁臣竟出言不逊,劝陛下奉孝宗弘治皇帝为父,以大行正德皇帝为兄,而将陛下生父称为'叔父',此是逆天道,悖人伦,陛下是个至仁至孝的圣君,当然不肯,意欲尊生父为皇考。当时陛下念在杨廷和是三朝旧臣,于国有功,满心想要好生与他商量,哪知杨廷和鬼迷心窍,一意孤行,坚持悖论,正直官员皆不齿其为人,于是张璁学士乃进奏章,其中有言:'圣考只生陛下一人,利天下而为人后,恐子无自绝其父母之义。故在陛下谓入继祖后,而不废其尊亲则可;谓为人后,以自绝其亲则不可。夫统与嗣不同,非必父死子立也。'有此一折,'大礼仪'之事初定,而杨廷和亦遭罢黜。先生觉得张璁学士所说的'统、嗣不同,非必父死子立'一句有道理吗?"

黄绾把话说到这里,他的意图也就挑明了。

所谓"大礼仪"事件,说穿了就是嘉靖皇帝本为藩王之子,在北京城里没有亲信党羽,为了稳固手中的皇权,已经到了不顾一切、不择手段的地步。为了坐稳皇位,这位年轻的皇帝已经下决心要把朝廷里所有重要官员全部更换一遍。一直换到朝堂上旧臣尽废,爬上来的全是嘉靖皇帝的亲信为止。争权夺利以至于此,却拿着"统嗣之争"当幌子,假装成"至仁至孝"的圣主明君,嘉靖皇帝的嘴脸也真够可耻的。就是这么个皇帝,今天为了夺权可以政变,明天稳固了皇权,他将怎样治理这个国家,不用说,别人大概也猜得出来了。

黄绾在王守仁丁忧将满的时候上门拜访,又专门来问此事,往上爬的意图已经十分明显,而黄绾刚才拿张璁《大礼或问》里的话来问王守仁,这也让王守仁看明白了,黄绾往上爬的时候,抱的就是张璁的大腿。

张璁这个人，王守仁与他略有一面之缘，却不熟识，现在更是不想和他打交道。黄绾是王守仁的故交，可王守仁却清楚地感觉到，这位黄宗贤的心已经变了。

人都会变，这不奇怪，变好或变坏各有原因，也不奇怪。但王守仁是位讲学的宗师，一向认为良知在人，随你如何，不能泯灭，所以在王守仁想来，人不是那么容易变坏，就算有些坏了，也不至于坏到多么彻底，总还有救。

"大礼仪"事件是个粪坑，王守仁绝不愿把自己的脚踩进去，与张璁、黄绾这些人结党，靠巴结皇帝博一个高官厚禄，王守仁更是连想也不去想。可是对嘉靖皇帝，对黄绾，甚至对那个天下闻名的卑鄙小人张璁，王守仁却没有彻底绝望。

于是王守仁沉吟良久才缓缓说道："宗贤，你说的这些事我并不了解，一时不知如何作答……但刚才宗贤对我说起天理、人欲的话来，这些年我也一直在想这些事，略有心得，不妨和你说说。"

王守仁对于"大礼仪"避而不谈，却回头去谈什么天理人欲。黄绾知道王守仁这是避重就轻，却也不着急，笑着说："愿听先生高论。"

王守仁又想了想，对黄绾正色说道："早年我被贬到龙场做驿丞，无意间悟到一个'圣人之道，吾性自足，不假外求'的道理，这个'吾性自足'说的就是人心里的良知，'不假外求'，是因为良知自在人心，足能明白善恶，一个人只要实心实意依着自己的良知去做事，见得是，就说一个是，见得非，就说一个非，何等简易明白！后来我又从这上头推导出一个'知行合一'，先前想得还简单，只是把'知'与'行'合为一体，以修补朱熹学术上的漏洞，可后来又经过无数的事——也算是个磨炼吧，渐渐地竟发现'知行合一'的道理与我早先所想不同，这'知'分明是个'良知'，这'行'也是行一个'良知'，与学术并无瓜葛，全是在实际生活中用功夫。再往深处一想，就发现'知行合一'四个字可以应验在所有人身上。做官的，做买卖的，做手艺的，种田的，人人都要'知'个良知，'行'个良知，哪怕不读书，不识字，做人做事也不在这四个字之外。于是我反复品味'知行合一'四个字，品味到极深处，就在前几日，忽然又在心里生出一个念头，却只有三个字，叫作'致良知'！"

"致良知"三个字确实是阳明先生在不久之前刚刚体悟到的。自从得了这三个字，王守仁如获至宝，把这三个字放在心里，回头再看以前悟到的心学内容，事无巨细，理无精粗，全部包容在"致良知"之内，兴奋至极！从此学术为之一变，"知行合一"四个字谈得少了，凡与弟子朋友讲论学问，只谈"致良知"而已。

现在黄绾初次听到"致良知"三个字，完全不能领悟，忙问："先生说的'致良知'究竟做何解释？"

"致良知"三个字是对王守仁一生学术心得的一个完美总结，其中包罗万象，却又简洁明了，一说就透，一点就通。可王守仁已经看出黄绾这个人"官"迷心窍，私欲极盛，和他说平常的道理没有用了。对此人，必须对症下药，针对他的病根子说些厉害的话，也许黄绾会略有醒悟。

就算黄绾毫不醒悟，王守仁把这些话说出来，黄绾也该知道阳明先生的心意，不会再拿功名利禄来勾引阳明先生，让他去附和什么"大礼仪"，捧嘉靖皇帝的臭脚了。

于是王守仁看了黄绾一眼，把脸色尽量放和缓些，柔声细气地说："我近来闲着没事，写了一篇小文，宗贤可以看看。"起身在满屋字纸堆里找了半天，翻出一张纸来递给黄绾，只见上面写着："悔者，善之端也，诚之复也。君子悔以迁于善，小人悔以不敢肆其恶。惟圣人而后能无悔，无不善也，无不诚也。然君子之过，悔而弗改焉，又从而文焉，过将日入于恶。小人之恶，悔而益深巧焉，益愤谲焉，则恶极而不可解矣。故悔者，善恶之分也，诚伪之关也，吉凶之机也。君子不可以频悔，小人则幸其悔而或不甚焉耳。"

这篇小文写的是"悔过"的重要性，言辞之间道理深邃，意思直白，可以挂在壁上当座右铭。可这篇小文章里透出来的却是一股告诫的意味，黄绾心里隐约觉得不是滋味儿。看罢多时，沉吟不语。

王守仁笑着问："宗贤以为这篇文章如何？"

黄绾眉头微皱，半天才勉强说了声："甚好。"

看了黄绾的脸色，王守仁就知道这篇文章多少触到了黄绾的痛处。于是接着说道："天地之间有万物，其中人是个灵长，为什么人能成为万物灵长呢？就因为咱们身上有一种高尚的禀性，这禀性得天地之造化，得日月之灵明，故尔与天地同大，与日月同光，宗贤知道我说的这一种禀性是什么吗？"

王守仁半生讲学讲的是什么，黄绾当然知道，毫不犹豫立刻就说："先生说的自然是人心里的良知了。"

王守仁微笑着点点头："对。人之所以为人，就是因为得天地造化，取日月灵明，心里有了这一点良知。这良知既是天地日月造化的灵物，自然至善无恶，至粹无瑕。可人生在世间，总要有诸多经历，一入世俗，难免为气质蒙蔽，被物欲牵扯，时间一长，良知渐失，卑鄙荒谬的私欲渐盛。其中有一些人竟然蒙昧了良知，心甘情愿去做小人。结果堕落至极，竟似无可救药，表面看起来是人头人身，着衣踏履，冠冕堂皇，形容内心早已沦落得如同禽兽一般，这样的人宗贤见过吗？"

王守仁是个脾气刚烈的"狂者胸次"，虽然他压住心里的火气，尽量把话说得委婉，可说出的话还是让黄绾一愣。

王守仁也知道自己这话说得太硬，从心里并不愿意让黄绾这个老朋友难堪，也不等黄绾往深处想，立刻接着说道："孔夫子早就说过，中行之辈找不到，狂者、狷者似乎也不多，满世界都是小人。可见自古以来天下就是这样，小人太多，对此连孔圣人都没办法。可我却想，人心里的良知得天地造化，日月灵明，长存不昧，就算是个禽兽一样的小人，他心里也有良知。所以天下人个个都可以救，就算禽兽一样的东西，也是可以救的，宗贤觉得是不是这样？"

到现在黄绾还闹不明白王守仁话里的意思，只得点头答道："先生说得对，良知在人心常存不灭，所以天下人无论如何邪恶，总还是有救的。"

王守仁点点头："宗贤这话说得好，良知在人心常存不灭，就像一面明镜，哪怕被尘土蒙蔽，其光体仍在，就像一颗宝珠，就算被扔进了粪坑，其宝气长存。只要把明镜上的尘土拭去，宝珠上的污秽擦净，则宝气光华自然重现，而且如同当初一般，绝不会有丝毫损坏。世人都知道镜子脏了要擦，却不知道良知蒙蔽了也要擦拭，这真是件怪事了。所以我平时讲学时常说：'杀人须就咽喉上着刀，为学当从心髓入微处用力。'找一个最要紧的地方动起手来，就能根治一切病患，使人心如明镜磨光，宝珠擦亮，良知重现，顿时弃恶从善，出离小人而成为君子，这个治人心病的方子一共只有四个字，叫作'悔过自新'，只要依此去做，顿时起死回生，不知宗贤以为如何？"

若在早前，黄绾这个人还没堕落到今天这步田地，王守仁说的话他是真能听懂的。可现在的黄绾却连一半也听不懂了，迷迷糊糊地问："先生说'悔过自新'能让人起死回生，究竟是何意？"

王守仁笑道："我刚才说了，心学要旨总结起来只是三个字，叫作'致良知'，简单地说，就是把良知提炼到极精极纯。而良知不过是知善知恶，知道是善的就维护，知道是恶的就驱除，这是个简单的法门。可宗贤知道世上最难做的良知功夫是什么吗？就是'悔过'！比如一个人，倾尽一生之力做了一个事业出来，做的时候完全是一番良知，以为此事最好，可做到后来忽然发现，原来这竟是一个害人的事业！到这时回头一看，几十年光阴都虚掷其中了，一生岁月都放在里头了，可事情却做错了，怎么办？若自己说一声'错'，顿时前功尽弃；可若不认错，咬着牙只管把这错事办到底，却有可能神不知鬼不觉，就这么一直混了下去，那么这个人会怎样选择？是把一生事业荣辱全都放下，坦然认错悔过，还是装个糊涂，继续错下去？在这上头才真能见到他的良知功夫！"

听了这些话，黄绾瞠目结舌不知如何回答。

王守仁也不用黄绾回答，只管自说自话："一个真正立下'成圣贤'的大志，把'己欲立而立人，己欲达而达人'作为人生准则去遵守的人，他是必然要下'致良知'功夫的。当发现自己做了多少年的事业竟是错了，这个人必能拿出天大的勇气做一个自我否定，诚心实意地认错，先对自己的良知认了错，再老老实实对天下人认错。犯的错越大，认错时越要诚恳，要把错认到实处，认到底！这才是'致良知'。可很多人平时倒有勇气，让他维护善，他敢维护，让他驱逐恶，他敢驱逐，到了让他自己认错、否定自己的时候，他的勇气就没了！为什么会这样？因为此人心里想：'我已经犯下如此大错，就算认错，天下人会原谅我吗？到时候天下人人都来骂我，人人都要罚我，父母妻子也要嫌弃我，厌恶我，这可怎么得了？倒不如趁着别人不知道我犯了这个错，装个糊涂，掩盖过去吧。'殊不知，他犯的大错其实别人未必不知道，就算今天不知道，日后也必有揭穿的一日，那时候天下人咒骂他，怨恨他，再也不可能原谅他了！可这个人若能凭着良知诚心认错，顿时由小人一变而为君子，父母家人，亲戚朋友，乃至天下人，一开始也许会责备他几句，可最终都会谅解他。所以古人说：'人非圣贤，孰能无过，过而能改，善莫大焉。'那些有大错而不知改悔的人，已经堕落成了禽兽，可若能诚心改错，只要说一句话，立刻从禽兽小人一跃而为正人君子，不但世人最终不怪罪他，就连天地鬼神都来佑护他，而此人自己更是良知跃然，襟怀坦荡，于是此人或许失了事业，失了金钱，却得了一个精纯无比的良知，直达圣人境界！于是天地造化使其宁静，日月精华使其安详，所得所失互相比较，失去的不过一团污秽，得到的却是一块纯金！你说这'悔过自新'四个字是不是很了不起呀？"

到这里，王守仁把想说的话都说尽了，黄绾却已变得像个木偶一样，只能呆呆地说："先生说得在理。"

这时候黄绾也终于明白了阳明先生的心意。

人都有自我意识，良知则是"自我意识"的定盘针。以良知为准绳的自我意识就是人生的志向和意义，"致良知"是我们生而为人唯一的事业。而悔过自新，是致良知的最高境界。

王守仁这话是对所有人说的，天下间无论士农工商百工百业，人人如此，绝无例外。可王守仁这话更是对嘉靖皇帝说的，是对张璁说的，也是对黄绾说的。若嘉靖能悔过，张璁能悔过，黄绾能悔过，善莫大焉……

只可惜嘉靖皇帝、张璁、黄绾都是蒙蔽良知、放纵私欲，死心塌地绝不悔改的人。对他们说悔过，实在也是白说。

到这时黄绾的脸色已经不那么好看，也知道再劝王守仁出来奉承皇帝，谋那个内阁辅臣的位子，根本不可能了，干脆不再提起此事，又和王守仁说了几句闲话，住了一晚，第二天就离开绍兴，到京城巴结他的主子、做他的官去了。

黄绾走后不久，王守仁的弟子方献夫又从京城来信，所说的内容和黄绾一样，也是想请王守仁就"大礼仪"一事发表意见，以此奉承嘉靖皇帝。

方献夫是广东南海人，早年担任吏部员外郎的时候恰逢王守仁在京讲学，方献夫听讲后十分仰慕，就拜在王守仁门下做了弟子。后来因为做官不得志，干脆告病辞职，在家乡读了十年书，做了十年学问。直到嘉靖年间才又复出。正赶上"大礼仪"事发，方献夫觉得是个机会，立刻步张璁、桂萼后尘，上奏支持嘉靖皇帝，由此得到重用，紧随张璁之后做了詹事府少詹事。

作为一个靠着"大礼仪"从底层爬上来的官员，方献夫很自然地被朝中大臣们鄙视，不得不与张璁、桂萼、黄绾等人抱成一团结党自保。但方献夫的心思与张璁、桂萼略有不同，说起邪恶凶残不及这两个人，办大事的时候倒比这两个东西强些，于是方献夫表面与张璁结党，暗里却想独树一帜，在朝廷中创一个自己的体系，就把眼睛盯上了在家赋闲的恩师王守仁，想把王守仁捧进内阁，他这个学生再以"捧先生入阁"的功劳为资本，在众多阳明弟子中成为首领，然后就以这些师兄师弟为核心，织起一张属于他方献夫的关系网，再和张璁、桂萼争宠，机会到了，自己也做一回阁老，当一回大学士。

方献夫的主意并不新鲜，早在孔夫子活着的时候，他门下就出过这样不肖的弟子，《论语》中讲述了这样的故事，却并未注明这不肖弟子究竟是谁，只是以"二三子"这个模糊的说法替代。

对方献夫的心思王守仁看得很清楚。既然前面他已经回绝了黄绾，现在当然也不会顺着方献夫的意思。于是回了一封信，告诉方献夫，自己身体有病，难当重任。也请方献夫不要再为此事来信，给阳明先生找麻烦了。

不得不出山

王守仁打定了主意不肯奉承皇帝，不论张璁、黄绾还是方献夫都拉不动他，难免失望。可这几个人都是削尖了脑袋要往上爬的货色，偏偏又都是下层官员出身，没什么资历，一心想靠王守仁这棵大树——虽然暂时靠不上，毕竟这棵"大树"在这里，对他们多少是个庇荫。加之王守仁虽然不愿意和张璁这些人结党，言辞态度上倒还客气，也没得罪这几个人，所以不论张璁还是方献夫，在嘉靖皇帝面前并没有说王守仁的坏话。而另一个朝廷新宠桂萼，因为是江西人，与王守仁没有任何瓜葛，对这位隐退多年的老臣既不熟悉也没兴趣，倒没想过找王守仁的麻烦。

于是王守仁这位嘉靖皇帝登基之初亲封的新建伯、光禄大夫、南京兵部尚书彻底被朝廷遗忘了，既没有官场上的钩心斗角，也没有公务纠缠，每天只在绍兴的书院里给弟子们讲学，年复一年过着平淡安逸的日子。

其实对王守仁而言，辞官赋闲专讲圣学，是最快乐的日子，能终老林泉，对他是件幸事。可惜，树欲静而风不止，嘉靖六年五月，朝廷忽然来了圣旨，重新任命王守仁担任都察院左都御史，兼任两广巡抚，前往广西平定思恩、田州两地的叛乱。

自古以来，大一统的中原王朝总会受到来自四面八方的边患威胁，这些边患作为一种客观存在的现实，不可能被完全解决，于是历朝历代都要把大量军力财力投入无休无止的战争中去。

大明王朝也不例外，从建立之初，北边和西边就受到来自蒙古势力的威胁，沿海又时常有倭寇海匪作乱，在广西、贵州、湖广等地还有无数大大小小的土司势力。这些土司势力都是家族世袭，一方面对大明朝廷表示恭顺，同时又各霸一方，手中拥有私兵，掌握着地方上的捐税收入，俨然成为一个个土皇帝。因为实力甚强，野心颇大，相邻土司之间有的血脉相连互相勾结，另一些却有累世纠结的仇恨，盘根错节，极其复杂，谁也理不出个头绪来。而大明朝廷也充分利用土司之间的矛盾对他们分而治之，每当土司们有了矛盾，发生了战争，朝廷就出来干预，拉一方，打一方，尽量从中取利，这么一来，地方上的乱象就变得加倍混乱了。

在大明朝西南地区的各路土司之中，有两路土司兵最为著名，一路是湖广湘西一带的彭姓土司，其手下兵马被称为"土兵"；另一支是广西地方的岑姓土司，其手下被称为"狼兵"。这狼兵、土兵都以彪悍善战闻名于世，每到朝廷有事，官军不能取胜，就会借调狼兵、土兵协助官军作战，北击蒙古，南打倭寇，处处都有这两支土司兵的身影。可狼兵、土兵打起仗来很凶，平时军纪也最败坏，每次被调动的时候，沿途总是奸淫掳掠，连偷带抢，名声比土匪还要恶劣，朝廷用他们，烦心，不用他们，又打不了胜仗，也是两难。

在广西的田州府有一个大土司名叫岑溥，此人生了两个儿子，一个叫岑猇，一个叫岑猛，其中岑猇秉性凶残，竟率领部众与父亲争斗，杀了岑溥，夺了田州，可他的残酷引发了手下的不满，手下的两个头目李蛮、黄骥杀了岑猇，推举岑猛为田州土司。可是没过多久李蛮和黄骥又起了内讧，结果黄骥被李蛮打败，带着少主子岑猛逃到与田州相邻的思恩州，投靠了思恩州土司岑濬。

眼看田州发生变乱，朝廷不能坐视不问，就派兵进入田州，击败李蛮，仍然让岑猛回来担任土司。眼看田州事件已经平定，想不到曾经收留岑猛的岑濬看到岑猛势单力孤，朝廷兵马又从田州撤走，觉得是个机会，竟然出兵攻取田州，刚得到土司之位的岑猛连位子都没坐热就成了丧家之犬，只好再次出逃。

田州、思恩两府土司互相兼并，恶战不断，朝廷看到了机会，立刻以帮助岑猛为借口再次出兵，击败岑濬，同时占领了田州、思恩两府。这一次朝廷毫不客气，就在当地改土归流，废除土司制度，设置汉官。而原来的田州土司岑猛则被降职为福建平海卫千户，赶到海边上去了。

可朝廷改土归流的政策还未实施，已经看出情况不对。

田州、思恩两府正是广西"狼兵"的老巢，当地的土司兵极为凶悍，而且这些人只认土司，不认汉官。从前因为土司互相攻杀，这些狼兵无所适从，朝廷讨伐岑濬，他们就追随朝廷，其实内心里是在追随岑猛。现在岑猛被调离，这些狼兵心里不服，当地情势汹汹，很是不妙。总算官府明白得早，在酿成大祸之前改了主意，仍然让岑猛担任田州同知，兼领府事，实际上恢复了土司制度。

岑猛回到田州，地方上的骚动也就平息下来，这一带总算安定了。

对新任田州土司岑猛而言，能收回祖宗基业，全靠朝廷所赐，岑猛自然感恩戴德。自担任田州土司以后，凡有朝廷征召，无不实心尽力，领着他手下的狼兵帮朝廷打了几仗，立了不少功劳，也得到了朝廷的信任。

经过十年苦心经营，岑猛这个田州土司终于又在老家站稳了脚跟。但岑猛心里还不满足，因为在他丢失田州外逃的时候，原属田州府的泗水城被周边土司攻陷。现在岑猛坐稳了田州土司之位，手下兵强马壮，又得朝廷信任，就出兵攻打泗水，想夺回祖宗的基业。哪知就是这一场战争却给岑猛引来了杀身之祸。

岑猛率军攻打泗水城的时候，正赶上嘉靖皇帝在北京城里发动政变，罢黜阁老，镇压大臣，一时间刚登基的嘉靖皇帝原形毕露，早前那个"明君圣主"的形象一时尽毁，朝中大臣们慑于皇帝的大权和特务的势力不敢公开说话，但心里对嘉靖皇帝已经失去了信任，对他任用的张璁、桂萼、方献夫、霍韬、黄绾这批新宠既厌恶又鄙视，一时间朝廷内部人心动摇，能臣离散，奸佞当道，闹得很不好看。嘉靖皇帝也知道这么下去不是办法，必须赶紧办几件实事，振奋人心，重新给自己树立一个当皇帝的威信。就在这个节骨眼儿上，田州土司岑猛攻打泗水的消息传到京城。嘉靖皇帝一眼看出这是个打胜仗的机会，立刻抓住这件事不放，下令广西都御史姚镆领兵八万攻入田州，很快击败了岑猛的土司兵，杀了岑猛和他的儿子岑邦彦，彻底占领了田州府。

田州一战大获全胜，嘉靖皇帝喜出望外，正在大张旗鼓宣传胜利的时候，哪想到变乱忽然发生：当地岑姓土司的旧部田州丹良堡土舍王受、思恩砦马土目卢苏率众反叛。

卢苏、王受这两支叛军全是能征惯战的"狼兵"，而且这场战乱出乎所有人意料之外，当地官军被杀得大败，卢苏、王受顷刻之间就夺取了思恩、田州两府。

嘉靖皇帝还没来得及庆祝胜利，战局忽然逆转，早前的大胜变为大败！嘉靖皇帝大怒，立刻命令姚镆重新上阵，调动周边四省二十余万兵马，甚至从湖广调集了六千名土兵，准备再次对田州、思恩用兵！

哪知道早前英勇善战的姚镆这时忽然一反常态，完全失去了积极性，四省大军虽然会齐，可面对广西狼兵，官军显得毫无斗志，这一仗竟有些"打不起来"的意思。

眼看姚镆如此无能，嘉靖皇帝又气又急。可朝廷被他搞成这个样子，那些有本事的能臣不是被罢被贬，就是与皇帝离心离德，竟找不到一位可用之人。也就是在这种情况下，已经爬到翰林学士之位的方献夫向嘉靖皇帝举荐了自己的恩师，正在绍兴家里赋闲的王守仁。

王守仁是经历弘治、正德、嘉靖三朝的老臣，剿匪平叛用兵如神，又在正德一朝受过迫害，而正德朝的大臣们现在已经被嘉靖皇帝连根拔起，此时起用王守仁，既当其用，又当其时。所以方献夫一提王守仁，不但嘉靖皇帝精神一振，就连张璁、黄绾两个人也都来了精神，立刻附议，于是嘉靖皇帝下决心重新起用王守仁。

在方献夫、张璁、黄绾这些人想来，天下人没有不愿意得到高官厚禄的。王守仁之所以早前不肯在"大礼仪"上头表态，大概是因为摸不清朝廷里的风向，不愿意随便说话。可领兵平叛实在是王守仁拿手的本事，让他率领四省大军去征广西，必然手到擒来。那时候张璁、方献夫再出来替王守仁说几句话，这位南京兵部尚书、新建伯入阁为辅臣就顺理成章。

王守仁是张璁的同乡，黄绾的密友，方献夫的老师，此人入阁，对这三个人来说真是大好事呀！于是这些人联起手来举荐王守仁，并且认定这次出征广西，王守仁绝无推辞之理。

接了这道圣旨，王守仁进退两难，一连几天足不出户，弟子们也知道阳明先生的难处，都不敢动问打扰，只等着先生自己做这个决定。但大多数弟子在心里隐约猜测，以阳明先生的脾气，大半是不会去打这一仗的。因为广西这一仗明摆着是朝廷恃强凌弱，欺压当地百姓。一旦开战必然血流成河，甚而有屠城灭族的惨祸，不知要死多少人，这样的孽，阳明先生是不肯去造的。

就这么等了好些天，阳明先生的弟子们有些耐不住了，于是两个亲近弟子钱德洪、王畿相约到府上来探望一下，当然，这些学生不敢在大事上乱出主意，只是看看阳明先生拿定了什么主意没有，自己这里也好放心。于是立刻来见王守仁，问道："听说皇上有旨，命先生到广西剿贼，先生拿定主意了吗？"

钱德洪和王畿是王守仁晚年身边最得意的两位弟子。这两人都是王守仁的同乡，年纪又轻，王守仁把他们当成子侄一般看待。现在听钱德洪问起，王守仁并不回答，笑着说："皇上的旨意且不说，我问你们，知道田州这场变乱是怎么闹起来的吗？"

广西的变乱原因其实很多人都知道。王畿立刻说："听说田州同知岑猛得朝廷扶持做了田州土司，却贪心不足，又去攻夺泗城，皇上一怒之下派广西都御史剿他，可姚镆用兵太急，引发了这场变乱。"

王畿说的只是事情的表面，王守仁不置可否，转头看着钱德洪。钱德洪想了想："泗城本是田州治下，后来被别的土司夺了过去，岑猛做了田州土司，领兵去夺泗城，说他有罪也不冤枉他，可这些土司之间的内斗原本说不清楚，朝廷若想扼制岑猛，只要下一道命令，让岑猛退兵，若他不肯退兵，再剿不迟。可朝廷却不问情由，立刻调重兵征剿田州。我听说广西都御史姚镆攻入田州之时，岑猛不敢应战，率领部属躲进深山，上奏向朝廷求饶，可姚镆不听岑猛的分辩，一味用剿，先杀了岑猛的儿子岑邦彦，又杀了岑猛，占了田州，也真是用兵太急，手段太硬了。"

钱德洪说的话比王畿明白得多，可两个弟子都没能看明时势，说的话只有三分对，倒有七分错。王守仁冷笑一声："你们光说岑猛、姚镆，就没往别的地方想过？岑猛这个土司是朝廷扶持起来的，他的田州土司是朝廷封的，没有朝廷就没有岑猛的今天，此人怎么敢公然反叛？何况姚镆率军征剿之时，岑猛一味躲藏，不敢与官军交战，可见其并无谋反之心。奇怪的是姚镆为什么不肯罢休，必要杀了岑猛

第七章 致良知的大学问

才罢？是谁在背后指使这个姚镆呢？"

王守仁说到这里，王畿和钱德洪才真正把事情想到要紧处。片刻工夫，王畿已经把事情想明，心里暗吃一惊，却不敢说。钱德洪脑子比王畿稍慢些，嘴巴却快，忍不住说了声："难道是皇上要取岑猛的人头？"

王守仁点点头："对，正是皇上要取岑猛的人头！所以姚镆不听岑猛的辩解，也不管他如何躲藏示弱，只是一味剿杀，非要杀了这个土司才罢。可土司一死，地方上就乱了，结果激起民变，酿成了今天的大祸。这是当今皇上为了树立权威，不顾地方政务，一意孤行所至。"

后花园里，师生三人，再无一个闲杂人等，所以王守仁才敢说出这样的话来。只这一句话，吓得王畿出了一头冷汗，钱德洪也有些变颜变色，倒还不像王畿那么紧张。想了想才说："怪不得，早先姚镆领兵进入田州，如入无人之境，这次他带着二十多万大军征讨广西，却屡屡受挫，不能进入思恩、田州一步，原来是因为早先土司兵不敢战，如今土司死了，这些'狼兵'也就没有顾忌了。"

王守仁微微摇头："你说的只是一方面，却还没看到要紧之处。姚镆这个人原本能征惯战，嘉靖元年他在泾阳大破蒙古骑兵，何等威风！上次征讨广西，他也是尽心尽力，必杀岑猛不可，为什么这一次他却萎靡不振了？"

王守仁一句话把两个弟子都问愣了。

见两人答不上来，王守仁又说："广西的战事，病根都在朝廷里头！早年朝廷里有四位阁老，其中杨廷和、蒋冕、毛纪等人因为不得圣心，都被皇帝罢免了，只剩下一位费宏担任内阁首辅。可费宏也是前朝旧臣，与张璁、桂萼这些人不和，皇帝也不信任他，偏偏广西都御史姚镆正是费宏举荐之人，于是张璁、桂萼联手指责姚镆用兵太狠，杀了土司，激起民变，明着收拾姚镆，暗里打压费宏，这位阁老不得不自请致仕。哪知费宏离职后，思恩、田州一带真的发生变乱，两座府城都被土司的手下攻克，朝廷一时无人可用，不得不重新起用姚镆。你们想想，这种时候姚镆还肯替朝廷出力吗？"

王守仁聪明透顶，一句话说破了天机，王畿和钱德洪面面相觑，半天才说："原来如此。怪不得姚镆手下有二十多万大军，却把仗打成这个样子……"

钱德洪却说："广西这场叛乱其实是官逼民反，战事一起，当地百姓多有杀伤，如此残酷之事,稍有良知之人皆不愿做。朝廷里又是小人当道互相陷害,我看先生还是称病不出的好。"

钱德洪这话其实全说错了。可他指出的这两点又正是事情的关键。王守仁微微一笑,问道:"你说朝廷里小人当道互相陷害,可知道都是哪些人当道,又是怎样互相陷害的?"

钱德洪想了想:"听说张璁已经官至吏部尚书,入阁做了辅臣;桂萼当了礼部尚书,还兼着一个大学士……"

"还有呢?"

"方献夫好像也升了个左侍郎……"

方献夫也是王守仁的弟子之一,算是钱德洪的同门师兄了。可对这位一门心思在朝廷里钻营的师兄钱德洪评价不高,干脆把他也当成"小人"来说了。

听他这么说,在一旁的王畿脸色有些尴尬,王守仁却忍不住一笑。随即说道:"你把朝廷上的事看得太简单了。这里面机关重重,不知有多少算计。张璁、桂萼都是靠着'大礼仪'爬上来的新宠,资历太浅,名声又臭,在朝廷里不得人心,皇上虽然想重用他们,却碍于颜面,不能做得太过,于是起用了早年被先皇(正德)冷落的杨一清担任内阁首辅。杨一清也是三朝重臣,文武全才,而且是个耿直的人,他入阁之后并不向张璁、桂萼这两个小人献媚,反而在皇帝面前举荐弘治朝曾任阁老的谢迁复出,而皇帝碍于杨一清的面子,也答应了。结果杨一清和谢迁这两位老臣互为臂肘,在内阁站稳了脚跟,张璁虽然也入了阁,却得不到杨一清的支持,就连早前和他一起爬上来的桂萼也嫉妒他,想着把张璁整下去,好取而代之,张璁在内阁人单势孤,所以急着想把我拉出来,让我和他结一个党,对上和杨一清、谢迁争斗,把首辅的位子抢过来;对下压住桂萼这股势力。你那位师兄方献夫如今已经当了礼部侍郎,我估计很快就要升礼部尚书,方献夫是个有雄心的人,我看他早晚也要入阁,所以也想把我捧上去,我入了阁,他这个当学生的就有了靠山。现在皇上命我去征讨广西,其实是这两个人在背后使劲,要让我立这个'大功',你说,我是不是该感谢张璁和方献夫两位大人的举荐之德?"

王守仁一番话说透了嘉靖朝的时局,话中暗含讥讽。王畿还没说话,钱德洪已经接过话来:"这朝廷竟是个粪坑,辅臣们如同蛆虫,先生是何等清高人物,岂能与这些小人为伍!当然不肯入阁,这一仗,先生也没必要替张璁这些小人去打!"

钱德洪这话只说对了一半。王守仁深深地看了他一眼,缓缓说道:"阁臣,我是不会当的,可广西这一仗,我还是要去打。"

听王守仁这么一说,钱德洪顿时愣住了。半晌才说:"广西狼兵、湖广土兵齐名于世,都以凶恶善战著称,思恩、田州两地又是狼兵的巢穴,除了平时聚集的人马,还要加上临时附逆的当地人,至少也有数万之众,朝廷大军虽有十余万,这一仗也仍然不好打。"

钱德洪的顾虑极有道理。但王守仁已决心出山破贼,钱德洪说这些话也没什么用了。王畿在一旁笑着说:"先生是个用兵的奇才,自从被朝廷派到南赣剿匪,平贼灭寇都在反掌之间,以乡兵三万灭宁王十万叛军也不过四十余日。如今朝廷在广西集结官军十余万,又有湖广永顺、保靖的彭氏土兵参战,加之广西岑姓土司之间矛盾重重,互相倾轧攻杀。思恩、田州两地兵势汹汹,看似猖獗,可我看田州、思恩两府土司本来就有世仇,王受、卢苏两个贼首各居一方,表面抱成一团,内里必有矛盾,难以同心合力。先生只要调官军劲旅出浔州府南丹卫猛攻思恩州的古零城,再命湖广狼兵潜至南宁,沿南流江偷袭武缘,两路夹攻,先夺下思恩,把卢苏这哨人马打退,然后放出风去,就说只要田州土舍王受接受招抚,朝廷就答应在田州重设土司,如此一来卢苏、王受必然反目成仇,互相出卖,争着向朝廷邀功请赏,不管卢苏杀了王受,还是王受斩了卢苏,广西之乱就有了转机,先生只在梧州城里高坐,等着看狼兵夷人自相残杀的好戏就行了。"

王畿这个人比钱德洪精明,这一番分析颇有道理,兵马调度也井井有条,可见在广西这件事上,王畿很替阳明先生动了一番脑子。

可钱德洪也罢,王畿也罢,其实都没弄明白王守仁话里的意思。

王畿和钱德洪都是王守仁正德十六年回绍兴赋闲之后新收的弟子,年纪很轻,追随阳明先生的时间不长,不知道王守仁当年在南赣剿匪其实是九分安抚,一分征剿,更不知道阳明先生一生最厌恶的就是疯狂的杀戮和血淋淋的战功。这次阳明先生明知山有虎,却向虎山行,担着这么大的风险、这么大的责任去广西平定叛乱，其目的不是要杀人立功，更不是看什么"夷人自相残杀的好戏"！所以在王守仁听来，王畿这些话十分刺耳，也不理他，只对钱德洪说："你刚才不也说了嘛，广西这一战纯粹是官逼民反，朝廷里那些人为了他们各自的利益，把老百姓的身家性命拿来当赌注。所以广西这一仗就算姚镆不打，也自有人去打，不管谁去打这一仗，都是个血流成河的下场！我以前担任南赣巡抚的时候做过一些招抚百姓的事，多少有些经验，这次去广西也不打算妄动刀兵，只以招抚为上，希望能替当地百姓避过这场兵祸。"

听了这话，王畿才明白了阳明先生的意思，想起刚才自己说的那些话，不由得脸上一红，低下头不说话了。钱德洪却在旁边问道："学生估计朝廷的意思是一定要用武力平定思恩、田州之乱，这样皇上才有体面，张璁、方献夫这些人也才会满意。先生自作主张弃剿用抚，在皇上面前怎么交代？"

王守仁淡淡地说了句："能给广西百姓一个交代就够了，至于皇上，本是聪明仁厚的圣主明君，与百姓同心同德。百姓们能躲过兵劫，安居乐业，皇上自然也就满意了。大家都满意了，还用我'交代'什么？"

王守仁这话前半句是真的，至于后半句，只是随口说说。反正这位老先生早就对功名利禄毫无兴趣了，能救下广西的老百姓就够了，至于皇帝怪罪，奸臣嫉恨，无非罢官夺爵罢了，又能怎样？王守仁根本就不在乎。

到这时钱德洪和王畿也明白了，王守仁这次到广西去，担的风险比打一场恶仗还要大些。

可王守仁半辈子做的是"致良知"的功夫，良知所指，刀剑不避，又何惧风险呢？眼看决心已下，出征在即，他也不想和弟子们说这些让人担心的事了，摆了摆手："不说这些。我这次去广西或许几年也回不了浙江，顾不上书院里的事了，大家都需好好用功，尤其'致良知'的功夫一天也不能放下。"

王畿忙说："先生放心，我等都依着先生所教在心里立了下成圣贤的大志向，每有懈怠就扪心自问：'成圣贤的大志还要不要了？'有这个法门在心里，必然励志不已，绝不会荒废学问。"

王守仁这个"立志自省"的办法是最实用的，就是因为有这个好办法，王守仁门下弟子们成才的极多，考中举人、进士的数都数不清。等做了官之后，直言敢谏的正人君子也极多。可以说，在王守仁亲自授业的这些年里，阳明心学在大明朝焕发出了惊人的活力，一洗天下风气，成了千年儒学的源头活水。即使王守仁去世之后，阳明心学在理论上发生了分歧，以致渐渐衰落，但王守仁的亲传弟子们，大多仍然算得上精英人物。

立一个大志，每到心里生出杂念就扪心自问："我的志向还要不要了？"这个学习上的简易法门虽然算不上阳明心学最核心的重点，可对后辈学子来说，这一点极其实用。因为极其实用，也就显得极其重要。

大学问和四句教

下定了去广西平乱的决心以后，王守仁立即收拾行装准备动身。

听说先生要去广西，书院里的学生们都很舍不得。其中钱德洪、王畿两人对广西平乱的艰难比别人知道得更多，心里也更牵挂，就相约进府来见先生。进了新建伯府，直走进花园里，却见阳明先生扶着一根罗汉竹的手杖在小桥边的石凳上坐着。远远看见两个弟子来了，就招手叫他们过来。于是王畿在王守仁身边一块石头上坐下，钱德洪就在那个叫"天泉桥"的小木桥护栏底下随便坐了。

见两个弟子满脸沮丧，心事重重，王守仁笑着说："我曾说过：'破山中贼易，破心中贼难。'广西之乱最多只算'山中贼'，只要我心里没有一个'心中贼'，良知明白，不受蒙蔽，平乱的事并不难办。"把两个弟子看了一眼，又说："我这次去广西，可能两三年也回不来，你们学业上有什么不懂的，现在可以问我，等我走后，只能书信来往，就不那么方便了。"

钱德洪和王畿来给先生送行，心里本就恋恋不舍，听阳明先生这么说，钱德洪赶紧问道："记得先生讲学的时候对我们说过，《大学》的第一章就是成圣的道路。学生对此不甚明了，想请教先生。"

王守仁略想了想："《大学》首章说的是：'大学之道，在明明德，在亲民，在止于至善。'这几句话确实是成圣贤的道路，你有什么疑问吗？"

钱德洪笑道："学生于这几句话似乎能懂，又似乎完全不懂……"

钱德洪说的这个"似懂不懂"听起来有些可笑，其实天下儒生多被邪说诱导，在读古人文章的时候个个似懂非懂，可这些人却以为他们看了后人注释，已经全都"懂"了，哪知道后人对孔孟学说的注释里早就下了毒，他们这个"懂"，其实是中了毒！

钱德洪身为王守仁的弟子，比一般儒生活得明白得多。他说"似懂不懂"，是一句大实话，王守仁点点头："既然不懂，不妨动问。"

钱德洪立刻问："请问先生，《大学》何以称为'大学'？"

钱德洪这话问得又拗口又有趣，王守仁忍不住笑了出来："你问得好。所谓《大学》，就是'大人之学'的意思。"

"什么是'大人'？"

"胸怀天下，良知与天地万物为一体者，是谓大人。"

钱德洪忙问："先生说的'大人'就是平时说的'圣人'吗？"

王守仁摇摇头："这是两码事。'圣人'是一个人做了平常人不能企及的大事，别人尊敬他，硬塞给他的称谓。比如孔子，我们称他为'圣人'，但孔子自己并不认可。《论语》中有记载：有一位太宰对子贡称赞孔子多才多艺，子贡就说：'我的老师多才多艺，因为他是位圣人。'孔子听说以后很不以为然，对子贡说：'太宰知我乎？吾少也贱，故多能鄙事。'意思是说我年轻的时候家里穷，所以学会了好多手艺，这些事太宰哪知道呢？可见孔子并不认为他是圣人。再者，孔子去世以前有几句吟咏：'泰山坏乎，梁柱摧乎，哲人萎乎。'也不过自称'哲人'而已。只是因为孔子所创的学说能救世济人，有大功于后世，所以后人尊称他一声'孔圣人'，孔子若在，必不肯受这称谓。所以'圣人'是别人封的。"

"可'大人'却不同，所谓'大人'，就是其心里的良知与天地万物为一体，视天下为一家，视亿兆百姓如亲人，有如此良知如此胸怀的就是'大人'，那些斤斤计较个人得失的，就是所谓'小人'。良知也好，胸怀也好，都在自己心里，正所谓'吾性自足，不假外求'，所以'大人'是我们天生就有的一种气质胸怀，是不是'大人'，我们自己心里就知道，我们的良知就能告诉我们答案，根本用不着别人说。从这里就明白，'圣人'和'大人'一个是称谓，是'外求'而来的；一个是'吾性'，是从自己心里生出来的，当然不是一回事了。"

王守仁这么一说，钱德洪也有所领悟了。

王守仁又说："刚才我说了，胸怀天下的是'大人'，斤斤计较的是'小人'，

第七章 致良知的大学问

其实我们心中的良知都是至纯的纯金,在'与天地万物为一体'这上头都是一样的,并没有什么区别。之所以有些人斤斤计较于个人得失,沦落为'小人',其实是他的良知被私欲蒙蔽了。但良知在人心,随你如何,永不泯灭,我们看见孩子掉到井里,就会生出恻隐之心,这是我们心里的仁义良知与孩子成了一体,看见鸟兽受伤哀鸣,就会觉得可怜,这是我们的仁义良知与鸟兽为一体了,这种'良知与天地万物为一体'是我们生而为人固有的情操和品性,就算是个'小人',见孩子落井,他们也有恻隐,也会不忍,这说明他们心里也有一份永不泯灭的良知。这个随你如何永不泯灭的良知,就是《大学》第一句所说的'明德'。"

说到这里,王守仁略一沉吟,又缓缓说道:"我刚才说了,就算最坏的小人心里也有良知,可他们却未必肯依着良知去做事。为什么?因为在面对功名利禄的诱惑之时,他们的良知被人欲隔断了,只看见利益,忘掉了良知,为了一点小利互相攻击,互相陷害,甚至手足相争,骨肉相残!这时候还提什么'天地万物一体之仁'?所以要想成为一个'大人',就必须时刻呼唤内心的良知,提炼内心的良知,把这良知炼得纯而又纯,灵明无比。这就是《大学》的第一句:大学之道,在明'明德'。"

王守仁把"大学之道在明'明德'"解释透了,钱德洪不但听在耳里,甚而记在了纸上,自己又看了一遍,这才接着问:"第二句:'在于亲民'又如何解?"

王守仁想了想:"孔子说'己欲立而立人,'这是一句了不起的话。明'明德',是'立'一个良知,所谓'亲民'是达成这个良知。我常说'知行合一'四个字,这你们都懂吧?心里生出'与天下万物为一体'的良知来,这是'知';把'与天下万物为一体的良知'应用起来,就是'行'。怎么应用呢?当然是亲民,爱民,护民。把别人的父亲当成我父亲一样爱,把别人的兄弟当成我的亲兄弟一样爱,把别人的儿女当成我的儿女一样爱,这样一来,我心中的良知就与天下人合为一体了!这时候,我心里自然生出一个'己欲立而立人'的念头来,想真心实意为天下人做好事,做实事。有'与天下万物为一体'的良知,又依着良知去为天下人做好事,做实事,这是咱们这些儒生、这些官员一辈子的志向,你们说对不对?"

克己复礼,是先克皇帝,再克大臣,再克官员,再克儒生,最后克百姓。王守仁是个官员，钱德洪、王畿今天还是儒生，以后也许会做官。对他们而言，"克"皇帝，"克"朝廷，依着良知为天下百姓做实事，做好事，果然是一生的志向。钱德洪听得连连点头。

见钱德洪听懂了，王守仁也很满意："'大人'之学，在于明白良知这个'明德'，光是明白了良知这个东西还不够，还要去'亲民'，真正给百姓做实事，这才有用。'亲民'都是什么内容呢？齐家、治国、平天下，克官府，克朝廷，克皇帝，无非如此吧？"

钱德洪把这些话都记了下来，又问："下一句：'在止于至善'又何解？"

王守仁微笑道："这句好理解。什么是'至善'？良知提炼到极点，致良知做到极点，于是良知与天地万物一体，'亲民'到了把百姓全当成自己的父亲兄弟儿女一样爱护，这就是'至善'了。这至善是个纯而又纯的良知，达于此境界的人已经是个'大人'，见了善的就尽力维护，见了恶的就毫不客气地指责，扬善去恶之心极诚，其意坚决，甚而'无求生以害仁，有杀身以成仁'。又或'生我所欲也，义亦我所欲也，二者不可兼得，舍生而取义也'。修身达到如此地步，良知已经如此精纯，这就是'至善'，有如此胸怀的，自然就是个'大人'了。"

"至于《大学》里说的修身、正心、诚意、格物、致知等功夫，说穿了也都是从良知而起，都是一回事。你看，'修身'两个字其实有趣，我们的身体难道会自己去'修炼'吗？不会！当然是身体的主宰者，也就是那个灵明不昧的良知要去修炼，对吧？而良知在何处？在我们心里，所以要修身，就必须先正其心。人心之本体原是澄澈明净的，并无'不正'一说，是因为意念发动，而后才有'心不正'的问题出来，所以要正心，又必须先做一个'诚意'的功夫。可是意念发动有善有恶，我们怎么知道自己的意念究竟是善是恶呢？万一弄错了，把善念当成恶念，给克倒了；又或者把恶念当成善念，依着它去做了，想做'诚意'功夫也做不成。所以想做到'诚意'，又必须先做'致知'的功夫。'致知'二字怎么讲呢？致就是努力，知就是良知，连起来就是'努力践行心中的良知'，这你都明白吧？"

王守仁一番话说得像连珠炮，钱德洪是个儒生，对于阳明先生说的话句句都懂，一边连连点头，一边赶紧抄录。王守仁也不管他，自己接着说："良知是什么？孟子说得好，'良知只是个是非之心'。所谓人皆有之，永不泯灭，这是常理。孟子又说'不学而知是良知'，这是天命之性，吾心本体，自然昭明灵觉，是我们心底的定盘针。只要心中意念发动，心里的良知立刻被唤醒，而且知善知恶，最明白不过，任谁也欺它不得。因为良知能知善知恶，所以我说'圣人之道吾性自足，不假外求'。现在咱们想做'诚意'的功夫，想辨别善恶，靠什么？全靠提炼良知，我称它为'致良知'的功夫。良知认为是善的，必然去护，如果不肯护善，反而抛弃，这叫什么？这叫'昧了良知'！良知知道是恶的，必然去责备，去改错，如果不能责备，不肯改错，反而一力遮掩，文过饰非，这叫什么？还是'昧了良知'！昧了良知的人，说话，说的是错话；做事，做的是错事，我把这些人用八个字概括，叫作'知而不行，只是未知'。这样的人就做不得'诚意功夫'了。诚意做不到，正心，修身，皆无从谈起。"

"'致良知'的功夫如此重要，必须做好，可怎么才能做好呢？你们一定要明白，'致良知'的功夫不能凭空去做，不是在家里闭门空想的，一定要走上社会，在实际事务上做起来，这个在具体事件上做的'致良知'功夫就是'格物'。什么是'格'？就是'摆正'的意思。那些不正确的，不管是自己心里的意念，还是家事国事天下事，凡有不正的，咱们把它'摆正'过来，就算挨打、贬官、杀头也不怕，一定要'摆正'它！这个功夫就是'格物'。"

说到这里，王守仁停了下来，愣愣地出了一会儿神，接着又说："天下事有两件最难'格'，一是皇帝的错，二是自己的错。'格'皇帝之非，要冒杀头的风险，咱们格不格呢？要格，杀头也要格！可要是发现自己心里有了错，或者自己的事业上出了错，怎么办？若要认错改错，可能声名尽毁，可能事业尽丧，甚至一生成就、荣耀、权力、财富全被自己的一句话抹掉，舍不舍得呢？这时候还是要痛下决心，'格'到底！不可姑息。因为自欺欺人最容易，一句话就可以掩盖自己的过错，可文过饰非会把人变成'乡愿'！在'格物'上头不能痛下功夫，'致知'就没意义。良知一失，'诚意'、'正心'全都丢了，到最后，良知变成了人欲，'大人'变成了'乡愿'，过失却还在那里，根本掩饰不住，总有悔之莫及的那一天！"

王守仁讲到这里，钱德洪全听明白了："所以《大学》里说：'物格而后知至，知至而后意诚，意诚而后心正，心正而后身修。'就是先生讲的这个意思。"

王守仁点点头:"修身、正心、诚意、致知、格物,说来说去都是一件事,就是在良知上用功夫,这个功夫下到了,也就不止于修、正、诚、致、格这几件了,拿这个修炼出来的纯正良知去面对社会,齐家、治国、平天下皆不在话下。格、致、诚、正、修、齐、治、平,这是儒学的核心,孔门的'心印',明白这些,就找到了成圣贤的路,绝对错不了。"

被阳明先生一解释,"成圣贤"的大道豁然明朗了。钱德洪心悟手写,把这些话都抄录起来,王畿在旁听着也深有领悟。

其实钱德洪这个问题对王守仁也触动颇深,把两个学生都看了一眼,忽然说:"前些日子我闲坐无事,把一生领悟到的学问大致总结了一下,得出四句话来。本打算认真想想,等成熟以后再讲给你们听,可现在出征在即,没时间了,现在就把这四句话念给你们听,以后再传给其他人吧。"略停了停,缓缓诵道:

无善无恶是心之体,
有善有恶是意之动。
知善知恶是良知,
为善去恶是格物。

古人说"大道至简",这话一点没错。王守仁半生领悟到的心学要旨,总结起来却只是四字直愣愣的大白话。王畿和钱德洪听在心里,都觉得其中意味深长。

见两个弟子沉吟良久,脸上都现出喜色,似有所得,王守仁问道:"你们对这四句话怎么看?"

王畿先说道:"我觉得先生这四句教之中,尤其第一句意义最大。心之本体无善无恶,实在是一种高尚境界了。可先生这几句话似乎还没说透,学生以为如果人心之本体是'无善无恶'的,那么意识也是没有善没有恶的意识,知也是无善无恶的知,物也是无善无恶的物,心、意、知、物皆无善恶,这'四无'的状态最近天理,实为化境。"

听王畿说出"心的本体无善无恶"来,守仁倒高兴了一下,但听了他后面说的话,却又不言语了,扭头看着钱德洪。

钱德洪是个老实人，又想了半天才慢慢地说道："我觉得先生这四句教说的是：人心的本体原来无善无恶，可在社会上走动，人心就难免受世俗的沾染，意念上也就有了善恶，我们要用良知判断心里的念头是善是恶，再格物，诚心，正意，修身，下这些功夫，无非是要除去心里的恶念邪欲。所以学生以为心、意、知、物四端皆难免善恶纠结，一定要着实下一番'克己'功夫，才能有所收获。"

王守仁提出"四句教"，想作为自己一生学说的总结，哪知两个弟子听后竟各自表述，王畿说了个"四无"，钱德洪说了个"四有"，两人的思路不但不同，而且已经有了抵触。可是在王守仁听来，这两个弟子的领悟各有道理，都不全对，也都不能说全错，一时之间不好纠正。自己又琢磨了一回，这才说："我这四句教分为两层，那些天生聪明悟性极佳的人看到的是一层，老实敦厚实心用功的人，看到的是另一层，你二人所说各有道理……"说到这里又犹豫了半天，想着怎么才能把两个弟子思想上的差别调和纠正，可调和思想比其他一切事都难，加上王守仁满脑子想着广西的战事，心里也乱，一时竟不知说什么是好，只能把这些话先放在肚子里，等以后再说吧。

可阳明先生哪里知道，这次去广西平定叛乱竟是他人生的终点，其后王守仁再也没能回浙江讲学。他掷给王畿、钱德洪的这个"四句教"也被扔在这里，再没机会亲自点评阐述了。

王守仁去世之后，王畿和钱德洪对四句教理解上的分歧越来越大，最后竟闹到了不可调和的程度，对阳明心学的发展和传播起了一个很糟的负面作用。

阳明先生留下的"四句教"是对其致良知学说的一个总结，这四句话的内容相当平实，并无高深莫测之处，若一味把四句教往"高深莫测"之处琢磨，反而会像王守仁自己说的那样，"越说越糊涂"。

俗话说：宁跟明白人打一架，不跟糊涂人说句话。"越说越糊涂"是不行的，咱们宁可把四句教解释得简单些，也别把它弄成一锅"高深莫测"的烂糨糊。

自从"四句教"被公之于世，所有人都看出来，这四句话其实分成两层意思，其中第一句是一个完整的意思，后面三句则是另一个意思。

"四句教"后三句的意思比较直白。

"有善有恶是意之动。"这句话是说人心里的意念一旦发动，善、恶的念头就开始产生。

"知善知恶是良知。"这一句可以倒过来看,良知(就)是知善知恶。这与阳明先生常说的"良知是个定盘针"、"良知是自家的准则"、"良知是个灵明"是同一个意思,良知在人心永不泯灭,而且极精,极明,一唤即醒,但依良知去做,何等简易!这是阳明心学的基本理念,阳明先生在这上面早就阐述过无数次了。

"为善去恶是格物。"这句话简单解释起来,就是良知以为正确的就勇敢地坚持,良知以为错误的就坚决地反对,要勇敢到"无求生以害仁,有杀身以成仁"的程度,要坚强到"生我所欲也,义亦我所欲也,两者不可兼得,舍生而取义也"的地步,甚至能够直达灵魂深处,凭着良知的指引,敢于否定自己一生的功过事业。如能到这一点,就是成圣贤的路。

但若单从学术上来理解,这一句还有个内涵,就是对古人提出的"格物致知"理念做了一个注解。

古人认为《大学》里说的"格物致知"的理论极为重要,不管朱熹还是王守仁,都把这四个字看作"成圣贤"的途径。而阳明先生认为,格物致知"格"什么,格的是"是非之心","致"什么?致良知。

其实阳明先生早就说过:"良知只是个是非之心。"那么这句话的意思就明白了,格物致知,格,是格一个良知,致,是个致良知。于是"格物"和"致知"就成了同一个功夫,这个功夫就是阳明心学大讲特讲的"知行合一",知是知一个良知,行,是个致良知。

把"格物"和"致知"合并为一个简单明了的"致良知",天下人就真正找到了一条"成圣贤"的路,"满街都是圣人,人人皆是尧舜"的境界从理论上就成为了一种可能。这一点是非常重要的。

"四句教"的后三句,大概意思就是如此。但第一句"无善无恶是心之体"所表达的意思却和后三句很不相同。其区别就在于,后三句是实用的,而这第一句却不是"实用的",它是在讲一个哲学理论。

打个比方说,在整个宇宙中仅有两个人存在,这两个人并排站着,甲说:"你在我左边。"乙说:"你在我右边。"于是就有了左右之分。甲说:"你比我胖。"乙说:"你比我瘦。"于是有了胖瘦之分。甲说:"你长得比我白。"乙说:"你长得比我黑。"于是就有了黑白之别。

这时候我们让甲离开,使他消失了,没有了,不存在了。只剩乙还站在这里,那么此人是站在左边还是站在右边？是个胖子还是个瘦子？是比较黑还是比较白？都无从谈起了。

"心之本体"也是一样，有一个恶念，才会相应地出现一个善念。假设我们的心之本体达到了一种极致状态，以至于纯净清澈，廓然大公，心外无物，心外无理，恶念全消，点滴不剩，这时候，我们心里完全没有了"恶"，对"善"也就不必刻意提起了。因为我们的"心之体"已经到了纯而又纯、毫无杂质的程度，完全没有"恶"了，也就不必费力气再去刻意追求"善"了。于是无善无恶，纯而又纯，达到了道德和精神的最高境界。

但这种"心之本体无善无恶"的至高境界只是一种被架空了的理想状态，只存在于"理论范畴"之内。在现实中，这样一种境界是不可能达成的。因为人就是人，我们不是神仙，单靠克己功夫，致良知，提炼良知纯金，虽然能使自己的良知提炼得极为精纯，却无论如何无法达成这种"百分之百纯净无瑕"的状态。就像最纯的黄金，其纯度也无法达到百分之百一样。

王守仁在"四句教"里一开头就提出这样一种超越现实的"理想境界"，无非是对古代哲学思想中关于"大公、至圣、无我"之类概念做一个回应罢了。

可王守仁自己绝没有想到，"无善无恶是心之体"这句话竟被后人误读曲解，引发了太多不必要的争议，甚至他的爱徒王畿等人还在这上头犯了错误，走了弯路，提出一个奇怪的"现成良知"理论，使得心学"浙中"一派成了王学末流，起了不好的作用。更有人因为这句"无善无恶是心之体"而攻击心学，认为心学内容"类禅"，很不可取。

一句用来阐述人类道德最高标准的哲理之言，只因为所阐述的是超乎现实的"理论上的道德标准"，竟被后人误解得一塌糊涂，引发这么多不必要的争议，实在没什么意思。而且相对于"四句教"的后三句，"无善无恶是心之体"一句确实有些拔得过高，实用性反而不足，所以对"无善无恶是心之体"一句，后人知道其大概意思就行了，尽量不要过分深究，以免越说越糊涂，越搅和越混乱，引发"支离"之病。

第八章 阳明成圣

阳明成圣

九月初八，阳明先生接受了两广巡抚的任命，离开绍兴老家起程去广西赴任。十月，他的官船驶入了江西境内的章江，前面不远处，江西省府南昌城已遥遥在望。

自从正德十一年担任南赣巡抚，王守仁在江西先后待了七年，一半时间都在南昌度过。宁王造反的时候王守仁一鼓克南昌，又整顿军纪，严令士卒不得扰民，算是救了南昌百姓一命；其后宁王反扑，王守仁率军在章江上大败叛军，使叛军没碰到南昌的城墙，城里百姓又躲过一劫；之后正德南下，要来祸害南昌百姓，王守仁不顾生死押解宁王到杭州，阻止皇帝进南昌，又一次救了南昌百姓；后来江彬等人带了几万京军冲进南昌，荼毒百姓，又是王守仁忍辱负重尽力周旋，终于逐走京军，还给南昌百姓一个安宁的生活；其后江西发生水灾，王守仁上奏直斥昏君，帮江西百姓免了粮赋，再救他们一命。

救南昌城的时候，王守仁正在担任江西巡抚，作为地方官员，他身上背着对百姓的原罪，做再多好事也视为理所应当，所以虽然五次救了南昌百姓，王守仁丝毫不敢居功。现在时隔多年，王守仁又因为公务经过南昌，面对这座遭了兵劫、至今仍然残破的城池，王守仁早忘了自己曾经怎样救过城里百姓，只记得一件事：当年因为不顾一切把宁王押解到杭州，逆了龙鳞，正德皇帝大怒，不但对王守仁屡屡迫害，就连那些追随王守仁平叛的知府、知县和几万乡兵义勇也都遭了连累，或被罢官，或被遣散，没有功劳，没有升迁，没有奖赏。王守仁虽然上过奏章，请求革

第八章　阳明成圣

去自己的爵位赏赐，只求朝廷能给这些平叛立功的部属一个公道，可这么多年过去了，这件事始终没有下文。

想到这里，在江西做官七年的王守仁觉得自己对不起南昌百姓，更对不起江西百姓，满心愧疚，根本不好意思在南昌上岸，只得吩咐手下："不要在南昌停泊，等船过了丰城再上岸吧。"

听了王守仁的吩咐，官船扬起风帆向前行去，王守仁也回到舱中静静坐着，想等船只驶过南昌再出来。哪知离南昌还有两三里，一个差役忽然推开舱门叫道："大人出来看看，江岸上是怎么回事？"

王守仁不知出了什么事，慢慢走出舱来，远远只见江岸上黑压压地站满了，一个个翘着脚往江上看着。看见官船驶来，立刻有一条渔船从岸上飞快驶来，转眼靠上了官船，一个穿蓝布长袍身材矮胖的中年人冲船上喊道："请问阳明先生在船上吗？"

王守仁忙走过来："我就是。"

那人忙拱起手来深深一揖："先生好。在下是南昌城里的一个举人，因为阳明先生早前担任过江西巡抚，在南昌主持政事多年，于民有惠，自从调任之后一晃过了好几年，百姓们十分思念先生，这次听说先生要到广西去平定叛乱，正好经过南昌，百姓们就推举我出来，想请阳明先生上岸与大家见一面。"

在江西任职期间于民有惠？这一点王守仁并没有什么感觉。因为王守仁担任江西巡抚这几年，当地先有叛乱，又遭兵祸，接着章江发了大水，百姓们啼饥号寒，苦不堪言。身为一省总宪，王守仁眼里只看到百姓的困苦，心里只想到自己没有尽责，哪敢有一丝居功的心？现在听这位举人如此赞他，心里更觉不安，忙说："我在江西任上并没做什么事，何况眼下公务紧急，也不敢停留。"

见阳明先生推辞，那举人忙说："听说先生要从南昌路过，百姓们已经在岸上等了三天，我们也知道先生公务要紧，不敢耽搁行程，只想请先生上岸看一眼南昌城，知道我们这些江西人没被战祸水灾打垮，毁了的城池慢慢又重建起来了，也好让先生放心。"

听人家这样说，王守仁实在无法拒绝了，只得下了小船一直撑到岸边，几位长者已在这里等候。为首的上前说道："阳明先生是南昌百姓的恩人，自先生走后，我等日夜不敢相忘，今天小民能再见一见恩人，心里也觉得踏实。"话音未落，已经有人抬过一顶轿子来，却是两根毛竹竿架着一把圈椅。那老人扶着王守仁坐上轿，几个青年人过来抬起轿，却没上肩，只是平托着向章江门前的人群里走了十几步，立刻又有人出来接了轿子，转身又传到下一个人手里，就这么一个传一个，用几千双手把这乘小轿一直送进了章江门里。

一进南昌城，王守仁整个愣住了。原来南昌城里的百姓都走出家门，却没有锣鼓喧天，也未设香案，没有跪拜，十几万老百姓就这么静静地站在路边上，等着这位用性命拯救了南昌城的前任巡抚从自家门前经过。阳明先生的轿子到了面前，百姓们就伸一把手，托着轿杆，再传给后面的人，就这么一个一个地往后传递着，直把南昌城的大街小巷转了个遍，满城的百姓都走了出来，微笑着和阳明先生见了一面。

此时的王守仁早已泪流满面，说不出半句话来，只是坐在轿上冲着百姓们不停地拱手，让百姓们脚不沾地地抬着在整座城里绕了一遍，直到黄昏，才又送出章江门外。刚才来迎他的老者又捧了一碗酒走上前来："这是南昌百姓的心意，都堂喝一碗再上路吧。"

守仁端过酒来一饮而尽，面对着百姓们，想说几句话，却硬是一个字也想不出来，半晌，指着章江岸边那座高台问道："滕王阁什么时候能重建起来？"

老人在旁说道："大人放心，滕王阁是南昌城的根，只要这座城里还有人住着，绝不会让它垮下去。我等已在筹钱，几年之内必把它重建起来，到这还想请都堂为滕王阁题一块匾。"

听说滕王阁也快要重建了，守仁心里说不出的高兴，忙说："好，到时我必再来南昌。"对百姓们谢了又谢，这才洒泪分别，上船而去。

阳明先生在南昌城里受了这场小小的抬举，实在不算什么大事，在后来的史书上只随手记了一笔。可对王守仁来说，一整座城市、十几万百姓都笑着走出家门来"抬举"他，这件小事就变成一件天大的事了。因为就在南昌城里受抬举的这一瞬间，王阳明已经脱胎换骨，成了一位"圣人"。

圣人，并不是个头衔，只是一个"瞬间"。在这之前，此人不是圣人，在这以后，他也不再是"圣人"了。

当年孔子"知其不可为而为之"，提出克己复礼的理论，专门去克诸侯，克世卿，克贵族，不顾一切为天下人奔走呼号，处处碰壁，在齐国被晏婴驱逐，在鲁国被三桓迫害，在宋国被桓魋追杀，在卫国被卫灵公羞辱，绝粮陈蔡几乎饿死，在郑国和弟子们走散了，一个人凄凄惶惶地站在城门外，郑国人看这不合时宜的老东西着实可怜，笑话他是一条"丧家狗"，这一瞬间，孔子成了一位圣人。

战国年间天下大乱，法家兴起，杀人如麻，孟子拼了自己的性命站出来，指着天下霸主魏惠王的鼻子骂这帮吃人的诸侯："庖有肥肉，厩有肥马，民有饥色，野有饿莩，此率兽而食人也！"不怕君王贵族刀斧加身，对天下百姓大声疾呼："民为重，社稷次之，君为轻！"这一瞬间，孟子成了一位圣人。

而王阳明一辈子立德立言立功，真三不朽。立的是"良知"之德，是"致良知"之言，是救护江西百姓之功。阳明心学是暗夜中为世人点亮的火炬，有了这火炬，天下人才能面对面与邪恶的皇权搏斗。为了立德，立言，立功，王守仁遭遇迫害，几生几死，无怨无悔，到今天，这位老先生被南昌城里的十几万百姓用竹轿子抬举着在城里走了一遭，这一瞬间，阳明先生成了一位圣人。

儒家学说本来是个好学问，可惜总有人把它往阴沟里带，结果好好一门学问都被后来的人做坏了。

孔夫子提出"克己复礼"，是专门让君王和大夫们做这个克己功夫，他们若肯做就罢了，若不肯做，天下老百姓就要监督他们，逼他们做。因为只有君王克己，"复礼"才能实现。

可是君王们不喜欢孔子这套理论，弹指一挥，把"克己功夫"强加到老百姓头上去了，从此天下人个个"克己"，自己把自己收拾得抬不起头来，自信全失，无所适从。而君王们是否在做"克己"功夫呢？对不起，君王不是人，而是天神的儿子，是坐在宝座上的活神，这些"活神"是否在做克己功夫，老百姓管不着，也不配管！

到如今，阳明先生提出一个"吾性自足"，一个良知，一个立圣贤之志，一个诚意悔过，创立出一番"致良知"的功夫，告诉天下人：只要着实依此去做，人人皆可成圣贤！而王阳明自己第一个身体力行，着实依此做去，不断扩充良知，由为一人到为众人，再至"为天下人"，按他的话说，这叫"扩大公无我之仁"。这是一条真正行得通的"成圣"之路。

阳明心学像一支火炬，为世人照亮了道路，于是后人尊敬阳明先生，把他与孔子、孟子并列称为"古往今来三大圣人"。但从阳明先生成圣的经历来看，并不见得有多神奇，古往今来，士农工商，像王阳明这样肯在"良知"二字上头痛下功夫的人其实很多，多到什么程度呢？套用佛家一句话，叫作"恒河沙数"。也就是说，中国上下五千年，称得起"圣贤"的人不可胜数，比印度恒河里的沙子还要多。

　　古往今来中国大地上出了这么多的圣人，咱们身边也有无数圣人在，就算咱们自己，只要拍一拍胸口，唤醒一个良知，着实下一番功夫，照样成一个圣人，在这上头实在没有什么客气的。

　　人人皆可成圣贤，满街都是圣人，这是一个实实在在的大道理。后世学者因此而非议阳明心学，认为王守仁提出的这个说法太狂妄了，学子们大多不能领悟，一不留神，很可能变成志大才疏、流于表面的"叫嚣"之徒，吹牛扯淡，一事无成，反而把社会秩序弄乱了。这个担忧似乎有理，其实多余。因为阳明先生早就细细讲明了：要想成圣贤，需要立下"立人、达人"的大志，做一番"致良知"的实在功夫，提炼"真金"，诚意改错。只要做到这四条，必能成圣，又怎么会流于表面，沦为"叫嚣"呢？

　　然而王阳明也说过，这世上有太多的人口是心非，嘴里说"我要做个仁人"，其实心里却想做个小人；嘴里说"我要致个良知"，其实心里却想同流合污，这种口不对心，空言"立志"的人，王阳明早送给他们八个大字，叫"知而不行，只是未知"。

　　这些"知而不行，只是未知"的人，这些表面上假装尊奉阳明心学，其实从来不曾立大志、不能致良知、不肯提炼"真金"、不敢诚意改错的人，不是"阳明心学"使他们养成了叫嚣的毛病，而是他们自己要在那里叫嚣罢了。像这样的人，世上有个"良知之学"在这里，有一条成圣贤的大路给他们走，他们仍然不肯着实用功，只管叫嚣不止，倘若世上没有"阳明心学"，他就不叫嚣了吗？不会！这些人只会叫嚣得更响罢了。

　　这些"知而不行，只是未知"的人，叫嚣或不叫嚣都是他自己的事，与阳明心学有什么关系？

第八章　阳明成圣

一语消去十万兵

嘉靖六年十一月二十日王守仁到了广西梧州，立刻开府办公。

此时朝廷调动的湖广、江西、福建、广西四省兵马已经全部赶到，主力在梧州府集结，总兵力达到二十余万，其中最凶悍的是从湖广永顺、保靖两地招募的六千土司兵，也就是与广西狼兵齐名的湖广"土兵"，如今这六千人已经开到南宁府，深入广西腹地，而占据田州、思恩州的王受、卢苏部下狼兵也已冲出思恩州，威逼南宁，与率先赶到的湖广土兵相隔仅百里，遥遥对峙，一场大战一触即发。

与此同时，和思恩、田州相邻的浔州府也发生了变故，无数贼寇四出袭扰，杀人抢掠无所不为，而官军虽然兵力众多，大半却仍在梧州待命，那些向思恩、田州方向推进的官军也都被卢苏、王受的手下牵制，根本顾不上浔州方向的战事。

早前王守仁在贵州龙场驿当驿丞的时候，亲眼看到当地彝族土司、苗族百姓与大明官府之间的种种猜忌和对峙，知道这些积压多年一触即发的民族矛盾是怎么来的。所以到广西之前，王守仁已经估计到思恩、田州之乱的根源在于朝廷对这些夷人聚居之地过度压制，不顾地方民情，贸然杀害土司，强行改土归流，以致官逼民反。可真正到了广西以后，才知道当地的情况比想象中更糟，思恩、田州、浔州三处遍地是匪，满山是贼，杀戮之惨，劫掠之重令人触目惊心，看起来这场叛乱未必像早前所想象的那么简单。卢苏、王受起兵造反，也未必只是想恢复一个土司，只怕还有更大的阴谋。

恢复土司，缓解地方矛盾，这个王守仁是可以接受也可以办到的。倘若这两个叛匪头目别有用心，造反的目的竟是分疆裂土，又或别有图谋，则朝廷不得不战，王守仁也没办法了。

这么一来，眼前这一场血腥厮杀就在所难免了。

想到这儿，王守仁的心情也变得沉重起来。到梧州之后立刻把广西布政使林富找来问道："本院于五月初接到赴广西的圣旨，到如今已有近半年时间，在路上所知军情有限，你快说说，这半年里思恩、田州的两股叛匪有何异动？"

林富忙说："自从思恩州砦马土目卢苏、田州丹良堡土舍王受造反以来，已经先后攻取田州、思恩两府全境，周围的泗城州、奉议州、庆远府、浔州府、南宁府处处草木皆兵。早先总兵官朱骐在思恩与南宁两府交界之处布置了数万兵马围堵叛军，广西都御史姚镆领大军囤于梧州，随时准备对思恩、田州用兵，而叛军夺了思恩、田州之后倒也并未向外冲杀，只是占据州府，官军未得朝廷明令，也不敢立刻攻入思恩，双方对峙半年，小仗打过几场，大战还未发生。听说王都堂已奉钦命担任两广巡抚，前线各军都听过王都堂的威名，立刻士气大振，觉得与叛贼交战为期不远，所以湖广土兵率先出南宁城逼近思恩，而思恩州的一支贼寇有三千余人，也绕过官军哨卡，沿着山路渗入南宁府，两军相隔仅百里，却也尚未开战。"

其实林富这话里掺了假，王守仁也听出来了。

真正在广西一省威名赫赫的是那位前任广西都御史姚镆。可惜姚镆因为与前任内阁首辅费宏关系亲密，遭到张璁、桂萼这帮小人的攻击，立功不赏，无过受罚，弄得灰头土脸，前线二十多万官军屯驻半年，竟不知何时才能出战，只能待在驻地混吃闷睡，或者出来糟害百姓，士气早就挫光了。现在王守仁接任两广巡抚来到前敌，而在军中名声甚好的姚镆却被罢官调离，将领们多有怨言。可王守仁是奉了钦命而来，这些人不敢得罪，而官军又厌战不进，没办法，这才调动湖广土兵先到南宁，摆出一副"有所作为"的样子给王守仁看。

前线的战事王守仁知道得不清楚，可这场大战所牵涉的政治争斗，他心里一清二楚。对此也不说破。只是觉得这位广西布政使林富是个有能力的官员，几句话把前线战况说得清清楚楚，让他颇为满意。

可林富这些话也让王守仁有些诧异："我进广西以前就得到军报，说思恩、浔州两府交界之处已经大乱，无数贼寇到处攻城掠地，杀戮极惨！依你所说，姚镆只在思恩、南宁两府交界所布防，却忽视了思恩与浔州交界处的防务，这是什么道理？"

听王守仁问到浔州府的战事，林富倒是一愣，半天才说："都堂问的是两件事……"

"什么叫两件事？"

王守仁官拜南京兵部尚书，爵封新建伯，又担任巡抚两广都察院左都御史，奉钦命平定广西，职位比早先的姚镆高得多，广西布政使林富在王守仁眼前也不过是个小角色。何况外面风传王守仁与内阁辅臣张璁是一党，张璁又是皇帝身边头号宠幸，所以林富觉得王守仁这人得罪不起，对王这位新到任的两广巡抚十分畏惧。

第八章　阳明成圣

现在给王守仁这一声质问,林富有些慌了,半天才结结巴巴地说:"这次在广西作乱的是田州王受、思恩卢苏两股贼人,王都堂刚才问的也是这两个人,对此下官已经禀明了。可现在都堂忽然问起浔州的贼情来,这与'思田之乱'是两回事,下官一时不知如何禀告。"

林富这话说得莫名其妙,王守仁琢磨了半天才想明白:"你是说浔州作乱的贼人与卢苏、王受并非同伙?"

林富忙说:"都堂难道不知道吗?占据思恩、田州的卢苏、王受两伙人都是从前的土司'狼兵',可浔州杀人劫掠的是断藤峡的山贼,这两伙人之间并无联系,早先田州岑氏土司未被朝廷剿除之前,还曾屡次攻杀断藤峡的贼人,只是未能得手,这两伙人之间是有仇的。"

王守仁到广西平乱之时,只知道当地发生了"思田之乱",现在林富凭空说出一个"断藤峡"来,王守仁一下子给闹糊涂了:"你先不要说卢苏、王受的事,只说'断藤峡的贼'是怎么回事。"

提起"断藤峡"三个字,林富也觉得头疼,咽了口唾沫:"都堂刚到广西,还不知道,在思恩府和浔州府交界之处有一道大江,当地人称为大藤江,江流湍急异常,硬在万山之中切出一条峡谷来,以前被叫作'大藤峡'——之所以叫这个名字,是因为以前大藤江两岸生有千年巨藤,横跨大江,当地人可以顺着巨藤来往于江上。此处地势奇险,江流错杂,密林绵延千里,尽是人迹罕至之处,多有虎豹豺狼。有一股凶悍的山贼就在这江峡之中啸聚,这些贼与普通山贼不同,他们不是各处小股贼众纠结而成,却是累世在此聚族而居,子孙就在山中繁衍,孩子长大了就出来做贼,不农不牧,不耕不织,专门以劫掠为生,不管是官商百姓,是当地人还是外地人,见人就杀,见物就抢,到今天也不知做贼做了几百年了!我大明立国之时,太祖高皇帝曾命都督韩规率领几万精兵进剿大藤峡,结果太祖麾下的百战精兵也攻不破贼巢,反而损兵折将铩羽而归。到天顺年间,都御史韩雍集结二十万大军进剿,把那一带贼巢都犁荡了一遍,杀了不少山贼,又把连接大藤江两岸的巨藤全部砍断,从此'大藤峡'改叫'断藤峡',本以为太平无事了。哪想军马刚退,这些山贼又从石头缝里钻了出来,反而攻克浔州府大杀大抢,广西震动!其后数十年间官军累次进剿都无所得,到了成化年间,这一带早已道路断绝,商旅无踪,山贼无处可抢，就开始抢劫当地人的寨子，也是一样地杀人劫财无所不为，当地土司忍无可忍，亲自领着狼兵到断藤峡去攻打贼寨，先后斩获两百多颗首级，可也实在不顶什么用，最后还是招抚了事。由大藤江北上，还有一处贼窟叫'八寨'，也是个山贼聚乱之地，断藤峡与八寨两处山贼互相呼应，官兵一来就遁入深山，官兵一走就出来杀人，凶恶异常，号称广西省内第一大祸害。这次卢苏、王受作乱，广西各处兵马都集中起来对付这两个土司去了，断藤峡、八寨两处的山贼得到消息，立刻勾结起来四处抢掠，真把浔州、思恩两府百姓祸害苦了。不管官军、土司还是百姓，没有不恨他们的。"

想不到广西境内居然有如此凶狠的贼匪，倒让王守仁想起早年在南赣遇到的谢志珊、蓝天凤、池仲容那帮家伙。可听林富所说，断藤峡的贼匪比江西境内那些山贼还要狠毒十倍。地方上出了这样的祸害，而且为害已经数百年！当地的老百姓怎么活呀……

可话说回来，按林富所说，思恩土舍卢苏、田州土目王受起兵造反夺占思、田两府之后并未纵兵烧杀作乱，只是就地与官军对峙，这倒符合王守仁早前的估计：官逼民反。

既然当地百姓已经被逼得造了反，朝廷再动用二十多万大军进剿，等于火上浇油，后果不堪设想，这种时候最好的办法就是知错认错，诚意悔改，主动与卢苏、王受接触，争取以抚代剿，化干戈为玉帛。于是王守仁问林富："这么说在广西境内杀人放火的并不是卢苏、王受？"

林富犹豫了一会儿，慢慢地说："这个……下官也说不清。"

其实林富分明是认同了王守仁的推测，只不过这事关系太大，林富不敢担这个责任，所以含糊其辞。

王守仁也知道广西境内大军云集，林富一个广西布政使确实担不起这么大的责任，所以招抚卢苏、王受的决定必须由自己来下。于是又问林富："本院听说卢苏、王受占据州府之后，曾经派人向梧州方面呈递诉状，陈述苦情，求朝廷开恩招抚，有这事吗？"

王守仁说的倒是真的。

思恩、田州这几个土司其实不想造反。早前岑猛被朝廷大军追杀的时候就不

第八章 阳明成圣

断上诉，向朝廷喊冤，可惜嘉靖皇帝不听他的。现在卢苏、王受起兵造反，目的也无非是想恢复土司，所以他们也像早前的岑猛一样，一边打仗，一边向朝廷求情诉苦，请求招抚。可惜广西都御史姚镆受到来自嘉靖皇帝身边那帮小人的压力，不敢接受卢苏、王受的诉状，更不敢招抚这些人，于是土司的求情不被朝廷受理，招抚空悬，实施不下去。

王守仁忽然问起此事，林富忙说："都堂说得是，卢苏、王受确实向前任广西都御史递过诉状，请求招抚，但诉状都被姚镆掷还，并未受理。自从朝廷大军云集，卢苏、王受二人已率众逃入深山，最近半年再没有诉状送到梧州了。"

其实广西布政使林富也是个有良心的官员，知道"思田之乱"的原委，从心底并不希望打仗。他这番心思王守仁早看了出来，就顺着林富的话头儿说："朝廷调动四省兵马会攻广西，所对付的不过是两个小小的土目，就算讨平反叛，杀了这两个人，又有什么益处？思恩、田州屡屡发生变乱，单靠打仗毕竟解决不了问题，本院以为既然卢苏、王受请求朝廷招抚，何不顺水推舟，招抚这两个人，若能平息战祸，也是一件好事。"

"可卢苏、王受已逃入深山……"

不等林富把话说完，王守仁已经问了一句："只要派人去找，总找得到吧？"

自从广西发生变乱，姚镆奉朝廷之命一味追剿土司，杀人甚众，结果思、田两地越打越乱，叛军越杀越多。现在王守仁一到广西，立刻提出招抚之计，林富心里十分高兴，嘴上却说："都堂若有此意，下官自当尽力帮办。"

在招抚的问题上林富表现得有些滑头，一点儿责任也不肯担。不过他一个地方官员，面对的又是这么一场在政治上很敏感的战争，能把话说到这个份儿上就算不错了。

王守仁来广西之前就下决心置皇帝的意愿于不顾，尽可能用安抚的办法解决广西战乱。现在情况果然和早先的估计一致，王守仁也决心一个人挑起这副担子，自然不需要林富做过多的表态，点点头："这就好。本院写个令牌给你，派人送给卢苏、王受，问问他们的意思，若肯接受招抚，大家都好，若真有反叛之心，我再剿他也不过反掌之间！"

王守仁一句话说得林富喜笑颜开，赶紧领命，于是王守仁就在案上铺开纸来，以巡抚两广左都御史之名写了一道公文，用了印，封好了交给林富，林富接过公文飞步走出去了。

几天后，林富拿着一个信封儿来见王守仁，张嘴就说："卢苏、王受实在嚣张！都堂已经给了这两个反贼一条生路，准许他们向官府投降，想不到这两个贼竟然不肯到梧州投降，反而提了两个条件，一是请都堂下令解散军马；二是嫌梧州离思恩太远，想请都堂到南宁去和他们见面。"

梧州府在广西的最东边，与思恩府之间隔着一个浔州府。南宁府却与思恩府山水相邻，南宁城与卢苏占据之地近在咫尺，卢苏、王受请求王守仁遣散各省兵马，是想让他表示招抚的诚意，至于请王守仁到南宁去，则是因为这两个人心虚，不敢离开自己的老巢。

既然王守仁早已下定了招抚土司、化解兵祸的决心，遣散官军其实顺理成章。至于亲到南宁去和两个叛乱头目会面，在王守仁想来，朝廷势大，叛军力弱，关键时刻自己代表朝廷对卢苏、王受略做让步，也是很自然的事。

"好，我再写一封信交给卢苏、王受，告诉他们，湖广、广东、江西兵马如约解散，待撤走兵马之后，本院就动身到南宁去。"

答应了卢苏、王受的请求之后，王守仁说到做到，立刻下令：已经在梧州集结的三省官兵全部撤回本省待命，尚未赶到的兵马停止向广西调动。

得了王守仁的命令，各路官军纷纷撤离梧州。与此同时，巡抚两广左都御史王守仁轻车简从，只带了十几个手下直奔南宁而来。

二十六日，王守仁赶到了南宁。广西按察司监军佥事吴天挺早已在城门前迎接。一见王守仁的面就急慌慌地说："都堂！出大事了！"

见吴天挺如此慌张，王守仁忙问："出了什么事？"

"几天前，卢苏、王受各自率领本部兵马出思恩州开进南宁府，已经南宁城外驻扎下来，可万万想不到，这次卢苏竟带来了四万精兵，王受手下的叛匪也不下三万，加起来竟有七万余人！"

听说两个叛匪头子带着七万"狼兵"直抵南宁城下，王守仁身边的随从们一个个吓得脸色惨白，恨不得掉转马头直接逃回梧州去。只有王守仁凭着良知精纯的良知一眼看透了真相，并不觉得害怕，反而摇头叹息。

思恩、田州两府加起来能有多大地方？何况又是荒凉穷苦之地，夷人聚居之处，山高林密，土地贫瘠，本就人口稀少。这次造反的砦马土目卢苏，丹良堡土舍王受，他们原本只是当地大土司手下的两个官吏，所控制的地盘不会比一个县更大，手里掌握的兵马只有几千人，可现在追随这两个人对抗官军的竟有七万之众！这七万人绝不可能都是卢苏、王受的部众，其中有多少是地方上受到不公平待遇的土目、头人，又有多少人只是普普通通的老百姓。这些人哪怕嘴里有一口饭吃，身上有一件衣穿，眼前有一条活路可走，他们是绝不会啸聚而来围困南宁的。

是谁把这七万人逼上了这么一条路？当然是朝廷，是官府。可朝廷不肯认错，随口一句话，就把七万个可怜的老百姓定为"叛匪"，称为"狼兵"，然后调动几倍的兵力来剿杀这些可怜的人，今天来的若不是阳明先生，换了其他任何一个官员，出于对皇帝的忠诚，必定伸手一指，大喝一声："杀光这些造反的'狼兵'！"只这一句话，立时要断送多少条人命？

早年在龙场当驿丞的时候，王守仁也曾遇到过这样左右为难的情况。土司有造反之心，和他商量，他心里却一心想着忠君，打算向官府举报大土司的"反心"。心里反复掂量，折腾了好久，最后才凭着良知做出一个正确的决定，既不向皇帝表忠心，也不帮着土司对抗朝廷，而是替当地百姓们设想，劝土司收回野心，请朝廷息了兵戈。

那时的王阳明刚刚悟到良知，运用起来还不怎么精纯，下这个简单的决定费了不少功夫。可现在王守仁已经是一位大宗师了，经过二十年不懈的提炼，他心里的良知比在龙场之时要精纯得多。凭着心底的良知，王守仁立刻做出一个决定，安抚卢苏、王受，恢复当地的土司制度，安定思恩、田州两地人心，无论如何先救下眼前这七万条人命再说。

其实王守仁眼下做出的决定和在龙场时做的决定是一样的。唯一不同的是，在龙场时，他劝土司放下野心向朝廷认错；在广西，他代表朝廷主动放下身段，向当地土司和百姓们低头。

拿定主意，王守仁不慌不忙，只是淡淡一笑："这些土司到南宁是来受招抚的，若只来一两个人反而奇怪，来的人多，说明有受招抚的诚意，这有什么奇怪的？"

见王守仁根本不把眼前的危险当一回事，吴天挺忙说："狼兵素以凶狠著称，都堂千万要小心！"

"这些人在南宁城外烧杀抢掠了吗?"

"那倒没有……"

王守仁早料到卢苏、王受是真心而来,不敢胡作非为,把头一点:"没抢掠就好。你现在就派人去见卢苏、王受,告诉他们,本院已到南宁,明天就让为首的头目进城受抚。"

安排了公事,王守仁进了南宁城。此时天色已晚,这一路上走得辛苦,在南宁又没有什么公事要处理,就早早睡下了。哪知刚合上眼,忽然隐约听得城外传来一片呼啸之声,王守仁忙披衣而起,刚走出房门,吴天挺已经飞奔进来:"都堂,城上军士来报,叛贼营中忽然火光乱闪,吼叫如雷,不知出了什么变故!"

听了这话,王守仁也暗吃一惊,忙跟着吴天挺登上城墙,只见远处黑暗中火光如萤,到处乱闪,隐约还能听见呼叫之声,只是声音比刚才小多了,听不清这些人在喊叫什么。王守仁看了一会儿,又想了想,微笑道:"准是传令的人到了他们营里,这些人见朝廷肯招抚他们,一时高兴,呼啸聚舞而已,没有什么。"

王守仁这话真把吴天挺说愣了:"都堂怎么知道他们是呼啸聚舞?"

吴天挺哪里知道,当年王守仁在贵州住过三年,彝人的火把节、苗人的芦笙跳月他都参加过,对这欢庆之时"呼啸聚舞"的风俗熟悉得很。广西这边山民的习俗或与贵州不同,却也大同小异。这些话没法对吴天挺解释,只是站在城上等着消息。

又过了一阵子,几匹快马驰回城里,去传令的人带回了卢苏、王受的口信:明日一早进城受抚。

至于城外的火光和呼啸声,果然像王守仁猜的,那些"狼兵"一听朝廷愿意招抚他们,大喜欲狂,都点起火把在营中又唱又跳庆祝起来,并没有别的事。

眼看新到任的两广巡抚料事如神,吴天挺等人佩服得五体投地。王守仁却不把这些放在心上,又和吴天挺交代了几句话,就回屋休息去了。

第二天一大早,南宁城外的叛军大营里号角声声,远远只见营门大开,一大群头领或披挂藤甲、或身着彩衣,骑着马往城下而来。

与此同时,南宁城门大开,按察佥事吴天挺身穿官服,带着官员将领们在城门外迎接,与这些土目互相见礼,领着他们进城直奔知府衙门而来。王守仁早已身穿大红官袍坐在公案后面,只见一百多名土目鱼贯而入,都在堂下站着。王守仁面沉似水,把这些人逐个看了一眼,恶狠狠地叫了声:"思恩府砦马土目卢苏,田州丹良堡土舍王受,你二人上前来!"

听王守仁召唤,土人里走出两条壮汉,一起上堂向王守仁跪拜。王守仁厉声喝道:"你们知罪吗?"

自从大一统中央王朝建立政权以来,地方上每有战乱,朝廷只有两招应付,不是剿就是抚。征剿的时候杀人如麻,招抚的时候却多是和颜悦色。像王守仁这样面色严厉,态度冰冷,倒也少见。卢苏、王受本来就不踏实,又给王守仁一唬,心里更没底了。可是这些广西土人脾气暴躁,面对巡抚大人不但不畏服,反而更强硬了,卢苏翻起眼睛盯着王守仁,耿着脖子说:"小人并不知犯了何罪,请都堂明示。"

见土人不肯服罪,王守仁一拍桌案吼了起来:"你们到现在还不知罪!你等在思恩、田州两府闹事,虽然事出有因,还算不上谋反,可是你们这些人无故阻兵负险,截断道路,使数万百姓家属离散,前后闹动了两年之久,为了应付你们惹下的麻烦,朝廷不得不发下官军,耗费粮饷,广东、江西、福建三省军民百姓都因此受苦,你们还不知罪吗?"

王守仁这句话说得极为巧妙。虽然措辞严厉,语气凶狠,可第一句话就说卢苏、王受二人"还算不上谋反",只这一句话,已经替卢苏、王受和聚集在南宁城下的七万百姓平了反!至于后面那些责备的话,不过是给朝廷找个台阶,大家面子上好看而已。

然而堂上的官员将领、堂下的土司土舍个个都知道,对广西之乱朝廷的定性本就是"谋反"!现在两广巡抚王守仁说了一句话,把一切责任背在自己肩上,却赦免了下面几万条人命!刚才还态度强硬的卢苏这一下感激莫名,急忙向上磕头,嘴里连声说:"小人确实有罪,现在已经知罪了,求大人给小人们一条活路走吧。"王受也在一边磕头不止,愿意认罪。

见这两人认了错,王守仁又故意沉着脸说:"你等之罪甚重,本院要把你们每人重责一百杖,你们服不服?"

一听这话,卢苏、王受都吓出了一身冷汗。

一百杖!这不是要把人活活打死吗?就算命硬能熬过这顿打,只怕腰也给打坏了!

可卢苏和王受心里也明白，正如王守仁所说，这次他们在广西大闹了两年，所犯的罪实在不轻，现在王守仁要打他们每人一百杖，既是对他们两人的责罚，也是让他们替别人顶罪的意思。

卢苏、王受是这场变乱的肇始者，是城外七万人的总头领，既然闹事的时候他们站在前头，现在就该有替别人顶罪的担当！于是都咬咬牙，各自说道："小人愿意受罚。"

其实王守仁说出这话，只是想试一下这两个人的诚意，看他们是不是真心接受招抚。现在卢苏、王受都愿意挨这顿打，说明确有诚意，这么一来，招抚的事也就真正定下来了。

到这时王守仁才收起了那副严厉的表情，微微一笑："既然认罪认罚，就下堂去让你们带来的人打一百杖，打完再来和本院说话。"

原来这一百杖竟是如此打法，卢苏、王受这才明白王守仁的意思，急忙又磕了几个头，笑呵呵地下堂去了。

事情办到这里，两广巡抚真心安抚，土舍土目真心归附，再无异议。等两个土司再回来时，守仁已经退到二堂，与两人对面而坐，和颜悦色地同他们商量："你们既然受了招抚，就该早日遣散兵马，让乡人回去务农，不要荒废了农时。"

卢苏忙说："都堂放心，我们一回营就遣散兵马。"

卢苏这话说得干脆，可眼神却有些犹疑不定，王守仁知道这些人心里还有想法，就笑着点头："这就好。咱们已是一家人了，你们有什么要求都可以说出来。"

到这时王受才慢吞吞地说："都堂，我家老土司被归顺州的岑璋杀害，身后留下一位少主子名叫岑邦相。现在田州已经归顺朝廷，能否请都堂帮忙在皇上面前求个情，仍让少主子领一个知府的头衔，领着我们这些人给朝廷纳粮纳税，朝廷也省事些。"

对于在田州重立土司的事王守仁早有慎重的考虑。现在王受问了这话，王守仁故意沉下脸来："你们把事情想得太简单了。地方官员职责重大，岂是你们说立就能立的？依着本院的意思，岑邦相先不忙着封官，你们田州共分四十八甲，从中割出八甲交给岑邦相去管，三年之后，如果地方安宁，岑邦相也老实勤谨，就授他一个判官，再过三年，仍然如此，就授以同知，又过三年仍然如此，再授以知州官衔，你们看怎么样？"

守仁这样说，实际上已经是答应在当地重设土司了，只是以九年为期逐次递升，一来考察一下岑邦相的能力和对朝廷的忠心，二来也是给朝廷一个面子，让土司知道皇帝的威风。这个安排已令卢苏、王受二人十分满意，赶紧跪下磕头，感谢不迭。卢苏满脸带笑地说："都堂对思田两地百姓如此深恩厚德，小人无以为报，请问都堂有什么事让小人去做？只要吩咐下来，我等无不受命。"

卢苏这话里其实带着"贿赂"的意思。

广西的庆远、浔州、思恩、田州等地多有银矿，自古出产白银，当地土司们手里都攒着不少银两，平时官府的人总是想尽了办法打这些银子的主意，所以拿白银贿赂官员成了土司们的一个习惯。只不过以前土司都是被官府讹诈，这次卢苏对王守仁感激涕零，是真心实意要送一笔银子来感谢这位救了十万条人命的两广巡抚。

可王守仁心底的良知已有千斤之重，且早已提炼得纯而又纯，物欲之流他连想也不去想了，只说："做官的靠百姓供养，为百姓做事是应该的，不敢说什么恩德。老子讲一个'无为而治'，你们回到家乡以后好生过日子，什么也不用我管，什么也不用我问，我就心满意足了。若说我有什么事命你们去做，只有一件：你们这些土舍、土目也是官，以后要善待百姓，能做到这一点，大家就都好了。"

王守仁这一句话真把卢苏、王受说得落下泪来。两人当天就出了南宁，告诉聚集在城外的人们：战事已罢，招抚已成，土司复立，思、田两府太平无事了，大家回乡种田去吧。

听了这些话，南宁城外欢呼之声又一次响彻云霄。

老百姓并不关心国家大事，他们最在意的是父母妻儿、田地鸡鸭，是口中之食，身上之衣，这些人其实忙得很，如果不是被官府逼急了，谁有工夫在外头聚众闹事？

当天夜里，聚集在城外的人群就开始自行散去，两三天工夫，早前聚集的七万"狼兵"走得只剩下五千来人。

——这最后留下的五千人才是卢苏、王受部下真正的兵马。他们留在城外，是等着和主子一起回家乡去。其中卢苏的手下只有三千多人，王受部下狼兵仅两千人。

至此，一场震动西南四省的大变乱，彻底结束了。

弹指破尽百年贼

广西变乱因皇帝的私欲而引发，为了应付这场战争，大明朝廷调集了能征惯战的将领，招募了以凶猛著称的土兵，先后集结了二十多万军队，把半个广西围得水泄不通，逼着当地七万百姓起来造反，这一仗最终的胜负无人可以预料，但血流漂杵的结局却是躲不过的。

在中华帝国几千年历史上，像这样无端引发又以悲剧收场的疯狂事变已经不知发生过多少次，从挑起战争的嘉靖皇帝、部署战事的阁臣和兵部、指挥战争的广西都御史姚镆和总兵官朱骐、参与战争的将领和土司宣慰使，到被官军团团围住的土司、土目、被裹胁进来的几万百姓以及思恩、田州两府那些无法抗拒暴力、只能束手待宰的老幼妇孺，在这场无法逆转的战争面前都已断了退路。如果不是王守仁奉命到了广西，可以说，世上任何人都无法令这场战争停止。

可王守仁却依着心底的良知，做出了常人连想也不敢想的勇敢举措，孤身一人面对卢苏、王受这一帮叛乱首领和七万名凶猛的"狼兵"，只说了几句温和朴实的话，做了几件合情合理的事，就兵不血刃平定了思恩、田州地方的叛乱，收服了卢苏、王受两个强人，拯救了数以十万计的生命！这真应了孟子那句震古烁今的名言："仁者无敌。"

孔夫子说："克己复礼，天下归仁。"克己，就是先克皇帝，再克重臣，再克官员，又克儒生，这些人都"克住"了，最后再克百姓。而儒生们做"克己"功夫，最终目的还是为了克皇帝。因为只有真正克住了皇帝，克住了朝廷，社会秩序才能保证，"天下归仁"才可以实现。

现在王守仁做了一个"致良知"的功夫，不惜违抗圣旨，独断独行，用他的勇气和睿智克住了皇帝的私心，克住了朝廷的暴力，于是七万百姓不必等人去"克"就自行散去，思恩、田州两地的社会秩序顿时恢复，至少在广西一省之内，"天下归仁"四个字被做出了几分模样来。

单看这一件事，我们就可以肯定：孔孟儒家思想是正确的，"克己复礼"是正确的，要说有错，那只是后人把这四个字的根本意思理解错了。

良知之学讲究一个"悔过"，凡是曾经错误理解"克己复礼"的中国人都应该承认自己犯了错，认识了错误就自己改。千万不要给自己找借口，把后人的过错都赖在孔、孟两位古人身上。因为这种抵赖毫无益处，只能是自欺欺人，自坑自害。

一句话救了十万人！对于旁观者来说，心学宗师王守仁在广西的作为已经十全十美，可王守仁的心里却一刻也没有安宁，因为刚到梧州时广西布政使林富对他说的那些话，始终被王守仁记在心里。

断藤峡、八寨的山贼盘踞思恩、浔州两府交界之地，顺大藤江北上可以进入平乐府、柳州府、桂林府，南下可以到达南宁府，为患千里，思恩、浔州、平乐、南宁、柳州、桂林六府百姓皆受其害，半个广西不得安宁。而且这股山贼祸害地方不是十年，也不是一百年，而是数百年累世聚居之贼！这样穷凶极恶的山贼不能平定，就像一处病灶，不管哪里有事，断藤峡之贼都会趁机大闹，有这些山贼在，半个广西的老百姓就没有太平日子可过。

当然，王守仁也知道断藤峡、八寨之贼不好剿。早前几十万大军奈何他们不得，后来土司动用手里的"狼兵"也不过动了山贼一点皮毛，王守仁虽有心剿断藤峡之贼，可他初到广西，对地方上的军情民情都不了解，加之思恩、田州初定，局势仍然不稳，广西一省兵马集结于南宁府、柳州府两处，一时难以调动。

事事生疏，处处掣肘，剿匪的事很不好办。

若换了别的官员，此时一定会想：皇上命我平定思恩、田州之乱，现在乱局已平，大功告成，向朝廷邀功请赏还来不及，谁有闲心去剿那些积年惯匪？就算要剿，也等三年两载以后，地方安定，军队腾出手来再剿不迟。可王守仁不是个普通官员，这是一位专做"致良知"功夫的大宗师，他想事做事的准则与众不同。

在王守仁想来，什么是儒生？立救国救民的大志，以"克己复礼，天下归仁"为己任的人才配称儒生。这些儒生做了官，就是来给老百姓卖命的。在朝廷里做官，要时时监督皇帝，为民请命；在地方上做官，就要给百姓们当牛做马，凡与百姓利益切身相关的事，当官的就算拼上一条命，也要替百姓们把事办妥，这才是一个儒生、一个官应有的良知。

现在王守仁担任了两广巡抚，就必须给广西百姓当牛做马，替他们出力卖命。此是良知使然，规避不得。

于是王守仁在办理公务之余，把卢苏、王受以及地方上的土司、土目、百姓们找来仔细询问断藤峡、八寨一带的贼情，从贼众数量、山寨分布到山川地势、进退道路全都细细查问明白，然后关起门来对着地图一夜一夜地用心琢磨，足足下了十几天功夫，渐渐给他悟出了一些剿匪的门道。

王守仁是个最会用功的人，知行合一，办事效率很高，脑子里有了想法，立刻由此切入，又花了几天工夫，已经制订出一个剿匪的计划。于是把卢苏、王受两人找来，对他们说："本院奉旨到广西安抚地方，可思恩、浔州之间竟有积年巨盗不能平定，百姓受害不浅，所以本院决心调动兵马剿灭断藤峡、八寨的山贼匪类，只是在这些地方打仗，官军不如土兵，本院想和你们商量一下，借些兵马。"

听王守仁说要剿断藤峡的山贼，卢苏和王受对看一眼，都觉得十分意外。

王受原本是田州丹良堡土舍，这丹良堡是官军在田州的驻军之地，王受手下的兵马就是朝廷所说的"狼兵"，只要朝廷有了战事，就会随时征调。因为断藤峡一带山贼为患太烈，官府时时要派兵防堵，所以王受和这些山贼打过不少的仗。至于卢苏，本是思恩州土司手下的大土舍，而思恩州又是受断藤峡、八寨之贼骚扰最凶的地方之一，卢苏也屡次追随土司、官兵去剿过贼。可官兵、狼兵每次进了断藤峡，不是找不到山贼的影子，就是中这帮贼人的埋伏，损伤士卒，每每吃亏，几乎没占过便宜。现在王守仁说要剿贼，两个土官心里都有些慌了。王受忙说："断藤峡这伙贼十恶不赦，个个该死！王都堂要替地方剿贼，是件好事，我们这些人一定誓死追随。只是断藤峡内山高林密，江流四布，绵延千里，四处相通，非常复杂，而且山中多有洞穴，小的能藏几十人，大的能藏千百人，这帮山贼在断藤峡盘踞多年，巢穴极多，又最会走避躲藏，遇上小股官兵就出来交战，一旦遇到大军，他们立刻钻林进洞，无迹可循。都堂要剿贼，最好集结足够的兵力从思恩、浔州、平乐府、柳州府四个方向同时动手，先攻破险要之地，进山之后就分成多股仔细梳篦，见洞抄洞，见林搜林，凡是山贼见了就杀，这样或许有效。"

王受是个老实人，对王守仁说的也都是老实话。可他这些话里分明透出一个"不愿战"的意思来。

正如王受所说，断藤峡之贼既凶恶又奸猾，遇到大股官军进剿，他们就钻林进洞，藏得无影无踪。王受明知道山贼有这一手儿，却出主意让王守仁调官军从四个方向同时进兵，这不是故意惊动山贼吗？到时候就像他说的，这帮贼人一受惊，

第八章 阳明成圣

立刻钻进密林山洞躲了起来，官兵也好狼兵也好，自然是扑个空。

显然，王受这位丹良堡土舍认为剿断藤峡之贼难以取胜，能"扑个空"就是造化了。

广西狼兵一向以勇猛著称，可现在连狼兵首领都不愿意和断藤峡之贼交战，听了这话，王守仁不禁眉头微皱。

王守仁到广西以后化解了一场大战，保全了一方土司，救了无数人的性命，当地人对王守仁感恩戴德，崇敬得很。现在卢苏看出王守仁有点不高兴，赶紧在旁边说道："王都堂想剿断藤峡的贼，真正得实惠的是我们这些土人。在这件事上我们哪能不尽力？卢某在思恩这个地方还有些名气，在这里做个保证：只要都堂一声令下，思恩府所有土舍、土目、头人麾下人马都听都堂调拨！"说了这话还觉得不够，又拍着胸脯保证道："不只思恩，就连果化、归德、向武、归顺这些地方我也说得上话，都堂要剿贼，我就去给都堂借兵！"

卢苏把话说到这个地步，王受也受了鼓舞，站起来高声说："庆远府与田州府山水相连，东兰、那地、南丹三地土司兵强马壮，我在当地土司那里也说得上话，只要都堂一句话，我就顺着红水河北上，到庆远府去替都堂借兵！"

卢苏、王受这些人都是憨厚爽直的脾气，做事全凭激情，只要是他们信得过的人，必能誓死效命。现在王守仁以自己的诚信得到了这些土人的信赖，这些人也就真心实意替他卖命。有这两个人帮忙联络，广西地方上南到归顺、向武、奉议、果化、归德，北至南丹、那地、东兰都可能加入剿匪之战中来，再加上思恩、田州两地土兵，可以说，广西内一半以上的"狼兵"都会齐了，粗略算算就有五六万人！

能一次动员起五六万狼兵，王守仁这个新到任的两广巡抚面子实在不小。

土司们愿意追随王守仁剿匪，这是好事。但卢苏、王受这个"大集狼兵梳篦山林"的打法却未必有多高明。王守仁先对两人拱拱手，这才微笑着说："多谢两位仗义相助。只是剿断藤峡、八寨之贼实在用不了几万兵马，我手里现有一万多人，够用了。"

一听这话，卢苏、王受面面相觑，都不作声了。

王守仁笑着说："断藤峡的山贼能作恶数百年，屡剿不绝，因为其有四强：

敢战，能守，会逃，精明。何谓敢战？山贼聚族而居，结成匪帮，互相呼应，遇到官军进剿，只要锣声一响周围各寨齐至，片刻工夫就能集结数千人，因此凶恶敢战；何谓能守？山贼在断藤峡、八寨等地盘踞多年，凭高就险，把守要害，官军强攻之时伤亡惨重，锐气一折，后面的仗就不好打了；何谓会逃？这帮人不农不牧，没有田地财产，也就无所牵挂，山寨守得住就守，守不住就弃了寨子逃进深山密洞，官军走后，他们又回来重建山寨，一无所损；何谓精明？山贼在周围府县布有眼线，地方兵马略有动作，这些人立刻觉察，能战就战，不能战就逃之夭夭。因为有此'四强'，兵马进剿不是扑空就是吃亏，略有放松，他们就出来抢劫。现在咱们要破山贼，就得从这'四强'下手，只要破了他们的法，这些贼就容易对付了。"

王守仁的话实在出奇，卢苏忙问："请问都堂要如何破山贼的法？"

王守仁抬起头来略想了想："对断藤峡山贼而言，最厉害的是他们在各处分布的眼线。不但遍布州府县镇，恐怕就连附近的村庄寨子里也有，平时山贼何时打劫，劫掠何处，都靠眼线给他们指路。这一次朝廷为了平定广西，调动了广东、江西、湖广三省大军，广西地面上的官军也都奉调出征，所有人都盯着思恩、田州，无暇他顾，断藤峡周围的军备一下子松懈了，于是山贼呼啸而出，到处抢劫。如今思田之乱已平，广东、江西、湖广兵马都遣散了，而广西官兵却还集结在梧州，断藤峡周边府县几乎没有官兵，山贼通过眼线知道了这个情况，绝不担心有人来剿他们，必然疏忽。这是他们的眼线已失，没了'精明'之利。咱们偏就在此时进剿，而且不告知官府，不准备粮草，不安排官军接应，单靠土兵之力忽然潜入断藤峡，先夺下他们设置的关隘险要，使其失去'能守'之功，然后一鼓作气冲进山贼老巢，穷追猛打，步步紧逼，这种时候他们那'会逃'的本事也用不上了。至于'敢战'嘛，山贼毕竟是贼，做贼心虚，只要咱们破了他'四强'之中的三强，战场上面对面斗起来，我相信山贼绝不是你等的对手。"

王守仁这一计神出鬼没，卢苏、王受一时都没听懂，各自想了好半天，这才渐渐明白，越往深处想，越觉得王守仁的主意在理，甚而超乎常理，高明到了极处！王受忍不住叫了一声："王都堂真是诸葛亮在世！"

卢苏年纪比王受大几岁，想事情比王受深些，又琢磨良久才说："断藤峡的山贼说起来是一伙儿，其实并不在一处。北边平乐、思恩、浔州三府交界之处两三百里有多处山寨,南边的牛肠、六寺、仙台、花相、白竹、古陶、罗凤等地也有他们的寨子,平时统称为'断藤峡',其实细分的话又分成断藤峡和八寨两地。咱们手里不过几千人马,如果从南往北,必然先打八寨,断藤峡的贼得了消息,可能来援,又或逃走,总之无法消灭。若从北往南先打断藤峡,再平八寨,结果也是这样。一支兵打两处贼,就怕难以呼应……"

不等卢苏说完,王守仁已经接过话来:"你说得对。一支兵打两处贼,是打不赢的。但咱们手里正好有两支兵。你们两位的兵马是一路,另一路则是从湖广调来的土兵,这支土兵有六千人,现在驻扎在南宁附近,我准备用他们打断藤峡,你们这一路专攻八寨,你看如何?"

原来思恩、田州变乱之时,朝廷为了大举镇压,除了调动几省二十多万大军杀进广西,又专门从湖广省内调动了一支六千人的土兵进了广西。

所谓"土兵"就是湖广湘西一带的彭姓土司兵。这一带的土司从残唐五代时占据地盘,在当地已经做了八百多年的土皇帝。大明建立之后,这几家彭姓土司都归顺了朝廷,被封为宣慰使,实际上成了被官府承认的世袭土司。由于当地贫穷偏僻,人多地少,老百姓为了生存下去养成了一副凶强好斗的脾性,当地土司也很贪财,只要官府给赏,这些土司就带着手下替朝廷卖命,什么样的恶仗都敢打,以其勇猛与广西的"狼兵"齐名。

这次朝廷要收拾广西的乱局,对手正是当地狼兵,为了克制狼兵,就专门从湖广调来了六千土兵,带兵的正是当地最著名的两位大土司,保靖宣慰使彭九霄,永顺宣慰使彭明辅。

土兵的脾气暴烈凶猛,战法也确实与众不同,早先二十多万官军尚在梧州集结,还没往思恩、田州开进的时候,彭九霄、彭明辅已经带着他们的土司兵孤军深入数百里到了南宁府,打算以六千兵力与卢苏、王受的数万人先战一场!若不是王守仁随后也到了南宁,弹指之间平定了战乱,土兵和狼兵怕是已经在南宁城外打了几场恶仗了。

现在广西变乱已平,狼兵尽被王守仁收服,成了剿灭山贼的膀臂,这支驻扎在南宁附近的土兵,也正好用来攻打断藤峡,为广西一省百姓除去心腹之患。

对此王守仁早就订好了计划:"现在广西无事,各省兵马都已回撤,只剩下六千土兵还在南宁附近。我已经给彭九霄、彭明辅两位宣慰使下了密令，叫他们做好进攻八寨的准备。对外则宣称广西之乱已平，官兵皆已遣回，湖广土兵也回原籍，命两位宣慰使领着部下坐船进入郁江，由此北上经黔江、柳江、融江，一路上大张旗鼓，每到一处府县就上岸吃饭，让所有人都知道土兵正要撤出广西，回湖广去。这一来，土兵们就正好从断藤峡一带经过，而且有了前面的掩饰，断藤峡里的山贼只知道这是土兵回湖广，绝想不到这些人是冲着他们而来。至于这支土司兵，我已严令他们必须在四月初一到达浔州府，立刻由陆路转道进入大藤江，最迟在初二必须赶到龙村埠上岸，杀进断藤峡，扫荡各处贼巢。"

说到这里，王守仁把卢苏、王受看了一眼，见这两人都满脸兴奋跃跃欲试，这才又说："至于你们两位，此前不要有任何异动，就连兵马也不要集结，以免被山贼的眼线察觉。到四月初一湖广土兵动起手来之后，你们就率领手下坐船沿清水江而下，二十二日，所有人马务必在宾州城外会齐，二十三日进兵，立刻攻打八寨！"

卢苏、王受都是替朝廷打过多年仗的人，听了王守仁一番布置，心服口服，除了点头称是，竟没一句话可问。卢苏这个老实人也想不出什么称赞人的话来，憋了半天，仍然说了句："王都堂真是诸葛亮在世……"

阳明先生对断藤峡山贼做出的"四强"的分析高明之至，破这"四强"的法子更是招招出奇，这股几百人来从未被官府降伏的恶贼，一下子被这位新到任的两广巡抚掐住了七寸。

眼看嘉靖七年的春节已过，地方上确实太平了，王守仁也把一切都安排妥了，就于嘉靖七年二月底在南宁城里发布告示：保靖宣慰使彭九霄、永顺宣慰使彭明辅领所部兵马即刻撤出南宁，回湖广安置。

土兵打仗厉害，可平时极不安分，军纪最差，偷抢拐骗无所不为。自从进驻南宁以来，这些土兵一仗也没打，整天祸害百姓，坏事干了无数，当地人对他们恨之入骨，却又无可奈何。现在听说土兵要撤走了，百姓们高兴得像过年一样。这个消息也不胫而走，传得众人皆知。

王守仁要的就是把消息传出去，让断藤峡的山贼听到风声。于是亲自上船跟着土兵沿水路回撤，表面说是要监督土兵们撤出广西，其实是亲自率兵剿灭。为了把戏做足，王守仁专门给沿江各府县下令，禁止湖广土兵上岸，所有供应的粮食都

第八章 阳明成圣

直接送到船上来。这样做一是为了保密,二是也为加快进军速度。

在王守仁的督促下,土兵的行军速度果然很快,两个月走了几百里水路,一口气到了大藤江边,不论官府、山贼还是百姓,没有一个人对这支兵马产生过任何怀疑。等四月初一土兵们赶到浔州府桂平县,趁着夜色悄悄登岸的时候,人群里却多了一乘竹轿,瘫在轿里给人抬着走的,正是两广巡抚王守仁。

这年王守仁已经五十七岁了,从年轻时他的身体就不好,又不知道保养,落了一个咳嗽的病根子,这次到了广西,天气炎热如火,而且潮湿异常,饮食水土处处让王守仁不能适应,到任不久就中了炎毒,浑身肿起一片片毒疹,奇痒无比,还不能抓挠,只要搔上一把,立刻留下几道红痕,片刻工夫连这里也肿起来了,白天煎熬难忍,晚上无法入睡,现在为了突袭断藤峡,王守仁和土兵们一起在船上整整住了一个月,这一路走来天气越来越热,走到贵县的时候已是三月中旬,春末夏初,暑热难当,早前的热毒一下子全都发作起来,奇痒彻骨,口干舌燥,头疼身乏,焦虑欲死。等土兵们终于赶到大藤江,王守仁已经被身上的恶疾折磨得步履艰难了。

四月初一这天土兵们到了桂平,白天不动声色靠岸休息,天一擦黑就悄悄登船驶进了大藤江,四月初二在龙村埠登岸,立刻分两队冲进断藤峡。

这断藤峡果然是个绝险之地,山路曲折,涧水横流,到处都是密林深洞,只有鸟兽,不见人烟。湖广土兵的老家湘西一带也是这种地势,熟悉得很,攀山越涧行走如飞。只有一个两广巡抚王守仁又病又弱,又痒又咳,先是自己硬撑着赶路,没走几步就顶不住了,只好叫人搀着,半个时辰后,搀着也走不动了,不得不扎了个竹轿,让土兵们四人一班轮流抬着他,咬着牙往深山里摸进去。

就这么走了一夜又半天,直到第二天下午,前面的哨探回报:匪徒的山寨离此只有两里远了,对于杀到眼前的土兵,这些山贼毫无察觉。

听了这话,彭九霄、彭明辅两位土司官放下心来。叫土兵们就地休息,准备天一黑就杀进贼巢。可王守仁坐在轿子上却忽然想出一条妙计:"晚上攻打贼巢,在别处是个好办法。可这一带山高林密,山贼又熟悉地势,只怕咱们一冲,他们四散而逃,反而打不着了。广西的天气炎热如火,现在正是盛夏,又正当寅时,是一天里最热的时候,这帮山贼一定都躲在屋里纳凉,绝对不会有准备。咱们就趁这个机会杀进贼巢,必收奇效!"

王守仁这个主意实在有意思。两个土司赶紧依计行事,只叫手下略作休息,立刻挺着长矛大刀,一声呐喊冲出丛林,直撞进贼巢里去了。

断藤峡的山贼原本凶悍善战,可他们对摸到面前的土兵们没有丝毫防备,加上天气酷热,所有人都躺在屋里避暑,对手忽然杀到面前,很多山贼连房门都没出,就被赤条条地杀死在地上,剩下的都慌了手脚,全无战心,只知道四处乱钻乱跑。

也就转眼工夫,断藤峡里的山寨一座接一座被土兵们攻破了,只见满山遍野都是山贼,也不知道有多少人,却没有一个回头抵抗,任凭土兵们在背后赶杀,一直杀到天黑还不罢手。直到天亮的时候,又有山贼赶来援手,占据山顶险要之地阻击土兵。可这些湘西土兵凶猛异常,已经杀红了眼,一个个口衔钢刀顺着悬崖绝壁攀缘而上,山贼竟然阻止不住,片刻工夫又夺下山头,大群山贼只得继续向深山中逃窜。

湖广土兵果然厉害,四月初三下午开始攻杀,初四整整打了一天,当夜又追杀了一夜,到初五仍然毫不停歇,拼命赶杀山贼。到这时,断藤峡里的贼众已经没有再战的勇气,只剩逃命的本事了。哪知山路忽然中断,面前一条大江拦住去路,原来土兵们已经赶杀到横石江边。眼看无路可走,剩下的两千多山贼有些回头做困兽之斗,更多的人扔下兵器,拼着命跳下了横石江。可这横石江本是山峡间的一股激流,水声如雷,卧石如虎,白沫如沸,浪卷千尺,平时有船也渡不过去,这些人空着手跳下江去,顿时被急流吞没,或被怪浪卷起,撞死在锋利的岩石上,惨叫哀号声震峡谷。

经过一场残酷的血战,断藤峡里的山贼几乎全部覆没。

与此同时,依着王守仁早先的计划,卢苏、王受也率领手下几千狼兵悄悄赶到了宾州。因为这一仗是王守仁亲自部署的,卢苏、王受都尽力而为,就连他们手下那些原本军纪极差的狼兵也变得守纪律了,穿州过府悄然而行,丝毫也不敢祸害百姓,以至于行军二十多天,当地百姓们竟然不知道几千人的军队从他们寨子旁边经过。

靠着突袭之利和严明的军纪,狼兵们悄无声息摸到八寨匪巢附近。这些狼兵都是本地人,既熟悉地形又适应气候,他们本来又都是朝廷的雇佣兵,常年打仗,能征惯战,加之八寨山贼没有提防,顿时大败而逃。

随后这一仗打得异常残酷,狼兵们攻山破寨拼命追杀,一直把几千山贼赶到了横水江边,这里倒是停着十几条小船,可山贼都争着过江逃命,人多船小,又赶上风雨大作，混乱之中，所有小船都倾覆在江中，渡江而逃的山贼大半淹死江中，留在岸上的大都被狼兵所杀。

经过这场残酷的战斗，八寨匪巢全被拔除。卢苏、王受意犹未尽，请求搜山，可此时天降大雨，而且一连下了十几天，等雨停后狼兵们才进山搜索，却发现深山之中有几千名男女老少全都病饿而死，尸体层层叠叠堆满了山洞石谷，惨不忍睹。

朝廷里的暗战

歼灭断藤峡、八寨两路山贼之后，广西境内的局面基本稳定下来，大股匪帮被消灭之后，剩下的少量残匪不得不远遁山林，轻易不敢出来作乱了。在广西这个山高林密、民族混居、土司割据、战乱不停的偏远穷省忽然出现了一种难得的平静。百姓、土司、官府、卫所，所有人都惊讶地发现，久违了的和平突然降临在整整一个广西省的头上，就连给朝廷当惯了雇佣兵、一辈子都在替人卖命的"狼兵"们也回了故乡，脱下铁盔藤甲，收起毒弩砍刀，一个个弯着腰到田里种起了庄稼。到处是一片安宁祥和，平静得让人有些难以置信。

所有人都过上太平日子的时候，王守仁却还在忙着他的公事，一方面向朝廷上奏广西的战果，请求对地方给予体恤，同时请求在深山之中加筑卫所，要害之处增派兵力，以免盗贼散而复聚，再生祸患。与此同时，王守仁本身还要面对一个凶残的对手，这就是广西境内可怕的瘴疫和炎毒。

咳嗽的病根子也发作了，经常咳得头都抬不起来。可早前军务繁忙，既要招抚地方，又要用兵剿匪，整天动脑筋，人也东奔西跑，顾不上病，结果病情越来越重。到后来脚上又生了一个毒疮，连走路都困难起来。

就是这样的困境里，王守仁仍然每天操劳公事，没有片刻清闲。在他想来，自己这次到广西是为平定思恩、田州叛乱，现在叛乱已平，公务虽多，毕竟有个头儿，把手里的事尽快办妥，就可以辞了官回浙江老家休养。水土不服，回到浙江就好了，至于咳嗽，这是个老病根儿，调理一下也就过去了。

可王守仁哪里知道，他这次竟是犯了天真的毛病，把事情想得太简单了。

就在王守仁在广西操劳忙碌的时候，这天忽然接报，从京城来了个锦衣卫千户，在衙门前求见。王守仁赶紧把这个锦衣卫千户接进府衙，问他："上差到此，可有旨意？"

那锦衣卫千户在王守仁面前倒是出人意料的随和，笑着说："小人是锦衣卫千户聂能迁，此来并无旨意，也没有公文，只是专程从京里给王都堂带了一封信来。"说着从怀里取出一封信递到面前。王守仁接过一看，信的封皮上署名竟是"桂萼"。

桂萼是与张璁一起靠着"大礼仪"巴结皇帝，从底层飞升上来的一个新宠，也是朝廷里最著名的一个小人，其名声之臭竟还在张璁之上。可嘉靖朝就是这些小人得志，桂萼仗着"争大礼仪"的功劳和皇帝的宠信，几年工夫竟当上了朝廷六部之首的吏部尚书，还兼着一个大学士的头衔儿，气焰熏天炙手可热。

但桂萼与王守仁从没有过任何交往，而且所有人都知道桂萼和张璁是一起爬上来的，可是因为张璁率先提出《大礼或问》，第一个向阁老发难，是议大礼的头号功臣，更得嘉靖皇帝宠信，所以爬得比桂萼更高，此时已经成了内阁辅臣之一，桂萼因此很不服气，竟与早年的同伙张璁争斗起来，闹得势成水火，真应了孔子那句话："君子周而不比，小人比而不周。"

当然，桂萼和张璁之间这场争斗有一部分是嘉靖皇帝在暗中挑唆，因为嘉靖是个精明的皇帝，知道靠这帮小人迫害大臣还可以，但要说治理一个大国，张璁也好，桂萼也罢，都不是这块材料，所以早晚要把这些小人除去。

既然早晚要除掉这帮东西，让他们先自己斗起来，将来嘉靖皇帝想下手时，只要把手一指，这帮小人就会自相残杀起来，岂不甚好？

于是在嘉靖皇帝的暗中授意下，桂萼、张璁越斗越凶。而王守仁这次到广西平叛立功，是张璁举荐的，桂萼本来就嫉妒得很，暗中把王守仁也视作政敌。现在桂萼忽然派专人从北京送来一封信，其中内情倒让王守仁费解。于是立刻拆开信来看，这一看，王守仁不禁暗吃一惊。

原来桂萼在信上和王守仁商量的，竟是一件国家大事。

原来在大明朝西南边境有个属国名叫安南（即越南），这安南国的黎朝皇帝一向对大明臣服，年年派使臣来朝贡，两国之间的关系很亲近。可是明武宗正德年间，安南国的大臣莫登庸挟天子以令诸侯，控制黎朝皇帝，夺取了国内的实权，黎朝皇帝黎昭宗几次派人向大明求援，可使臣都被莫登庸拦截，无法到达京师，以至于安南内乱的事，大明王朝竟不知情。

到嘉靖六年，莫登庸已经掌握了国内的军政大权，于是公然宣布废除黎朝皇帝，自立为帝，改"黎朝"为"莫朝"。到嘉靖七年，莫登庸派使节到京师朝贡，声称黎朝皇帝后嗣已绝，请求嘉靖皇帝册封莫登庸为安南国王。

安南原是大明的属国，国内大事都要听取大明皇帝的意见。想不到莫登庸竟敢擅自改朝换代，使得大明王朝威信扫地，也损害了明朝在安南的种种利益，嘉靖皇帝大怒，当殿斥责安南来使，不肯册封莫登庸，甚至扬言要派重兵攻入安南，收拾莫登庸这个逆贼。

当然，嘉靖皇帝要出兵攻打安南只是一句恐吓罢了。因为安南偏居西南一隅，而且这个国家地势非常奇特，看起来像个蝌蚪，国土又细又长，明军要攻安南，别的不说，光是行军就要走一两千里，而且那一带气候炎热似火，到处都是高山密林，河川纷流，地形极其复杂，明军想进入安南作战绝非易事。更何况早在莫登庸篡夺黎朝政权以前，安南国内早就战乱不断，各路军阀彼此攻杀，这么一个乱局，嘉靖皇帝也不愿意随便插手。

嘉靖皇帝恫吓安南使臣，只是让莫登庸知道害怕，同时向安南人表态，明朝并不支持莫登庸。可吏部尚书桂萼竟将嘉靖皇帝的恫吓信以为真，以为皇帝真想对安南用兵，于是立刻想起了正在广西平定叛乱的王守仁。

王守仁是张璁的同乡，是黄绾和方献夫的恩师，而黄绾、方献夫和张璁走得很近，事实上已经结为一党。按说桂萼应该把王守仁也视为政敌才对。可桂萼在党争方面极有天赋，已经察觉王守仁孤芳自赏，并未与张璁等于结党。

此时的大明朝廷内部党派林立，几股势力正在拼死较量。其中内阁首辅杨一清、阁臣谢迁等人在皇帝面前不太得宠，可他们资历深，能力强，处理政事远比张璁、桂萼要得力得多。张璁因为在争大礼的时候率先上了《大礼或问》，由此成为嘉靖皇帝眼中头一号宠臣，如今已经入阁，身边又有黄绾、方献夫等人追随，气焰始终压过桂萼。于是在这三股势力中桂萼的力量最弱，因此桂萼突发奇想，既然王守仁并没有完全被张璁、黄绾这些人拉过去，那么自己有没有可能把这位天下闻名的能臣拉过来呢？

要是能把王守仁拉过来，桂萼手里就有了足以抗衡杨一清和张璁的力量，通过保举王守仁为内阁，桂萼就有机会打倒杨一清拉进来的那个"多余的"阁老谢迁，为自己将来入阁扫清道路。但要想把王守仁这么个大人物拉过来，就必然要给他一份足够大的礼物才好。于是桂萼想到，何不在嘉靖皇帝面前进言，让王守仁率领大军攻入安南击败莫登庸，如此一来，王守仁立下了天大的功劳，入阁是一定的。而王守仁入阁之后，自然要感谢他桂萼的成全之情，这样一来，桂萼捞到的好处就多了。

桂萼的想法真有些痴人说梦的味道，可这位吏部尚书真就写了封信送到广西，亲自来和王守仁商量攻打安南的事项。只要王守仁一点头，桂萼就立刻想办法说服嘉靖皇帝对安南用兵。

看了桂萼的信，王守仁先是目瞪口呆，继而气得火冒三丈！

明朝大军要攻安南，必从广西而出，如此一来，就一定会在广西境内调集兵马，征集粮草，可广西本就是个穷省，百姓们衣不蔽体食不果腹，加之思恩、田州之乱也闹了一阵子，虽然靠着王守仁的智慧解决了争端，并没有打恶仗，可两年兵祸，把本就贫穷的广西搞得更穷了。现在桂萼建议王守仁提兵去攻安南，这不是要让广西一省雪上加霜吗？

何况广西地方原本就战乱不休，如今好不容易才化剑为犁，各家土司偃旗收兵，太平日子才过了几个月而已！想不到远在京师的吏部尚书竟为了一己之私，要在大明和安南两国之间挑起一场战火，而在这场战争中直接受害的就是苦不堪言的广西百姓。

桂萼是个小人，这一点天下人都知道。对这种人王守仁本就厌恶，现在又看到桂萼的邪恶心思，更是压不住胸中的怒火，当即沉下脸来："请回去告诉尚书大人，广西战乱刚平，百姓穷苦，无法筹措粮饷，加之战事结束之后，我已经把广西、湖广、福建、江西四省兵马全部遣散，就连专门征调的湖广土兵也已经回湘西去了，如今我手里没有一兵一卒可用，更谈不到攻打安南了。"

聂能迁忙说："卑职来广西之前就已听说王都堂以一人之力安抚了广西境内七万狼兵，这些人对都堂极为信任，都愿意为你卖命，都堂领着狼兵去剿八寨之贼，果然得心应手。如今别的兵马且不论，单是把这七万狼兵召集起来，也足够攻打安南了吧。"

王守仁淡淡一笑："聂大人说哪里话？我到广西之后只是收拾了一个土舍卢苏，一个土目王受，他们手下的土司兵不过几千人，所谓'七万狼兵'只是谣传罢了。如今就连这几千土司兵也都已经回乡务农，一时召集不起来。再说，这些人毕竟刚刚闹过一次，立刻召集他们去攻安南，聂大人觉得这事稳妥吗？"

听了这些话，聂能迁一时无言以对。

被王守仁严词拒绝，锦衣卫千户聂能迁无计可施，只好灰溜溜地回到京城，把王守仁所说的话一五一十告诉了桂萼。

听说王守仁不肯率军攻打安南，也就是说此人根本无心与自己结党，桂萼心里又是妒恨又是惊疑，恨的是王守仁这个嘉靖一朝最有潜力的能臣自己拉不到手，疑的是，王守仁表面上似乎不与张璁、黄绾等人往来，可他毕竟受张璁举荐扫平了广西之乱，现在又拒绝与自己合作，难道这个王守仁竟有如此城府，表面不参与党争，暗中早就倒向了张璁一党？

天下事最怕琢磨，有时候该办的事越琢磨越不敢办，可有时却相反，那些没影儿的谣言假象却越琢磨越像真的。

桂萼是个小人，他想事情也就脱不开小人的思路。在桂萼想来，做官的人必然结党，不结党如何能够做官？所以满朝官员或在这条船上，或在那条船上，绝没有"不上船"的道理。由此推之，王守仁既然不上桂萼这条船，必是早已上了张璁那条船了。

想到这儿，桂萼心里更慌了。立刻就打定主意，趁着广西初平，朝廷尚未对王守仁叙功，先造个声势出来，毁坏王守仁的名誉，然后罗织一番罪名，趁着王守仁刚刚复出，尚未进京，就在广西把这个不识时务的老家伙打下去！

只片刻工夫，桂萼已经拿定主意，于是把前面的话扔下，却问聂能迁："你在广西和王守仁打交道的时候，觉得此人身上有没有什么不对劲的地方。"

桂萼这一问，聂能迁竟无法回答。因为聂能迁到广西时间不长，和王守仁不过一面之缘，除了此人拒绝出征安南之外，其他事都不知道。至于说王守仁在当地的名声，聂能迁倒是从没听见任何一个官员说王守仁这位两广巡抚一句坏话，而当地百姓因为招抚、剿贼两件大功和安定广西全境的大德，对这位天上掉下来拯救百姓的"活菩萨"感激莫名，真有人在家里供着画像把王守仁当神仙来拜的。所以要说王守仁身上"有什么不对劲的地方"，那就是此人名声太好，在巡抚一级官员中十分罕见。

可聂能迁知道桂萼问的不是这个，他也不敢说这些话，一时无言以对。

见聂能迁说不出话来，桂萼冷冷地说："广西平叛何等要紧，朝廷能人极多，皆不得重用，为什么却把一个投闲置散的老臣派往广西？王守仁自正德十六年被任命为南京兵部尚书，在家守丧三年，其后一直不得重用，这样一个闲散老臣，何以忽然得到重用？我听说当年王守仁在江西平叛时，曾把宁王府里百万财富据为己有，这次他又拿出银子贿赂阁臣，才得到征剿广西的机会，这事你听说了吗？"

桂萼说的这些话匪夷所思，竟把当年江西平叛和今天的广西事件连在一起，又无端编造出"贿赂阁臣"四个字来，聂能迁又发了半天愣，才明白桂萼嘴里说的"阁臣"暗指举荐王守仁出山的张璁。

桂萼与张璁的权力之争已经到了水火不容的地步，桂萼想借征讨安南之事拉拢王守仁，本意就是针对张璁，现在桂萼不顾一切陷害王守仁，最终要打击的还是张璁。这场党争陷害搞得这么明显，就连聂能迁也猜到了，忙说："我也隐约听说王守仁贿赂阁臣一事……只不过王守仁办事隐秘，我手里没有证据。"

王守仁是弘治、正德、嘉靖三朝老臣，资历很深，又是儒学宗师，门生遍布朝野，礼部尚书方献夫、詹事府詹事黄绾都是他的弟子，加之平定广西功劳很大，这样的人物，聂能迁一个小小的锦衣卫千户其实不敢给他栽赃。可聂能迁是桂萼的死党，又不能不替桂萼打这个头阵。眼下这个小卒子进退两难，话里分明透出胆怯的意思来了。

见聂能迁往回缩头，桂萼自己也觉出王守仁其实树大根深，不好整治，刚才那些话说得未免轻率。于是假装又想了想，点头说道："你这话也在理，且有了王守仁行贿的证据再说吧。"

桂萼对王守仁的陷害暂时隐而未发，与此同时，张璁、方献夫等人已经开始在嘉靖皇帝面前为王守仁请功了。

从举荐王守仁出山到广西变乱平定，不过短短几个月工夫，湖广、江西、广西、福建四省兵马与思恩、田州造反的"狼兵"甚至没有交战，转眼之间叛乱平定，七万"狼兵"变成了俯首耕织的百姓，两个造反首领卢苏、王受一夜之间变成了忠于朝廷的武官，亲自带兵上阵帮着朝廷去剿断藤峡、八寨之匪，如此大好局面，不但嘉靖皇帝做梦也不敢想，就算把大明朝一百多年的史料全拿出来翻一遍，也找不到一个先例。

这一下子所有人都服了：王守仁，真是个奇才！

眼看王守仁立下不世之功，嘉靖皇帝欢喜异常，那些举荐王守仁的官员一个个喜上眉梢，赶紧出来替王守仁请功，同时也为自己捞一些政治资本。

就在王守仁赴广西平乱这几个月里，以张璁为首的这帮皇帝新宠都已经得了升迁，张璁入阁担任了辅臣，方献夫官拜礼部尚书，在这伙人里最不得志的黄绾也升了詹事府詹事兼领锦衣卫佥事一职。

内阁辅臣位居中枢，名义上行使宰相之权。张璁参与"大礼仪"之争的时候仅仅是个刚考中功名的进士，无官无职，只因为在皇帝面前得了宠，六年工夫就做了阁老，一人之下万人之上，位极人臣，实在不得了。

朝廷六部各司其职，但六部尚书在顺序上也有高下之分，吏部尚书居群臣之首，礼部尚书次之，然后是兵、刑、户、工四部尚书。方献夫在正德年间只做了个小小的员外郎，追随嘉靖皇帝短短数年，一跃而为礼部尚书，真是飞黄腾达。

詹事府是辅佐太子的衙门，又为皇帝管家，是个要紧的差事；锦衣卫既是皇帝的侍卫亲随，又是皇家的御用特务，下设指挥使一员，同知两员，佥事两员。黄绾先前因为议大礼的时候表现不够坚定，一度在皇帝面前失宠，可黄绾是个执着的人，哪里摔倒哪里爬起，靠着巴结张璁，取悦皇帝，重新在朝堂上站稳了脚跟。现在黄绾既担任詹事府詹事，又兼着锦衣卫佥事，为太子办事，替皇帝管家，兼掌特务之权，可见皇帝对他的器重。

早前这三位皇帝最宠信的功臣一起举荐王守仁去平广西之乱，嘉靖皇帝依计而行，果然广西之乱顷刻平定，心腹大患一朝解除，现在这三大宠臣就借着皇帝的高兴劲儿，由张璁率先上奏，方献夫、黄绾也上奏附议，请求调王守仁进京委以重任。真如众星捧月一般要把王守仁捧进京城，推入内阁。

其实嘉靖皇帝早就想重用王守仁，只是早先有个杨廷和拦住，事情没办成，后来朝廷争大礼，前后闹了好几年，王守仁躲在绍兴老家一声也不言语，嘉靖皇帝摸不透他的心思，对王守仁也无从起用。现在嘉靖皇帝扫荡内阁，清理朝廷，旧臣尽裁，新宠得势，正是用人之际，王守仁也终于奉命出山，平了叛乱，重用这个文武兼备的能臣，正是顺势应时，最好不过。于是嘉靖皇帝先在心里打定了让王守仁进京担任阁臣的主意。

但在实施之前，嘉靖皇帝还要和内阁首辅杨一清商量一下。

听了嘉靖皇帝关于南京兵部尚书巡抚两广左都御史王守仁是否应该调往京城充任要职的询问，杨一清半晌无言，最后才勉强说："王守仁身充疆吏，常年在江西任职，臣又在家赋闲多年，荒疏政事，对此人不甚了解，不敢妄言，此事但凭皇上分派吧。"

身为内阁揆首，杨一清当然耳目精明，哪知在王守仁这事上他的回答竟这么含糊，嘉靖皇帝聪明过人，当然知道杨一清话里有话，甚而已经猜到，这位杨阁老话说得这么云山雾罩，其实是对王守仁进京重用颇有顾虑，却又不好直说出来。

嘉靖皇帝在位的时间并不长，加之对大臣迫害过甚，弄得朝中无人，张璁、桂萼这些货色有多大本事，皇上心里明白，真正到了商量国事的时候，他宁可多听听杨一清这些老臣的意见。于是先放下皇帝的威严，笑容可掬温言说道："老先生为官四十余年，朝野内外没有你不明白的事，反而是朕年轻识浅，对旧臣遗事多不明了，老先生心里有什么话只管说出来，说得越明白，才越是对朕的一番忠心呀。"

听了这话，杨一清的胆子才大了些，又沉吟良久，终于说："臣听说王守仁这个人有二奇：一是能力出奇，原本只是个舞文弄墨的书生，却平贼灭叛，屡立奇功，而且每每不用官军，专练乡兵。临战皆出奇谋，克顽敌于反掌之间，如此人物乃不世出，臣以为实在难得。"先把王守仁使劲夸奖了一顿，又偷看了一眼皇帝的脸色，这才把话锋一转："王守仁身上的第二奇，乃是此人自正德五年开始讲学，数年间竟然开宗立派，自称'阳明心学'，其所讲论的学问更是别开生面，专门以'扩充良知'为核心，言语高深莫测，弟子遍布天下，亲传、再传的加起来不止数万！其中有不少人已经做了官。臣以为我朝推行圣学，宣讲儒学的宗师也不少，其中影响最大的，恐怕首推这位新建伯了。"

杨一清这话越说越不是味儿，嘉靖皇帝立刻听出了其中的要害，忍不住问道："老先生说王守仁所讲学说'高深莫测'，可知此人常讲的都是哪些内容？"

杨一清想了想："臣听说王守仁常对人讲'人人皆尧舜'，又说'满街都是圣人'……臣以为此讲义与'良知良能'之说一样，皆出自《孟子》一书。"

杨一清这些话实在别有用心。

自古以来，被天下人承认的"圣人"仅两位，一是孔子，先"至圣"；一是孟子，称"亚圣"。但明太祖朱元璋立国以后专门强化独裁，对孟子的言论很不满意，认为孟子之言偏激，冒犯了君权，早先曾想把孟子学说全部抹杀，后来顾忌孟子之学影响太大，不敢下这个死手，就对《孟子》一书大加删改。所以终明一朝，孟子虽然仍是被皇家承认的"圣人"，可是不管皇帝还是儒生，对孟子学说都存着一点芥蒂。

现在杨一清公然指出王守仁学说出自《孟子》一书，而且把王守仁平时常讲的"满街都是圣人"说给皇帝听，嘉靖皇帝的眉毛一下子皱成个大疙瘩，半天说不出话来。

到这时，杨一清知道自己可以进言了，这才缓缓说道："臣听说王守仁喜谈心学，时人竟将此学说冠之以王守仁名号，称为'阳明心学'，天下学子或信其说，或有异议，争论颇多，皇上若重用此人，只怕弄得圣学混淆，人心躁乱。但王守仁文武皆能，是个奇才，臣以为这样的人才皇上还是应该用的。"

杨一清先说王守仁不适宜重用，后面又说应该用他，前后自相矛盾，嘉靖皇帝本来就不太高兴，硬邦邦地问了句："老先生以为朕该如何'用'这个王守仁？"

杨一清忙说："王守仁学说标新立异，争议太大，这样的人不宜入阁。臣以为王守仁原任南京兵部尚书，如今陛下要调他入京，可命王守仁担任兵部尚书一职。"

到这时，杨一清总算把想说的话都说出来了。这位首辅大臣早就认定王守仁所讲的"心学"不合时宜，十分可疑，根本不同意嘉靖皇帝把王守仁调到京城委以重任，至于入阁，更是绝对不行！

当然，杨一清把话儿说得很巧，故意提出皇帝可以命王守仁担任兵部尚书。可"内阁辅臣"和"兵部尚书"能差多少？一个根本不配当阁臣的人，怎么可能当好兵部尚书呢？

在大明朝"忠孝"二字是一个读书人的立身之本。偏偏这个王守仁学说上有毛病，思想上有问题，整天宣讲良知，说什么"满街都是圣人"，在"忠孝"二字上表现得十分可疑！这种连品行都难以肯定的人，皇帝怎能用他？

内阁首辅杨一清这番看似平淡的话，其实已经打倒了王守仁。

杨一清反对嘉靖皇帝重用王守仁，与王守仁平时讲学的事关系不大，其实说穿了，这是朝廷里的又一场党争。

内阁首辅杨一清也是嘉靖皇帝从一大批正德朝旧臣子中精挑细选出来的干练能臣。此人成化八年中进士，至今已历成化、弘治、正德、嘉靖四朝，尤其在弘治年间大展拳脚，总制三边，数次击破蒙古劲旅，威震一时。可惜在正德年间却遭到刘瑾陷害，几乎送命，多亏阁老李东阳暗中保护才勉强活了下来，一直熬到正德皇帝大权独揽，准备卸磨杀驴，杨一清才又一次复出，与太监张永里应外合捉了刘瑾，其后受正德皇帝器重，担任过户部尚书、吏部尚书，却又因为耿直敢言，得罪了正德皇帝身边那群小人，在朝堂上不能立足，只得辞官隐居，这一隐就是十年。

嘉靖皇帝知道杨一清文能治国，武能领兵，是个难得的人才，登基之始就想重用杨一清，可杨一清却因为与当时的首辅杨廷和处得不好，看不透时局，不愿轻易出山。直到嘉靖三年才正式复出，担任兵部尚书、左都御史，总制三边兵马，再次击败蒙古骑兵，由此得到重用，担任了内阁首辅。

杨一清这个人颇为与众不同，文武兼备，无所不能，在边关得将士拥戴，在朝廷敢于直言，却半生坎坷，忽起忽落，灰心丧气，辞职还乡，本来已经无意出山了。哪知嘉靖皇帝争大礼，张璁上了篇《大礼或问》，杨一清看了张璁写的文章竟然大为称赞，这在杨一清，大概是对正德皇帝厌恨太深，对刚上台之时看起来圣明杰出的嘉靖皇帝又极富好感，加之生性旷达不拘礼法，才有此一言，想不到这时的张璁正被杨廷和为首的满朝大臣驱逐，孤独艰难之时忽然听了这么一句暖心窝子的话，顿时把杨一清视为知己。后来张璁得宠，就在嘉靖皇帝面前说了杨一清的好话，间接促成杨一清出山。

在张璁想来，自己低落无助时，杨一清肯替他说话，现在张璁成了皇帝驾下第一宠臣，杨一清入阁为首辅之后当然会和他张璁结为一党。哪知杨一清本是个耿直老臣，早前对"大礼仪"的内幕所知不深，后来复出为官，才渐渐看透了张璁的小人嘴脸，于是担任首辅之后反而对张璁不假辞色，极力疏远。

早年张璁巴结杨一清，是因为资历浅薄，名声奇臭，羽翼未丰，想借杨一清的名望抬高自己。现在张璁也已经入阁，皇帝对他宠信有加，身边党羽越聚越多，早已羽毛丰满，而杨一清又明确表示出了对张璁的鄙视厌恶，根本不把此人放在眼里，结果两人顷刻翻脸，成了政敌。现在张璁急着要做的事，就是赶走杨一清，夺他的首辅之位。就连举荐王守仁到广西平叛，在张璁的本意，也是想让王守仁以此功劳进入内阁，好分杨一清之权。

杨一清和王守仁并没打过任何交道。因为杨一清的为官之路半在京城，半在边关，总是在北方；王守仁却是赣州剿匪、南昌平叛、江西护民，始终都在南方供职，既未在朝廷里担任过重要职务，更没去过西北三边，所以王、杨二位一生从未有过交集。这还是第一次，大明朝两位正直耿介、文武双全的能臣碰到了一起，可惜捧起王守仁的是著名的卑鄙小人张璁，杨一清在朝廷的头号政敌也正是这个张璁，结果杨一清和王守仁连一面都没见过，却已经把阳明先生当成政敌来斗争了。

政治，就是这么残酷无情，在这上头没理可讲。

我心光明，亦复何言

王守仁在广西平乱剿匪，平的是两府"狼兵"之乱，剿的是百年难驯之匪，这两场大功实在非同小可。嘉靖皇帝本就想重用王守仁，这一次更是对他极为看重，立刻就想调他进京入阁。哪知在最关键的时刻，内阁首辅杨一清说了一句话，顿时令皇帝对这位大功臣的敬意全变成了狐疑。

在这之前，吏部尚书桂萼早就憋足一股劲想整治王守仁，只是政敌张璁、黄绾、方献夫势力太大，首辅杨一清又态度不明，桂萼一时不敢出手。现在杨一清在皇帝面前狠狠踩了王守仁一脚，其意已明，桂萼再也按捺不住，立刻跳了出来，指使自己的亲信锦衣卫千户聂能迁上奏弹劾王守仁在广西平乱之时收受贿赂，不顾朝廷旨意，一味招抚叛贼，表面是平乱，实则为日后的变乱埋下祸根。

聂能迁的奏章一出，朝廷上下一片哗然！詹事府詹事兼任锦衣卫佥事黄绾第一个上奏，责骂聂能迁危言耸听，陷害功臣，不知居心何在！礼部尚书方献夫跟着上表，指责聂能迁赴广西公干之时向王守仁索贿不成，竟以莫须有的罪名倾陷两广巡抚！嘉靖皇帝急忙招阁臣商议此事，几位阁老之中，杨一清在此时当然闭紧嘴巴，一个字也不多说，和他同一战线的阁老谢迁也不吭声，只有张璁在皇帝面前明确表示：广西变乱震动四省，官军征讨数年不能取胜，花费亿万，死伤无数！现在王守仁到任广西不过数月，平乱竟在顷刻，地方军民归附，百姓安居乐业，如此功劳若被抹杀，天下臣民必然惊讶错愕，广西地方谣言纷起，只怕又生事端，所以皇上绝不能任由肖小之辈如此诋毁功臣，请求将聂能迁下狱严审。

张璁虽然是个小人，可他文笔精熟，口才了得，一番话说得嘉靖皇帝耸然动容，当即下旨把聂能迁投入诏狱。

这一下，陷害王守仁的聂能迁就落在了詹事府詹事兼锦衣卫佥事黄绾的手里。

黄绾这个人平时做起"克己功夫"来连自己都能痛打一顿，现在收拾政敌，哪里还会手软？立刻到诏狱亲自审问聂能迁，问他以一个小小锦衣卫千户，何以竟敢陷害新建伯、都察院都御史、两广巡抚王守仁这个平乱功臣，背后究竟何人指使？聂能迁知道这种情况下如果咬紧牙关死不招供，最多挨一顿打，坐一回牢，将来释放之后，桂萼不会亏待了他。若是一时糊涂咬出桂萼来，就成了自寻死路了，所以抵死不招，只说自己弹劾王守仁是出于"义愤"，并无旁人指使。

锦衣卫大狱里有的是酷刑，黄绾要不到口供，立刻下令对聂能迁连番审问，累用大刑，想不到口供还没拿到，却一个不留神用刑过重，竟把聂能迁活活打死在诏狱之中。

聂能迁一死，黄绾惹了麻烦。桂萼立刻指使自己手下的御史言官弹劾黄绾，说他本是王守仁的学生，为了隐瞒其师所作之恶，竟然公开在诏狱中杀害官员，替王守仁灭口！首辅杨一清眼看桂萼和张璁恶斗起来，心里高兴，就暗中添了把火，也在皇上面前指责黄绾。嘉靖皇帝一怒之下，把黄绾贬到南京当礼部右侍郎去了。

王守仁常说良知只在自己心里，吾性自足，不假外求，这话真是太对了。因为在"外面的世界"里，那些小人没有良知，没有天理，甚至连一点起码的人性都没有。

眼下张璁、桂萼两党之争已经到了你死我活的地步，而争端的焦点竟是远在广西抚境安民、与张璁没有深交、与桂萼素不相识、既不在乎功名利禄、更从未介入过任何党争的王守仁。

此时的王守仁，功劳已经谈不上，名望大概也不管事了，以后是回北京担任内阁辅臣,还是撤职、夺爵、下狱论罪、禁止学说,都只看嘉靖皇帝打算如何摆布这场党争了。

嘉靖皇帝是个聪明透顶的人,早在借小人之手打击杨廷和这些旧臣的时候,他就知道这样做并非长远之计,张璁、桂萼,甚至杨一清,都只是过河的卒子,将来要弃掉。既然这些小人最终都是"弃子",现在就不能让他们活得太踏实,以免这些人罗织党羽,弄个尾大不掉的局面,将来收拾起来费事,就决定扶弱抑强,暗中制衡。

在王守仁这桩公案上,张璁、黄绾、方献夫一党显得更为强势,于是嘉靖皇帝暗中偏袒桂萼,先借聂能迁之死贬了黄绾,然后把桂萼叫来,让他说说对两广巡抚王守仁的看法。

皇帝忽然召见,其意不言自明,桂萼大喜过望,忙向上奏道:"臣以为王守仁在广西行事多有不当之处,卢苏、王受等聚众数年,杀戮甚重,四省不安,朝廷已经下了痛剿的决心,可王守仁却不遵圣命,到广西之后擅自改剿为抚,不但赦免了卢苏、王受这些反贼,又在当地重设土司,这是为将来埋下了祸根!臣觉得王守仁这么做,是因为看到贼势猖獗,不敢用兵,故而自作主张,欺瞒圣聪!"

在倾陷王守仁上桂萼早有了全盘计划,一上来就出重手,先责备王守仁欺君!嘉靖皇帝却不置可否,只说:"王守仁也曾上奏,说他率领狼达土兵剿灭断藤峡、八寨等处山贼,可见其当抚则抚,当剿则剿,应对恰当,并无疏失。"

嘉靖表面上似乎替王守仁辩解,其实在暗示桂萼:王守仁功劳太大,单凭一个"自作主张变剿为抚"扳不倒这位大功臣,想把事办成,桂萼还要再加码。

对皇上的意思桂萼心领神会,忙又奏道:"王守仁上报剿灭断藤峡、八寨之贼,其事可疑!臣听说断藤峡、八寨之贼盘踞其地数百年,太祖之时曾以大兵征剿而不能胜,其后官军、土司屡次用兵,皆不能毕其全功,王守仁到广西不过半年,用兵不足万人,竟将百年之贼一鼓荡平,此事实在可疑!臣以为王守仁在广西擅自弃剿用抚,心里不安,怕陛下降罪,就串联当地土司谎报战功,实为欺君之罪,皇上应该派钦差到广西彻察此事,倘若真是谎报,就该立刻将王守仁治罪!"

贼咬一口入骨三分,桂萼咬起人来比贼还狠。嘉靖皇帝却仍然不置可否,只说:"听说当年王守仁凭数万乡兵击溃宁王十万叛军,也只用了四十余日,可见此人颇有用兵之能,广西剿贼未必是假的。"

所谓"未必是假的",换言之,也等于说"未必是真的"。可桂萼身为吏部尚书,却知道王守仁的剿贼之功是真实可信的,现在他睁着两眼说瞎话,狠狠咬了王守仁一口,可心里发虚,不敢在"剿贼"的事上咬住不放。听皇帝说起王守仁平宁王的功劳,立刻接过话来:"说起王守仁平定宁王叛乱的事,臣却知道不少疑点:听说王守仁担任南赣巡抚时与宁王暗中勾结,本欲一起造反,却被吉安知府伍文定留住,未能起兵。后来眼看宁王成不了事,这才发南赣兵马去平叛。攻克南昌之后,王守仁纵兵掳掠,杀人甚多,又将宁王府里财宝全部据为己有,用官船载往绍兴,或私自埋藏,或用来营建府邸,在绍兴一带置办田地无数,新建伯府壮丽如同王公府第。对这些事锦衣府早有怀疑,也曾查问过,可惜大行皇帝不久宴驾,这个案子也没办下去。"

听了这些话,嘉靖皇帝皱起眉头,半天才说:"竟有此事?看来朕错看王守仁了……"

桂萼说的,竟是正德身边奸佞江彬陷害王守仁的那套谎话!

当年江彬为了陷害王守仁,无所不用其极,到最后却抓不到任何把柄,情急之下顺口乱咬,所说的"罪证"连正德皇帝都不肯信。哪知几年后桂萼竟在嘉靖皇帝面前旧事重提,而嘉靖皇帝居然信了。

世人都以为时间可以检验真理,却忘了,时间也是谎言的温床。当年江彬陷害王守仁的时候知情之人都在,查清真相丝毫不难。可现在离王守仁平叛已经过了九年,当事人、知情者都不易查找了,桂萼拿江彬的话给王守仁栽赃,居然比当年更容易了。

听嘉靖皇帝说出"错看王守仁"的话,桂萼大喜,急忙把最厉害的话儿说了出来:"臣又听说,王守仁这些年在京城、滁州、南京、赣州、南昌、绍兴等地到处讲学,门下弟子人数众多,而所讲的都是伪学邪说!王守仁常冒孟子之名,假借圣人之言,对人说什么'满街都是圣人',又说'圣人之道吾性自足',更有'惟精惟一,惟务求仁'等语,大谈仁义,讳言忠孝,其言狂悖,令人发指!试问,若满街都是圣人,贩夫走卒皆可称圣贤,天子尊严何在?世人只求一个'仁义',凡事只由着自己判断,狂妄叫嚣,自以为是,还要不要纲常?还要不要忠孝?如此伪学实是祸根,陛下应该当机立断,将王守仁革职拿问,禁止伪学,以免祸乱朝纲,动摇社稷!"

第八章　阳明成圣

要说嘉靖私下召见桂萼,是想借着打击王守仁控制张璁的势力,可桂萼说的这些话却实实在在触动了嘉靖皇帝。当下一言不发,摆手让桂萼退下。

后面的一段时间,嘉靖皇帝既没提让王守仁进京的事,也没有治王守仁的罪,似乎这位皇帝一直在犹豫着。皇帝不发话,张璁、桂萼不明白主子的意图,也只得停止厮咬,大眼瞪小眼地等着看事情的变化。然而皇帝的旨意还没下来,吏部却接到了王守仁请求致仕养病的奏章。

到广西不久王守仁就生了病,因为平乱事大,剿匪事急,他顾不得养病,天天忙碌奔波,等变乱平定,断藤峡、八寨的匪帮也剿灭了,王守仁的身体也垮了,整天咳嗽不止,胸闷得喘不上气来,脚上也生了个恶疮,连路都走不成。

自己的身体只有自己知道,王守仁已经感觉到这次的病与以往不同,身上患的只怕是索命的恶疾,唯一的办法只有回家乡认真调理,于是处理好了广西政事就赶紧请求辞职养病,哪知左等右等,却等不到回文。

王守仁哪里知道,他那些辞职养病的文书全都进了吏部,送到了桂萼手里。此时的桂萼正急着扳倒王守仁,忽然听说王守仁得了重病,心里窃喜,于是把这些公文全部压下,既不上报也不回复,一心要把王守仁拖在广西,让他的身体彻底垮掉,能死在广西,最好。

其实王守仁的身体早就垮了,在连番上奏请求致仕不得回复的情况下,王守仁实在无奈,只得把军政事务交给当地官员,不等朝廷下旨,就擅自离开广西,想回绍兴养病,可惜病势沉重,终于没能到家,嘉靖七年十一月二十九日病逝于江西南安府大庾县的青龙埔码头,临终之时留下一句遗言:"我心光明,亦复何言"。

王守仁去世后,桂萼上奏称其擅离职守,嘉靖皇帝早就下决心要制裁王守仁,只差找一个合适的借口,一听此言立刻大怒,命大臣共议王守仁之罪。桂萼立刻上奏指责王阳明"事不师古,言不称师。欲立异以为高,则非朱熹格物致知之论;知众论之不予,则为《朱子晚年定论》之书。号召门徒,互相倡和。才美者乐其任意,庸鄙者借其虚声。传习转讹,背谬弥甚"。建议嘉靖皇帝"宜免追夺伯爵以章大信,禁邪说以正人心"。

桂萼这番话正合了嘉靖皇帝的心思,立刻下令革去阳明先生的新建伯爵位,禁止心学。

　　皇帝只说了一句话，盛行一时的"良知之学"就被彻底禁止了，足足过了四十年才又重新开禁。可这时的阳明心学早已经被毁得面目全非。一个最简单的"知行合一"被解释成了一门庞杂混乱的"学问"，以至于后来的读书人连"良知就是知，致良知就是行"这么个简单的道理都不懂了。

　　真不懂吗？也未必，有些人真不懂，有些人是装糊涂。谁真不懂呢？听课的学生们；谁在装糊涂？讲学的先生们。

　　不懂的真不懂，懂的人装糊涂，阳明心学变成了"心学末流"，说直白些，变成了学术垃圾。"垃圾"怎么可能传播开来呢？于是心学的路越走越窄，逐渐没落。

　　可王守仁说过：良知在人，随你如何，不能泯灭。只要良知还在，心学就不会消失。最多只是被统治者抹杀，就像大人伸出一只手挡在孩子眼前，就能遮住太阳。

　　可是统治者们也不要忘了，总有一天孩子会长大，这"只手遮天"的把戏总有戳穿的一天。

后　记

阳明心学与新儒学

阳明心学讲一个"吾性自足"，反对"支离之病"，其特点是抛弃后代儒生对孔孟儒学的邪注歪解，直溯孔孟儒学的本源。但心学本身却被人误读，歪解，弄到最后，不只是"支离"，根本已经被"肢解"，零刀碎剐，五马分尸，彻底毁了。要说不幸，真是不幸。因为心学被认为是儒家学说的源头活水，这个源头一掐断，中国哲学就断了流，成了一潭死水。但要说平常也平常，因为当年的孔孟儒学，也经历了这样悲惨的命运。

说起孔孟儒学，不得不顺便提一下所谓的"新儒学"。

"新儒学"是个莫名其妙的概念，其所指究竟是什么，谁也说不清。我们只知道历史上每隔一段时间就有人跳出来提倡一下"新儒学"，最著名的有荀况的"儒皮法骨学"，董仲舒的"董学"，朱熹的"理学"……可"新儒学"出现之后，整个社会不是进步了，而是倒退了。最清楚的证据就是，每一次有人提出"新儒学"，中国的封建独裁统治就会加强一步。似乎古人搞"新儒学"的唯一目的，就是为了帮助皇帝强化独裁……

直到"五四"运动的时候，又一批学者提出了"新儒学"，这次显然不是为独裁统治摇旗呐喊了，这回提倡的"新儒学"却俨然是一场"寒武纪大爆发"，各种说法铺天盖地，咬文嚼字训诂解析，繁杂无比混乱至极，结果是来得快去得更快，还没进化就先灭绝。"新儒学"尚未成型，急脾气的人们已经喊出了"砸烂孔家店"的口号，一家伙连新带旧全砸了个粉碎。这一砸不要紧，所有中国人都忽然失去了信仰和精神寄托，就像曹操那首诗"月明星稀，乌鹊南飞，绕树三匝，何枝可依"，不是"乌鹊们"不会降落，是因为在暗夜中盲目起飞，飞到天上才发现自己两眼一抹黑，没了方向感，虽然绕树而飞，却是"无枝可依"，落不下来，哑哑狂叫，暴躁莫名，结果呢？一场浩劫！

由此可知，古人搞的"新儒学"是骗人的花招儿；而"五四"文人搞的"新儒学"是犯了阳明先生常说的"支离"之病，还没长大，先病死了。

其实孔夫子"克己复礼，天下归仁"的本意很多读书人都明白，知道这是一个"克"皇帝、"克"朝廷、"克"官府、"克"儒生，最后才"克"百姓的过程。于是我们看到历史上有无数清廉正直的官员，对自己，他们粗衣疏食，家徒四壁，教子极严，即使官至极品，也从不享受任何特权，这是"修身"上的功夫做到相当境界才有的结果。同时，这些官员又敢于议论朝政，劝谏皇帝，斗贪官，去恶政，维护百姓的利益，为此他们不怕丢官，不怕坐牢，甚至不怕死，不怕灭族。这样的官员比比皆是，随便就可以举出一千个例子一万个例子。这些了不起的儒生中有多少人其实已经达成圣人境界？我们不好说，还是引用佛家那个典故最贴切，就是：恒河沙数。

本书的主人公王守仁，仅是古往今来这些"圣贤"中的一粒沙。

有这么多人能够理解孔子"克己复礼，天下归仁"的本意，就说明这个内涵是清晰存在的，是无可辩驳的，而且它对于儒生的自我修养、对于人生最高境界的达成，确实有积极的意义。修身、齐家、治国、平天下的大道理，确实就在这"克己复礼"四字之中。只要把"克己复礼，天下归仁"这个"先克上，后克下"的本意理解透，掌握住，儒家学说就成了一种永世不灭的普世价值观，两千五百年前它对社会有积极意义，两千五百年来它一直是我们这个民族的哲学根基所在，就算再过两千五百年，相信"克己复礼，天下归仁"仍然有它的积极意义，仍然充满了正能量，足以支撑起一个民族的哲学根基。

可今天的中国人一提起儒家学说，却并不感到亲切。究其原因有两点，一是，儒家学说把道德标准拔得太高，动不动就是"圣贤"，就是"修、齐、治、平"，让普通人觉得难以承受；二是，儒家学说中混有大量的"糟粕"，种种约束，种种捆绑，令现代人感觉厌恶。

其实这两个问题，都有答案。

后记　阳明心学与新儒学

儒学把道德标准拔得很高，原因是：儒学自创立之初就是一种纯粹的"政治学"。孔子生活在春秋末年，天下诸侯多如牛毛，大小邦国战乱不断，人民之痛苦已经到了难以承受的地步。孟子生活在战国中叶，此时天下战乱已逐渐达到极顶，一场大战每每有几十万、上百万人参与，恐怖的大屠杀每天都在发生，整个社会已经呈现出一幅"末日"景象。所以孔子、孟子都急着要劝谏君王，劝谏重臣，已经没有时间、没有精力去顾及老百姓了。《论语》也好《孟子》也好，字字句句不是针对君王贵族们讲"克己功夫"，就是针对儒生们讲"修身之道"，谈到普通百姓的内容极少。因为孔孟之道是针对君王、诸侯和儒生们的一门政治学，当把这些"政治学"内容放在普通人身上的时候，道德被过度拔高的问题就暴露出来了。

对此，解决的办法很简单，只要明确一个步骤，把"克己复礼"归结为先克皇帝、再克大臣、再克官员、再克儒生，最后克百姓，那些被"拔高"了的道德，就把它们安放在"高处"，由上至下做"克己功夫"，顺序正确了，问题自然会解决。

至于说儒家学说中有很多道德"糟粕"，陈腐愚昧，令人厌恶。这些糟粕、这些渣滓，其实不是儒学本身固有的内容，而是后世儒生们为了迎合统治者的利益，人为添加进去的。

比如，战国末年，荀子把法家思想添加到儒学之中，造就了一个"儒皮法骨"的怪胎；汉代董仲舒不顾孔子"天道远，人道迩（近）"的思想，硬是把"皇权神授"的观念加入了儒学之中。后来的《白虎通德论》又把"三纲五常"强行加进儒学内容……历朝历代，皇帝们需要什么，就有"不肖的儒生"往儒学里添加什么，两千多年算下来，儒学之中的糟粕当然多了。

这些被人为添加进来的糟粕，其实是哲学中的毒药，两千多年来，中华民族锐气渐失，民风渐颓，百姓越来越愚昧，社会越来越像一潭死水，甚至封建王朝一次次的兴、盛、衰、亡不断循环，内容如此相似，都是因为他们在不经意间吞下了这副精神毒药，于是所有封建王朝的"病因"相似，"死状"相同。虽然每次朝代更替之后都有些聪明绝顶的人出来总结前朝的失误，为新王朝开一个缓解病痛的药方子。可皇帝的人欲无穷无尽，转眼间，他们又亲手往哲学之中添加了新的糟粕，新的毒药，结果新王朝终于还是生了病，病入膏肓，难逃一死。

生病不要紧，知道病因，就好治。

儒家学说把道德标准拔高了，不要紧，只要把儒学的"克己复礼"按照"先克上，后克下"的顺序重新摆放，这时你会发现，儒学那过高的道德标准，被摆放在"上层建筑"上的时候，刚好合适。

儒学内容太驳杂，糟粕太多了，不要紧，我们只要紧紧抓住"克己复礼，天下归仁"八个字的本意不放，避开历朝历代儒生对《论语》《孟子》所做的那些杂七杂八的注解，把所有混杂在儒学之中的不合时宜的东西挑出来，摒弃掉，还儒学本来面目，自然能提炼出一块纯而又纯的"万镒纯金"。

这个去除糟粕、提炼纯金的过程，就是"新儒学"吧。

所谓"新儒学"，不是已经定型，更没有陈旧过时。其实对新儒学的探索和提纯，才刚刚开始。